（上）

漂洋过海做自己

胡涂 著

青岛出版社
QINGDAO PUBLISHING HOUSE

图书在版编目（CIP）数据

漂洋过海做自己 / 胡涂著． -- 青岛 ： 青岛出版社，
2019.1

ISBN 978-7-5552-6892-5

Ⅰ．①漂… Ⅱ．①胡… Ⅲ．①长篇小说－中国－当代
Ⅳ．①I247.5

中国版本图书馆CIP数据核字(2018)第277140号

书　　　名	漂洋过海做自己
著　　　者	胡涂
出版发行	青岛出版社
社　　　址	青岛市海尔路182号（266061）
本社网址	http://www.qdpub.com
邮购电话	010-85787680-8015　　13335059110
	0532-85814750（传真）　　0532-68068026
责任编辑	郭东明
责任校对	张静静
特约编辑	李文峰　　郑丽丽
封面设计	白砚川
照　　　排	蒋　晴
印　　　刷	三河市鹏远艺兴印务有限公司
出版日期	2019年1月第1版　　2019年1月第1次印刷
开　　　本	32开（880mm×1230mm）
印　　　张	15
字　　　数	304千
书　　　号	ISBN 978-7-5552-6892-5
定　　　价	55.00元

编校印装质量、盗版监督服务电话　4006532017　　0532-68068638
建议陈列类别：畅销·文学

目录【上册】

漂洋过海
做自己

目录【下册】

- CHAPTER 1 -

敢问路在何方

1

年轻的时候，梦想如同青春痘伴随着躁动的荷尔蒙，左一个又一个地冒着……冒过之后却是顺应、麻木……谁能想到，岁月便随着这样的更迭，悄悄流逝，在你猛然间抬头的时候，狠狠吓你一跳。

望着采编部的牌子，米佳停住了脚步。这个大门，她走了二十年，这还是第一次这么仔细端详——不是想发现什么新大陆，而是她忽然觉得自己将不再属于这里。想当年稀里糊涂地被老爸安排进这个部门，之后就被这里朝九晚五、清闲自在的日子俘虏了，于是从青春靓丽美少女一直养尊处优到女人四十豆腐渣……从没想过个人发展，更别说什么存在的价值了。她就这么随波逐流、论资排辈，轻轻松松晃悠到没人重视、也没人欺负的年纪。如果不出意外，再晃个十年八载，在中层领导的级别上一退休，这辈子也就算结束啦！谁知道，突然刮来一股文化产业复兴的春风，企业被收购，所有岗位都要竞争上岗，其中自然也包括她代理的栏目主编的角色……这就意味着，她这个半老徐娘，也要站到台上去跟那些打了鸡血一般跃跃欲试、创新思路如井喷的各种海归、职场精英一决高下……

米佳本是个简单的人，对所谓套路天生没有敏感度，所以她最大的弱点就是功夫永远用得不是地方。此时，对着玻璃里反射出来的自己，她极度不满意，身上新买的职业装怎么看怎么显老，还有发型，那堆剪不断理还乱的烦恼丝……她后悔光想着做文案，却忘了去做美容，本来就被地球引力无情吸引的脸因为睡眠不足，连应有的光泽都失去了。玻璃里，活脱脱一个苦大仇深的黄脸婆。

"米老师早。"

被这银铃般的声音打断思绪，米佳仰起头——走，人倒架子不能倒。即使她知道结果，也不能轻易放弃。万一……她是想万一总公司领导喜欢她的风格……有时候，她的盲目自信让她像极了刚毕业的大学生。攥着那个拷贝了苦熬七天七夜才憋出来的演讲 PPT 的 U 盘，米佳径直走进会议室……

屋内各种奇香左右冲撞着……竞争对手们，在这香喷喷、甜腻腻的氛围中，亲热交谈着……米佳找了个角落，默想着自己的整个创意。这种时候，她真做不到如年轻人那般洒脱，装都装不出来。

……

之后的几个小时，米佳有些失忆，只记得各种声光电、视频、音乐，五彩缤纷地在眼前乱晃，五花八门、神乎其神的头脑风暴一样的形式展现中，几个俊男靓女你方唱罢我登场，走马灯一样出现在主席台上。至于她——她几乎不记得自己上过台，只记得领导说了一句——

"嗯，米老师的创意犹如一泓春水，让我们兴奋的大脑神经得到充分缓冲。好吧！休息，大家上厕所……"

然后，米佳听话地进了厕所。其实她一点便感都没有，为了演讲她连早饭都没吃。她是习惯了，习惯了听领导的话。

米佳属于慢捻儿，直到下班的时候才想明白领导的话，她的春水般的创意除了能给大家带来便感，几乎没什么实质作用。回家的路上堵车，一轮大大的月亮挂在车队长龙的最前边。每当这个时候，米佳都有点儿伤感，今天更是悲从中来。望着那个又大又圆却无比清冷的月亮，她忽然觉得辞世的父母正在那上边看着自己，淡淡的忧伤夹杂着一丝温暖，让她想哭却露出个笑脸。想当年父母老来得女，她从小享受了多少宠爱啊。可谁让她来得晚呢，跟同龄人比起来，父母能给她关爱的时间就少了十几年。不过，丈夫海斌这么劝她："按密度和体积的算法，你一点不吃亏……"对，这就是她的丈夫——一个长着理工脑袋却学了文的怪胎。结婚快二十年了，她早就习惯了。

还没到家，闺女海小米的电话就追来了，因为她饿了。想到自己的闺女，米佳就来了精神。作为"毕婚族"，自己还没长大就有了女儿，她越来越觉得闺女就是自己的好朋友。为了她，自己怎么着都成。

闺女的呼唤就是命令，米佳也顾不了什么素质不素质，交规不交规了，闯黄灯、穿胡同，一路过关斩将，总算七点之前进了家门。

屋里黑漆漆的，弥漫着一股腐烂的味道。小米听到门响，扑了上来。

"哎，别，出去一天了，身上脏，脏，等我换衣服。"

"不嘛，我的大肘子牛排妈妈，饿死我了，饿死我了。"

"你自己不会找吃的啊，再说，你……"米佳用眼神瞟了瞟那个紧闭的房门。小米会意，趴在她耳朵上说："奶奶又弄回来一堆烂纸箱子。"

米佳马上感到一股气流，直冲头顶，封住了她的七窍。

"妈——"小米的口形告诉她，是在叫她。米佳深吸一口气："等着，妈给你做饭去。半小时——"

米佳上小学的时候她妈就退休了，所以厨房家务根本不是她的强项。她的厨艺十几年如一日保持在能吃的水平。好在海斌在吃上要求不高，吃饱就行。所以，她的短板并不明显。倒是，公公去世后搬来同住的婆婆经常会甩两句风凉话。比如：

"哟，这土豆丝切得跟手指头似的，这是什么新吃法啊？"

"这种排骨适合没牙的人，我好像还没老成那样吧？"

挑拣，不爱吃，您倒是做啊。可老人家永葆千年媳妇熬成婆的尊严，坚持不买不做的原则，十年如一日，以一个评论者的身份在这个家里岿然不动。以前还有老妈帮把手。自从老妈走了，她就觉得自己像个永不停转的陀螺，单位转完家里转，尤其现在，孩子正值青春期身体猛长，学业繁重，奔忙一天就指着晚上这顿了，必须吃得卫生、健康、营养。可她没时间啊，下班回来，卖菜的都撤了。好在她急中生智——网上买菜，加上早上早起一小时，做早点，准备好晚饭的食材，一切都被她化解。这不，没人帮的情况下，原来小土豆一样的小米也被她喂得高高大大，眼看着就是海家有女初长成了。

想着早上就准备好的牛排和切好的青菜，米佳从容打开冰箱——可是里边空空如也，亮得就剩卜灯了。

随着一股腐烂的味道，米佳猛然发现，婆婆不知道什么时候站在身后。

"中午来了几个老姐妹，冰箱里的东西我们吃了。你看着下点儿面吧。"婆婆不等她回答，转身要走，忽然又回过头来，"中午的还没消化，待会儿吃饭别叫我。"

"您捡完垃圾能换件衣服吗？"憋了半天，米佳才喊出这句话，可回答她的是带着情绪的关门声。

没办法，嘴跟不上的女人只有生闷气的权利。米佳气呼呼翻出冻面条，可再怎么她也变不出菜来啊。正着急，海斌拎着几个盒子进屋了。

"大闺女呢，赶紧，韩式炸鸡，香喷喷的。"

米佳一个箭步冲出来，挡在丈夫和女儿中间："你还让她吃鸡肉。国内这鸡肉……"

"饿……"看着墙上的钟，小米可怜的眼神，米佳松开了抓住袋子的手。

"这么晚了还不吃饭，老人孩子哪儿受得了？幸亏我有先见之明。"海斌不满的小眼神发出凌厉的光。

"我……"米佳整理着反驳的语言，眼看着海斌走进卧室……

一顿饭吃得不咸不淡。白水面条拌酱油能吃出什么美味来？米佳自然想辩解一番，可是海斌一句话把她想了半晌的所有理由都顶回去了。

"早就说请个保姆，你不让啊。"

不是不能请，是米佳从小就被保姆上位的故事吓怕了。话说，二十年前，风流倜傥的邻家大哥为了孝敬老妈，给老妈请了个小保姆，没出一年，大嫂子带着孩子离婚走了，小保姆上位成了儿媳妇，并为人家添了个大孙子。记得老妈活着的时候就教育她，再难也不能让外姓女人进家门。米佳谨记，咬牙坚持到现在了，可不能让人乘虚而入。再说婆婆七十了，但耳聪目明，什么毛病没有，每天天不亮就奔向小区垃圾桶……米佳多想她老人家能把对祖国环保事业的热爱也向自己的亲孙女转移一点啊。事实证明，老太太对能卖钱的垃圾的感情比对自己儿子都深，想让她在家务上伸一把手，那是对神圣的环保事业的亵渎。她们几次交锋，胜负自明。米佳学聪明了，没必要为没结果的事儿费脑筋。她宁愿孩子在她虽不美味，但健康、合理的膳食安排下茁壮成长。

话不投机半句多，本来还想跟海斌说说工作的事，这会儿也省了。小米放下饭碗就回房间忙着写作业。海斌享受着饭后一倒儿。说到海斌的习惯，往好了说，他不抽烟、不喝酒，更不会赌博、嫖妓，是一个没有任何恶习的好男人。往坏了说，他没爱好、没特长，最大的特点就是懒，能坐着绝不站着，能躺着绝不坐着，因而他最大的嗜好就是睡觉。当年米佳只看到了他好的一面，根本没想过那更加明显的反面。可生活本就平淡，跟这样的人待长了，那种乏味、无趣之感就越来越明显。好在经过不适、抗争、改造等多阶段折腾后，米佳面对现实，承认失败，默认一切，只会在特殊的时候，自怜自艾地反刍一下情绪。

米佳一番忙碌后，忽然觉得十分委屈，活了大半辈子，连个愿意跟她说话的人都没有。好在发小、也是同学孙墨苹适时打来了电话。

"大蛔虫，你怎么知道我想你呢？"米佳没等对方开口，就先打开了话匣子，"我跟你说啊，你跟我买的那衣服太显老了，跟那些小姑娘一比，我整个一大妈……"

"得了，您都四张了还惦记着勾引小白脸儿呢？省省吧，管好您闺女吧。"

"嘿，怎么说话呢，再说这跟我闺女有什么关系啊？"

"得了，没心情跟你臭贫。我就一个意思，我们家汤圆是要靠知识改变命运的，没法跟你们家小米比。行，挂了。"

这……几个意思？米佳被孙墨苹搞蒙了。小米怎么了？这跟他们家学霸汤圆又有啥关系啊？当妈的从来都存不住事，想把孩子叫出来问问，可又怕影响了孩子学习。米佳原地转悠了两圈才想起用送水果的机会，一探虚实。谁知，还未等她开口，小米就用十分嫌弃的口吻，讲述了事情的全过程。事情并不像孙墨苹说的那样，但也的确跟小米有些关系。原来，汤圆响应班主任号召，帮助班里号称"一哥"的小胖学习。一来二去，"一哥"把汤圆当成哥们儿。汤圆也在小胖身上发现了优等生不具备的品格。两人成了无话不谈的好朋友。海小米素来与汤圆交好，不觉也把小胖当成朋友。三人经常形影不离，做些离经叛道的事情。这不，小胖又在课堂上公然顶撞老师，被孙墨苹训话。孙墨苹敏锐地发现，以小胖的学习水平，根本不可能有如此超前的学习理论。一番套问，小胖说漏嘴，承认自己的行为受人指使。孙老师一顿追查，眼看就要查到自己儿子头上了。汤圆急中生智，请求海小米帮忙。小米仗义惯了，大包大揽了所有罪状，还跟小胖订立了攻守同盟，偏偏忘了自己老妈跟汤圆妈是发小这层关系。

看着傻得跟自己如出一辙的孩子，米佳能说什么呢？这时候跟孩子说名节，讲道义，似乎有点儿早。她不想这么早就扑灭孩子仗义的热情。再说，对学校这种小题大做的做法，她本就很有看法。凭什么老师说的就都是对的，孩子们不能有一点自己的想法呢？所以，她没有批评小米，只提醒她顶撞老师是不对的，自己会跟老师和汤圆妈沟通这个问题。

可是怎么沟通呢？还得跟海斌商量。米佳推开卧室门，一个低沉但稍微有些中气不足的男人的声音立刻扑了过来："黛玉听得立即……"

这是啥？

还没等米佳反应过来，一个男人毛烘烘的脸就贴了上来。

"怎么样老婆，看我是不是爱屋及乌了？"

"你，听红楼？"米佳几乎是一字一句说出这几个字。

海斌点点头，耸耸肩，故作轻松，表演痕迹十足。

"说，是不是干了什么对不起我的事？"米佳立即绷起阶级斗争的弦儿。

"没干坏事就不能跟自己的爱人有共同的爱好吗？"海斌说着，肉麻地贴了上来。对这个自打他母亲搬来同住就再没有的戏份，米佳早就恍如隔世，难道说，他也替人背黑锅了？没等米佳理清思路，海斌就开始宽衣解带。

"停。"米佳一把提上海斌的裤子，"这事儿不说清楚容易出事。您还是明说吧，发生什么了？"

"没劲。你们这些老女人最没劲了。平时吧，说人家没情调，等人家认真跟您调情了，又扮出一副贞节烈女的样子。扫兴。"海斌扭头关了手机，赌气上床。

米佳也觉得自己有点儿小题大做了，毕竟两个人有好久没亲热了，难得人家有此雅兴，自己的反应的确令人扫兴。她赶紧麻利地洗漱完毕，换上性感的睡衣，香气扑鼻地扭到海斌面前。

"先生，需要服务吗？"

海斌睁开色眯眯的小眼睛，一脸淫笑，向米佳伸出魔爪……

气氛本来是融洽的，感觉也是美好的，谁想，海斌一高兴吐露出来一句话："大刘今儿得了一儿子，咱们也来一个。"

二胎，又是二胎，米佳一下就怒了。你把老娘当什么了？四十岁的女人的脸是不能细看了，四十岁女人的身体是被地球吸引得差不多了，可……

她一跃而起，翻身下床，二话没说，抱着被子就去了女儿的房间。剩下处于战备状态的海斌，一脸无辜地躺在床上……

米佳很快就做了一个梦，梦见自己变成了一头老母猪，一堆小猪崽儿簇拥在她耷拉出好几层褶的肚皮下贪婪地吮吸……

2

像每个被妻子半途扔在路上的可怜男人一样，海斌满怀怒火、浑身燥热，再也无法安睡。他是真心诚意、认认真真要跟米佳重拾年轻时的激情的。他更是满怀憧憬、信心满满要跟米佳响应号召，努力造人的。谁想到，米佳这么大反应。海斌了解她，没事儿时乖顺得像只小绵羊；要是赶上她生理期或者心情不好的时候，那是点火就着的炮仗。海斌算了算时间，确定自己没有触碰女人的生理雷点后，断定米佳在工作上遇到了问题，又找不着发泄口，自己就成了替罪羊。

在对女人心理揣度上，海斌二十年如一日保持二维的状态。能分析到米佳在工作上遇到不顺已是不易，千万不要指望他能把问题的触角伸到自己母亲身上。在他心里，母亲是世上最贤良的女人。父亲走得早，母亲靠捡垃圾、摊煎饼独自养大了他，并供他上大学，走出大山。他一直认为没有母亲，就没有他的一切。在他眼里母亲永远是温柔、宽容、隐忍、乐观的。她不会伤害任何人，麻烦任何人，更不会加害任何人。

谁要是跟母亲有矛盾，那肯定是他自己的道德观、价值观出了问题。所以，母亲终于答应与他同住的时候，他的想象也都是美好的，根本想不到两个女人主持的家里，会产生怎样的化学反应。这也是他无视米佳的一切抱怨、叨唠、指责的真正原因。在对待母亲的问题上，他的态度是鲜明的——坚决将小女人的无理取闹和任性挑衅扼杀在摇篮状态。

海斌是个说到做到的人。他这么说，自然有这么说的底气和自信。早在十几年前，第一次见到米佳，他就锁定了这个女人。可他从来没有表达过自己的态度和感情，他要让对方自己去品、去悟，并在自我感受中提升对自己的依赖和感情。事实证明，他成功了，结婚十几年，虽然米佳也会不定期爆发出小女人的任性，但从没有干过什么出格的、得寸进尺的事情。可以说，一切尽在自己掌控中。对此，海斌是相当得意的，还把自己"女人不能惯"的理论介绍给同事朋友。大家都碍于他"直男"的本性，懒得跟他理论。只有一个人几十年如一日，坚持着对他的调教和改造。她就是人称"二姨"的孙墨苹的远房表姨王素英。二姨也是海斌大学毕业后，被分配到街道煤球加工厂的会计，更是海斌金融才能得以发展的启蒙老师，还是他和米佳的正宗媒人。想当年，米佳大学毕业没多久，父母先后患病离世，剩下她一个人守着几间大北房应付接踵而来的大事儿——平房要拆迁。拆迁公司欺负她人少，要克扣她的房子。二姨从孙墨苹处听说后，打抱不平，当机立断，将厂里唯一的大学生海斌介绍给米佳，并一手促成二人闪婚，保住了米佳的合法权益，也给海斌找到了窝。

海斌成家后，将工厂解散的压力变成动力，凭着所学专业和聪明好学，先是在银行做客户经理，摸熟了金融套路；又借着股市沉浮，淘得第一桶金；前两年终于在几个兄弟帮衬下，成立了自己的财富投资管理公司，虽然生意做得有声有色，但随着市场风云变幻，投资收益不确定因素增加，他开始思考国家号召的"脱虚向实"政策的科学性和可行性，琢磨着向实体经济转型的新出路，还是托二姨的福，与几十年不见的师父老王取得了联系。老王过了退休年龄，可因为早年承包了行将就木的煤球厂，一直在"煤改电""煤改气"等环保政策的荡涤中寻找生存出路。如今，政府大力治理雾霾，对各种有害能源的控制逐渐加紧。老王那个已经搬到临近河北的工厂，再次面临生死存亡。海斌却从中看到商机，立即以吃水不忘挖井人的姿态，出手收购了工厂，并准备依托更大财团，实现自己的华丽转身。明天，他将与财团 CEO 李静红初次会面，为即将开始的合作奠定坚实的基础。为了给人家留下好印象，自知对女人缺乏了解的他，特意跑去找二姨讨主意。

别看二姨直到退休仍是个煤场会计，论出身，人家也是当过几天格格的正黄旗之后。所以，虽然年过六十，可穿衣打扮极其讲究，乌黑的发髻纹丝不乱，精致的妆容一点不输专业化妆师的水平。最关键是人家的气质，从里到外透着一种贵气，带着孤傲、自信，又有那么一点神秘的气息，逼得人不敢造次。大概也是这个原因，老太太终生未嫁。退休后，靠着祖上拆迁的房产，盘下小区这片会所，开了间布设独特的简餐吧——"自在"餐吧。餐吧装饰古朴典雅，又不失简约，没有一点装高雅的感觉。餐食也是按日而定的简餐，总共七个套餐，尤以周一的素面出名。二姨气质散淡，每天坐在店里，守着一盒玻璃六角棋，一副愿者上钩的样子，令来过的人都记忆深刻。大家一传十、十传百，时间长了，便吸引了不少附近的中青年小资。

自从开了"自在"，海斌就真有了自在的地方。平时，工作累了，有了烦心事儿了，他都爱来这里吃一碗素面，跟二姨下两盘棋，扯两句闲话，乐得轻松随意。谁知，今天海斌本着求教的心态，一股脑说出自己的想法后，二姨并未像以前一样给出建设性意见，一上来就把话题引向最近很时髦的一个词汇——"中年少女"，还故作萌态、一副花痴状地问他，自己是不是"老年少女"，弄得他全然不知如何接话。二姨也不恼怒，只在他离开的时候告诉他，"用对女儿一样的心态对待女人，什么时候都错不了"。这不说胡话吗？他立即觉得这个老太太是越来越不靠谱了，只能自己想办法。思来想去，他觉得初次见面应该给人家带个礼物，可时间紧迫，他就想到了自己刚送米佳的那个蔻驰的书包。米佳从不是个讲究的人，对各种名牌更是记忆脑残。他想着一番云雨，哄得夫人高兴，再提出这个要求，谁想半路自己口无遮拦，弄出这样的结局。痛定思痛，他觉得一切皆因被二姨误导。女人都一样，不能惯着，否则就会蹬鼻子上脸。对媳妇如此，对客户、对未来的老板更得如此——保持尊严，不卑不亢。确定了明天的见面基调，海斌踏实愉快地进入了梦乡。他也做了一个梦。梦里米佳抱着一个襁褓中的孩子，牵着小米的手，微笑着向他走来。

3

第二天一早，米佳就去学校找孙墨苹。远远地看着孙老师正襟危坐，正在跟两个家长模样的人沟通。看那家长毕恭毕敬、站得笔直的样子，说是沟通，用训话应该更合适一些。早知如此，自己也当老师了，谁让那年月不兴这个呢。米佳一边自嘲一边先去了小米班主任的办公室。事情就是这样凑巧，要是没有那两个家长，如果米佳先见的是孙墨苹，可能就没后边的事了。总之，不知是老师的态度不好，还是近期更年期症状提前，反正，所谓小米跟大胖串通诋毁老师的事，不仅没解释清楚，还被发酵成一起疑似早恋事件。在米佳的参与下，一件不大的事情，产生了惊人的后果。相关孩子被停课，参加调查。海斌也被从半路拎到校长办公室接受训话。

……

"这就是米佳解决问题的能力和风格，不这样就不对了。"海斌扔下一句话，走了。孙墨苹只能搂着闺密的肩膀，给她一些肢体上的安慰。

是的，不这样就不对了。米佳承认，几十年来，陪伴她、宠爱她的是比她年长近半个世纪的二老。他们按照成熟稳重的风格培养着自己的爱女，却从不知，隔辈人般的疼爱，只能让她在虚幻的公主梦里成长。二老的陪伴结束后，天赐良缘，又来了比她大了将近十岁的海斌，虽然不曾娇惯她，但也让她在衣食无忧中继续着我行我素的作风。偏偏工作也是故纸堆里的兜兜转转，哪有什么事情让她解决。所以，她的沟通交流的能力极差，经常是没事儿也能生出事儿，小事儿也能变大事儿。而她最擅长的还是让有理的事儿变成无理取闹，让自己下不来台。闺密的安慰并没有给米佳太大的安慰，她只想赶紧离开这个地方。大概没有女人愿意在外人面前展露另一半对自己的不屑。孙墨苹理解，也不纠缠，只提醒她过两天高中同学赵梅请客聚会，让她别晚了。米佳哪有心情想这个，再说，赵梅的聚会她参加过几次，除了炫富没别的新鲜内容。她想都没想就一口回绝了。孙墨苹苦口婆心，告知这是赵梅带孩子出国前的饯行酒，没有道理拒绝，而且事关孩子教育，她希望米佳能跟她一起去了解一下情况，毕竟小米和汤圆即将初三中考，为了孩子的前途，家长也要掌握更多的信息。米佳只能答应考虑。

懊恼地回到单位，等待米佳的竟是更大的难堪。昨天竞聘演讲的成绩被人力部门用大红纸贴在编辑部的大门口，红纸黑字，她米佳的大名，稳居最后。幸亏干事儿的人不仔细，大红纸的边缘没有铺平，要不她跟第一名将近五十分的差距也够她找个地缝钻进去的。她知道领导这么做是套路，可她没想到套路中的自己竟是这样不堪。也许只是一腔邪火，反正，接下来的一幕足够让米佳在编辑部永载史册了。

米佳推门而入，米佳的气势让总编只能对正在汇报工作的副手挥了挥手。

"小米啊，有什么事情？坐下来说嘛。"领导就是领导，永远保持春风化雨的风度。

"没有小米了，现在是一个没有功劳也有苦劳的在编辑部辛苦二十年的老职工在跟您讲话……"米佳一激动，声音就会发生变化，变成她自己都不熟悉的中性音色。听着那个不是自己的声音，大不敬地跟领导摆事实讲道理，另一个米佳则在心底使劲儿提醒自己要注意态度，说话要拐弯儿……

"好，我明白了，你这是怪我们领导眼拙，表达自己的怀才不遇啊。"领导的气势总会在适当的时候显露，并让米佳之流，瞬间短路。

"我，我不是那个意思……"

"好啦，你反映的问题我知道了，你的工作问题，我们也会认真研究。"总编站起身，意味深长地看着她，一双眼睛，闪着亮晶晶的光，"小米，要相信组织。"

话说到这儿，再没了继续下去的理由，米佳也不知道还能说些什么。气势汹汹进去，唯唯诺诺出来，没有准备的谈判永远是这样的结局。

回到工位，米佳发现办公室里人头攒动，好像人家都有事做，只有她不知道应该干点儿什么。改革之后，没人领导她，她也不再领导别人，专栏处于停顿状态，几个参与的项目也被分别认领，新的工作更没有提上日程……如果没有那场闹剧一样的竞聘演讲，她真的没有任何工作任务。那种感觉更加强烈，这里也许真的不再属于她，又或者从未属于过她。恍惚间，她第一次没有请假，擅自离岗。

街上的太阳白花花的，晃得人脑袋发晕。米佳站在人流里等绿灯。绿灯亮了，大家都脚步匆匆，恨不得冲到对面。只有她，闲庭信步般，踱着，随着数秒的字数，一步一步走过来。单位待不下去，她也不想回家，放眼望去，似乎这茫茫大千世界已无她存身之所。这时，一个声音一阵清风般吹来："去看一下吧，给自己机会，更给孩子未来。"米佳抬眼看到一个清秀文静的小男生，举着一份材料，正努力向经过的人推销。似是看到她询问的目光，小男生热情地跑过来，递给她一张纸。

"姐，去看看吧，世界那么大，一定去走走。"

米佳没有兄弟姐妹，最受不了别人叫她姐。一个简单的称谓，让她走进了一个新的天地。

按照广告页上的地址，米佳走进附近酒店的大堂。只是任何金碧辉煌的装饰，遇到灾难般的人声鼎沸，也瞬间失去它的光泽和品位。原本高大上的大堂，早已被熙熙攘攘的人群变成了菜市场。走了几个摊位，她才发现这是一个留学展会。代理不同地区、不同学校的中介，把当地名胜的照片、地理气候、著名特产贴得到处都是，不仔细看真跟旅游、房产展会没多大区别。虽说海斌早就说培养孩子出国留学，可那是上大学以后的事。小米还不到十五岁，这么小的年纪，哪个父母能舍得孩子一个人走那么远？随便看了几眼热闹，米佳准备回单位继续工作。忽然，角落里一片淡淡的白色晃了她一下。她禁不住弯下身，仔细看去——素静的浅蓝色背景里，点点白的、粉的花瓣，仿佛从天而降，铺满了画布……米佳愣住了，这曾是属于她的一幅画，记得当时还配了两句话："曾经漫天飞舞，何惧地下安眠。"她禁不住走过去，拿起那幅画。

"女士对我们学校感兴趣？欢迎前来求学。"一个岁数稍大的工作人员，热情地递过来一张学校简介。

"这画……"

"这是当地华人教会捐赠的，天下华人是一家嘛。我们的最大优势就是华人帮助华人，让海外学子永远有家的感觉。我们……"

"看来是我误会了。我家孩子还小，暂时不考虑留学。"

"孩子小，您可以留学啊。孩子还能享受国外的免费教育，多划算啊！"

不知道是不是这句话打动了她，她已经迈向门口的脚，又折了回来。不仅如此，五分钟以后，她就坐到了展台旁边的聊天区。再后来，她便在那人的描述下，看到了世外桃源。那里天是蓝的，水是绿的，食品是安全的；那里的学习是自主的，孩子是快乐的，每个人都是按照自己意愿生活的；那里物价便宜，生活方便，人人有爱……总之，那里就是家长和孩子的天堂。

"可我都快四十了，还能上学？"

"当然能了，在美国，六七十岁了还上大学的都有很多。人家讲究的是放飞自我。你想啊，人活一辈子，怎么能不为自己好好活一回呢？"

还没等米佳应答，一个打扮得十分贵气的中年妇女凑过来："对啊，为自己好好活一把。来，来，老师，您给看看这么写对不对？"

米佳知趣地给人家让出地儿，可并没有马上离开，支着耳朵仔细听，并从二人的对话里捕捉到一堆新鲜词儿：公校、私校、混校、十分学校、走班、思辨性……在好奇心的驱使下，她竟坐下来认真看起了那份印刷精美的宣传册，直到手机忽然响起来。她心里一惊，不会是单位有事召唤吧？

话筒里传来孙墨苹故作深沉的声音："你，没事儿吧？"

"我能有什么事儿啊，就是担心孩子。"

"放心吧，有我在，没事儿。倒是小米，你好好开导她一下，别净跟着坏孩子跑。"

"她啊，傻了吧唧的，让人当枪使还以为自己仗义呢。"

"对了，你这回真把人家班主任得罪了，赶快想想怎么弥补一下吧。"

"什么叫得罪啊，那是他工作不到位，把责任都推给家长，推给孩子。没有这么当老师的。我还弥补他，我不告他就不错了。"

"行了吧，你就是做事太冲动。别忘了您家孩子在人家手里呢。"

"我不怕，地球这么大，大不了换班、转学，实在不行，我们出国留学！"

挂了电话，米佳忽然觉得浑身轻松，不禁抬起头，感受着太阳的热情。冬天的阳光没那么毒辣，暖洋洋的，让人心里发热，浑身慵懒。她真想找个地方坐下来，让太阳晒去她连日的烦忧。可四周的人都脚步匆匆，好像走慢一点都会被社会淘汰。如此氛围，她哪能做出那么罪恶的举动，只能想着那莫名出现的画和那个陌生的地方。她给孙墨苹发微信询问："赵梅要去的地方可是洛杉矶？"

- CHAPTER 2 -

聚会惹来的风波

1

很多人不知道自己是怎么被微信套牢的。手机嘀的一声，就能带着无忧童年的气息，久别重逢的热情，超越物理时空，把曾经交汇于人生某个阶段、如今散落在世间各处的人们重新聚在虚拟的世界。于是，大学群、中学群、班级群、校友群……群外有交集，大群套小群，这群望着那群，好不热闹……赵梅和米佳的联系就是这样建立的。尽管经过几次高密度的聚餐，往事回忆、人生经历、家庭人口普查、事业背景展望等科目都进行得差不多了，但是随着赵梅即将带儿子出国留学这件大事的兴起，大家有了新的谈资，更有了聚餐的理由。

米佳蓬头垢面，踩着点儿赶到聚会地点。她本是越挫越勇的小强，痛定思痛，让她重燃斗志——要以一己之力，凭借自己原来创建的纪实栏目，重振在杂志社曾经的雄风。为了组稿，这两天她打电话打到嗓子发炎，早就忘了自己被中介忽悠，想跟赵梅咨询孩子留学的事，幸亏孙墨苹也有此意，盯着她按时到了酒店。

孙墨苹在大门口早就等得不耐烦，一见她的身影，就挽着她进了电梯，抓紧时间了解这两天的变化。

"说吧，谁让你改了主意的？"

"自己。"米佳嗓子疼，说话尽量简短。

"什么？"孙墨苹还没听清，米佳低哑的嗓音就被一个闯进电梯的清洁阿姨高音喇叭般的调门淹没了。

"快去看啊，出事了，有人要跳楼啊！"

这个重磅消息，让所有人像发生地震一样，集体往外跑。新闻记者出身的米佳更是第一个蹿了出去。孙墨苹一边念叨着，跟她有什么关系，一边迈着平稳的脚步，无奈地跟上。

酒店外，人们都犯了颈椎病似的，保持同一个角度往上看，好事者还掏出手机，准备进行网络直播。米佳眼神不好，只能从周围人的议论中获取了大致信息，一个年轻女孩，给人当小三，有了孩子，反被抛弃，要带着孩子一起跳楼。一堆人热热闹闹聚在一起，只顾议论和照相，没有一个报警的，更别说劝慰阻止了。一个长相阴柔的男子，更是拿着自拍杆，开始了直播。看着他在镜头前女人一样搔首弄姿，米佳就气不打一处来，一把夺过手机，谴责他不救人反用别人生死蹭热度，提高自己的点击量。

"这位大妈，楼上不会是您闺女吧？这么着急你怎么不上去救啊？"男子说话腔调也如行动般阴柔，带着化骨绵掌的阴毒，噎得米佳说不出话来，只能一把扔了手机，往楼上跑。

顶楼平台，一个二十出头的年轻女孩抱着一个婴儿，优雅地坐在围栏上，一双脚还悠闲地晃动着，仿佛游泳池边等撩的小妹。米佳气喘吁吁跑上楼，见楼上也围了一圈看热闹的人，各种议论不绝于耳。

"这孩子这么吹着，摔不坏也得吹病了。"

"死都不怕，还怕吹？现在的年轻人啊……"

　　除了两个保洁阿姨的对话还算有点人性，剩下的就没那么好听了，更有甚者，居然公然挑逗。

　　"这么好的妹子，谁不要谁傻帽！跟哥走，哥给你养孩子。"

　　轻生女终于抬起头，眼神也不再幽怨："你才傻帽呢，也不看看自己从小被猪亲了的尊荣，还替我养孩子，你也配？"

　　"好心当驴肝肺。行，贱人就是贱人，经济危机都贵不了！"

　　"你说什么呢？再说一遍？"

　　无端的争吵就这样开始了，米佳看准机会，趁女子不备一把抢过孩子。

　　"啊，抢孩子啦！来人啊，抢孩子啦！"女子忽然歇斯底里，站在护栏上。人们惊呼着，掏出手机。米佳也被吓了一跳，正不知如何是好，忽见孙墨苹默契地走来，赶紧递过孩子，调整情绪，准备劝年轻女子离开危险地。谁知，女子情绪激动，威胁把孩子给她，否则马上跳下去。米佳直觉这是个不懂事的小女孩，准备用激将法让她放弃轻生的念头，不仅未理会她的威胁，反而双手一撑，跟她一起站到围栏上。

　　"好了，现在我们处境相同了，姑娘，听我说两句好不好？"米佳嗓子发炎，声音沙哑得像鸭子。

　　"你神经病啊，别人的事跟你有什么关系？你下去，赶紧下去！"

　　"你下去，我就下去，有什么事咱们下去说。"

　　"你下去，下去啊，你……哎呀，你，你干吗抢我镜头？"

　　米佳看着人群里，一部部高高举起的手机，瞬间明白了女子根本不想死，只想制造影响，顿时气不打一处来："我告诉你，姑娘，既然当了妈，再年轻你也不是孩子了。你自己想怎么闹怎么闹，可无权拿孩子开玩笑，更不能用孩子做筹码！"

　　"大婶，唾沫是用来数钞票的，不是用来讲道理的。您老哪儿凉快哪儿待着去吧，别跟广告似的没完没了。"

米佳嘴跟不上，更懒得跟这种人纠缠，转身准备离开险境。谁知，对方还得寸进尺让米佳把孩子给她送上来。不知道哪根筋转错了，米佳忽然掉转方向，扑向那个女子，想趁其不备，把她拽下来，尽早结束这场闹剧。谁知，对方挣扎，米佳重心不稳，二人在众人的惊呼中双双掉了下去。

下落过程中，米佳紧闭双眼，想到的竟是物理课上自由落体运动中加速度的算法。可她理科着实糟糕，算不明白自己的人生还剩下几秒时间，心里一急，睁开眼睛，发现她和女子紧紧抱着，正在下落，头顶上竟是打开的降落伞。原来，人家早有准备。米佳暗自庆幸、自愧不如，开始享受初次跳伞的惊奇……和继而出现的惊吓——透过酒店明亮的落地窗，她分明看到那个自诩从不惯女人臭毛病的海斌，正在为一个贵妇人模样的中年妇女殷勤地拉开凳子，披上衣服……

米佳大脑一片空白，十万个为什么化作孙墨苹这两年天天挂在嘴边的提醒——人到中年，不得不防。狼来了，就晚了。接下来，一切都是恍惚的，好像孙墨苹抱着孩子跑过来，好像女子指着她的鼻子说了什么，好像众人发出各种哄笑甚至掌声……米佳都没在意，只逃一般揪着孙墨苹，一瘸一拐跑进卫生间，大叫："狼来了，狼真的来了。"

2

餐厅里的人的确是海斌。他也真是在给女人献殷勤，可那也是没办法啊。谁让人家是总公司的 CEO，肩负着考察、指导他们这个即将加盟的小公司的重任呢。老王说了，成败在此一举，必须让对方满意。老家伙年轻时一定是撩妹高手，不仅提前预订了这个高端浪漫的座位，还拿出自己压箱底的西服让海斌扮绅士。不过，他也没完全听老王的。老家伙让他无论如何打个专车去，不为别的，就是摆个谱。海斌想的是，一共没两站路，这个时间段，开车还没有走着快。再说了，摆那个谱给谁看呢？所以，他扫了辆单车，优哉游哉地骑到了酒店。不承想，酒店门童不干了，死活不让他停车，弄得他正义感爆棚，好好教训了门童一顿。等他掐着点儿赶到餐厅的时候，人家李静红都落座了，脸上挂着不悦。海斌看不出来似的，跟人家热情打招呼，还送上一枝刚才顺手在吧台拿的玫瑰。李静红倒是很有涵养，一直保持着外交式的微笑，食而不语。海斌穿不惯西服，更受不了李静红那种看着亲近，实际上气场逼人的表情，从一进来就浑身不自在，故作轻松毫无效果后，几乎是捏着鼻子，喘着半口气吃完了这顿饭。刚刚听李静红宣布离开，简直如蒙大赦，赶紧按照老王的吩咐，一番行动，也算送佛送到西。李静红并不多言，继续挂着拒人于千里之外的微笑，坦然接受着海斌的照顾。忽然，窗外从天而降的黑乎乎的人影，吓了她一跳。海斌本能地用身体把她挡在身后，自己凑过去仔细瞧。只见自己的老婆跟一个年轻女孩紧紧抱在一起，吊在一个花哨的降落伞上，吓得龇牙咧嘴，花容失色。他实在搞不懂这里边的关系，也不想节外生枝，只想赶紧送走李静红，回工厂跟老王共商对策。眼看着降落伞平安落地，海斌轻描淡写地描述了自己看见的情景，胡乱抹去为了保护李静红溅到身上的菜汤，不无关心地问有些花容失色的李静红："现在年轻人真会玩儿，没吓着吧？"

"我以为，玻璃要碎掉呢。"李静红的笑终于属于自己了。

"哪儿那么容易碎，结实着呢！"海斌使劲捶捶窗户。

"你的衣服——"李静红关心地问。

"就是点儿菜汤，回去让老婆洗洗，接着穿。"海斌被回到人间的李静红感染，也找到了自己的频道。

"那就好。我们走吧。"

"哦，走，走。"

海斌这才护着李静红进入电梯。谁知电梯门一开，孙墨苹就祥林嫂似的扑了过来。

"海斌，快，米佳从楼上掉下来了。"

按照米佳的设计，孙墨苹极力让自己的神情显得慌乱，可当了近二十年老师，她已习惯了面无表情，只能在动作上找齐。不过，她演得有点儿过，几乎是扑倒在海斌怀里。

海斌一把扶住她，脸上半点惊慌都没有："是啊，我看到了。你没事儿吧？"

孙墨苹不好意思地站稳，边整理头发边理顺台词："我能有什么事啊，是，是米佳，她……"

海斌制止了她的叙述："我都看见了，她跟人家玩了一把跳伞，给我省了好几百，估计正美呢。行了，我这儿有客人，咱们再聊啊。"说着，追上已走到门口的李静红。两人有说有笑地出了大门。

躲在柱子后边的米佳清清楚楚看到这一切，不禁悲从中来。米佳搜肠刮肚想用最恶毒的词问候海斌，发现自己活了半辈子，居然没学会儿句骂人的话。难怪每次吵架都是她吃亏，不由得立志要去南城胡同学习泼妇骂街。孙墨苹解释未果，索性不再解释，反而埋怨米佳多管闲事、冲动无脑、词语匮乏，连个小毛孩子都斗不过，还逞英雄救人……米佳的情绪在孙墨苹的数落中更加低落，发现自己的鞋跟不知道什么时候掉了一个，索性脱下另一只，双手用力，掰下了另一个完好的鞋跟。孙墨苹以为她被自己说烦了，瞬间住了口。

米佳真是冤枉海斌了。其实刚看到米佳的一瞬间，他还是有些慌乱的，毕竟米佳自幼协调能力差，笨头笨脑不说，还毛手毛脚。平时切菜切手、走路拌蒜、关门掩手、门框撞脸的事时有发生，真不知道她将以何种姿势实现平安落地。所以，他本打算送走李静红，先去落地现场看看米佳。孙墨苹就是这时候出现的。人类灵魂的工程师就是不会演戏，海斌从她的眼神里瞬间辨出，一切都是米佳的伎俩。她肯定看见自己了，要通过这件事，再次验证他的所谓真心。而且这会儿，她肯定藏在某个角落看着自己。于是，他故作冷漠，还过于热情地为李静红拉开了酒店的大门。一晚上没主动理他的李静红，此时好像有意配合他表演似的，并不着急上车，如数家珍般介绍起总公司将给予他的巨大好处，还让他回去等好消息。海斌心情大好，自然不再计较米佳的无事生非，正要发扬大公无私的精神进行慰问，老妈的电话火急火燎追了过来。不用接他就知道除了问他回不回家吃饭，就是声讨米佳。他越来越不明白，善良慈祥的母亲怎么就那么看不上米佳，好像每天不给她找出几条罪状来都是白活。海斌心烦，胡乱找了个理由，回绝了海奶奶的热情问候，也堵住了她吐槽儿媳的嘴。可一想到米佳倔强地誓要跟婆婆分出伯仲的样子，海斌又放不下自己为母亲想象的一份委屈，只能本着不偏不向的原则，收回对米佳的关心，顺手拨了老王的电话，把谈判结果和未来的好消息告诉他。

3

奢华的包间里，赵梅把大家的注意力引向了国外。米佳更是听得心动。毕竟海小米即将初三，学习压力巨大，以她的成绩考个普通高中问题不大，可要升入重点高中就有点儿困难了。孙墨苹的儿子汤圆头脑聪明，成绩优秀，是学校重点培养对象，自是没动过这些心思，只把赵梅的观点当热闹听。不过，什么出国要趁早，择校很重要，培养孩子创新意识，纯正美音，等等，听起来的确很有道理。二人有一搭没一搭地听着赵梅口若悬河地描绘自己和儿子的新生活，各自想着烦心事，渐渐羡慕起她们曾经那么看不起的赵梅来。人家当年目标明确，坚信干得好不如嫁得好，大学毕业就嫁给一家小建筑公司的老板老高，回家做起全职太太。如今，老高生意做大，公司上市。赵梅衣食无忧，除了保养自己就是培养儿子，可以说顺风顺水，毫无烦恼。哪像她们俩，一人一脑门子官司。米佳这才觉得孙墨苹有些沉闷，似有心事。这时，赵梅忽然起身举杯，要特别感谢今天的特约主厨——大门打开，戴着厨帅帽的汤小兵神采飞扬地走进来，奉上压轴靓汤——汤氏"一盅"。随着赵梅的介绍，孙墨苹的脸拉得几乎掉到地上。她没想到赵梅居然未经她的同意，就请来了自己的丈夫汤小兵，更想不到汤小兵居然自降身段，来"跑厨"……明知道赵梅就喜欢抬高自己，贬低别人，可大庭广众之下，她又不好发作，只能偷瞪了汤小兵一眼，自己生闷气。米佳洞悉闺密心思，叫过赵梅，要为她打抱不平。谁知赵梅一句话就让大家暂时淡忘了所有的矛盾。

"行了，没事儿就别瞎计较了。告诉你们啊，群主最新消息，林木死了。大家各自珍重吧。"

"啊？哪个林木？"米佳有点儿不相信。

"还有哪个林木，就是你当时心心念念的倾慕对象，咱们美术小组那个学长啊。"

孙墨苹做思考状问："是那个经常帮我们板报组画插图的林木，他，不是出国了吗？"

"嗯，就是。孤独终老，自己死在家里，被发现的时候，人都……"

"别说了！"米佳捂住嘴，"还是让他的美好形象永远保留在高中时代吧。"

"也是，再怎么说，人家也算是有情有义。"说着，赵梅拿出一个纸卷，递给米佳，"这是他妈妈收拾遗物时发现的，辗转到了我手里。不过，我觉得，应该是属于你的。"

米佳疑惑地打开纸卷——那是一幅风吹花瓣落地的彩铅画。米佳猛地想起留学展会上无意中看到的那幅画，和那句曾经属于自己的诗句："曾经漫天飞舞，何惧地下安眠。"

"为，为啥说这个属于我？"米佳的心莫名狂跳了一阵。

赵梅指着背面的一行小字："'青春的记忆——致 MJ。'这还不明白，你名字的缩写啊。"

米佳的眼泪忽地冒了出来，可她不知道自己是在哭林木，还是在哭自己。她没想到那个从没被人承认，而且几乎被自己忘掉的初恋真的存在，只是一切如电影《情书》里描述的一样，发生在对方不知道的时候，表白于阴阳永隔的时刻。孙墨苹也没有劝她，因为她也呆住了。

"哎哟，行了，行了，你林黛玉啊，多大岁数了，还为初恋流眼泪？醒醒吧，大婶儿们。"赵梅就是这样，从不相信虚无的爱情，只相信钱是世上最实际的东西。这一点，她跟海斌比较有共同语言。

海斌是在"自在"餐吧的吧台上，对未来进行初步测算的。算着算着，他的表情凝重起来。以现在的公司技术，三年对赌，盈利甚微，关键是自己为此将付出重新变成高级打工仔的代价。海斌心头掠过一丝晦暗。他是一个商人，任何沾情的东西，对他来讲都是迷惑判断的奢侈品。多年以来，他一直屏蔽虚幻的情感，一切从现实出发，脚踏实地，一步一个脚印地走到现在。如今，真的为了那个曾经的人生起点、梦开始的地方，走上这条充满艰险的转型之路吗？他似乎有点儿迷茫，眼睛不自觉地寻找二姨。

二姨早在微博上看到视频，正想找他聊聊他那瞬间成为网红的老婆，遂点上烟，开始摆棋盘。海斌另点了一瓶啤酒，默默走过去。

"这是要聊两块钱的啊。"二姨素知他的脾气，从不主动要酒，什么时候自己端杯了，那就是有话要说了。

"渴了。"海斌拉开易拉罐，自斟自饮。

二姨见怪不怪，享受地吸了口烟，开始布阵。

"您就不能来点儿新鲜的。套路，全是老套路。"海斌仓促应战。

"老套路你还赢不了我呢，新的你招架得了吗？"

"哎哟，您老这是话里有话啊？"高手对招就是这样，三言两语，彼此都心知肚明。

"这老话讲，衣服新的好，朋友旧的亲。这棋局也一样，越老的套路，越有滋味儿，得珍惜，下一盘儿少一盘儿。"

"是啊，我就是顾念咱们厂老人的念想，才把那个破厂子买下来了。您还让我咋念旧啊？"

"得了吧，你肚子里有几根花花肠子我还不知道。你这是得了便宜还卖乖，用最少的投入，给自己留一条后路，所谓鸡蛋不装在一个篮子里。别跟我这儿装高大了，说正事儿。"

"这就是正事儿啊。我们马上被人家并购了，新能源项目即将上马，第一笔订单都来了。我们……"

"你们没问题。再说，有老王呢，你最好给他通上电，那才给力呢。噌一下，上天也说不定呢。"二姨被自己逗笑了。

"您老跟老王师又得有多大仇啊，没两句话给人说死了，还乐……"

"嘿嘿，我是想起他那样就火大，就想……嘿嘿……"二姨笑起来收不住，好不容易停下来，才想起来话题跑偏了，"让你说自己呢，怎么扯上老王头了，说正事儿。"

"我，我能有什么事儿啊，闷头挣钱，养家糊口。"

"不想说是吧？行，结账走人。"

"这么快就传您这儿来了？这米佳真是越来越不像话了。"海斌以为米佳怪他不关心自己，找二姨告状，只好一五一十把自己当时怎么想的说了一遍。本来就是，明明没事儿，还要装可怜，让他大庭广众秀恩爱，那就是痴心妄想。

"您说她几十岁的人了，自己跟小孩似的毛手毛脚不说，还天天追求什么浪漫，让我陪她玩，我那伺候金主呢，谁有那闲工夫啊？二姨，您说她这是不是更年期提前啊？"

"听说过往后更的，没听说过往前更的。你媳妇这明显是冻龄，停止生长。你就应该当闺女养着。"

"我，当闺女……我还有一个即将青春期的小闺女呢！"

"嗯，对，还一个太后老佛爷呢！"二姨的口气里透着嘲讽，让海斌没法接话。

"得得，我自认倒霉。"

"你呀，永远不懂女人，就是个两栖动物。"二姨郑重提醒海斌，这次他的行为有点儿过。毕竟，自己的女人出现危险，作为男人的他不仅没有及时出现，还弃之不顾，搁谁都会觉得他冷血。

"不能，两栖动物那是卵生，我再不济也是胎生。更何况，我是属虎的。"海斌念叨一通，又被数落一顿，心里舒坦了，乐呵呵回家去见他的小老虎了。都说父女是上辈子的情人，真是一点不假。想到女儿海小米，海斌心里最柔软的地方就开始痒痒，恨不能马上被她肉鼓鼓的身子骑着、缠着，让她永远汗渍渍的小手揉搓、拍打……

回到家，他的小老虎并没有像往常一样扑过来缠着他。家里黑漆漆的，只有海小米的房间透出一丝亮光——可怜的孩子在一堆书本中，忙得抬不起头来，哪有心情回应他热情的召唤。海斌一边踢开地上的零食包装，一边拿出手机给孩子订比萨。对，订最大份的，还要芝士心的。可这并没有收获孩子任何感激。

"如果您知道一份最大份芝士心的超级至尊的热量对一个体重即将冲破一百二十斤大关的女孩的罪恶，估计您就不是现在这个表情了。"海小米拿腔拿调的说话方式，让海斌觉得简直是米佳附体。"还有，如果您的爱心没地方抒发，就请关心一下我的妈妈，您的老婆！她脚扭了。"

原来，海小米早从朋友圈上看到米佳遇险，并扭伤了脚，用自己的方式提示老爸是表达爱心的时候了，省得老妈回来再生事端。海斌被海小米逗乐了，不得不承认女儿是爸爸的小情人，更是妈妈的小棉袄。所谓一物降一物，海斌赶紧取消了比萨，重新订了鸡脚、鸭脚、猪脚，并把订单拿给海小米看，这才重新获得女儿的特殊按摩。被女儿揉着、捏着，海斌发现，老妈不在家，肯定又去哪里打牌了。想到海小米没吃晚饭的事儿，可能再次成为米佳对婆婆不满的导火索，他想跟海小米订立攻守同盟。可看到孩子纯真的眼神，他又改主意了。有什么可怕的？老妈搬来同住，是来颐养天年的，不是伺候他们的。这是原则问题，不能因为害怕矛盾，就对女人放纵、娇惯。更何况，要让孩子从小懂得孝顺的道理。海斌对自己的理论从来都是信心满满的。想到自己已经放下身段，对刚才的无情做出实际的补偿，他曾经稍微不安的心，立即踏实了，注意力也就转到自己的大事上。

4

米佳不太记得聚会是怎么结束的，脑子里全是林木年轻时的音容笑貌。孙墨苹挽着她，也是一言不发，两人都沉浸在自己的情绪里。曾几何时，生活的柴米油盐已将她们归入中年妇女的行列，可她们的记忆分明仍停留在收到第一封情书时的悸动里。那是一种对青春去而不返的悲伤，还是对未来迷茫未知的无奈？也许都有，或许皆无……快到家了，二人相视而笑，同时回到现实。

"回去敷一下脚，别严重了。"孙墨苹永远是大姐大的样子。

"早没事了，我发朋友圈就为了让某人有负罪感。"米佳气鼓鼓地还在纠结海斌的不闻不问，哪怕是点个赞也好啊。孙墨苹理解不了米佳有话不直说，宁愿要这些小女人心思的毛病。大概每对夫妻都有自己的语言密码吧，外人是体会不到的。所以，米佳也理解不了，何以孙墨苹要为汤小兵做聚会主厨生气。不过，接着出现的一幕，揭开了谜底。

汤小兵手持玫瑰，魅影般单腿跪在孙墨苹面前，恳切地说："老婆，我错了，没经你同意，我就……你原谅我吧！"

米佳见此，赶紧要躲。谁知，孙墨苹忽然提高声调拦住她，然后平静地跟汤小兵说："你没错。你以后做什么都不用经我同意。从法律上、事实上，我们都没有任何关系了。你起来，走吧。还有从今往后，注意你的称呼……"孙墨苹拉着完全蒙了的米佳，快步走进小区。米佳被她扯着，禁不住回头望着仍在原地傻站的汤小兵。

"你俩这是闹什么啊？你看他可怜的……你，停，停，怎么了？"米佳拽住激动得胸脯起伏、双眼含泪的孙墨苹，拒绝再往前走。

"我，我离婚了。"孙墨苹终于抱着闺密的脖子，轻声抽泣起来。

"啊？为什么啊？你怎么也不跟我说啊？怎么说离就离啊？"米佳几乎是叫着表达自己的不解。孙墨苹只是轻声抽泣，并不多说。米佳知道她的性格，不是她想说，天王老子也撬不开她的嘴。只能轻轻拍着她的背，用肢体语言化解她的悲伤，表示自己的同情。思绪不由得又回到自己和海斌的关系上。两人再怎么争吵、冷战，却从没想过离婚。这跟米佳单纯的头脑里，除了第三者，想不出其他导致夫妻离婚的理由有关。

孙墨苹很快就克制了自己的感情，深深呼了一口气，恢复原状。看着米佳不解的表情，她自嘲地笑了。

"都说离婚是解脱，真是屁话。"

"你也会说脏字啊！"

"只是表达情绪，敬请忽略。"

"还能开玩笑啊，看来不是真的吧？"

"是真的。上午办的手续。不过，真事儿，离婚滋味不好受，且行且珍惜吧。"孙墨苹的话没头没脑，"离婚就是场自伤，只能自愈，切莫效仿。"

"亲爱的，别委屈自己，有什么话说说，要不陪你喝酒去吧！"

"我明天还早读呢！没时间倾诉，再说也没啥可说的。这年头，离个婚，多大点儿事儿啊。行了，回家睡觉。还有，孩子不知道，别瞎说。"

人和人就是这么不一样。孙墨苹是个能把天大的事藏在心里的人。

米佳是有问题必须马上解决的人。她不相信时间能解决一切。她认为问题会发酵，人心会疲惫，关键是由此产生的负面情绪会直接影响生活质量。她从来都不赞成也不理解孙墨苹的处事原则。可是，随着年龄的增长，她发现，越来越多的事情不可能即刻解决，只能依靠时间帮忙。可时间也不能解决一切，只能消磨一切，消磨你的热情、斗志、力量和希望。当绝望来临的时候，便会出现两种选择，或是在麻木、混沌中苟且，或是在沉默、隐忍后爆发。看来，孙墨苹和汤小兵是爆发了。至于原因，米佳忽然不想知道了。家家有本难念的经。自己的经已经不知道如何念下去了，有什么资格掺和别人的？不过，对海斌的态度，她已经忍到极限了。她不想让含混不清的情绪伤害自己，也伤害别人。当然是如果会伤害得到的话。毕竟，她对海斌的感受没有一点自信。她真的不能忽略海斌跟孙墨苹冷静算账的表情……那是一个商人的嘴脸，不是丈夫。她必须问清楚，彼时彼地，他把他的妻子当成了何种商品。

米佳胡思乱想着，走进家门。一股肉香扑面而来，餐桌上，熟食展示一样放着几个盒子。鸡翅、鸡脚、鸭脚、猪脚张牙舞爪着召唤着她。米佳一下笑了，憋了一路的劲儿忽然泄了，顾不上洗手，就抓了一只，边啃着，边去看女儿海小米。海小米添油加醋地称赞了老爸的行为，让老妈见好就收。米佳咂摸着嘴里的滋味，让她小孩子少操心大人的事儿，心里盘算着，怎么才能张开口。最后决定先洗去一天的劳顿，香喷喷地躺在他身边，可能自己什么都不用说，他就知道错了，用行动表示一下，她也不是不能接受。正想着美事，卫生间里一只大蟑螂公然挑衅起面生桃花的女人。米佳可不是那种见了虫子就尖叫着往男人怀里躲的娇娇女，立即斗志昂扬地投入战斗。

米佳大张旗鼓地追打小强的动静并没有引起海斌半点注意。他正对着懒人支架上的手机傻笑。看名人在综艺节目里互怼，早就成了他最好的放松方式。十一点，是他最后一次如厕，准备进入梦乡的时刻。他关了电视，走进卫生间，看到米佳衣衫不整、盆扬碗翻地打蟑螂，只好迅速关上门。米佳见他开门又马上关上，脑补了他嫌弃的眼神和心理活动，再想到打虫子这种事本来应该是男人的事，他不仅不管，还嫌她动静大了，立刻火冒三丈，蟑螂也不抓了，拉开门就横加质问。

"你什么意思啊？干吗开开门又关上？"

"我——"海斌一时没反应过来。

"嫌弃我你就直说，别用行动表现，我理解能力差，体会不了那么深，耽误了您的事情就不好了。"

"你确实耽误我事儿了。你看表几点了？大半夜你自己梦游就算了，在这里乒乒乓乓吵得四邻不安，你什么素质啊？"海斌根本没听到任何打虫子的声音，只是看不惯米佳动不动就弄得一地盆盆罐罐，自动引申到更高的层次。

"我是素质不高，但也比有些冷血动物强。眼看着自己老婆从楼上摔下来，连句问候的话都没有不说，还嘲笑她玩跳伞不花钱……"

"我冷血，我就不会买那么多猪脚关心你了。"

"你那是关心我吗？你分明是买一堆猪蹄来讽刺我笨得像猪一样。"

"无理取闹。"海斌看到时间已过十一点，认为睡眠高于一切，决定退出战斗，闪身进了卫生间。看着他宁愿踮脚跳过地上的障碍物，也不弯腰帮她收拾地上的东西，米佳更是气得呼吸急促、心跳加快，只能深吸一口气，要把多日的积怨一并爆发。这时，电话火急火燎地响起来。

- CHAPTER 3 -

几多欢乐几多愁

1

自从电子阅读、碎片阅读进入人们的生活，纸媒杂志就越来越不景气，每月固定的栏目和篇幅，早就不需要紧急采访、连夜出稿了。米佳已经有多年没有因为工作被半夜召回单位了，想到刚才电话里主编火急火燎的口气，她觉得单位可能出大事了，或者就是领导想起她曾是当年的"一支笔"……莫名的兴奋，让她的脸上泛起红晕，她带着久别战场的冲动，钻进了出租车。毕竟，校对员一样的工作状态，复印机一样的生活节奏，与她曾经有过的打仗一样的高节奏采编工作生活有着太大区别。那时候，她年轻、有活力、有想法，无论采、编都是最出色的，名字永远占据着杂志社重点版块的位置。如今，年轻人一茬一茬地来，老的一拨一拨地走，不知不觉，她就进入老同志梯队，不可能到一线跟人家年轻人拼体力，竞聘的失败也说明自己跟仕途无缘，她能做的就是守着几篇半死不活的稿件，挑挑错字，看个新鲜。关键是现在的稿子，除了八卦就是架空，好容易接点儿地气，要么无病呻吟，要么逻辑不通，让人看着反胃。米佳越来越怀疑自己的价值，不仅是自己在杂志社的价值，而且是自己存在的价值。

主编早就等在大厅里，拉着她就登上电梯。随着主编阴沉的表述，米佳知道自己想多了。杂志社即将被新媒体集团收购，大老板不知道从哪儿看到米佳救人坠楼的事，连夜打电话让主编带她去训话。米佳从主编的脸色看出自己凶多吉少，兴奋瞬间变成了忐忑。早听说并购后，将会大裁员，今天的事无疑是积攒给别人腾位置的材料。想到离开，米佳的心情有点儿复杂，工作虽然无聊鸡肋，但这毕竟是她奋斗二十年，付出了青春和全部热情的地方。她不知道自己看似大条，实际细腻的神经会作何反应，只想起一个词——舍不得。胡思乱想的时候，米佳已被主编带到顶楼新媒体部。新鲜事物就是不一样，这么晚了，大厅里灯火通明，人头攒动，根本分不出深夜还是白昼。主编带着落寞，不断叹息摇头。米佳想调侃两句，想到自身难保的处境，只好作罢，亦步亦趋，随主编来到会议室门口。

……

接着发生的事，米佳直到坐进出租车还在怀疑它的真实性。气球彩带，香槟音乐，狂欢的人群，夸张的称赞，由握手升级到拥抱的祝贺……一切的一切都让她人生中普通的半小时像做梦一样。事情的经过是这样的，社内同事发现自己同人成了网红，自然不会放弃这个机会，将米佳的事迹和大照片做了今日主打新闻，报到总部。新媒体部同人，抓住机会，猛蹭热点，一跃实现了公众号点击破亿的新目标。大老板高兴，急招主编带当事人来参加庆祝活动。这才有了主编的深夜电话……主编自是兴奋不已，暗嘱米佳抓住机会，让大老板记住自己。米佳困得要死，本能地拒绝了大老板继续喝酒唱歌的提议，任性地上了出租车。可上了车，她竟然不困了，回想着主编更加阴沉的脸，心下暗自嘲讽——官大一级压死人。接着，她又担心地发现自己居然毫无兴奋点，那么热烈的场面，竟没引起自己些许情感上的共鸣。这就是衰老的表现吗？米佳莫名伤感，为自己的无趣，更为不期而至的中年，即将到来的老年，最终走向的死亡……就这么带着无奈、悲哀、凄凉，她穿过无人的街道，回到漆黑的家里，躺到床上，怅然若失。困意注定是回不来了，她只好闭上眼睛，任思绪四处飞舞。林木的影子若隐若现地飘来，伴着海斌叫板似的鼾声。米佳自嘲地笑了。这就是她的生活。

米佳梦到林木了，他仍穿着校服，背着画夹子，青涩的脸上写着踌躇满志。她好像一直追着他问那幅画是不是画给她的。林木只是笑，并不回答，还一阵疾走，几乎甩了她。她想拦住他，不得不伸手去拉，竟被海斌不满的叫声吼醒了。原来海斌想到未来艰险，压力山大，第一次在子午觉中醒来，在长夜漫漫中打开灯、睁着眼睛想事情。无聊中他发现，沉睡的米佳眼珠乱动，呼吸急促，接着竟张牙舞爪起来。海斌瓮声瓮气问米佳是不是做梦了。米佳定睛看到的是海斌的手臂。那条曾经打动她的年轻健硕的臂膀，早在岁月的荡涤中渐显老态，松懈的皮肤掩盖着崎岖的血管，看着让人心疼。米佳很想伸手抚慰一下丈夫，可想到海斌对自己的态度，立即没了温情的兴致。对海斌而言，女仆似的服侍，永远比叽叽歪歪的小情调来得实在。米佳越来越觉得海斌应该娶一个保姆，而不是老婆。

此时，晨曦透过窗帘，新的一天来临了。每天这个时候，米佳都会想起《飘》里斯嘉丽站在大树下面，决定重回塔拉庄园时说的话："After all, tomorrow is another day." 可迎接她的真的是新的一天吗？想着即将响起的闹钟，从早上就要开始的劳动竞赛，单位里无事忙的装模作样，还有孩子成长的烦恼……米佳重新闭上眼睛，她想继续安睡在那个梦里。梦里的自己是什么样的？也穿着校服吗？还是现在这样一身大妈的打扮？头发呢？是上学时利落的短发，还是现在这种被潮流追回来的"妇女队长"头？她怎么都不记得了？只有林木的样子十分清晰，年轻的朝气带着清新、甜腻的味道，扑在她的脸上，就像高考后第一个清晨的味道和感觉，令人永生难忘。这么多年，她几乎忘了林木，忘了曾经激情澎湃的年轻岁月。谁承想一幅画就让故人重新入梦。真是日有所思，夜有所梦。一切都是同学聚会惹出的回忆闹的。人们都说，开始回忆就是进入衰老的信号。米佳最终将这解释为自己在不可控制地走向衰老和落寞，心情更加不好。闹钟在这时不合时宜地响了。她条件反射般弹起身，关掉那个公鸡打鸣的声音，恋恋不舍地看看仍在慢慢回弹的枕头，慵懒下床，更衣洗漱开始一天的战斗。

厨房自然是主妇的主战场，在那里，米佳有一片属于自己的阵地。从小她就喜欢收集杯子，长大了这一爱好发展成文艺青年的小资情怀。可局促的厨房不允许她将此爱好大肆渲染，尤其是海奶奶入住后，她从老家搬来的各色蒸锅铁锅，带着年代的气息和油腻将她那些精致小巧，也的确华而不实的东西挤到了一边。米佳才不希望老太太表达母爱的煎炒烹炸，污损了她心爱的锅碗瓢盆。于是，在厨房的一角，她给自己设置了精巧的操作台。餐具器皿精致，以小家电为主要厨具，倒也别具一格。每天早上，她就在这里，给老公和孩子准备早餐。一杯牛奶，配上鲜榨果汁，蛋糕或是面包，配以煎鸡蛋或是烤肠，简单又营养。关键是她觉得吃什么并不重要，重要的是食物放到精美的餐具里，颜值大增，能令人赏心悦目，一天都有好心情。不过，想象是美好的，现实是残酷的。她的厨艺实在糟糕，加上早晨时间紧迫，最终的结果，往往是手忙脚乱、盆扬碗翻地折腾一早上，她的爱心早餐的卖相和味道令人无法恭维。好在海奶奶惯于晚起，海斌又从不挑剔，海小米有肉即欢，米佳也就自我感觉良好地沉浸在外包装和形式带来的美好上。不过，今天就不好说了。

走出卧室，米佳就闻到一阵摊煎饼的香味儿。完了，海奶奶居然起床了，并且拿出了自己的绝活——五谷煎饼。薄薄的煎饼配上鸡蛋薄脆，夹上生菜配料……这绝对是海斌的最爱啊。看来今天的劳动竞赛，自己不弄出点儿花样来，必将惨败。

米佳边盘算着如何在最短时间、利用现有食材，反败为胜，边走进厨房。海奶奶果然在专注地烹制煎饼，灶台上还用小火煨着一大锅粥。第二个成品刚刚出锅。她细心卷好，放在锅里保持温度和酥脆，然后夸张地大嚼着自己的煎饼，躲出厨房。粮食的香味中混杂着配料生猛的味道，强烈地冲击着人的感官。米佳禁不住咽了口唾沫。她知道锅里那个定不是给她准备的，而在这"一屋两制"的厨房里，她的地盘早就被边缘到了那个角落。所以，她不但没向生理反应屈服，反而在挫败中获得了灵感，麻利地打开冰箱，拿出食材，然后翻箱倒柜找出各种面包磨具……她要从形式上扳回败局。

早晨永远是一个家庭最忙碌的时候。事实证明，米佳高估了自己的实力。由于沉迷于制作漂亮可爱的早餐，她忘了叫孩子和海斌起床。等她将还算满意的作品放上餐桌的时候，时钟的指针早已指向出发的时间。两人手忙脚乱地爬起来，更衣洗漱，抄起包就往外跑。谁还有闲情逸致关心你面包上的笑脸和鸡蛋的形状？米佳不忍心让孩子挨饿，胡乱将精心摆放的鸡蛋和面包裹在一起，放到食品袋里，让海小米拿着路上吃。海奶奶则叨唠着，把自己的爱心煎饼盛在保鲜盒里，让儿子带到公司吃。一个家，两个妈，各自照顾着自己的娃。

一家人风风火火跑到车库，海斌率先坐进驾驶室，启动汽车。海小米也麻利地钻进后座，戴上耳机。米佳看着海斌透过保鲜盒闻着老妈煎饼的样子，忍不住来了邪火，赌气从前边绕到后座。拉开车门她才想起来，忙着往外跑，忘了拿钥匙包，只好将包往后座上一扔，关上车门，往回跑。

奇迹就是在这时候发生的。米佳没跑几步就听到了尖厉的车鸣声，回头一看，自家那辆沃尔沃居然绝尘而去。她不由得愣在原地，眼看着车子不见了踪影。可她并没有像以前那样捶胸顿足、情绪激动地打电话骂海斌缺心眼儿，也没有自怨自艾。她只是觉得疲累不已，全然没了吵架的力气。只有一个问题，冲出脑际，渐渐阻挡了一切言语——这说明了什么？恍惚着，她开始思索。

直到挤进人挨人的地铁，米佳才想明白。这说明她的存在与否完全可以被那声车门声代替；说明她在这个家中的价值和地位所剩无几；说明共同生活十五年的丈夫甚至都懒得回头或者只是从后视镜里确认一下她的存在。她像空气一样被他忽视着，像雾霾一样被他嫌弃着、厌恶着。透过人缝，她看到自己憔悴的脸，灰蒙蒙地浮在车厢玻璃上，整个线条都被地球引力拽着，一路向下，好像要钻到地底下去。从前她也是这样，时不时透过人缝儿，端详玻璃里映出来的自己。那时，她看到的是白皙、朦胧、飘逸得像个女神的女孩。而今，米佳真不敢看下去，可又不忍不看。因为她不相信那个偶然看到的女鬼一样的脸就是自己的。她不停地验证着、失望着，终于在快下车时找到一个比自己还灰的脸，这才自欺欺人地暗自欣慰，放心下车。

孙墨莘的早晨，比米佳好不到哪儿去。她要早读，汤圆要参加训练。娘俩被子都顾不上叠就赶到学校。一番忙碌，下了早自习，她才饥肠辘辘地想起自己和孩子都没有吃早饭。要知道，以前汤小兵在的时候，无论多早，他们都会有各自的早餐。她的一般是一壶热豆浆，配上一早现摊的煎饼鸡蛋，卷着绿油油的青菜，清淡营养。儿子的则是自制的纯肉牛排汉堡配全脂牛奶，外加一个煮蛋。她也曾想过汤小兵何来那么大的细致和耐心，后来自己找到了答案：他就是厨子，做饭是他的爱好。孙墨莘咽了口吐沫，仰起头，边责怪自己为口吃食就想起汤小兵，太没出息，边满校园找汤圆。想到儿子饿着肚子练了一早上球，连口早点都吃不上，她的心里才真正不是滋味。

汤圆可没有孙墨莘想的那么可怜。此时，他正在校园的角落，隔着铁栅栏，大快朵颐。黑胡椒鸡腿堡，热巧克力，外加一杯鲜榨橙汁。他的待遇一点没有因为老爸的缺位而降低。

"老爸，你这回玩儿得有点儿大吧。多少天了，还不回家？我妈她不行，看把我饿得都瘦了。"汤圆狼吞虎咽地吃着，还不忘叮嘱老爸。

"不是我不想回去啊。是你妈，这回她太来劲。"汤小兵时不时用纸巾给儿子擦着嘴角的饮料汁，满脸愁容。

"不是跟你说了吗？这女人不能太惯着，你不听啊。这回蹬鼻子上脸了吧。"汤圆的口气好像他才是老子。

"哎呀，这回不是，咱真的错了，错了就要认错不是？"

"怎么？你出轨了？"

"臭小子胡说八道什么？这世上再也找不到比我更忠贞的了。"

汤圆一口热巧克力喷出去，笑得喘不过气来："对，对，就您这忠贞，我妈还真接不住。"

汤小兵当时愤然离家，现在连个落脚的地方都没有，哪有心思顾及自己的用词，任凭汤圆笑得前仰后合，自己一丝笑意都没有。汤圆看老爸愁容满面，哪儿还笑得下去，赶紧换上一副真诚的怜悯，给老爸加油："没什么大不了的，开动你的小宇宙，哪儿有攻不下的山头？"

"得，借您吉言。哥们儿这回排除万难，也要争取最大的胜利。"

说着，汤小兵将给孙墨苹的早点塞给儿子，让他千万别告诉老妈，这早点的来历。汤圆从小受老爸熏陶，自是明白个中道理，赶紧吞咽了最后一口汉堡，跑去老妈的办公室，替老爸送爱心。

孙墨苹捧着儿子送来的早点，眼睛一阵发热，既自责不是个称职的母亲，又感叹孩子长大了，知道心疼妈妈了，进而坚定了独自带大孩子的信心和决心。这一点汤小兵可是万万没想到。

2

地下交通的顺畅让米佳不仅没有迟到，反而比平时早到了十分钟。米佳盘算着，用这十分钟跟孙墨苹诉诉苦，争取再探探她和汤小兵的事。谁知，脚还没站稳，主编的电话就追过来了，她以为主编还要跟自己分享昨天的喜悦，门都没敲就进了领导办公室。沙发上，坐着的男人和主任恢复原状的脸，同时提醒她，她又想多了。

来人是个律师，确切地说是那个轻生女——二十三岁的湖南籍女孩贾晓曼的律师。他此行的目的就是代表贾晓曼向杂志社以及米佳本人递交律师函，意欲以阻碍他人行为，造成公民人身财产损失为由，提请民事诉讼，并要求责任方提供五百万人民币的精神及财产损失费。

"这位律师，你法律知识是跟体育老师学的吧？"米佳一听就急了，"全世界那么多条法律，哪条写着见义勇为是阻碍他人行为的？"

"这位女士，世界上哪个字典里界定了您当时的行为是见义勇为？"

"我不是见义勇为是什么？"

"客观地说，是干扰他人行为，通俗点讲就是没事儿找事儿，吃饱了撑的。"

"哎，你这人。"

"好了。都不要说了。请您放心，这个事儿，我们会严肃处理！"

主编一锤定音，将所有责任算在米佳头上，又低调谦卑地说了一箩筐好话，律师才放下一张名片，云淡风轻地走了，留下主编一张磨盘脸对着米佳。

"你啊你，"主编指着米佳的鼻子，开始数落，"多大岁数了，不知道该认尿的时候就得低头的道理啊？"

"我本来就没错。"米佳的脖子不知不觉梗了起来。

"反正我不管啊，你惹的事你自己平，平不了，你就自筹资金赔偿人家损失。"

"主编，话不能这么讲吧！"

"怎么讲？你八小时以外的行为还要社里为你擦屁股吗？"主编显然失去继续理论的耐心，开门准备离开。

米佳不知趣地跟在后边，也不知道哪儿来的邪劲儿，忽然提高嗓门说："那也不能好事儿你们全占了，坏事儿就往我一人身上推吧！"

以下犯上的永远是办公室里最吸引人的戏份，大家都停下了手中的工作，静候剧情的进一步发展。主编毕竟是一级领导，虽无心恋战，但也不能失了面子。

"就你这认错态度，我就应该停了你的职。"

"停职就停职，我就是不干了，也不会助纣为虐，让戏精颠倒是非。"

米佳战士一样的声音终于惹怒了主编，主编再也顾不上自己的绅士风度。

"好，好，既然你这么说了，就省得我去麻烦老板了。两条路你来选：一、上门道歉，求得谅解，后边好说。二、自筹资金五百万，赔偿损失。"

"我要都不选呢？"

"都不选，就滚蛋。"

米佳终于被主编骂住了。大学毕业就分到杂志社，从小记者兢兢业业做到栏目责编，她没想过升官发财，更没想过有一天会离开这里。她曾以为自己生来就是做记者的，就是靠写字吃饭的，离开杂志社，她真不知道自己能滚到哪里。此时此刻，她知道自己该说点什么，必须说点什么，可她又能说什么呢？她本能地张开嘴，脑子里一片空白，喉咙里发出嘶嘶的声响，只有自己能听到。忽然，耳朵里传来天外之音：

"此处不留爷，自有留爷处。走，老婆，跟我回家，老公养你。"

米佳使劲儿晃晃脑袋，一切都太不真实了，她必须确认眼前出现的海斌不是自己想象出来的。她甚至伸出手，去感触海斌带有汗渍的肌肤。一切都是可触可感的，迎接她的是海斌粗糙有力的大手和并不宽厚的胸腔。接着，她就被拖拽着，几乎走出大门。门槛儿恰好绊了她一下，理智的声音回荡在她的耳畔："不能就这么不明不白地走了。"

米佳猛地站住了，挣脱海斌的怀抱，低头走回被突如其来的变化整蒙的主编面前，低声而清晰地说："我会去找她赔礼道歉，尽量挽回损失。"

"你做什么了，要赔礼道歉？都说了，这种受气的活儿咱不干了，我养你。"海斌是来给米佳送包的，正听到主编让自己老婆滚蛋。看着老婆无助的样子，雄性动物的本能令他想都没想就冲了过去。此时，米佳的表现着实令他不爽。

"你谁啊你，我靠你养活？再说了，你凭什么左右我的人生？"米佳中邪一样把火都撒到了海斌身上。这回轮到海斌蒙了。这女人什么情况？到底要干什么？海斌气得说不出话来，只能指着米佳的鼻子喘粗气。米佳反倒平静了，掰开他的手指，推着他走出杂志社的大门。

米佳是路痴，即使有导航帮忙，她仍在这个高档小区转悠了好几圈才找到那个所谓的 X 区。竹林掩映里她敲开贾晓曼的房门。对于她的到来，贾晓曼一点都不惊讶，毕竟让律师登门"踢馆"本就是她所设计的一个环节。没有寒暄客套，更没有水果茶水，年轻人似乎早忘了国人讲究的待客之道。遭劫一样的屋内，凌乱得几乎没有下脚的地方，贾晓曼慵懒地蜷缩在沙发里，等着米佳开口。米佳为自己找了一块相对宽敞的位置坐下，看着贾晓曼，也等着她开口。二人就这样对视着，气氛却一点不紧张。因为贾晓曼睡着了，闭上的双眼自然没有任何威慑力。米佳搞不懂这姑娘得有多困啊，居然能当着一个即将发生诉讼的人的面进入梦乡。随着她对屋内陈设的打量和对睡美人的偷看，她明白自己真是老了，这件困扰她整晚、又在刚才几乎威胁到她饭碗的事件，在人家看来好像没发生一样。在事件发生后的十几个小时里，这个姑娘不但举办了家庭聚会，而且按照策划方案更新了自己的直播节目，回复了网友留言……派遣律师，只是人家忙里偷闲的一个小细节。

米佳不知道她会睡到什么时候，只能起身找了个毯子，轻轻盖在她的身上，准备离开。贾晓曼忽然说话了。

"别对我这么好，没用。"

"我才不是为你，我怕你儿子的妈冻病了没人管他。"

"大婶，我儿子他有姥姥，不需要你这个从天而降的大妈。"贾晓曼终于坐直身体，放弃了睡眠。

米佳实在不想再跟她重复昨天的话题，尽量开门见山地表达了自己的意思。贾晓曼也不是有城府的人，告诉她一切都是策划公司的安排，自己无力阻止，而且通过昨天的事件，她几乎一夜之间成了网红，由此引发的热议成为许多网络大V的新谈资。大家从就事论事，发展到追根溯源，甚至有人已将此上升到社会学和哲学层面。面对利益，网站、平台、策划公司自是当仁不让，而她只想得到那个渣男答应的五百万赔偿金而已。

"现在问题的关键是，渣男认为坠楼的不是我本人，拒绝支付赔偿金。我成了整个事件最大的受害者。大婶，您要理解我。"

米佳忽然觉得贾晓曼很可怜，来之前准备的一大堆口不对心的道歉话，一个词也想不起来了。她居然笑着说了句自己都莫名其妙的话："我其实应该好好感谢你。"

贾晓曼果然蒙了，以为米佳的精神再次错乱，神情不由得紧张起来。

"行了，你爱怎样怎样吧，权当我没来。"米佳一身轻松地转身离开，门响之前，听见里边传来一声呼喊，似是让她别走。不知为什么，米佳听出了事情的转机，却没有停下来。她是不希望事情尽快以皆大欢喜的方式结束吗？她也不知道，只是忽然间听到天外传来一句话："一切都是最好的安排。"大概四十不惑就是这么来的。米佳走出小区，仰头看到天井里的一小片蓝天，不禁自问："你真的不惑了吗？"

3

米佳顿悟的同时，海斌却深陷迷惑，老王拿着财务部的预算报表，直言不讳地验证了他的担心。原材料上涨，以现有技术，投入产出比失衡，三年下来，根本达不到总公司的利润要求。海斌知道老王的压力比自己还大，自是不敢责备，只央求他速想办法。老王对我国煤炭开采和利用的特点素有研究，认为目前能解决困境的办法只有一个——放弃洁净煤目标，依靠新型环保技术，开辟新型能源新思路。

"不是，师父您这个跳跃也太大了吧。这不是让咱们放弃老本行吗？"

"没有啊，我们将购买原材料的资金用于改造设备，购买专利，干的还是清洁能源老本行啊。"

"这个——您老哪儿淘换的这个主意啊？"

海斌问到点子上，老王才挠着头皮，不好意思地说自己昨天去找二姨支着了。原来，昨天海斌跟二姨斗嘴之后，老王就来了，唉声叹气，愁眉不展地将海斌的困境说了一遍。二姨刀子嘴豆腐心，嘴上说着不管，心里对自己奋斗一辈子的地方哪儿能没有感情。她随手打了个电话给自己在农科院搞研究的小棋友。小伙子头脑活络，立即提出大胆转型的建议，还免费提供了获得相关知识产权的途径和大概预算。老王连夜让会计进行核实，才有了今早这一番谈话。海斌大呼人才难得，拉上老王就往"自在"跑，要聘二姨当他们的技术顾问。

"您老真是我的恩人。"海斌兴奋地握住二姨的手，"这么着，要多少薪酬，您随便提，我绝对不打磕巴。"

"打住吧，你小子心里打的什么主意我还不知道？你哪儿是照顾我啊，你是想通过我，跟那些常到我这儿华山论剑的小资青年讨要无成本信息。"

"哎呀，二姨真是与时俱进，现在这年头信息就是财富，您老比我明白。"海斌还想继续恭维。

"行了，你肚子里夸人的那点儿词说得也差不多了。我自己几斤几两心里也明白。也别说什么顾不顾的了，人家小孩儿说了，有问题随时问，你二姨我混的就是这份局气。懂吗？"

"懂，懂，我这不学着呢吗？既然您……"海斌自认为找对了方向，自是好话说尽。

"先别高兴太早，我还没说完呢！"

二姨接下来提出的附加条件就显得有些无厘头了。她居然要海斌组局，当众给米佳赔礼道歉。海斌当然不会告知自己已用行动表示了歉意，只能嘴硬，强调自己何罪之有。二姨也不是善茬，坚持没有这个，绝对不给他们牵线搭桥。海斌无奈，只得答应二姨这个无理的要求。他哪里知道，即使没有这么一出，二姨也不会轻饶过他。原来，孙墨苹早将二人的事添油加醋转告二姨。为了捍卫自己唯一促成的一对姻缘，二姨挺身而出。再说，她一直认为海斌是个好男人，只是没人调教而已。看着二人匆匆离开，二姨的窃喜莫名转为淡淡的哀伤。活了半辈子了，她还是没弄明白缘分对命运的影响究竟有多大。她曾以为自己跟那个人早在几十年前就没了的缘分，难道重新出现了？二姨不是个纠缠别人、纠缠自己的人，她才不会让没来由的事情影响了情绪，想到海斌既然答应了聚餐，就要好好准备一下，忙吩咐手下，指定菜单，筹备食材。

米佳没完成任务，更无法预知事情发展的结果，在外边闲逛半日，实在无处可去，只能回单位等待发落。好在主编外出开会，再没人追着她问结果。同事们反倒纷纷围上来，天上地下地发表着自己的看法。观点无外三种：支持者给米佳打气，让她坚持新闻人的宗旨，维护舆论正义；反对者劝米佳让步，识时务者为俊杰，退一步海阔天空；骑墙派将重心转嫁到海斌身上，力赞米佳嫁了个为妻子仗义执言、甘当坚强后盾的好男人。米佳本就难以平静的心被他们说得七上八下，只得推说头疼，请假回家。

走在路上，她才发现自己根本不想回家，因为回家就意味着要面对海奶奶那双似乎无处不在的眼睛。站在十字路口，看着信号灯从红变绿，又从绿变红，旁边的人走了一拨又一拨，她早已没了前进的方向。这时，海斌发来一条链接和一段语音——因从不主动请客被孙墨苹叫作"海老茂"的海斌居然请她下班后到"自在"就餐。绿灯亮了，米佳疾步走过路口。离约会的时间不到两个小时了，她必须抓紧时间。她要换衣服、化妆，最好做做头发，还有……她这是怎么了？不就是"海老茂"请吃饭嘛，老夫老妻的，至于弄得像即将初次约会的小情人似的吗？可是，真不一样啊，那是"海老茂"啊，是向来视夫妻出去吃饭是情感和金钱最大浪费的"海老茂"啊！再说了，昨天他那么对自己，那么冷酷无情……他这是在主动道歉吗？还是又有……米佳在强烈的思想斗争中，完成了个人形象的转变——用最快的速度给自己买了新衣服，吹了头发，还在商场的试妆区享受了一把免费化妆。看着镜子里的自己，秀丽而不妖艳，知性而不呆板，她十分满意。相比同龄人的憔悴和沧桑，她很清楚自己的神经大条和简单直率反令她在容颜和气质上显得年轻了好几岁。可这些海斌根本不知道，或者说是视而不见。因着这个，米佳特意选择了大红色唇膏，她要让海斌明白，他的老婆，他要养着的老婆依然那么光鲜靓丽。

走进餐吧之前，米佳禁不住幻想海斌肯定让二姨预留了餐吧那个著名的情侣角，还点上了蜡烛，至于菜品什么的，便不重要了。她觊觎那个角落和那份烛光已经不是一天两天了。难为二姨有心，布置了这样的情侣角，米佳一直以为坐在那里就餐的情侣没有不收获幸福爱情的。所以，每次跟海斌闹别扭，她都想象着海斌能在那里，在烛光掩映中握着自己的手，跟自己赔礼道歉或者说出她从来没听过的甜言蜜语……米佳被自己的想象弄得咧开了嘴，她几乎相信了意念的力量。这不，想象了那么多年，终于，一切就要变成现实了。

"你可来了，真是明星谱大。"海斌的声音把米佳从想象中惊醒，抬眼望去，海斌果然站在那个情侣角。只是，同时出现的还有海奶奶、海小米、孙墨苹、二姨和一个呆头呆脑的老头。那个古香古色、韵味十足的小餐桌也被一张折叠大圆桌代替。桌上十几个打包盒跟餐吧里小巧雅致的餐具混在一起。二姨独创的几道小菜混在各色剩菜中，与她的发明者一样蔫头耷脑，充满绝望。

"都不是外人啊，赶紧趁热开吃，吃完了该忙什么忙什么。你赶紧，吃饱了回家写作业。"海斌兀自张罗着给大家分发餐具，一点没注意二姨的脸色。只有海小米听话，抓起筷子，闷头开吃。

"海小米，长辈迂没动筷了呢，你怎么就敢吃？人没规矩了！"一股无名火冲上心头，可怜的孩子成了米佳的出气筒。海小米四处看看，见没人给自己撑腰，实在没有面子，使劲儿放下筷子，转身出了大门。

"这孩子真是越大越不像话了，爱吃不吃，吓唬谁啊！"米佳继续维护自己的尊严。谁知海斌不干了："你有病吧？一来就拿孩子说事，不就吃饭嘛，哪儿那么多规矩？"

"你自己没规矩还不让我管孩子？"

"说什么呢？什么叫我没规矩，我怎么没规矩了？"

"这饭还吃不吃？要吵回家吵去啊。不过，海斌，别忘了你要干什么。"

二姨的声音不高，但是有效制止了争吵。孙墨苹也赶紧打圆场，拦住要去追孩子的米佳，用眼神示意她，多少给海斌留些面子。米佳这才压住火，坐下，可她明显感到来自角落的一道犀利的目光，刀子一样剜着她的肉。

海斌清清嗓子，发表了开场白，大意是奉二姨之命，为他们家"网红名人"米佳设宴压惊，重点却是他在杂志社力挺米佳、抗争主编的段落。头一次听说此幕的众人，不禁频频点头，为海斌大义护妻的行为所感动。二姨也忘了自己的要求，当场表示要不遗余力支持海斌事业转型。果然一切都是二姨要求的，而海斌之所以答应二姨，也是出于此目的。米佳顿觉一股凉气扑面而来，一分一厘地慢慢传遍全身，没一会儿工夫整个人就变得透心凉。孙墨苹见她沉默，没话找话开始夸她的装扮。米佳苦笑着说，终于有人发现她的不同，也算几千块钱没有白花。孙墨苹赶紧替她打抱不平，调侃海斌不知道关心妻子，质问他，米佳今天有哪些不同。海斌心情大好，当然明白孙墨苹的用意，意味深长地看了看米佳，大声说："当然不一样了。你看她那嘴跟吃了死孩子似的。"然后，被自己的幽默所感染，哈哈大笑起来，附和他的只有海奶奶。孙墨苹担心地看着米佳。米佳并未生气似的，随手夹了盘子里唯一的元宝蛋，大口嚼着，轻描淡写地告诉海斌，为了这个吃了死孩子似的嘴和这身行头，她花了自己半个月的工资，并告知，本月无结余，让他立即给她卡里打上后半个月过日子的钱。海斌听后，一边在心里捶胸顿足，后悔自己没事儿招惹米佳，一边当着众人面打肿脸充胖子，立即给米佳发了千元红包。米佳得意地收了红包，挑衅似的对着镜子又抹了一遍口红，起身告辞，身后是海斌向服务员要啤酒的大嗓门。

海斌酒后话密，一般不轻易沾酒。这是要酒后吐真言啊。米佳轻蔑地回过头，看到的却是多年前，海斌向她求婚的情景。这回他想说什么呢？当着他妈妈的面？还有那个老头，应该就是他天天挂在嘴边的所谓师父吧。随便吧，爱说什么说什么，十几年夫妻了，谁还不知道谁啊！她现在最该关心、最想关心，也只能关心的只有她的宝贝女儿海小米了。可这孩子，最近不知怎么了，老是怪怪的，平时看着温顺听话，不知道哪句话不对了就会爆发。难不成是青春期来了？想到这儿，她心里更加没底。她从小被惯着、宠着，好像没怎么经历青春期就长大了，对那个人家都谈虎色变的东西，她是既陌生又害怕。她不知道怎么应对，更没人商量。因为在她心里，海斌忽冷忽热的状态跟青春期差不多。她能依靠的也就是孙墨苹了，可她今天怎么了？居然没有跟出来，与自己站在一起。米佳失落地往家走，心里盘算着给女儿做点什么好吃的，适当表达一下歉意。弄好了，母女俩再推心置腹谈一谈。对，跟女儿说说心里话。谁让她内心的孤单越来越强烈呢？不找个人说说话，怕又是个难眠之夜。至于跟谁、说什么就没那么重要了。

- CHAPTER 4 -

命运的召唤

1

　　海小米的失踪让米佳彻底崩溃了。她不知道最近是怎么了，越是想好的事，越不朝着她想的方向发展。海小米负气离开后根本就没回家。门口保安说，一早看着个女孩，抹着眼泪上了一辆出租车。米佳的自我批评精神和凡事儿往前倒的功夫立即发挥了作用，她从刚刚的事，推测到昨天自己的行为让孩子有了负面情绪，甚至一直推到一个月前，那次测验没及格，她撕了孩子的卷子……听着她歇斯底里的分析，海斌没有一点发言权。在他心里，海小米还是个小娃娃，除了每天感受一下她又潮又肉的小手，他连孩子有多少门功课，上了几个辅导班都不知道，更别说什么思想问题、女孩子心事了。如此任由米佳祥林嫂似的念叨根本解决不了问题，他决定发动群众出去寻找。大家纷纷响应，可说到寻找方向，谁都没有准主意。这时，孙墨苹才说出藏了一晚上的话。原来，今天学校出了件大事，初二年级语文老师发现有三个孩子的作文相似，怀疑他们互相抄袭、蒙混老师，遂将三个孩子送到了德育主任孙墨苹处。

经过仔细查问，孙墨苹抓住神情最不自然的小胖重点攻坚，竟一举揭露了以小胖为首的替别人写作赚钱的"非法小团体"。小胖禁不住威逼利诱，终于供出一名同伙——海小米。由于前边的事儿还没有尘埃落定，二人可能面临杀一儆百的重罚。孙墨苹本来想给米佳打电话告知详情，想到晚上就要见面，而且认为由海小米先把此事向母亲坦白比自己先入为主抢先告状效果要好，就一直等到聚会开始。谁知，不知内情的海斌把海小米也带来了，她更不好开口。看到米佳莫名对海小米发火，以为她早就知道了。后来，发现惹怒米佳的还是海斌，而二人又一直斗嘴，根本没机会说此事。谁想到，就惹出这么大麻烦。

米佳顾不上责备闺密，赶紧联系了小胖。小胖虽不知海小米下落，但他提醒米佳，汤圆是海小米的"军师"。关键时刻，怎能忘了此人？问题又转回孙墨苹处。孙老师矢口否认汤圆知道此事。理由很简单——汤圆参加篮球联赛，今晚在郊区的某国际学校参加封闭式比赛。她让米佳理智分析海小米是否还有别的好友，言外之意米佳不了解自己的孩子。米佳哪里听得出孙墨苹的话外音，更管不了什么理智，只执拗地认为，海小米肯定去郊区找汤圆拿主意了，逼着海斌开车去找。海斌深知米佳认准的事儿，八头牛也拉不回来，再说现在海小米手机关机，音讯全无，即使是他也做不到按兵不动、冷静分析。

夫妻俩匆忙上路，一路向北，赶往国际学校。路上，米佳一直念叨着都是自己的错，为了跟海斌较劲，删了那个查找朋友的功能，如果当时没那么多浪漫想法，此时点开手机，就能知道孩子的去向。海斌隐约记得这件事。自从苹果系统升级，多了个"查找朋友"的功能，米佳就如获至宝非要把一家三口都定位在她的手机里，还美其名曰：时时刻刻感受自己家人的位置。实际上不就是变相监视吗？海斌极其反感，坚决制止，还不留情面揭露了米佳无事生非的丑恶嘴脸……这自然触碰了米佳的浪漫主义情怀。她义正词严地宣讲了自己的坦荡后，当着他的面将他驱逐出朋友圈、通信录。对这系统更新引发的战争，海斌习以为常，采用冷处理的方法，置之不理。事情过了两个月，他都不太记得了。哪知又被米佳提起来，还上纲上线到另一个高度，真是没地方说理。海斌被米佳念叨得心烦，又怕多言惹来更多麻烦，只能闷头不语，一脚将油门踩到底。

轰鸣的车声提醒米佳，多说无益。她只好停止叨唠，将目光转向窗外。天黑得透透的，通往郊区的公路漆黑一团，米佳想起小时候读过的童话。小红帽和白天鹅曾经走过的黑森林似乎就在前边等着她。那些飞快闪向身后的大树，伸着枝枝杈杈随风招摇着，没准就是童话里各种妖魔鬼怪形象的灵感来源。如此荒无人烟的黑夜，一个孤身打车的小女孩儿……米佳不敢再继续想下去，可就这么待着，她实在控制不住自己的思绪。无奈中，她翻出通信录，开始挨个骚扰可能跟海小米有交集的人。在得到一个又一个早就知道的结果之后，她的心一点点沉向了谷底。这时，孙墨苹的电话成了压倒她的最后一根稻草。孙墨苹联系了学校篮球队的带队老师，找到刚刚结束训练的汤圆，确认海小米并未去找他，让他们别再乱跑，赶快报警。报警能怎样？跟警察一起等着孩子出事儿的消息，然后去案发现场？不，海小米是她的全部，她不能让这一切发生。这时，海小米的哭喊声梦幻般传来，一阵强似一阵。米佳疯了似的让海斌停车，她要去救自己的孩子。海斌反应不及，她竟然扒开车门就往外跳。幸亏海斌及时踩住刹车，她只是扑倒在地，没有什么大碍。

"你疯了！"海斌禁不住怒斥妻子。米佳没听见一样，爬起来就往前跑。那状态，不是疯了又是什么？

忽然，一辆卡车迎面驶来，米佳被其刺眼的大灯晃得不知所措，浑身僵硬地站在路中央，完全失去了行动能力。

伴着卡车愤懑、骇人的鸣笛声，米佳被一个黑影猛地推到路边。两人重心不稳，同时倒在地上。

黑影是迅速将车停在路边的海斌。他本打算下车痛骂米佳任性不要命，见她傻了似的站在路中间，闭着眼睛，车都不躲，赶紧飞身扑来……

"摔着没有？哎，伤哪儿了，我看看，这哪儿来的血啊……"海斌拽起吓蒙的米佳，凑着汽车的大灯，仔细查看她手上的血。可看了半天，也没发现伤口，倒是自己胳膊上一阵紧似一阵疼了起来，翻手一看，小臂上不知被什么划出一道半尺长的口子。见米佳没事，他胡乱蹭蹭伤口，搂着她回到车上。

没来得及体会第一次与死神擦肩而过的战栗，米佳就接到赵梅的电话——海小米居然在她那里。原来，汤圆参赛的学校正是高鹏的学校。赵梅晚饭后闲来无事，去给儿子送水果，回来的路上，遇到站在路边落魄无助的海小米，赶紧让孩子上车，问明来意后，又返回学校寻找高鹏未果。现在，海小米正在她家，赌气不想回家。

在去赵梅家接孩子的路上，连续冷战、纷争不断的夫妻俩终于达成共识———定要对海小米进行严肃的批评教育，不能让她养成动不动就离家出走的臭毛病。

"就是，这孩子跟你们女人一样，不能惯着，越惯着越来劲。"海斌说完最后找补的这句话就后悔了，以他对米佳的了解，最大的危机已过，任何一点风吹草动都会引起她情绪和语言的轩然大波。不过，这次他想错了，米佳没听见一样看着窗外，目光呆滞，双唇紧闭。她是累了、乏了、烦了，还是……她自己也不知道。她只想尽快见到女儿，搂着她肉嘟嘟的小身体……

见到海小米含着泪花，幽怨地看着自己的小眼神儿，米佳所有的怒气顿时烟消云散。她撇撇嘴，缓缓张开双臂，海小米就小兽一样扑进她的怀里。看着含泪相拥的母女俩，海斌嘴里嗔怪着女人的毫无立场，心里暗暗压制住一阵阵上涌的酸热，将注意力集中在赵梅豪华气派的大房子上。此举自是暗合赵梅心意。在她的带领下，海斌仔细参观了房子的每一个角落，不由得感叹，没有花钱的不是，并夸下海口，不久的将来也让米佳住上这样的房子。米佳懒得听他吹牛，找赵梅拿出医药盒，给他擦拭伤口。赵梅听闻海斌车下救妻壮举，大赞米佳遇到了真男人。海斌被夸得有些飘飘然，被酒精消毒的痛楚刺激了之后才发现，自始至终，自己没听到米佳一句感谢或者安慰的话，心下暗暗不爽。

　　米佳专注地给海斌消毒包扎，冷漠平静得像个专业护士。她当然知道，刚才海斌是舍命救自己，她也知道自己应该有所表示，可不知为什么，当着赵梅的面，她一个字、一个亲昵温柔的动作都做不出来。难道这就是女人之间的暗自较劲吗？想想真是无聊，上学时，二人就因为品貌、学习成绩相当，经常暗暗较劲，有时候为了一分之差，就能哭天抹泪，好像世界末日即将来临。如今长大了，这种惯性思维，不仅没有减弱之势，反而作用力更强似的左右着二人的行为。而到了这个岁数，能比的，除了老公就是孩子了。

　　赵梅拿出高鹏的美高 offer，不无炫耀地告诉他们，这是洛杉矶华人地区最好的私立学校，曾经出过多个知名校友，能拿到这个学校的 offer，就意味着离常春藤大学不远啦。而上了常春藤大学，孩子一生的地位就能基本奠定。接着，她又拿出学校简介。设施齐全的校舍，名目繁多的课程，帅气阳光的美国少年……无不令人神往。对学校的认知只停留在公立重点中学范畴的米佳觉得这些高大上的事物，离自己太过遥远，毫无交集的生活圈令她对此的想象力极其匮乏。所以，她只礼貌地应对着赵梅的介绍，心里想着是不是赶紧回家，让海小米完成今天的课外补习作业。海斌更是爱国主义爆棚，毫不留情地痛斥帝国主义的腐朽思想，坚决抵制崇洋媚外，弄得赵梅很下不来台。幸亏海小米睁着一双无知的眼睛，问东问西，赵梅才找到知音一样，详细介绍了学校课程和授课方式。说者有心，听者更有意。在赵梅不无夸张的描述中，海小米的脑海中出现了玩中学、学中玩，自由、宽松、快乐的天堂一样的学习氛围，眼睛都直了。

2

回家的路上，海小米趴在妈妈腿上，想睡又睡不着。这一天，对她来讲太漫长了。作为从未被关注过的中等生，先是被校广播站点名要求到德育主任办公室报到；接着，就看到小胖和几个那里的常客一字排开站在楼道里。她被示意按顺序站好，各自思考问题。各种目光、议论、压抑着的讥笑……她从未想过被关注的感觉是这样的。再之后的事情，好像是某个人扛不住压力，坦白了所有罪行。小胖承担了主要责任，作为帮手，她享受了被校长面训的待遇。以前，她特别想知道校长一头乌黑的盘髻是不是真的，这回好容易可以当面辨认，她却吓得头都不敢抬，一直看着自己的脚尖。当然，校长她老人家说了什么她也没听见，她看见一只小虫从自己的脚下找死一样爬向校长锃亮的高跟鞋，随着鞋跟的移动，左躲右闪，终于被死死踩在厚重的鞋跟底下。与此同时，校长也摆明了自己的态度，不彻底交代问题，等待他们的将是停课、请家长、留校察看等一系列处罚。她和小胖都傻眼了，偏偏主心骨汤圆不仅漏网而且因为联赛躲到外校集训，手机都打不通。无奈之下，海小米心情沉重地被老爸带到餐吧，迎面看到的居然是德育主任孙墨苹，立刻心内发凉，以为自己的罪行暴露，老爸老妈要三堂会审。直到他们俩惯常的斗嘴开始，海小米才知道孙老师居然仗义地没有将一切告诉老妈。劫后余生的短暂喜悦之后，她才发现早已饥肠辘辘。谁知，只因自己动作快了别人一点，就遭到老妈的横眉冷对……一股无名火给了她勇气和力量，先发制人地离开了那里。可出了大门她才发现自己根本不知道要怎样将今天的事情跟老妈说。茫然中，她能想到的只有汤圆。由于过高估算了自己的财力和距离感，她被司机扔在了郊区公路上。手机没电，天越来越黑，她深一脚浅一脚地走在杂草丛生的野地里，不一会儿就迷路了。童话故事里的情节和公众号上各种劫杀女生的描写同时冒了出来，她才真正知道什么叫欲哭无泪。望着黑锅一样的天空，她咧嘴想哭，发出的声音竟是对妈妈的呼唤……

米佳感觉到海小米抱着自己的手收紧了，知道孩子是被吓到了，赶紧回应地将她抱在怀里，轻声告诉她，妈妈就在这儿，永远不会离开她。海斌从后视镜里看到娘俩无病呻吟的样子，觉得可笑无比，叨唠说她们俩一样，没半毛钱本事，就会穷作，最后还得他来收拾残局云云。米佳本想跟他理论，可不知怎么，心力交瘁得连张嘴的力气都没有了。继而，海斌唐僧一样的念叨也变得模糊。她忽然觉得不说话挺好，不说话就不用吵架，不用吵架就不会生气，不会生气就能保持一团和气……困意袭来，她只能闭上眼睛，抱着她的小米，放肆睡去。

三人好容易回到家，并未再对海小米的事情进行讨论，只是简单认定孩子被坏学生迷惑，碍于情面，才做了违反校规的事情，并决定由米佳第二天到学校跟老师沟通、解决此事。海小米见父母通情达理，放下心来，赶紧进屋写作业。海斌忙碌一天，又滚了一身土，拿了毛巾就要进浴室洗澡。米佳忽然拦住他，提醒他受伤的手臂伤口过深，不宜沾水。鉴于他灰头土脸的，实在有碍观瞻，自己愿意帮他清洗。海斌看着米佳难得的低头娇羞状，不由得兴起，用一根手指挑起米佳的下巴，挑逗着问她，是不是还要安排些有益健康的运动？米佳笑骂着，半推半就地被海斌拉进浴室……

像每次战争一样。这次因跳楼风波引发的冷战以及后续一系列事件，就这样在海斌的骁勇和米佳的温柔中，被阴阳结合的曼妙消解了。躺在海斌的臂弯里，米佳重新感受到家庭和男人带给她的幸福和安全感。抚摸着那条为保护她而受伤的胳膊，她的内心充满自责。那曾经紧绷得青筋暴露的健硕的臂膀，不仅伤痕累累，而且因岁月的荡涤而渐显老态。松垮的皮肤早没了曾经的弹性，细弱的血管也被脂肪同化了似的，掩映在一堆肥肉里。看来，男人也会衰老，只是没有女人那么明显罢了。米佳将头往海斌怀里扎了扎，心疼地表现着自己的歉意。海斌误以为米佳余兴未消，逞强着表示自己宝刀不老，雄风不减当年。接着，禁不住翻身而起，抱住米佳，双眼放光，激动地说出从天而降的灵感。

"我的傻大米，你怎么刚提醒我呢？你我这体格，不再要一个小小米实在太可惜了。如果这回小小米是个儿子，那我妈对你也就没有那么大成见了。她忙着带孙子，也就没时间干别的乱七八糟的。岂不是两全其美？"被自己的想象激励着，他重新抱紧米佳，好像抱着小小米。

"你就那么想要儿子？"

"当然，哪个男人不想要儿子。过去那会儿，为了得个儿子，女人不都是七个八个地生，直到生出儿了为止。"

米佳一把推开海斌，拧亮台灯，照着他的脸，怒斥："你把我当什么了？母猪吗？"

"神经病吧你，你把那灯关了，晃死我了。"海斌躲闪着强光，像审讯室里躲避预审员目光的犯人。

"心里没愧你躲什么啊？是不是，我在你心里自始至终是个生孩子的机器？海小米是个女孩，你就一直耿耿于怀。现在二胎政策放开了，你就和你那重男轻女的母亲算计好了来折磨我。用冷战、用劳动竞赛、用各种你们认为的方式……只为逼我就范，我……"

"你给我闭嘴，你什么你，你就是一个浑蛋……"

"你，你居然骂我……"

美好的事情并不一定有美好的收尾。就像汤小兵借用朋友餐厅后厨精心熬制的养颜汤，在孙墨苹家门口放了半个晚上，终于难逃被收件人看都没看一眼就一股脑倒进马桶的命运。抽水马桶冲走了浓汤，但抽不去孙墨苹心中的愤懑。她不明白汤小兵这样纠缠不休到底有何意义。上个月，他因恶习不改，酒驾撞树，被公安局刑拘，而后被酒店开除。自己不思悔改不说，还将缘由归结为孙墨苹长期以来给他的精神压力。孙墨苹为了儿子的成长环境，毅然提出离婚。他二话没说，承认自己给家庭带来耻辱，愿意净身出户。二人的离婚手续也办得异常顺畅。汤小兵不要财产、不争孩子，拿了行李就离开了家。如此决绝，好像外边已经有第三者等着他。孙墨苹还能怎样？她只能比他更痛快地接受现实，用购物、健身调整自己忽然空落的心。可悲的是，她还不知道怎么将这个消息告诉那个对父母之事热衷无比的儿子。眼看就要上初三了，她不能因为自己的原因影响孩子的学业。所以，她跟汤小兵提出了唯一的要求——跟孩子隐瞒离婚事宜，只说工作调动，离开本市长期出差。可孩子那么大了，是那么好骗的吗？还有汤小兵，既然已经痛快离开了，还有必要这么藕断丝连表达什么离愁别绪吗？幸亏今天汤圆不在家，要是让他发现了这罐汤，自己善意的谎言将被完全揭开。孙墨苹越想越生气，躺在床上久久不能入睡。看看墙上的钟，已经是新的一天，才猛想起忘了问米佳是否找到海小米。

3

　　一大早，孙墨苹带着对朋友的歉意赶到学校，想先向校长求情，对几个孩子从轻发落，之后带着好消息跟米佳联系。谁知，事与愿违。学校一个孩子的家长是教育局领导，听说此事后，专门给校长打来电话，要求严肃处理，以儆效尤。校长当即表态，对相关学生给予留校察看处分，并要求做出严肃检讨……孙墨苹不但一句话没说出来，还领了一堆处罚决定离开校长办公室。这时候，米佳气鼓鼓地迎面走来。

　　"孙老师，我带着孩子来负荆请罪了。学校到底要怎么处理我家海小米啊？今天早上，孩子都吓得不敢上学了。"

"怎么是你来了，你家海斌呢？"

孙墨苹素知米佳处事极不冷静，具有把简单的事变复杂的特殊功能。她要是听说海小米即将面对留校察看，还不得炸了窝？心里一急，才问出此话。米佳本就对孙墨苹昨晚的奇怪表现和对自己的不闻不问很恼火，听她如此问话，更是气不打一处来。

"不是请家长吗？我不是家长是吗？再说了，海斌来，我也得来啊，我得亲自问问学校到底对我家孩子做了什么，害得孩子离家出走，不敢上学。"

孙墨苹见她已经不理智，拉了她想往自己办公室走。谁知米佳挣扎着不去。二人争执的工夫，校长下楼开会，以为家长对留校察看的处理不服，义正词严地表示，学生犯错在先，如果不能认真检讨错误，那就不是留校察看，而是直接开除。之后，还不忘扔下一句："家长是孩子的影子，您这样无理取闹、袒护孩子，必将导致'孤犊触乳，娇子骂母'。"

米佳一时没反应过来那个生僻成语的意思，等反应过来，校长已经被孙墨苹机警地送走了。这回，她是真炸了。怎么她就成了无理袒护了，她家可爱的小米怎么可能"娇子骂母"呢？米佳箭一样冲过去，要追上走进会议楼的校长。孙墨苹使出全身力气才把她留在原地。米佳喘着粗气，手指远方，气得说不出话来。

"就知道你这样成事不足败事有余，才想让你家海斌来解决问题。你倒好，半点解释的机会都不给我。这回好了，校长更不会轻易改变决定了。"

孙墨苹的话像一盆冷水浇下来，米佳瞬间冷静了——历史再次重演。离初中毕业还有一年多，要拿到这所重点中学高中的入场券，哪个家长不得夹着尾巴当孙子？她倒好，直接把孩子安进坏学生行列不说，还给校长留下这么个印象。米佳彻底傻了，几乎眼泪汪汪地看着自己的好闺密。孙墨莘叹了口气，让她先别着急，自己会尽力周旋。

米佳不好再说什么，只能隔着窗户，偷偷望着在教室里无精打采的海小米。一时间，她忽然觉得很对不起孩子。想当年，她年纪轻，一心想着自己的事业和前途，不顾孩子年幼，狠心将小米送进寄宿小学，周日晚上送，周五下午接。可怜的孩子，从一年级哭到六年级。等她隐隐觉出孩子的难过并非家亲难离那么简单，肯定另有原因的时候，孩子已经快小学毕业了。后来，海小米终于在一次装病逃学的伎俩被识破后，道出其中秘密：她不愿意回学校，不愿意离开父母，就因为宿舍里的小伙伴按照父母官级、家庭收入论资排辈，划分等级。她的爸爸妈妈只是普通生意人和小编辑，根本就是下等公民，被人看不起不说，连参评三好学生的资格都被几个所谓地位身份高贵的学生剥夺。米佳当时肺都要气炸了，也是要到学校找老师校长理论，可是海斌告诫她，小升初在即，如果不想横生枝节，影响孩子按片入学，就要学会隐忍。所以，她忍了，含着眼泪给孩子写了请假条，之后天天风雨无阻，接送孩子上下学，发誓再也不让孩子离开她半步。可是，孩子幼小的心灵好像已经受到冲击。她变得敏感、多疑，随着年龄的增长，对父母的依赖也变得越来越少。米佳觉得小米正在渐渐远离自己。而昨天孩子的第一次离家出走标志性地宣布，海小米最信任的人已经不是她，在她遇到困难、遇到问题的时候，她已经不再第一时间依靠她这个疼她爱她的妈妈，而是宁愿远走郊区，寻找一个也许根本找不到的朋友。米佳越想越难过，鼻头一酸，几乎掉下泪。她究竟做了什么？她的无能不仅表现在工作上、生活上，更体现在教育孩子和保护孩子上。由于她的幼稚、愚蠢，海小米可能会面临更重的惩罚，本来就成绩一般的孩子，肯定会被老师打入冷宫，继而失去跟学校提前签约的资格，被推入中考的滚滚洪流，自生自灭……米佳越想越害怕，越想越没了主意，她赶紧给海斌发微信，让他来处理此事。为了保留自己的颜面，她不惜撒了谎，声称学校要找父母双方分别交流，并让他先找孙墨莘了解情况。收到海斌同意的微信表情，她才略显放心地离开学校，毕竟单位还有那件糟心事儿等着她。

米佳决定屈服了。她不能失去她的栏目，更不能失去工作。一方面是生存的问题，她不能接受被男人包养的事实；另一方面她不能想象不上班的日子，整天在家里跟海奶奶同处一室，她会不会疯。所以，她无比真诚地找主编袒露心扉，承认自己在这件事的处理上，方式欠妥，态度欠佳，没有从对方和集体的角度考虑问题，给杂志社带来了不必要的麻烦。自己将尽最大努力，挽回影响，减少损失。行动上，除了登门道歉外，还将采用公开声明的方式将责任归于自身。谁知，总编对此并不满意，他要的是息事宁人的结果，不是这些看似毫无用处的所谓措施。米佳说自己已经尽力了。主编将正式律师函摔在桌上，告诉她，本来总公司已经同意保留杂志社现有编制，并注资解决过往的债务，重新签署广告合同，用平台拉平纸媒可能的亏损。现在，合并初始，就面临官司和赔偿金，心再大的老板也不能接受。他必须将一切自行解决干净，才能保住杂志社十几口子的饭碗。主编用手胡乱抓着自己花白而稀疏的头发，一层头皮屑铺散到他深色的衬衫上，令他儒雅矍铄的外表有了些许瑕疵。米佳忽生一阵怜悯，为主编，更为他们日渐没落的杂志社。曾经他们以文章犀利真实、反映时代最强音在圈内著称，如今，读者似乎更喜欢网络男频上天入地的玄幻，女频你情我爱的苦恋。谁还去关心现实？谁还有闲情逸致思考人生？快餐文化、心灵鸡汤早已将这些掰成碎块，分门别类，一一填补。社会好像再也不需要那种发自内心的散文和充满激情的诗句，或者是不需要那些铺陈在纸张上的文字……为了维持日常开销，诗人出身的主编不惜放下身段，请客送礼，喝酒吃饭。记得那次为了一个仅仅五万元的广告订单，主编喝醉了，最后一边深情吟诵《将进酒》，一边忍不住落下泪来。一个陌生的声音，就是随着米佳对主编的怜惜飘来的。"我辞职。"米佳分辨着声音的来源。那竟是自己的声音，带着悲壮、决绝和无奈。"如果可以免除一切麻烦，我辞职。"米佳重复着，为了坚定自己的决心。

没等主编反应过来，米佳就走出了主编室。她能感到身后一道道热辣辣的目光，跟着她回到工位。她知道，自己惹的事情已经成了这些闲极无聊的同事近期以至于将来一段时间的谈资。各种议论、耻笑、非议也纷纷通过不同途径传到她的耳朵里。有人认为她的根本目的是刷存在感，出风头；有人觉得她是脑子不够使，被人当枪使还乐此不疲；只有少数人给予她公正的评判——一切源于善良。其实，到现在她都忘记了自己原发的行动根源是不是真的出于怜悯和善意。她只记得看到婴儿的时候，似乎看到几十年前的自己，也是这样乖巧地躺在襁褓中，扑闪着大眼睛，不哭也不闹，看着大人表演。如今，成了勤于表演的大人，她当时最想的大概只是让那个可怜的孩子离开冰冷的平台，回到妈妈温暖的怀抱。至于贾晓曼，她真的没有分心判断她的举动的真实性。后来知道一切都是商量好的，她的气愤也只是从孩子角度来的。她觉得无论如何，孩子不能是大人表演的筹码和道具。就这么简单的一件事，被金钱和利益绑架着变成了现在的模样，她能说什么，她想说什么已经不重要了。她只想一切快些结束。带着对美好的憧憬，对善良的解读，对宽容的向往，米佳洋洋洒洒写了一大篇声明文章，承担了所有罪责，并表达自己将辞职谢罪的决心。点击发送键的时候，她觉得自己好像一个独自承担攻占敌人碉堡的战士，带着向死而生的决心，冲进枪林弹雨。

海斌早把米佳的微信忘到脑后。因为一大早，他就跟老王驱车上百公里，杀到了河北农村。经过仔细求教和详细了解，海斌不仅解决了现有问题，更看到了新的商机。作为农业大国，我国每年将产生七亿多吨"农作物废弃物"——秸秆。每逢农忙期间，秸秆遍地焚烧现象严重，而且屡禁不止。这不仅严重污染环境，更造成了巨大的浪费。国外发达国家，早通过科技进步与创新，为秸秆的综合开发利用找到了多种用途，除传统的将秸秆粉碎还田做有机肥料外，还有秸秆饲料、秸秆汽化、秸秆发电、秸秆乙醇、秸秆建材、秸秆燃料等新路子，大大提高了秸秆的利用值和利用率。所以专家们一度设想：创建以秸秆为原料的新型生态工业，形成比传统"石油农业"劳动生产率更高、可持续发展的新型农业。这让海斌立即有了从秸秆能源入手，逐渐实现"点草成金"的梦想。所以，当真的面对大片枯黄的秸秆，尤其是听说那个低得难以想象的收购价后，他更加信心满满、志在必得了。当然，他也明白自己目前要解决的仍是钱的问题。虽然原料成本降低，但是机械改造和专利购买的成本也不是小数目，而且事关经营项目变更，他必须求得集团及其他方面的支持。

海斌马不停蹄忙碌的时候，米佳又离开了单位。她居然接到赵梅的电话，要单独请她喝咖啡，米佳以为有什么事情，火急火燎赶往约定地点。谁知，一见面赵梅就埋怨她来晚了，没赶上跟海斌的偶遇。原来，赵梅在百无聊赖逛街的时候，发现海斌正在咖啡厅等人，立即想到光天化日，本应在公司辛苦打拼的男人怎么能出现在悠闲的咖啡厅呢？于是，唯恐天下不乱地通知米佳速来。可米佳赶来的过程中，赵梅发现海斌等的竟是一个秃头老头，立即没了兴风作浪的兴趣。好在二人交流时间短暂，米佳没到，他们就先走了。为了掩饰自己多事，赵梅故意关心起海小米的事情。米佳一声叹息，终于找到可以倾诉的对象。赵梅反责她只顾自己不想孩子，不仅大肆抨击了现行的教育制度，而且将现在中国家长的焦虑心态分析得头头是道。米佳不由得对其大加赞赏，自责没有认真研究过教育，更没有想过孩子的未来。

"孩子那么小懂什么？你做家长的一定要做好规划。"赵梅越说越起劲儿，从孩子说到自己，从自己说到女性，最后得出结论：中年女性，要把孩子和家庭放在首位，所谓工作事业都是浮云。米佳赞同着，想到自己浑浑噩噩、忙忙碌碌的前半生，一无所获不说，更是身心疲惫，迷失自我。

也许，那些无妄之灾、莫名其妙都是命运的召唤。各种机缘中，她必将为自己寻到一个新的改变。米佳不知道，一颗全新的种子就这样在她的心中种下，并会在今后各种变故的滋养中，生根发芽，破土而出。

- CHAPTER 5 -

蝴蝶效应的结果

1

一只美丽的蝴蝶在南美洲的巴西扇动了几下翅膀，居然有可能在位于北美洲的美国引起一场灾害性的龙卷风。对神乎其神的蝴蝶效应，米佳本是一概不信。但是，最近发生在自己身上的事，令她不得不承认这一科学带来的人生哲理。

海斌忙于工作，忘了去学校跟校长沟通。海小米终于被归到坏学生一列，第二天就受到留校察看的处分。消息一公布，海小米就像换了个人，不仅以坏学生自居而且与坏学生为伍。上课搭下茬儿，给老师捣乱；下课不回家，直接去网吧；回家不写作业不复习，对米佳的训斥更是置之不理……米佳自知理亏，尽量调整态度，保持心平气和，但是，收效甚微。眼看着海小米的成绩直线下降，恶习增多，米佳心急如焚，却咬着牙不找孙墨苹商量。她找的理由是一切皆因自己而起，她就没有理由责怪别人。所以，她没有埋怨海斌，更不会埋怨孙墨苹。可她真的不怨吗？当然不会，人的潜意识永远藏在最深层，像脓包、暗疮，不逼、不挤，才不会自己出来。只是此时她还没有意识到而已。

孩子的事，冲淡了米佳等待单位处理决定时的彷徨和不安。她每天都会早早到学校等待海小米放学。这天，学校下午没课，她更是中午饭都没吃，就赶到学校门口。下课铃声响后，学生们背着书包陆陆续续走出校门。看着那些沉甸甸的书包，因缺乏笑容而显得黯然的小脸，米佳忽然觉得，相比自己的童年，这些孩子真的很可怜。他们被分数和功课压迫着，被老师和家长的期望驱赶着，奔走于各种课外辅导班，完全失去了自己支配时间的权利，甚至能力。她想起每到节假日，即使没有课，小米也不会要求外出，而是宅在家里，或鼓捣手机，或蒙头大睡，根本没有外出的欲望和想法。长此以往，她将和她的爸爸海斌一样，除了挣钱，完全没有生活情趣。想到海斌，米佳自动屏蔽掉各种不满的词汇，尽量用空气来填充这个名字。自从那日，知道海斌根本没去学校，她就死心了，对这个人，更对自己的幻想。曾经，她以为，好女人是所学校，她能通过自己的努力，让海斌有所改变。可经过十几年的努力，她发现自己错了，海斌就是个单核生物，一段时间一个维度里他只能做一件事情。好多次了，只要他自己的事情存在，米佳这里就是发生天大的事，他都会选择性遗忘。她曾以为，他只是因为对自己不够爱才这样，现在看来，即使自己的亲骨肉，一样打不过他自己。

"Look! What you made me do?"一阵男女生混合的怪叫，打破校门口的沉闷，令一切都喧闹起来。米佳循声望去，只见几个男生簇拥着一个女生，唱着乱七八糟的英语，歪歪斜斜走出来。周围家长议论纷纷，互相质疑重点中学怎么出来了小流氓。米佳也很奇怪，特别是那首歌，虽然听不太懂，但似乎并不是什么好歌，不由得为人家家长暗自着急。谁知那个被簇拥的女生竟自己跑过来，搂着她的脖子，大呼"妈妈"。米佳感到无数双眼睛唰地将自己包围，本能地拽掉那两条胳膊，就差喊出你认错人的话。可摸到那双柔软无骨的手，她就知道，这个被异常宽大校服包裹的，披头散发的女生真的是她的海小米。她惊愕地看着小米，嘴大张着，说不出话来。小米反倒更加亲昵地扑到她的怀里，对着她的耳朵小声说："知道当坏学生家长的感觉了吧？爽吗，妈妈？"

咒语一样的几句话令米佳瞬间清醒。知女莫若母。这孩子是在成心气她，是在用自我堕落惩罚他们对她的忽视。米佳反手搂住海小米的肩膀，大声回应："心情不错啊，闺女，想去哪里玩？老妈带你去。"海小米果然被米佳瞬间附体的野性与豪爽吓住了，回头看看小胖等坚实的后盾，才发现刚才说好了给自己做戏的男生们早都不知道溜到哪儿去了。

"行了，别找了。他们不陪你玩儿，我陪你。说，去哪儿？"

"真的想去哪儿就去哪儿吗？"

米佳坚定地点点头，拉着海小米就上了一辆路边等活儿的出租车。

为了找钱，海斌儿乎求遍了周围的朋友。可他们几一例外地拒绝了他。原因很简单，他的所谓"实业救国"在朋友圈里被传为笑谈，大家都认为他挣了几个钱就开始作，实在不靠谱。春耕在即，海斌没时间更没精力跟他们理论，只能将希望寄托在李静红身上。微信发出去半天，李静红才回复，让他拿着相关资料到 W 酒店来找她。海斌这次可没了上次的心计，顾不上换衣服，就往酒店跑。

酒店服务员误以为他是送快递的，为保护食客权益，将他拦在包厢外。连日的碰壁，早就挫杀了他的豪气，他没有跟那些以貌取人的服务员理论，而是给李静红打了电话。李静红不相信会有这种事，举着电话找了出来，看到满头大汗、举着一袋子资料的海斌，禁不住哈哈大笑起来。

海斌就是以这样的形象第一次面见总公司副总吴亮的。吴亮没有责备他，反说李静红没有跟人家说清缘由，还热情地让海斌坐到自己身边。海斌被吴亮大老板的气度折服，有些受宠若惊地来到老板椅子旁边，坐下半个屁股。这时，李静红举着壶白酒过来，让他连干三杯就会满足他的要求。其实，那三杯酒是吴亮让李静红喝的。海斌不知是套，只能接过酒壶，沉吟片刻，一饮而尽。众人高声起哄，李静红这才柔声问他，盒子里装的是什么。海斌宝贝似的掏出各种申报专利材料。李静红方知他误会了："什么啊这是？我让你拿着合同来，你抱一堆材料来干吗？做报告吗？"众人笑得更加厉害。海斌无奈，只能尴尬赔笑……

不管怎样，有大老板在，一切都在谈笑间解决了。海斌不仅得到提前注资，而且被任命为公司实体板块副总，即日就职。双喜临门的海斌，一时不知如何是好，只能用饮酒表示决心。李静红一把夺过酒杯："土不土啊？你以为江湖拜把子呢。真是……"说着，她扭动起婀娜的腰肢，将海斌酒壶里的酒纷纷倒入在座老板的酒杯里，边做边教他似的说："诚意要一点一点表示，情分要一份一份输出，懂吗？傻小子。"

海斌像被她的吴侬软语施了魔咒，除了点头，再没有其他的想法。

在李静红明里暗里的保护下，海斌虽然没少喝，但仍能保持头脑清醒。不过，酒后话密的毛病就没那么好掩饰了。他不顾李静红的厌恶，嘴上说着让她见证奇迹，强拉着人家往工厂走。李静红无奈，只得随着他跟跄的脚步，听他那"点草成金"的伟大设想。

米佳没想到自己能跟女儿玩儿得那么尽兴。她们忘乎所以地打游戏、逛街、吃甜品、看电影……好像第二天不用上学、上班，所有的烦恼、困惑全部迎刃而解。她不知道真正的放松心情是不是就是这个样子，看到女儿高兴，她便高兴。原来，人活到这个岁数，自己早已不再重要，孩子即是一切。看着小米天真的笑脸，米佳暗下决心，今后，只为孩子而活。

孩子就是孩子，当你放下家长的架子，她也会主动敞开心扉。在母女俩边舔着哈根达斯上的巧克力，边挽着手往家走的路上，海小米终于告诉米佳，自己靠给人写作业赚钱的最终目的。原来，她是看二人又因为一点小事发生冷战而且愈演愈烈，想借即将到来的爸爸的生日制造惊喜，缓和他们的关系。而她能想到的惊喜就是给爸爸买一个看似比较贵重的生日礼物。可她实在囊中羞涩，才在汤圆的怂恿下，跟小胖狼狈为奸，做了这件傻事。米佳敏锐地捕捉到一个名字——汤圆。于是，隐藏在她潜意识里的一切就一股脑冒了出来：为什么孙墨苹一开始就对此事支支吾吾？为什么事情偏偏在汤圆离校参赛的时候爆发？还有孙墨苹对海小米离家出走的冷漠和置之不理以及学校里莫名发生的在校长面前的争执……米佳觉得自己解开了所有谜题。答案只有一个，就是孙墨苹要袒护自己的儿子，就用她的女儿做了牺牲品。忽然出现的清醒，让米佳近四十年坚守的价值观瞬间崩塌了。她不相信几十年的姐妹情分抵不过这小小的校园事件；她更不明白，有什么事不能拿到明面上来解决。刚刚恢复的好心情，被无尽的疑惑和失望取代。米佳只想立即找孙墨苹问个究竟。

米佳心里翻江倒海的时候，孙墨苹家也不安生。汤圆赛后返校，从同学处获知一切，正跟孙墨苹大闹，要去承担一切罪责。对此，孙墨苹一点都不惊讶。当了几十年教师，她早从海小米和小胖闪烁的眼神中猜出，能想到这个办法的只有她的儿子汤圆。所以，她想采用冷处理的方式，让一切大事化小、小事化无。只是，事与愿违，她的目的没有达到，一切朝着不可控的方向发展，最终导致了谁也不想看到的结果。不过，有一点她做到了。她保护了儿子德智体美劳全面发展的好学生的名分，这就意味着，不出意外，汤圆将是他们这个年级第一个签约本校高中的孩子。能上本校高中，以汤圆的实力，她完全有信心成为清华骄子的母亲。所以，她默认了一切，并暗中祈祷，米佳不要知道一切，汤圆更不要知道一切。这大概是每个爱护孩子的母亲都会有的弱智表现。所以，当汤圆率先爆发的时候，孙墨苹的理性恢复了。她知道，该面对的自己躲不了。

"你说完了？"像小时候一样，孙墨苹会等汤圆全部发泄完毕才发表自己的意见。

汤圆喘着粗气，还想说什么，忽然发现，除了歇斯底里地叫嚷一通，自己没有任何办法力挽狂澜。

"没的说，就听我说。"孙墨苹拿出老师的架势，"第一，这个事我是在他们被处理之后才知道有你的，所以，不存在袒护包庇。第二，你觉得自己跳出来，除了搭上一个好学生的名声，对整个处理会有什么影响吗？第三，有件事，我必须告诉你，否则你会没有一点危机感。"孙墨苹故意停了停，看着汤圆的反应。汤圆略微抬了抬眼皮，并未吱声。

"你是没有爸爸的孩子了。所以，今后一切都得靠我们自己。"孙墨苹终于选择这个当口说出了这个隐藏半个月的秘密。

"拜托您更正一下用词好吗？你们那叫离婚，不是我没有爸爸。汤小兵永远是我爸爸，不管什么时候。"

"他，他居然说话不算话，告诉你这个。"孙墨苹不能保持镇静了。

"不是我爸说的，是我自己分析的。行了，都是成年人，有什么不好说的。离婚更没什么大不了的。"汤圆反倒小大人似的，把手搭在妈妈的肩膀上。孙墨苹坚强的心，瞬间柔软了。连日来的委屈、彷徨、无助瞬间化作一股清流，冲上眼眶。孙墨苹居然当着儿子的面流泪了。汤圆毕竟没见过这种情景，有点不知所措。这时，门铃响了。

2

米佳本是来兴师问罪的，可见到的情境是：梨花带雨的孙墨苹几乎哭倒在儿子怀里。一时不忍心，她把孙墨苹叫到花园里。二人并肩走着，谁也没了往日挽住对方手臂的冲动。物理距离的微妙变化，反映出二人的内心早已不再有曾经的亲密。她们就这样走着，谁也不开口说话。以往，米佳定是那个沉不住气的。这次，打破沉默的是孙墨苹。

"米佳，对不起。"孙墨苹的道歉是由衷的。

"有什么对不起的，都是当妈的。"米佳没想到自己会说出这样的话。

"可小米她……"

"她犯了错就要受到惩罚。"

"我会在适当的时候，向校长求情，让校长……"

"不必了。有我在她身边，再大的坎儿也能过去。"米佳忽然觉得这才是她来找孙墨苹的最终目的。说完了，她一身轻松，再没了继续谈话的愿望，索性转身离去，剩下孙墨苹在自责中慢慢品味她的话。孙墨苹看到米佳话没说两句就主动离开，知道两人的关系不再乐观。可她不后悔自己的选择，因为她是母亲。

米佳走的时候还觉得孔武有力，高大无比，等回到家就觉得浑身无力，几近虚脱。她知道她们完了，她跟孙墨苹的交情完了，她失去了唯一可以倾诉的对象。从此以后，她的委屈、难过、高兴……一切一切都只有自己承受了。她有点儿怕，怕自己做不到，承受不了，接不住。可是看着海小米屋里发出的微弱的光，她觉得自己的气力正在一点点恢复。她想起孩子刚生下来的时候，软软的一团躺在那里，她连抱都不敢抱，后来不是也抱得很好，而且一抱就抱到五六岁，孩子好几十斤，她纤细的胳膊仍能将她抱得牢牢的。母亲的力气和能力是随着孩子的长大一点点提升的。她相信自己，无论如何都能保护好自己的孩子。她推开海小米的房门，看到孩子被埋在各种练习册、卷子和书本中，忙得抬不起头来。赵梅的话就莫名其妙地飘了出来。

"人家美国才不是这么填鸭式的教学呢，人家重视孩子的思辨性。思辨性你懂吗？那才是对孩子最重要的……如果有条件，家长一定要给孩子最好的教育。"

就这样，前几天种下的种子，莫名发芽了。米佳很想跟海斌好好说说这个突然冒出来的念头。可是，打他手机根本没人接。对于海斌的行踪，米佳几乎从不过问。以前，他还会跟她通报一声。最近，他好像连这道工序都省了，经常忙到很晚才回家，也不知道他在忙什么。按常理，妻子对这样的丈夫该是充满怀疑的。奇怪的是，米佳一点都不认为海斌会做出什么对不起自己的事。这种信任来源于初次见面的直觉。大概就是源于这种直觉，她才那么轻易就把自己嫁了，而且风风雨雨坚持了这么多年。现在想来，婚姻中能有这份踏实和信任也着实难得。

米佳被自己突然冒出来的想法兴奋着，她已经等不及海斌回来。而且在做决定之前，她不想让孩子过于分心。所以，在使用了一点小伎俩之后，她搞到了海斌的行踪。米佳就是这样，有时跟孩子一样狡猾和无赖。她当着海斌的面删除了所谓跟踪程序，其实她早就借着海斌让她帮忙安装 App 的机会，掌握了海斌苹果手机的账户名和登录密码。这样，她一样能轻而易举地找到海斌。

手机屏幕上显示，海斌仍在工厂附近。米佳一阵窃喜，她要给海斌一个惊喜。简单收拾了一下，米佳出发了。那种兴奋一点不亚于去捉奸的大老婆。一路想着海斌见到自己的样子，米佳走进工厂大门。没有想象中的热火朝天，楼道里黑灯瞎火的，只有最里边海斌的办公室亮着灯。米佳走进去，见屋里没人，就像每个来到丈夫办公室的女人一样，东看看、西看看，想发现丈夫不与自己在一起时的样子。这时，她看到电脑屏幕里的实时监控，好奇心驱使下她移动了鼠标。然后，她就看到一幅电视剧里才有的画面。海斌和一个女人，相对而坐，桌上是一个插着红蜡烛的大馒头。两人说笑着，吹灭了蜡烛，一人一半，对视着，开始啃馒头。烛光馒头宴，米佳曾向往的，浪漫的情境。海斌正在心甘情愿地跟一个陌生女人排练着。不，那个女人应该不是陌生的吧。那天在酒店餐厅，海斌对面坐着的就是这个女人。米佳的脑子短路了一阵，噼里啪啦闪了些许火花之后，得出结论：她是对的。海斌不是不会浪漫，只是不会对自己浪漫而已。

米佳自己都不相信他们这样幸运。在赵梅的帮助下，她不仅给海小米联系了可以就读的美国高中，而且给自己找到了工作——在同一所学校教中文，只是一切手续都要她们到美国之后再办理。在赵梅和中介怂恿的目光中，米佳犹豫了，毕竟这一切都没有跟海斌商量，还有她的工作。难道真的就这样扔下一切，逃到异国他乡？她举着合同书，久久不能落笔。幸好这时电话响了，主编让她回单位。

米佳风风火火赶回单位，数日不见的同事们异常热情地迎上来嘘寒问暖。米佳禁不住反思自己太过小气，总是习惯于把人想得太坏。其实，大家还是友好的，即使是议论也是善意的。你看他们多关心她啊。有的说，为了打听上边对她的处理结果，自己动用了所有能用的关系。有的说，坚决支持她伸张正义，相信真相至上的她终将得到最好的结果。主编更是热情地接待了她，还找出自己珍藏的明前茶，忙手忙脚地沏给她喝。可这种时候，她哪里有心思喝茶，只希望主编开门见山。

"好好，那我就不卖关子了。"主编还是那样，用双手抓抓自己灰白稀疏的头发，呵呵笑着，"你呀，毕竟是我的兵。我怎能不管你呢？所以啊，别想那么多，什么辞职、离岗的，别净说些带情绪的话。"

"我那样做也是没办法，我不想连累大家。"

"大家同事一场说什么连累。我们就是一条绳上的蚂蚱，有福同享，有难同当。看看这是什么？"

米佳接过主编递过来的一张纸，扫了一眼，以为自己没看清，揉揉眼睛，仔细又看了一遍。只见上边白纸黑字，写得明明白白："关于任命米佳为××杂志社自媒体平台主编的决定。"

"这不是处分，是……"

"是任命，高升啊，傻丫头。"

主编哈哈笑着，推着将信将疑的米佳走出办公室，招呼大家到会议室开会，宣布决定。米佳被大家簇拥着、裹挟着走进那个破旧的会议室。

不知怎么，她记起了从前。刚毕业时，她就是在这间办公室里接受了老主编的训话。他说什么来着？对了，他说，追求新闻的本质真实是每个记者的使命，要做历史忠实的记录者和守望者……对，大概就是这些吧。米佳被自己的好记忆鼓舞着，瞬间觉得自己完全能够胜任这一职位。

接下来出现的人，米佳死也想不到。在主编和同事们热烈的掌声中，穿着超短裙的贾晓曼，迈着模特步走进会议室。

"下边，我们欢迎贾总宣读对米佳同志的任命。"

在同事的友情介绍下，米佳才知道自己被停职这些天，杂志社发生了翻天覆地的变化，不仅成功并入自媒体平台旗下，而且迎来了新"婆婆"——总公司直派副总贾晓曼。而这一切都源于贾晓曼孩子的爸爸是总公司的大股东。而跳楼和救人事件，成功修复并促进了二人的关系。在他们宣布婚期的同时，贾晓曼正式走马上任，专管××杂志社。而她上任的第一件事就是寻找米佳。主编以为大祸临头，咬牙跺脚、捶胸顿足表示已将害群之马清除出社。谁知，贾晓曼杏眼圆睁，大骂主编不知珍惜人才，让他迅速找回米佳，并要米佳主持创办她上任后的第一大公众号——窥。

贾晓曼轻声细语宣读完决定，微笑着看着米佳，等待她的感激涕零。主编见米佳傻站着，没有一点表示，急中生智，让米佳发表就职演说。米佳做梦一样走上了主席台。

"刚刚我听说我要主持的这个公众号，名字已经起好了，叫窥？"

贾晓曼得意地点点头，表示这是她的杰作。

"如果我没记错的话，古书有云：'窥者，小视也。'也就是，从小孔、缝隙或隐蔽处偷看的意思。恕我愚钝，不知道贾总给这个平台起这样的名字用意何在？我只知道，入行当天，老领导就教育我们，要严守'七条底线'，坚守职业道德。可能现在时代发展了，各种媒体都放开了，没有以前那么刻板了。可无论如何，我觉得这个'偷看'也无法登上大雅之堂。而我们杂志社是几十年的老牌文学期刊，是几代文学青年追求文学梦的彼岸和港湾，更不应该用这种不雅的词汇来吸引大众眼球。"米佳越说越激动，一点没顾及台下贾晓曼和主编的表情，"所以，对不起，我无法接受这个任命，敬请另寻高人。"

众人都愣住了。短暂的沉默后，传来一个女声尖厉的叫喊："你是给脸不要脸。你信不信，我分分钟就让你吃不了兜着走。"

"真对不起您，恐怕您没这机会了。我现在正式宣布——辞职。"

3

米佳经历大起大落的时候，海斌也在经历人生大事。他的实体板块副总任命酒会在本市最大的酒店举行。闪光灯的光芒和美女们的香气，令海斌头晕目眩，如在梦中，直到坐进总公司配发的奔驰汽车，他都不能相信这一切是真的。一路奔波，他一点困意都没有，满脑子想的都是如何不辜负老板的信任，将自己的事业做大做强，用丰厚的利润回报大老板的信任。他太兴奋了，恨不能马上飞回家，把这个好消息告诉母亲。老太太肯定会激动得抹眼泪。她肯定想不到自己含辛茹苦，靠摊煎饼带大的儿子能有这么大出息，能坐上奔驰、成为大公司的副总。海斌的眼睛忽然有点儿湿润。他想起小学时的一年冬天，天上下着雪花，地上到处是冰。他一觉醒来，习惯地去校门口找每天在这儿摊煎饼的母亲。谁知，校门口的早点摊被一个老头占了，根本没有母亲的踪影。他急得学也不上了，开始满大街找妈妈。最后，终于在一个工厂的门口看到母亲的身影。雪花落在她的头上、身上，可立刻就被她身上的热气蒸发了。海斌永远记得那天的情景，母亲像仙女一样周身冒着白烟，推着摊煎饼的三轮车在一路湿滑中，跌跌撞撞向他走来。他哭着扑过去，本以为会得到母亲温柔的爱抚，谁知道迎面而来的是母亲的耳光。原来，母亲以为他不好好上学，贪玩逃课，气急动手。海斌被打蒙了，忘了解释，只呜呜哭着，让母亲跟他回学校。他不想妈妈离他太远，他害怕，他的心不安。后来，当时还很年轻的海奶奶弄明白自己错怪了孩子，儿子不是逃学，而是见她没在校门口，特意来寻她，懊悔不已。但她并没有解释自己为什么突然离开了生意超好的学校门口的摊位，只揉着儿子被打出五个指印的小脸蛋，无声抽泣。海斌是在那一刻，从母亲压抑的哭声中，瞬间体会到尊严这个词的意义的。他也是在那一刻下定决心，总有一天，要让母亲为自己自豪，为自己骄傲。从此之后，他人生的全部意义似乎只剩下一个，就是给母亲争脸，为海家争光。现如今，他有了一定的经济基础，更获得了意外的名誉地位。他早已迫不及待要跟母亲分享他成功的喜悦。

忽然而至的急刹车打断了海斌的思绪，原来车已进院，前边不知道怎么了，几个人围着一地东西争得面红耳赤。司机要下车解决，被海斌制止了。因为，他看到人群里的母亲和妻子。

地上的东西是米佳的。她抱着从杂志社拿回来的一纸盒东西，好像抱着自己的青春，抱着自己的梦想。十几年的记忆随着这些东西，一点点流淌着，米佳才发现自己舍不得离开那个她为之奋斗多年的岗位。虽然好多时候，它带给她的是烦恼和劳累，是无用和挫败，甚至是委屈和不公，但真的离开，心中的牵扯，就会像皮与肉的分离，鲜血淋漓、痛彻心扉。一路走来，她感觉那盒东西越来越沉，脚步越来越慢。她知道这是悔意和退缩在作怪。为了让自己不再被任何外力刺激，米佳走到楼前垃圾桶的时候，决定把这些带着她过去记忆的东西，全部扔掉。既然离开，她就要与过去彻底告别，重新开始。

几乎是鼓足了勇气，她才抡圆胳膊，把纸箱里的东西连同箱子一同扔进了垃圾箱。正当她拍着手，默默向过往道别的时候，不知道从哪里钻出来几个人，拥向垃圾箱，争先恐后抢占有利地形，争抢她刚刚扔掉的东西。

"都给我放手。我是业主。"

"业主怎么了？楼里边房子你爱住住去，这垃圾箱你也占，真新鲜。"

"就是，业主还跟咱们抢垃圾，穷得交不起物业费了吧。"

米佳怎么也不能相信，那个被物业清洁工打扮的女人嘲笑的老太太是自己的婆婆海奶奶。

"妈，您怎么在这儿啊？"米佳的招呼，让正下不来台的海奶奶立刻找到了优越感。

"都少给我废话，东西是我们家的。你们谁敢再动一下我就报警，告你们偷盗。"

几个人吓坏了，都停了手，尴尬地看着米佳。米佳觉得很没面子，赶紧拉着海奶奶就往家走。

"哎呀，您这是干吗啊，东西我都扔了，没用了，走吧走吧。"

"什么就不要了？你说不要就不要了，跟我说了吗？"

"不是，那是我单位的东西，没用了。我愿意扔掉，难不成还得跟您老请示？"

"当然！你这些东西都是花我儿子钱买，扔不扔得我说了算。"

"你这老太太怎么这么不讲道理啊。我自己挣工资，我爱买什么就买什么。爱扔什么就扔什么。再说了，夫妻婚姻存续期间，我们对彼此财产享有平等的权利。"

"什么权利，少跟我转词，我老太太没文化，我就知道你挤对得我儿子，天天晚上不敢回家，你对我老人家也是恶语相向，不尽孝道。大家评评理，有这样的儿媳妇没有……"

"你……"米佳气得用手指着她，说不上话来。

老太太打掉她的手指，逼近一步，伸出自己的食指，点着米佳的鼻子说："你个有人生没人养的东西。你妈没教你不能用手指着人说话啊。"

米佳气得直哆嗦，一把打掉海奶奶的手。

"你要干什么？"一个男人的声音从天而降。米佳没想到海斌会在这时出现，有些发愣。而海奶奶忽然收起刚才的强势，一屁股坐在地上。

"哎哟，我活不了了，这日子没法过了。儿媳妇打婆婆了啊，可怜我老太婆，一个人拉扯大的儿子，娶了这样一个恶女人啊……"

米佳哪儿见过这样的阵仗，更不知老太太的真实目的，凭着一时之气，步步紧逼："你给我起来，谁打你了？你这么大岁数怎么血口喷人啊？"

"你给我滚回家去，不嫌丢人啊。"海斌见围观的人越来越多，只想息事宁人。

"我有什么可丢人的。我行得正坐得端。哪儿像你妈啊，跟人家清洁工抢垃圾，还不敢承认……"

啪！随着清脆的一声，米佳感到一股强大的力量几乎将她掀翻在地，禁不住趔趄了两步。接着，她感到左边脸颊火烧一样迅速膨胀起来。刚才还在议论纷纷的人们，全部定格了一样，收声瞪眼，耳朵支棱着，生怕错过一场好戏。米佳努力调整好站姿，理了理被打乱的头发，擦掉嘴角缓慢流出的鲜血，看都没看愣在原地的海斌，径直走向人群中一个因为看热闹，举着烟卷和打火机，早已忘了点烟的男人。

"师傅，借个火。"

男人反应过来米佳是跟自己说话，赶紧递过打火机："拿去拿去，不用还。"

米佳向这个陌生的，在这种时候，用自己的方式向她表示同情的男人，认真道谢后，走到自己那箱垃圾面前，点着打火机。

"这是我的东西，我从单位抱回来的，我用了十几年的东西。我现在烧了它们，应该没有人表示反对吧。"

米佳冷笑着，看看坐在地上忘了继续表演的婆婆和低头不语的丈夫，找出几个易燃的纸本做引子。火苗一下蹿了起来，米佳把它们和打火机一同扔进了纸箱。

"嘿，着了，着了。"

"火还挺大啊……"

随着火焰的燃烧，众人恢复了议论的能力。可他们还在期待着后边的好戏，根本不知道议论什么，只能把话题引向那团烈火。米佳看着火势平稳了，才转过身来。海斌下意识地后退了一步。米佳没有停，兀自走到他的跟前，停下来。

"你要干什么？"海斌有些心虚。

米佳伸手掸掉海斌肩头的灰，小声说了句"你衬衫该换了"，就转身向家的方向走去。

米佳的脚步声，在两个楼之间阵阵回响，坚定有力。就是这个声音让她想起了蝴蝶效应。只是她不知道最初那浅浅一波的力度来自哪里，更不知道，更大的力量将要把她推向何方。

- CHAPTER 6 -

未知的彼岸

1

都说"距离产生美",而离开是产生距离的第一步。就像要想通往洒脱的彼岸,忘记才是必经的桥。

三个月后的一天下午,机场高速上出现一辆疯狂的奔驰车,左拐右拐,一路违章冲到首都机场泊客区。车还没停稳,海斌就钻出车厢,冲进离境大厅。他是刚收到一份米佳寄来的同城快递后才知道,这个冲动而疯狂的女人居然即将飞往美国。关键是,她不仅带走了家里的储蓄卡,还带走了他的小米。难怪那天的战争后,她像没事儿人一样,不打不闹,不说不叫,原来是憋着大动作呢。她愿意走,随便走到哪儿去,可她不能让他的小米跟着受罪啊。海斌看了快递里那封短信后,二话没说就奔向机场。可惜,还是晚了。海斌眼看着一辆花里胡哨的国际空客冲上蓝天,带走了他的妻女,沮丧过后是愤怒。海斌使劲儿将那个快递信封扔在地上,先是用脚踢,后来索性双脚站上去,来回来去地使劲踩、跺、揉搓、碾压……好像那样才能表达自己心中的愤懑。可是,有什么用呢? 米佳和海小米真的走了，像米佳在信里说的，她们要漂洋过海，寻找自我。

"狗屁！我倒要看你们能坚持几天。"海斌咬牙切齿，对天怒吼，仍难解心头的愤恨。

与此同时，米佳和海小米正在上千米高空上与故乡依依惜别。看着地上的房子逐渐变成火柴盒，高速变成细带，米佳才真正意识到，自己离开了，真的离开了。回首过去几个月，那是梦一般的过往。那天的战争和被打，像一个节点，带着耻辱和悲痛留在米佳的记忆里。但也是那天，随着那个耳光的痛感的消退，她好像瞬间明白了一个道理。岁月已经给了她太多风霜，要是再把其中的痛苦、怨恨风干成记忆，时不时拿出来晾晒、瞻仰，那就真成了祥林嫂，生生把不多的日子过成了一声叹息。她不应该这样。所以，她向人要了打火机，烧了那盒过去的东西。随着熊熊火光，米佳跟过去的自己告别，也向未来的自己招手。可有一瞬间，她几乎以为自己死了。环绕四周看热闹的人，就是闻讯来给自己送葬的人；而那在火焰中挣扎燃烧的就是自己浑浑噩噩、碌碌无为的前半生。也许是提前体验了死后的感觉，她是带着死而复生的冲动跟海斌说那句话的。平日里，他最懒得换衬衫。既然前半生那个纠结着要管制他、改变他的自己已经死了，以后他就再也见不到那个叨唠着跟他斗嘴的自己了。她想再说一遍，他不爱听的话，算是留下一个来世相认的记号或者接头暗语。来世，他们还要再见吗？随便吧。就像衬衫，换与不换，本就是他的事，她再不会为之着急上火了。所以，从那以后，她没再跟海斌吵过一句嘴，也没跟他提过任何要求。他们相安无事，平平静静度过了结婚以来最安生的几个月。可惜，米佳没时间享受那种平静带来的幸福，她太忙了。她以自己都不知道的能量和执行力运作着一件被人看来根本不可能完成的事情。在迅速做出带海小米出国留学的决定以后，米佳征求了海小米的意见。孩子怯生生地想到爸爸的态度。米佳告诉她，出国是她们两个的事情，她们要以这种方式，去寻找丢失的自我和属于自己的公平，跟爸爸无关。海小米早被赵梅洗脑，当然高兴。于是，在赵梅的帮助下，她在几个月的时间里完成了别人一年都办不下来的所有手续，并在抢到单程打折票后，默默收拾好行装，信心满满地准备重新开启自己的人生。她本不想跟海斌说明行程，但昨天晚上，她忽然觉得如果不说明一下，自己的所作所为肯定被他理解为小女孩的赌气，青春期的离家出走。她不希望这样，尽管她也不奢望他能真的理解自己。因此，她才寄了那封快递，理智而平静地告诉他，她们去美国求学了，一切安顿好，就会跟他联系。可她还会联系他吗？理论上会的，毕竟他是孩子的爸爸，而且她自始至终没有离婚的念头。她是个不能也不想没有家的人。她只想证明自己的能力，也为他们的婚姻创造一段能产生美的距离，更让忘记带给自己洒脱和宽容。

飞机钻到了云层，海小米兴奋地让米佳看窗外仙境一样的景色。米佳伸出手，紧紧搂着女儿，似乎想从她小小的身躯里汲取力量。

海斌提前完成原料采购，特意买了鲜花，带老王到"自在"餐吧感谢二姨。见到久未露面的海斌，二姨自是一番揶揄，责备他事业、生活双丰收就忘了她这个精神导师。海斌长叹一声，道出米佳带孩子出国的消息。二姨惊得张大了嘴。

"疯魔吧，二姨。您这是给我介绍了个什么啊！"

"什么什么？这说明我们小米佳是这个！"二姨居然伸出了大拇指。原来，二姨早就听说海斌当众打了米佳一个耳光的事，以为用不了多久，海斌就会跑到这里来诉说烦恼，或者米佳也会跑来哭诉遭遇。再不济，大外甥女孙墨苹也能传递一些信息。谁知，几个月过去了，二人谁也没露面。孙墨苹更是神龙见首不见尾，一说米佳就支支吾吾。连那个不着调的汤小兵也人间蒸发一样，多日没有露面。二姨边好奇纳闷着，边感叹年轻人成长了，再不需要她这个老家伙了，庆幸的同时，多少还有点儿失落。如今，听海斌这么说，才知道，这些孩子，白长了儿十岁年纪，仍不能让她省心。不过，她是真没想到从前只会哭哭啼啼像祥林嫂一样的米佳，能做出这样的事情。可孙墨苹怎么都没提过，难道她也不知道？这些人之间，到底发生了什么？二姨八卦之心大起，兴奋地摆上棋盘，吩咐服务员摆酒摆菜。

海斌明知老太太是要逗自己说话，并未阻止。好几个月了，没跟米佳斗嘴，他觉得浑身不自在，几乎要憋闷出病来，正好借此机会，一吐为快。老王不知二人默契，抱着束花，不知是走是留。

"把花放下吧。怎么好几十年了，一点长进没有啊。"二姨终于对着老王说了一句专属于他的话。老王兴奋地应着，来来回回转了好几圈，却不知道把花放在哪儿合适。最终还是二姨亲手接过花，才解决了他的落座问题。

海斌上手落子，立即觉出二姨棋风大变。二姨哈哈大笑，原来是近日遇到 00 后高人。海斌硬撑片刻，却被二姨借力打力，几个连环跳，就败下阵来。二姨借棋说理，告诉海斌，做事不能故步自封，更不能恃才傲物。她就是用一盘炸鸡做见面礼，真诚向可以做自己孙子的小破孩请教了高着，才这么轻易赢得了胜利。海斌不以为意，不就是盘跳棋吗？可二姨语重心长："人生如棋。"

这时，一个衣衫褴褛、模样落魄的人闯进了餐吧。服务员正想阻拦，二姨开口让他过来。那人却扭捏着，不肯近前。

"磨磨叽叽你还像个男人吗？"二姨忍无可忍地叫起来。那人终是磨蹭着走到近前。众人才看清，竟然是孙墨苹的丈夫汤小兵。海斌跟汤小兵只是见面之交，见其落魄至此，不想参与人家家事，想借机离开。二姨并不领情，让二人老老实实坐着，还将其归为一类。海斌至此才知道孙墨苹和汤小兵已经离婚，惊愕之余，暗怪米佳没有将此事告诉自己。

"你甭在那儿瞎嘀咕，米佳倒想跟你叨唠呢，你也得有时间听啊。"二姨永远洞察秋毫。海斌自知理亏，最近忙于项目，忽略家事，以致米佳做出那么大决定自己竟然毫不知情。可她也太任性了，这么大事，连个招呼都不打，就……清官难断家务事，海斌每次反思自己跟米佳的争吵，都会止步于此。他是个商人，摆明了无解的事，他就停止，思考也一样。他并不解释什么，只伸手拿了瓶啤酒，小口喝着。

二姨显然没把他们当外人，酣畅淋漓历数了汤小兵的罪行：放着好好日子不过，非得离婚。离了婚又后悔，还信誓旦旦要创业……现在好了，家没了，工作没了，分的那点积蓄也打水漂了。

"我要不给你打电话，你是不是还在火车站扛着呢？"二姨心疼地递过一块湿巾。汤小兵接过湿巾，仔细擦着手，并不解释。

"你倒是说话啊，这些日子都去哪儿了？"

"您能别问了吗？先给口吃的吧！"

二姨恨铁不成钢又数落了两句，亲自到后厨给汤小兵张罗吃食。海斌未免尴尬，热情地给汤小兵倒酒。汤小兵见到毒药似的，将酒杯推得远远的，说自己只喝水。海斌酒劲儿上来，谈兴正浓，见汤小兵的沮丧样，忍不住吹牛自己驭妻有术，才能稳守阵地，让对方落荒而逃。汤小兵哪里听得下这样的话，喝干了手中的白水，轻声说："老婆孩子都没了，您自己守着那阵地，有意思吗？"

海斌被说愣了，傻傻看着汤小兵走进后厨，没想起怎么反驳。可这句话像幻听似的留在他的脑子里，整个晚上都在莫名其妙地冒出来。而他跟二姨的对话，似乎也在不自觉印证着汤小兵的这句话。

"这回我可自在了，两米二的大宽床，想怎么睡怎么睡。"

"嗯，宽敞，自在。我看你能享受到哪天。"

"您这话什么意思啊？我是翻身农奴把歌唱，重获自由的天是明朗的天。您看着，我明儿就带我妈出去玩，我们的好日子这就开始了。"

"哎呀，我看出来了，这还真是你教出来的好徒弟。"二姨不再跟海斌说话，将话锋转向一直沉默得好像不存在的老王。

"我，我……"老王本就见到二姨大脑短路，此时更是接不住她的话。

"行了，二姨，您就别欺负我师父了。哎，刚才那哥们儿呢？我得再跟他盘盘道。"

汤小兵早在后厨饱食一顿后，离开餐吧。离开本市三个月了，走的时候信誓旦旦，不做出点儿名目绝不回来的样子。可谁知江湖险恶，他这种靠技术吃饭的人，被人卖了还帮人数钱呢。这不，餐馆没开成，前期投入的资金也打了水漂。他最后不得不一路辗转，落魄而归。身上的钱花光了，他已经在火车站的候车大厅凑合了两个晚上。要不是二姨的电话，他还在面子和里子之间纠缠。是二姨的一顿臭骂，把他唤醒了。二姨说，老婆孩子在哪儿，家就在哪儿。如果他还想要这个家，就赶紧滚回来。他当然珍惜自己的家，当初冲动离婚，也是想让孙墨苹知道离开自己的滋味。可谁知，人家没怎么着，他自己先受不了了。他无时无刻不在惦记着他们娘俩的生活和饮食。现在那些快餐外卖，有几个是让人放心的啊。孙墨苹被他培养出的独特口味，是受不了那些乱七八糟的东西的。汤圆完美继承了他们老汤家的美食天赋，而且又是德智体美劳全面发展的好学生，饮食上更要讲究，没有自己好好守着、调理着，怎么能茁壮成长呢？想到这些，他觉得什么尊严、面子、里子的都不再重要，能见到家人，跟家人重新在一起才是最重要的。所以，他立刻接受了二姨的召唤，来到餐吧。谁承想，先碰到那个被孙墨苹称为"海老茂"附体、直男癌晚期的标准大土鳖——海斌。这才知道，自己走的这几个月，他们家也出事了。米佳终于对他忍无可忍，把大土鳖甩了。他不由得为米佳点赞。早就该这样，让他也尝尝没有老婆孩子的滋味。当看到海斌不仅执迷不悟，还在那里吹嘘的样子，他觉得道不同不相为谋，多跟他待一分钟都是对自己这个珍惜家庭、女人、孩子的优秀男人的亵渎。他已经迫不及待想看到他的大胖儿子了。他要回家。可是，家门还能向他敞开吗？

2

经过十几个小时的颠簸，米佳和小米终于平安降落在洛杉矶机场。米佳心内一阵紧张，脑子里都是网上说的那些入境时的奇葩事件。她一边叮嘱小米不要胡说，一边按照图示，顺着人流往外走。奇怪的是，当她站到取行李转盘的时候，外边已是车流不息的机场马路。

"咱们这是入关了？"

"我哪儿知道。"海小米也是一脸蒙。米佳让她站在原地别动，自己试探性地向外走去。自动门开了又关上，各色人等出入自由。这是怎么回事？米佳忽然想起刚才在加拿大转机的时候，曾被简短盘问。那个友善的白人警察，还指着登机口，跟她说："Welcome to the U.S." 当时她还以为自己理解错了，原来，人家已经在谈笑间完成了入关审查。米佳正在暗自高兴，这时才发现，行李转盘上已经没有行李，周围的人都走光了。她们的四个箱子，一个都没有出现。米佳有点儿发毛，看着周围金发碧眼的外国人，听着英文，鼓了半天勇气也没敢冲上去拦住一个人提出自己的问题。

"不是说都是中国人吗？我怎么一个也没看见啊。"

"妈，都是中国人就不是美国机场了。"

"那咱们原来那一飞机中国人都哪儿去了？"

"我哪儿知道？您订的什么航班啊？我看见上边写着加拿大航空啊。"

"你能看懂啊？"

"当然了，要不这么多年英语不是白学了。"

"那太好了，你去找个人问问，咱们行李呢？"

"不是，我，你，你怎么不问啊？"

"我不是英语不好吗？快点儿，那老头，人胡子那个，看着挺面善的。快去问问。"

"我，我不敢。"

"你说你那么多年英语白学了，再说了临出国咱不还培训好几个月吗？那钱都白交了。快去。"

"我，不，我不去。"

"你这孩子怎么那么没用啊，我对你真是太失望了，关键时候一点作用都不起。我告诉你，今天你不去问清楚，咱们就得在这儿待着，没准儿一会儿还会被警察看着可疑，就直接把咱们遣返了……"

米佳的情绪忽然失控，开始喋喋不休数落海小米，直说得海小米眼泪在眼眶里打转。

"哭，就知道哭。我告诉你多少遍了，哭解决不了任何问题。我还告诉你，从今往后，咱们就得靠自己了，什么都靠自己，就是哭死也只能靠自己。"

米佳似乎被自己鼓舞了。她终于鼓起勇气，走到一个美国老太太面前，用磕磕绊绊的英语，连比画带说地表达了自己的意思。老太太显然没有听懂她的话，指着一个办公室让她去那里。米佳虽然慌乱，但时刻牢记不能给中国人丢脸，尽量用自己能把控的最标准的英语，跟老太太说了声谢谢。

那个办公室是行李招领处。米佳依靠手机上的翻译软件，终于弄清楚自己的行李不是丢失，而是因为转机安检延误，要到第二天才能快递到她提供的地址。她只能写下她们在美国落脚的第一站——一家华人开的民宿。

出国前就在网上落实的租车事宜就显得十分顺畅了。在那个热闹的大厅里，米佳好像又回到了祖国。天南地北的中国话充斥着整个租车大厅，让人以为来到了中国某城市的汽车交易市场。只是工作人员都是外国人。为了避免交流，米佳选择了自助办手续，毕竟上边可以选择中文服务。拿着机器吐出的长长的单子，米佳又傻了，无数英文字母扑面而来，让她想起了久违的英文考试。尽管大脑瞬间短路，但她还是暗自提醒自己，平静、平静，一切刚刚开始，一件一件慢慢来……

直到找了一个中国人彻底搞清楚后边的程序后，米佳心头被自己按捺多次的一句话才终于破土而出："米佳，你太莽撞了。你什么都没有准备好，就一脚迈出了国门。你自己不行还怪孩子，你是什么妈妈啊？你简直就是笨蛋……"对自己的责骂痛快淋漓，可是于事无补，她不知道还有多少麻烦等着她。她只知道目前她要面对的是如何在导航的帮助下，找到房东的家。

坐进彪悍的皮卡，海小米终于露出了笑容，并向母亲伸出了大拇指。米佳受到鼓舞，沉稳起步，按照导航的指示，一猛子扎上了洛杉矶著名的堵车大道 101 高速。只是，这个时候她还不能认同这条路面坑洼、路边满是垃圾、停车场一样的公路，就是美国高速的常态。此时，蜿蜒的高速，迎着仍然明媚的加州阳光，一路向西。米佳告诉小米，这就是洛杉矶的大太阳，以后想吸霾都不容易了。海小米不以为意，指着前面山包上的一缕黄色问妈妈那是什么。米佳仔细看，的确有一层黄雾笼罩着周围光秃秃的大山包。她之前看过相关报道，知道洛杉矶是美国空气最差的城市，想必那就是国内天天报道的所谓空气污染物，只是以另一种形态、另一种颜色出现在这里的局部地区。她不想让女儿失望，告诉她那可能是海洋性气候造成的雾气，让她看前方的蓝天白云，是不是比国内的透亮。

"好像是。"海小米的好奇心呈放射状。毕竟，头一次来到一个陌生的国度，她要了解的东西太多了。忽然一阵轰鸣，一个黑影闪电般穿过大小车辆，瞬间消失在前方的天际线。接着，一辆敞篷跑车，放着动感十足的美国音乐，呼啸而过。

"妈妈，咱们是真的到了美国了。您能不能也有点儿美国的节奏？"

米佳听令，打开车内收音机。一阵强劲的音乐传来，二人立即忘记了旅途劳顿，过电一样随着音乐的节奏舞动起身体。

"宝宝，这才是美国的生活节奏。坐好了，咱们向着新生活挺进。"

海斌在餐吧吹完了牛，真的回到家里享受两米二的大床时，还是有些失落。他先是在上边尽情翻滚了一番，然后把自己的枕头尽量往中间摆了摆，四仰八叉躺好，意欲尽情享受舒展带来的松弛后，好好睡一觉。谁知，他就这样躺了十分钟，眼看就到了自己睡子午觉的临界点了，他居然半点困意都没有。他开始给这种异常的状态找原因，最后得出结论是，位置失衡造成的认床焦虑。他只能把枕头放回原来的位置，重新躺好。不知怎么，闭上眼睛，他就觉得床在向一边倾斜，以至于他不得不伸出一只手，使劲压住另一边。这时，他才从另一边空荡荡的被筒上感受到那个纤细娇小、睡觉时几乎团成一团的小猫一样的米佳真的不在这里了。彻底睡不着了，他只好起身下床，去研究床的那一边到底出了什么问题。他不相信体重不足百斤的米佳能有那么大压力。他掀开被子，推起床垫，就差把床箱拆了，也没有发现一丝一毫不对的地方。这么结实的实木床能有什么问题呢？问题出在他心里。他能承认吗？当然不能。他相信这种不适应是暂时的，过不了多久，自己就会习惯宽敞带来的愉悦。

反正睡不着，他索性跑到海小米的房间，想找一本书刺激睡意。打开女儿的房门，习惯性地往书桌方向望去，他几乎看到小米仍坐在书堆里，头也不抬地喊"爸爸"。他的喉咙莫名其妙地咕噜了一下。为了掩饰那个奇怪的声音，他咳嗽着，快步走到书桌前，发现海小米留下的一本练习册，上边有几行孩子并不工整的文字。他就想起了小米的小肉手，不由得伸出手指，摸摸那些歪七扭八的字，好像那上边还留着小米湿腻的体温。海斌不知道自己是怎么了，刚才在二姨面前说的大话，现在怎么都变得那么苍白无力。不行，他要调整，要适应，不能被米佳的较劲打垮。不就是跑到美国去了吗？又不是不回来。自己正好利用这些时间，发展事业，更上一层楼。再说了，就凭她除了北三环以南、南一环以北再不认识的认知能力，她能在美国坚持多久就是个不用思考的问题了。想到这儿，海斌瞬间通畅了，刚才还七上八下的心，踏实地落到胸腔里。他回到床上，用枕头把米佳的被筒撑起来，自己躺回原来的位置，感觉重新变得自然而美妙了。困意随之而来，他挣扎着的意识最终停留在要带老妈出去享受生活上。

其实，从本质上讲，海斌是个标准的老实男人，不吸烟、不喝酒、没有任何其他恶习，唯一的爱好就是琢磨怎么挣钱养家，让家人过上好日子。要真到花钱了，他就变成了小白。一大早，他就带着海奶奶直奔母亲心中的购物天堂——王府井。兜兜转转好几圈，海奶奶说得最多的一个字就是贵。她的物价水准似乎一直停留在当年五毛钱一斤带鱼的水准，自然对如今动辄四五位数的服装咋舌。海斌本就厌烦逛街，早年还被米佳拉着、拽着往商场跑。后来有过几次不愉快的记忆后，米佳再也不拉他陪自己逛商场了。再后来，网络购物发达了，米佳自己也懒得往商场跑，家中吃穿用度多在网上解决。海斌已经记不起自己最后一次跟米佳逛街是什么时候的事了。此时，听腻了老妈的念叨，还要站在厕所门口等她排队如厕，海斌心里多少有些厌烦。百无聊赖中，他发现好几个年龄不同、气质各异的男人，或背或抱地拿着女人的包，坐在凳子上玩手机。他们平静祥和的神态瞬间令他产生了少许妒忌。他们是真遇到了好时候啊。要是以前就有智能手机，他可能也不会因为逛商场跟米佳吵架了。她逛她的商场，自己摆弄自己的手机，反正家里外边一样玩儿。更何况，商场有空调，既能讨得老婆欢心，又省了家里的电费，何乐而不为？他的思维终于由此扩展到妻女，她们早该安全降落了吧？住哪儿了? 孩子上学的事情是否顺利? 人生地不熟的她们如何生活? 一系列的问题排山倒海般涌来。海斌不由得拿出手机,通知栏除了几条垃圾短信没有任何有价值的消息。他又点开微信,更是没人理他。朋友圈里除了几个热衷于推送鸡汤文的朋友外,也没有看到米佳母女的踪迹。他犹豫着要不要发个微信问一下。这时,海奶奶边抱怨边走出厕所。

"哎呀,现在就不能出来,出来就是受罪。"

"行了,您也累了。儿子带您吃大餐去。"

"外边能吃到什么啊? 回家,冰箱里还有半碗剩面条,再不吃就坏了。"

尽管海奶奶以浪费粮食为耻,可禁不住海斌吃坏肚子上医院,得不偿失的劝解。娘俩最终坐到西贝莜面村的餐桌上。一盆羊肉,几个肉夹馍,两个清淡小菜,配上燕京白啤,吃得海奶奶脸上冒油,大赞儿子孝顺。海斌却没了胃口,他觉得自己愧对母亲,怎么早没想过带她出来吃饭、散心,又或者如果早想到这个方法,一家人多出来吃吃饭、聊聊天,可能也不会闹成了"一家两制"。见母亲对麻辣凉皮情有独钟,他又给老人添了一大勺。

"嗯,我就中意这个味儿。这辣椒油啊,就得爆蹿儿,要不然那个香劲儿出不来。哪能像你媳妇似的,怕油烟子,油不热就把菜倒进锅里,那是过油煮,能好吃得了? 我就是不说罢了。"

"妈,您再来块凉糕。"

"嘿,你看你又不让我说。你这儿哪儿来的'妻管严'的毛病啊,咱们老海家可没这个毛病。想当年,你爸爸活着的时候,那是说一不二。他要定了的事儿,我大气儿都不敢喘一下。那阵势、那个范儿,你啊,差太远了。"

"您那会儿什么年代,现在什么年代了。真是……"

"什么年代也没听说过,丢下老公长辈跑国外去的。她要干什么啊?

看她能的，中国这么大地儿，还容不下她了。"

母亲的数落彻底打消了海斌主动跟米佳联系的念头。都是成年人，既然她选择了离开，就要承受离开的后果。

3

民宿房东的变异普通话令米佳产生了他乡遇故知的感动。毕竟，从一踏上美国的土地她就没顺过。先是行李误了航班，后又经历洛杉矶大堵车，千辛万苦按导航下了高速，还在长得一样的街区里迷了路。疲惫、紧张、焦虑……她觉得自己已经在挑战生理极限。可为了让更加不安的孩子有个心理安慰，她不能表现出来。所以，刚才迷路时，她没有像从前一样骂导航，努力克制着自己的急躁，一边记着路标，一边给自己打气，竟也找到了那个隐藏在山坳里的小别墅。

房东并未回应米佳的感动，仍在热情介绍自己的家。从起居室到卧室，从前厅到后院，可以看出，对这个一生奋斗的结果，他异常珍惜。整个房子不仅保养良好而且一尘不染。米佳十分奇怪，这个比自己年龄还大的房子何以保持如此不老的状态。

"是我勤于打理啊。而且这里是美国啊，那东西的质量，我跟你说啊，是国内比不了的啊。"

米佳牢记中国人谦卑内敛的品格，自然不能争辩什么，只随他说。

"这个呢，是咖啡机，胶囊的。你们在国内应该没见过吧，过会儿我来教你怎么使用好了。"

"不好意思，我在国内就不喝胶囊咖啡，现磨的，到处都有，很方便的。"

米佳终于忍不住阻止了房东的继续炫耀。她不明白，这位大叔得是多久没回国了，怎么对中国民众现在的生活水平连起码的了解都没有呢。

"哎哟，国内也开始喝咖啡了啊。真是，变化好大啊。以前你们北京人不就爱喝什么大碗儿茶吗？什么前门楼子，二分钱一碗。对吧，你看我对国内还是很了解的啊。"

米佳不好多说，只能点头称是。介绍完了环境，房东就委婉地提出要求，什么上楼要换鞋，地上不能掉渣渣杂物，做饭不能有油烟和其他刺激气味，吃饭要在地上铺上塑料布，饮料瓶、牛奶瓶要用清水洗干净才能扔进可回收的绿色垃圾桶，卫生纸要扔进马桶冲掉，浴室台面要时刻保持清洁干燥，等等。

"好了，就是这些啦。总之呢，你们不远万里来的，就把这里当成家吧，一切都像到家一样，不要拘束啊。"

房东后边的话对米佳已经犹如天书。她又困又累，加上时差的折磨，脑子已经不会转了，除了点头称是，不能做出更多的反应。

"好了，你们也累了，早点休息吧。"

房东终于礼貌地走了。米佳和海小米如遇大赦，扑到床上。可是咕噜乱叫的肚子让她们无法安心入睡，只好起身烧水，想用随身带的方便面充饥。本世纪初流行于国内的电烧水壶，不紧不慢地亮着，就是不见水开。米佳见海小米已经困得昏昏欲睡，禁不住用手鼓捣电水壶的开关。谁知，随着一个火花，四周陷入一片黑暗。米佳吓坏了，接着听到房东一阵外语一样的闽南话。海小米被惊醒，黑暗中，小兽一样蹿到妈妈怀里。米佳安慰她别怕，自己壮着胆子打开房门。屋外也是伸手不见五指。忽然，房东的脸从天而降般出现在楼下的暗黑里。米佳吓得在喉咙里惊叫一声，迅速退回房内。

"莫怕啦，线路老化，停电而已啦。"

听着房东的回应，米佳心内恼火，这是什么世界最先进的国家，烧个水都能引起短路。

"妈妈，我怎么觉得他们好落后啊。"海小米也发出同样的疑问。

"可能这个伯伯家比较节俭，你看他们用的接线板，不是跟奶奶用的一样，还是八十年代那种不带漏电保护的，所以很容易短路停电。没事没事，我们正好享受一下失去电能带来的原始感觉。"

黑暗中能做的，大概只有这些骗小孩的事。米佳搂着孩子，很快让她获得了应有的安全感。海小米很快睡着了，米佳却再也没了困意。她睁着眼睛，望着黑洞洞的窗口，担忧、不安第一次以明确的方式海水般袭来。她也第一次问自己，美国真的像人们说的那样好吗？还没有真正开始的海外生活，似乎并不欢迎她。她不知道还有多少麻烦在等着自己。无助中，她的眼眶发酸，不加控制马上就会落下泪来，好在理智及时控制了情感。一切才刚刚开始，她不能遇到点儿事儿就哭，那以后还不哭死。她要学着坚强，更要学会解决问题，而不是放大问题。

米佳在自认为深刻的自省中睡着了，一夜无梦。

第二天早上，房东告知美国不像中国人口过剩，人工便宜，打个电话就能有人来维修房子。电力公司答复他们，要三天后才能安排人来修理，而且相关费用不菲。米佳听出他表达的重点，眼里不揉沙子的毛病又犯了，掐头去尾，直接指责房东不能让她分担维修费用。房东自然很不高兴，二人开始理论起谁用的电多的问题，进而引申到租赁条款上的相关规定。米佳向来对条款、合同之类的文字马虎，出发前根本没有细看条款。此时，房东指着洋洋洒洒五大篇规定后边的附则，米佳被逼问得哑口无言。

"米小姐啊，你看清楚，这里我写得很清楚，由对方操作不当导致的损失，是要赔偿的。你不说我还忘记了这一条，既然当初你也签了字，就把维修金打个支票给电力公司好了。我一会儿把他们户头给你。哦，你不会填支票是吧，没关系，我可以帮你。"

"不是，什么啊，就支票、户头了……"

米佳及时制止了房东的爱心表述，义正词严地告诉他，自己到他们家连口热水都没喝上，谈何操作不当导致损失？她虽不懂电器，但普通的常识还是有的。他们家的房子是七十年代建的，布线走线上肯定跟不上时代潮流。加上用电辅助工具接线板没有过电保护功能，当然会引起短路。而且她严重怀疑，他可能借此机会将家中电线维修升级的费用算到自己头上。房东的脸立刻变色，指着米佳鼻子骂她，国内来的大土鳖，用坏了他家的热水壶，还险些烧了他家的房子。他要告她，要让她赔偿损失。米佳气疯了，开始跟他对骂。海小米吓得放声大哭。孩子的哭声让她恢复了理智，不得不压制怒火，试图跟房东协商解决问题的办法。谁知，房东仍是喋喋不休，从对她的无理，扩展到对整个中国人的无理。米佳实在听不下去了，提出退房。房东先是愣了，马上又换上伪善人的嘴脸。

"退房可以啊，不过，都是中国人啊，我得提醒你一句，你这个价格连个汽车旅馆都住不了。而且，汽车旅馆的话，你吃饭怎么办呢？小孩子正在长身体，难不成天天吃汉堡啊？"

"谢谢您关心。这些就不劳您费心了。"

"哎呀，既然你这么不在乎价钱，这一条你总是看到了的，提前退租，要赔偿三倍定金。"

房东又举起了那份中英文合同。米佳悔得肠子都青了，却只能咬着后槽牙说没问题，谁让她关键时候犯了文字厌恶症呢，就得愿打认罚。房东见她收拾东西，果真要走，瞪着三角眼，四处搜寻，还要找出什么问题。

"定金足够扣的了，如果您还有什么非分要求，别怪我报警。"

"报警。你以为这里是北京啊，人民警察为人民。美国警察那是纳税人的钱养活的。我可是美国公民啊，你想想到时候警察向着谁。"

"我不管你是哪国人，我就知道美国是法治社会。法治社会就有讲理的地方。"

"讲理，你的中国话，人家也得听得懂啊。"

"我，我有实时翻译器。我怕谁？"

房东终于放弃了对这单生意的最后觊觎，目送米佳母女离开。重新坐进皮卡的时候，米佳根本不知道下一步该怎么办，但又不能让海小米看出来，只能故作高兴地宣布她们总算摆脱恶房东，现在要去品尝美国的美食了。皮卡重新冲上高速，可美食在何方？米佳真不知道。路边能看到的类似餐饮的招牌不少，可哪家是能吃的，或者说是吃什么的她根本不知道，让她如何选择？终于，一个熟悉的金色大 M 出现在前方的大路口。米佳眼睛都放光了，海小米也兴奋地喊着"金拱门"。有谁能想到，这个国内家长坚决抵制孩子们接触的垃圾食品，此时竟成了米佳母女救命的稻草。食物的力量让米佳重新找到了自信，她相信尽管举步维艰，但她一定能到达成功的彼岸，不由得脚下使劲儿。汽车发出巨大的轰鸣声，向着不远处的彼岸冲去。

CHAPTER 7

哭泣不需要理由

1

活了几十年，海斌当然遇到过不少道坎，每到谷底，他都习惯用一句话提醒自己："人到锅底，每走一步都是进步。"这句话适不适合用于生活和亲人，他不太确定。不过，对于米佳的离开，他还是抱乐观态度的，毕竟人家一没提出离婚，二没表示分居，只是为了孩子求学，暂时离开，自己没必要大惊小怪。昨天被海奶奶一番教训后，他更坚定了自己的判断。米佳此举简直是幼稚透顶。她自己处理不了问题的时候，看她怎么收场。

海斌想得很解气，动作上却在不断刷新朋友圈。寻遍每个与米佳可能有联系的人的信息，他终是没找到蛛丝马迹。这娘俩真的像人间蒸发一样，瞬间消失了。百无聊赖，他只能起床洗漱。家里静悄悄的，没有了竞争对手的海奶奶早不知道去忙什么了。海斌懒得做饭，只能喝了杯酸奶充饥。酸奶喝完，他不太清楚那个精致的瓶子是需要回收还是可以自行处理，竟用水认真清洗起上边的污渍。瓶子重新光鲜透亮的时候，海斌忽然对家务产生了兴趣。他开始拖地、掸尘，拿着块抹布东擦西抹，直折腾得自己浑身冒汗，才觉得郁结于胸的这口气顺畅了，心情也变得大好起来。他决定，到餐吧觅食，顺便和二姨过过招。

海斌刻意收拾了一下自己才出门。他不想给二姨言语刺激他的机会。他要让大家看到，没有米佳自己的生活更加丰富多彩。不过，他忘了一点——平时，他都是不修边幅，随便到邋遢的。如今猛地转变风格，难免让人多想。这不，第一个对他的表现心生疑窦的就是孙墨苹。二人在小区门口不期而遇。汤圆隔着老远就跑过来打招呼，询问海小米的情况。海斌不能说自己不知道，只好支吾着应付。孙墨苹见状猜忌更重。她并不说明，只含蓄地告诉海斌，自己没得到米佳平安落地的消息，让他转告自己的担心和惦念。海斌闻讯心猛地一沉，心想孙墨苹是米佳最好的朋友，没有理由连她都不清楚米佳的现状。难道真的发生了不该发生的事情？海斌心神不宁地走进餐吧，发现餐吧里也不太平。二姨正叉着腰，责骂汤小兵摆主厨架子，拿着她的小本生意，找补五星饭店的谱，气跑了原来的大厨不说，自己还玩儿不转普通菜谱。

"不想当将军的士兵不是好士兵，没有米其林主厨理想的厨子他也不是好厨子。"汤小兵仍在狡辩。

二姨大概实在没心思跟他费口舌，当众宣布不再聘用他，让他限期滚蛋。

汤小兵没想到二姨会如此绝情，幽怨地看着她，不再发声。海斌瞬间产生同是天涯沦落人的悲悯，不由得出口相劝。二姨正在气头上，非但没给海斌面子，还说他们是一路货色，将二人一块儿赶出餐吧。

真正成了难兄难弟的二人，经过短暂了解，很快达成共识——要在没有女人的日子里活出曾经的精彩。说到具体实施方案，海斌并无经验，毕竟他的曾经并不比现在精彩。汤小兵一边说他看书看多了，学习学伤了，一边让他听自己指挥，照猫画虎。

　　就这样，二人一前一后来到夜店。昏暗的灯光，加上嘈杂的音乐，海斌一进来就有种要窒息的感觉。可看到汤小兵轻车熟路、神态自若的样子，觉得自己不能示弱，也学着他，坐在吧台前，要了一杯酒。奇迹在不久后发生了。一个打扮妖冶的女人，很快就凑到汤小兵身边。二人立即相谈甚欢。女人妩媚的眼神充满勾引和诱惑。海斌暗自以为汤小兵是在炫耀魅力，自己决不能败下阵来。他向四周看看，发现自己左手边就坐着一个孤单而安静的女孩。他学着汤小兵的样子，边晃动着手中的酒，边向对方靠近，眼睛还有意无意地放射出暧昧的光。应该说他的模仿能力还是很强的，否则也不会引来从天而降的一个拳头。海斌捂着喷血的鼻子，终于弄清自己撩的是个有主的妹子。接下来的事情也是他不能想象的。汤小兵居然仗义出手，要为他挽回面子。一场混战，就这样在两个年龄加起来近百的男人对决三个九零后小伙子的失衡比例中开始了。最后还更感谢神勇的公安民警，从天而降，最终结束了这场不公平的比赛。不过，在战斗中纷纷挂彩的海斌和汤小兵也被带到了派出所接受处理。大概他们的行为匪夷所思，任凭汤小兵搅动三寸不烂之舌，民警也搞不清楚究竟是什么原因让这两个中年油腻男在没有过多酒精刺激下做出如此不靠谱的举动。为了起到真正的警示作用，民警决定采取通知家属或单位的有效方法。二人瞬间石化。民警才没闲工夫给他们做思想工作，见二人拒不提供家属联系方式，收了他们的手机，将其放在留置室，忙别的去了。这下海斌急了。他从进派出所大门就执拗地觉得米佳会在不久的将来跟自己报平安。手机没收了，她就联系不上自己，联系不上自己她就会瞎想。她一瞎想指不定还会做什么不靠谱的事情……幽禁带来的焦虑推倒了海斌思维的多米诺骨牌，他不能自控地思考着、求证着，最终决定闹一闹。他先是小打小闹，见无人理他，开始用头撼动铁门。民警终于露面，问他发什么疯。他索性疯疯般说自己预感到妻女发生不测，让他们赶紧联系中国大使馆，甚至国际刑警组织，让他们帮着找妻女。民警以为他精神有问题，无奈逼问汤小兵。汤小兵襟怀坦荡，自己孤家寡人，没有联系人。谁知，海斌求释心切，当面倒戈，一口咬定孙墨苹是他的妻子，还提供了联系方式。警察走了，汤小兵大骂海斌卖友求荣，汉奸行径。海斌反让他把心放肚子里，不要想那么多。以孙墨苹的性格绝对不会到派出所来救赎前夫。他这么做只想向民警证明自己是清醒的。汤小兵闻言，恢复沉默，重新哀怨地坐回冷板凳。海斌看着他有种莫名的恨铁不成钢。这世上怎么就有这样的男人呢？

2

老话说，两口子生活时间长了，不仅长得像，连思维方式都会一样。也许这种惯性有穿透时空的动力，在海斌深陷"牢狱之灾"的时候，米佳也惹来了美国警察。

事情还要怪米佳粗心大意，好容易找到个宾馆，却因操作失误造成银行卡被锁，无法支付房费而不能住宿。眼看着手里的现金越来越少，米佳决定在解决银行卡问题之前，先在车里凑合一宿。母女俩在超市买了方便食品和水，然后把车停在一片树荫下，锁上车门，吃饱喝足，开始呼呼大睡。

以往梦从未缺席过米佳的睡眠，可这一次，她像死过去一样，掉入沉睡的黑洞，直到她被一阵嘈杂和异响惊醒。她猛地睁开眼睛，只见车窗外，几双亮晶晶的绿眼睛正往车里看。米佳睡迷糊了，忘了自己已经身处美国，以为自己还在祖国大地，幻想与现实瞬间融合，她的第一反应是外星人攻击地球了，下意识扑向海小米，想用身体挡住即将来临的袭击。

"She is still alive."

窗外传来的英文和逐渐恢复的意识令米佳想起自己睡前的处境，也终于看清那些绿眼睛的生物是因为穿着地皮色衣服，而与周围环境融为一体的洛杉矶警察。到底发生了什么，怎么天都黑了，米佳的心怦怦跳着，脑子里思索着可能出现的情况，会不会跟恶房东有关系……想来想去，她觉得自己并没有违反美国法律，警察也不能把自己怎样。她深深吸了一口气，果断打开车门，尽量流利地说了句英语。

"What's up?"

"Oh, my god, she's fine. She is fine."

几个警察用英语交流着，米佳听不太懂，但从他们的表情，她能看出来，他们是在奔走相告，这两个中国女人还活着。所以，他们收起了枪，解除了一级警备状态。布控在 PLAZZ 入口的几辆闪着警灯的警车也纷纷撤去，只留下一男一女、一黑一白两名骑警向她解释情况。经过艰难的沟通，米佳了解了事情的全过程。原来，在她们睡得昏天黑地的时候，无数好事的美国人通过玻璃看到了她们的睡态。此情此景要是发生在白天倒也正常，可是夜幕降临，商店即将打烊，她们仍在那里一动不动，就显得极为异常了。加上该地区刚刚接到专门杀害女性的小丑杀手流窜至本市的警情通报，警觉的美国公民，立即打了911。警察听说一下死了两个中国女人，没到现场就断定肯定是这个杀手现身了。于是，该地区所有能调集的警力几乎全部扑向这个可能发生不幸的停车场。由于不知道现场情况，他们谁也不敢轻举妄动，只在汽车周围查看情况。幸亏他们撬车门的动静把米佳惊醒了，否则他们可能为了自己的安全，误伤无辜。米佳已经顾不上感叹美国警察的谨小慎微了，小丑杀手的消息让她陷入深深的后怕和自责中。她怎能那么轻易就做出这个不靠谱的决定呢？她怎么以为在车里就安全呢？她自己怎么都行，海小米要是有个三长两短，她怎么向海斌交代啊。丰满的黑人女警察见米佳一脸蒙的表情，以为她没听懂自己说的话，继续用慢速英语告诉她，小丑杀手的事。米佳被她越来越严峻的表情和焦急的态度震慑着，被自己脑补的已经发生和可能发生的情境恐吓着，恨不能立即离开这个恐怖的地方。她再也顾不了什么大国风范、出国礼仪，留下一句"Let me go"就迈着酸软的双腿，半走半爬地回到车上，发动引擎。

皮卡冲进黑乎乎的高速，在飞速的幻影般的车流里，随波逐流。米佳再也不用担心她会因为车速过慢而被罚了，恐惧早已驱使她将油门踩到了底。就这样飞奔了将近一小时，当重新看到了人流车流，她恍如隔世地看着一直傻呆呆默不作声的海小米，轻声宣布：

"宝宝，咱们又回到人间了。"

"可是，妈妈这里是机场啊。"

米佳这才发现，自己完全是在本能的推动下，没用导航，没走错路，随着她曾经惧怕无比的美国特色车速，一路向东，杀到了这个她潜意识里认为的人最多，也是最安全的地方。

"是，我们现在需要解决行李问题。"面对女儿的质疑，米佳选择了隐瞒，她不想让孩子经受自己刚刚经历过的恐惧和绝望，才有如神助般想到了这个理由。

"咱们还是给老爸打个电话吧。拿到行李，咱们就去找住处，你不觉得咱俩都臭了吗？"

"我都跟你说过了，别什么都指望你爸，咱们既然出来了，就要靠自己。"

米佳的突然怒吼吓得海小米眼睛里又冒出泪花。她知道自己不应该把压力发泄到孩子身上，可她实在控制不住。她像是跟自己赌气，二话不说就跳下车。海小米生怕被扔掉一样，也跟着钻出车门，以最快的速度贴近米佳，并牢牢抓住她的衣襟。孩子的举动提醒了她，在这个举目无亲的异国他乡，能够相依为命的只有她们母女两个。作为母亲，她要给孩子的是一份安全感，尽管那可能只是外表的强大与坚强。她赶紧腾出手来，抓住女儿温热的小手，紧紧握着，用有形的力量传递着她的歉意和爱怜。海小米显然感受到了，用温热的身体使劲儿贴着妈妈，好像这样也能给她些许安慰和帮助。

　　米佳显然感觉到海小米对自己重新恢复的依恋和亲情，也是被这种情愫激励着，她居然拦住航空公司的一位官员，跟他理论自己行李的下落。身高两米多的黑人官员一开始并没有把这个瘦小的亚裔妇女当回事，只告诉她有人会处理此事。他傲慢的态度瞬间激怒了米佳。她用唯一能流利表达的一句话告诉他，自己和孩子已经三天没有洗澡了，现在只想让她的行李回到主人的手里。不知是她的态度，还是"出国翻译官"直译的英语缺乏礼貌和婉转，黑人官员居然找来两个手下询问情况，并迅速回复她，行李已经寄出，快递公司会联系她。可米佳手机没电了，之前预留的地址还是房东的，如果不打听清楚，行李就别想要了。这乱七八糟的理由，米佳怎么也表达不清楚，只好一个劲儿重复自己的困惑，就是没收到。黑人官员不熟悉东方人的思维逻辑，面对米佳的纠缠，只能大声向上帝发誓，他们确实寄出了箱子。米佳也急了，高声回答："我没有收到。"一时间，身高、肤色悬殊极大的两个生物的争吵和对比，引得刚入港的不少乘客围观，其中不乏亚裔面孔。可他们并没有伸出援手，而是忙着拍照、发微博、刷朋友圈……就在米佳即将绝望的时候，一个身材中等、面色冷峻的中年男人，发出浑厚的男中音，操着一口流利的英语，开始与黑人官员对话。米佳虽不知道他们说的什么，但从神态上看，他们在谈论自己的事情。果然，中年男人回过头来，让她不要着急，对方答应让她们到仓库去看看。听到对方稍带南方口音的普通话，米佳像抓住了救命稻草，也顾不得含蓄、内敛的美德了，直言请求他帮她们一同寻找。男人有些不情愿地答应了。米佳敏感捕捉到那个微皱眉的动作。如果是以前，她会立即婉拒他的帮助，以维护自己的尊严。而今，她哪里还顾得上什么尊严。

　　几经周折，她们终于在机场最隐蔽的破旧库房里，在堆积成山的行李中，找到了自己的行李。面对失而复得的箱子，米佳有些激动。男人却说，她们没必要纠结箱子和箱子里的东西，刚才黑人官员答应如果证实丢失会按价赔偿，没准儿更合算。米佳不知被哪句话刺激，忽然冒出来一句："这些带着家的味道的东西，多少钱能赔得了？"男人很有涵养，只耸耸肩，表示无所谓了，便转身离去。米佳将此理解为对自己的轻慢，所有表示感谢的话，堵在喉咙说不出口。

"叔叔，别走。"

海小米清脆的叫声回荡在仓库里。米佳愣住了，男人也停下了脚步。二人看着孩子，只见海小米眼睛里明明含着泪花，却拼命忍着，不让它掉下来。

3

自从在派出所上演了无厘头闹剧，海斌的焦虑有增无减。在孙墨苹的帮助下，他和汤小兵得以重获自由。不过，孙老师也明确告诉他，因为孩子的事，米佳已经对自己心怀芥蒂，不但多日没有联系，连她们出国的事，她都是听赵梅说的。海斌没有赵梅的联系方式，又不愿表露自己的不安，只能回家等消息。几日没人收拾，家里已经落了一层土。海斌想起米佳经常叨唠，做家务时是最好的思考时间。他索性拿起拖把，开始拖地。地板很快被掀去面纱，露出鲜亮。他并不满足，又找了块抹布，开始一休一样的跪式拖地法。终于，他从地板缝里，擦出几根长头发，不禁对着阳光，仔细分辨：这短一点的，有些许弯曲的应该是米佳的，那根细细长长的，肯定是他的黄毛丫头小米的。这人是不是贱啊，平日里，他老是嫌弃她们一大一小两个女人，跟狗似的掉毛，长头发一根一根掉得水池上、地上、沙发上到处都是。现在好了，他又拖又擦地才找到这么两根头发。他不知道米佳用了怎样的手段，让她们母女的痕迹消失殆尽。他只能想象米佳工作时表情的凝重和动作上的全情投入。那里边肯定有决绝，有赌气，还有被她无限发酵的伤心——想到这儿，海斌多少有了些自责，毕竟这几个月忙着新项目，自己对家里的事不闻不问，对米佳突然辞职也解释为任性赌气，并未多想。谁知道她还经历了闺密失和、孩子受处理等那么多乱七八糟的事情。可自己是她老公，她怎么不跟自己说呢？不说自己怎么知道？再说，都四十的人了，别说不惑了，怎么连起码的隐忍都没有，怎么能做事情不考虑后果……想着想着，海斌从自责的状态中解脱出来，暗暗用"愚蠢""笨蛋"等词汇问候了米佳，还志气十足地下决心，再不为她们操心。

门铃就是这时候响的。汤小兵以一副谈判者的姿态出现在门口。海斌以为视自己为汉奸的汤小兵不会原谅自己造成的他在前妻孙墨苹面前的再次丢脸，两人这辈子将是老死不相往来。没想到他这么快就出现在自己家门口。汤小兵当然不想来，可宝贝儿子汤圆冒着被发现的危险告诉他的这条妙计，他必须执行，没准儿这就是他重获孙墨苹芳心的有效方法。所以，他并不掩饰自己的目的，直截了当告诉海斌，自己要到他家应聘家政服务员的岗位，目的是帮助海斌挽回妻女。

"你，帮助我？"对此，海斌充满怀疑。

汤小兵并不惊慌，打开手机，调出一张截屏照片——居然是海小米和汤圆的对话。海斌瞬间软化，又是倒茶又是准备水果。

"停，如果交易达成，这些都由我来，用不着你。我保证你的生活比有老婆还滋润。"汤小兵毕竟是胸怀米其林主厨大志的有志厨师，如今沦落到给人家当男保姆，心里自然憋屈。可为了重新拥有温暖的家，他宁愿委曲求全。

"可是我，我家并不需要啊。"海斌在试探对方的真正目的。

"你啊，不真诚，跟哥们儿面前还装……"汤小兵说着，反客为主，给海斌泡上茶，又坐下来削苹果，嘴上还在喋喋不休说着自己的工作能力和能给他带来的好处。

"这女人的气都是一时的，孙墨苹毕竟是米佳多年的闺密。你要想随时了解她们的情况，少不了我这个关键人物。这里我还没算上我那暖男雏形的汤圆的作用。"汤小兵几刀把苹果切成漂亮的菱形块，插上牙签，递到海斌面前。

"这么说，她们真到了赵梅去的洛杉矶？"海斌还在分析截屏上两个孩子的对话。

"那肯定啊，可具体情况不知道。不过，娘儿俩肯定没少受罪，你看孩子这眼泪，哗哗的啊。"

"她们活该，跑啊，爱跑哪儿去跑哪儿去！"

"嘿，你这人没劲了啊。我就问你一句，这老婆孩子、这家你还要不要？"

"当然要了。你以为换老婆是那么容易的事儿呢。"

"这不完了？您只要目的明确，剩下的事儿，交给我。"

"不是，你这大主厨，得多少钱啊？多了我可请不起。"

"心放肚子里，咱们按行规打五折，包吃包住，包出主意，答疑解惑，给您开心，每月您给我这个数就行。"汤小兵咬着后槽牙说出工资，心里数落着汤圆胳膊肘往外拐，这么便宜就把自己贱卖了。可汤圆说得也有道理，海斌是有名的抠门大仙，不给他巨大的实惠，他是不会上钩的。他不上钩，自己不但解决不了住处、生计，更难以实施曲线救家的大计。大丈夫做事不拘小节，舍不得孩子套不来狼。贱就贱吧，谁让自己真到了山穷水尽的地步呢？

海斌果然上钩，觉得孙墨苹、米佳毕竟是多年好友，如今为了孩子的事儿失和，心里肯定都难过。自己不计前嫌帮助孙墨苹的前夫，于情于理，孙墨苹都会心存感激，在适当的时候向米佳表达，二人没准就能重修旧好。最关键是汤小兵能从汤圆那里随时获得女儿的消息，自己可以躲在幕后随时掌控她们的情况，何乐而不为？再说，米佳扔下家一走了之，不就想看他没有她的生活会多么窘迫吗？这回有汤主厨持家，那生活水准，就让米佳自己脑补去吧。

就这样，汤小兵准备了两箩筐的话，只用了一箩筐，海斌就同意了他的要求，还把书房腾出来做了他的卧室。汤小兵按照自己处女座的规格要求，认真整理了房间，收拾了随身物品，就换上在饭店时的白色工作服，走马上任。海家两个男人和一个老太太的奇葩生活也随即开启。

4

汤圆和海小米的对话并非汤小兵杜撰。自从遇到那个中年男人，米佳母女的命运就出现了转机。那个叫建平的男人，被海小米叫得心软，把她们直接带回了自己家。在那里，二人放下了所有戒备，睡了到美国之后的第一个踏实觉。第二天一早，米佳在后怕中醒来的时候发现建平的确是个君子，对她们的帮助也是纯粹出于同情。而他对人近乎冷漠的态度，大概缘于这家没有女主人。他要与她们这种孤身女人保持距离。建平的家不大，但是整洁温馨，每一处都能透出主人的品位和用心。他并不工作，一个人过着隐士般的生活，每天除了喝茶品酒就是鼓捣后花园的花花草草。他不爱说话，对米佳套近乎般的聊天采取直接打断的方式。米佳自讨没趣后，决定尽快落实孩子上学的事情，并找到住处，安顿下来。建平只是寡言，人还是挺热心的。在他的帮助下，米佳终于找到了那个所谓的中介联络人，而现实却是残酷的。所谓工作只不过是个幌子，陪读签证也根本不存在。她只能拿着旅游签证，带着孩子进入交钱就能上的所谓教会学校，开始为期一年的游学。看到米佳傻愣愣的样子，中介又提出新的方案，让米佳再花十万中介费，自己将为她解决她的学生签证问题，这样她就是陪读身份。米佳刚刚动心，建平马上制止并果断告知对方，他们决定就按原先的合同，入读原来的初中，让孩子先有学上再说。入学手续极其简单，顺利报到后，海小米居然成了一名美国初中生。孩子的兴奋并未化解米佳的担忧，她甚至责怪建平多事，让自己失去一个能长期陪读的机会。建平冷峻地告知她，真办了那个所谓的学生身份，她就别想回国了。

第二天一早，海小米穿着洋气的校服，欢天喜地去上学了。看着孩子发自内心的笑容，米佳觉得几天来的不顺和波折瞬间消散。她相信一切都会好起来。

可能美国就是这样一个严格执行墨菲定律的国度吧。米佳和孩子的住宿问题居然在放学时的偶遇中，迎刃而解了。因为她们在停车场碰上了赵梅。原来，赵梅母子赴美后，因为高鹏英语能力有限，在公立高中无法选择有竞争力的课程，只能转到这所私立学校先攻克语言关。而他们家新买的大房子，就在建平所在的小区。那里正在形成新的华人聚集区，还有好几个像米佳这样的陪读妈妈。听到米佳的遭遇后，赵梅热情邀请米佳到自己家与他们同住。米佳感激不尽，当晚就搬到了赵梅家。

本来一切都很完美，米佳明显感到，变化发生在建平来给她送遗忘在他家的东西之后。见到儒雅寡言的建平，赵梅的八卦和攀比之心顿起。她一边热心打探二人是怎么认识的，一边告诉米佳，建平是这个小区里的"洪常青"，被所有陪读妈妈倾慕。没想到她一来就住到人家家里，真是要羡煞那些无聊的女人。除了她，米佳谁都不认识，所以她能感受到的只有赵梅的所谓羡慕嫉妒，至于有没有恨，她就不得而知了，也不想知道。国人之间萍水相逢的帮助，说到哪里也无可厚非。所以，她有些不礼貌地阻止了赵梅继续八卦，并因此引来了赵梅隐隐的不满。只是此时，她们谁也没有意识到，陌生的环境和全新的处境会让人产生诡异的感觉和想法，以致不能正确地评估自己的品性和德行。

第一次争端源自赵梅提议的聚餐。这里的中国人多是新移民或临时居留者，大多没有工作资格，也就有了大把的空闲时间。大家百无聊赖，只能抱团取暖，不定期到各家聚餐，用饮食增进感情。赵梅本来早有此意，可自己在国内用保姆用惯了，实在没有操持一大桌饭菜的能力。这回米佳来了，她也能重新享受一下做女主人招待客人的感觉了。而米佳因为住在人家，心里不忍，抢着购买食材，想为赵梅的聚会出力。谁知，二人消费理念不同，竟然闹出不愉快。米佳看着超市里，各种食材琳琅满目，不知如何挑选，就按照国内习惯，买了一大堆看着一样新鲜、诱人的贴着打折签的食材，几乎花了手里一半的现金。她兴冲冲回到家，发现赵梅也买了食材，只是她买的都是超市里最贵、最好的。她一边埋怨米佳太客气，乱买东西，一边挑拣着她袋子里的肉和水果，告诉她，哪些东西只有当地没钱的墨西哥人才会买，哪些东西根本就不用买。最后不忘强调，中国人出国是来扬我国威的，所以在哪儿都不能掉价，买东西也要买最贵、最好的。对此，米佳实在不敢苟同，忍不住争辩。

"这特价的不也挺好，我看不出有什么区别啊！"

"有没有区别也不能买，咱不能给祖国丢脸！"

米佳很想问她自己的行为到底怎么给中国人或者说她这样的中国人丢脸了，可想到人在屋檐下不得不低头的老理儿，她还是忍了，眼看着赵梅扔掉那些自己割心割肉般买来的食材。要知道，那是用她所剩不多的现金换来的，为了省钱，她甚至剥夺了孩子吃一个一美元哈根达斯的权利。想到海小米委屈的小眼神，米佳再也做不到随声附和赵梅那些变态的爱国观点，借故回到自己的房间。赵梅自然看出米佳不高兴，可她才不管那么多呢，毕竟她才是这里的女主人。

尽管如此，聚会还是在米佳的操持下，如期举行了。米佳虽不善家务，但基本的能力还是有的，特别是到了这异国他乡，她会的那些菜式也就成了大家对家乡的最好怀念。来的人不少，米佳好一阵忙，顾不上吃喝。海小米看着赵梅女主人一样使唤着已经脚不沾地的妈妈，十分不高兴，独自回了房间。高鹏是个细心的孩子，他以为是自己光顾着跟邻居雅丽阿姨的女儿苏珊聊天，忽略了新来的海小米，赶紧追过去了解情况。这不是赵梅第一次发现儿子对海小米特别在意，她本能地认为，一男一女两个孩子在这个敏感的年龄段会发生不好的事情，必须将其扼杀在摇篮里。于是，她以米佳忙不过来为由，当着众人的面喊海小米出来帮忙。

"我又不是你家保姆，凭什么让我帮忙？"海小米的回应让大家都愣了。米佳更是窘得不知道说什么好。还是那个浑厚的男中音，带着他的主人，踩着灵动的步伐出现在米佳面前。

"有什么需要帮忙的，我来。"

米佳看着仿佛从天而降的建平，心中充满感激，嘴上却一个字也说不上来。

"把这只鸡分了是吧？简单，分分钟。哎哟，烤箱里是什么啊，快煳了吧。我还是先弄那个吧。"

建平没把自己当外人，很快融入米佳的工作，给她打下手，出主意，摆盘、端菜，忙得不亦乐乎。

雅丽心直口快地说："瞧这两人多默契啊，跟两口子似的，怎么看着好像这厨房是人家的啊。"众人只是玩笑，无心哄笑，只有赵梅的眼睛里闪出异样的光。她才是这里的女主人，不能让别人抢了她的风头。内心深处，她在呼唤一场战争，为米佳的喧宾夺主，更为她昨天对自己的大不敬。可她又自认为是个睿智的女人，轻视一切低级对抗。于是，她接通自己新购置的最新款蓝牙音响和卡拉OK设备，邀请大家唱歌，还率先坐在操作台前，点了好几首男女对唱的情歌。音乐响起，作为现场唯一的男人，建平自然被好事的大姐推到了赵梅身边。

"一首《思念》献给大家。希望每个人都能忘记乡愁。"

赵梅嗓音甜美，音域宽广，一亮嗓就迎来喝彩声。建平标准的男中音与其形成鲜明对比，在阳刚中切合着她的柔媚。那雄性的充满磁力的声音，正是赵梅日思夜想的。她满足，甚至陶醉了，在合唱部分，尽量贴靠对方的音阶，让整首歌曲更加和谐美满。她没想到，在异国他乡，她能这么快就找到知音，而且这个知音这么善解人意。曲终，她正要感谢大家的掌声，却听到刚才那个令她有些意乱情迷的声音，说出了她最不想听的话。

"下面这首歌，我想献给今晚最辛苦、最忙碌的——米佳。感谢她的辛苦付出。"

音响里传出《爱拼才会赢》的前奏。原来，建平早已暂停了赵梅的歌单，插入了这首动感十足的老歌。然后，他好像成心气人一样，一边深情唱着，一边走向厨房区，对着忙得抬不起头的米佳唱个没完。这回米佳不得不停下手中的工作了，建平做得太明显了，她知道这个看着寡言冷漠的男人是在为自己鸣不平，她没有理由不接受。可她真的有理由表示不满吗？

建平是用闽南话唱的，米佳几乎听不懂歌词，但她用心品味着，觉得这首歌就是属于自己的。随着唯一听得懂的一句歌词"爱拼才会赢"的出现，米佳瞬间释然了。她没有理由表示不满，也不需要表示不满，更不需要别人为自己鸣不平。毕竟路是自己选的，只有拼下去才能获得最后的胜利。也就是在那首歌的最后的旋律中，米佳下决心直面自己的处境——银行卡被冻结，现金越来越少，自己又想要守住尊严，不向海斌伸手要一分钱，那就只能自食其力。而今，她能做的，也最适合做的就是给赵梅家做保姆。

- CHAPTER 8 -

落寞新生活

1

汤小兵不愧在五星饭店待了半辈子，尽管他从没有真正当上主厨，但他形式上化繁就简，内容上坚持原则的做法，不但让海家有了固定菜谱，而且规定了床单寝具、衣物窗帘的换洗时间。所有作息更是定时定点，绝不会有半点偏差。每天早上，海斌都在享受了搭配合理、营养均衡的早餐之后，接过汤小兵递过来的洗好、烫平的外衣和擦得锃亮的皮鞋，带着愉快的心情去上班。此后，汤小兵会一边打扫房间卫生，一边跟海奶奶唠家常。他干净利落的拖地法，让地板永远反射着洁净的光，令海奶奶根本不好意思将从保洁那里抢过来的战利品拿进屋里，只好在外边开辟囤货新阵地。对此，他也不多言语，只在海奶奶每次回家进门之后，笑着打声招呼，递上块热手巾，再挥着小刷子，为老太太浑身上下掸尘扫土，边扫还边问着老太太一天的战况。俗话说伸手不打笑脸人，老太太心下不太乐意，又不能驳了人家的面子，只能自己干活的时候多加注意。海斌自然不知道，这些曾经困扰米佳多年的问题，竟被汤小兵这么轻易地一点点解决着。他只知道自己累了一天回家，再没人跟自己唠叨，也不会有冷战的压力透过紧闭的门缝直逼而来。一开始，他还是挺享受的，他甚至对着结婚照里的米佳幸灾乐祸。而他的品位、外观效果直线上升的衣着，竟得到了挑剔的李静红的表扬。可以说，汤小兵上任的前几天，他觉得样样都是完美的，都是超越米佳在时的。可没过几天，他就觉出异样——汤小兵对自己不苟言笑，机械得像个机器人。最重要的是家里太干净、太整齐，失去了家应有的烟火气，时时让人产生住在宾馆里的错觉。

这天，他想找汤小兵谈谈，毕竟家政服务上他做得无可挑剔，可另一方面的作用，他几乎没有发挥出来。昨晚，他梦到米佳了。她好像并不好，又瘦又憔悴，不知道又遇到什么问题。还有小米，他是真想她了，想她肉乎乎的小手的揉搓，还有她小兽一样往自己怀里钻的腻烦劲儿。真不知道再过两年，姑娘大了还会不会这样跟自己腻了，而没了这些特殊待遇的父亲会是什么样的感觉，他真不敢想。所以，他想跟汤小兵提出要求，要让他想办法，至少每周能有一点美国的消息。回到家，汤小兵不在，只有海奶奶太后老佛爷似的，皱着眉头喝着汤小兵煲好的汤。

"不像话嘛，给我们家当保姆，还要去他前妻家兼职。现在的人真是，赚钱没够。"

"人家那是旧情难忘，互相帮助，跟钱没关系。"

这种情况前两天也有过，汤圆一个电话过来，汤小兵就坐不住了。都是父亲，海斌表示理解。他不理解的是，孙墨苹既然烦汤小兵，为什么还会让汤小兵进门？这两个人到底什么关系？平日里，汤小兵经常吹的牛就是孙墨苹永远跳不出他的手掌心，就跟他预测米佳坚持不了多久就会回来一样。好奇心起，性别的因素就不那么重要了。海斌急匆匆扒拉两口饭，竟然要去孙墨苹家一探虚实。

孙墨苹家并没有想象中的鸡飞狗跳，也没有什么浓情蜜意，有的只是再平凡不过的和谐温馨。母亲在台灯下备课，孩子在自己房间用功，汤小兵戴着围裙，正一手一个飞快地捏着馄饨。海斌不好直言来意，只说自己路过来看看，顺便对孙老师的支持表示感谢。谁知孙墨苹根本不知道汤小兵去海家做男保姆的事。汤小兵赶紧端过一碗银耳汤，转移话题。孙墨苹以为海斌是来问米佳消息的，直言相告，他们都是逼走米佳的人，她和他一样没有米佳的消息，只知道，米佳跟赵梅住在一起。

"那就好，多少有个照应。"海斌悬着的心刚刚放下，汤圆出来了。

"好什么啊，小米说她妈现在给赵梅当保姆，天天被指使，累得要死，还没有钱。她想吃根冰激凌都申请不下来。"

"啊，到底怎么回事？你赶紧跟伯伯说说。"

"说什么，没什么好说的。"汤圆学着这个年龄孩子应有的莫名其妙，没头没尾地说了两句就回屋了。

孙墨苹劝海斌放下架子，别再跟自己妻子较劲，毕竟人生地不熟的，她一个女人，带着孩子，难处无法想象。海斌自然继续保持自己的嘴硬和大尾巴狼的本色，将话题转到汤小兵对他们母子无微不至的照顾上。

"那是他愿意。"孙墨苹好像一提起汤小兵就不能保持自己的优雅和涵养，扔下一句话，回屋了。

海斌只能把目光转向汤小兵，只见他戴着小花围裙，脸上鼻子上都是面，一副家庭主妇的模样。海斌笑着劝汤小兵，正式更名汤小贱才配得上他这副做派。汤小兵不以为意，拿出手机，冲海斌做了个鬼脸，海斌立即会意，他肯定在汤圆那里取得了突破性进展。迫不及待中，海斌居然挽袖子洗手，要帮汤小兵包馄饨。汤小兵赶紧制止，理由是，自己包的馄饨大小均匀，薄厚适中，孙墨苹的厨艺水平只能保证把这种汤氏馄饨煮熟，还保证不破。海斌只好看着他继续慢条斯理地干着手里的活计。百无聊赖中，他想起米佳包的馄饨，虽没汤小兵的那样薄皮大馅，但也别有一番滋味。那是一种说不出的，属于米佳做饭的味道，吃起来很普通，想起来才回味无穷……海斌不知道自己是怎么了，由此还想到了米佳身上的味道。那种躁动的、成熟女人才有的味道，加上几缕青草一样的、野孩子般的清香，让人一时分不清她到底属于哪个味道。海斌不得不承认——他想媳妇了。

2

从踏上美国这片土地开始，米佳的日子可以用连滚带爬来形容。好在昨晚，她终于鼓足勇气向赵梅坦陈了自己的困境及解决办法——用给赵梅当住家保姆换取她们母女的居住权。其实，那天聚会后，她就偷偷问过建平，知道在美国请一个住家保姆的价格往往比租一个别墅单间贵很多。因此，她用劳动交换居住权，绝对不存在占别人便宜的嫌疑。一开始，赵梅还碍于面子断然拒绝，后来见米佳一味坚持，也就半推半就地同意了。为让一切显得正规，米佳规范了工作职责和标准——接送孩子，洗衣做饭，收拾房间卫生。赵梅说她太见外了，大家姐妹一场，又都是背井离乡、孤立无援，有什么事都可以商量。再说，家里没有老人小孩，平时本就没什么事，用不着规定得这样细碎。米佳很感动，此时此地，赵梅是她唯一能依靠，也是最亲近的人，她要把赵梅的家当作自己家一样收拾保护，要把赵梅母子当作家人一样关爱照顾。

这天，她起了个大早，炒菜做饭，给两个孩子准备了中式午餐，还用网上的食谱，成功烹制了甜油饼，配上牛奶和鲜榨的果汁，既营养又美味。一切准备停当，赵梅还没下楼。米佳只能先叫起海小米，再去敲高鹏的门，然后趁着两个孩子洗漱、吃饭的空当，收拾厨房、收拾自己。她还得时时提醒喜欢神游的海小米别再回忆昨晚的梦境，赶紧吃饭。让她没想到的是，高鹏吃得居然比海小米还慢，细嚼慢咽的，好像口大点儿都能把他噎死似的。等少爷、小姐用餐完毕，出发的时间就到了。米佳只能把餐具堆在水池里，自己抓两块饼干，催着两个孩子赶紧上车。

好在这个小镇人口稀少，并无堵车之忧。米佳开车一路狂奔，终于准时准点赶到学校。大门口，长得跟匹诺曹的爷爷一模一样的老保安，一丝不苟、笑容可掬地指挥着来往车辆。送孩子的车队有序排开，车门一开一关，孩子像卸货一样被放在安全地带。时间有些来不及，米佳没有耐心等那慢速移动的车队，只能将车停在停车场，目送孩子们抄近路，冲进教室。

早上的战役这才算告一段落。坐进车里，米佳忽然看到车窗外清亮的蓝天和白云。她按下车窗，深深吸了两口气。原来，这里的天的确很蓝，空气也清新。真是奇怪，前两天她怎么一点没有感觉到呢？此时，被早上的太阳温柔地包裹着，她觉得无比舒适，又想到了惬意这个词。要是此时能窝在自己的贵妃榻上，喝一杯现磨的咖啡，那该多好啊！米佳闭上眼睛，想着自己那些盆盆碗碗、杯杯盏盏……接着，她开始幻想。

赵梅家后院的泳池边，米佳坐在西式大凉亭下，在那张宽大的大理石台上，摆弄着一套她心仪已久，但终因无处安放而作罢的茶具。海斌躺在岸边的躺椅上晒太阳，海小米像条欢快的小鱼在泳池里钻进钻出。背景音乐不再是美国的摇滚乐，而是一种类似古琴、手鼓之类的乐器，发出沉郁的，有节奏的，却令人沉静、欢愉的声音。

忽然，海斌、海小米都不见了，保安站在她面前——

米佳醒了，发现保安老大爷一脸担忧地站在车外。原来，人家以为她身体出现状况，正要打911。米佳赶紧解释，自己非常OK，只是困了，想睡一会儿。大爷又好心念叨了一堆单词才不放心地离开。米佳一句话没听懂，只能赔笑、目送。其实，她的英语还不至于这么差，只是，她的意识还沉浸在刚才的梦里，无法集中精神，调动自己的语言神经。她不知道自己是怎么了，最近总梦到海斌，梦到一家人在一起。这次好了，梦里的一家人终于在美国团聚，只不过是在人家的房子里。

都说日有所思、夜有所梦。可白天，她根本没时间想这些。一会儿她要去超市，采买食材。回家还要楼上楼下打扫卫生。活儿没干完，就又要做午饭、收拾厨房。接着，就到时间接孩子了。接完孩子，还要打捞泳池里的落叶，保持池水清洁，没准孩子们要趁着阳光好，游一会儿泳呢。晚饭总要隆重一些，顺便还要准备好第二天午饭的食材……如此忙碌了一天之后，米佳居然还能有那么丰富的梦境，她不得不佩服自己精力充沛。又或者，梦里的一切才是她潜意识里的希望。而到美国的这几天里，她所有的焦虑、不安都与此有关——是的，她是个典型的巨蟹座，她是命中注定离不开家的。可如今，她不仅离开了家，而且一走就走得这么远。她真不知道自己当初哪儿来的勇气和决心。是单纯为了给孩子创造一个良好的学习环境吗？她知道肯定不是这么简单的原因。她觉得自己应该静下来，好好回想一下这半年梦幻般的经历，应该是从那次拆了贾晓曼的局开始，她的眼睛就不再盯着海斌、盯着那个她曾经无比珍视的家了。也是从那时开始，她的人生就莫名其妙地拐了弯儿，她好像离那条既定轨道越来越远，直到走到地球的另一端。

此时的北京，早该是夜深人静了吧？家里餐厅的灯早该熄了吧？还有卧室的壁灯，坏了的灯泡，海斌是不是给换上了？肯定没有，他根本不知道到哪儿淘换那种异型灯泡。还有窗台上那几盆小花，不会早已干死了吧？米佳终于控制不住自己的思绪，开始想家。可她兜兜转转，想的都是东西，而不是人。她刻意不去想那个人，不去想两个人的关系，好像不想一切就都不再存在。所以，飞机落地以后，她用安顿好再给海斌打电话为由，没有向他报平安。后来，手机真的没电了，想报也报不了了。而手机恢复使用后，在乱七八糟的垃圾短信中，她居然一个问询的字也没有找到。大概在那一刻，她彻底死心了。原来，在那遥远的故乡，没有一个担心自己的人。她的离开如同空气中的一个小小的回流，风一吹就不见了。人家的生活，才不会因她而有任何改变。所以，她一直没有联系海斌，并在昨天，彻底扔掉国内号码，换上了美国号码。也就是说，国内的朋友想联系她，只有微信这一条途径了。而早在入关的时候，为了防止美国人的无端检查，她早就将微信卸载了。

不知是不是对家的思念让米佳的想法有了改变，她很想看看国内的朋友们都在忙些什么。冲动中，她重新下载了微信，又费了半天劲儿想起来微信密码，经过好几道认证，才终于回到了这个虚拟的社交圈。朋友圈里，各式各样的"晒"将米佳拉回到曾经的生活。夜里一般是晒美食、拉仇恨的时段，应该还有些鸡汤和八卦……不行，不能再看了，米佳知道这样下去，自己一上午的时间都会泡汤，现在的她可是全职保姆，哪有时间可以浪费？就在她收起手机，准备投入新角色的时候，微信嘀的一声响了。这熟悉的声音，让她有点惊慌，更有些惊喜。她迫切地想知道，是谁在她被遗忘多日之后，第一个想起她。是海斌吗？应该是他吧，毕竟他还是孩子的爸爸。这么多天，他不关心自己也就罢了，怎么连女儿也不闻不问？他也知道自己不像话了吧？或者他被自己的行为彻底激怒了，要跟自己离婚……米佳的思维彻底奔溢了。

3

海斌发出微信后，用最快的速度退出微信。他听人说过，如果在微信界面，对方就会看到"对方正在输入"的字样。这样容易令人产生不必要的联想。汤小兵见他慌张的样子，不由得笑他做贼心虚。可他的确是在做贼啊。他不知道自己怎么就鬼使神差地同意了汤小兵的馊主意——盗用孙墨苹的微信号跟米佳联系。这要让孙老师知道了，肯定会告他侵权啊，就是孙老师不追究，米佳知道也会笑掉大牙。

"我相信你不会那么笨。毕竟，天高皇帝远，哪那么容易就穿帮？"

距离是汤小兵信心满满帮助海斌既保全面子又了解妻女近况的根本理由。海斌也的确想不出更好的办法，才在汤圆的协助下，偷偷登录孙墨苹的微信号而不留痕迹，并用她的口吻，给米佳发出了询问信息："一切还好吧？"

"可是，孙老师要是发现了……"

"哎呀，你放心，这是汤圆做的马甲号，你就放心使吧！"

"她怎么没反应啊？"

"睡了吧，这么晚了。"

"不可能，美国应该是早上。这个点儿该送孩子上学啊。"

"那就是开车，听说美国那地方离开车寸步难行。"

"就米佳那车技，不是我说她，也就我敢坐。"

两人有一搭没一搭的闲聊中，微信终于有了反应。米佳回了一个大大的"嗯嗯"的表情。

"不是，我五个字加一个标点，她就回一个表情，她也太……这摆明了不想聊天啊这是。"

两个大男人凑在一起，盯着手机屏幕，一副要从那里边探出究竟的样子。看了好一会儿，海斌开始大呼上当，说孙墨苹之前伤了米佳的心，以米佳的性格不会再把她当成知心朋友。汤小兵似被提醒，开始理性分析。

"所以啊，我们这招见效了。你看，她回了，而不是置之不理。说明什么？说明她还不想失去这个朋友啊。"

"可她也没说好不好啊。"

"你别着急啊，两人毕竟结了梁子，之前好几个月没怎么好好说话，你指着一上来就互诉衷肠啊，那也太假了。记住啊，切记，你现在是孙墨苹。"

海斌深深吸一口气，好像这样就能孙墨苹附体。他开始从孙墨苹的角度思考问题——自己做法欠妥，伤害了朋友的感情。如今，朋友远涉重洋，带孩子读书，自己于情于理都应该很担心。这种包含着愧疚的担心必是发自内心的、真诚的。

"那我就说，之前对不起，现在我们重修旧好吧，有什么困难尽管跟我说。我再给她一个银行账号……"

"打住，打住，越说越离谱了。照你这个样子，用不了三天就穿帮。你是孙墨苹，孙墨苹，孙墨苹，重要的事情说三遍。"

"是啊，所以，我先道歉啊。我再用行动……"

"我说你是真不了解女人啊，还是装的？女人之间可能这样吗？"

"女人，女人之间不也得有事儿说事儿吗？"

"女人说的事儿从来都不是事儿，好吗？"

海斌被汤小兵彻底弄蒙了。他真没想过女人和男人的区别，更不知道女人和男人在思考问题、处理问题时的区别。汤小兵见他不是装的，迅速对海斌做出判断——在男女问题上，说他小学毕业都是高估了。万般无奈，他只能从女人、男人的生理构造开始给海斌扫盲。经过汤小兵摆事实讲道理、夹叙夹议、理论与实践相结合的详细讲解后，海斌总算知道女人是一种喜欢指东说西，揣着明白装糊涂，并且痴迷于猜测、想象游戏的动物。而且按照不同段位，她们的表现方式也会千变万化，没有一定的规则。段位高的会化尴尬为无形，吃人不吐骨头般把你填在坑里，你都不知道自己怎么死的。段位低的也能把简单变成复杂，抽风、使性子变着法儿地折磨你，让你痛不欲生而求死不得。海斌所扮演的孙墨苹，原来就是米佳的精神导师加灵魂伙伴，肯定属于高段位选手。而米佳一直没什么长进，单纯、任性、矫情，充其量是低段位的低等级。

"对这两个人的对话，你脑子里该有个大概规划了吧？"

海斌似有所悟。如此说来，如果自己一味表达歉意，必将引起米佳的怀疑，而适当的晾晒才是孙墨苹的风格。

"那就这样？"海斌有些不忍心。

"就这样，晾她两天。"

"可好不容易联系上了，我……"

"联系上了，你的目的不就达到了嘛。现在最起码说明两点。一、她们平安无事。二、她们能上网。她要是真遇上什么事，自然会跟孙墨苹联系的。你就放心睡吧。明早一看，她要是又发来微信，我还省得后边找理由再理她呢！"

海斌深感有理，奇怪汤小兵书没读多少，怎么这么了解女人的心理。汤小兵摇摇头，告诉他不是自己太强了，而是遇上了猪一样的队友。

4

米佳看到孙墨苹发来的微信的确心里波动了一番。她没想到第一个想起自己、关心自己的竟是孙墨苹。她以为她们几十年的友谊小船已随着那件事，说翻就翻了。事情刚发生的时候，她还纠结如果孙墨苹来道歉自己怎么办。她怕自己耍性子，不原谅她，让本来已经不好的关系更加恶化，不可收拾。后来事实证明她想多了，人家孙墨苹根本就再没出现过。她就不明白了，现在的社会怎么总是理亏的人能够气壮，受害人只能忍气吞声。她不知道这件事在她最终逃离的决定中起了多少作用，她只知道，孙墨苹像海斌一样让她伤心了，很伤心。所以，当她再次出现的时候，她不知如何作答。所谓千言万语，最终化作一个大大的"嗯嗯"。她觉得如果孙墨苹想真心修好的话，会再给她发来微信的。

米佳没有等来孙墨苹的微信，一整天的忙碌中，手机都安安静静的，有几次她甚至以为手机坏了，禁不住关了重启。最后，她不得不承认，不是手机坏了，是自己的心被这条微信搅乱了。来美国快十天了，她一直挣扎在生存的边缘，她有太多的话想跟别人分享。可她能接触到的除了陌生人就是赵梅。应该说，上学的时候，她们的关系并不亲密，甚至存在那种小女生的明争暗斗。她和孙墨苹一向对赵梅的人生观不敢苟同，以道不同不相为谋为由，敬而远之。毕业以后，大家各自忙着讨生活，更是没了来往。要不是微信群的兴起，她们可能这辈子都不会再有交集。

谁让缘分就这样续上了呢？因为走上了同一条路，她们变成了一类人，可这种分类并不能让从来没说过心里话的两个人真正交心，尤其是，米佳自己跳出来定位了自己的身份之后，赵梅便没在厨房出现过。敏感的米佳马上捕捉到这个信号，并理解了对方的意思。赵梅是用惯了保姆的，当然知道如何区分主人与下人的界限。她冠冕堂皇的话，最好是拿来听听就好了，没必要当真。而保姆该说的话、该做的事，才是米佳要学习的。为了让自己不做傻事，米佳甚至从网上找了那种她从未关注过的所谓民国剧，想在那里找到当保姆的感觉。虽然她还不能学会人家专业保姆的样子，但是她明白了一点，保姆和主人是不能说心里话的。毕竟那是两个阶层的交流，也说不到一块儿去。所以，她每天忙着、累着，只想克制自己说话的欲望。她觉得自己活得越来越像一个低等动物，忙活的都是吃喝睡这些没有任何情趣的事情。现在孙墨苹出现了，她的关心让米佳压抑良久的倾诉欲望，阵阵上浮，而且一次比一次强烈。可她真不能放下孙墨苹对自己的背叛。她觉得那样做对不起孩子，是对孩子的再一次伤害。为了孩子就是憋死，她也要忍耐。

按时接孩子放学，米佳再次体会到美国学校的特色。两三点就结束课业的孩子们都不着急回家，而是奔走于各个社团之间，忙得不亦乐乎。只有像海小米他们这样刚来的，还没有加入社团的才会按时放学。一上车，海小米就兴奋地告诉妈妈，今天没有作业。

"怎么可能？今天是周末。"米佳以为小米英语不过关，没有听懂。

"就是啊，我还以为自己没听懂，追着老师问。你猜怎么着？"海小米弯着眼睛笑着说，"老师说，今天是周末，就是要玩儿的，为什么要留作业。老妈，太帅了，是不是？要不是孙老师，咱们也想不到这里啊。"

米佳的心结就这样被海小米随口的一句话说活了。从下午到晚上，她一直在思想斗争，要不要继续跟孙墨苹联系。最后，她给了自己一个理由——退一步海阔天空。多大点儿事儿啊！怎么能因为这点儿事儿就葬送了她们几十年的友情呢？迅速忙完了晚饭及后续的工作，米佳特意跟赵梅提到孙墨苹。赵梅果然也是闲得发慌，首先想到的是让孙墨苹参观她家的大房子。米佳顺手拍了几张照片，包括两个孩子在宽大的书房里看书的情景，稍加调整后，发了出去。她没有配文字，因为她还不知道能说什么。

微信发出去了。米佳看着表，想象着孙墨苹此时完全有秒回的可能。她要是不秒回就还是心虚。那自己就没办法了，是她不珍惜友情，不是自己。米佳胡思乱想着，随手翻看着多日没看的公众号。随着手机的微弱颤动，米佳知道对方真的秒回了。来不及想象那个回复会是什么，她迫不及待地点开微信，居然也是照片。

"有劲吗？有劲吗？"米佳对着手机笑骂。笑着笑着她就不笑了，怎么那些照片都是自己家，而且比自己走的时候还整齐。这到底是怎么回事？她已经顾不上小女生之间的斗智斗勇了，赶紧发出自己的疑问。

又是两声，一个大黑脸加一个词——小心。

5

米佳当然不知道手机背后两个大男人如何操控着一切。她的照片发过来的时候，海斌正在洗澡。负责实时监控微信的汤小兵最先看到了照片。他也为自己的计策首战告捷兴奋，顾不上忌讳就冲进浴室。海斌被人看到全身的尴尬瞬间被海小米甜甜的微笑冲散了。时隔数日，他终于又看到他的宝贝闺女，得到老婆孩子的确切消息了。他的眼角居然有些湿，禁不住用满是泡沫的手使劲儿揉搓了一下。这下更是涕泪横流了。

"你至于吗？不就是张照片吗？赶紧，回复。"

"肥皂，肥皂眯眼了。回，回啥啊？"

"哎呀，你呀，对女人真是弱智，你是不是就交过这一个女朋友啊？"汤小兵见指望不上海斌，灵机一动，自作主张，首先炫耀了自己的杰作，然后用闺密八卦的心态回了"小心"二字。

果然，自己两个字换来了米佳大段的语言。她问这是怎么回事，奇怪孙墨苹怎么会有自己家的照片，还有海斌的近况……看得汤小兵暗笑，这姐们儿是憋了多久才说出这些话啊。他略微定了定神，平复了一下内心的喜悦，稍微组织了一下语言，就用语音转文字的方式编辑了一条微信："我也是刚去你家关心一下留守男童，发现人家过得蛮好啊。"

微信发出，汤小兵就被自己的语气逗得哈哈大笑，不能自已。海斌哪儿还有心情洗澡，匆匆擦干身体，跑了出来。看到汤小兵的回复，觉得自愧不如，忙不迭地沏茶倒水，表示自己的敬意。海奶奶听到动静，不明就里地询问发生了什么。海斌尴尬，不知如何回答。还是汤小兵反应快，告诉老太太他们在看 A 片。老太太哪儿知 A 片为何物，竟也争着要看。海斌只好用母亲能听懂的语言又说了一遍："我们在看黄色录像。"

"哎呀，这家里没有女人就是不学好啊。"海奶奶脸一红，数落一句回屋了。

汤小兵征求海斌接下来的意见。海斌认为既然这个头已经开了，还是要把孙墨苹的歉意说出来，否则米佳不会完全放下。汤小兵点头称是，紧接着发了另一条微信："你别怪我多事啊，毕竟那么多年朋友，对你的事我做不到不闻不问。"

海斌直竖大拇指。他怎么就想不到这么说话呢？这样说比直接表达歉意可自然多了，既透着关心又有着闺密才能体会的亲密，真是太贴切了。

米佳果然被感动了，经过数分钟的沉寂，微信里先出现一个大大的表示感动的哭脸，接着就是米佳的大段内心独白：

"还是你想着我。我以为我们这辈子都不会再有交集了。毕竟——那天我说的话也太绝情了。对不起啊。反正都过去了，小米他们现在可快乐了，每天除了玩儿就是玩儿。只可惜中国孩子都不会玩儿，除了学习啥都不会。你是怕我后院起火吧？随他去吧。我不跟你说了吗？我认输，我放弃。你知道我现在过的什么日子吗？你肯定想象不到我这几天过的什么日子。我觉得自己真是一脚踏坑里了，都不知道还迈不迈得出来。"

"果然啊，果然。我就说她不行吧，还逞强。这不自己作吗？"海斌带着恨铁不成钢的愤懑数落着。

"淡定，淡定，别忘了你现在是孙墨苹。"

"那你赶紧问问她到底怎么了，是缺钱了，还是怎么了？"

"那不是孙老师的风格。"汤小兵沉吟着，打出一行字："困难是暂时的，相信自己的选择，路永远在你脚下。"

"太虚了，这种没用的鸡汤文只对不成熟的小女生起作用。"

汤小兵简直对海斌无语了。他对自己妻子的了解怎么连一个外人都不如？真不知道这两个并没有深刻了解对方的人是如何生活在一个屋檐下的，还一过就是这么多年。他觉得有必要提醒一下海斌，他老婆的最大特点是永葆一颗少女心。米佳从某种程度上讲就是一个心智不成熟的小女生。她憧憬的、向往的、迷恋的都是现在二十五岁以下小孩关注的。而她的思维方式和做事原则，也停留在三十岁以下愣头青的水平。所以她才会搞什么查找朋友位置这类的小把戏，才会在自己有理的情况下成了被告，才会事没解决先把校长得罪得死死的……

"你说得有道理，可你怎么知道的？"

"孙墨苹说的。"

"你们不是离婚了吗？"

"离婚也阻断不了我们交流啊。"

"交流？"

"别告诉我说，你和米佳之间根本没有交流？"

　　海斌没再表态。他想起来，自己的确有日子没跟米佳好好说话了。米佳也不知道从什么时候开始，不再像以前那样，追着自己说话了。他们好像住在同一个屋檐下的室友，保持着同住的客气，甚至礼让。对，海斌曾一度沉醉于这种状态，他把这个理解为相敬如宾，甚至觉得是米佳忽然成熟了，再不会有那些小女生才有的举动了。看来她是外表的灵魂成长了，内心的灵魂仍没有长大。

　　汤小兵对米佳的分析真是一点不差，他临时编的那句话，不仅没有暴露身份，而且让困境中的米佳潸然泪下。好闺密就是好闺密，永远知道她想要什么。此时此刻，远在异国他乡，朋友们就是再想帮她，也只能是鞭长莫及，她能靠的只有自己。"孙墨莘"的这句话正中她的心扉，她需要的正是这样的鼓励。于是，她就不想再去诉说那些已经过去的苦难了，她要让好闺密放心，自己有能力克服一切困难。米佳看看仍在自我加压，埋头啃读全英文小说的海小米，觉得这样的状态才是她们想要的和追求的。她举起手机，偷拍了一张孩子的照片，作为对闺密最好的感谢。

　　海斌没想到简单的一句话，又换来一张闺女的照片，爱不释手地看着，早忘了回微信的事。汤小兵觉得目的已经达到，不宜恋战，用一个大大的赞结束了首场微信交锋。海斌把海小米学习的照片转发到自己手机上，躺在床上还不舍得放下。他感叹自己真是老了，竟然对孩子这样放不下。放下手机，他又看到属于米佳的一边，虽然被自己用枕头垫了起来，但仍显得死气沉沉，没有生机。不知道哪儿来的邪火，他忽然扑到床上，狠命捶打起那几个没招谁没惹谁的枕头。

CHAPTER 9

其实你不懂我的心

1

人毕竟是群居动物，不可能长期远离朋友亲人。自从与"孙墨苹"恢复了联系，米佳的心境平静了许多。虽然仍是忙得脚不沾地，但"孙墨苹"不定期发来的国内照片，已经成了她单调生活有益的补充。照片里，家乡即将迎来最美丽的季节，她真想再走进那片银杏叶铺成的街道，闻一闻松枝的味道。其实，这里树木植被更多，每天早上都会在露水的笼罩下，发出强烈的清新气息，每每令人心旷神怡，甚至有醉氧之感。米佳是敏感的，她喜欢这种清新，但也从中辨别出异国的味道。在她的记忆里，她熟悉的地坛公园里的松树、柏树、银杏、叶杨也会发出清新的味道，但从不会这么强烈，这么霸道。它们总是淡淡的，悠悠的，包容着，浸润着，令人不知不觉沉醉其中，而不像这里，空气都在提醒她——你是个异乡人。从小在皇城下长大的米佳，的确难以适应这种背井离乡的感觉。她只是坚信着自己的目标，走出来就要活出个模样再回去。

基于此，她对"孙墨苹"大多是报喜不报忧。拍的照片不是优美的环境，就是印象派油画般的蓝天白云，更多的还是美国校园即景。她想让孙老师多了解一些西方的教学方法，对比国内的教育，做出大胆探索。不过，她发现"孙墨苹"对此的反馈并不积极，她的回馈重点全部集中在海斌身上，内容细碎得好像她就生活在海斌身边。真实的细节加上半明半暗的解读，终于触动了米佳的神经。她已经顾不上分析"孙墨苹"这些照片和细节的来源，只想知道海斌的生活何以变得如此"高大上"。同时，也让"孙墨苹"将赵梅家的环境、摆设等能显出富豪感的照片通过二姨透露给海斌，让他也能心生羡慕。

这天晚上，米佳忙里偷闲翻看手机，发现"孙墨苹"最新传来的照片竟是卧室的。卧室里，家具陈设依旧，只是寝具、窗帘，包括阳台上的贵妃榻都换上了浅色系抽象花纹新衣，柔和清亮的颜色令人耳目一新。对海斌的品位了如指掌的米佳立即断定，这个改变肯定不是海斌的主意，而能将一切布置成这样的，应该是一个年龄不超过三十岁的女人。米佳想到她两次见到的女人，又觉得年龄不对。难道海斌又换新欢了？米佳越想心越乱，顾不上"孙墨苹"是否在上课，直接通过视频通话呼叫她。

米佳当然不知道自己的呼叫引起了轩然大波，只是被屏幕里忽然出现的男人吓了一跳。当看清对方是汤小兵，并得知孙墨苹上班忘带手机后，不好再多说，带着巨大的疑问挂断了视频通话。她不明白信誓旦旦要跟汤小兵彻底"断舍离"的孙墨苹怎么会将手机落在汤小兵那里，难道两人重新在一起了？米佳不由得为好友高兴，她一直坚信原配是最好的。可是自己呢？她和海斌真的能老死不相往来了吗？学校催缴校服和书本费了。加在一起已是四位数美元，真令她犯难。现金不够，银行卡解锁还在操作中，她自己怎样都可以，但不能让孩子失了颜面。所以，一大早她就给海小米带上了海斌VISA卡的副卡，心想都是为女儿交钱，海斌理应负担一些。谁知，海小米回来就阴着脸，说那张卡也被冻结了。米佳立即明白了海斌的用意，他是要通过经济封锁，断绝她的后路，表达自己的愤怒。无聊！米佳没有想象中的绝望，保姆她都做了还有什么做不了？可她也真是没有办法。银行那个树懒一样慢动作的职员，再次用摆拍的微笑告诉她，她没有接到解冻账户的通知，让她继续跟国内银行联系。米佳再打国内客服，得到的仍是正在进行中的答复。她不知道最近到底发生什么金融大案了，以致国内国外银行都对她这个完全不懂金融业务的人紧盯不放。她也想过向赵梅求助，可当初早就约定自己不要工资，如今再提钱似有不妥。而且赵梅俨然找回了在国内做阔太太的感觉，现在是十指不沾阳春水，从早到晚忙梳妆。她一个保姆，向主人借钱更是不妥。思来想去，米佳决定去找建平帮忙。

对她的到来，建平不惊不喜，礼貌请进，只小跑着奔向车库。米佳只得跟了过去。偌大的车库被一张大平台占去半边，上边瓶瓶罐罐好不热闹。米佳马上联想到《绝命毒师》里老白制毒的场景，惊得说不出话来。偏偏这时，建平从一个烧杯里倒出点什么，递到她面前。米佳的表情完全暴露了她的心思。

"喝吧，不是毒药。"建平把杯子又往前送了送。

米佳耸耸鼻子，闻到一阵米酒的清香。

"米酒？"

建平点点头，再次示意她尝尝。米佳接过杯子，浅浅抿了一口，立刻觉得鼻子发酸，眼睛发热，一股清泉顺着鼻梁淌了下来。米佳从小被妈妈用酒酿滋养，对这种酸酸甜甜、爽利清新的味道太熟悉了。而自从妈妈去世，她就再没尝到那种只有妈妈才能做出来的味道。她没想到，能在异国他乡，在一个陌生男人手中再次尝到那个味道，自是情难自已。建平并不多问，善解人意地去收拾台面，边收拾边叨唠着自己的独家配方。米佳很快平复情绪，默默跟在他的后边帮他收拾，一时不知怎么开口。

"是不是碰到什么难处了？"

建平的问话，再次令米佳泪奔。

2

汤小兵打不通海斌的电话，未免旁生枝节，只能顶着大太阳往海斌公司赶。一路上，他只恨自己选了辆半残的摩拜单车，怎么使劲儿蹬，速度都上不来。以他的分析，米佳将在半小时之内反应过来，继续呼叫孙墨苹，质问他们俩人的事。都说当局者迷，真要说到他的事，他的心就慌乱得无处安放，必须第一时间找到自己的好搭档。

海斌正在开会，针对携带专利技术产品到美国参加国际环保节能展会的事征求大家意见。大家的意见呈一边倒态势，认为公司刚刚起步，不具备赴外参展的实力和财力。海斌本对李静红代表总公司传递的这个消息并不感兴趣，见大家如此统一，并未提出异议。这时，汤小兵满头大汗闯进会议室。海斌见他举着 iPad 以为事情穿帮，赶紧借故拉他到办公室了解情况。听了汤小兵的简短叙述，海斌也认为事态严重，必须采取主动才能打消米佳的怀疑，果断编了一行文字："找我？上课呢，有事？"

微信发出，两人大气不敢出地盯着屏幕，直到老王进来问海斌会议是否继续，才知道信息已经发出十分钟了，米佳并未回复。海斌哪儿有心情继续开会，随手接过会议资料，嘱咐老王宣布散会。

"你当时就不该接。米佳肯定起疑了。"

"我不接，她就会一直呼，你老婆你还不知道？"

"让她呼去，打死了不能现身。"

"不现身就要穿帮。我们得想个彻底解决的办法。"

汤小兵逐渐恢复理智，又给海斌出了一条妙计——以想孩子为由，求孙墨苹主动呼叫米佳。海斌内心很是不爽。他觉得自己在被汤小兵牵着鼻子走。同是婚姻出现问题，自己怎么就那么信他呢？他先是按照汤小兵的指点，盗了人家孙老师的社交号，接着又跑去银行，停了自己的信用卡副卡。现在还要等待米佳回应，跟老妇女似的八卦人家的夫妻生活。自己到底做错了什么？凭什么被汤小兵这么指挥，凭什么让米佳的莽撞惩罚自己？一时间，他竟有想揭穿一切的冲动。

"怎么样，你倒是表个态啊？"汤小兵对自己敏锐的思维十分满意。

"不行。"海斌真的不想再继续这样了。

"你不就是不想在孙老师面前丢面子吗？哥们儿，面子值几个钱？"

"男人，面子赛过一切。"

"你这是死要面子活受罪。"

二人争执间，米佳的回复终于出现了："你的手机怎么在汤小兵手里？你不是要彻底跟他了断吗？什么情况？"

一连串的问句，句句扎得汤小兵心如刀绞。难怪自己怎么努力讨好，换来的都是一张冷脸，原来在孙墨苹心里，他早就被判了死刑。汤小兵瞬间失去了斗志，表情呆滞地任海斌抓耳挠腮地转间。

海斌分析米佳八卦的心态多于关心，绞尽脑汁回了一个："他到家里看孩子，正好我没带手机……"

谁知米佳好奇心爆棚，居然问人家是否在家里过夜。海斌哪知女人之间可以亲密到共享闺房之事，忙以自己的心态，冠上孙老师的口气，严厉责备米佳不懂个人隐私。这时，米佳忽然发来一条莫名其妙的微信："上学时你坐我后边对吧？"海斌想了想，孙墨苹身高一米七，比米佳高出半头，肯定坐她后边，想都没想就表示肯定。谁知，米佳自此消失，海斌再发微信，也如石沉大海，毫无动静。

汤小兵看了往来内容后，大呼不好。最后一条微信明明是米佳心生怀疑，在确认对方身份。此时，补救的唯一办法就是让孙墨苹现身。尽管万般不情愿，但海斌觉得自己惹的麻烦总要负责到底，同意跟随汤小兵去孙墨苹学校，求孙老师亮相。

孙墨苹刚刚吃完午饭，正在校园里遛弯，老远看到两个男人在跟保安理论，只得迎过去。海斌早被汤小兵教授了一路的求人方式，清清嗓子，背书一样请求孙老师用微信视频呼叫米佳，以解他的相思之苦。

孙墨苹惊呆了，心说米佳要是知道海斌能这样说话，不知会乐成什么样。只可惜，那件事之后，她们的姐妹情谊就被世俗的功利和面子的力量阻断了。那件事初始，她就有自己的难处，被米佳不分青红皂白一闹，本来可以大事化小的事情被弄得尽人皆知，无法操作。最关键的是，海小米为此退学，将自己儿子汤圆陷于不义之地。那小子为了挽回自己在同学中的尊严，非要追求什么公平公正，在学校大喇叭里公然承认，自己才是此事的始作俑者，生生葬送了可能被保送市重点高中的前途。至此，她觉得自己在这件事上，不再欠米佳任何人情。如果米佳不反思自己的行事方式，也不会理解她的苦衷和委屈，自己多说无益。正所谓道不同不相为谋，可能命中注定，没有永久的友谊吧。既然她选择了离开，自己也只能祝愿她一切安好。面对海斌的请求，她只能果断拒绝。

汤小兵不合时宜地跳出来劝解，令孙墨苹更加厌烦。早就听汤圆说汤小兵自轻自贱地跑到米佳家做男保姆，没想到竟做得如醉如痴，不惜拿自己说事儿。

"姐妹一场，你总不能像对我那么绝情吧？"

"不好意思，我们好像没有关系了，请你不要再干预我的私生活。"

"孙老师，你这么说就不对了，人家小兵怎么说也是汤圆的爸爸。"

"你还是小米的爸爸呢。孩子出国读书这么大事儿你管过吗？"

"不是，我……"

"行了，我无意过问您的家事，但还是想提醒您一点，即使你跟米佳离婚，孩子十八岁之前，抚养费也是不能省的，更何况你们还没离婚。人家孤儿寡母在国外，你却切断她们的经济来源，真不知道您哪句话能让人相信。"

这句话海斌听懂了，孙墨苹对米佳的事并非一概不知，肯定是海小米向汤圆透露了什么，继而传到她的耳朵里。难怪孩子也不理自己，原来是误会了他的意思。他不该听汤小兵的话冻结了银行卡副卡。此时，孙墨苹的态度再次证明汤小兵真是个成事不足败事有余的狗头军师。

就在海斌默默放弃努力，准备接受现实的时候，米佳的视频呼叫追命连环 call 般出现了。

米佳在建平的帮助下暂渡难关，自然想到孙墨苹的事，几番追问，她越发觉得，微信另一端的人不像孙墨苹的风格。所以，她才发出了试探问题，对方果然上当。海斌哪里知道，孙墨苹虽然身高较高，但眼睛不好，从小到大都是坐在第一排。米佳吓得赶紧隐身，随着脑补可能发生的情况，她的思路逐渐清晰——那么多自己家里的照片，那么多细节，就差拍到家里男主人的脸了。孙墨苹一个人既要带孩子又要上班，哪来的闲工夫天天往自己家跑？智商再低的人也能猜到，微信背后隐藏的人十有八九就是海斌。对自己的结论，米佳既兴奋又生气。兴奋的是经过史上最长的冷战，海斌终于以这种形式败下阵来；生气的是，他堂堂七尺男儿，怎么能做出如此龌龊的事情。

躺在床上，米佳越想越亢奋，最终不可抑制地拨通视频，她要跟这个隐藏在微信背后的人，当面对质。独特的视频呼叫音，夸张而刺耳，米佳忍受着、等待着。想到近来自己赖以生存的来自祖国、家乡的关怀，竟是一个虚无的假象，甚至可能是一个无聊男人的阴谋，她的悲伤就压倒了愤怒。她想哭，可她不能哭。海斌才不会像建平那样温和有礼，他只会把自己的眼泪、悲伤理解为离开他之后的悔恨、无助甚至哀求。她不能，也不会这么做。自从迈出了国门，她也就迈出了家门。她早就告诫自己，退无可退，即使孤立无援，自己也只能勇往直前。

视频居然接通了。孙墨苹的身影摇晃着出现在屏幕里。她明显在对镜头外的人说着什么，对自己的表情更是尴尬而陌生。

"嘿，墨苹，终于见面了，谢谢你发来那么多照片。"米佳抓住机会，率先出击。

"啊？什么照片？我……"镜头忽然转向地面，可想而知对方的慌乱。"什么啊，你到底让我说什么啊？"

米佳平静地看着手机，耐心等待可能出现的一切。忽然，海斌的大脑袋充满了屏幕。

"你就作吧，作吧。要是我家小米有个三长两短，我跟你没完。"

米佳觉得一股气顶到脑门，阻碍了她的语言功能，只能发出冷笑一般的声音。真是奇葩啊，世上怎么还有这样的男人？既然要吵架，直接来好了，何必辛辛苦苦转这么一大圈。

"米佳，海斌他是太想你们了，你别误会啊。"随着汤小兵再次出现，米佳想明白了，一切的始作俑者应该是他。真难为这个不优秀但对自己女人绝对好的男人了。海斌要是有他一半，她也不会走出这一步。

"都老夫老妻了，谁不知道谁啊？海总，有什么话，您就直说吧，用不着干出这么龌龊的偷别人微信号的事。"

"什么微信号？你们俩到底狼狈为奸做了什么？"

"还有孙老师，我不求您念及什么姐妹情分，只拜托您对自己负责也对别人负责，管好自己的微信号，别让坏人乘虚而入。"

"什么坏人？谁是坏人？我想我闺女，你不让我看，我自己想办法，怎么就坏人了？米佳，做人不能这么恶毒，血浓于水，什么也阻隔不了我们父女深情。"

"好啊，你们父女情深，请问，你闺女没钱买校服、买课本，天天跟人家蹭书看的时候，你在哪儿呢？"

米佳还是抑制不住，哽咽在喉。海斌也被打了七寸一样，没了声息。

"海斌，你放心，我不会赖着你，我就是当牛做马也不会让我闺女受半点儿委屈。"

"你到哪儿当牛做马啊，那是美国，你想当人家也不要。"

短暂的平静后，二人开始了隔空对骂。随着脱口而出的第一个脏字，海斌再也无法控制自己用责骂的方式将连日来的担忧和思念一股脑抛向米佳，用词量和语速都接近历史最高值，令对方难以招架。

崩溃中，米佳说出了自己从没说过的话："你浑蛋，你滚，滚，我永远不要看到你。"

"爸爸，我好想你。"

随着天籁般的呼喊，这场无厘头的争吵，瞬间结束了。原来，已经入睡的海小米终被吵醒，睁开眼，看到多日不见的爸爸，毫不掩饰地扑了过来。

孩了的叫声，让海斌瞬间融化了。他恨不能从手机里钻过去，抱住自己的小米。

"唉，爸爸也想你。宝宝，没事儿吧？上学累不累啊？美国人欺负你没？没事儿，有爸爸呢，都有爸爸呢。"

"爸爸，您别跟妈妈吵了。妈妈太累了，她现在给赵梅阿姨做保姆呢！"小米禁不住呜呜哭起来。

海斌被小米的话惊住了。他不能相信高傲、要强的米佳，竟然能低下头，给人家，给一直跟自己竞争的老同学做保姆。她们母女到底经历了什么啊？竟然混到如此田地？

"孩子，别哭，别哭。有爸爸呢，有爸爸在……"

手机忽然黑屏，视频被挂断了。海斌急不可耐地拨过去，发现对方早已删除了自己。海斌一屁股坐在马路牙子上，握着恢复安静的手机发呆。汤小兵不知如何安慰，看看海斌，又看看孙墨苹。

"你看看你干的好事，永远是成事不足败事有余。"孙墨苹扔下一句狠话，愤然离开。

"我也，我也是为了大家好啊。"

3

米佳使劲儿抱着抽泣不止的海小米，咬牙不让自己的眼泪掉下来。她知道此时再多的语言都是多余的。海斌说得对，血浓于水，自己割不断他们父女的这份感情，而且也不想割断。她真没有海斌想的那么恶毒，为了显示自己，把控局面，才带走或者说劫持了海家的根苗。她带孩子出国从根上说，还是为了孩子的未来和前途。而她之所以不顾一切陪在孩子的身边，也是为了实现自己对孩子的承诺——在孩子成年之前，自己绝不会离开，除非自己死了。

海小米终于恢复了平静，却赖在妈妈怀里不愿出来。

"宝宝，对不起，妈妈让你受苦了。"

"妈妈，你就原谅爸爸吧，他就是那样的人。"

"妈妈没生他的气，你就放心吧。"

"骗人，你们吵架我都听到了。再说了，你宁愿当保姆，也不用他的钱，还说不是生气？"

"你觉得妈妈当保姆丢人了？"

"没有，我……"

米佳当然知道孩子这些天心里不痛快的原因是渐渐看出她们在这个家里地位的明显变化。她觉得孩子还小，本来没想跟她说太多。今天既然说开了，就有必要让孩子知道，按劳取酬，靠双手养活自己，一点都不丢人。她告诉小米，身份地位永远不是评判一个人的唯一标准，真正伟大的人都是目标明确、内心强大、执着努力的人。这样即使过程艰苦、前途渺茫，他的内心也是充盈的、脚步也是坚定的。最重要的是，在拼搏的过程中，他能发现自己、认知自己、最终实现自己的理想。这种高层级的人生体验，不是每个人都能经历的，更不是随便谁都能享受的。她希望海小米从现在开始，做一个坚强的、内心强大的女孩，跟妈妈手拉手迈过一个又一个难关。

尽管海小米不能完全理解妈妈的话，但是她能从妈妈的语气和表情中感受到从未有过的信任和希望。她使劲儿点点头，然后重新扎进米佳怀里。她是多不想长大啊！可现在，她已经不能拒绝成长。她得跟上妈妈的脚步，相依为命是她们都要接受和面对的现实。米佳就这样抱着、悠着不知什么时候已经长得比自己还高的孩子，直到她沉沉睡去。看着孩子依然稚嫩的小脸上布满干涸的泪痕，米佳心如刀绞。她后悔自己控制不住情绪，居然跟海斌隔空对骂，还引得孩子这样伤心难过。自己之所以离开，不就是为了逃避这种无谓的争吵吗？作为母亲，不就应该保护孩子，最大限度地减少生活可能给他们的伤害吗？米佳安顿好孩子，自己心绪难平，只能到花园里，呼吸新鲜空气。

花园里插着几盏太阳能地灯，幽幽地发出灵动的光，好像天上的星星不小心降落在地面。米佳曾经幻想有朝一日，自己也能有这么一个大院子，随意种上花花草草，肯定会有陶渊明"采菊东篱下"的悠然。而今，真的住到这种房子里，她竟再也找不到那种小隐隐于野的惬意。她好像一直被各种琐碎驱逐着、追赶着，几乎每天一睁眼就有各种问题等着自己解决。不得不承认，此时，她真有点怀念曾经那些朝九晚五的生活了。不管怎样，那时她是属于一个地方的，现在的她属于哪里呢？的确，她拥有了充分的自由。她不再被各种单位的规范约束，不用上下班打卡，不用因为私事向领导请假。应该说，她属于自己了，充分属于自己了。谁能想到，随之而来的另一种感觉正在慢慢吞噬着她。那就是孤独，无以名状的孤独。也正是基于此，她才会被海斌和汤小兵骗得那么彻底。她明白，人是需要归属感的。离开自己社交圈的人，就像离开了熟悉水域的鱼，即使不会干死，也会因水质的差别，产生各种各样的不适应。

就像她现在这样，没有朋友，没有亲人，每天开着车，孤魂野鬼般在高速上游荡，那种漂泊和无依无靠，是无法言说的。米佳有些待不下去了。黑暗在她无意识的胡思乱想中，无限扩大着，几乎将她吞没。这时，不远处隔壁的院子里忽然燃起一团篝火，建平的脸庞被火光映着，有些恍惚。米佳忽然觉得这个男人长得有些像林木，尤其是那双细长的、深陷的眼睛，真的跟林木一样，让人猜不透、辨不明，却又难免联想。

建平兀自忙碌着，点好了火，又去端了酒杯和酒菜。奇怪的是，他居然拿了两个杯子。米佳以为他家有客人，正要离开，建平轻声招呼，让她过来品酒。

米佳翻过低矮的栅栏，坐在建平新修的中式亭子里，手捧着建平奉上的米酒，心一下安宁了。她并不急于喝下那杯浓醴，只是捧着、闻着，似要找到童年的味道。

"你闻什么呢？"建平终于发问。

"小时候的味儿。你知道吗？我的记忆都是有味道的，每个时期都不一样。"

"那现在是什么味道？"

米佳四处看看，最后将目光定格在那团人造篝火上。

"是这个，这种烟火气。"

"咱们这儿空气这么好，你怎么独独选了这个味道？"

"它更像北京，像我小时候，冬天胡同里刚生炉子时候的味道。那时候，就盼着那个味儿，因为，那个味儿一出来，就离放假不远了。"

"你们北方人就是幸福啊。哪像我们长江以南啊，一到冬天，我们的手啊，就跟烂胡萝卜似的，又肿又疼，自己都不好意思伸出来。"

二人有一搭没一搭地聊着、喝着，眼看半壶米酒已经见底。米佳有了微醺的感觉，困意也从四面八方围拢过来。她不好意思地笑笑，感谢建平请她品酒。

"客气啥？刚来这里，都会有个过程。慢慢来，面包会有的，牛奶也会有的……"

"一切都会有的。"米佳抢着跟他说完了整句台词，放松地笑了。那轻轻的、嘿嘿的笑声，在暗夜里回荡，惊得米佳刚知道那是自己发出的声音，就下意识捂住了嘴。建平让她放松，再放松。米佳就真松开了手，放纵自己的声音再次出现在暗夜里，并且一路飘荡，直到钻入星罗棋布的夜空里。

4

铩羽而归的海斌和汤小兵终是坐到了二姨的吧台前。二姨并不过多搭理这多日未见的哼哈二将，只让后厨给两人各做了碗素面。海斌再不用跟着汤小兵在什么前菜、后菜、配汤之类的华而不实的花架子中间耍了，痛痛快快、稀里哗啦吃完了碗里的面，又夺了二姨的半瓶啤酒才算罢休。

"这不像是有五星级饭店主厨伺候的主啊，怎么跟饿狼似的？"

"他这是化悲愤为食量。"

"没问你话，多什么嘴？"

海斌无言以对，更懒得说话，仍在四处寻找可以吃喝的东西。二姨无奈只能又给他要了一盘花生米。海斌开始还用筷子一个个夹着往嘴里送，后来觉得太不过瘾，索性端起盘子，往嘴里倒。二姨被他疯魔的吃相吓坏了，赶紧夺过盘子。海斌鼓着嘴，努力嚼着，仍是咬紧牙关不说话。

二姨也不说话，随手摆上棋盘，自己先迈出灵动的一步。海斌没见过此种走法，立即上钩，来不及思索，仓皇上阵。传统棋谱训练出来的海斌当然不是精于总结野路子打法的二姨的对手。不一会儿，海斌就以前所未有的惨况败下阵来。

"这下棋啊，跟做人做事一样，都要抢占先机。"

二姨还是不经意地说着，见海斌仍无反应，只好着手让服务员再拿啤酒。

"二姨，别逼我说话了。我无话可说。"海斌终于开口了。

二姨向汤小兵使了使眼色，汤小兵会意，赶紧跟着说："不管怎样，老婆孩子总算找到了。"

"是吗？见了？"

"还不如不见，见了就吵，隔着电话、隔着太平洋都能吵得天翻地覆。"

海斌终于开口吐槽。二姨的心也就放到了肚子里。虽然她没结过婚，但她坚信一点——两口子之间，只要还有槽可吐，就没有走到尽头。什么时候说都懒得说了，那就真无路可走了。海斌的愤怒和挫败感已经从米佳的不告而别和自作主张转移到她的妄自尊大、无端好强。

"您知道她逞强不要紧，可苦了我的小米啦。孩子，孩子连校服、课本都买不起啊！"提起孩子，海斌心酸得说不下去了。

"还不是你非得听你的狗头军师的？你也是，挺聪明一个人，不知道他什么样啊？自己屁股还没擦干净呢，净瞎掺和。"

"我这不也是帮米佳忙吗？"

"没这么帮的，再帮下去这家就离散不远了。你啊，立即给我回后厨干活去，别在人家瞎捣乱。"

"不行啊，我妈现在离不开他，每天不跟他唠两块钱的，睡觉都不踏实。"

"唉，米佳吃亏就吃亏在这张嘴上。长得挺好个女人，不会说好话。难怪你妈不喜欢她。"

"那我这嘴好吧？"

"你啊，坏就坏在这张嘴上。孩子，长点儿心吧，你媳妇为什么越来越看不上你啊，怎么还不明白啊？"

二姨像足了知心大姐，数落完这个数落那个。其实她心里，对这两个男人还是比较认可的。汤小兵虽然贫嘴，但对妻子绝对关心爱护。海斌直男癌一枚，但果断担当，一看就是靠得住的男人。按说，一个巴掌拍不响，要解决他们的婚姻问题，她也该找两个媳妇聊聊。怎奈人家一个跑到美国，一个躲着不见，她想多嘴也没人听。只能以过来人和同性的角度，再次提醒那两个傻小子——男人女人是两个星球的生物，一定要换位思考。

不用二姨说，海斌已经在换位思考了。自从他听说米佳当了保姆，他的心情就再难平静。他试着还原米佳的想法，试着理解她无端的要强，想着想着，他就觉得自己过分了。可他又不知道如何补偿和挽回，所以才会用食物填补内心的空白。饭吃多了，又喝了酒，他觉得自己又回来了。严密的逻辑和清醒的头脑让他迅速回归公司老板的状态。

"行了，二姨，您也别说了。既然都有错，就各让一步。放心吧，谁也不愿自己的家好生生就散了。米佳她也不小了，肯定明白这个道理。"

海斌说着，搂着汤小兵的肩就往外走。

"嘿，你们俩倒成了狐朋狗友了？"

汤小兵没想到由于自己工作失误引起的轩然大波，就这样过去了。海斌不但没有责备他，还郑重其事地把家里钥匙给了他一把。

"小兵，我家老太太就交给你了啊。"

"哥，你几个意思啊，怎么弄得跟托孤似的？"

"我想好了，去美国，参展。"

- CHAPTER 10 -

人在屋檐下

1

海斌是个说到做到的人。自从接受李静红的建议，同意去美国参加展会，他就加快了新产品的研发。毕竟是国际大展，海斌不能丢自己的脸，更不能丢中国人的脸。他一方面用强劲的数据，阐述参加国际展会对他们这种新公司提高知名度、打造自己的品牌具有的重大意义，一边用重奖刺激年轻的开发团队，利用现有专利技术，完善概念产品，争取会展中拿出令人耳目一新的新产品，哪怕一切只是概念。

汤小兵的状态与海斌的积极形成了鲜明的对比。他再也没了刚来时的干劲儿，再没那些花花样式，能保证海斌母子的吃喝就很不容易了。他每天不是躺在自己的床上唉声叹气，就是拉着海奶奶问自己到底是不是个好男人，弄得海奶奶以为他受了什么刺激，不敢在家与他独处。其实，汤小兵思来想去，只有一个问题——自己对孙墨苹那么好，她为什么还不满足。昨天，汤圆好心传来情报——老妈每天都去健身房。汤小兵彻底崩溃了。他径自跑到小区会所，真的看见穿着紧身衣在跑步机上挥汗的孙墨苹被两只"小狼狗"围着，一脸灿烂。他真想冲过去抽他们一顿，可他是谁啊？他现在什么都不是，怎么能干涉人家的自由交往？焦虑、不安、愤怒终于造成工伤。他在切菜时，把刀直接剁在手指头上，瞬间血流如注，指肚外翻。他却一点不觉得疼，毫无反应地看着血肉模糊的伤口，任血均匀有力地滴在案板上待切的土豆上。海斌正好下班回家，见此情景，赶紧带他到医院缝针包扎。整个过程，汤小兵一言未发。海斌知道他为孙墨苹的事不痛快，不好直问，小心陪在他旁边，等他自己开口。

一晚上，汤小兵都保持沉默，坚持用一只手做完了晚饭，还要沾水刷碗，终被海斌抢占了水池。可他并不离开，还是闷声不响地站在一边，看着海斌洗涮收拾。两人都不言语，只有哗哗的流水声，异常响亮。海斌洗着碗，忽然想起米佳。他那个愣头愣脑、笨手笨脚的媳妇，也经常制造这种厨房血案。每当这个时候，她也会举着包着纱布的手，站在一旁看自己刷碗。不过，她可没有汤小兵老实，自己干不了，还看不上别人干活，指手画脚、叨叨唠唠，难免惹人心烦。他记不得有多少次，本来温馨祥和的一幕因他的揭竿而起或者是拂袖而去，变成了米佳的独自垂泪或者争吵不休。如今，两个婚姻失意的男人阴错阳差重复了从前的一幕。海斌忽然明白了什么似的，感叹道："生活啊，真像这碗盘，哪能不磕磕绊绊呢？"

"你受刺激了？"

"说什么呢？"

"这本来就不是你的风格。"

汤小兵说得没错，这真的不是他的风格。从前，米佳逼着他洗碗的时候，他是多么不情愿啊。他只想赶紧把那些肮脏的、油腻的东西处理掉，然后躺在床上缓解一天的疲乏。他才没有耐心跟米佳聊生活，谈人生，只想耳根清净。而米佳呢？见他爱搭不理，就守着他，开始监工、挑剔，最后发展成指责。每每这时，他都会冒出无名火——自己不干活，还要挑干活人的毛病。天理何在！现在看来，米佳可能没有别的意思，只想跟他说说话、逗两句嘴。那些挑剔也是女人表达情感的一种方式。

海斌摇摇头，自嘲道："距离产生美啊，这老婆走了才明白她的意思。"

"可我懂啊，墨苹的一举一动我都懂啊。我尽量做好，我不招她心烦，小心翼翼……"

"你啊，二姨早说了，跟我不一样。"

"我怎样？"

"要我说还是那个字——贱。"

话音未落，汤小兵就转身走了。他不是生海斌的气，而是气自己无力反驳，因为事实如此。海斌见他这样，有些于心不忍想去安慰他，又不知从何说起。这时，海奶奶来送餐具，小声问他汤小兵到底遇到什么难事。海斌如实相告。海奶奶一脸不解——三条腿的蛤蟆难找，两条腿的女人到处都是。由此，海奶奶终于说出自己的心声，让儿子趁此机会，休妻再娶。海斌没想到母亲会有这样的想法，瞠目结舌，不知如何表态。

"看我干吗？这是事实啊。她米佳不愿意给你生孩子，有的是人愿意。"

"这都哪儿跟哪儿啊，妈，您就别跟着凑热闹了。"

"我凑什么热闹啊。你以为我不知道你跟小兵俩人一天到晚嘀嘀咕咕干什么呢？你也太小瞧你妈了。我告诉你吧，你和米佳的房我都听过，还对付不了你们两个傻小子。"

"妈，您——"

海斌没想到母亲做过这么过分的事。他也无从知晓米佳是否知道这件事。只深信，任何一个女人如果知道自己的婆婆做出这样的事，肯定不会善罢甘休。一时间，他不禁为米佳委屈。母亲一向将自己作为她人生最大的骄傲和自己的私人物品，对任何人的入侵都会报以集束性还击。他知道母亲与米佳的明争暗斗，但他觉得自古婆媳是冤家，未免麻烦，他采取了回避和无视的态度。就像面对两份早餐的时候，他宁愿自己吃吐了，也要当着两人的面吃掉两份爱心。好在后来，米佳退缩了，服输了。现在看来，她那是不屑于再去跟老太太争抢她的儿子了。她也实在看不下去自己的老公，每天早上为了博得母亲和妻子欢心，偷偷抠嗓子眼儿呕吐。

"我跟你说儿子，换，必须换。我找人算了，就是她米佳想生，也生不出儿子来，没用了，必须换。"海奶奶的叨唠终于打断了海斌的回忆。

"妈，原来你真是重男轻女啊。"海斌扔下洗碗布，闷头往自己房间走。

"你倒是表个态啊？换不换？"

海斌看着执着的母亲，忽然觉得累得抬不起头来，只稍停下脚步，抬起手，挥了挥，就进屋关上了门。

海奶奶看着家里紧闭的两扇门，有些得意。这两个傻小子，总算不再嘀咕着怎么讨好媳妇了。汤小兵的贱皮子也不会影响到自己的儿子了。她愉快地打开电视，欢快的歌曲传遍整个房间。

2

米佳的日子仍然充实而忙碌。一大早她就起床准备食材，要给两个孩子做标准的意大利面。海小米真是长了个外国胃，对中国的面食一概不感冒，只对这个类似中国炸酱面的东西情有独钟。面酱炒熟，面条煮上，她的早餐也摆上了桌。小米已经不用妈妈叫，自己就能按时起床了。她梳洗完毕，见高鹏还没下楼，好心上楼提醒。谁知，敲门声惊扰了一夜难眠的赵梅。她劈头盖脸对海小米一顿指责，说她不懂规矩，没有教养。米佳不想扩大事态，忙拉走自己的孩子。谁知，赵梅仍不依不饶，吸着鼻子往厨房走。

"这是什么味儿啊？不知道我们家鹏鹏洋葱过敏啊？还意大利面，这不是要我们的命吗？"赵梅尖叫着，歇斯底里。

米佳打开饭盒，让她看清楚，高鹏的面酱是用香葱调制的，根本没放洋葱。

"那你为了自己的女儿吃得好，这么大张旗鼓地切洋葱炒洋葱，万一我们家鹏鹏吸多了，中毒怎么办啊？我告诉你啊，以后不许买洋葱。"

那袋洋葱明明是她逛街时带回来的，怎么成了自己图谋不轨？当着孩子的面，米佳懒得跟她辩解，只能点头称是。这时，高鹏睡得迷迷糊糊，衣冠不整地跑下来。赵梅又有话说："还有，这孩子都那么大了，该有点儿礼义廉耻，别大姑娘家家往人家小伙子房里跑。"

事关孩子，米佳忍无可忍，低声怒喝："你再说一遍？"

赵梅自知理亏，并不理睬，扭头上楼。

米佳强忍怒火，尽量没事儿人似的张罗两个孩子吃早饭。余光里，她瞥见海小米背着她偷偷抹掉眼泪，坐到餐桌前，故作镇定地大口吃着面包夹鸡蛋。海小米自幼嗓子细，从来不能卷着煎鸡蛋下咽。此时，为了不给妈妈再添压力，她居然咬牙瞪眼，生生咽下了那种她长这么大也没一起咽下去的东西。尽管干涩的食物噎得她几次干呕，但她还是一声不吭地吃着，好像这样妈妈心里就能好过些似的。米佳看在眼里，疼在心上，可她不想说破，徒增大家的烦恼。她只把手轻轻放在孩子背上，轻轻拍着、抚着，直到小米吃完最后一口面包。

一路上，三人谁都没再说话，赵梅的无理取闹让每个人心里都十分不爽。送完孩子，米佳本不用买菜，可她实在不愿回家看赵梅的嘴脸，只能到超市消磨时光。超市里人很少，蔬菜水果依然丰富新鲜。米佳走到蔬菜柜前，对着喷淋器发呆。绿油油的蔬菜本就新鲜，被清水一浇更是挺着腰板，倒显得站在一边挑选它们的米佳灰头土脸的，没有精神。这时，米佳看到几个白嫩嫩的洋葱头，被水喷得愈加晶莹剔透。她的眼晴一下子就被泪水充满了。早上的事，排山倒海般袭来。她为自己、更为孩子不值。她不知自己千辛万苦、跋山涉水跑到美国来做什么。难道就是为了当保姆，被人欺侮？懊悔、委屈、绝望终于击倒了她，泪水像那个坏了的喷淋器一样决堤了。

不知什么时候，一个人默默走到她身边，一手推走她的购物车，一手扶着她的肩，把她送出超市。停车场上，太阳已升得老高，暑气随之而来。米佳站在太阳底下，恍如隔世。建平放好购物车，为她拉开车门。米佳听话地坐进车里，一副任凭摆布的表情。建平也不说话，启动汽车，一路向西。不一会儿，米佳发现他们到了一个不知名的山顶。山不高，只因周边全是洼地，这地方看着才像一座山。建平告诉她这里是这个城市的制高点，每个月他都会来这儿站一会儿，让山风吹吹，心情就会好起来。他并不问米佳发生了什么事，只说自己会在车里等她，就转身离开。

米佳并未在山上逗留太久。建平刚刚用油掸子擦完车，就看见她一路小跑着从山上冲下来。速度之快，令建平一度以为她是下山过猛，收不住脚步，一个箭步冲过去，想用身体挡住她。谁知米佳在离他一米远的地方来了个急停，脚非常专业地斜插在土地里。她为自己成功的恶作剧哈哈笑着，脸颊因为运动产生的红润令她健康活泼得像一个小姑娘。这下，建平做不到不苟言笑了，笑着问她怎么这么快就雨过天晴了。米佳说对着大山发泄那是电影里才有的镜头，自己现在没时间，也没力气模仿。对于她来说，现阶段生存才是硬道理。

二人愉快地回到停车场。建平绅士地送米佳回到自己的座驾。上车前，米佳忽然回过身，伸出右手。建平不明就里，只能也伸出手。两手相握，米佳刻意用力，喃喃地说了一声"谢谢"。

"开心就好。"建平又恢复了不苟言笑。

也许是黄种人在白人区太过显眼，二人略显隆重的分别场景，被雅丽看得一清二楚。这个为得到美国身份不惜远嫁的潮州女人，早就是社区里的义务播报员。平日里，她唯恐天下不乱地东奔西走，几乎没有她不知道的事情。和别的女人一样，她对儒雅、温和却冷漠地拒人于千里之外的建平十分感兴趣。只是，人家从来不给她们了解自己的机会。看到他和米佳这个初来乍到的女人打得火热，雅丽莫名其妙生出一股醋意。

女人的妒忌永远是没有理由的，就像她们的结盟一样没有章法。昨天，雅丽还在跟一个陪读妈妈议论赵梅炫富、虚伪，不能说到一块儿。此时，她早就忘了自己的说法，只觉得这个消息一定要让赵梅知道才会产生应有的效果。她的生活立马有了新的作料。

3

海斌的子午觉被母亲的话彻底搅乱了。他先是死活睡不着，终于睡去又是乱梦不断。他像根本没睡过一样，在梦境中穿梭，一会儿是米佳原来住的小院，一会儿又是现在的家。他还漂洋过海去了美国，在那里，米佳哭着扑进他的怀里。他抚摸着她的头发，刚要张口，忽然想起汤小兵提醒自己的话，只能在心里先组织好语言。他想表达什么意思呢？他的意思其实很简单，他就想告诉她，他的生活里，不能没有孩子，没有她。可不知怎么，他嘴张得老大，就是说不出声来。心里一急，海斌睁开了眼睛。他醒得也真是时候，老王的电话就是这时候打来的——河北仓库失火，几百吨麦秸化为乌有。海斌彻底清醒了。那是用总公司注资的全部款项收购的麦秸，准备马上投入厂房，生产第一批秸秆能源。因为供暖季即将来临，产品供不应求，合同早在麦秸收购前就签好了。如果到时交不出货，自己将面临双倍罚金。海斌赶紧起身，拉上老王赶赴河北。

情况并不比想象的乐观，面对黑漆漆的仓库，海斌首先想到要尽量减少损失。为了公司几十口子的饭碗，他必须在最短时间内解决资金和原料的问题。老王还在纠结如何追究肇事者的责任，海斌已经迅速盘算了损失和所需资金，吩咐老王联系保险公司，申请火险理赔，自己则亲自去总公司汇报情况。

李静红并没从海斌的叙述中听出慌乱。他表现出来的镇定，与平时土老帽一样的模样恰恰相反。理智清晰的头脑已经让他在回来的路上整理了一份详尽、有效的补救措施。他现在最需要的是利用总公司的支持，求得银行贷款，以解燃眉之急。李静红当然理解他的意思，只可惜合同中规定的是，海斌公司在圆满完成第一笔订单后，才能与总公司发生实际勾连。之前的合作，说白了就是试用性的挂靠。

"可总公司总不能见死不救吧？"海斌有些急躁。

"真的爱莫能助。"李静红耸耸肩，扬了扬手里的合同。

"好，好。"海斌并没有纠缠，果断离开。刚才见到李静红的时候，他就知道自己基于总公司的一切补救措施，都是错误的。这种时候能救他的只有自己。可他的钱在哪儿呢？那么一大笔原料，他又去哪里找呢？来回奔袭了几百公里，海斌这才觉出疲惫。尽管什么都没有解决，他也不能逃避。公司里，老老少少几十口子肯定还在等着自己的消息。他舒展了一下身体，钻进车里。李静红忽然出现在车头，笑盈盈地坐进副驾。

"你，这是，搭车？"

"对，搭车。"

"我真没时间送您，公司里大家都等着我的消息呢！"

"我就是去公司。"

李静红跟着海斌回到公司，听海斌如实向大家介绍了损失情况和公司处境。刚才在路上，海斌已经想好了，天灾人祸，谁也难免。既然第一步就迈不出去，只能愿赌服输，将选择权留给大家，去留随意，他一个人承担破产结果。所以，他的语调中悲壮多于绝望，令人难免为英雄惋惜。正在大家叹息的时候，李静红默默拿过了话筒。她说自己不是代表总公司，她是作为海斌的朋友、大家的朋友出现在这里的。她不能为他们解决燃眉之急，但她有十几年经营公司的经验。她只想用自己经历过的案例，帮大家梳理思路、寻找出路。李静红是南方人，标准的吴侬软语，绵绵的、润润的，娓娓道来着她经历的商海沉浮，随着讲述的继续和深入，她的理念和思路早已不留痕迹地进入每个听众心里。

"我不知道大家最后如何决定啊，我只觉得如果我有这样一个老板，我会一生追随。"李静红温婉的讲话戛然而止。没等大家反应，她就站起身，将一张银行卡举在眼前。

"这是我私人的一点积蓄。海总，就算我参加众筹的第一笔资金吧。"

海斌还沉浸在李静红的故事里，见她如此行事，不觉愣在原地。老王反应灵敏，立即掏出自己的工资卡，递给海斌："也算我一个。"

"还有我。"公司年纪最大的原厂看门人李大爷举着一个紫红色的存折穿过人群，"海斌是我看着进厂的，又是在咱们厂就要没了的时候，挺身而出，保住大家饭碗的。现在，他有难，我不能不管。海斌，拿着，你大爷我的养老钱，我可都交给你了。以后我可就靠你了。"显然，这些人是事前早有准备啊，否则也不可能一下子都把存折带来了。

"大爷，您放心。我养您。"海斌斩钉截铁的声音未落，员工们纷纷举手表示，参加众筹。最让他兴奋的是，刚招进公司的一个大学生的老家在东北，按他的说法，在那里，遍地都是麦秸等农作物废料。农民们没办法，只能采取焚烧的办法减轻负担。浓烟造成的环境污染令当地政府十分头疼。如果他们能取得联系，要不要钱不敢说，反正收购价肯定比现在低很多。

人多力量大就是这样体现的。刚才还一筹莫展的海斌，转眼又恢复了自信。他像个运筹帷幄的将军，指挥各部门投入工作，自己回家筹集资金。员工把养老钱都贡献出来了，他这个老板没有理由当缩头乌龟。

海老太太听说公司遇到难处，二话没说就贡献了自己的存折，还趁机宣扬了自己的持家理论——什么时候都不能浪费了挣钱的机会。海斌觉得米佳真应该听听，他相信这种情况下，她也会跟自己一样，改变对老太太捡垃圾的看法。汤小兵十分惭愧，他一直疏于理财，和孙墨苹的日子也是月月光。两人除了一套房子一辆车子，几乎没什么积蓄。海斌并不怪他，但提醒他，这种生活态度不是一个成熟男人该有的。孙墨苹对他的意见，大概主要来源于此。汤小兵似有所悟，精神随之一振，戴上围裙，麻利地给大家做了清汤阳春面。海斌吃得满头大汗，盛赞汤小兵终于从天堂回到人间。嘱咐他，千万不要再用五星级饭店的标准来持家。家其实很简单，要的就是随意。否则，吃个面条都会消化不良。海斌捧着空碗，忽然想起自己每次应酬回来，大呼没吃饱的时候，米佳都会给他端上来一碗鸡蛋西红柿面。他就会将米佳的面跟二姨餐吧的素面比较，把米佳的厨艺贬得一文不值。现在，他多想再吃一碗米佳做的面啊！

4

米佳面对着餐桌上的一堆账单，头大如鼓。她从小偏科，数学更是常年保持在及格水平。以前家里的水电、煤气、收支入账等都是财会出身的海斌包办。她甚至没怎么进过银行的大门。现在，她才知道，原来一个家的正常运转，需要这么多账单支撑。在美国，这种情况就更加复杂——水、电、煤气、垃圾、网络、花园、物业、保险、税费……信箱就没有空着的时候，除了广告就是账单。赵梅有美国绿卡，禁不住银行华人职员忽悠，还办了好几张美国信用卡、商场 VIP 卡，每月的消费账单也是名目繁多。赵梅让米佳理清账目，真是难为死她了。单单看明白那些账单就够费劲了，更何况还要算数。米佳已经算了三遍，居然没有一遍是一样的。她多希望海斌在啊。这些简单的加减，对他来讲就是小儿科。其实，米佳喜欢让海斌陪她逛商场的直接原因就是她算不清商场那些打折、买赠的招数。有海斌在就不一样了，他看看标签儿就知道怎么买合适，经常是买得商家都觉得自己要吃亏，最后答应直接给他们打五折。米佳知道自己算不清账，跟紧张不无关系。毕竟这里是美国，她担心自己哪里弄得不对了，漏付款什么的，会被停水停电。那样自己这个保姆可就糗大了。这一点不能不佩服海斌，他看着是个粗糙的大男人，从来都是账目清晰。结婚这么多年，他们家从来没出现过因为欠账而被停电停水的情况。刚结婚那会儿，两人挣得不多，海斌还要给海奶奶生活费。米佳一开始还担心两人到了月底就只能开水就馒头，谁知，海斌持家有方，不仅保证她的生活水准，而且每月还有结余。米佳不得不承认，海斌是经济方面的天才。所以，他才会以小博大，靠着几只原始股，淘得第一桶金。

往事让米佳的心更乱了。她只能按轻重缓急，简单梳理了账单，准备做午饭。这时，雅丽随着赵梅回到家。二人神色冷峻，眼神闪烁，一看就知道在密谋着什么。米佳不想掺和她们的事，躲到后院，清理泳池。

雅丽做贼心虚，问赵梅是不是她们的对话让米佳听到了。赵梅一脸坦然："听到就听到。自己不正经，弄个姑娘也是狐狸精。"

"啊？真的啊！"

"可不是，一大早，我们鹏鹏还没起床呢，就去敲门，你说都那么大了，她能不懂男女的事儿？摆明了要勾引我们家儿子，惦记我们的家产。"

"哎哟，这动手也太早了吧？"

"她们这些人啊，就是无孔不入。"

"那你赶紧让她们搬走好了。"

"我不是可怜她们吗？孤儿寡母的，说是银行卡被冻结了，指不定怎么回事儿呢，说不好就是没钱，准备赖在这里。"

"啊，原来这样啊，看她天天拿眼角瞥人的样子，我还以为多有钱呢，原来连我都不如啊。老娘好歹也是明媒正娶嫁过来的。"

二人说笑着，声音越来越大，情绪也越来越激动。赵梅被雅丽恭维着，觉得自己就是大圣人，米佳才是以怨报德的恶人。于是，不知道怎么，她们就追着米佳来到花园，不无挑衅地高声谈论起民国影星阮玲玉出身低微的故事。米佳用大耙子捞着泳池里的落叶，根本没注意她们在说什么。赵梅见达不到目的，索性走过去，直接跟米佳摊牌。

"米佳，早上当着孩子我给你留面子。现在，我正式提醒你啊。管好你家女儿，少在我儿子身上打主意。别说他们年纪还小，就是以后，也休想。"

米佳反应了好几秒才明白赵梅的意思。她居然——

"还有啊，家长是孩子的影子，自己也要检点啊！"

雅丽后边的话起到火上浇油的作用。米佳扔了手中的耙子，气冲冲走到二人身边。

"我不知道你们两个今天早上吃什么拧了肠子。我只提醒你们——第一，这里是美国，最讲究法律。就凭你们刚才的言论，我完全可以告你们侮辱诽谤，损害我和我女儿的荣誉权。"

米佳义正词严的态度，彻底镇住了两个长舌妇。

"第二，我给赵梅家做保姆，是靠劳动吃饭，不丢人，更不低人一等。按照当时约定，我用劳动冲抵房租和二人餐费是经过严格计算的。本地的最低时薪是十五美元，住家保姆二十四小时工作，没有休息日，负责采买做饭、清洁打扫、接送孩子，一个月的工资收入应该是多少？本地的单间租赁价格是一千美元，两人吃喝往高了说最多一千美元。谁占谁的便宜，你们不傻吧？自己算！"米佳越说越气，但仍努力保持理智，毕竟，在这里她把赵梅当成最亲的人，她不想事情闹大，大家不愉快。她转身离开想去做午饭，缓和大家的关系。

"你觉得吃亏你可以走啊。"雅丽摆明了讨好赵梅。

"我们两个之间的约定是按月清算，而且互留了缓冲期。她要想解约自然会跟我说，用不着外人在一边说三道四。还有，我得提醒你，在中国你这样的叫长舌妇，不会有好下场。"

"可这里是美国，美国啊。"

"那我就更得给自己讨个说法了。"米佳走回来，居高临下地看着身材矮小的雅丽，"如果你不跟我道歉，我马上就你刚才的言论对你提出诉讼。"

"啊？我说什么了我？我……"雅丽拿出泼妇撒泼的一套想蒙混过关，终于在米佳坚定的表情下屈服，低头顺目地小声说，"对不起，对不起还不行？"

"行，我接受。不过我提醒你，都是中国人，天南地北地聚到这儿靠的是缘分，大家应该抱团取暖，而不是互相拆台。"

米佳说完，抬起头，与不知何时出现在自家花园的建平四目相对。被人目睹了吵架总不是什么光彩的事，刚才还一身煞气的米佳，脸上一红，匆匆走进屋子。

5

海斌没想到事情进展得这么顺利。公司派往东北的小分队，不仅以原有价格的三分之一解决了原料问题，而且给公司下一步发展开拓了新的战场。现在他的亏空就是将材料运回的运费了。由于时间紧急，运费几乎是原料的两倍。保险理赔还要走手续，所有集资款都用于购买原料了。运费的缺口成了整件事的关键。这时候又是李静红挺身而出，带着海斌夜闯公司大老板吴亮的酒会。

海斌不明白，怎么自己与老板的缘分，总是在酒桌上。上次是用酒换来了提前注资，这次肯定也少不了一场硬仗。吴亮正是酒浓意酣的时候，又有李静红的铺垫，海斌很容易就坐到他的身边。忽然缩短的距离，让海斌一时不知如何开口，慌乱中拿起酒杯，给吴亮敬酒。

"好啊，我就喜欢别人给我敬酒。不过，我的规矩你跟他说了吗？"

吴亮问李静红。

"你那规矩谁接得住啊。海斌，别埋他，有事儿说事儿，说完咱走。"

"那就算了。我酒还没喝够呢！"

"我敬我敬，第一次跟吴总喝酒，必须按吴总规矩来啊。来吧，倒酒，按吴总规矩来。"

"好，痛快。我就喜欢这样的。小子，你要能按我的规矩喝了这顿酒，那就是……"

"什么？"

"天上飘来五个字——啥都不是事。"

"行，来，倒酒。"

海斌豪气上涌，脱了西服外套，准备大干一场的样子。李静红不无担心地看着他，摇摇头，坐下静等。

海斌没想到吴亮的规矩是"三中全会"加"深水炸弹"。特制的啤酒杯里，分别沉入八钱白酒杯和精致的高脚杯。三种液体注入，还能颜色分明，合而不混。以海斌的酒量，别说三杯这样的奇葩组合了，那样一杯啤酒就能将他放倒。海斌知道自己这回凶多吉少了，可男子汉大丈夫，话都说出去了就不能认怂。更何况，在他看来，那已经不是三杯酒，而是三个火车皮、三个集装箱。原来真是人穷志短，一分钱难倒英雄汉。海斌笑着走过去，端起杯子，余光中，他看到李静红担心地站了起来。他将头扭向吴亮：

"老板，敬您。"随着吴亮的手势，海斌将杯子送到嘴边。

咽下第一口酒，海斌就知道自己完了。连日来，东奔西走，着急上火，根本没正经吃东西，那啤酒的苦涩中混合着烈性白酒的辛辣和红酒甜涩的味道，一入口就弄得他开始反胃。接着，火舌一样燃烧着的液体，压住他的干呕，波涛汹涌地从他的口腔直冲到胃里。第一杯下肚，海斌就已经不行了，可他还是克制着想吐的欲望，端起了第二杯。这一次就没有刚才那么难受了，舌头已经接受了那种奇特的味道，空位多时的胃也反刍一样，呼唤着更多的填充物。胃部的充盈，引来了头脑的虚幻。海斌的眼前已经模糊，耳边众人的喝彩声也越来越远。呵呵，胜利在望了。他端起第三杯，还豪迈地像众人展示。李静红担忧的眼神让他想起了米佳。他的小米佳，居然把自己弄成了保姆。不行，他得去救她，去帮她，喝了这杯酒，他就有钱了，他能按时完成订单，还能按原计划去参加国际展会。到那时，他们一家三口就能团聚了。为这个，他得喝，痛快地喝。海斌笑着把第三杯酒，灌进了肚子……

"疼、疼死了。"疼痛唤回了海斌的意识。他在救护车上痛苦扭动着，胃部的绞痛令他发出痛苦的呻吟。

"就好了，就好了，再忍忍。"一个女人的声音。海斌的记忆慢慢恢复——他按老板的规矩敬完了酒。他还跟老板调侃了女人。他向老板借钱……老板答应没有？他怎么一点都记不起来了？只记得胃突然疼起来，而且越疼越厉害，疼得他倒在了桌子底下。那个女声是谁？不可能是米佳啊，她在美国呢，会是谁呢？

海斌睁开沉重的眼皮，看到的是李静红的脸。他有些不好意思，挣扎着想坐起来。

"哎，你别乱动，马上到医院了。别动啊，小心胃穿孔。"李静红急了，叫起来。

疼痛再次来袭，海斌哪里还坐得起来，他痛苦地蜷缩着，扭动着，仍不忘自己的面子，断断续续地说："叫老王来，你走，走吧。我，我没事。"

男人总是不愿把自己软弱的一面展现出来吧。此时，海斌只想李静红赶紧离开，那样他就是疼得哀号也不会有人笑话了。是啊，上次犯病的时候，他是抓住米佳的手不放，连声哀号着才挨过胃痉挛的疼痛的。李静红快走吧，再不走，他真的忍不住了。

"啊，疼，啊……"

"哎呀，疼你就喊，就叫，喊出来就不疼了。"

女人的话都是骗人的。米佳也这么说，可那疼不还得自己忍着吗？他不能叫，不能让女人看他的笑话。海斌咬牙不再发出呻吟，并启动意识的另一边，问李静红借款的事老板最终怎么说的。

"答应了，总公司提前注资，再给你五百万。"

"真的？可，他不会不认吧？没签合同啊！"

"当着那么多人说的话，他不会不认的，你就放心吧。"

"太好了，这回，我可以走了。"

"走？你要去哪儿？"

"我要去美国，去看我的老婆孩子。"

- CHAPTER 11 -

五色万圣节

1

　　万圣节就要来了。小区里的美国人都开始用各种鬼怪布置花园、前庭。米佳实在不能接受他们这种风俗,连日来看了太多骷髅、魔鬼的摆设,弄得她晚上直做噩梦。不过,海小米终于露出了笑脸。原来,雅丽的女儿——高年级的苏珊邀请她参加他们社团组织的万圣节舞会。这是女儿到美国后第一次参加社交活动,心里别提多重视了,提前几个星期就开始为参加晚会的礼服发愁。米佳的信用卡虽然恢复了,但她一遭被蛇咬十年怕井绳,一时变得比海斌还抠门。除了必需品,杜绝一切额外花销。海小米也懂事地不再要东要西,一切听妈妈安排。米佳当然不想让孩子出丑。可她到商场转了一圈,稍微上点儿档次的礼服都价格不菲。为了一次舞会,实在不值得。后来,她在一个卖杂货的超市里找到了灵感。美国人工费昂贵,超市里备有各种 DIY 的原料,布匹、花边、纽扣,甚至松紧带,应有尽有,让人以为来到七八十年代中国的商业合作社。就是这些细碎的材料让她想到何不自己动手,将妈妈留给她的那条旗袍加上夸张、华丽的外搭，改成一件风格独特的礼服？那将是妈妈送给女儿最好的社交礼物。

海小米对妈妈的缝纫技术可没有米佳那么有信心。在跟苏珊、高鹏分享了自己的苦恼之后，她曾经产生退出舞会的念头。好在这时候老爸来微信，说老妈拒绝接受新启动的银行卡密码，让她替妈妈记着，以备不时之需。可能是太想融入美国社团了，海小米终于做了件她曾经最不齿的事——趁米佳睡觉，偷出了那张信用卡，在网上偷偷订了一件苏珊推荐的礼服。为了不暴露自己，她还征得苏珊同意，用了她家的地址。

这天，大家的心情都很好，米佳将自认为知性典雅的自制礼服交给海小米，让她参加舞会。海小米也难掩兴奋，因为昨天放学，她就在柜子里看到了那件漂亮的礼服，自己根本不用穿着老妈这件手工粗糙的中西难辨的老土裙子参加舞会。高鹏虽然不言语，也笑嘻嘻的，临出门甚至破天荒给了赵梅一个拥抱。赵梅对高鹏第一次参加社交舞会也很重视，特意让他穿上从国内带来的名牌西装。

米佳和赵梅就在这种情况下碰面了。本来经过上次的不快，两人都在刻意躲避对方。如今，时过多日，二人都有不同程度的反思，毕竟同学一场，没必要弄得那么僵。米佳更是感念赵梅在自己危难之时的帮助，主动上前示好。

"行了，你放心接着睡吧。我送他们上学后就去买菜。今天，咱们也好好过个节。想吃什么？"

赵梅刚刚接到老高已到美国出差的消息，正想让他回家团聚，被米佳一说，立即恢复了原来的状态。

"对，对，晚上老高回来，我们叫上周围的朋友，好好过个节。"

"哟，老高来啦，太好了。我得好好准备一下。"

"还有这家里……"

"放心吧，我一会儿全部打扫一遍，再买束花,热烈欢迎高总回家。"

米佳送孩子走后，赵梅就开始打电话约朋友。雅丽仍是最积极热情的，宣布要带着自己的墨西哥老公隆重出席今晚的聚会。听说赵梅想约建平，又怕被他拒绝，立即重现八卦本性。

"哎呀，让米佳约啊。他俩现在可好了。昨天，我老公还看到他们一起去 DMV 了，肯定是建平帮着米佳拿车本呢。这个你都不知道？"

赵梅当然不能承认，只说自己一时忘记了，就匆匆挂掉电话。不知为什么，一提到建平对米佳的关心，她的心里就不舒服。她不明白自己同米佳同龄，相貌也不比她差，凭什么建平对自己就一直视而不见，对米佳却呵护有加。她已经考了三次驾照了，都因为各种各样的小毛病被美国人卡下来。难怪米佳昨天一次就通过了路考，原来是有建平的暗中相助啊。她越想越难保持脸上的和颜悦色，手上也解气般地把米佳精心准备的"三莓"沙拉变成了"倒霉"果酱。

米佳采购归来，不自觉哼唱着两个孩子路上唱的歌——*Remember Me*。她真的很高兴，就在昨天，她获得来美国后的第一个胜利——在建平的帮助下，顺利取得了美国加州的驾驶执照。没到美国前，她就听说华人在美国拿驾照不容易，很多细节不知道，好多老司机都是连考几次过不了。她本来就手潮，更没勇气去考。还是那次建平帮她退租那辆对她而言一点用处没有的皮卡时，提到驾照的事，她才鼓起勇气到 DMV 报了名。也是建平为她梳理了所有考试中跟中国不一样的细节，利用上下学路上时间，带她熟悉路线，克服驾驶毛病，并在笔试后，亲自陪她到 DMV，她才顺利拿到了驾照。她很想为他做点什么表示感谢。可以她现在的处境，除了做饭，她能给人家做什么呢？回来的路上，她突发灵感，都是中国人，何不做个地道的中国菜，让大家一解思乡之苦呢？于是，她想起小时候最爱吃的茄丁酱肉包，兴冲冲赶回来，跟赵梅商量。

赵梅的脸色不知道为什么又是多云转阴，她只能收起兴奋，小心说出自己的想法。赵梅眼睛亮了一下。米佳知道她是认可了这个主意。

"好是好，你能发得好面吗？"赵梅的担心也是有道理的，她真不记得米佳有这个本事。

"没事儿，有网络呢。再说，还有建平啊，他什么都会，还会酿酒呢。"

"又是他。你真是三句话不离建平了。小心你家海斌知道误会。"

赵梅不阴不阳地扔下一句话，径自上楼了。米佳有时候真受不了老同学这样忽阴忽晴的性格。她记得上学时的赵梅不是这样的，在国内重逢后也没这么明显。难道美国真有改变人心的魔力？

2

海斌的身体经过胃穿孔手术，并没有完全恢复，但他还是回到了工作岗位。在他的主持下，原料到位、生产上马，第一批清洁能源如期交货。大家积极性极高，公司正在以前所未有的活力运转着。而他的美国之行，也在李静红的协助下，顺利成行。唯一不足的是，他没钱请翻译，只能带着会两句酒店英语的汤小兵登上了飞往洛杉矶的飞机。他计划得很周密，落地后，汤小兵先去会议组报到，自己去赵梅家接米佳母女，然后一家人开车到拉斯维加斯参加展会。展会结束后，让汤小兵先回来，他再跟她们娘俩一起住两天，买买东西，商量一下以后的事情。是啊，难道他们一家三口今后真要过这种聚少离多的日子吗？

飞机离目的地越来越近了，海斌有些莫名的紧张。此次美国之行，对他而言，于公于私，都有着重要意义。从工作层面，他知道自己的那些产品不可能在国际展会上引起什么响动。但他参展行动的意义，远远高于参展本身，敢来参展对他而言就是胜利。从家庭层面，尽管他不愿意承认，甚至跟海奶奶说的也是公多于私，但他心里明白，要保住这个家，他就应该珍惜这次机会，好好跟米佳谈一谈。从恋爱到结婚十几年，米佳也离家出走过，但他从来不追，理由是不能惯她这个毛病。这次，米佳玩儿大了。他本该生气、愤怒，可不知道为什么，他一点也气不起来。对这个倔强的老婆，他本是手拿把攥的。她的一举一动都难逃他的法眼。可这次，他不仅走眼了，更是低估了人家的能力。米佳为了生存，居然放下身段，当保姆的做法更是让他震动。大概自从知道了这个消息，他才开始反省和自责。生病期间，这种思考深入到了前所未有的位置，那种对妻女的思念也就变得无以复加。此时，就要见到她们了，他竟有些不知所措。是先夸孩子长高了，还是夸老婆漂亮了？还是应该先带她们大吃一顿，给她们找一个最好的酒店奢侈一晚？

海斌想着想着就睡着了。梦里的米佳温柔可人，绵软无骨的手，轻轻揉搓着他的胸膛。海斌拉开衣襟，想把伤口给她看，可怎么也解不开扣子。一只粗大的手忽然拍在他的肚皮上，海斌猛地坐起来。

"别做美梦了。赶紧收拾，快落地了。"

海斌起猛了，整个人都是蒙的。顺着人流，他们不知道拐了多少道弯，才终于见到一位亚裔入境官。海斌上去就用中文套近乎。人家根本听不懂，仍用流利的英语询问他们到美国的目的。海斌随口说着，开会、找老婆、见女儿，见对方没反应，又加了一个见朋友。善于察言观色的汤小兵发现对方的脸色有些凝重，赶紧跟海斌商量对策。海斌不以为意，还将人家操作电脑的动作理解为，为他们办理通关手续。

"不对，我看电视里，过关就是盖个章的事，哪儿这么麻烦，肯定出岔子了。"

果然，汤小兵话音未落，两个带着枪套的警察就缓缓走来，用手势示意海斌和汤小兵跟他们走。

海斌就这样进入传说中的小黑屋。他被滞留的理由是入境理由与报关材料不符。原来，他申请签证填写的就是赴美参加展会，只要如实重复，并提供相关参会文件即可。可他嘴没有把门的，一股脑说了那么多，当然引起入境官的怀疑。人家再调出他们申报的是带有科技性质的能源样品，随便联想即可将其当成一个让人不放心的入境者。海斌无奈，只能将他说过的所有入境理由又解释了一遍，还提供了赵梅的家庭地址，才令对方稍微放心，答应去做详细调查。海斌的情绪随着时间的流逝，一点点急躁。他将愤恨全部归结到米佳身上——在家待得好好的，非跑到美国来。这下好了，让人家查贼似的查个彻底，还不一定让进去，白白浪费飞机票。

不知过了多久，终于有人进来，交还了他的证件和随身物品，宣布他可以走了。海斌兴奋地收起东西，随口问那个警察，自己的搭档是不是已经在外边了。警察耸耸肩，不再搭话。海斌赶紧出来寻找，外边人流涌动，就是没有汤小兵的身影。海斌一下慌了，所有参赛文件、展品都在汤小兵的行李里，自己除了钱包手机，连个背包都没有。再说，两人一起出来的，还没入关就丢了一个，这也太不像话了。一时间，海斌也顾不上什么国家形象了，手作话筒，开始呼叫汤小兵的名字。他过激的举动很快招来警察。警察从他蹩脚的英语里，好不容易捕捉到汤小兵的名字，对着电台说了一通，转头告诉他结果。见海斌听不懂，只好找来一个亚裔入境官。海斌一见，正是刚才把他们弄进小黑屋的人。该人很不情愿地用台式普通话告诉他，汤小兵因为涉嫌非法入境，已经被安排遣返，让他不要再找了。

"不对啊，为什么遣返他啊？我们两个是一起的啊。"

"先生，如果您想一同被遣返，我没有意见。"

"凭什么遣返我们啊，我们又没犯法。我们是正经的……"

"先生，我实话告诉您，您报名参加的所谓展赛是非法组织，而您和您朋友携带的新能源样品也是禁止入关的。我们没罚款，多亏了您朋友，将所有事都揽在自己身上。您既然是来探亲的就赶紧走吧，别再节外生枝了。"

海斌被这个一开始装作不是中国人的家伙彻底镇住了，也从他的话中分析出，自己得以入关的真正原因。看来是汤小兵的三脚猫英语派上了用场，不但迅速搞清了局势，还将自己和他划清界限，才保住了他这次跟妻女团聚的机会。海斌无法用语言表达自己的感谢，更联系不上汤小兵，只能给孙墨苹打了一个电话，告诉她汤小兵的仗义和遭遇，让她务必到机场迎接。孙墨苹一开始还不愿意，海斌最看不惯她的强词夺理，不等她说完，就义正词严地告诉她，汤小兵这次是代表公司外出的，也是为了中国人的尊严才据理力争，惨遭遣返的。他是爱国护司的好员工，更是牺牲自己、保全他人的见义勇为好青年。

"孙老师，麻烦您摘了自己的有色眼镜，好好看看小兵，看看他身上那些你我都不具备的闪光点。"

海斌没等孙墨苹回答就挂了电话。他心里有八成的把握，孙墨苹会去机场。要是真去了，他也算为兄弟做了一件大事。收起手机，他深深吸了一口气，迈着坚定的步伐走向美利坚的土地。

3

米佳胆大心不细的毛病眼看就要惹出乱子。刚刚夸下的海口，被残酷的事实验证——揉好的面团，好几个小时不见发酵，说好的包子眼看就要改馅儿饼。赵梅显得异常紧张，数次催促她想办法。原来，包子是老高最爱吃的面食，她要让老高一进门就有回家的感觉。

"这里本来就是你们家啊。"米佳对赵梅的态度很不理解。

"哎呀，赶紧发面吧，一会儿老高就到了。"赵梅看到镜子里自己的头发有些乱，慌忙上楼，整理自己的妆容。

米佳实在无奈，只得向建平求助。建平二话没说就赶来帮忙。他先是重新调了些酵母水，揉到现有的面团里，又将烤箱调整到一定温度，将稀释柔软后的面团放进去辅助发酵。没过多久，面团就像气吹的似的发了起来。米佳高兴得跳了起来。

"别高兴太早，这么发起来的面经不住二次发酵，没有传统发酵出来的面好吃。"

"哎哟,什么好吃不好吃啊,能发起来,像个包子样就好啦。"

"真是没品位。"

米佳知道建平对生活质量要求极高,赶紧收回自己的话,还主动让他检查了自己做的包子馅儿。建平搅动两下,闻了闻,让她再放半勺盐、两滴蚝油、适量香油。米佳悉数做到,馅料看着果然光鲜了许多。米佳借机问建平怎么这么会做饭。建平的回答有些凄婉:"一个人活着,再不鼓捣鼓捣吃喝,活着就真没什么意思了。"

米佳还想问什么,赵梅一脸假笑地走过来,表面感谢建平,实际提醒米佳还没有收拾花束、准备水果、摆放碗碟。面发起来了,米佳的压力小了一大半。她马上行动起来,落实赵梅的各项吩咐。建平见她忙不过来,主动承包了包包子的重任。两人各自忙碌着,只有赵梅心神不宁地站在窗口。

夜幕降临,街上开始出现打扮各异的孩子,他们提着灯笼,走街串巷,讨糖送福。米佳也准备了一大盘糖果,有点儿兴奋地等着美国孩子的到来。

"你可别盼着他们来,一会儿有你烦的。"建平知道米佳第一次过万圣节,先给她打打预防针。

"多好玩儿啊。各家各户串着,跟咱们小时候似的。现在国内哪儿还有这样的景儿啊。一层楼住着,我都不知道邻居是干吗的,同一个电梯里遇上都不带打招呼的。你看这多好啊,认识不认识的都来转一转,图个热闹。"

门铃终于响了。米佳兴奋地冲到门口,发现自己还是晚了一步。赵梅第一时间打开了门。几个美国小孩,笑着说了句祝福的话,赵梅把糖盒端给他们。孩子们各自抓了糖果,高兴地走了。赵梅关上门,倚在门边的柱子上,神情落寞。米佳这才想起,半个下午了,除了催促自己发面,赵梅几乎是一个姿势，站在门口的柱子旁。她在等老高。

门铃果然如建平预料，响个不停。讨糖的孩子，加上来做客的朋友，家里渐渐热闹起来。赵梅的兴致却与此形成鲜明的反差，早上还透着红润的脸颊，渐渐黯淡了，眼睛里也满是疲惫、嫌弃。米佳知道，这是赵梅即将爆发的前兆，为避免尴尬，她把糖盒填满，搬个凳子，放到门口，让孩子们自取。这样门铃就不会那么频繁地响起，惹得赵梅心神不宁了。可门铃不响赵梅好像更不高兴，她不安地来回走着，最后索性完全敞开大门，自己像个看门人似的，坐在门口的沙发上。

客人到得差不多了，三五结伴各自闲聊着。建平端着杯红酒，守在灶台边，一副世外散人的样子。米佳也终于完成了赵梅的所有吩咐，站在灶台边，看着已经变得白胖胖的包子，满脸得意。

"你看着它们也熟不了。"建平看看表，"再等五分钟。"

"五分钟啊，我的处女包就要出炉啦。"米佳话已出口，马上意识到自己的用词容易引起歧义，脸立刻就红了。

"真没见过你这么爱脸红的女人。"

"你心里的话肯定还有个定语——中年妇女。对不对？"

"还挺敏感。"建平露出少有的微笑。

"哎呀，大家快看啊，咱们的'洪常青'笑啦。原来，他也会笑啊。"一个胖女人发出惊叹，众陪读妈妈纷纷附和着，聚到建平所在的灶台区，这个向他讨要配方，那个让他教自己包包子，七嘴八舌地很快将建平包围。米佳趁机退出，没话找话地跟赵梅说，这就是阴阳失衡引起的乱象。

"你是说我跟老高长时间不在一起，才这么神经质吗？"赵梅莫名其妙地急了，瞪着眼睛，质问米佳。

米佳被问愣了，暗自后悔自己没事找事。她早就猜到赵梅情绪波动的原因来自老高的迟迟不露面。可公事未完，计划有变，这都很正常啊，至于如此反应吗？再说，夫妻之间，打个电话问一下不就都清楚了？何必这么苦等，弄得自己情绪不好，别人跟着遭殃。

米佳真不知道怎么回答，只能学着美国人的样子，耸了耸肩，装作看手机，意欲离开这个是非之地。可手机上的一条短信，让她停住了脚步。

4

海小米太高兴了。她没想到美国高中的舞会这么正式，更没想到，从小就是丑小鸭的自己竟能在异国他乡的礼堂里绚丽绽放。一早上学，学校里就有了万圣节的味道。许多迫不及待的同学穿着准备参加舞会的衣服就来了，更有甚者，还配上了自己角色的妆容。小米上课走神了。这不能怪她，实在是教室里来了太多著名人物——福尔摩斯、柯南、鬼女、贞子、超人……连老师都变成了青蛙王子。老师们当然也理解大家的心情，约好了似的，暂停了新课业，用游戏和讲故事的方式，延展了课堂内容。这让小米很着急，她的听力和文化背景，造成她理解不了人家的笑料，看着大家笑得前仰后合，他们几个中国孩子显得十分尴尬。善良的班主任，也是历史老师母跳很快发现了这个问题，让海小米讲一讲中国类似的节日。小米想来想去，只想到清明节。可对清明节的表述实在不在她的字典里。还好高鹏及时补充，才让大家稍微了解了一些那个华人寄托思念的节日。母跳并未停止引导，她从万圣节、清明节又引出了墨西哥的亡灵节，并让大家讨论，几个节日的异同。一开始，海小米和高鹏和其他几个中国孩子怕自己说错了出丑，并不多言，但是美国孩子对中国清明节的解读让他们实在坐不下去，纷纷丢下羞涩，投入辩论。这是海小米到美国后说英语最多的一天，课上的讨论引来很多美国孩子的好奇。下课了，他们还在拉着海小米问东问西。海小米从清明节，讲到了北京的春天，特别是今年倒春寒来临时，那场突如其来的大雪……讲着讲着，她忽然很想家，想念北京的同学们，想念小区里伴随她长大的一草一木。

半天课程结束，大家都被集中到礼堂，准备参加仪式。按照惯例，重大活动中，信教的教师和学生被统一安排在前边，跟主教一同祈祷。少部分不信教的教师和学生则被集中在后边，手放胸口，在大家祈祷时，对着美国国旗，默唱国歌。海小米听懂了老师的解释，可她觉得作为中国人对着美国国旗行注目礼似有不妥，偷偷将这个想法传递给周围的几个人，得到大家赞许。不过，他们从小除了少先队队礼，没学过其他礼仪。仓促中，大家决定用少先队队礼配上国歌来参加这个仪式。

仪式开始，海小米等几个孩子真的做出了不同于大家的动作。低沉的国歌也在小范围内引起了关注。苏珊按照老师要求，虔诚地唱着美国国歌，见他们几个举动怪异，使劲儿用眼睛示意他们，不要生事。母跳也看到了这些。她用眼神询问海小米，小米骄傲地告诉她，他们在唱自己国家的国歌。母跳微笑点头，表示理解。得到老师认可后，海小米更为自己的提议自豪了。她好像又回到从前的学校里，回到每周一升国旗、唱国歌的固定活动中。从小学到初中，海小米记不清参加过多少次升国旗，只知道每次国歌响起，她会和大家一样列队站好，规规矩矩却没有任何感觉。可这次，不知道为什么，当他们站在一群美国人的队伍里，面对着美国国旗，举起右手，唱出自己国家的国歌时，心中竟会涌动起阵阵涟漪。

孩子就是孩子，他们年轻的心智，无法深刻诠释国家民族的概念，但他们血脉里涌动着的家国情怀早已根深蒂固，即使面对美国的星条旗，他们心里升起的也永远是祖国的五星红旗。

舞会开始了，海小米换上了那条《美女与野兽》里贝尔的黄色礼服，和穿着燕尾服、戴着野兽面具的高鹏，牵手走入礼堂。他们清新和谐的装扮立即与周围各式各样的妖魔鬼怪形成鲜明对比。几个小鬼儿模样的人立即飘忽而至。海小米有些害怕，高鹏攥紧了她的手。两人赶开干扰，继续往前走。苏珊扮的是桃金娘，踮着脚飘过来，尖声问他们，怎么这么小儿科，弄个老童话也敢来。海小米说自己就喜欢贝尔的故事，美的东西到什么时候都不会过时。美国男孩的直白赞美证明海小米是对的。她清新自然的装扮完全符合东方人的气质，令她艳压群芳，成为当晚舞会的明星。甘当绿叶的高鹏，也因护花有功，被一直不怎么看得起他的美国女孩簇拥着，扭动起腰肢，并因动作怪异成为当晚的丑星。

为了体验讨糖的乐趣，他们没等舞会结束就冲进了附近的街区，边讨糖边往回走。街区里家家户户的装扮都那么有特色，令人应接不暇：有的南瓜地里冒出几个骷髅，让人联想起植物大战僵尸；有的门上、墙上各种鬼怪随风飘忽，吓得胆小的女孩啊啊怪叫；更有甚者，用高大的玩偶配以声光电，在自家门口布置了一个迪士尼妖魔鬼怪大合集。海小米被突然冒出来的僵尸吓得怪叫着，跑出去半条街。高鹏也被花园里的半截骷髅抓住裤脚，吓得跌倒在地上。苏珊笑他们大惊小怪，自己也被迎头撞上的电动骷髅吓了个半死。他们跑着、笑着，尽情享受着视觉和感官刺激。而经过恐怖的前廊和花园，敲开一个个陌生的房门，迎接他们的都是和蔼的笑脸、五彩斑斓的糖果和深情的祝福。海小米一开始并不敢走到前边敲门，只悄悄跟在后边，等人家快关门时才迅速拿上一两颗糖果。快到家时，她终于鼓足勇气，敲开一栋高台阶的独栋别墅的大门。一个大胡子美国人，微笑着给他们每人一袋糖果、一盒文具，还问他们来自哪个国家。当听说他们来自中国的时候，兴奋地从仓库里取出自己亲手做的小型国旗，分送到他们每个人手中，并给予他们美好的祝福。

糖袋子实在太重了，他们决定打道回府。走在静谧的街巷，海小米忽然有种唱歌的冲动。大家纷纷附和，可在曲目上不能达成一致。高鹏提议，唱大家都会唱的，并率先起了调——竟是少年先锋队队歌。大家果然都会唱，纷纷加入旋律。夜色里，几个中国孩子，举着美国国旗，唱着"我们是共产主义接班人"，跑着、跳着奔回那所有着他们亲人的房子。

在孩子们尽情欢愉的时候，大人们发生了史上最大的不愉快。争执是那条短信引起的。那是个陌生号码发来的短信，只有五个字："老高不来了。"米佳是刚刚想明白赵梅所有的怪异皆来源于老高的迟迟未到后收到这条短信的。她的单纯和简单令她想都没想就直愣愣喊出了这个消息。后果可想而知。赵梅把一晚上的幽怨都发泄到她身上。

"你是不是早就知道了？"

"你成心不告诉，看我出丑是吧？"

"你就是要当着所有朋友的面告诉大家，我赵梅是个没人要的女人是吗？"

"米佳，我真没想到你这么歹毒啊，你到底安的什么心啊？"

……

赵梅连哭带闹的排比式责难，打得米佳无力招架。她想解释，想分辩，想用所有的劳动成果告诉她自己什么都没想，只是兢兢业业、忙里忙外为她准备着这场实际上属于老高的聚会。可会哭的孩子有奶吃，舆论总倾向于能说会道的人。赵梅哭倒在雅丽的怀里，众人纷纷指责米佳应该早点把这个消息告诉赵梅，省得她空欢喜一场。

"我也是刚知道啊。"米佳小声解释着。

"那你偷偷告诉她就好了，用得着那么大声吗？"

"就是啊，我们陪读的不都是希望老公来看看吗？这说来又不来了，谁心里好受啊！"

"行了行了，大家都别说了。要我说，这事儿从根上说，还是赵梅不对，人家米佳是大编辑出身，那是耍笔杆子的啊。谁让你那么指使人家做这做那啊？"

雅丽拍着赵梅的背，貌似诚恳地说教着。

"米佳，你真这么想吗？"赵梅打了鸡血一样，重新充满斗志地抬起头。

"我，我……"

"米佳，好歹咱们也是同学一场吧。当初，你说你银行卡被冻结了。我说你住到我家。你又说不能占我便宜，要以工代租，我也同意。你说所有家事你都包了，我还是二话没说。你还让我怎么样啊？"

"我当然感谢你在我最困难的时候，帮我。可我，我也很努力在工作啊。"

"你努力？就你做的饭，八个菜一个味儿，我说你了吗？你收拾浴室，头发堵了浴缸，自己弄不了，我请专业疏通队来的吧？还有这个账目，你说你数学不好算不清楚，想一个月一结，我也依你了吧？这桩桩件件，我说什么了吗？"赵梅越说越来劲，演说家一样站到大家中央，指着米佳接着说，"可我不说，并不代表我不知道。你给孩子带饭偏向自己孩子我就不说了，可你偷偷刷我的卡，给自己孩子买东西，这个咱们今天得说说吧？"

"你胡说。我给孩子带饭不一样是因为你们家高鹏不吃洋葱。至于你的什么卡，我不知道，更不会盗刷。赵梅，大家都是成年人，你要为自己说的每一句话负责。"

"我负责，这银行消费短信通知总不会有假吧？"赵梅举起手机。

"你一天到晚网上购物，凭什么就说是我刷的，你有证据吗？"

赵梅被说愣了，可转眼，她又恢复了自信，指着不远处喊着："那就是证据，我的证据来了。"

门外，孩子们回来了。人群中，高挑秀丽的海小米穿着一条黄裙子，显得更加出众。她还不知道，这条她自作主张偷偷买的礼服正在给妈妈带来奇耻大辱。她笑着扑向米佳，想把今天的新鲜事儿好好告诉妈妈。可她没注意到每天都是笑脸相迎的妈妈，此时表情木讷，两眼发出失望的光。她还沉浸在刚刚的快乐中，忽略了所有人惊异的目光，跳到米佳面前，亲昵地叫了一声："妈妈。"

　　啪的一声，所有人都愣了。海小米捂着火辣辣的脸颊，惊恐地看着妈妈。水雾瞬间弥漫了那双美丽的大眼睛。

- CHAPTER 12 -

天降守护神

1

米佳看到海小米穿着那条黄裙子出现在自己眼前的时候就陷入了绝望的深渊。那是她曾经心心念念，缠着自己要买的礼服。她觉得花那么多钱买一条小孩过家家的裙子着实不值，才断然拒绝。为了弥补对她的亏欠，她不是点灯熬油给她改了参加舞会的裙子了吗？她不满意可以说啊，怎么能为了裙子做出如此令人不齿的事？

"当着所有叔叔阿姨的面，你给我说清楚，这条裙子哪儿来的？"米佳声音颤抖着质问。

"我买的。"海小米仍捂着脸，声音带着哭音。

"你哪儿来的钱？"

"我，我刷我爸的卡。"

"你胡说，你爸的卡冻结了。你拿什么刷？"

"我没骗人，我真刷的我爸的卡。然后，怕你生气，寄到苏珊家。"

"苏珊，是这么回事吗？"米佳犀利的眼神令人不寒而栗。

"是，小米是说过，可我没收到快递啊。"

苏珊的回答令众人哗然。

"你，你没收到快递，那我这条裙子，这条裙子……"

"演，继续演，大家都看到了吧。这就是我招到家里的戏精。"

"我没有，我真没有。苏珊你不能……"

"我真没收到快递啊。我用得着撒谎吗？"

"海小米，我再问你一遍，到底是怎么回事？"

"真是我自己买的，真是我刷的爸爸的卡。妈妈你为什么就不信我呢？"

"我也想信你啊，可事实是赵梅的卡被刷了，而你买了我不让你买的衣服，你让我怎么信你啊？海小米，你知道吗？你这么做，就是偷啊，是犯罪啊，你知道吗？"

"我没有，我没有，我没有。爸爸，爸爸，快来救我啊。我没有。"

海小米歇斯底里、撕心裂肺的哭喊令所有人动容，也吓坏了能够解开谜团的人。雅丽慌慌张张从包里拿出一个快递包裹，说这是自己今天早上收到的，还没来得及拆。手快的人，三下两下撕开包装袋，一条一模一样的黄裙子，出现在大家面前。米佳颓然地坐到沙发上。

"那这条裙子是怎么来的？"

"就是啊，可这也说明不了什么啊，我的卡，明明白白写着的，裙装，三百美元，怎么解释？"

"我干的。"

众人循声望去。高鹏低着头走过来，承认他担心海小米没有礼服参加舞会，才自作主张，偷偷盗刷了赵梅的信用卡，给她买了这条她念叨过好多遍的裙子，并趁她不注意，悄悄放到了她的更衣柜里。

真相大白，米佳扑过去将哭得更厉害的海小米搂在怀里。

"宝宝，妈妈对不起你，妈妈不应该不相信你。是妈妈自己有问题，才让你受了这么大委屈。对不起，对不……"

米佳泪水夺眶而出。她的修炼，只能忍受自己的委屈，但不能忍受孩子受委屈，更何况这委屈还是她造成的。她怎么能不信任自己带出来的孩子呢？她怎么能怀疑她的可爱、单纯、善良的海宝宝呢？是生活的困境，迷乱了她的双眼，更迷乱了她的心。顷刻间，她又回到了从前的自我，那个满怀新闻理想的自我，那个勇于闯荡追求的自我，那个梦想重启人生的自我。

她一手搂着海小米，一手狠命拽下围裙。

"今天的事大家心里都有公论。我也不想再说了。"米佳清清嗓子，"我只想当着大家的面，宣布我米佳和赵梅的劳动合同从此刻开始解除。我和我的孩子，即刻搬离赵梅家。"

米佳说着，从兜里掏出下午整理好的账单："这是我经手的所有账目，还有需要缴纳的账单。现在当着人家的面，一并呈上，希望赵梅仔细查验，对自己负责更对我负责。"

雅丽见赵梅有些尴尬，忙出来打圆场。

"哎呀，都是误会，说开了就行了，何必弄得一拍两散啊？"

"对不起，雅丽，我得更正你一点。可能对你来说这件事是个误会，但对我和我的孩子来说，这件事关乎我们的尊严。我们现在是在美国的土地上，但大家不要忘了，我们是中国人，老祖宗留下的尊严、正义和原则，到哪儿都不能丢。"米佳转向赵梅，"赵梅，我再次感激你在我最难的时候向我伸出了援手。我也愿意用我的劳动，表达和抵偿我对你的感谢。所以，对你的脾气、你的过分要求，我都能忍。但是，今天这件事，触犯了我的底线，我的尊严让我不能原谅你。对不起，我只能单方面提前撕毁合同。如果你想要什么经济上的补偿，尽管提出来。明天我会来收拾东西。"

"你看看，何必弄这么僵啊？这么晚了，你们睡哪儿啊？"

"就是睡马路，我也不会再麻烦别人，更不会让我的孩子背黑锅。"米佳搂着海小米，"宝宝，能跟妈妈走吗？"

海小米坚强地抑制住抽泣，使劲儿点点头。

人群中自始至终一言未发的建平有些动容了，他的咬合肌，上下滚动了数次，终于激动地拨开人群，将手伸向米佳母女。

可他扑空了，一个黑影忽然出现，像大树一样包裹住那对可怜的母女。

2

直到坐到酒店房间的沙发上，米佳仍似在梦中，刚才的一幕无数遍在眼前闪过——

米佳搂着孩子，正要穿过所有虚伪的目光，离开那所凝结了她太多耻辱的房子。忽然，她被一个人紧紧抱住。他抱得太紧了，以至于她根本无法抬头看清对方的面容。这时，海斌浑厚的男中音出现了："老公在，怎么能让老婆、孩子睡马路？走，闺女，跟爸去住这里最好的酒店。"

米佳不记得自己是怎么离开的赵梅家，也不知道怎么来的酒店，只记得自己抓着海斌粗壮的手臂，翻看那两条曾经被她迷恋过的青筋。尽管赘肉掩盖了它们的青涩和弹性，但勃勃生机还在，那粗糙中的不羁也在。那是海斌独有的，只属于他的，也只属于她的。然后，她就抱着这条胳膊，一路不肯撒手，直到进入房间。

此时，海斌被海小米"霸占"了。孩子受了太多惊吓和委屈，紧紧抱着爸爸抽泣着睡着了。米佳四处看看，酒店豪华、陌生的陈设还是抵不过床上那两个紧密相拥的人对她的吸引。她缓缓走过去，躺在孩子的另一边，伸出一只手，搭在海斌搂着孩子的手臂上。海斌受到触碰，翻过臂弯，紧紧抓住米佳的手。温热的力量，从指尖袭来，瞬间传遍全身。米佳被融化了，身体的每一个细胞似乎都变成了液体，顺着鼻子，冲上眼睛，再也不用刻意忍受的眼泪倾泻而出。米佳先是无声流泪，继而变成轻声隐泣，接着她竟哭出了声，最后变成难以控制的哀鸣。海斌吓得坐起来，见她哭得上气不接下气，赶紧用手抚摸她的胸口。

"别，别管我，让我哭一会儿。"

"别哭了，会吵醒孩子的。"

"不行，我必须哭。我太难受了。"

"那咱们到外边哭好吧，外边哭。"

海斌拽着米佳来到套间的沙发上，本以为环境变了，她会有所收敛。谁知，没有孩子，她哭得更欢了，还边哭边念叨。

"我憋死了我啊，你让我哭一会儿，到美国我就没哭过。我忍着，我坚强，我现在，我得哭一会儿，好好哭一会儿。"

"哭，哭。没人拦着。"

面对女人的哭泣，没有 个男人能保持理智和平和。

"你看你还不耐烦了。我哭我的，碍你什么事了？我还没说你呢，你干吗拉我走啊？我还没说完呢，还没跟那些为富不仁的人说完呢。"

"你还有什么可说的啊，转身离开最潇洒。"

"我不潇洒，我寒碜，我掉价，我当保姆，可我没办法啊。我的卡给冻结了，我没钱，我还得养活孩子，我不能让孩子受委屈啊……"

米佳的哭诉越来越具体了。海斌听得心里越来越不是滋味，可他又不知道如何表达自己的心情，只能抱着纸巾盒，守在一边为米佳擦拭鼻涕眼泪。

"你别擦了，我的眼泪啊，擦也擦不完。"

"那，那不擦怎么办呢？咱，咱……"海斌忽然冲动地用自己的嘴堵住了米佳的嘴。这招果然见效，米佳愣了一下，就停止了哭泣，温柔而主动地迎合着。海斌的无意之举，瞬间变成爱的表达，丝丝寸寸、点点滴滴沁润着米佳干涸的嘴唇。两个多日未曾触碰的身体，也在重逢的喜悦里，释放出激越的火花……

米佳惊天地泣鬼神哭泣的同时，赵梅也在哭天抹泪。相比之下，她觉得自己才是最大的受害者，好心没得好报，最后人家一家三口团圆，留下自己在空房子里独自伤悲。没有人回应的哭泣，总是短暂的。赵梅哭了一会儿，就觉得累了，看看空荡荡的房子，想起刚才海斌从天而降，带走了米佳和海小米，朋友们也就借故散了。高鹏居然责备她不分青红皂白，诬陷好人，还逼着她给海小米和米佳道歉。赵梅觉得就是这个白眼儿狼，惹得自己流了这么多眼泪。要不是他，她不会这么伤心。要不是他，自作聪明隐瞒老高不来的消息，还没事儿找事儿告诉米佳，自己也不会无缘无故惹出这么多事。唉，中国人的面子一旦撕开总是不好看，难怪老人们再怎样也会维持表面的一团和气。这样一闹，她和米佳的情分算是尽了，想想真是不值。赵梅有些后悔自己的所作所为，可惜一切于事无补。她觉得有点儿饿了，起身下楼寻找食物。楼下的异响令她毛骨悚然，随手抄了根高尔夫球杆，悄悄下楼。

楼下厨房，建平还在收拾。工作已近尾声，一切因聚会产生的凌乱已经消除。他正用干净的抹布擦拭洗碗机里的碗盘。对于他的存在，赵梅有些奇怪，她收起球杆，重新换上惯有的面孔。

"你怎么还没走？"

"哦，没事吧你？"

"我很好。"

"那就好。剩的食物在冰箱里，你要饿了，自己热热吃。我走了。"建平摘下围裙，叠好，放在灶台上。

"你，能陪我吃一点吗？"

见他迟疑，赵梅赶紧说："算了，反正我也不饿。"

建平并不多言，只是转变了方向，打开冰箱门，拿出几个包子，放到微波炉饭盒里，用微波炉加热。

微波炉的隆隆声响中，赵梅用低得自己都听不到的声音，轻声问："你不是对米佳好吗？为什么又要对我好？"

建平似是没听见，忙着给她摆上碗筷，倒上醋，甚至细心地开始剥蒜。

"我问你话呢！"

"你问我话，我可以回答，也可以不回答。"

赵梅终被噎得低下头。建平拿出包子，放在她面前。

"米佳说这种馅儿是你们小时候最爱吃的。可惜，她没吃上。你自己慢慢吃吧。"

建平走了。赵梅看着面前白白胖胖的包子几乎变成米佳秀丽的脸。她使劲儿推开饭盒，扭过头去，赌气不看也不吃。没过多大一会儿，她就被包子散发出的阵阵香气吸引了，接着，肚子也配合地唱起了空城计。赵梅下意识咽了咽口水，还是拿起了筷子。

3

时差导致海斌很早就睁开眼睛。他居然一个人睡在外间的沙发上。昨夜的酣畅亲密最终以米佳的拂袖而去告终。他不明白米佳的思维到底属于哪个波段，自己承认想她，也想她的身体到底有什么错？古人有云，食色，性也。她凭什么因为自己的诚实就将她自己定义为男人的泄欲工具？真是不自量力。她就不想想，那种工具岂是一般人能做得了的？

海斌想得心烦，翻身起床，坐在黑暗里发呆。几个月来发生的一切，过电影似的重现在眼前。他忽然有些迷失——自己怎么就不顾一切闯到这个陌生的国度？如今看来，什么参加会展，展示公司形象，那都是给自己找的冠冕堂皇的理由。找到妻女，才是他心底最大的愿望。否则，以他的智商和敏锐，绝不会看不出这场跨国展会的问题，也就不会造成汤小兵被遣返的可悲结局。他没想到汤小兵关键时刻这么仗义，居然牺牲自己成全他们的全家团聚。看来，他是早就看穿了他们此行的最终目的。想到汤小兵被最后带走前，高喊的那句"别忘了你来干吗"，海斌不由得笑了——弄得跟董存瑞炸碉堡前的嘱托似的。不过，后人不能辜负革命先烈，他也不能辜负了汤小兵的自我牺牲，一定好好珍惜全家团聚的机会。理清思路，海斌算了算时间，觉得可怜的汤小兵应该到家了，赶紧给他发微信、问平安。

此时，汤小兵刚刚从狭窄的机尾结束自己的遣返旅程，一身狼狈地拖着两大箱子展品，晃晃悠悠走向出港口。他心里最清楚，自己成全海斌也是出于私心。本就不想出国的他，之所以跟着海斌跑这一趟，也是想在孙墨苹那里践行一下距离产生美的原理。谁知，没入关就让美国人荷枪实弹地关进了小黑屋。这下好了，他瞬间调动所有关于美国枪击案、恐袭案的报道记忆，强烈的心理暗示中，他明确了一个目标——保命回家。所以，他一股脑坦白了他和海斌的关系，还强调了海斌要找老婆孩子，他也要回家看自己的家人。他已经不好意思再称孙墨苹是自己的老婆了。他觉得她早已变成了自己的家人，而且永远是。他也不知道那个糊涂翻译怎么弄的，最后就成了现在这个样子。不过也好，省得自己再订飞机票。只是，待遇着实不好。他饿了十几个小时，水都没喝，整个人的状态很糟糕。领了行李，他开始担心，自己能不能撑到回家。可家，家在哪儿呢？就在汤小兵满怀妻离子散的悲凉，走向出口的时候，他居然看到了孙墨苹。他不太相信自己的眼睛，使劲揉了揉才确定，不远处那个一身素衣的女人，正是自己孩子的妈孙墨苹。他再也抑制不住狂跳的心，一路小跑着，奔向孙墨苹。

其实，孙墨苹来机场完全是碍于老王的面子。本来那天被米佳无端奚落后，她就下定决心不再管这两个人的事。所以，海斌半恐吓、半正式的请求根本没对她产生任何作用。偏偏昨天，二姨召唤她去餐吧拿给汤圆做的酱肘子，正遇上老王在那里唉声叹气，发愁自己不会开车，没法去接保全海斌的英雄。二姨不知就里，问都没问就安排孙墨苹到机场接机。孙墨苹无奈，只得跟着老王一早到这里等候。汤小兵的模样着实吓了她一跳。几天不见，脸小了一圈，头发胡子也是恣意生长得满脸满头都是，像极了非洲难民。汤小兵显然也看到了她，伸着黑乎乎的爪子一样的手，向她奔来。

孙墨苹下意识后退一步，汤小兵一下没收住，径直扑在地上，半天没有动静。

……

海斌终于联系上汤小兵的时候，他正佯装虚弱地躺在孙墨苹怀里，赶往医院。

"终于活着回来了。"尽管他的声音还有些有气无力，但是海斌还是能听出隐藏在他心底的阵阵坏笑。

汤小兵并无大碍，只是长期飞行引发了低血糖。也正因为如此，他才获得了这个重回孙墨苹怀抱的机会。他可不能轻易浪费这来之不易的机会，继续闭着眼睛装虚弱。

孙墨苹很久没有仔细看过汤小兵了，禁不住偷看。只见他眉头微蹙，宽宽的额头上，冒着细密的汗珠，深陷的眼窝周围一圈乌青，衬得鼻梁更加高挺秀丽。岁月就是这样不公平，永远不愿在男人的脸上留下印记。快二十年了，汤小兵依然保持着原来的清隽和英俊。孙墨苹曾经多么迷恋这张脸啊。为了能拥他入怀，她不惜跟古板的父母断绝关系，直到有了孩子才恢复正常。她也从没想过这张脸不再属于自己，所以才会对他颐指气使，吆五喝六。具体从什么时候开始，她厌倦了这张脸？她也说不清，只知道自己内心深处多么羡慕米佳、羡慕赵梅有个有钱的老公，能让孩子接受最好的教育。是周围环境影响了她的判断吗？她不知道。她只知道，时至今日她依然喜爱、迷恋着这张脸，只是自己不愿承认罢了。

汤小兵呼吸平稳，孙墨苹以为他睡着了，抬起手，轻轻拭去他额头的汗珠，又禁不住，轻轻抚了抚那两道剑眉。接着，鼻梁、脸颊……她的手停在汤小兵的嘴唇上，就那么半悬着，久久不敢落下去。

汤小兵实在忍不了这番挑逗，张嘴咬住了孙墨苹的手。

结局可想而知。

汤小兵的阶段性胜利感染了海斌。他蹑手蹑脚来到卧室，轻轻躺在海小米身边，一只手搭在她的身上，另一只手支着脑袋，仔细端详数月未见的娘俩。两人都不同程度瘦了，尤其是米佳，本就单薄的肩膀几乎瘦成一片，锁骨深陷在肩窝里，映衬得她的头颅更饱满。海斌依然搞不懂这个小脑袋里到底藏着些什么。记得去年那个额头还光亮地反射着充满胶原蛋白的光，怎么今年就变得黯淡而布满细纹呢？他下意识伸出手，触碰那个宽宽的、白皙的额头。米佳被弄醒了，睁着红肿的眼睛，猛地坐起来，惊恐地、不认识似的看着海斌。

"是我，你老公。"

米佳慢慢缓过神来，颓然地倒在枕头上，喃喃自语："老公来了，真的来了。"

转头又发出低沉的鼾声。海斌轻轻摇头，重新给娘俩盖好被子。他从没告诉过米佳自己喜欢她哪里，他觉得她应该知道——就是她这种无论走到哪儿、长到多大年纪都不会变味的单纯。当年二姨带着他第一次见到米佳，他就被这个姑娘的纯净、透明吸引了，当时就告诉自己，不找了，就是她了。所以，不管二人怎么闹，米佳怎么折腾，他从没想过离开她，更没觉得他们能分开。这一回，他们分别的时间太长了。他不得不承认，他是真的有点儿怕了。

4

　　海小米挽着父母的手走进校园，还专门向"匹诺曹爷爷"介绍了海斌。"匹诺曹爷爷"，学着中国老和尚双手合十的样子，跟海斌打招呼。海斌第一次跟本土美国人打交道，有些不好意思。米佳告诉他，这个老头的微笑曾是她每天获取力量的源泉。

　　孩子上学了，米佳像忽然断电的洋娃娃，立即就没了精神。海斌强拉着她来到房屋中介。胖胖的美国女孩，听了他们的需求，居然将他们带到了赵梅家的街区。一所不大的康斗，就坐落在赵梅和建平家的对面。米佳执意反对，理由是自己和孩子住这么大房子会害怕。海斌没等细看房子，就决定租下，其中不无赌气的成分。米佳的无力和困倦是难以抑制的，似乎几个月来的疲惫都集中到身体里。她半睡半醒地跟着海斌，听由他拍板拿下了房子，来不及想象继续住在那个街区的情境，就闷头睡去。她彻底放松的睡姿和不管不顾的昏迷，终于令海斌对孙墨苹说的，一个女人带着孩子闯荡国外的情景有了认识。强烈的不安中，她大概睡觉都会睁着一只眼睛。为了不让孩子有任何压力，她必是一个人扛起了所有的艰难险阻。海斌听人说过，要强的女人命苦。他实在不明白，明明可以享受小女人生活的米佳，为什么要跟自己较劲。不过，回想结婚以来，米佳从来不会在经济上依赖他。她对自己事业的要求也是阶段性递进着。她曾那么热爱着那份事业，最终竟玩笑般轻易放手。其原因是无奈还是失望？海斌至今不得而知。一阵愧疚油然而生，是他的忽视让米佳远离了他。他多想米佳还像从前那样，追着自己说个不停，有点儿烦恼就打电话跟自己喋喋不休。可她不会了，他知道，他的小米佳长大了。

　　米佳终于在海小米放学前醒了。彻底放松后的睡眠，令她的精神涣散，很难集中。她不得不借助海斌，才能站起身。然后，她靠在海斌坚实的背上喘息一会儿，彻底恢复了行走的能力。海斌知道，米佳不是在撒娇。她是个不会撒娇的女人，她是真累得起不来了，才会这样。

米佳执意节省开支，退掉酒店，一家人直接入住新家。问题接踵而来，美国的房子是没有家具灯具的。偌大的房间，只有客厅和厨房两束光源。虽然家徒四壁，但米佳仍然忙得不亦乐乎。她要尽量让全家人在美国的第一顿团圆饭丰富隆重。烤鸡、沙拉、半成品比萨……原料有限，米佳变不出太多花样，也没有各式各样的盘碗杯碟提高用餐品位。她只能将有限的食物放到一次性包装里，配上从公用区拿回来的一次性刀叉，就算准备停当了。海小米夸张的叫声，传递着孩子的快乐和放松。毕竟这里已是她暂时的家，再不用寄人篱下忍受赵梅的脾气。米佳使劲儿拽下一只鸡腿，递给女儿，想用这种方式表达自己的歉意。

"老妈，您用不着为过去的事儿难受，所有的经历都是你的财富。"

"哟，这么老气横秋的话，谁告诉你的？"海斌已暗暗感到孩子的变化，只是没想到，她小小年纪能说出这样的话。

"我看公众号看的。爸爸，你知道吗？以前我最不爱看书了，现在，每天不看点儿书，我就觉得特别不自在。"

"好啊，加大阅读量，你的英文水平会大大提高。"

"不好意思，我现在对中文书籍更感兴趣。"

海斌正想教育海小米，见米佳对他使眼色，只得作罢，听孩子自顾自说着学习生活。

"对了，爸爸，你知道我现在是数学学霸吗？有时候讲完课，同学们没反应，老师就让我给大家再讲一遍。老爸啊，你知道我那个英语口语吧——简直了……"海小米自顾自喋喋不休地说着。米佳和海斌享受地听着。他们不记得自己可爱的孩子有多久没这么说话了，也不想去追究过去的艰难和困苦，只想这么静静地享受当下最简单的快乐——那就是孩子的快乐。

夜晚，三人选择躺在客厅的地毯上，那里能看到星星。海小米仍抱着海斌，缠着爸爸给她讲星星的故事，还说她长这么大从没看到过这么多星星。海斌没有告诉她，自己小时候，家乡的天空也是这样星罗棋布的。只告诉她，星星的故事藏在每个人心里，讲出来就没意思了。

米佳隐隐感到海斌的变化，不由得结束自己的望天遐想，目光专注地看着海斌。海斌这时也在看着她，用眼神传递着交流的愿望。

孩子睡着了。二人不约而同走向卧室，盘腿坐在月光照射下的地毯上。

"人们都说没睡过地板，就不算来过美国。"米佳看着窗外的月亮幽幽地说。

"刚来时你们睡哪儿？"海斌终于有机会问问她们几个月来的经历了。

"我们睡车里。"米佳想起那次自己引起的轩然大波，不由得添油加醋地给海斌讲了当时的情景。

"你，你们……还笑，多危险啊。"

"是啊，当时我就想，我再怎样都行，绝对不能让孩子受伤害。否则，我就太对不起海斌了。"

"什么叫对不起我啊？少拿我说事。你是对不起自己。"

海斌的调门不自觉有点高，赶紧纠正："我意思是，你有个三长两短的，孩子怎么办？"

"我真是个封建女人，出国以后才知道，遇到什么都会想到你。"

"那就对了。不想我想谁？"

海斌怕米佳误会，又解释道："人遇到困难的时候，第一时间想到的才是最亲近的人。"

"我还特佩服你，算那么多账从来不乱。我到现在都算不清赵梅家那几笔账单。"

"你就是傻。啊，不对，你是对数学不敏感。"

"海斌，你没事儿吧？跟谁学的这么说话？"米佳终于忍不住了，"我怎么觉得你现在特虚伪啊。"

"哎呀，累死我了。你以为我愿意这样说话啊。是汤小兵说的，说我不了解女人的思维模式，让我学习用女人的思维思考和说话。"

"汤小兵？你们俩怎么混一块儿去了？"

海斌只好给米佳讲了这些天，他和汤小兵"狼狈为奸"的事。米佳这才知道，那些引起自己内心小波澜的图片都是汤小兵的花招，大呼上当，一定要对他进行电话声讨。海斌一把抱住了冲动的米佳。

"别，千万别，人家没准正在享受破镜重圆的幸福呢。再说，没有汤小兵在一边搅和，我可能，可能到现在都不知道你为什么会带孩子一走就是这么远。"

"那你现在知道了？"

米佳的眼睛里充满渴望。事实上，对于自己漂洋过海的原因，她自己都不太清楚，尤其是，她被生存的危机驱赶着，一点点迷失的时候，她真不知道自己大费周章的目的和意义。所以，她渴求一份答案，哪怕这份答案来源于别人。

"你是在赌气。"

海斌的答案，不是米佳想要的。但她没有表示异议，谁让她自己也不知道呢。

5

海斌一家趋于平静的好运并没有影响到汤小兵。自从装病被识破，孙墨苹拂袖而去后，他的生活就又回到了原点。每天给海奶奶弄点儿吃喝，收拾一下房间，他有大把的时间用于思考。都说当局者迷，旁观者清。对海斌的问题，他可以分析得头头是道，并能灵感不断。对自己的事，他就只剩下一筹莫展了。

救护车上的实验证明，孙墨苹对他还是有感情的。可她为什么就不接受自己的道歉呢？能做的他都做了，孙墨苹为什么就是不为所动呢？罪犯还能按犯罪情节量刑呢，凭什么他就被她一下了判了死刑，连个复议的机会都没有。汤小兵本来信心满满的心态备受挫折，尤其是上午看到海斌给米佳新买的车和新租的房子的照片，他焦虑到了极点。徒弟都破镜重圆了，自己还是毫无进展。这时，手机上出现汤圆的密报——孙墨苹又去健身房了。他赶紧看了看日历，又是周四。这种有规律的不正常活动，正在传递着明确的信号——孙墨苹在努力开始新生活。

"阻止她，必须阻止她。"汤小兵早就做好准备，麻利地换了一身紧身衣，头上系着绑带，急匆匆赶往健身房。

孙墨苹正在私教的帮助下练习哑铃。小伙子面容清秀，态度温和，一口一个姐叫着，孙墨苹十分受用，练得也格外认真，根本没注意对面的器械上，汤小兵装模作样做着动作。

"哎，姐，慢点儿，不是这样用力，要大腿内侧使劲儿，这样才能不伤膝盖。"

"这样？是这样吗？"孙墨苹叉腿做着哑铃蹲起，努力调动着自己的腿内肌肉。

"不对，不对，这里，这……"

小教练怕她用蛮力受伤，禁不住伸手摸到她的腿上，让她体会肌肉调动的力量。这下，汤小兵看不下去了。

"干吗呢？往哪儿摸呢？"

小教练被问愣了。

"大哥，我们这儿锻炼呢，您几个意思？"

"我就一个意思，你要流氓。"

"大哥，不懂您就别瞎说啊，冒犯了女士不好。"

"汤小兵，你要干什么？"孙墨苹脸上挂不住了。

"这你还看不出来？我在保护你啊。"

"谢谢，不用。教练，别理他，咱们继续。"

"等等，你凭什么就说自己是教练啊？你会什么啊？要不要跟我比试比试，你赢了我才放心把这位女士交给你。"

"汤小兵，你不要太过分啊。"

汤小兵耸耸肩，并不理睬孙墨苹的抗议。他今天就是下定决心来踢馆的。他要凭借自己令所有中年油腻男羡慕的匀称身材和多活几十年的阅历、睿智，大战健身房小鲜肉。

"大叔，您当真啊。"小教练早就看出二人关系不一般，故意示弱。

"当然。我这么大岁数，骗你小孩不成？"

海斌故意活动着腿脚，做出几个散打动作。

"那您等下啊。"

小教练似乎很无奈，极不情愿地脱下了外衣。围观的众人，齐声唏嘘。汤小兵在镜子里看到一个标准的倒三角，赶紧回头找真身。脱去外衣的小教练变了一个人似的，叉腰走到海斌面前。鼓囊囊的胸大肌，随着他的运动，有序颤动着，并发出诱人的光。

"大叔，咱是这儿练啊，还是外边？"

"外……这儿练啊，外边哪儿有这么多器材。"汤小兵头脑灵活，自知打架必然吃亏，主动选择了人多的地方。

"好嘞。"小教练应着，随手抓起一个五十公斤的杠铃，轻松举过头顶。

汤小兵举着手腕，凑过去："不错啊，来来我给你记着表。啊，对，坚持，坚持住。"

"无聊。"孙墨苹早就识破汤小兵绣花枕头的伎俩，无意跟他在这里丢人，径自离开。

"嘿，说走就走啊，别啊，我还有事儿说呢……"汤小兵借机逃离，才不管身后的哄笑。

按说，汤小兵这样死缠烂打的功夫，对女人最有效。只可惜，他几十年如一日，千篇一律，早让孙墨苹形成了抗药性。在这个问题上，他又缺乏具体问题具体分析的思辨性，见到海斌追妻成功，求胜心切，终是闹出这出闹剧。

- CHAPTER 13 -

没有比较就没有伤害

1

在汤小兵败下阵来的时候，地球另一边，也在上演一场肌肉秀。早起的海斌在花园里看到不远处建平正赤裸着上身健身。发达的胸肌下，八块腹肌组成了性感的人鱼线。咫尺距离造成的莫名危机中，海斌心里盘算，在这个羊多狼少的地方，必须让狼知道牧羊犬的存在。他冲动地脱掉外衣，低头发现背心下自己鼓囊囊、软塌塌的一块腹肌。他绝不能用自己的短板跟人家硬碰硬。经过短暂思索，海斌穿上米佳白色的浴袍，站到花园中央，煞有介事地练起了太极拳。这个他唯一参加过的体育运动得益于上大学时的集体操，只可惜年头久远，他能记住的招式没剩下几个。海斌装模作样舞动了一番，发现建平不见了，不由得得意。谁知，胜利的笑容还没有收敛，就看到建平拿着拳击手套，对着树下悬挂的沙袋，练起了自由搏击。稳准狠的一招一式，打得海斌心惊肉跳，只想起一句老话——"要文斗不要武斗"。

"大清早的，你穿着我的浴袍做什么？"米佳穿着睡衣，慵懒地走进花园。海斌条件反射般将浴袍披到她身上。看到不远处的建平，米佳有些不好意思，迅速用手理理头发，大方打招呼。

"这么早？"

建平喘着气，挥挥拳，算是回应。

"你们认识？"

"啊，对了。这是建平，刚来的时候多亏他帮忙。"米佳赶紧介绍，"建平，这是我先生。"

建平又挥了挥拳套。海斌微微点头，上下打量着这个将跟自己的妻子相隔咫尺的人——四十岁上下的年纪，外形就不用说了，五官也是白皙清秀型的。关键是那个气质，比仙风道骨真实，更比桀骜不驯有亲和力，他一时想不出用什么来形容，只敏感地认为，那是米佳的菜。

忙碌的早晨过后，海斌和米佳马不停蹄开始采买，重新置办一个家谈何容易。大到家具，小到刀叉，他们都要重新购置。米佳再不想宝贝女儿睡在地上，更恨不能马上让那个洞穴一样的房子产生家的气息。她否决了海斌要到大的家具店买家具的想法，将目标定位在宜家家居。

"那都是留学生用的。咱们不能用，太掉价。"

"经济实惠有什么掉价的？"

"再怎么也不能比赵梅他们家差吧？"

"真狭隘。"昨天米佳睡足了觉，还魂归来就觉得海斌将房子租在赵梅家旁边很是不妥。现在看来，他果然存着攀比之心。他怎么就不明白，物质都是身外之物，一家人和和美美在一起才是最令人羡慕的。更何况，鞋穿在自己脚上，舒不舒服只有自己知道，关别人何事？

海斌见米佳不再说话，知道她又在赌气，心想自己又花钱又出力地想让她们过得比别人好，她还不领情，自然也是一肚子不高兴。

翻山越岭地来到最近的宜家，二人又为买什么发生了争执。米佳觉得够用即可。海斌认为家就要有家的样子，一定让她们过得舒适。最终二人妥协，不是因为观点统一，而是他们的车装不下，海斌又不想花费比家具贵上好几倍的搬运费。

走在返回的路上，两人的心情都恢复到最佳，还不约而同想起了十几年前筹备结婚时的事。那时候他们都没什么钱，安家置业都算计到极致，海斌砍价的本事也是那时候练出来的。

"你还记得吗？为买那个沙发，你把那姑娘都快砍哭了。"

"谁让她不实在的，这做人就得厚道。"

"这美国是不是也能砍价啊？"

"必须能啊！"

"那你赶紧教育你闺女把英语学好了，有你的遗传，她肯定也有砍价的天赋。"

"瞧你那点儿追求，我闺女将来，那是哈佛耶鲁的料，还用得着砍价？"

"我怎么觉得你跟汤小兵没学到别的，这吹牛的本事见长啊！"

"什么叫吹牛啊，这是远大的志向。"

"还有这强词夺理，真是近朱者赤近墨者黑。孙墨苹为了孩子的成长不惜离婚，远离他。你也少跟他来往啊。"

"你们女人就是忘恩负义。远的不说，就说这次要是没有人家汤小兵，你见得到我吗？"

"见不到就见不到！我又没求你来。"

夫妻间的不快总是在不经意间到来。前一秒还融洽的氛围，往往因为一句话、一个词就落入冰点。两人共同沮丧着，当然原因不同。海斌抱怨米佳无理取闹，得寸进尺。米佳嫌弃海斌遇人不淑，不思进取。好在陌生的环境和别离之殇还在。他们都在不同程度、小心克制着。

车到 Costco，米佳率先抛出橄榄枝，要去排队给海斌买她在美国吃到的最好吃也是最物美价廉的汉堡。海斌则借机到厕所，反思自省。刚才他是怎么了？说好了珍惜这来之不易的团聚的，怎么又抬杠了呢？他洗了脸，还对镜重温了汤小兵的台词："老婆说得太对了，我怎么没想到呢，就按老婆说的办……"这是汤小兵在对他进行普及性教学时着重强调的一句话。海斌当时就觉得太肉麻，自己根本说不出口，从没招耳朵听，谁想这时候莫名蹦了出来。默念了两遍，他觉得那些词实在不属于自己的语言体系，几番思索之后，化繁就简成两个字——随便。

2

此后的购物中，海斌推着大推车，瞪着一双无辜的眼睛，嘴里含着自己总结提炼出的"金词"，一路安稳地随着米佳的脚步。女人对家的建设具有本能的兴趣。几个月来，米佳受够了寄人篱下的滋味。如今海斌从天而降，豪迈地给她一个家，她怎么能不珍视？可她又纠结于租来的房子和未卜的前路，在挑选物品时一度陷入两难——既要营造家的温馨，让孩子有归属感和安全感，又要想着今后脱身撤离的牵挂和耗费的成本。这是一道多么难解的选择题啊，她多么希望得到丈夫的建设性意见和毫不犹豫的拍板啊。就像那房子，要不是海斌赌气似的租下来，她才舍不得租那么大的，本来就两个人，哪有必要占据那么大的空间。可谁让海斌租了呢？她只能尽自己所能，让那个房子更像一个家，而且必须尽快做到。毕竟海斌不可能在国外久留，她要让他好好享受一下大洋彼岸，这个属于他们自己的家。哪知车上短暂的抬杠和无声对抗后，海斌就变成目前的呆傻、白痴状。对此，米佳的理解是——他又烦了，像原来在国内时一样。男人的耐心永远是短暂的，不管他们身处何方。更何况，中国现在的物质生活一点不比美国差，这里琳琅满目的货品早已引不起中国男人的兴趣。

米佳反思自己的强人所难后，正要迅速结束购物，余光却瞥到一张尴尬的脸。那不是一直陪伴在赵梅身边的雅丽吗？她怎么买那么多东西？两辆购物车塞得满满的不说，还都是一样的货品。粗看过去，光是儿童维生素就不止十瓶，那款国内小姑娘喜欢的"大粉水"更是拿了满满一箱。米佳脑中立即闪过一个词——代购，并明白了雅丽表情尴尬的原因。

雅丽见没地方躲，索性换了副面孔迎过来。

"你们也来逛街啊。真是的，国内朋友事儿太多，要东要西的，你看我，一个人买这么多。"

"你这是代购吧？早听说这边代购生意很火，原来真是这样。光这个大粉水，一瓶就比国内便宜一百多呢。"没有比米佳会聊天的了，好在她的真诚掩盖了直率。

"就是啊，今天是巧了，刚上货，要不然抢都抢不到的。还有这维生素啊……"

米佳的答话令雅丽立即产生他乡遇故知的亲近感，瞬间开始滔滔不绝起来。说者有意，听者有心，米佳真的认真起来。

"可是运费也不便宜，摊到成本里，哪里还有价格优势啊？"

"这个你放心，咱们这儿的华人代购已经成规模了，包装、快递、包税一条龙服务啊。"

"真的，那还真是我们这些陪读妈妈的生财之道呢。"

"打住，什么包税，那就是偷税漏税。小心被抓到弄个血本无归。"两个女人愉快的谈话就这样被一个男人粗暴地打断了，"既然陪读就老老实实陪着，少整那些歪门邪道，弄得跟没男人管似的，走，回家。"

海斌的无意之言，直戳雅丽的痛处。当初海外征婚成功，远嫁美国，虽解决了她的身份，但她的墨西哥老公弗兰克是靠劳力吃饭的普通美国人，没有存款不说，连房子都没有，一家老小至今还住在租来的公寓里。这些雅丽尚能忍受，最不能忍的是，弗兰克对女儿苏珊的小气。十几岁的大姑娘了，哪个不追求时髦、漂亮，更何况苏珊还有那么多国内的朋友，哪个不是巴巴地用嫉妒多于羡慕的目光注视着她的朋友圈？雅丽不能让女儿没面子，更不愿让人知道，她费尽九牛二虎之力，嫁的是个美国的底层社会成员。所以，她要尽量保持光鲜的外表，更要结交赵梅这样的国内新贵来抬高自己的身价。她要打扮、要社交，靠弗兰克给的那点儿生活费自然不行，她又丢不下面子，到中餐馆去收银、端盘子，代购就成了她增加收入的唯一途径。只是在赵梅那个交际圈里，她还没有完全暴露。她还带着女儿，以最优雅、富贵的状态，穿梭于各个别墅间，让她体会有钱人的生活，增加奋斗的动力。所以，刚看到米佳时，她才有一丝尴尬和慌乱。好在，米佳的坦诚瞬间消解了这种难堪，竟没想到，这个刚从国内来的土老帽男人，讲起话来这么不留情面。

"这位先生好底气啊，说得好像自己能在这里创业似的。"雅丽哪儿是善罢甘休的人，伸手摘掉米佳肩膀上的头发，笑着说，"米佳好福气啊，快别让你老公回国了，省得剩下你一个人，没了生活来源，还得给人家当保姆。"

"你——"海斌被雅丽软绵的吴侬软语噎得卡了壳儿。

"当保姆怎么了？大家凭本事吃饭，没有什么丢人的啊。"米佳看不懂这里边的争斗，说得大义凛然，弄得雅丽顿觉无趣，借口排队结账，匆匆离去。

"你看你，让人家笑话。"

"我一不偷二不抢，让人笑话什么了？再说了，别人爱说什么说什么，你管那么多做什么。"

"你是没什么，让人家知道了笑话我，说我大男人养活不起女人，让老婆当保姆。我……"

"海斌，我有手有脚，干吗靠你养活？你觉得我辞职就要靠你养活了吗？那你真是大错特错了。我给你算笔账，按现在的市价，如果你闺女靠寄宿家庭上美高，每年的住宿费加管理费少说要十五万人民币，而且还要承担被人欺凌、疏于管理等各种可能。我在她身边，有百利而无一害。我可以……"

米佳滔滔不绝，娓娓道来，把账目一笔笔摆在海斌面前，中心意思只有一个——自己抛家舍业跟着孩子来求学，也是在为家庭做贡献，即使从雇佣角度来说，她也对得起那十五万寄宿费。海斌被她说得目瞪口呆，并不是因为她的理论，而是她在数学方面的进步。他想不到自己糊里糊涂的老婆，居然也会算账了，而且算得这么清楚。看来，逆境真是锻炼人啊，没了谁地球都会照转。生存的本能会最大化提升人的潜能，米佳肯定是被逼得一分钱掰成两半花之后，才在短时间爆发了数学天赋。海斌禁不住笑了，笑了之后又有些难过，是一个男人看到女人受了委屈之后的心酸和自责。他想自己应该说点儿什么，既能表达这种心情，又不至于让他大男子主义的形象受到抹杀。于是，鬼使神差般，一句简短而有力的话冲口而出。

"都是你自找的。"

米佳眨眨眼，愣了两秒钟，再没说什么，推着购物车，快步走向结账的队伍，剩下海斌在原地挠头跺脚。

3

家庭建设的忙碌总能冲淡一切不快。回到家，海斌和米佳不得不共同面对那堆积木一样的宜家家具。海斌说从小家里穷没玩儿过积木，更不会看图纸。米佳抱定要让孩子和海斌睡上床的决心，主动承担组装家具的重任，让海斌去建平家借除草机，为他们荒原一样的后院平整出一块可以立足之地。海斌有些不情愿地去了，并在没弄清操作细节的情况下，扛回了那个他在国内见都没见过的东西。随着机器启动的声音，一声惨叫传来。米佳循声望去，看到的是海斌血流如注的手指……清洁包扎之后，海斌举着受伤的手指，看着米佳自责着接替了自己的工作。

"都怪我,忘了这东西有多厉害。你笨手笨脚的,不出事才怪,好在你反应快⋯⋯"

米佳无师自通、轻车熟路的动作令海斌新奇不已,刚要询问,忽然想起,米佳肯定在赵梅家没少做这种事。她那么瘦小的身躯是怎么搬动那个大家伙的啊,还有那成堆的垃圾⋯⋯海斌心里又涌上一阵心疼。

"你啊,这是何苦呢?"海斌没想到心声再一次以自己的方式冒出来。

"我愿意。"米佳白了他一眼,用除草机的轰鸣声鄙视这种自己不干,还说风凉话的男人。

海斌自讨没趣,只能主动请缨去接孩子,又因轻信记忆,迷失在一片相似的街区里,害得米佳求助建平先接了孩子,再去找他。屡战屡败,海斌自觉颜面扫地,开始挑美国的毛病。

"美国也太落后了,连个组装家具的都没有。"

"你看这厨房设施,咱们八十年代就不用这种瓷砖了吧?"

"还有这老冰箱,看着比我都老。"

米佳没有反驳,因为这也是她刚来美国时想说的。只是,随着时间流逝,她发现在这种所谓落后和不方便中,蕴含着一种她童年才有的东西———份平淡、舒缓,甚至慵懒的生活节奏,让人不由自主陷入其中,品味生活的本真。那不是匆匆而过的游客能体会的,所以她不准备反驳海斌,只闷头研究图纸。一个滑竿难住了她,眼看着已经成型的床架子无法支撑沉重的床垫。

"你去叫建平吧,这玩意儿我实在搞不定。"

话一出口,米佳就知道错了。眼见海斌脸色由晴转阴,夸张地拿起图纸,将她拉到一边。

"就知道求人,欠那么多人情不要还啊?"

"要不,咱们请建平吃个饭吧,你不知道,刚来的时候,人家多帮我们，要不是他……"

"螺丝刀，你这个螺丝安错了。真是笨。"

米佳见海斌解决了难题，笑逐颜开地递上工具。

"咱们也不到外边吃，我就做几个家常菜，主要是表示个心意。"

"随便。"

得到丈夫允许的米佳，欢天喜地去还除草机。谁知还没等她开口，建平就先发出了邀请，还递上一份精美的卡片，上边写有时间和菜单，正规得几乎就是外事活动中的请柬。

这个卡片自然又引得海斌好一阵吐槽。

"以为自己是联合国大使呢？还递请柬。这里的男人真是闲得要生蛆了。"

"你要不想去可以说有事，犯不上在这里诋毁人家。"米佳为建平鸣不平。

"干什么不去，人家这么热情。明天你去买瓶好酒。国外是不是兴这个？"

"人家还时兴送花呢。"

"那就都买，反正不能让人瞧不起。"

"你不嫌华而不实了？"

"我，我这是入乡随俗。"

米佳并没有按照海斌的指令行事，以她浅薄的红酒知识，实在不敢给建平买酒。而花束在她心里早就不再是浪漫的代名词，短暂的磨砺过后，她有些认同海斌的观点，实用才是最好的。所以，她起了个大早，一早将从超市买来的上好的肋排腌上。她要给建平做个家乡菜——粉蒸排骨，用一份浓浓的乡情，表达自己对他诚挚邀请的感谢。

家乡菜果然合了建平的胃口。在为客人献上一道道西餐美食的同时，建平抱着米佳的盘子大快朵颐。中西合璧的风格，让餐桌上显得好不热闹。海斌吃完了前菜，趁建平准备主菜的工夫，偷偷尝了一块粉蒸排骨，果然酥软入味，香而不腻。看来米佳的厨艺见长，抑或是……后边的猜测就不那么舒服了，酸酸的、带着男人特有的味道。接过建平的蒜香牛排，海斌开始品头论足。

"要说这牛排啊，我认为还是六成熟最好，不像五成熟那么血腥，也不会到了七成熟那么老硬，让我尝尝咱们建平的是几成熟啊。"

"没想到老海对西餐还这么有研究啊。不过，我觉得几分熟还是要看牛肉的种类和部位。像咱们今天吃的是菲力（Filet 牛排），也就是嫩牛柳，牛里脊，一般取自牛的腰内肉。这个地方运动量少，且肉质最嫩，油脂少，因每头牛就一小条才显得物以稀为贵。这种肉口感好但没有嚼头，烹煮过头就显得老了，所以一般三至七分熟为宜。我也没问大家，就按自己的口味做的五分熟。小米记住啊，五分熟英文叫 medium。这种火候的牛排内部粉红且夹杂着浅灰和棕褐色，整个牛排口感润嫩，绝不会有血腥的感觉。快，趁热，试试看。"

建平专业的解读立即令海斌半瓶子醋的西餐知识相形见绌。他赶紧收起要对配酒的评论，闷头吃肉。米佳竟不知深浅地晃着手里的酒杯，问建平酒的产地和成色。

"哦，菲力牛排肉质细致，并不一定需要含有大量单宁的葡萄酒来搭配，那样往往会适得其反，强劲的葡萄酒口感同柔美的菲力并不搭调，所以应该尽力避免搭配像赤霞珠、西拉等高单宁的单一品种葡萄酒，而应该倾向于单宁柔和的葡萄酒，比如梅洛、GSM 混酿葡萄酒什么的。咱们今天喝的就是澳洲的虎梅洛，年份不长，别不敢喝啊。"

建平果然善于体察人心，一早看出米佳担心自己的配酒过于昂贵，欠了他的人情，才借着说酒，解除了她的顾虑。

米佳被说得脸一红，赶紧端起酒杯品了一口，果然果香浓郁，入口温和，很合自己的口味。海斌也附和着举起酒杯。

"来，老弟，辛苦了，别的不说了，都在酒里了。"

说着，不等建平反应过来，仰脖干了杯中酒。建平见状不好说什么，只得随着也干了自己杯中的酒。米佳尴尬，只能起身倒酒。

"你就不能多倒点儿，不让喝似的，人家建平不是说了，不贵，敞开喝。是吧建平？"

建平多年没有跟国内同胞豪饮，早忘了所谓"感情深一口闷"的说法，只觉得这样喝实在糟蹋了他那实际价格不菲的好酒。可海斌的话说得直白，又让他不好表示异议。

"你以为都像你们喝二锅头似的呢？红酒要品的，真是糟蹋东西。建平，有没有普通的啤酒，他这水平，喝这种酒浪费。"

"对对，给我换换，这甜不甜，辣不辣的，喝着不带劲儿，让她们女的喝，咱俩来点儿带劲儿的。"

建平顿悟，在此卖弄品位，不如来些实惠的。他迅速调整战略，将后边繁杂、讲究的分餐菜合而为一，还到酒库挑选了所谓劲儿大的美式啤酒。改良后的菜品和摆设让海斌迅速找到国内聚餐的感觉，吃喝也随之自然起来。酒过三巡，他话密的毛病又犯了，开始不厌其烦问起建平的过往，什么哪里毕业的，学的什么专业，为何来美国，来美国几年了，家里怎么就一个人啊，婚姻状况如何，等等，直逼人家隐私。

"海先生真是走南闯北见过世面啊，问的问题都这么专业，跟移民局官员似的。"建平克制着自己的不满，巧妙回答。谁知海斌已是酒精上头，全然听不出人家话里的揶揄。

"是吗？我这，有点儿移民局官员的派头？哈哈，好，好，小米，来跟爸爸练一下，省得下次入关时让人家问东问西不知道怎么回答。"

"老爸，您这是在触犯个人隐私，在美国是最不礼貌的行为。您快别在这儿丢脸了。"海小米捅破了窗户纸，弄得海斌很没面子。忽然想起什么似的，他掏出手机，点开微信视频。

"对对，忘了给你介绍一个我们五星级饭店的米其林厨师了，估计这做饭上，你们有不少心得可以交流。"

原来是他觉得再论下去自己更要落败，急中生智想着用微信视频拉汤小兵来助阵。此时，汤小兵正躺在沙发上，想着怎么能继续赖在孙墨苹家，照顾儿子的饮食。海斌出现得突兀，要求更是鲁莽。他搜肠刮肚表达了一下自己对西餐的理解，以不失海斌对他的介绍。建平本就觉得海斌此举荒唐，根本无心多聊，再看到那个躺在沙发上，对人缺乏起码尊重的"北京大爷"，更是不想多说一句话，借口要去准备甜点，离开镜头。米佳看出他的不悦，过去帮忙。海斌用口形告诉汤小兵自己的处境。汤小兵心明眼亮，也用口形告诉他，对手来了，小心为妙。二人暗语一般嘀咕了一番，汤小兵鼓励海斌，用男人的办法征服敌人。

"放心，哥们儿强项，您就瞧好吧。"海斌会意，关闭视频，立即将杯中酒倒满，吆喝着，让建平接着喝酒。不知是海斌高估了自己的实力还是低估了对方的酒量，反正结果是整栋房子里，只听见海斌一个人的声音。好在他还知道这是尊严之战，说的全是给自己长脸的话。不过，米佳听来就十分刺耳，因为海斌自我意识爆棚，把对她和女儿的思念和执意来美国找她们都说成别人使然，而自己来美国的目的就是生意，他要让自己的转型，具有国际化影响，给全中国人长脸。建平一杯杯陪着，虽是酒没少喝，但仍保持面不改色，儒雅依旧。反是挑起战事的海斌，越说越不像话，越说越不靠谱，最后断电一样，倒在人家桌子底下，害得米佳和海小米，仓促结束聚餐，拖着不省人事的他，艰难回家。米佳把死狗一样的海斌扔在沙发上，愤然发问："你到底是来干吗的啊？"

4

第二天一早，米佳终是抵不住雅丽的怂恿，借着不知道第几波的商场打折季，冲进美国物美价廉的货场。海斌宿醉醒来，想到昨天自己的表现大为后悔，百无聊赖想用行动弥补对她们娘俩的愧疚。他打开冰箱，发现了半成品的牛肉和比萨，想到建平不过是在烤箱上稍微忙碌了一下就做出那么美味的西餐，肯定是早就准备好了食材。自家现在万物俱全，何不也弄个西餐，给米佳一个惊喜？他的想法自然很好，只是忽略了一个问题，他没用过美国的厨房，那些键盘上的英文说明更令他一头雾水。于是，惊喜变成了惊吓。米佳回家没吃到可口的西餐，先是奋不顾身扑灭了火焰，又将物业听到报警的保安堵在门外，多亏建平及时出现，并机警地配合了她的说辞，才避免遭受高额处罚。米佳坐在被烧得变了颜色的灶台边，再也忍不住怒火。

"你以为这是你们老家大土灶呢？这里是美国，美国知道吗？一举一动都要负责的。"

海斌吹着自己被电磁炉烫去一层皮的手，一脸不服气："美国怎么了？不就是电磁炉吗？我不是忘了，那上边和下面是连着的吗？再说了，那么多英文，谁看得懂？"

"你不懂你倒是问啊？不问，也不学，就知道跟我充大爷。有本事你跟人家美国人充大个儿去啊。"

……

米佳越说越来气，海斌越听越窝囊。为避免矛盾激化，他抓起车钥匙，主动去接海小米放学。路上，他就盘算好了，要跟大闺女过一个愉快的周末，好好弥补一下几个月来孩子在米佳魔爪下遭受的委屈。

海斌离开后，米佳又陷入了自责。她真不想这样，毕竟分离在即，想到那些没有海斌的日子，她竟有些不寒而栗。可是，既然选择了，她就要将这条路走到底。聚少离多的生活以后将是他们的常态。她要学会适应，还要学会理解，尤其是要换位思考对方的感受。想到海斌一个人生活，她的心底浮上一阵心疼。她怎么能无视海斌连日来对她和女儿的依赖呢？她又何尝不想海斌也像建平似的，在自己的院子里，喝茶品酒，过那种优哉游哉的生活？可是，自己说辞职就辞职，将所有的生活压力都丢给了海斌，他何来闲情逸致，品酒喝茶？回国以后，不知道多少硬仗等着他打呢。即使有那个女人帮忙——海斌终是向她解释了李静红的身份和重要性。米佳嘴上不说什么，心里早已自责，更为海斌的不容易心疼。那晚，第一次摸着海斌肚子上那个没有自己见证和陪伴的刀口，米佳偷偷哭了。多少年来，不是为自己而是为海斌落泪了。她开始担心海斌没有女人的生活，担心海奶奶没有她的竞争放松对自己的要求，她甚至第一次盼着假期早日到来……是的，她必须承认，她有点儿思念那个"一屋两制"的家了。海斌似是被她感动，也第一次耐心安慰她，不仅说出"离别是为了更好的相聚"这样不属于他的话，更提出了振奋人心的说法——要和她一起，在这异国他乡，建立一个只属于他们俩的家。她跟着雅丽东奔西走，四处购买打折的东西，其实也是为了早点实现他的愿望，至少在他离开前，让这个荒宅一样的房子，有一点家的气息。

米佳对自己的表达能力无奈，只能用行动解释一切。花园里的荒草已经除尽，可时逢旱季，无法耕种，她只买了简易的花园桌椅，摆在院子里白花花的大太阳地里。她正琢磨着少了什么，建平拖着一个八成新的太阳伞，从后门走了进来。

"这太阳毒，不能直晒。"

"哎呀，真是及时雨，我正想着少了什么呢。多少钱？我给你。"

"家里不用的东西，你先用着，什么时候搬家，还我就是。"

"你怎么知道，我没有下决心……"

"没有几次搬家的经历，落不了脚。到这儿的华人都这样，所以用不着一开始就弄那么多东西。浪费不说，关键是搬家麻烦。"

建平说着，并不等米佳感激，开始着手帮她用现有的东西收拾花园。两人聊着、干着，默契得如夫妻一样，这早就引起一个人的白眼。这个人就是住在他们中间的赵梅。米佳离开后，赵梅除了接送孩子，一般不会出门。她每天的生活就是送孩子上学后，再回家睡上一个回笼觉，然后穿着猩红色的睡衣，坐在二楼窗边，看外边的风景。当然，所谓风景不过是寂静的街区里，建平、米佳他们几个人的身影。偶尔路过爬山的美国人，多是皮肤粗糙下垂，没什么看头的美国老头老太太，与建平每天早上呈现在花园里的腱子肉，实在有着天壤之别。赵梅的偷窥渐渐变成了习惯，目光也随着建平的身影，四处乱窜。后来，她发现那个能给她每天的生活带来些许欢愉的身影旁边，总是少不了米佳——那个从到美国就没让自己高兴过的人。她的心绪便再难平复。通过几日观察，二人的关系已经亲密到一定程度，似乎根本不把海斌的存在放在眼里。她开始用最下流、肮脏的词汇问候米佳，甚至极不厚道地诅咒她们母女哪儿不合法，好被遣返回国。与赤裸裸的妒忌并存的是难以抑制的迷恋。她迷恋建平的身材，迷恋他的声音，迷恋他的一切。她开始像小女孩一样，顾不上穿鞋，光着脚从这个房间蹿到那个房间，只为了能捕捉到他出现在自家窗前的每个身影。此时，这个身影就在楼下，用充满磁性的声音，给那个她已经讨厌入骨的女人出着主意。她若置之不理，任其发展，岂不辜负了这些天自己的苦苦追寻？再也顾不上矜持内敛，她要主动出击了。

"建平，有空吗？我家钢琴好像跑音了，能不能帮我调一下？"慌乱中，她居然选了这样高技术含量的理由。建平不是全才，只能婉拒，但还是提供了附近一个华人调音师的电话。

"哎哟，我不太熟悉，你还是带我去一下吧。"赵梅一计不成又生一计，一点没觉得自己得寸进尺。建平果然不好拒绝，答应着，回家洗手更衣。

不过，自古都是人算不如天算。缘分这个东西，想是想不来的。

- CHAPTER 14 -

人生自古伤别离

1

破坏赵梅计划的不是米佳，而是海斌。他本来顺利接了女儿放学，然后自作主张带着海小米跑到小镇里唯一的休闲娱乐场地——downtown找乐子。本来两人连吃带玩，好不开心。不知哪个动作或者陌生而狂放的发音引起了旁边就餐的美国人的不满——对着他们竖起了中指。海斌看到女儿羞红的脸颊，自觉受到奇耻大辱，拿出在国内的做派，大摇大摆走到高出自己多半头的美国壮汉面前，用激烈的汉语表达了自己的不满。为了在气势上压倒对方，他还举起右臂，有力地晃动了两下明显属于亚裔男人的娇小的拳头。对方并不接招，只拿出手机，对着话筒一阵乱讲。海斌顿时慌神，他怕人家是打电话叫帮手，要跟他死磕到底。自己孤身一人，还带着个女孩，要是被围了，那后果简直不堪设想。他赶紧告诉海小米，一旦情况有变，先自己跑，再打911报警。谁想，还没等他跟已经吓得面色铁青的海小米交代清楚细节，穿着地皮色制服的洛杉矶警察就从天而降，一把将他按在地上。

海斌在警局被照相，留档，好一通侮辱。最可恶的是美国人还叫嚣着要将他告上法庭。海斌英文不好，更忘了"你有权保持沉默"这句名言，情绪激动，被美国警察怀疑是精神有问题。好在海小米及时通知了米佳。米佳无奈求助建平。牢狱之灾和调钢琴的分量不言自明。建平二话没说就将刚钻进副驾的赵梅请下车，拉着米佳一路飞驰，赶到警局。建平英文流利，又精通法律，三言两语就压住了美国人的气焰，不仅救出了海斌，还让美国人在他面前服软。米佳这才知道，建平留美多年，曾是一名执业律师。回家的路上，海小米一直重现着建平帅气的英文，海斌含怒制止，理由是关键时刻一定要说母语，才能不忘本。米佳不置可否，只明确告诉孩子，建平的举动才是真正的扬我国威。至此，海斌再无微词，只呆呆地看着窗外漆黑的乡间小路，心里默念着祖国的大好河山。

第二天，一家三口终于迎来了第一个，也是唯一一个休息日。周一中午，海斌就要回国了。浓郁的离愁别绪中，米佳执意要到好莱坞环球影城玩一次。她不想海斌就这样回去，也想借机补偿海小米数月里受的委屈。一开始，海斌坚决抵触这种小孩玩儿的把戏，宁愿陪米佳继续逛街购物。可看到女儿兴奋的样子，只能收起自己的无趣，带着妻女冲上高速。

娱乐总能令人放松，更何况好莱坞是国际环球影城的发源地。自从海小米拉着爸爸妈妈的手冲上电车之旅，一家人的情绪就完全放松下来。他们按照网上的攻略，一路猛赶，终于实现了在有限时间里，尽量体验多种著名游乐项目的目的。眼看天色黑透了，因循守旧的海斌眼冒金星，活泼好动的小米已经抬不起脚，童心未泯的米佳才不无遗憾地宣布打道回府。这种放松的感觉太好了，她已经太多天没有这么开怀地笑和尽情地叫过了。曾以为，到了美国这个崇尚自由的国度，自己就可以放飞自我，自由翱翔了。谁想到一种莫名的压迫感一直牵制着她，让她处处小心、随时谨慎，生怕一点的放纵就会引来无法收拾的局面。一开始，她以为这是陌生环境带来的焦虑。后来，随着跟当地华人的接触，她发现这种感觉不是自己独有的。那些来了好几年的新移民也有这种感觉。他们在金钱上远远比当地的美国人富有，可在跟人家的交往中，总是小心翼翼、谨小慎微，好像一个不小心就能引起国际争端似的。唯独没有这种感觉的是海斌，尽管他的行为做派显得乡土鲁莽，但他敢做敢当的气势是当地人最缺乏的。米佳自认觉悟不高，不想从家国大义上定义一切。她只知道，此时，尽情玩耍一天之后，她和孩子瘫软在老公驾驶的汽车上，身心都是无比踏实的。而这种踏实，只能来自这个还带着浓厚中国特色的海斌，来自这个无论到哪儿都忘不了挑剔别人，更忘不了保护自己的海斌。

其实海斌也很久没有听到海小米和米佳这么尽情地笑了。从来疏于思考别人感受的他，第一次这么清晰、深刻地体会到自己带给她们的快乐和幸福。原来，一切就这么简单。只要随着她们的心意，陪在她们身边，用不着花什么心思，更不用多贵重的礼物，她们就能心满意足，甚至高兴得忘乎所以。他真忽略不了海小米从哈利·波特城堡里出来时的小眼神儿，那么恋恋不舍，恨不能住在里边不出来。要是还有时间就好了，他一定再陪她排两个小时队，只要她高兴。可惜，他们没时间了，真的没时间了。属于他们的团聚已经可以用倒计时来计算了。难怪米佳累得都睁不开眼了，还硬撑着，陪他聊天，给他讲这几个月的见闻。

"累了就睡会儿吧，有导航，我丢不了。"

"不是珍惜这最后的十几个小时吗？"

"瞧你说的，跟你们不回去了似的。不是用不了俩月就放假了吗？到时，我一准到机场接你们。"

"老公，我舍不得你走。"米佳见孩子睡着了，终是忍不住哭了起来。海斌一阵心软，只能一手扶着方向盘，一手搂着妻子。

"好了，好了，不是您头也不回就扔下我走的时候了？"

"我回头了，我一步三回头地上了飞机。可你没来啊，始终没来啊。"

"谁说我没去，我去了，一接到你的快递就往机场赶，谁让机场高速堵车啊，我只赶上看见你们飞机的尾巴。"

两人你一言我一语，总算开始了一次离愁别绪的大总结。米佳也第一次毫无保留地告诉丈夫，自己几个月来在美国经历的糗事儿。虽说当时都是惊心动魄，但现在回想起来，她不由得了讲笑话的口吻。

"你说我们是不是傻到家了？要真遇上那个杀手，估计你这回来就是认尸了。"

"呸呸呸，胡说什么？"海斌莫名急躁起来，他真不知道米佳这几个月竟是这样过来的。他更不明白，米佳千辛万苦、背井离乡究竟是为了什么，"要我说，美国这么危险，不如我们这就回去，一家人在一起。你也不用觉得自己没用。咱们赶紧生个二胎，一家四口和和美美过日子。"

"你怎么三句话不离你的造人计划啊。我的价值真的就剩下这个了吗？你怎么到现在都不知道我为什么来美国？"

气氛再一次因为现实问题变得凝重了。米佳不想这样，她宁愿沉浸在即将分离的难过里，也不想他们再像原来那样，带着那么多哀怨分离。她主动停止了斗嘴，将手放在海斌的腿上，慢慢揉搓着，抚摸着。这大概是她能想到的最有女人味的道歉方式了。她希望海斌能懂，能接受，能有所回应。

海斌却从米佳的话里听出了味道。她果如汤小兵说的——绝不是因为赌气才来到美国。毕竟四十岁的人了，她不会像小姑娘那么任性。她的离开，有她的理由和她的执念。逃离才是她最初的念头吧？逃离谁？逃离他，逃离他妈，逃离她不满意的一切……如今，一个人带孩子的日子让她吃尽了苦头，她就想起他的好了，想起这个家的好了，才会这般缠绵。唉，女人啊，no 作 no die 啊。他可不能顺着她的思路，上了她的圈套，那自己就真的丧失了把控一切的能力了。还是那句话："女人不能惯着。"

"行了，知道错了就好。赶紧想想以后，是去是留，自己想清楚。"

海斌驴唇不对马嘴的答话，立即让米佳坐直了身子。

"什么啊，我错哪儿了？你没看出来孩子的变化吗？"

"不好意思，看出来了，可不是变好了，而是变得就知道玩儿，不知道学习了。要是你那位闺密知道，美国就是这样培养精英的，肯定捶胸顿足，替自己不值。"

"你懂什么啊，人家这叫启发式教育。"

争执就这样从另一个层面袭来。而这个层面又是多少专家、学者都争论不休的，以他俩的见地，又何能东风压倒西风？正在他们吵得不可开交的时候，海小米醒了，用实例说明自己喜欢这里的学习方式。

原来在刚刚结束的科技考试中，他们得到老师允许"作弊"的承诺。不过，老师规定所有答案和资料只能写在一个薯片盒子上。所以，海斌一来就看见海小米整天忙着做手工，根本没把心思放在学习上。其实，跟他想的正相反，海小米无时无刻不在为考试做着准备。为了增加可利用范围，她还发挥聪明才智，加宽了盒子的可用面积，又把所学知识点概括总结，写成易认的小条，用不同颜色的笔整齐抄好，贴在盒子上……因为备考认真，她不仅取得了难以想象的好成绩，那个精心准备的"作弊"盒子，也被当作样板，留在老师的陈列柜里。

"我现在才明白，老师哪里是允许我们作弊啊。我们在准备盒子，整理知识点和笔记的时候，早就将所学知识梳理复习了一遍，根本等不到考试，我们就已经掌握了全部知识，再去考场抄一遍，就是加深印象。"

孩子的亲身感受谁也不能反驳。海斌不得不承认，数月未见，海小米长高了，也壮了，最重要的是孩子有了自己的想法，并愿意跟家长分享交流。他那个只会躺在自己怀里撒娇的小宝宝好像瞬间就长大了，带着海家有女初长成的自信，坚定平等地向他表达着自己的观点。

"所以，爸爸，我觉得您不用担心我的学习。我们同学都相信在美国，只要肯学，没有考不上好大学的道理。到时候，你就等着迎接哈大、耶大，最次也得是哥大学子，学成归国吧。"

"哈尔滨大学啊？你也得考得上啊。"海斌故意逗孩子着急。谁知孩子白了他一眼："幼稚。梦想是决定成败的基石。心有多大，舞台就有多大。您啊，就瞧好吧。"

"行了，越说越没边了。就你那英语水平，连单词都懒得背，先别定那么远大的目标了，有本事先把托福考了，然后有的放矢，哪儿差补哪儿。"

"真是没法跟你们聊天。你看人家美国人有几个背单词的？"

"人家是母语，你比得了吗？"

"用不了多久，我也能变成母语。"

没等车子停好，海小米就打开车门，溜下车。米佳当然看到高鹏站在路灯下等她，未免尴尬只能装作没看见。

"别跟赵梅弄那么僵，背井离乡的，有个帮衬，我心里也踏实。"海斌看出米佳的心事，直言不讳。米佳没说话，点点头，又摇摇头。对那个人，她不想提，却又不能当作不存在。思来想去，她觉得还是把问题交给时间来评判吧。这是几个月来她收获的最有用的思维和办事原则。

2

米佳一家讨论教育问题的时候，孙墨苹和汤小兵也不得不再次结成同盟，为孩子的教育问题做出决断。事情还要从汤小兵耍赖天天往孙家跑说起。本来，他赖他的，孙墨苹乐得有人打扫做饭，自己和儿子一心备战即将到来的数学选拔赛。可习惯成自然，没过几天，汤小兵就习惯了这种妻儿重回身边的日子，忘了自己的身份，并在汤圆挑灯夜战，连续好几晚都是后半夜才睡觉的情况下，发出了自己的议论。

"孩子正是长身体的时候，天天留这么多作业哪受得了？不行，我得找他们老师去。"

话一出口，他就知道坏了。找谁去啊？这些额外的题目，还不是孙墨苹给儿子加的？果然，孙墨苹并未多言，只在第二天他大包小包出现在门口的时候，收到了孙墨苹的纸条："孩子营养过剩，不用每日劳烦。"

拿着这张逐客令，汤小兵后悔不已，又没有办法，只能将精心准备的盘盘碗碗，放在门口。转机出现在他即将离开的时候。孙墨苹火急火燎打来电话，用几近颤抖的声音告诉他："儿子晕倒在训练场，现在正在医院急救。"

汤小兵赶到医院的时候，汤圆已经醒了，咧嘴笑着说自己没事儿，就是太困了。孙墨苹满脸愁容站在一边，再也没了往日的风采。安慰了儿子几句，汤小兵就将孙墨苹叫出病房询问情况。这一问不要紧，孙墨苹立即哭软在他的怀里。汤小兵简直不相信这突然到来的幸福，稍微适应了一下，才搂着那个颤抖的肩膀，细声安慰："没事儿，有我呢，有我呢。"

随着孙墨苹断断续续的诉说，汤小兵基本弄明白儿子的病情——尿蛋白异常，医生高度怀疑是肾功能衰竭。听到这个消息，汤小兵也是如闻霹雳。虽说孩子入院令他们的关系发生转机，但哪个父母愿意孩子生病呢？更何况一病就是这么严重。汤小兵想着儿子红扑扑的小脸和一身结实的肌肉，怎么也不相信孙墨苹说的是真的。他一边安慰孩子的妈妈，一边暗自思索要给孩子转到大医院做个全身检查才能放心。打定主意，他就势宣布现在孩子的身体是家里头等大事，在汤圆休学养病期间，学习生活皆由他来负责。孙墨苹的任务就是调整好心态，不要影响了工作。

一向好强的孙墨苹见汤小兵如此态度，自是暗生感激。她没想到自己那么不堪一击。当医生严肃地向她陈述病情的时候，她只想有个肩膀依靠，而她第一个想到的，也是唯一的肩膀只有汤小兵。所以，汤小兵出现在楼道的时候，她的心早就扑了过去，只是身体还保持着一名教师应有的矜持。当汤小兵扑闪着英俊的大眼睛,满怀忧虑地问她"什么情况"的时候,她憋了太久的泪水,像决堤的洪水一样倾泻而下。哭泣也让她僵直的身躯瞬间绵软,不得不依靠在那个从来不曾宽广但到目前为止只属于她一个人的怀里。接着,汤小兵那熟悉而有力的一抱,更让她几乎回到二十年前,两人私定终身的那个夜晚,她也是这样浑身颤抖着,任由对方传授武功一样将自己的力量传递到她的身上。久违的情愫中,她暗暗祈祷,只要儿子汤圆平安无事,她可以接受命运的任何安排。

事情就这样定了,白天汤小兵带着汤圆到海家做家务,做补品,给儿子调养身体。晚上,孙墨苹回家视儿子身体状况给他补习功课。

汤圆的到来,大大提升了海奶奶的生活乐趣。她不再抱怨儿子娶了媳妇忘了娘,也不成天关注什么环保事业了,只是围着人家的大胖小子,嘘寒问暖,弄得汤圆极不自在。终于,趁着她出去买菜的工夫,他为海小米打抱不平。

"这都什么年月了,还这么重男轻女。可她对我再好我也不是她孙子啊。"

"老人孤单,愿意亲近人儿。你别想多了啊。"在善解人意上,汤圆跟他爸还差着等级。汤小兵天生就有老人缘儿,没几个月就成了海家不可或缺的一分子,靠的不光是嘴上功夫,更多的还是心里的一份理解,"她愿意说什么你就听着,她愿意对你好你就受着,没什么大不了的。"

"我妈可不是这么说的。我妈说,她对海小米母女可不好了,还两面派,对这种老太太就得……"

"别听你妈瞎说。人和人之间能有多大仇啊。更何况又是亲奶奶,打断骨头还连着筋呢。别人家的事,少掺和,记住了吗?"

"记住了。那咱们家的事儿呢?"

"大人的事儿,小孩也少插手。你就记着一条,你爸我向来是负责任的人,绝不会不管你们娘儿俩的。"

"老爸，咱家现在这样，我就挺满足的。"

汤圆的话说得汤小兵心里一酸。多懂事的孩子啊，他们当家长的怎么就不能让孩子过得舒舒服服的呢？汤小兵暗下决心，不管孩子检查结果如何，他也要不遗余力保持这种难得的平静和幸福。

然而事与愿违好像是专门用来形容他的。本来相安无事的生活，还是在父子俩过于放纵的笑声中被孙墨苹厉声喝住了。

"还玩儿？不上学是让你养病的，不是让你玩儿游戏的。"

父子俩互相看看，只能结束"吃鸡"，乖乖回到自己应在的位置。汤小兵贱兮兮端着一碗银耳汤，送到依然气鼓鼓的孙墨苹面前："来，消消气。我不也是让孩子放松放松吗？"

"你不觉得放松大发了吗？一晚上了，你们离开那个电脑了吗？你知道别的孩子这时候正在干什么吗？人家都学完了所有新课，开始复习准备考试了。他倒好……"

"孩子那不是病着吗？"

"病？我是真看不出来了。一顿饭能吃我三顿的量，你看他那肚子，到时候体重超标，被赶出篮球队就傻了。"

汤小兵知道随着孩子状况的好转，孙墨苹的心态也在逐渐回到原点。作为家长，她不允许孩子无故荒废了学业，更不能放下那颗时时处处与别人家孩子攀比的心。没办法，这是中国家长的通病，没治。汤小兵能做的只有顺应。

为了不招人烦，他主动回到海家，帮海奶奶收拾海斌的一台旧电脑。老太太最近迷上了网上麻将，已经跟他说好几次了。电脑的确是有年头了，打开后盖，里边全是灰尘。简单清理后，电脑奇迹般地重启了。汤小兵乐得省事，随手打开一个文件，想试试速度。谁知就看到了不该看的。他赶紧拍了照片，火速发给海斌。

3

微信响起的时候，海斌正被海小米紧紧搂着，表达离愁别绪，哪里顾得上看。小孩子就是小孩子，几天团聚，亲情重温，怎舍得老爸离开。海小米抱着海斌的脖子，两条腿死死缠在他身上，已经哭得昏天黑地。她很久没这么哭过了。她真是怕了，怕爸爸离开后，她和妈妈重新回到过去的艰难中。米佳早就猜透孩子的心思，虽也悲情难耐，但仍咬牙不让自己掉下泪来。她说过的，迈出国门，她们就应该靠自己，而不要总想着国内的亲人和后路。

海斌哪里受得了这些，只被孩子哭得心都乱了，一个劲儿求米佳，赶紧想办法缓解女儿的情绪。米佳耸耸肩，表示自己爱莫能助。其实，她心里想让孩子哭个痛快，这几个月，孩子经历得太多，需要这么个由头好好释放一下。

"宝宝，你要是这么舍不得爸爸，不如跟爸爸回去吧。咱们回去接着上学，准备中考。"海斌急不可耐，有点口无遮拦了。谁知，这话比什么都灵。海小米立即止住了悲声。

"我不，既然出来了，就得走下去，不能老想着回国和后路。"海小米哽咽着发表宣言，海斌一听就是出自米佳之口。她就爱说这些大话，显得又励志又高大，关键时候一点用都不管。不过，这会儿，这些大话至少让孩子停止了哭泣。他赶紧让小米跟妈妈去整理给汤圆等同学带的礼物，以分散注意力，自己则看着竖在墙边的半成品床架子，来了精神。

那个交叉滑轨着实难住了米佳，几日忙乱，她更没时间琢磨它，一家人一直睡在床垫上。眼看就要走了，海斌忽然想到，米佳安不上床架必是不肯罢休，肯定又去求助建平。那可是自己老婆、孩子要睡的床，岂能让别的男人染指。所以尽管动手能力极差，尽管最头疼看图纸，他还是硬逼着自己坐在地上，动起手来。

米佳收拾着行李，忽然想起应该给孙墨苹带个礼物，毕竟朋友一场，多大的误会能抵得过她们几十年的友情啊，更何况，茫茫人海，她又有几个孙墨苹那样的朋友啊！可是送什么好呢？白天光顾着给海奶奶买各种营养品，给海小米的朋友们选购小件纪念品了，根本没想起来孙墨苹和汤小兵。此时天色已晚，她只能在现有的礼物上做文章了。好在，那日跟雅丽到梅西百货抢购，她刚刚给自己和海斌购置了一套情侣睡衣。只是，那二人既已离婚，再这样穿着是否合适，她还想不清楚，只能征求海斌的意见。要是因着自己的这套睡衣，两人关系缓和，不也是件美事？

兴冲冲跑上楼来，米佳要跟海斌分享自己的突发奇想，却看到海斌撅着屁股，以极其别扭难看的姿势，在跟自己都放手的床架子较劲。随着一声叫好，海斌大猩猩一样捶着胸脯，表达胜利的喜悦。他竟看懂了米佳都没有弄懂的图纸，并独自完成了安装任务。

"这关键时候还得是男人。是不是，媳妇儿？"见米佳含笑看着他，海斌稍稍收敛了得意，故作镇静地说。

"那你不在的时候，我不是还得靠自己？别让我有太多念想。真的。"

米佳就是这样能在分分钟把天儿聊死的人。好在海斌习惯了，本也不指着她狗嘴里能吐出象牙。他擦擦头上的汗，示意米佳一起将床垫抬到床架上，才肯洗手休息。米佳拿出从国内带来的床品，仔细铺上，屋里总算有了家的感觉。

"床才是一个家的灵魂。别看你东摆设西捣鼓的，忙活好几天，不如我这一个动作来得实在。哈哈，这才是家的样子嘛。"

海斌说着，仰躺在尺寸并不宽大的床上。米佳也默默躺下来，和他一起盯着天花板。

"老婆，你知道吗？你走以后，我差点儿把咱家床拆了。"

"为什么？"

"我老觉得你走了，那床就坏了。它一头沉，我每天都好像要滚下来似的。那感觉你懂吗？"

米佳笑了，一开始是无声的轻笑，笑着笑着就变成了无法抑制的大笑。可笑着，笑着，她竟哭了，把头钻到被子里，肩膀哭得一颤一颤的，令海斌慌了手脚。

"你这是疯了，还是咋的？我不就是……"

海斌哪里知道，自己随口说出的真情实感对米佳的冲击力，更不知道这看似平白无奇的大白话居然就是米佳经常挂在嘴边上的浪漫。而米佳等他这种表白，已经等了快二十年了。

"再哭，再哭我走了啊。"海斌见米佳没有停止的意思，发了狠话。

"刚才的话你再说一遍。"米佳终于停止抽泣，把头露出来。

"我，我说什么了？不就是床……歪……空……"海斌似乎懂了米佳情绪失控的原因。他看着米佳渴望的眼神，自责不已，原来他的小米佳从来都不是一个贪得无厌的女人。她要的东西永远这么微不足道。海斌伸手把米佳搂在怀里，闻着她头发发出的幽香，喃喃自语："老夫老妻了，真是，谁不知道谁？"

米佳当然能理解他这没头没脑的话。了如指掌的彼此，有时候真不需要太多的语言。不过，此时，她想说，还是想说："我喜欢听你说话，说什么都行。只要说就行。"

"说什么呢？那就说说我们的新能源吧。"海斌从没跟米佳说过自己的生意、事业、理想。他总觉得女人不会对这些感兴趣，而她们对什么感兴趣，自己也不得而知。如今说起来，米佳竟听得津津有味，关键时候还能提一两个建议。两人就这么躺在床上，有一搭没一搭地聊着天。米佳满足地闭着眼睛，耳边除了海斌的宏图大志，就是那首老歌："我能想到最浪漫的事，就是和你一起慢慢变老……"

离别的时刻还是到了。海斌起了个大早，生平第一次为米佳母子做了一顿早饭。不知道他什么时候琢磨明白了那些按钮的意思，反正这次他烤的比萨火候适中，煎的鸡蛋滑嫩可口，海小米最喜欢的培根更是焦脆香甜。他甚至学着米佳的样子，调动了家里所有的餐具，将那些本就色香味俱全的食物放到合适的容器里，尽量让自己的努力，既有内容又有仪式感。海小米尖叫着，扑向老爸怀里，大赞老爸上得厅堂下得厨房。

"我天天给你做早点，也没得你一句赞美。"米佳笑着揶揄。

"那不一样。这是老爸做的早餐啊。"海小米哪儿还顾上吃，忙不迭地拍照、发朋友圈。

"嘿，这个很容易。原来，你妈和你奶奶争着表现，哪儿有老爸露脸的机会？闺女，放心，只要你喜欢，回国老爸天天做给你吃。"

"嗯嗯，我爱吃。爱吃。"小米收起手机，笑着大嚼起来。只是那笑容，看着让人心酸。米佳不禁感叹，孩子真是大了，从昨晚发泄之后，再没表现出难过，一直努力挤着笑容，只想让海斌安心回国。

送完孩子上学，离登机时间还早，可海斌执意让米佳早点送自己去机场。高速堵车，他可不想米佳为了送他耽误了接孩子。二人一路无话，静默中，各自想着应该对对方说的话，可直到进入排队入关的车流，谁也没有说出口。海斌开始翻找证件、票据，给行李编号，前所未有的认真样，引得米佳想起自己为了避免他忘带东西，给他编的口诀。

"钱包钥匙手机，前兜后兜要系。"

"忘不了，每天上班前都念叨，放心吧！"

海斌终于结束了慌乱，抬手摸摸米佳的头："好好的，带好我闺女。"

"我闺女。"

"随便，反正不是你一人儿弄出来的。"

"滚——"

"不滚也不行啊，家里几十口子等着呢。"

"别太累了，自己吃东西注意，还有天凉了，回去就换厚被子，你的冬装都在衣帽间左边架子的盒子里。对了……"

海斌要下车了，米佳才想起，自己还有那么多没嘱咐的。

"哎哟，老婆，你一股脑说这么多，我哪儿记得住啊。回家说啊，放心，落地电你。"

海斌故作轻松地跳下车，拿下箱子就催着米佳走。米佳被后边车催，无法停留，只能看着后视镜里，海斌一直站在那里向自己挥手，直到车子拐弯，彼此看不到。

没用导航，米佳居然顺利驶上归家的高速。难得顺畅的101高速上，米佳随着车流下意识踩着油门，眼前回荡着的全是海斌从天而降后，二人安营扎寨的情景……一切仿佛都那么美好，连几次轻微的不愉快都那么令人怀念。米佳不知道在温柔乡里浸泡了几天的自己是否还有重获坚强的勇气，只知道胸中悲伤不已，禁不住涕泪横流，大放悲声。

"老公，老公。"她哭着、叫着，只觉胸口如有重石压得她喘不过气来，索性像美国人一样，打开车窗，任眼泪和头发随风飞扬。

哭了一路，米佳觉得自己能坦然面对重新孤军奋战的现实了。谁知，回到依然充满海斌气味的家，她的心更空了。走到哪里，她都能想起海斌的样子，听到海斌的声音。她不知道自己是怎么了，怎么一下倒退回二十年前恋爱中的模样。那时候，她就是这样，真的爱上之后，生命里就充满了这个男人的气息，举手投足都能想起来，甩都甩不掉。她真不该跟孙墨苹说自己从没享受过爱的滋味。这甜里带苦的味道，不是爱又是什么？她的脸不由得有些发烫，难道离别真的让她和海斌重新相爱了？

海斌的信就在这时候，从冰箱贴上滑落，飘飘忽忽落到米佳脚下。米佳哪里想到海斌还有这手。她擦干眼泪，仔细读起来——他先是絮絮叨叨提醒她们注意安全，睡前检查门窗，还要在各个出入口放置倒立的啤酒瓶，以防有人进入。然后，他不无得意地告知米佳，角落里放好了饮用水和饼干，以防这个破地方地震。正在米佳笑他粗中有细，进步斐然的时候，他忽然写了一句没头没脑的话："米佳，你长大了，成熟了，可能真的不需要我了。我没理由强制你什么，你怎么决定都行，我同意。"末了，还正式祝她幸福。米佳所有的感动瞬间化为乌有，大骂海斌神经病，重新启动汽车，赶去接闺女。路上，她觉得自己完全平复了。海斌给自己的小女人情怀，识趣地消退了。她重新又回到女汉子的定位，毕竟，太多的事远水解不了近渴，再多的牵挂也是鞭长莫及。

其实，海斌写那些莫名其妙的话是有原因的。他是在早上准备早餐的时候发现汤小兵发来的图片的。那竟然是米佳写好的一份离婚协议书。他并没有汤小兵想象的那样震惊，更没有火急火燎问情况。他是带着无比平和与悲壮的心态，写下那些话的。他甚至为自己的男人味儿自豪。殊不知，自己的感官系统与女人的语言系统一样，从来都是口是心非。

- CHAPTER 15 -

距离产生误会

1

好多人爱说距离产生美。其实，这个著名的美学命题，更多的是强调审美过程中的体验。生活里的那些烟火气，大概还上升不到那个高度，那么距离能产生的是什么就只有当事人自己体验了。海斌落地后，给米佳报了平安。他没问米佳看到信后的感觉，米佳也没提。二人好像都明白了一件事——一万多公里的距离，对方有什么想法都是正常的。与其迎刃而上、针尖对麦芒似的弄个所以然，不如先这样放着，等待时间给出结果。

事实上，米佳只短暂消沉了半日就重新投入紧张的生活。这还要感谢雅丽。自从那日二人超市相遇，雅丽对米佳的看法就发生了180度大转弯。老话讲，物以类聚，人以群分。她不得不承认，自己想跟赵梅交好，有点儿跨阶层，而米佳的阶层才更适合自己。不说别的，就说米佳的吃穿用度，似乎更接地气，不像赵梅，什么都买最贵的。有必要吗？她难道看不出美国人那看冤大头一样的眼神吗？不过，这些理论，在她跟米佳第一次到商场抢货时就被米佳抢白了。她居然说赵梅这样才最符合美国人的思维定式，自己想怎样就怎样，别人怎么想随便。雅丽没想到米佳心这么大，赵梅那样对她，她居然还向着赵梅说话。两相比较，雅丽决定调整交友方向，跟米佳结成联盟。海斌在时，她不好意思打扰人家的团聚，海斌刚走，她就迫不及待拉着米佳去逛奥特莱斯工厂店。米佳本对代购生意感兴趣，在她的带领下，不由得也想小试拳脚。

"哎呀，我跟你说啊，这里边利润空间大得不得了啊。别的不说，你就看这个蔻驰包，国内哪儿不要三五千？这里，一会儿你自己看好了。"雅丽刚停好车，就迫不及待介绍起生意经。

二人的第一站自然是那个中国人最喜欢的蔻驰店。一进门，米佳瞬间穿越———个亚裔售货员，操着流利的中文迎上来，随手还递上一张打折卡，并提醒她招行 VISA 正在搞活动，满一百减五元，十分划算。

"这里专门配的中文售货员？"米佳悄声询问雅丽。

"那必须啊，今天是没赶上旅行团，要是有旅行团来，这里的货都会被抢空。没懂中文的怎么做生意啊？这一点上，老外可一点都不傻。人家这叫术业有专攻。"

米佳在雅丽的指点下，看到店里果然是国际化配备，不同肤色、种族的售货员，分别守着自己的客户群。

"说曹操，曹操到了，赶紧吧咱们。"米佳不解，顺着雅丽的目光望去，两辆大巴车，浩浩荡荡开进了停车场。不一会儿，米佳就被包围在南腔北调的乡音中。跟每个旅行团一样，大家都是争分夺秒的状态，各色售货员不得不举着计算器，投入一场连比画带说的营销活动。那名亚裔售货员更是忙得团团转，同时被几拨客人拽着介绍货品。可爱的国人们实在不能抵制几百甚至上千元人民币的差价，看都不看就以代购扫货的疯狂将各式书包，拎在手上、肩上……不一会儿，收款台就排起了长队。

"看到了吧？这就是市场。"雅丽挑拣了两款中档价位的拎包，凑过来点评。

"真是啊，可能全世界加起来也没有中国这样的购买力吧？"

"那是，架不住人多啊。"

"还有就是中国有钱人多。"

"这个牌子用不着有钱吧，在美国太普通了。"雅丽说着举起一款不足一百美元的手包，"这个，在北京一顿饭的价钱吧，可送人完全拿得出手啊。"

"可这个款式，不是新款吧？"

"中国那么大地方，你以为都像你们北上广那样追求时髦呢。这是不是蔻驰，是吧！样子难看吗？不难看吧！有的是三、四线城市或者一、二线城市的低收入人群，追不起时髦，可又想沾上名牌的边，怎么办？"雅丽自豪地拍拍胸脯，"这就是我们存在的价值。"

米佳本以为雅丽文化程度不高，没想到她的生意经算得这样精明，不由得被她说服了，开始随着她的脚步，四处扫货。

"别老说美国人傻，其实美国人才是揣着明白装糊涂呢。你别看他们跟你笑容可掬的，其实背地里指不定怎么骂你傻呢。"雅丽受到鼓舞一样，边走边传授着经验，"你看刚才蔻驰店里就是，人家肯定一早知道有团来，所以货架上全是积压款或者说不好卖的旧款。这不，中国人一来，蝗虫一样，一扫而空。人家乐得数钱。所以，做代购最关键是要有敏锐、时尚的眼光。"

"可我不会啊。"米佳不是个善于打扮的人，离时尚更是隔着十万八千里。她甚至分不清那些名目繁多的品牌，也没有用奢侈品提高自己身价的愿望。

"这不有我吗？跟着我，保你三个月出师。"雅丽忽然停住脚步，举起手机对着一个门店拍照，"看到了吗？店面、商品都要照顾到。要让人家相信你的海外真实性，靠的就是这些细节。"

就这样，雅丽从给货品拍照片教起，又紧急扫盲般普及了受国人喜欢的美国大众品牌，比较了各大品牌的利润空间，才拎着自己的一大堆战利品，宣布打道回府。

一天奔波加上超密集的信息量，米佳脑袋发蒙，腿脚发软。坐进车里，她有点打退堂鼓似的看着自己唯一的收获——一款蔻驰男包。那是海斌一直心仪的款式，国内卖好几万人民币，他才不舍得买。今天正赶上店里搞活动，再加上银行卡优惠，不足一万元人民币。雅丽果断囤货，一下抢了五个。米佳也难抵诱惑毫不犹豫地刷卡买下。

"别告诉我是给你老公买的啊？"雅丽看她抱着包不说话，善意提醒。

"当然是给我老公买的啊。"米佳不解。

"你这就是当代购的大忌。还没怎么着呢，先想着给自己讨便宜，靠这些小便宜你能发财吗？记住啊，以后逛街可不是休闲娱乐了，那是生意，是事业。"

米佳对雅丽更佩服了。她没想到这个自己曾经误解的女人，做事这么有章法、有目的，最关键的是她对人心体察得如此透彻，这都是米佳所不及的。

"那我怎么办？真当第一笔生意？"

"必须啊。万事开头难，你今天捡了这么个大便宜，还不赶紧开始？"

"那我卖多少钱啊？"

"这就看你自己了。一般我是刨去税率、运费，给自己留百分之十到百分之十五的利润空间。"

"啊？这都怎么算啊？我也不会啊。"

"大姐，你数学是体育老师教的啊，这么简单都不会。"

米佳真没谦虚，她上学时学的那些数学，早就经过几十年荡涤，顺顺当当还给老师了。生活中，她能用到的加减法也随着智能手机的普及变得可有可无了。出国前，她经常连钱包都不带，付账都是手机扫码，不是微信里扣钱就是信用卡预刷。每到月底，海斌就会统一结算，哪儿用得着她费脑子。反倒是到了美国之后，面对热衷用"点九九"做价格尾数的美国人，她退化的数学能力，得到前所未有的恢复。提到数学、算账，米佳不由得又想起海斌，他的数学天赋要是能为自己所用就好了。这些打折减免、税率、汇率的哪里难得倒他？可是，如果自己真的做起代购，他的面子会受到挑战吗？那天在超市，他不是一口否决了？还有自己那些前同事、朋友要是知道自己沦落到做代购，会怎么想自己？管他呢，入乡随俗，到了美国就要用美国人的思维来想问题。自己凭本事挣钱，没有什么丢人现眼的。可是自己一猛子跑了上万公里，难道就是为了来做代购？

2

米佳左右思索着，来学校接孩子。逛商场耽误了时间，此时校园里已经没什么车和人，远远就看见海小米和高鹏坐在高台阶上左顾右盼。

"妈妈。"小米热情地叫着。高鹏也懂事地站起身和她打招呼。

"你妈妈还没来啊，要不要我把你带回去？"孩子如此礼貌，米佳不得不客气一下。

"不用了，我妈已经出来了，谢谢阿姨。"高鹏的声音永远那么怯怯的。

回家的路上，米佳禁不住问小米高鹏怎么越来越拘谨，还没有在国内开朗。海小米小眉头紧皱，憋了半天终于告诉米佳高鹏的秘密。原来，高鹏受到校园霸凌了。几个美国孩子欺负他内向、体弱，经常找碴欺负他。

"那他得告诉家长啊，必须向学校反映啊。"米佳一听就急了。

"哎呀，他不想他妈着急。好像，好像咱们走了之后他们过得也不那么好。"

米佳本不想跟赵梅再有任何瓜葛，对她的近况总是避而不听。可今天的事，涉及孩子，她不能不管。

"你告诉高鹏，一味躲避不是办法，他要不想家长着急，就自己找老师反映情况。这种事，可大可小，必须及时制止。"

海小米点头应着，随口说出自己的困惑："是不是美国人都看不起中国人？"米佳以为她也受了欺负，紧张得头发根都竖起来了。

"没有，我就是觉得跟他们融不到一块儿去，说笑话都笑不到一块儿。"

孩子说的情况是必然的。那不是简单地消除了语言障碍就能解决的。那是涉及文化、民族、国家等很多深层次的问题。米佳自己都说不清，只能用增加阅读量之类的非有效方法给孩子宽心。好在孩子还小，并没有追根问底，一提到老师让看的小说就来了精神，开始滔滔不绝讲母跳今天的打扮。原来，今天是学校的"睡衣日"，老师、学生都可以穿着睡衣去上学。

"母跳居然穿了个小熊维尼的睡衣给我们上课，笑死我了。"

"你怎么没跟妈妈说啊？"

"我那个睡衣太普通了，穿着也没意思。"

"早说啊，咱们买一个不就行了？"

"那不又得花钱了？爸爸走了，咱们是不是又没钱了？"

看着海小米一脸"穷人的孩子早当家"的表情，米佳觉得又好笑又心疼。在国内完全没有金钱概念，甚至从来没有自己买过东西的海小米，居然开始担心家里的经济问题了。她真的难以想象过去几个月的磨砺，给孩子幼小的心灵留下了怎样的阴影，又或者是让她经历了怎样一种成长。米佳想跟孩子好好聊聊，却又因不能有一个明确的观点而放弃。因为她自己都没有想好，在过去百余天的跌跌撞撞中，自己究竟收获了什么。她只觉得，自从离开赵梅家，又经历了海斌的到来和离去，她的心里不那么慌乱了，也不再焦虑了。毕竟她们有了自己的窝，经济上也恢复了自由。她还掌握了基本的外汇和金融知识，即使没有海斌支持，北京出租的那两套房子的租金也能顺利转账，维持她和孩子的日常开销。这能说明她已经在美国站住脚了吗？她的答案是否定的。不知为什么，随着温饱和安全问题的解决，一种莫名的不适应越来越强烈。那种不适应肯定不是出于饮食和生活。因为这里几乎每个小城市都有一个或几个华人超市，中国食品调料一应俱全，而且没有国内超市的南北地域差异，想吃什么都能买到。那是因为孤独吗？米佳也不这么认为。毕竟，她住在华人聚集的小区，对门是建平家，走两步就是雅丽家。不用特意组织，小区里就能同时摆上两桌麻将，业余生活比国内不知道要丰富多少倍呢。问题可能就出在这个业余上了。当生活真的只剩下业余的时候，人心是否还能将其当作一种享受，那真是各人有各人的说法了。米佳从不是一个闲得住的人。以前，她上班、带孩子、照顾家，忙得脚不沾地，却也乐此不疲。因为她能感受到自己的重要性——单位需要她，孩子离不开她，家里没有她不行。这大概就是她那种家庭环境成长起来的女孩心里认可的最大的存在价值。可现在，单位被她抛弃了，家里也没因为她的离开受到影响，孩子更在成长中觉醒，并终将展翅高飞。到那时，她就真的一点存在价值都没有了。这才是米佳最为忧虑和不适应的。她必须给自己找到力所能及的事，起码让自己看到自身存在的价值，以目前的状况，也许代购是她唯一的选择。

　　理清了思路，米佳首先向女儿宣布了自己的决定——做代购。她怕海小米还会像上次在赵梅家做保姆时一样，因为不理解而产生不必要的想法，先是详细介绍了自己做代购的优势和便捷，又着重解释了经商的意义和价值，最后，抬出雅丽等人当榜样。海小米认真听完米佳的讲解，从利弊两方面对这件事进行了分析。最后得出结论，此事利大于弊，而唯一的短板——米佳数学不好，完全可以通过计算机等外力解决。实在不行还有她这个小助手帮忙。因此，她强烈支持米佳开展自己的代购事业。得到孩子的认可，米佳信心满满，一鼓作气地给她唯一的商品连拍了好几张照片后，在朋友圈发出了第一条产品广告。

3

第一个看到米佳广告的是汤小兵。一大早，他就举着手机向海斌宣布这条重大新闻。

"快，快，你媳妇开始干代购了。"

海斌睡眼惺忪地看了看那条广告，断言："她做生意，不赔就是赚。"

其实，海斌一眼就看出，那是他喜欢的一款男包。他有点儿不明白自己回国不久，米佳就用售卖自己喜欢的包宣布开始代购生涯的用意。经过厕所里的放松式思考，海斌灵光乍现——米佳还是在向他挑战，在用行动发出宣言，没有他，自己照样能活得很好。想到这里，海斌就有些不爽了，他记得自己明确表示过不让她跟那个代购女人学什么做生意，她根本就不是做生意的料。现在她不但不听，还公然挑衅。这说明了什么？

果然是当局者迷，海斌一点都没意识到，不自觉中，他竟在用米佳的思维方式思考问题。

"小兵，帮我一忙，找一个米佳不认识的朋友，把这包买了。"

汤小兵一时没明白海斌的用意："你们两口子这是玩儿什么呢？你

的包啊？直接带回来不就完了？"

见汤小兵这么说，海斌更加坚信自己的判断："她傻，我不能跟她一块儿没有智商吧？你看那定价，美国东西再便宜，也不可能这个价儿吧？她肯定没算上税，要不就是少加了运费。这么便宜她也卖不出去，人家以为是假货或者二手的呢！"

海斌不愧是生意人，只瞄了一眼就看出米佳定价的问题，还在几分钟之内想出止损的办法。汤小兵对海斌佩服得五体投地，一副要归入他麾下的样子。

"老大，你这生意脑子，真不是白给的。看在咱们同进小黑屋的分上，你就收了我吧？"

"你啊，跟米佳是半斤八两，也不是做生意的料。能把饭做好了，就是不错了。"

"嘿，你这人怎么说话呢，过河拆桥是吧？要不是我及时给你提供了米佳的离婚协议书，你是不是还在人家那儿自我感觉良好呢？"

"快别提那个离婚协议书了。"海斌刚要把这件事搞搞清楚，海奶奶竟闻讯凑了过来。

"啥，儿子，那个女人，她还敢提离婚？反了她了？"

见母亲竖起了三角眼，海斌知道老太太信以为真了。碍于男人的面子，他只能顺着母亲的话接着说："就是，反了她了，看回来怎么收拾她！"

说者无心，听者有意。海斌说完就忙忙碌碌上班去了。海奶奶可安静不下来了。她认真分析了离婚带来的利弊。以目前情况看，自己儿子年富力强，再找一个年轻的不在话下。按现在年轻人的观点，就是娶个黄花大闺女也不是难事。到时候，再给自己生个大胖孙子，不知要比那个被她妈教育得跟自己不亲的海小米强多少倍。唯一不好的地方就是米佳将分走儿子辛辛苦苦打下的家业。不过，好像儿子刚刚投资了工厂，这家里的积蓄估计也没剩多少，正是分家的好时机。

多年守寡的经历，造就了海奶奶极强的执行力。简短分析了现状，海奶奶就开始行动了。花园里、棋牌室、图书馆、健身房……半天时间，海奶奶家的儿子不幸离婚，开始另寻新欢的消息几乎传遍了整个小区。

傍晚时分，海斌拖着疲惫的身躯，走进"自在"餐吧，只想吃一口素面，放松一下跟新客户斗智斗勇了一天的大脑。坐在吧台前，他习惯性地向二姨所在的收银台望去，居然没见人。服务生偷偷告诉他，二姨是见他进来才躲出去的。海斌自知近来忙碌，从美国回来也没跟她老人家请安。老太太定是挑他的理了。他赶紧放下菜单，追到后厨。二姨果然一脸寒霜，站在小院里抽烟。

"二姨吉祥，小的给您请安了。"

二姨没答话，换了个方向，继续抽烟，一副眼不见为净的样了。海斌赔着笑脸，转到二姨面前。

"没良心的东西，给我滚。"

"怎么没良心了，汤小兵没把我给您老买的鱼油送来啊？"

"海斌，你知道我最讨厌，不对，是厌恶哪种人吧？"

"知道啊。两面三刀，说一套做一套，揣着明白装糊涂……"

"行了。那我问你，你跟我说你到美国干什么去了？"

"我，我看老婆孩子啊。"

"看老婆孩子，然后顺便把她们蹬得远远的，最好留在美国不回来是吧？"

"不是，您这都哪儿跟哪儿啊……"

"我还想问你呢。"

话就此说开，海斌才知道母亲这半天时间的所作所为，而二姨是被海奶奶散布的消息气晕了。

"这个老太太真是越老越糊涂。这八字还没一撇的事，就让她弄得沸沸扬扬的。"

"什么？八字没一撇，怎么着，你小子还真有这想法啊？"

"不是，二姨，哎呀，我真是……"

海斌听完事情原委，真是烦透了。自从那封电脑里的离婚协议书出现之后，他一直屏蔽着可能由此引发的不悦。他的最强大的理由是：第一，那个东西不是米佳交给他的，而是汤小兵无意间发现的。第二，离婚协议书的起草日期是八个月之前，彼时，他正忙着工厂组建，以米佳的心态和行事风格，编出这样一份文件实属可能。第三，就是他和米佳最后分离时的情景，那种难舍难分、依依惜别的样子，哪像是要离婚的夫妻？不说是新婚宴尔，也得是浓情蜜意。他本来想得到米佳当面的、明确的解释，可是时间紧迫，他担心说不清楚反弄得两人不快。可又怕万一米佳真有此心，自己一个大男人被女人提出离婚，实在有失尊严，才急中生智写了那么一封不伦不类的信。分别数日，米佳并无异态，他也忙得几乎将此事忘了。谁想一早就看到米佳朋友圈里的公然挑衅。再加上，回国以后，他老是梦见一个人——建平。梦里的建平总光着上身，不是跟他秀肌肉，就是向他挥拳头。他解释不了这出自什么心理，只将其定义为自己男性尊严受到威胁后的假想敌。被海奶奶这么一闹，他本能的反应是，维护自己的尊严，即使真离婚也得是自己提出来。

"你啊，活了快俩二百五了，干事儿还是这么二百五。"

二姨是个眼里不揉沙子的人，见海斌这个混沌的态度，才不允许他继续糊涂下去。开了一瓶啤酒，她开始不厌其烦、掰开揉碎地给这个男人讲道理。当然，她的重点还是男女的不同。海斌表面听得频频点头，心里自私的小九九还是不时跳出来提醒他——女人的理论都是向着女人的，不可全信。

"这个事，你不能拖，赶紧说明白问明白了，以绝后患。这距离太远，说不清会发生什么变故。"

二姨斩钉截铁的断言还没落地，汤小兵就一脸苦相闯了进来。

不用问，二姨就知道这小子又把孙墨苹惹怒了。

"二姨，救命啊。这回孙老师可能真的要给我判死刑了啊。"

原来，自从汤圆无故晕倒，医院根据化验结果给出初步判断后，汤小兵就上网查询孩子的病情。他怎么看也不能相信孩子得了肾功能衰竭，就执意带汤圆到另一家大医院复查。路上，坏小子低头认罪——医生搞错了化验单，早在第一时间告诉他，他的病只是运动过量引起的尿蛋白异常，休息一下自然就没事了。可他觉得学习、训练太苦了，才将错就错，上演了这场装病的好戏。面对孩子的央求，汤小兵不知道哪根筋搭错了，不仅没有揭露儿子，还凭借自己三寸不烂之舌，愣是给汤圆开出疑似肾功能障碍，建议全休的假条。可能是玩儿了几天，他也怕孩子荒废了学业，只好跑来找二姨支着。

二姨大笑着重复了自己早就给汤小兵下的定义——聪明反被聪明误。然后，看着难兄难弟一样的两人化悲痛为食量，整整吃了六大碗素面才肯罢休。

"行了，看在素面的分上，我就免费附送一份药方吧。"二姨终于开口，"相互帮衬，取长补短。"

海斌和汤小兵如获至宝，交口念叨着，重回"战场"。

看着二人离去的背影，二姨摇摇头。她是真为这两个男人着急。在她心里，无论海斌还是汤小兵，都是不折不扣的好男人。最起码他们没有那些乱七八糟男人的花花肠子，也没有任何让女人讨厌的恶习，更不是自私自利靠女人养活的吃软饭的。他们唯一的问题是不了解自己的女人，只知道凭借自己的想法，荒蛮用力，最后只能适得其反。前些天，二姨闲来无事，给这四个人做了一个交叉配对的游戏。结果有些惊人，几乎颠覆了她对自己保媒婚事的一贯定性，甚至怀疑自己点错了鸳鸯谱。缘分虽定，可人是活的。她坚信如果这两个大男人真能互相融合，肯定能收到良好的效果。

回去的路上，海斌还沉浸在米佳的第一单生意上，追问汤小兵是否抢单成功。

"搞定了，留的也是我朋友的地址。放心吧。"

"她要是卖了，就说明……她要是不卖，就说明……"海斌念咒一样胡言乱语起来。

"说明什么啊？人家回微信了，货已发出了。"

海斌听言，愣住了——她怎么能把给我的包卖给别人呢？这说明了什么？

4

海斌的直觉一直都是对的。米佳虽然挂上了广告，但她心里真没舍得卖那个包。即使一大早就被朋友回复要货的信息刷了屏，她也坚持着没有出手。直到晚上，她居然接到孙墨苹的微信，问她到底发生了什么事，为什么海奶奶逢人就说海斌要离婚再娶。米佳心急，顾不得二人之前的生分，一个电话追过去，问清了原委，也明白了海斌最后留下那封信的含义——他居然动了离婚的念头。米佳受不了打击，当着孙墨苹的面大放悲声。孙墨苹也没想到米佳折腾来折腾去，最终得来这样的结果，不由得跟着痛骂"海老茂"不是东西。又听到孙老师特有的说教性安慰，米佳如饮甘醴，坦率地表达了自己这些天的孤独和落寞。孙墨苹本就理亏，让米佳一说，也是眼泪在眼眶里打转，承认没了知心人的生活有如黑夜行船，找不到方向。就这样，本来亲如姐妹的好闺密，尽释前嫌，和好如初。孙墨苹叨叨唠唠嘱咐半日，最后还是那句话："离婚是场自伤，轻易不要尝试。"米佳一口咬定自己从来就没这么想过，这回肯定是海斌受不了离愁，才动了这个念头。孙墨苹断言事情不会这么简单，让米佳千万不要将话挑明，以退为进，伺机而动。米佳答应了，心里却很意难平，随手接了汤小兵朋友的单，还吹牛说，已经秒发了货物。

为了克制自己质问海斌的欲望，米佳来到花园里，趁着夜色整理菜地。白天在超市买菜，她帮一位东北阿姨向算不清账的美国收银员要回了被多收的十美元。阿姨感激不尽，执意拉她去家里喝茶。在阿姨家硕大的后花园里，米佳得到一次农业知识普及。孤身赴美给女儿看孩子的阿姨闲不住，也吃不惯这里的蔬菜，居然让经常出差回国的女婿偷偷带来了菜种，在后花园里，自己动手丰衣足食。别的米佳兴趣不大，可看到野草一样粗壮的紫根韭菜，她就走不动道了。她太怀念韭菜鸡蛋馅饺子了。阿姨洞悉她的心思，分了一大块韭菜苗给她，还让她别不好意思。这里的华人都从她这儿分苗，谁让大家都好这个，偏偏超市里又见不到韭菜呢？就这样，米佳的生活又多了一项内容——种菜。

按照建平之前的规划，米佳本来已经清理出铺设草坪和种花的区域，此时只需将韭菜苗平铺、整理后，浇足水即可。尽管花园的灯有些暗，但是喝足了水的嫩苗，绿油油的样子，总能给人带来希望。米佳看着自己的劳动成果，心情逐渐好了起来。她不再纠结海奶奶的行为是不是海斌授意的，也不抱怨海斌莫名其妙的想法，她忽然无比相信自己的直觉。分别数月，她已经明显感到海斌的变化。这变化就说明了一切，她还瞎纠结什么呢？她只要给他带好海小米，别的都不重要。

"哟，这是要包饺子了？"

建平的问话打断了米佳的思考。她顺着他的说法，脑补了不知道要多久才能实现的愿望："嗯，快进来。韭菜鸡蛋虾仁，再配上少许火鸡肉馅保丸儿，哎呀，我口水都快下来了。"

"哈哈，什么时候能吃上啊，算我一个啊。我可是闻着味儿来的。"

"你要是馋了，我明天带你去刘阿姨家吃。这韭菜苗就是她分给我的。"

听说米佳又结交了新朋友，建平由衷为她高兴。他说，大家的友谊大多是这样建立的，今天你给我把葱，明天我还你捧蒜的，简单、直接，又透着亲切。

"没错，有点儿像我们小时候，住在大院里。一家吃饺子，恨不得全院都能尝到。我们小孩就更别提了，十岁之前，那都是吃百家饭长大的。"

米佳的童年是最无忧无虑的，那些成天只需要幻想的日子永远是她怀念和向往的岁月。

"我小时候跟奶奶在海边，每天起早捡螃蟹、摸鱼，弄得太多了，就到村里跟邻居换粮食。我现在有时候还能梦到当时的情景呢，真是幸福啊！"

"你现在不幸福吗？"

米佳随口问出的一句话，结束了建平脸上难得的笑容。他故意干咳两声，说明来意。

"不知道能不能请你帮个忙，我……实在是……哈哈。"

建平吞吞吐吐告诉米佳，他有个儿子，叫楠楠，就在海小米学校的高中部。学校要举办成人礼，要求家长给孩子送一份有纪念意义的礼物。他自己闷在屋里想了两天也没想出来送点什么合适，想请米佳帮忙出主意。

"嘿，这还不好办，交给我了。"

米佳敏感，早就猜出建平和儿子间的问题，并不多问，一口应下，并在第二天上午就拿出了自己的建议。

米佳是拿着自己给海小米做的电子相框敲开建平家大门的。这个相框就是她给建平的建议。她认为，家长能给孩子的最好的成人礼，就是对他成长过程的回顾。那些从出生到长大的照片，凝结着家长对孩子的心血和最真挚浓郁的爱。

"你们一家很恩爱。"建平点开相册，看到年轻的米佳和海斌抱着襁褓中的小米，笑得清纯、甜蜜。

"那时候真年轻啊！"米佳不禁想起自己初为人母时紧张得连孩子都不敢抱，是海斌鼓励她，并教她用小床单当工具，把孩子拉过来拉过去地哄，省得软乎乎的不好抱。也就海斌能想出这样的馊主意，亏得自己当时还夸他有办法。时间过得真快啊，转眼孩子都这么大了，眼看着就高过自己了。米佳叹了口气，感叹岁月催人老。

"别这么说，至少你还有老的机会。"

建平终于打开话匣子，给米佳讲了自己的故事。原来，建平是学法律的，大学毕业就跟自己的同学结了婚。婚后，他不满足现状，埋头努力两年，居然考上了哈佛法学院。这时，妻子也为他生下了宝贝儿子楠楠。本打算孩子大些，就将妻儿接到美国。可他学业工作并不顺利，等他终于凭着自己的能力，在纽约打拼出一番事业的时候，妻子也在国内有了自己的发展，认为如果没有合法身份，在美国不会有前途，拒绝随他赴美。这就种下了他们移民美国的种子。为了早日解决自己和妻儿的美国身份，他继续在纽约打拼，没日没夜接案子、打官司，逐渐奠定了经济基础，并利用工作机会，申请永久居住权。妻子在国内，顶着事业、生活的双重压力，一个人带着儿子，苦熬苦等。就在他获得绿卡的时候，妻子忽然去世。儿子从小与他聚少离多，又早熟叛逆，二人根本生活不到一起。他只能按照儿子的意思，给他办理了寄宿家庭手续。如果没有特殊情况，他们半年也见不了一面。要不是学校提出要求，楠楠也不会求他。

"你不应该这么想。父子之间哪儿有求不求的道理。没准孩子早就想跟你修复关系，只是没有理由和机会。"米佳没想到建平的故事这么凄婉，除了劝慰他血浓于水，父子永远是亲人之外，不知道说些什么。

"我也是这么想的。但愿吧。"建平的声音忽然变得苍老起来。他站起身，走到酒廊边倒酒。阴影里的身躯明显有些驼了，耳鬓边的白发也被射灯照着，发出耀眼的银色。米佳忽然想起了海斌，点开电子相框，看着照片里的海斌，她喃喃地对建平说："有家就有一切，日子总会好起来的。"说完，她看看建平，自嘲地笑了。

- CHAPTER 16 -

努力会有回报

1

那个晚上真是个多事的夜晚。米佳正要从建平家出来，就碰到失魂落魄、寻找高鹏的赵梅。原来，她又因为有事耽误了接孩子，等她赶到学校的时候，校园里已经一个孩子都没有了。"匹诺曹爷爷"只笑呵呵告诉她三点半之前，他还看到一个中国孩子坐在高台阶上。三点半之后，他就下班了，没有注意，也没有义务继续关注那个孩子。赵梅无奈，只得一边继续打高鹏的手机，一边在周围寻找，可直到现在也没有得到高鹏的任何消息。她急疯了，又没人求助，只能来找建平。

建平赶紧开车带赵梅继续寻找，米佳则回家让海小米试着联系同学，获得更多的信息。不久，海小米就从一个韩国孩子的回复中看出端倪，高度怀疑高鹏的失踪跟之前的校园欺凌有关。米佳当机立断，开车带着海小米重新回到学校。校园里静悄悄的，只有周边的几盏照明灯驱逐着黑暗。

"妈，就咱俩，行吗？"海小米有些怕。她听高鹏说过，那个废弃的实验室，曾经发生过灵异事件。

"不就是闹鬼吗？哪个学校不流传几个鬼故事啊，没什么大不了的。中国外国一样，都是邪不压正。"米佳心里打着战，嘴上却一派强硬。

二人打开手机上的手电，互相搀扶着走进黑漆漆的楼道。

吱嘎一声，不远处的门突然开了。

"啊，僵尸。"海小米大喊一声，掉头就跑。米佳也吓得尖叫着往回跑。

"别怕，米佳，是我，建平。"

米佳和海小米哪里肯停，直跑到楼道的尽头，无路可逃了，才气喘吁吁，闭着眼睛回过头来。

"你闭着眼睛，僵尸也照吃不误。"一个陌生的男声传来，米佳警觉地睁开眼睛，一个清秀、高挑的男孩一脸不屑地站在一边。这是她和建平传说中的儿子楠楠的第一次见面。

原来，建平听米佳念叨过高鹏的事，考虑到大人不如孩子了解情况，就到寄宿家庭，接出儿子，共同寻找。楠楠并不多言，只带着他们来到学校这座废弃的教学楼，并撬开了最里边一间教室的门，果然看到吓得浑身哆嗦的高鹏躲在角落里哭泣。高鹏的嗓子因为长期喊叫，几乎发不出声来。

这时，米佳她们正巧也找来了。海小米眼尖，误把对着影子学僵尸走路的楠楠当成了僵尸。

虚惊一场之后，海小米对楠楠有了一种先天的亲近，追问他怎么一下就知道那些坏孩子欺负人的地方。对这个问题，楠楠十分敏感，立即收回刚刚放松的状态，僵着身子要求建平送他回寄宿家庭。

米佳自然接受了送赵梅母子回家的任务。一路上，不知赵梅是真忘了二人之前的芥蒂，还是已经崩溃到极点，她祥林嫂一样自责着。

"我就不该光顾着打牌，不管孩子。那些酒会有什么好玩儿的啊，我怎么就非去不可呢？儿子，别怪妈妈啊。妈妈实在是，实在是……"

赵梅说一会儿，哭一会儿，眼看就到家了，她却没声儿了。高鹏紧张地摸摸赵梅的鼻息，证实母亲只是睡着了，才小声央求米佳让妈妈在车里多睡一会儿。因为，自从她们搬走之后，赵梅的状态就很差，每天都要依靠强力安眠药才能入睡。有时候，安眠药都不管用，她就整天睁着眼睛强撑着。

米佳怎能拒绝孩子的一片孝心，悄悄停好车，带着两个孩子再次进入赵梅的家。一进门，她就惊呆了，不相信眼前这个垃圾遍地，家具乱摆，空气中还弥漫着一股酒气的房子，就是那个她亲手布置、打理得犹如上世纪英国贵族乡村别墅般的豪宅。高鹏随手捡起挡路的便当盒，不好意思地把米佳和海小米往屋里让。

"孩子，你妈妈，你们家这样有多久了？"

"阿姨，不瞒您说。我妈她用惯了家政服务，离了您，她真是，活着都不容易了。"

"那你们，吃什么啊？"

"饭馆，外卖，您没看出来，我都吃胖了。"

"真没看出来。"米佳心疼高鹏，日子过成这样还不忘开玩笑。米佳不再跟他多说，撸起袖子，走进厨房，轻车熟路地给孩子做了两个菜，还趁着焖饭的工夫，麻利地收拾了厨房和客厅里的垃圾。

就在高鹏毫不掩饰自己的口腹之欲，端着盘子猛往嘴里扒拉饭菜的时候，赵梅无声地走了进来。刚刚还有说有笑的三个人瞬间石化。赵梅也有些不自然。她理了理睡乱的头发，清了清嗓子，四处看看，终于在摸到钱包的一刹那，停止了从内到外的手足无措。

"米佳，谢谢你啊，送我们回来，还给孩子做了饭。"赵梅一开口就找到了属于自己的腔调。她麻利地打开钱夹，翻出来两张一百美元大钞，递给米佳："给，劳务费，别嫌少啊！"

按照米佳以前的脾气，她一准抓过钞票，砸在赵梅脸上。不过，现在的她已经不是几个月前的她了。

"赵梅，我今天送你回来，是承着朋友建平的面子；做这顿饭，也是看孩子受了惊吓，这么晚还饿着肚子，可怜，跟你半毛钱关系都没有。"米佳轻蔑地看了她一眼，拉着海小米头也不回地走了。

米佳在赵梅面前维护了自己的尊严，却仍忍不住心中委屈，向孙墨苹吐槽。孙墨苹知道赵梅素来虚荣，为了给米佳宽心，八卦了赵梅的真正处境。

"你也别怪她矫情。我听说，她跟老高已经分居十年了。为了保住大老婆地位，她才抓着高鹏这根最后的稻草，跑到国外去的。"

"不会吧？她不一直在咱们面前显摆老高对她如何爱慕吗？"米佳说着，眼前闪现的是赵梅知道老高不来时那张面如死灰的脸。

"她说什么你就信什么，没自己判断啊？"

"我，我也觉得有时候不太正常。"

米佳撒不了谎，也觉得说谎对任何人来说都是件高难度的技术活，一般别人说什么她就信什么，在她单纯的头脑里，她很难理解那些依靠谎言生活的人，更难以想象他们被谎言包围的生活。所以，她跟赵梅在一个屋檐下生活了那么久，基本没看出来，赵梅那被粉饰得五颜六色的生活，根本就是一场骗局，一场从头到尾都是赵梅自导自演的骗局。

高鹏被欺凌，立即引起小区内众家长的愤怒。大家相约一起找学校反映情况。谁知，美国人看到这么多家长同时出现，又听到"校园霸凌"这个严肃的词，立即收起来虚伪的热情。

"哦，太遗憾了。以我对学校的了解，不可能出现这种问题。"平时笑不离脸的国际招生官绷着脸，耸耸肩，用英语向中国家长表明自己的态度。

"事实在这里摆着，怎么能说不知道呢？"

"你没听说，我们现在不就是来这儿反映问题的吗？"

"你们这样解决问题，就是歧视，严重的歧视。"

"多收我们好几万美金，出了问题就不管了，你们这是明显的抢劫，是文化侵略！"

家长们大都英文不好，表达愤慨这种事儿还是用母语最直接。大家你一言我一语，把美国学校的国际招生官办公室变成了中国的上访接待室。谁知，平时一直用中文跟他们交流的国际招生官表情平静，仍是耸耸肩，用英语说："对不起，我听不懂你们的意思。"

建平让大家保持安静，将整个事件及家长们的意见用英语复述了一遍，希望校方表明态度。

招生官故作同情地挤出几句对不起后，就抬出了留学中介。根据中介条约，一切与中国学生有关的事情，都由留学中介负责解决，自己爱莫能助。

大家又联系上难得一见的所谓中介老师。那个印度裔女人态度更恶劣，电话里就开始大骂学校不负责任，还拿出具体条约说事。由于条约规定模糊，家长们只能看着校方和留学中介双方互相推诿，推卸责任。就目前的情况看，大家是跟留学中介签订的合同，只能追究中介的责任。可这种留学机构一般都是两国注册，两边享受着互惠互利，拥有精通两国法律的法务团队，令人很难找出问题。再加上没有造成实质性伤害，美国孩子不会提供证人证言，纵使建平翻遍了相关法理、法条，也难以从法律上找出追究其相关责任的办法。大家都很沮丧，默默后悔被国内中介忽悠得神魂颠倒，没有仔细研读合同，只能吃下这个哑巴亏。赵梅见状哭得死去活来，更是一点主意都没有。米佳实在气不过，拿出看家本领，撰写文章，威胁中介机构不解决此事，将动用一切关系，先在中国的舆论上搞臭他们，再通过各种渠道提醒广大家长，不要选择这个美国学校，让他们彻底断了财路。这一招着实管用，校董们和中介哪能轻易放弃一个中国学生顶三个美国孩子的挣钱渠道，也终于意识到顾客就是上帝的道理，瞬间转变态度，恳切表示将严肃处理此事。

为了庆祝胜利，赵梅特意订了华人餐馆的菜，请大家到家里聚餐。再次以客人的身份走进这所房子，米佳有些感慨。建平故意问她，是不是又想起了在这里当保姆的日子。米佳不好否认，脸上绯红。

"其实，所有经历只是浑水里的标杆，告诉你哪里该去，哪里不该踩。"建平忽然话锋一转，"事实证明，你不是一个合格的保姆，倒是一名优秀的写作者。"

"谁说我不是合格的保姆，我……"

"不说你的业务能力，就一点你就不合格。"

"哪一点？"

"隐忍。"

"这个恕我不能苟同。"米佳不知不觉提高了嗓音，"这里是美国，我们就不能用中国人那套克己复礼解决问题。"

"可这里是人家的地盘呀，真打起来，没人给你撑腰，我们到哪里都要吃亏的啊。"雅丽听到他们对话，加入争论。

"这就是我特别受不了的。"米佳从来意识不到自己一说话就会打击一大片的毛病，"咱这儿的人有一个共同的毛病，大人小孩都算上，就是看到美国人自己先发怵，这是打心眼儿里发出来的，就跟八国联军进北京那阴影被隔代遗传了似的。"

大家被她说愣了，可细一琢磨，又找不到理由反驳她。都说美国是移民国家，可哪个中国人初到美国，没体会过真正美国人那种从骨子里透出来的歧视？哪个中国人身处异国他乡，没有点儿无人撑腰、无根浮萍的感觉？这些隐秘的心理状态，最直接的现实表现不就是中国人行事的格外小心和中国人之间的互相指责，以至于互相拆台吗？

大家纷纷举杯，为米佳的观点喝彩。米佳不无得意地看看依然阴阳怪气的赵梅，可迎接她目光的却是建平火辣辣的眼神。她被电到一样，赶紧拉着雅丽，继续探讨生意经。

2

在雅丽不遗余力的帮助下，米佳基本了解了代购市场的状况、顾客的需求、本地的优势等必要情况，准备投入第一笔资金，大干一场。雅丽又老到地提醒她，迅速建立自己的顾客圈将是她下一步的努力重点和首先要克服的心理障碍。毕竟，她要走的是一条弃义从商之路。放在古代，是要被老祖宗骂的。米佳这才知道，雅丽从前是一名护士，她告诉米佳的都是自己的亲身经历和切身体会。这时，米佳才真正体会到自己第一次发现雅丽在超市囤货时躲躲闪闪的眼神，第一次明白自己那些"不偷不抢，靠本事吃饭"的大话，在现实生活中是多么苍白无力。就像她永远不愿意别人提起她在赵梅家当保姆的经历，所有普通人都只愿意展露自己光鲜的一面。只有内心真正强大的人，才会直面一切，为了心中的目标，勇往直前。一时间，她几乎理解了赵梅的所作所为。以她的心态，她完全有理由在没有保姆指使的情况下，靠对自己的发号施令继续勾画她那张在国内画了十几年的虚假画卷；她在得到老高即使到美国出差也懒得来看望她和儿子的消息后，歇斯底里的绝望；她也必然会用二百美元大钞来打击一个朋友真心诚意的帮忙……在种种自觉不自觉的思辨中，米佳释然了，也再次明确了自己现阶段的目标——做一个好代购，当一名好商人。于是，她语气轻松地给曾经的下属打电话，请她转发自己朋友圈的商品广告，支持自己的生意。谁承想，考验是无处不在的，米佳也确实高估了自己的承受能力。事实是，曾经的下属还没有完全听懂她躲躲闪闪的意思，就率先将自己荣升部门总监的消息告诉了她。那是她曾经受尽侮辱也未得的一个职位。米佳辛辛苦苦粉饰的好心情，瞬间回到冰点。在人家喜气洋洋的声音里，哪儿还有她介绍生意的空间？在她故作镇静的应和中，哪儿还有刚刚豪气十足的信心满满？

这时候，建平敲响米佳的大门，也结束了她尴尬的聊天。建平是来向米佳求教的。为楠楠成人礼准备的电子照片程序做好了，可由于孩子小时候他很少回国，造成楠楠成长关键阶段的大段空白。他已无处搜寻那些年孩子的照片，又不想轻易放过那明显存在的岁月，只能找米佳商量对策。

米佳理解建平的苦衷，暂时忘掉自己的苦恼，建议他在空白处录一段话，配上自己独自在美国打拼的照片，这样孩子肯定能感受到他多年来的艰辛和他对家庭的责任，对妻儿的爱。

"太好了，太好了。我怎么就没想到呢？"建平连声称赞，米佳却表情木讷，缺少回应。

"怎么了？遇上事儿了？"建平收起自己的兴奋，关心地问。

"你说，你当年那么不顾一切地跑到美国来，到底为什么啊？"米佳早已不把建平当外人，问的问题也属于内部人版本。

"那你呢？抛家舍业地跑到这儿来，别告诉我只为了陪孩子读书？"建平机智地将球踢了回去。

"我就是觉得自己人近中年，活了多一半了，越活越没劲，越活越没价值，我只想，想换一个活法。或者，准确地说，是想通过改变生存空间，激发自己潜在的生存价值。"

建平被米佳绕口的回答，逗得大笑，笑毕，丢下一句："你啊，还是没有放下。记住放下，而后自在。"建平就这么没头没脑丢下一句话后走了，留下米佳继续烦恼。

没过两天，米佳就在朋友圈里高调宣布自己开了微店，正式开启代购生涯，试营业期间，所有亲朋好友享受九折优惠。大批商品照片，以霸屏的规模，出现在米佳的朋友圈。品种更是五花八门，小到牙线、唇膏、护手霜，大到旅行箱、吸尘器、各类厨房家电。米佳的经营范围几乎包括美国最大超市的所有门类，其实，总而言之一句话——您要啥，给您淘去。朋友们对此的态度也是各不相同：有的虚伪祝贺，实际拉黑了米佳的朋友圈；有的真诚祝福，羡慕得恨不能在国内开个实体店；还有的真心需求，购买欲超过了米佳的能力……只有孙墨苹第一个跳出来指责她自掉身价，还痛心疾首地提醒她，女人不能太要强，要强的女人没好命。退一万步说，即使她和海斌离了婚，从法律上讲，海斌也有共同抚养女儿到成年的义务。

米佳很想跟她说让自己下决心大张旗鼓做生意的正是海斌。她才不能在对方的公然挑衅下，甘心示弱。可两夫妻斗法的方式和语言比世上最复杂的密码都难以理解。她怕自己说不清，反让孙墨苹劝得没了斗志，索性用商品推销转移了话题。

"对了，你听说过叶黄素吗？就是吃了对眼睛特好的那种东西。这里有专门卖的，家长们都给孩子买来吃。你看小米现在上课都是 iPad，下课又是手机又是游戏的，太费眼睛了。我赶紧给她买了一瓶，吃着还不错，要不要给你家汤圆寄一瓶回去……"

"行了，别一上来就一副商人的嘴脸。你啊，干不了这个，用不了三个月你自己就撤了。不信，我这话放这儿，咱走着瞧。"孙墨苹根本不上当，仍是义正词严。

"哎哟，我明白你的意思，可我大活人一个，有手有脚，你总要让我做些事吧。再说，能尝试不同的生活方式，你不觉得也是一种幸福吗？"

"行，行，你幸福着吧，当我什么都没说。星巴克咖啡给我来两包，太便宜，不买受不了。"

米佳由衷地感动了，好闺密就是好闺密，支持自己的方式都不一样。

3

海斌真不是有意刺激米佳。事情还是因海奶奶而起。话说，那日海斌、汤小兵得了二姨的免费药方，回家分析、密谋，竟无师自通地总结出置换"驭妻术"的办法。具体思路和做法是这样的：既然米佳难以接受海斌的行事风格，海斌就用汤小兵的理念和做法来继续与米佳的分居生活。而孙墨苹受不了汤小兵的死缠烂打，他就换成海斌的直男作风，杀杀她的"骄娇二气"。主意已定，二人迅速采取行动。汤小兵一早跟海奶奶请假，要去外地找前徒弟介绍工作，准备重回职场。海斌则秉承汤小兵做事不着调的原则，继续由着海奶奶散布谣言，寻找下家。他们想得都好，偏偏忘了一件事，就是海奶奶的行动力。

汤小兵出门不足三天，海奶奶就乐颠颠领回来一个二十出头，身材健硕、五官姣好的姑娘吴芳。那天，海斌一进门就被机器人一样冲出来的吴芳吓得跌坐在地上。

"先生好，我是吴芳。"

"啊？好，好。"海斌站起身，发现母亲躲在暗影里看着自己发笑。

"妈，您这又是闹的哪一出啊？这谁啊？"

"人家不是说了吗？小吴芳，二十五岁，山西人。咱家新来的家政服务员。"

"不是，人家小兵刚走，您就……不合适吧？"

"有什么不合适的啊，我这岁数大了，家里家外的离不了人啊。来，儿子，笑一个。"

没等海斌反应过来，一张被海奶奶故意同框的"全家福"就诞生了。照片里，吴芳、海奶奶都全心全意看着海斌，一副幸福和谐的景象。海斌立即明白老妈醉翁之意不在酒，肯定要通过朋友圈，向米佳传递信息。这不是唯恐天下不乱的胡闹吗？他本能地抓住母亲即将发送的手，忽然汤小兵的声音飘过来："就得让她知道，她看不上的东西，多少人都当成香饽饽。"

"哦，发了。"海斌犹豫的瞬间，海奶奶成功发出朋友圈："家中来了新成员。"

海斌当然不知道米佳看到这条朋友圈之后的心路历程，他也顾不上。自从吴芳出现，他就深陷于两个女人的监控和爱护之中。每天从早上起床到晚上就寝，吴芳无微不至的关照和分秒不差的时间把控，令他一度怀疑，这是某个地下科研组织偷偷投放到市场上的家政机器人，有点儿类似于米佳曾强迫他看的那个英国电视剧里的智能机器人。他甚至根据剧情脑补，机器人后背的芯片代码可能具有特殊功能——性服务。想到老妈一向节俭，他又觉得自己想多了，即使人家有这个功能，他那会过日子的老妈，也不舍得花钱扩展业务。

大概是睡前想了不该想的，海斌和米佳在梦中相遇了。他们久别重逢，废话少说，一见面就热烈相拥，做起了令人身心愉悦的事情。只是，还没尽兴，他就被一只大鸟的翅膀弄醒了。睁开眼睛，他看到大鸟变成了吴芳，扑闪着直愣愣的大眼睛，问海斌是不是饿了，因为她在隔壁房间都听到他响亮的吧唧嘴声。海斌下意识捂住自己的嘴，向吴芳挥挥手，示意没事。吴芳走后，他立即猴一样跳起来，迅速锁上房门。重新回到床上，海斌的头脑终于被暗夜的清冷冻得无比清醒——哪儿有什么机器人。那就是人，他妈找来顶替米佳的一个大活人。一阵孤军奋战的悲凉莫名袭来，海斌从未如此强烈地思念起一个人——汤小兵。

不知道是不是两人待时间久了都会有默契，此时此刻，汤小兵也在想着海斌。他当然没有海斌那么好命，有人伺候着，还艳遇不断。他这两天的日子，可谓是尝尽人间冷暖。前徒弟早已荣登主厨之位，吆五喝六地管着一众手下。看到前师父谄笑而来，自是不能驳了师徒情分，勉为其难为他介绍了一个星级酒店面案的职位。谁知，面试的主厨可没那么好脾气，上来就挑剔汤小兵指甲里隐藏的黑点儿，影响酒店声誉。汤小兵哪儿受过这样的气，二话没说拂袖而去。前徒弟无奈，只能将他介绍到自己朋友的饭店。说是饭店，搁北京那就是一个早点铺。汤小兵吸取上次教训，收起锋芒，任由人家差遣。谁知，老板听说汤小兵在五星级饭店做过，什么条件没说，先给他一个笔记本，让他把自己当年的看家西菜谱，细细写出来。对着摆明了要窃取他知识产权的人，汤小兵自是不能客气。可他有骨气离开，却没勇气再去劳烦前徒弟，只能靠报纸广告，期冀自己打出一片天空。几天下来，他发现自己又想多了，以他一无厨师证、二无健康证的现状，能收留他的只有建筑工地了。他还真去了，可看到人家彪悍地扛起一袋水泥就走的做派，他就不得不珍惜起自己的小身板儿了。眼看着手里的钱越花越少，他想到的自然是在海斌家优哉游哉的日子，更想起跟海斌狼狈为奸、共商奸计的夜晚。想来想去，他还是决定回去。毕竟，让海斌笑话总比让那些轻狂的小字辈笑话强。海斌做事挣钱的本事，他还是无比佩服的。

两人心有灵犀通了电话，互相鼓励后，迅速采取行动。汤小兵即刻启程回京，收复失地。为免海奶奶再生事端，在他回来之前，海斌以全方位投入工作为由，住到单位。

4

海斌的工厂已在老干和众人的努力下，逐渐步入正轨。不懂技术，更无客户群的海斌最初的任务已经完成，他已可以安心做他的甩手老板了。可因为心中一直藏着那个"点草成金"的梦想，他一直想找人好好聊聊麦秆回收利用的问题。下班后实在无聊，他便向李静红发出了邀请。

李静红爽快答应赴约，只是地点由她选择。海斌随着李静红的指挥，兜兜转转居然来到了自己的小区，这才知道李静红心心念念的网红餐吧竟然是二姨的"自在"。二人落座，海斌特意带李静红到收银台见过二姨。二姨并不热情，一道道犀利的目光，剜得李静红很不自在。

"老太太古怪着呢，不知道谁又惹着她了。"回到座位，海斌为二姨打圆场。

"她不喜欢我。"李静红直言不讳。

"不会，你们第一次见面，怎么……"

"知道什么叫气场不合吗？我们就是。不过，这可不是个普通的老太太。"李静红大度地调侃着。

"那是啊，一般老太太也开不出这个网红餐吧啊！"

"你知道这里为什么成了网红吗？"

"餐吧啊，肯定是饭好吃啊。"

"你觉得这素面真有那么大吸引力？"

李静红点着服务员刚端上来的素面，告诉海斌自己为什么选择这里。原来，李静红早就听说海斌转型的关键技术支持来自这个小店的食客。最关键的是，他心里那个"点草成金"的梦想，也离不开那些慕名而来的青年才俊。

"中国人最喜欢在饭桌上谈事情，更何况这里清静、雅致，最适合聊创意，说梦想。再加上这周围好几个设计院、研究院。二姨肯定是一早看到商机，才将餐吧定位得这么准确。"

李静红一席话点醒了海斌，不用细想，他就能感受到餐吧里越来越浓厚的学术氛围。别的不说，帮他们找到清洁能源专利，并在工厂业务上积极出主意想办法的农科院博士后小张，就在这里创办了自己的工作室，每周定期召开工作会议，既省了办公地点开支，又能随时联络感情。而他们探讨项目的过程中，没准还会得到邻桌的主意，大家何乐而不为。

"你不会是到这儿来听点子的吧？"

"为什么不呢？"李静红耸耸肩，首先提到了海斌那个梦想。她觉得海斌的想法很有前瞻性，也完全符合国家政策要求，值得大力支持和推广。只是他现在需要的是成体系、成规模地完善自己的想法，而不是想起一出是一出。

"我也想啊，可我哪儿有钱啊？"

"只要你想，钱不是问题。"

海斌没想到，最理解自己的竟是他一度认为靠姿色上位的交际花李静红。他想到自己原来背地里跟老王对人家的说辞，不由得不好意思起来。

"你不信我？"李静红挑起面条，仔细看着，缓缓说着，"我是农村长大的，熟悉这面粉从种子到麦子的整个过程。你们说的什么麦秆，其实就是我们老家说的秸秆。每年收获季过后，热闹的田野恢复了安宁，成片成片的秸秆躺在地里，像被遗弃的士兵的尸体，要多凄凉，有多凄凉。我一直觉得是它们成就了丰收的果实，它们的下场不应该是等着被野火焚烧，或是被雨雪覆盖，烂在地里。它们肯定有更大的用处。所以，你知道吗？海斌，那天你一说就说到我心坎里去了。我真的等着你那个'点草成金'的梦早日实现呢。"

"你说得真是太好了。我就是这个意思，怎么就说不出来呢？这么着，改天，不，就明天，你到厂里给大家讲讲，好好讲讲。"

"瞧你激动的，我说什么了，就让我讲，我讲什么啊？"李静红被海斌说得脸色绯红，仪态娇羞。

二姨一直偷眼看着二人，随着他们聊天的深入，一点点证实着自己的判断。她的确不喜欢李静红，而且打眼一看就知道李静红是靠姿色起家的那种女人。但不同的是，她脑子好，又肯吃苦，所以在贵人扶持下，她顺利登上高位。如今，她已提前结束财富积累，欲望的天平就该向感情上倾斜了。一般像她这个年纪的女人，往往喜欢比自己小的"小狼狗"。大概这个女人，聪明就聪明在时刻明白自己的斤两，要找也得找个跟自己年纪差不多的，能跟自己一同坚守基业的中年大叔。二姨想着想着不由得倒吸一口凉气——她的简单透明得如一杯白开水似的小米佳，可不是这样女人的对手。她必须提前预警，让米佳做好心理准备。

其实，海斌在感情上又何尝不是单纯如水呢？李静红不多的几句话，立即点燃了他的斗志。送走李静红，他连夜联系小张，准备高薪聘请他们工作室成员，做他们工厂的技术支持，并尽快说服老王，把眼光放长远，一定要干成这件利在当代，功在千秋的伟大事业。

就这样，海斌和汤小兵的交换方法策略虽然没有取得实质性进展，但二人或多或少都有了收获。海斌暂时放下感情的烦恼，不再庸人自扰，一心投入事业。汤小兵也因为儿子争气，休学不落后，连着考了好几个全班第一，收到孙墨苹的笑脸。这天，汤小兵刚刚放下行囊，还没来得及仔细观察自己的竞争对手，就接到孙墨苹的电话，让他回家给汤圆煲汤补身体。难道真是海斌的方法只对孙墨苹这类的女人有效？放下电话，汤小兵有点儿不相信自己听到的一切，赶紧向海斌讨主意。海斌一直认为自己的理论是几千年老祖宗留下来的，对女人最为有效，鼓励汤小兵继续努力。

汤小兵本来就无心跟海奶奶一心呵护的吴芳争风吃醋，正好借此机会，难得清净。一进家门，他连口水都没顾上喝，就脚不沾地地忙起来。不知道孙墨苹是感动还是实在看不惯他穿着白衣服煎炒烹炸，居然主动为他系上了围裙。汤小兵已经记不清自己多久没有这么近距离接触孙墨苹了，只知道那股只属于孙墨苹的带有淡淡的薄荷味的气息再次无比强烈、无比清澈地冲进他鼻腔的时候，他整个人都醉了。他多想，伸出手臂，抱住那个羸弱的身躯啊！可他忍住了。不是他不敢，是他牢记着海斌的教诲——不要被胜利冲昏头脑，继续保持大男人的气节。

"谢谢啊！"

"不客气。要不，你先喝口水吧？"

"不用不用，你忙你的，别管我。"

"好的，有事你喊我。"

两人就这样相敬如宾地一直等到汤圆补习归来，饿狼一样冲回家；然后，又用同样的频率看着汤圆风卷残云般扫荡了汤小兵忙碌一下午的成果。直到汤圆拍着滚圆的肚子，瘫在沙发上，随口问："妈妈，你跟老爸说了吗？"

孙墨苹才磕磕绊绊说出自己请汤小兵回家的真实目的。汤小兵也才知道，自己想多了，真的想多了，孙墨苹对自己缓和的态度，根本就不是自己努力的结果，完全是出于儿子汤圆的一个想法——他也想出国留学。

汤小兵真是迈着沉重的步伐回到海斌家的。他被儿子的想法吓住了，也被儿子的分析说服了。他坚信，以儿子的聪明和学习成绩，能到美国学习将会得到更好的发展。可是，钱呢？以孙墨苹的工资，根本负担不起美国高昂的学费和生活费。汤小兵第一次真切地鄙夷了自己。彼时，海斌还没回来，"机器人"吴芳早就占据了他的房间，他只能坐在客厅的沙发上，思考人生。一切都明摆着，有什么可想的？活了几十岁的他，终于混成了彻头彻尾的"无家、无业、无能"的"三无"人员。要不是海斌心善，他可能连个睡觉的地方都没有。正在他无限忧伤的时候，海斌兴高采烈地回来了。他的计划正一步步按照他的设想实现着。今天，李静红特意到厂里给大家做了动员，说得厂里的男女老少都有了历史责任感，一个个摩拳擦掌，要跟着他奔向工厂的新纪元。他不知道怎么表达自己对李静红的感激，冲动中，摇着神情恍惚的汤小兵让他给自己出主意。

"女人啊，买东西啦，送礼物，最简单。"汤小兵的声音犹如梦游。

"对啊，买东西啊。买什么呢？"海斌一点没发现汤小兵的异样。

"找你媳妇啊，她不是代购吗？"

"兄弟，真是兄弟。少花钱多办事，是我的风格。"

海斌看看时间，等不及美国人民起床就先发微信下单，忙活完了，才发现家里已经没了汤小兵的地方。

（下）

漂洋过海
做自己

胡涂

著

青岛出版社
QINGDAO PUBLISHING HOUSE

- CHAPTER 17 -

躲不掉的缘分

1

缘分这个东西很神奇，大多时候是可遇不可求的，可有时候也是躲也躲不掉的。米佳和赵梅的缘分似是天注定。

这天米佳母女刚刚结束晚饭，高鹏就闯来求助——赵梅吐血了。米佳哪儿遇到过这样的情况，只能边往赵梅家跑，边打电话向建平求助。

赵梅躺在厨房的地上，头发凌乱、脸色苍白，已经人事不省。地上一摊摊呕吐物，混着鲜红的血液，既恶心又恐怖。米佳浅显的医学知识告诉她，不能随便搬动有呕吐症状的病人。她只能手足无措地围着赵梅转圈。好在建平及时赶到了。他一进来就将仰卧的赵梅翻身侧卧。

"别动她，万一是脑子的问题……"米佳大声制止着。

"昏迷的呕吐者绝不能仰卧，会呛死的。"建平简短解释后，果断打了911，才安慰大家，"没事，没事，我初步判断是酒精中毒，伴有胃出血。"

不一会儿，大家想象中的救护车没有出现，窗外却传来螺旋桨的轰鸣声。原来，建平的描述和病人大出血的症状，令急救中心十分紧张，加上他们地处洛杉矶西部山区，医院直接派出了医疗直升机。急救人员并不过多诊断，率先采取了一切能维持生命的措施。高鹏被氧气泵、检测仪、输液棒等各种仪器吓傻了。

"孩子别怕，没事，没事啊。"米佳心疼地搂着六神无主的孩子。

建平见状，果断以朋友的身份，跟着上了直升机。

慌乱结束，剩下的只有后怕。高鹏的脸色依然苍白，嘴唇哆嗦着无数次重复着妈妈会不会死。米佳被他问得灵魂出窍——如果刚才躺在地上的是自己，她的小米会怎样？米佳禁不住浑身一抖，一把将两个孩子搂在怀里。孩子们似乎立即体会到她的心意，乖顺地趴在她身上。当妈十几年了，她还是第一次这么强烈地体验到母亲的责任感。无论在哪儿，母亲对孩子来说都是永远的靠山和坚实的后盾。作为母亲，她没有资格软弱，更不能半路逃脱，甚至连随便生病的资格都没有。

赵梅被诊断为酒精过量引起的胃出血，需要入院治疗。建平帮她办理了各种手续后，赶回来跟大家商量具体问题。米佳毫不犹豫地承担了照顾高鹏的任务。雅丽和其他朋友也答应帮忙。一时间，大家纷纷忙碌起来，女人们忙着给赵梅收拾入院物品，男人们检查房屋设施，设定花园浇水时段，保证房屋没人后，家里的植物仍能保持常青。

高鹏推着自己的行李箱，像只流浪狗一样来到米佳家。其实，他们可以一起住到更加宽敞的赵梅家。可是米佳执意不肯。建平就拿来自家的床垫，在客厅为高鹏搭了一个临时的"窝"。米佳印象中，高鹏是一个内向腼腆的孩子，到了她们家，他的举止更加局促，弄得海小米都不好意思起来。一开始，米佳以为孩子是客气、不好意思，后来发现，高鹏的拘谨是刻意的、有原因的。这天晚饭后，他终于不好意思地告诉米佳，由于父亲两个月没有给他们生活费了，他可能一时无法支付劳务费。

"孩子，你说什么呢？我跟你妈妈是同学，我帮着她照顾你，怎么还说到钱上边了？"米佳没想到高鹏小小年纪，心思这样重。

"可是，之前你到我家住，不是也……要不，我给您干活吧，也以工抵酬。就是，我，我什么都不会。"

"孩子，现在情况不一样啊。你们家是遇到事儿了，我们是朋友、邻居，这时候是肯定要帮忙的。孩子，中国人最讲缘分。我跟你妈的同学缘分，你跟小米的同学缘分，这已经不是一般的情分了，是不能用金钱来衡量的。"

"哦，好吧。"高鹏似懂非懂地点点头。

"鹏鹏，我和你妈妈之前是有过误会，但那都是大人之间的事。你们小孩子别跟着掺和。"

"可是，我妈她也太……"

"鹏鹏，过去的事儿阿姨本来不想提。不过，事情过去这么久，我也反思，觉得可能是我对你妈妈缺乏理解，或者是我们之间没有很好地沟通，总之，都有不对的地方吧，让你也跟着烦心了，对不起啊。"

"阿姨，你不知道，我妈她其实也挺后悔的。你们走了之后，她就没笑过，整天喝酒还偷偷抽烟。我都不知道怎么说她。"

"她肯定有苦衷吧，我们都该理解她。"

"阿姨，其实我妈挺苦的。"

米佳本无意打听别人的家事，尤其是赵梅的，可话说到这儿了，她已经封不住孩子的嘴了。虽然之前听孙墨苹说了一些赵梅的事，真的从高鹏嘴里了解到赵梅这些年的遭遇，米佳还是很震惊的。她没想到赵梅那么能隐忍，不仅对丈夫的婚外情视而不见，而且允许对方另建行营，开始双轨生活。

"我妈她这么做都是为了我，为了保住我在这个家长子长孙的继承地位。"

"糊涂。人家要是再生个儿子，分分钟废了你这个长子长孙。"

"真让您说中了。早听说是怀上了，而且是男孩。所以，我妈彻底崩溃了。"

"孩子，自身强大才是真的强大，授人以鱼不如授人以渔。所有位置不是保来的，更不是躲来的，是靠自己的实力得来的。你将来自身优秀、学有所成，我不相信你爷爷不重视你。再说了，你要真是耶鲁、哈佛毕业，还看得上他们那点儿家产？"

"我，我还耶鲁、哈佛……哈哈。"高鹏终于被米佳逗乐了，被海小米拉着去复习美国历史。

2

被赵梅生病搅乱的生活，逐渐重新步入正轨。米佳给两个孩子准备好水果，就忙着整理自己代购群里的订单。不看不知道，一点吓一跳。本以为没有什么购买能力的朋友们，竟一传十、十传百地给她找了十几单生意。好在他们的目标都是集中在国内外差价比较大的鞋、包等物。她不用像雅丽那样，为买几瓶盐也要跑趟 Costco。这时候，海斌的订单跳进她的眼帘——他居然要买一个 BURBERRY 最新款吉安特帆布包。

"店家，这个来一个，要快。"

看着海斌轻松的语气，米佳的气不打一处来。她永远也忘不了，她和海斌在奥特莱斯闹的笑话。那年米佳生日前夕，海斌买的一只股票忽然疯长，套现成功后，海斌心情大好，夸下海口要给老婆买一个拿得出手的包，还愿意陪同前往。米佳心实，以为海斌真的要不计成本讨自己高兴。思来想去，觉得懂事的媳妇要时刻想着为丈夫分忧，就将他带到著名的名品折扣店——奥特莱斯，并在小心比对后，挑选了一款 BURBERRY 的帆布包。海斌果然豪爽，拿着就到收款台刷卡。一切都很顺利，谁知，支付短信发来的时候，他居然发飙了，劈头盖脸指责人家正在微笑着仔细包装商品的小姑娘多打了一个零。小姑娘吓得花容失色，赶紧查看，然后委屈地举着水单告诉他自己没有出错。海斌不信，拿过来自己核对，才知是自己刚才装大方，没仔细看价签，导致少看了一个零。

"就这个破布袋子，要我两万块？抢钱啊？"

"先生，不是两万，是一万九千八。"

"嗯，要不是你们这么乱搞，我堂堂学经济的高才生能少看一个零？"

"先生，因我们工作给您带来的困扰，我深表歉意。"

"表歉意就行了？不行，我要退货，退钱。"

"先生，我刚才再三跟您说过了，这个包本身存在瑕疵，属于特例品，售出不退的。您……"

"你说不退就不退啊，有毛病你们还卖？你们这是欺诈，明显的欺诈……"

米佳至今也不知道海斌是怎么达到目的的，她只记得在人们的各种议论中，自己实在无地自容，钻出看热闹的人群，躲回车里偷偷哭泣。

这刚几年啊，他对名牌的认知水平和消费水平就上升到如此标准了？这不也是破帆布袋子，他怎么就不嫌贵了？米佳气愤地想着。有那么两秒钟，她自恋地以为，海斌是买给自己的，作为对那件事的补偿。可马上她就觉得自己想多了。理由有三。第一，海斌有限的脑容量，早应该将此事删除了。第二，款式不对，这个款式更适合年纪稍长，而且有一定身份地位的，自己这样的可驾驭不住。第三，海斌是最实际的，既然是送她的东西，何必花那么多国际运费，几万公里转一圈再递到她手里？他要想送她礼物，肯定就一句话，要什么买吧，才不会来什么浪漫。那么，问题就来了，这个高档昂贵，曾经令海斌割心割肺也没舍得给老婆买的破帆布袋子是买给谁的呢？米佳必须搞清楚。当然，她不会选择直接提问。磨砺中，她不仅习惯了时间能给予的意外，更学会了曲径通幽。

米佳的疑问，转弯抹角，拐了八道弯，飞过一万多公里，终于出现在孙墨苹家餐桌上。要说海斌还是仗义的，自从发现好兄弟汤小兵的窘境，他第一时间采取补救措施。先跟老妈谈，想辞退吴芳，为汤小兵夺回失地。在遭到老妈撒泼打滚、以死相逼的挫败后，不惜放下身段，替汤小兵跟孙墨苹求情。当然，这桌求情宴，还是汤小兵张罗的。

"墨苹啊，你看米佳带着孩子一走就是好几个月。我跟个孤魂野鬼似的，吃了上顿没下顿，多亏你们……哦，你们汤圆的爸爸小兵了。来，我敬你一杯。"即使坐在人家餐桌上，海斌也能找到主人的底气。

"不是，海斌，你谢他，敬我酒干什么啊？"对这顿饭孙墨苹本来就觉得莫名其妙，海斌这么说，她更觉得这两人醉翁之意不在酒。

"是啊，我真应该敬他。可他立誓戒酒的事儿，你应该知道吧？"海斌按照既定方案，进入煽情段落，"你可能不知道。米佳她们走了，我这心里……不是滋味，就想着借酒浇愁。可这一个人喝酒不就成了喝闷酒了吗？不是越喝越难受吗？所以，我就拉着小兵，死乞白赖拉他喝。他就是不喝。有一回我就急了，他这摆明了看不起我啊。我就说，这杯酒你不喝，我马上解雇你。你猜怎么着，人家小兵，解下围裙，告诉我——活可以不干，酒不能再喝。我就不明白了，什么样的力量能让一个男人对酒精这么深恶痛绝啊？再说，他以前不是喝酒喝得挺凶的吗？"

海斌见孙墨苹掩饰地喝了口饮料，故意放慢节奏，夹了个花生米，放在嘴里，慢慢嚼着，又喝了口啤酒，才接着说："后来我们不是一起闯美国吗？也算是同甘苦共患难的兄弟了。他才告诉我为什么。你知道他是在怎么样的情况下、什么地方跟我讲这番话的吗？"

海斌又开始卖关子。孙墨苹果然低下头，故作镇静。

"那时，我们俩被关在洛杉矶机场的小黑屋里。门口，一个大老黑把着门，外边一大排荷枪实弹的美国佬。你当怎么着，他们以为我们带的那一箱子颗粒能源是新型爆炸武器呢，把我们当恐怖分子了。"

海斌沾酒话多的毛病又来了，急得汤小兵借上菜的工夫，向他使眼色，让他赶紧进入正题。海斌完全沉浸在自己想象的英雄史诗里，哪里收得住。

"我当时想，这回完了，要真搞不清楚，他们能分分钟把我们毙了。要说，还是你们家小兵啊，又镇定又仗义。他说，哥，待会儿他们审讯咱们，无论怎么威逼利诱，给你上刑、使美人计，你都别上当，你就咬死一条，来美国只为看老婆孩子。跟我是飞机上认识的，不熟。小兵，你说你，这么仗义，我还得敬你一杯。"

海斌又灌下一口啤酒，接着说："我也不是不仗义的人啊。我说不行，怎么能出了事儿都让你一个人扛啊。再说，我是老板，有事儿，我来。小兵当时就跟我急了，骂我糊涂。他说这男人家里家外忙活全是为了老婆孩子。他没忙活好，伤了老婆的心，再怎么赌咒发誓，都晚了。他就想成全我，无论如何也要帮我把老婆追回来。"

"这么说他境界还挺高的。"孙墨苹终于不阴不阳地插了句话。

"孙老师，一家人之间，不说大话，你往后听。"

米佳的微信就是这时候到的。孙墨苹一边看着海斌戏精一样的表演，一边看着米佳发来的文字："'海老茂'居然让我给他买一个高价女包，让你们家汤小兵帮我探探，他孝敬谁啊，这么大方？"

"哎，孙老师，认真听，别看微信。"

"我听着呢，后来，他就回来了？"

"是回来了，可那是经过生死考验的，你知道吗？他承认所有货都是他的就等于将所有罪责都揽到自己身上了，那美国人罪恶的子弹就可能分分钟射向他，那什么胸膛啊。"

"哎呀，跟要就义似的，您赶紧，菜都凉了。"

"我得把当时的背景给你说清楚，要不你体会不到，汤小兵，你——前夫，是在怎样的情况下说出那句感人的话。"

"什么话啊？快说吧。"孙墨苹忍无可忍地笑了。

"我说，如果我回不去，你就替我告诉墨苹——离婚后，我发的誓，一直记着，到死都不会违反。这辈子求不得她的原谅，只能等下辈子了。"汤小兵实在等不及海斌的渲染，自己说出了最煽情的话。

孙墨苹果然愣了一下，可立即就用老师的智慧，接住了："这辈子还没过完呢，说什么下辈子，赶紧炒菜去。"

汤小兵下意识地转过身，回到厨房。海斌有些尴尬，不知道怎么继续话题。实际上在酒精的作用下，他有点儿忘了，跑人家来干什么了。

"老海，没见你这么能说啊，怎么现在一说起来，就一套一套的，简直口若悬河，跟真的似的。"

"我也觉得……不是，就是真的啊，实际情况啊。我们……"

"我知道，知道，你们俩取长补短，互相帮衬着，不容易，你看，汤小兵的嘴都长你身上了。"

"他啊，那都是贫，差得远啊，要说我这个进步啊……我跟你说，啊，我最近发现一高人……"

孙墨苹在心里乐开了花。这酒精真是好东西啊，不费吹灰之力，就能套出男人的心里话。一个愿意说，一个有意问，没用五分钟，孙墨苹不仅搞清楚海斌送礼对象的基本情况，而且探出了他送礼的初衷和目的，立即加以主观注解告诉米佳——虚假敌情，勿念。

"再探，暗号'狼来了'。"米佳的回复让孙墨苹笑出了声。

海斌误以为自己的酒态惹人笑话，赶紧转入正题，以海奶奶自作主张，陷自己于不义为由，先抑后扬，希望孙墨苹发扬团结友爱精神，接收汤小兵一段时间，待自己处理了家里的麻烦，一定迅速请回汤大厨。

"你放心，汤大厨的佣金我会照付的。"

"那干吗啊？谁用人谁掏钱，我马上要进入期末总结了，汤圆又要调养身体，正想给汤圆找个小时工做饭呢。他来了正好，我就不收他住宿费了。"

"没问题，交钱都行。"汤小兵箭一样冲过来，握住孙墨苹的手，"我会好好努力的，请老板放心。"

"哪儿学的这些假招啊，真是……"孙墨苹嫌弃地甩开他的手，起身到卫生间净手。海斌、汤小兵激动地来了个"击掌"。

搞定了汤小兵的事，海斌心内安宁，喜滋滋往家走。此时，他还以为吴芳只是个保姆市场的小保姆，根本没想到一场硬仗正等着他呢。

3

海斌一进门，吴芳就轻轻飘来，蹲下身，替他换鞋。海斌本不习惯，怎奈后脚跟被那双温热的小手握了一下，就失去了反抗力。内心的忏悔还没有结束，人家又递上一块热毛巾。温暖随着洗面净手的过程慢慢传遍全身，自然不能再对人家横眉冷对。

"奶奶睡了？"

"阿姨今天累了，我刚给她捶了腿，睡下了。"

"辛苦你了小吴。我没事儿了，你早点儿休息吧。"

吴芳并不多言，含笑点头。望着姑娘青春健康的背影，海斌不由觉得自己是以小人之心度君子之腹了。收拾收拾回到自己房间，他想起此时无论形势怎样，反正人家汤小兵一家三口已经重回一个屋檐下，自己插科打诨说了半天，没从孙墨苹嘴里探出米佳的半点心思，又是一阵心寒。他不得不承认米佳变了，再也不是那个他能够随便"玩弄"于股掌之间的小女孩了。她骤然的成长，造就了一种成熟女人的神秘感。而这神秘感，竟以前所未有的力度吸引着他探寻。

这时，屋外传来敲门声——竟是已换了睡衣的吴芳，端着一杯牛奶走进来。

"阿姨说您最近太累了，让您每晚睡前加杯牛奶。"

母亲无微不至的关怀立即引起了海斌的负罪感。他有些后悔昨天为了保住汤小兵的位置，跟老妈说了些不敬的话。母亲之所以执意留下吴芳，大概也是可怜她一个人无依无靠，更何况这是个聪明伶俐的姑娘。他赶紧接过杯子，连声道谢。吴芳还是不多说，浅笑一下，关门离开。至此，海斌的反抗被彻底瓦解，顺从地走进海奶奶为他设置的温情圈套。

习惯成自然，吴芳接管海家的结果是直接废除了汤小兵之前所谓的酒店规矩，取而代之的随意和温馨令海奶奶和海斌更有家的感觉，而其从不多言的个性，更是合了海斌心意。在他心中，女人就应该像气体一样，柔柔地、无处不在地环绕在男人身边，呼之即来挥之即去，永远是给男人愉悦，令男人纾解，而不会给男人添堵、增烦。所以，尽管他依然觉得吴芳的做派太像机器人，但还是慢慢接受并习惯了。只是他还不知道，吴芳的程序都是海奶奶设定的。知子莫若母，海奶奶当然知道自己的儿子喜欢什么样的女人，更知道怎么做能做到儿子心里去——儿子是典型的给点儿阳光就灿烂的大男人，最受不了女人的温柔体贴。你真心对他好，他会十倍百倍还给你。他也是最以自我为中心的人，抗拒任何可能威胁他自我意识的行为，甚至语言。所以，米佳那套吵架、冷战，想凌驾于男人之上的行为，必将遭到儿子的强烈反击，而她又绝对不是儿子的对手。其实，从一开始，海奶奶就不看好这段婚姻。她一直认为米佳是一个大小姐，不是她想象中的那种丰乳肥臀、适于生养、善于劳作的人，更不是儿子喜欢的类型。当初结婚，是儿子还没见过女人，不知道自己喜欢什么样的，该要什么样的。自从搬进城里跟他们同住之后，目睹二人战事不断的日子，她更加肯定了自己的判断。最关键的是，米佳坚决抵触生二胎，这让他们海家断后的事，不能忍受也不可原谅。米佳离家之后，海奶奶就替儿子放弃了这场婚姻，并一步步按照自己的设想，给儿子寻觅着另一段姻缘。守寡几十年的艰辛令海奶奶成长为一个讲究"谋略"的人。一般目标确定，她就会分步行事，从不直取。如今，第一步已顺利实现，她的计划将进入第二步——造势。每天早饭后，她就让吴芳搀着，到花园里遛弯。本来她是最看不上那些没事儿闲逛的老头老太太，逛着逛着就开始东家长西家短，搬弄是非。可现在情况不同，她需要那些老人为她传递这幅和谐敬老图。

果然没过多久，海家新人换旧人的消息就传遍了整个小区，连二姨都在传闻下有些慌乱，急招海斌来下棋。

海斌一进门就遭到二姨直截了当的狂轰滥炸。因表现良好被二姨请回来兼职的汤小兵还在旁边添油加醋，弄得海斌百口莫辩。

"真不是大家传的那样。我什么人二姨你还不知道？对老婆绝对是忠贞不贰。"

"你忠贞不忠贞，我不知道，我就知道你是彻头彻尾的单核程序，习惯了一套系统，另一套系统自动废除。"

"我知道了，最近这餐吧里来的都是些 IT 精英，瞧您这话说的，一套一套的。"

"少跟我耍贫嘴。海斌，我提醒你，如果你这日子还想继续，就得跟你妈挑明，别由着她在这儿胡来。"

"我妈怎么胡来了。她不就是给自己找了一个称心的保姆吗？"

"你看看，一提到你妈，你就跟被抽了筋似的。早知道你这样，我，我管这闲事儿干吗啊我？我真替米佳不值，早该劝她跟你离。"

愤慨令二姨失去条理，更没了往日的悠然。海斌向汤小兵使眼色，让他赶紧来打圆场。

"哎哟，二姨，可不能这么说，宁拆十座庙不毁一桩婚。您老这是气糊涂了。您不自己也说嘛，海斌他单核，有米佳那套程序占着，装不上别的。"

"问题是现在他妈正把另一套程序往他身上装。他防火墙失灵，主程序休眠，我这个"360"必须跳出来保护。"

"二姨，您这是拜了个什么 IT 老师啊，真厉害，讲得浅显易懂、深入形象，赶紧请我那儿去兼职吧，我正想给老王他们几位老师傅计算机扫盲呢。"

"就那几块料，用不着麻烦我师父，我去就行。嘿，这儿说你呢，怎么老把我往歪处带啊！"

"没有，没有。我是听懂了，完全接收到 360 防御系统的预警了。"

海斌傻笑着频频点头。

"这还差不多。海斌，我是真要提醒你，对自己要有一个清醒的认识——你那个防火墙，经不住那些五花八门的病毒攻击。更何况，您家里还有个'后门'。"

"二姨，赶紧把您新结识的 IT 高人介绍给我吧，我那儿正搞公司网站呢，真缺这方面的人才。"

"行，该说的我都说了，你爱听不听。你公司有什么需求，一并提出来，我好跟师父透露一下，看看人家有没有合作意向。"二姨发泄完毕，抱着棋盒走近角落的一桌年轻人，很快加入了人家的聚会。

"这老太太，真是能人，跟谁都能混一块儿去。"海斌感叹着。

"跟你们家老太太比起来，似乎还差那么一点。"汤小兵坏笑着，凑到海斌耳边，轻声说，"我也是真要提醒你啊——注意饮食啊。那什么药可很容易就混在靓汤、牛奶里，别到时候，生米煮成熟饭，你不想假戏真做都不行了。"

"那就来吧，谁怕谁啊？"

话是这么说，汤小兵的提醒海斌是真听进去了。这些天，海奶奶也是有些过分，居然给吴芳一把自己卧室钥匙，好几次她都自己开门进来，说什么叫他起床。如果按照汤小兵说的，那就太危险了。一路反思着，海斌走进家门。吴芳果然还在等着他，换鞋洗漱完毕，照例又是一杯牛奶。海斌接过杯子，劝走吴芳，关上门，在台灯底下仔细观察牛奶的成色，觉得并无异样后，又用鼻子闻，可惜他鼻炎严重，根本闻不出味道。不过，他没有放弃，终于在杯子里，液体与杯壁发生接触的地方发现了几个气泡。这可能是牛奶倒入时产生的，更可能是某种药粉未得到充分溶解造成的。为保万无一失，海斌不得不放弃了这杯牛奶，带着糟蹋东西的罪恶感，将其冲入马桶。当他终于放下心来，拿着空杯子准备到厨房清洗的时候，客厅角落飘出来的吴芳吓得他几乎扔了手中的杯子。那恐惧绝不是感官上的，而是心理上的——她没有睡，静静坐在那儿在等什么？肯定是在等药效发作，等自己欲火难耐的时候，冲进房去……海斌有点儿不敢想下去，慌乱中，他看到时钟已指向十一点，救命般地点开了微信视频。

4

米佳第一次在微信里看到吴芳。那是海斌和海小米兴高采烈聊天时，她偷偷看到的，从海斌身边一闪而过的背影。对于这个陌生女人，米佳有着天生的戒备，其根源当然是母亲曾经的告诫，但更多的是一种女人的直觉。她不能这么轻易就让别人占据了自己的地盘。

"小米，问问爸爸，这么晚不睡，是不是想你了。"

"爸爸，我妈说你这么晚不睡，是不是想她了？"海小米故意大声篡改了妈妈的问题。

"啊？是啊，想你们了，想你们了。"

"你再问问他，晚上汤小兵给他做什么好吃的了。"

"哎呀，你自己问吧，他听得见。"

"汤小兵被紧急召回了，奶奶找了新的阿姨。啊，就是……"海斌回身找吴芳，发现人家早就回屋了。海斌目的达到，轻轻舒了一口气。

"看来新阿姨手艺不错啊，脸都大了。"米佳终于出现在镜头里，"你要的那个包太贵，请先支付货款。"

"没问题，没问题。我这就给你打过去。"

"还有这个属于奢侈品，人家运费翻倍。你还得多加三十美元运费。"

"没问题，没问题。"

"还有关税，你最好提前预备出来，万一——"

"你就说多少钱吧，我直接打给你。"

"我是想告诉你，这杂七杂八加一块儿跟国内差不多了，你直接带人家到商场买去不更好？顺便还可以来杯咖啡。"海斌的态度终于惹恼了米佳。这种轮回一样的事，以巨大的反差出现在别的女人身上，她不能接受。而她为自己委屈，为自己不值，只能拒绝这笔生意。

平静的早晨，就这样被海斌破坏了。米佳见到赵梅的时候，就不那么正常。其实，昨晚听建平说会一早接赵梅出院，她就带着两个孩子连夜打扫了他们家，还在送完孩子后，直接奔赴超市，捡着方便好做的蔬菜、半成品，填满了她家的冰箱。这会儿，她刚从建平的院子里拿了工具，想帮赵梅彻底清理一下泳池。建平的车把她拦在路上。车门打开，赵梅走了下来。

赵梅入院几日，几乎天天能见到建平，迷恋中又掺杂着感激，已经完全将建平当作了依靠，尤其是，半躺在建平驾驶的汽车里，被早上温暖的阳光晒着，她竟有了不该有的幻想。谁知，幻想还没结束，她就看到一个女人从建平家走出来，而那个女人不是别人正是米佳。她也同样不太正常。

"哟，这么快就回来了？"米佳无处可躲，只能主动打招呼。

"你是不是希望我永远回不来？"赵梅的话横空而来。

"你回不回来跟我没关系，我才没有闲工夫让异类占据我的大脑呢。"

"你说谁异类呢？

"人类之间的交流，异类听不懂。谁提问就是谁。"

建平被两个女人间无端的斗法弄蒙了，只能出面调停。

"你们是昨晚梦里交战了还是怎么了？干吗一见面就那么大火药味儿？"

"我才懒得跟那些没素质的人废话呢。东西还你啊。"米佳赌气将手里的工具扔给建平。

"我是没素质。可我不会明明自己有丈夫，还天天往人家单身男人屋里跑。"

"我当然有丈夫了，而且是他让我有困难就找建平帮忙。他可不想我守着个空房子，跟自己较劲。"

"你……"赵梅气得脸色发白。

"米佳——"建平赶紧制止。

米佳也意识到自己话说重了，毕竟赵梅刚出院，受不了刺激。可说出的话泼出的水，她只能像做错事的小姑娘一样，眼巴巴地看着建平，求他出面解决尴尬。

"你们俩啊，真是孽缘。"

建平没再纠缠这无厘头的争吵谁对谁错，只告诉赵梅，她生病期间，是米佳一直在照顾高鹏，也是米佳连夜替她打扫了房间。米佳到他家拿工具，也是要给她清理泳池。然后，他又掉过头来说米佳，嘴里没个把门的，赵梅刚出院，连句吉利话都不会说。要真对赵梅有意见，何必管她那么多。米佳被建平说得豁然开朗，觉得自己的确有问题，好事儿做得再多，经不住一句伤人的话。再说，自己做那些事儿也不光为了赵梅，更多的应该是做给她那段青春情谊，做给那时候的赵梅。时过境迁，自己跟现在的赵梅较什么劲呢？真是没必要。可想得挺好，嘴上说出来就是另一种滋味。

"什么缘不缘的，以后我们井水不犯河水。"

赵梅听了建平的讲述，正在自责，忽听米佳如此说话，更要反唇相讥。

"别说得跟情人似的，本来就没有缘分，早该各走各的道。"说完，径自离开了。

米佳顿觉无趣，看看建平，想说什么又不知如何表达，只能尴尬笑笑，也转头回家。建平本想借此事缓解二人关系，不想结局如此，心下不爽，却又无能为力。身居海外，异乡飘零，人心本是脆弱而敏感的，更何况生活的烦恼绝不会因地域的转变而改变，该经历的躲也躲不掉。

- CHAPTER 18 -

躲不过的青春期

1

有过海外经历的人都说，出国三个月是一个心理期。大多数人都会在这个时候，产生或多或少的心理波动。米佳的心理波动没有出现，因为她太忙了。代购的订单接下，她要上货、打包、快递，还要跟踪包裹信息……最关键的是，她要用自己对数学没有一点感觉的头脑，清算那些包含各种"率"的账目。她不想让朋友们买贵了东西，也不能让自己吃亏，经常算来算去就忘了税率。第一笔账算下来，除去每天跑路的油费，竟略有结余。当她兴高采烈把自己的商业秘密告诉雅丽的时候，雅丽立即指出了她做生意的最大问题。

"你脑子锈掉了？人家代购都是先付款后卖货。你是钱多啊还是信用卡额度高？自己垫钱买东西不说，发了货还不跟人要钱？"

"都是朋友，我不好意思啊。再说，哪个收到东西会不给钱？"

"你呀，真不是做生意的料。你知道有个东西叫汇率吧？它是每天浮动的，你朋友给你结算肯定是人民币，请问你按哪天结算？是你刚买的时候的汇率，还是人家收到货物时的汇率？"

"哎呀，那小数点后边好几位，能差多少啊？"

"现在是外汇市场稳定，以后呢？你不记得咱们小时候人民币对美元的汇率那可是两位数好不好？"

"啊？那怎么办？"

"怎么办？按规矩办事。这是必须的，哪行有哪行的规矩，省得真有计较的，为几块钱伤了和气。"

"那我，这话怎么说出口啊。"

"有什么不好说的？朋友圈里发个公告，讲清了规矩，对大家都好。其实，这就是美国人说的契约精神，对自己负责也对人家负责，没什么不好的。"

雅丽真的给米佳上了一课。小时候，米佳一直被灌输的是"重农轻商"的观念，长大了在金钱观上未免跟大多数国人一样，貌似羞了谈钱，却又不能潇洒地视金钱如粪土，真遇到事儿了，只会捶胸顿足，自怜自艾，不反思自己的问题，反说世风日下。在雅丽的提醒下，米佳立即认识到自己需要改变意识，并迅速采取行动，在朋友圈发了公告，还在清算货款时特意提醒朋友，此次结算汇率取的是当月平均值。

雅丽听说后，又是一番微词，告诉她这样一笔笔算清楚那是给亲朋好友带东西的态度，如果她的生意扩大，她没必要更没精力做得这样细，只大概算好利润成本，圈定价格即可。"愿者上钩"——这才是做大生意的境界。米佳觉得自己与雅丽的差距太大了，要学的东西也太多，只好先从网上下了好几本商业方面的电子书，要临时抱佛脚。这一举动又遭到雅丽一番奚落。可怎么办呢？从小书本至上的米佳，是不允许自己的行为没有理论支持的。而雅丽的出现，也真是丰富了米佳的朋友类型。她那些动不动就附庸风雅的看歌剧的朋友中，的确没有这么一款直白实际到赤裸裸地步的。不知道怎么，一开始极度受不了雅丽八卦、虚伪做派的米佳，现在竟有些离不开她了，好像每天不聊上两块钱的，生活便失去了滋味。收获第一笔货款，米佳一定要设宴款待雅丽。雅丽爽快地答应了，还建议将大家都请来，一是聚一聚，二是替赵梅谢谢大家无私的帮助。米佳嘴上没说什么，心里很怕再见赵梅尴尬，借着定菜谱，来到建平的花园。

建平在花园里新置了茶台。二人围炉煮茶，别有一番滋味。

"这是安吉白茶，一般要煮泡十分钟才好。你尝尝，可适应？"

米佳对茶素无研究，端起茶杯一饮而尽："我喝什么都是瞎喝，解渴而已。"

"原以为米老师怎么也是跟文化打交道的人，没想到这么豪爽。"建平又给米佳续了一杯。米佳接过，吹了吹热气，又是一饮而尽。

"想说什么赶紧说，憋着多难受。"

"可是你让我说的啊！"建平禁不住臭转起来，"我记得红楼妙玉有言：一杯为品，二杯即是解渴的蠢物，三杯便是……"

"不就是说我牛饮吗？赶快，给我倒上，省得让古人白说，也让您这个古人代言人白想起这么多词儿。"

两个人的关系要是到了能自损互怼的地步，不说知己，也基本进入较紧密的层级。米佳和建平就是这样不知不觉中走近的。相识之初，建平帮着米佳应付各种生活琐事，令其较顺利地安顿下来。不久后，出现了跟赵梅的纠葛，建平从不评论，只在行动上支持着明显处于弱势的米佳。后来，米佳帮助建平完成了给楠楠的成人礼礼物，建平从儿子的微信里第一次收获了"谢谢"二字，着实兴奋了一个晚上。那晚，也是建平跟米佳说得最多的一次。从那以后，建平不苟言笑的时候少了，在米佳甚至其他朋友面前，恢复了开玩笑的功能。如今，米佳忙于代购生意，跟建平的交流和接触的机会反倒少了。建平很高兴她能来跟自己聊天，一时间妙语连珠，话题不断，聊得米佳几乎忘了来的目的。

"光听我说了，你找我有事？"建平终于恢复了善解人意。

"哦，难得你今天这么多话，是有什么好事儿？"

"你怎么知道？"

"你这米老师白叫的？"

"哈哈，真是，真是。这次还真多亏了你的好主意。楠楠，楠楠居然答应回家来过感恩节了。"

"真的？这可是里程碑式的进步啦。"

"没错，没错。"建平使劲搓着手，眼睛看着沸腾的茶汤，"两年了，他没跟我过过感恩节，更别说春节了。真是，唉……"

"总有一天孩子会理解你的，别急。"

建平眼睛里含着感激，结束了自己的话题，问明米佳来意后，仔细为她弄好了聚会的菜谱，答应一早就过去帮忙，还问米佳是否愿意由他出面邀请赵梅。盘桓心头良久的问题让人一下子说出来，米佳一时反应不过来，迟疑着不知如何回答。建平不再纠缠，只说自己会通知她，至于来不来就是她的事情了。如此结果甚好，米佳似乎早就准备了这样的选择，只是需要有人验证。不知为什么，以前一向我行我素的米佳，到了美国竟变得异常注重人际交往。大概，环境使然，经历使然，更是心态使然。

2

聚会在建平的帮助下，顺利举行。米佳家地方有限，大家的活动场所自动扩展到隔壁建平的花园。大家烧烤、对酌、品茗、弹琴……各找各的谈资、玩伴，都在悠闲惬意中寻找、体会着他乡遇新知的感觉。米佳穿梭在大家中间，不时参与到各种话题中。她发现"找乐子"是大家共同关心的问题。毕竟这里的人大多不用工作，或者找不到理想的工作，他们有大把的时间可以支配。目前，他们有的上了美国政府专为语言有障碍的人群办的语言学校，有的选择到健身房消磨时光，还有的将时间花费在饲养宠物上……总之五花八门，各有各的乐趣。后来不知是谁提议的，与其自己玩儿不如大家一起玩儿。一呼百应似的，几家老小瞬间成立了爬山、骑行、读书观影、美食购物等好几个微信群。各群成员又分别向自己认识的其他朋友发出邀请……一时间，认识的、不认识的人便在一个虚拟空间里建立了联系。大家纷纷为不断壮大的当地华人圈喝彩，相约春节时一起过个红红火火的中国年。本来大家情绪高涨，场面和谐。谁承想小朋友中竟出现不和谐的音符。作为"新留学生"的海小米、高鹏和以苏珊为代表的在美国生活两年以上的"老留学生"发生了激烈的辩论。海小米口无遮拦，竟说苏珊是长别人志气，灭本国尊严的"汉奸"。苏珊比当地 ABC 孩子更懂"汉奸"两字的含义，当然不能任海小米乱扣帽子，公然发起反击，说他们是仗着家里有几个钱，到美国镀金的"纨绔子弟"。海小米反应极快，迅速反击，终于将白天课堂上发生的事情，公之于众。原来，科学课上，老师讲到环境污染及其成因，并自嘲洛杉矶是美国环境污染最为严重的城市。不知苏珊是否被其自我批判精神所感动，竟然第一个站出来吐槽自己的家乡河北石家庄。最糟糕的是，她采用了对比的方法，将自己在国内与洛杉矶的感觉进行了赤裸而夸张的比较。果然是没有对比就没有伤害。美国孩子在听到她的发言后，开始用掺杂着同情和其他元素的目光扫射教室里为数不多的中国孩子。这种目光令敏感的海小米十分不爽。她想站起来说，现在中国政府正在大力治理环境污染，苏珊说的那种呛人的空气已经越来越少了，怎奈自己口语不过关，表达不清那么复杂丰富的意思，只能向高鹏求救。高鹏性格内向，虽也一肚子不乐意，可就是开不了口，气得海小米只能将耻辱的源头记在苏珊身上。如今有机会和盘托出，她自是顾不得人家的面子。

大家被海小米煽动得爱国主义爆棚，纷纷指责苏珊，弄得雅丽十分下不来台。她来美国的方式本已是大家背后的谈资，如今，又教育出个崇洋媚外的孩子，这让她今后怎么在华人圈里抬头？米佳及时喝住人来疯的女儿，半开玩笑着为雅丽母女解围。

"苏珊应该只是客观表述了自己心中的感受，大概有点儿用词不当，才让美国人误会吧？"

雅丽赶紧附和着："是啊，是啊，小孩子出来好几年了，记得什么？"

"就是啊，你们都好几年没回国了吧？告诉你们啊，中国现在的变化真是太大了。"

"对啊，你们该抽空回去看看啊，我刚离开半年，好像好多地方都不认识了呢。"

大家你一言我一语，话题很快转到中美政府执行力的差别上。建平更是提出了另一个比较命题——大家每日必经的洛杉矶主要干线405号高速的修缮与中国青藏铁路的修建。据说加州政府四十年前就开始提议整修这条高速，可因为民众及政府派系意见不统一，到现在仍是一副破烂、拥堵的乱象。而几乎相同用时，中国政府已经克服"千里多年冻土地质构造、高寒缺氧环境和脆弱生态"等三大世界铁路建设难题，修建贯通了人称"天路"的青藏铁路。

"所以说，中国的发展是令西方人瞠目结舌的，孩子们，作为中国人，我们真的没有什么可自卑的，值得同情的反是几十年如一日的美国人民啊！"

建平的话，令大家爱国热情爆棚。海小米和高鹏更为自己的观点得到大人的默认欢呼雀跃。苏珊自感无趣，带着两个"老留学生"愤然离去。米佳本想追出，被建平拦下，让她要逐渐习惯美国教育出来的孩子的行为习惯，不要用中国家长的一套来对付这些"美国学生"。

随着第一拨小客人离开的还有一个人——赵梅。她本来一个人坐在角落里，对大家的聊天和讨论没有任何兴趣，只耗时间一样完成自己对建平的承诺和自己的计划。她是看在建平面子上才来参加米佳组织的聚会的，而她最明确的目标，还是要为自己讨回面子。毕竟，她觉得自己生病的事，让人家觉得自己占了米佳很大便宜。这种情况绝对不能出现在她赵梅的人生履历中。

"对不起诸位啦，我有事先走一步。"赵梅趁大家还盯着门口，注意着几个提前离席孩子的工夫，将众人的注意力轻易集中到自己身上，"还有，米佳，谢谢你啊，前一段时间帮我照顾孩子，这是一点小意思，请务必收下。"大家看到一个厚厚的信封被赵梅塞到米佳手里。没等米佳反应过来，赵梅已经快步走到门口，拉开大门。

"你等会儿。"米佳高声拦住了她，"赵梅，你这样做无外乎不想欠我人情，可你想过没有，人情这东西能用钱来衡量吗？要这么说，在座的每一个人都在你生病期间伸出了援手——张哥为给你的花园锄草，忙活了一下午；雅丽不也为给你送东西，往医院跑了好几趟？还有吴姐，看你家踢脚线掉了，跪在地上，帮你修好……这些你都要用钱来补偿吗？"

"那是我跟大家的事儿，用不着你操心。我只是不想欠你的。"

"赵梅，你要这么说，我就无话可说了。可我劝你一句，家长是孩子最好的老师。你这样计较，难怪高鹏在我家时会提出以工代酬的说法。如果孩子这么小就开始用金钱来衡量情谊，你觉得对他未来的路会有好处吗？"

见赵梅无话，米佳将信封塞回她的手里，真诚地说："赵梅，咱们是同学，现在又同在异乡，多少误会能消解这份缘分啊。不管你怎么认为，反正我愿意珍惜。"

话说到这份儿上，赵梅不好坚持，可又不能没面子，只能收回信封，莫名其妙说了句"那我们最好各自管好孩子"后匆匆离开。

母亲的敏感令米佳不用多想就明白了赵梅的用意，因为这也是她这些日子一直担忧的。于是，众人散去后，她立即向海小米发起攻势，直言不讳地问她是否跟高鹏发生了不该发生的事情。

"什么叫不该发生的事情？"小米的反问令米佳几乎不认识面前的孩子。

"就是，就是你跟他是不是……"米佳斟酌着是不是将自己内心所想用一个明确的词语表达出来。

"你不就担心我们早恋吗？至于这么吞吞吐吐的吗？"没等她考虑清楚，海小米帮她做了决定。

"我不是吞吞吐吐，我是想，我是没想到，我的女儿竟然做出这样的事情。"

"什么事儿啊？早恋怎么了？很丢人吗？我还没想到我的妈妈怎么这么保守呢，简直就是青铜。"

"你说什么？你回来，我还没说完呢。"

米佳的逐渐歇斯底里并没有拦住海小米，她无视米佳的大喊大叫，径自上楼，砰的一声关上房门。

米佳的思绪随着那声异响开始飞驰——"青春期逆反""早恋引起的性意识萌动""离家出走""吸毒"……一系列陌生而恐怖的词汇，惊心动魄地出现在眼前。米佳被自己吓得坐到楼梯上，呼吸也随着狂跳的心脏急促起来。

"女人啊，就爱自己吓唬自己。"被她忽略的，一直在厨房帮忙收拾的建平端着杯热茶，蹒到她面前，再一次以她肚里蛔虫般的敏锐，洞察了她的小心思。

"你们男人懂什么啊，要将苗头扼杀在摇篮里。"米佳心里一急，说出一句上学时老师挂在嘴边的话。建平肯定也是被这样教育过。二人不由自主地笑了起来。时光真是个奇妙的东西，它不仅能将人变老，还能让其思想随之变化，在不知不觉中，延续几十年，甚至上百年不变的教条。建平让米佳尽量放宽心，学会在换位思考中，给自己也给孩子多一些信心。从孩子出生到现在，海小米的教育问题一直是米佳一个人的事。其间，虽得到专业或非专业人士的教导，但是米佳一直觉得自己缺乏一个可以共同探讨而不是直接给出答案的人。听建平如此建议，米佳不由得说出自己的困惑，毕竟这里是美国，太多的例子和传闻，让她不能放手，更不敢放手。对此，建平的理论是因人而异。孩子各不相同，所受的家庭教育更是差之千里，没有必要一概而论。以他对小米的观察了解，他坚定地认为米佳的想法有过虑之嫌，还让米佳回忆下自己早恋时被扼杀在摇篮的感觉。米佳遗憾地告诉他，自己没有早恋过。

"那就难怪了。"建平阴阳怪气地说。

"什么意思？"米佳知道他在笑自己，却要问个明白。

"难怪你把正常的男女生交往说得这么严重，甚至……"建平坏笑着没有说下去。

"就知道你狗嘴里吐不出象牙。"米佳嗔怪地捶了建平一下，心情一下子轻松了不少，"你真觉得我想多了，还是赵梅她没事儿找事儿？"

"你们俩啊，半斤八两。"建平不愿意陷入两个女人的争斗，结束探讨，转身回家，剩下米佳独自胡思乱想。

3

其实，建平的分析只说对了一半。此时的米佳和赵梅在心理上已经有了显著的差别。按照马斯洛的理论，米佳已经完成了初到异国最艰难的心理转型，内心关于温饱和安全的需求已经实现，开始转向更高层级的需求。而赵梅的心理需求，随着老高最终的绝情和最近的变化，仍停留在温饱和安全的层面，尤其是她急症入院后，这种心理焦虑更是日夜折磨着她。她为一日三餐担忧，为越来越少的生活费担忧，更为自己逐渐衰老、可能随时离去的现实担忧。相比之下，高鹏整日没心没肺地跟在海小米身后的样子，就成了最刺眼的风景。她不能理解孩子们之间抱团取暖的亲近，更不会认为这是男女生之间纯粹的友谊。她只能跟米佳一样将此想象成"早恋"，甚至更严重的不正当交往。毕竟，在她心里，高鹏是他们高氏集团的长子长孙，是未来家业的唯一继承人。他的婚事不是他自己能决定的，也不是她能决定的，是要家族共同商定的。作为母亲，她绝对有义务，拦截并扼杀一切在此之前产生的情愫。这是对自己儿子负责，更是对那些可怜的姑娘负责。所以，她是带着无比崇高的家族责任感，并怀着最大的善心向米佳说出那句话的。她不指望米佳能全懂，只希望她可以约束一下自己女儿的行为，以减少花季少女对同龄异性的吸引力。

此时，躲在二层书房的窗帘后，赵梅清楚地看到建平从米佳家的大门走出，穿过狭窄的社区小路，进入自己家门。心中莫名升腾的嫉妒，更让她坚定了阻断两个孩子友谊的决心。在她心里，他们也应该像米佳和她一样，自此两不相欠，再不往来。她果断推开儿子的房门，毫不掩饰地告诉他，希望他能保持跟某位中国女孩的关系，以免授人以柄。高鹏正埋头于自己的英文作业，对母亲忽然冒出的提醒和成语完全摸不着头脑，一脸蒙地看看赵梅，胡乱点了下头。儿子一如既往的乖巧是赵梅永远的精神支柱，她禁不住把已经高出自己一头的儿子，搂在怀里，喃喃地念叨："妈妈只有你了。妈妈只有你了。"

十几年来，这句话像魔咒一样，笼罩着高鹏，让他的一切言行都以让妈妈满意为标准。可到了美国之后，特别是在海小米家住过几天之后，他看到了别的母亲与孩子不一样的关系，感受到别的孩子跟母亲毫无芥蒂的交流，他忽然开始质疑这句母亲统治他的咒语。如果母亲只有他，那么他除了母亲还有谁，还有什么呢？男性的意识自此觉醒，他在心底呼唤着不一样的自己。所以，再次听到这句话，再次像小时候一样被母亲搂在怀里，他感到的不再是母亲的温暖和可怜，而是无限的叹息和无奈。那句话也就随之变得矫情而刺耳。他终于主动推开母亲的怀抱，借故课业繁重，重新回到书桌前，整理被母亲搅乱的心绪。

嘀的一声，微信传来海小米的动画表情和情况速报："我妈以为我们在早恋。"高鹏瞬间明白赵梅没头没脑的通告源自何方，迅速回了同样的表情，告知自己受到同等待遇。两个小家伙，肆意吐槽了一顿二位母亲之后，愉快地进入学业的探讨。殊不知，两位母亲虽各自教育了孩子，但仍不能放下对未来的担忧和想象，不约而同想到了找老师的办法。

就这样，不到一天，米佳和赵梅就在校园里又见面了。二人不无尴尬地坐在班主任母跳面前，取长补短地用英文说明来意。善良的母跳听完后表情丰富地、快速地表达了自己的见解。二人虽听不太懂老师的意思，但那眉飞色舞的表情，怎么也无法理解成担忧和反对。她们互相对视一眼，共同表达了没听懂的意思。母跳见她们不解，赶紧放慢语速，并用她们能听懂的简单句子，简明扼要地告诉她们——她本人对此事的态度是，祝贺和恭喜。两个来自异国的孩子，终于在艰难的学习和社交中找到了相互搀扶的伴侣，这是多么值得庆祝的事情啊！

二人的英语水平不允许她们继续表达自己因地域和文化差异造成的固执观点，只能带着美国人民单纯诚挚的祝福，离开学校。她们没有商量，却又不约而同出现在建平家。建平被她们杞人忧天的做法逗得大笑，除了详细解释美国人独立自主的思维习惯之外，再次劝导二位母亲不要太过紧张，要懂得入乡随俗的道理。这次，二人没都听建平的，再次没有商量地统一思路——各管各娃。

4

最先觉出问题的是敏感细腻的高鹏。他先是在历史课上感受到母跳温暖、异样的目光，接着又受到美国同学主动让座的待遇。本来他已经连着好几周因为体育课的两英里长跑，耽误了下节课报到，并不得不按照美国走班教学制先到先得的规定，远离早已坐在前排的海小米，到教室的最后一排就座。今天，不知道怎么了，同样迟到的他，一跑进教室，就有美国同学主动让出了海小米旁边的座位，还有同学莫名与其击掌，以示鼓励。海小米也收到了来自美国女生的祝贺，甚至用异样的询问目光和一些她一直以为不是他们这个年龄应该学习和触及的词汇。经过简单分析，熟悉家长套路的二人一致认为，他们可爱的母亲将中国的一套照搬到了美国校园，并收到前所未有的效果。二人狂笑一阵后，决定将计就计，用二人亲密的关系，重修两个母亲的友谊。为了让一切更像真的，他们还商量好第二天穿上之前学校搞活动统一定制的服装上学。

第二天一早，海小米就躲在卫生间磨蹭着不出来。米佳几次催促之后，才看到初学化妆的女儿，小鬼一样出现在她的面前。对此，她的解释是学校有活动，要求统一着装。米佳知道美国孩子初中就开始化妆，到八九年级，很多孩子已对自己有了不化妆不出门的要求。对此，她早有心理准备。再说，小女孩追求美是早晚的事，她劝解自己接受现实，入乡随俗。所以，米佳没有打击海小米，只劝她整理好晕染的眼线，就带着浓妆艳抹的孩子，来到学校。不等到达下车地点，海小米就跳下车，向远处跑去。米佳放眼望去，不远处的旗杆底下，一个男孩的衣着十分醒目，其原因是他身上的衣服跟自己女儿身上那件翠绿色袍子如出一辙。等看清对方的面孔，米佳瞬间明白了所谓统一着装都是海小米的谎言，她是在用与高鹏穿情侣装的方式，公然向母亲的权威宣战。一股气体顺着血管，直冲头顶，米佳瞬间觉得天旋地转，不得不将车停进停车区，缓解情绪。她不停告诫自己，事实已经如此，自己不能慌乱，更不能采取强硬手段。如果将孩子逼急了，只会物极必反。她要冷静，要分析，要用巧妙的方式，让孩子们知道这种什么都不是的情愫，只是一时的心血来潮，是幼稚的、不成熟的、没有必要的。她还要告诉小米，她已经入乡随俗接受了美国人自由平等的思想，不会过多干涉她的生活和想法，会让她独自面对和处理问题——屁话，这不是自欺欺人吗？米佳好容易平静的心情，在自我否定的同时，再次混乱，一切想象都那么苍白无力，连自己都不信，更何况那个即将进入十五岁的少女。米佳说服不了自己，更想不出办法，只能心烦意乱地拿出手机，拨通海斌的号码。手机平静地响了十几声之后，一个女声毫无感情地告诉她，对方无应答，请稍后再拨。米佳哪里肯稍后，随即拨通了家里的座机。座机没响几声，又出现了一个女声，用年轻的、灵动的嗓音告诉她，海斌已经休息，不方便接听电话，让她第二天白天再打。米佳这才想起来，她和海斌生活在晨昏颠倒的两个世界，只能乖乖挂了电话。车窗外传来两声乌鸦叫，她的目光被那烦人而不吉利的声音引着，转到了停车场的另一端。那里，一辆熟悉的雷克萨斯静默地停在角落里。不用仔细看，米佳就能猜到，赵梅此时也跟自己一样趴在窗玻璃上，看着儿子消失的方向发愁。米佳知道以赵梅对高鹏的控制欲，这种事情对她的冲击力度绝对大于自己。傲慢、任性的赵梅是绝不会允许这种情况继续发展的。想到这儿，她终于放松了一些，开始寄希望于那个自己刚刚暗自发誓永世不再来往的同学。米佳一边无限自责着一边不能免俗地重复了女人实用主义至上的游戏法则，将从小女孩时开始的绝交游戏，随事情发展进行了微调，然后想起刚刚打的国内电话的异样。随之，一个清晰的问题跳入脑际："那个女人是谁？她凭什么就能阻断她和海斌的联络？"遐想开始像电影一样，在眼前飘忽。米佳的脾气不允许自己生活在疑问里。她才不管对方睡不睡觉，任性地再次将电话拨过去。可怕的是，听筒里传来了嘀嘀声，挑衅似的告诉她，人家早就料到她会有这一手，提前采取措施——拿开话筒，让电话处于永远占线状态。米佳岂能经受如此侮辱，换了海斌的手机继续拨打。谁知，刚才还无人接听的手机，此时竟是关机状态。米佳瞬间想起自己最后一次跟海斌联络时，视频里那个陌生女人的身影。难道海斌真的跟海奶奶一样，接纳了这个新家庭成员？像每一个被入侵了领土的君王一样，米佳心中的警报器一阵狂响后，立即采取最有效措施，派出得力干将，一探虚实。就目前的情况看，汤小兵是最合适的人选。

电话打过去的时候，孙家仍然灯火通明。汤圆还在题海中奋战，孙墨苹自然不能独自休息。汤小兵更是有了表现的机会，变着花样给那对辛苦的母子补充营养。孙墨苹就是在一片浓郁的鸡汤馄饨的香气中接到闺密警情通报的。

"不会吧，那天海斌因为那个女的特意跑到我家来吃饭。"孙墨苹吞下一个菜肉馄饨，含混地说。

"你别饱汉不知饿汉饥了。是不是正吃着你家汤大厨的爱心夜宵呢？怎么口气完全不一样了呢？"敏感的米佳顺着电话线就能闻到孙墨苹被美食浸透的心。

"哪有？还不是你家婆婆找人抢了汤小兵的岗位，我是勉为其难，暂时收留。"孙墨苹抵不住馄饨的诱惑，又吃了一口。

"少来，就你那没出息的声音，我不用看就能猜出来，这些日子跟汤大厨旧情复燃了吧？"

孙墨苹并不急于回应米佳，任她抱怨着，自己先解了口腹之欲，等她说一大堆话后，才满足地推开碗，用舒缓的语气告诫她，少安毋躁，明天就派汤小兵回去一探究竟。

"不行，必须现在，马上。"米佳哪儿还等得了明天。

"现在知道着急了，当初干什么一走了之，把个大好的位置让给别人？"孙墨苹终于说出憋了很久的话，"我不是没提醒你吧——咱们这个岁数，狼总是要来的。你倒好，几十岁年纪，搞起情感实验来了。"

面对孙墨苹的数落，米佳忽然冷静了。走之前，她不是没有想过这种可能性。当时是怎么劝自己的来着——是你的永远是你的，别人夺也夺不走；不是你的终究不是你的，想留也留不住。怎么如此佛系的想法，漂洋过海之后就变了呢？不就是没接电话吗？即使海斌现在真的抱得美人归，她也是名正言顺、受婚姻法保护的大老婆。想到这儿，米佳淡定了，赶紧拿出孩子的事情，解释自己的失态。说到早恋，孙墨苹自然最有发言权，她摆事实讲道理，用一桩桩鲜活的实例告诉米佳，切莫心软，一定要将情感扼杀在摇篮里。最后，她还语重心长地提醒米佳："特别是你们这样背井离乡的，大人都容易产生感情，何况孩子啊！赶紧，告诉孩子，这个阶段，最关键的就是学习，别的都是浮云。还有啊，你们那可是美国，听说那方面都很开放的，老师公开在课堂上发避孕套，你可小心啊，别真弄出点事儿来，再想收拾残局可就麻烦了。"

"哎呀，瞧你说的，哪儿有那么严重？再说，不还有赵梅呢吗？人家可是要用选妃的眼光挑儿媳妇的，绝不会让他儿子随便招惹女孩的，放心好了。"米佳胡乱的解释，劝得了别人，却宽不了自己的心。听说汤圆还在跟功课较劲，米佳第一次对无端结束孩子正常学习轨迹的做法产生怀疑。如果没有出国，海小米现在肯定跟汤圆一样，也在为期末考试挑灯夜战，哪会有闲工夫早恋？痛定思痛，米佳得出结论——孩子的学习环境太过轻松，学业压力太小。一旦这个问题解决了，后边的事自会迎刃而解。她要到网上咨询各种网课，给海小米加压，看她还有时间精力干别的。一时间，她又找到了行动的方向，一脚油门踩到底，急往家里奔。

- CHAPTER 19 -

难兄难弟重整旗鼓

1

事情的巧合有时候是想都想不到。其实，米佳真的冤枉了海斌。自从被汤小兵提醒，海斌就养成了晚上不回家的好习惯。那天他在公司跟老王等人研究下一步公司发展方向，核算成本，一直到深夜。见时间晚了，他打电话回家告诉海奶奶自己今晚夜宿单位，不用留门。就这个当口，米佳的电话打过来，自然是没接到。而米佳第二个电话打到家里座机，刚刚接听了海斌电话的吴芳，不知道怎么想的，随口说出海斌已经休息的话，还让对方第二天拨打手机。偏偏米佳第三个电话打过去，海斌倒霉的手机居然没电了。就这样，海斌深陷乌龙还不自知，倒在办公室的沙发上一觉睡到大天亮。

这些天，海斌被李静红鼓舞着，一头扎进工作里，不仅感受到工作的动力，更享受着工作的快乐。从美国回来，他就全然接受了米佳为孩子选择的道路。也许那可能是条高投入低产出，与其投资理念相悖的道路，可是哪个父母不愿意倾其所有为孩子创造一个更好的、更适合孩子的道路呢？在美国，他看到海小米在没有雾霾的良好环境中，吃的喝的都不用担心是转基因食物，轻松快乐地学习生活着，无忧无虑地成长着，他立即就认同了米佳的观点，觉得孩子能快乐健康成长才是最重要的，在孩子教育上计较投入产出才是最不现实和自私的想法。优越的条件和坚实的经济基础才是自己现阶段能为孩子做的。所以，回国以后，他的一切目标都跟利益直接挂钩，并在李静红启发下，最终启动了大规模转型的商业战略——农业废弃物开发利用工程。说起来这是一件利国利民、功在千秋的伟大事业，可目前我国秸秆综合开发利用技术还不成熟，相关体系更是不健全，项目如何推进、如何降低成本、怎么提高产品回报率……一系列问题摆在海斌面前。相比以前熟悉的金融投资风险核算，他已经走入了一个新的领域。不知是不是被米佳独闯美国的生猛所感染，海斌没有按照惯性思维，进行过多测算和分析就一头扎了进来。他直觉自己能行，更告诫自己不能退缩。这期间，二姨显然帮了不少忙。在那个人才济济的小餐吧里，她像伯乐一样为海斌挑选着人才。在二姨爽直个性的吸引和海斌真诚的请教下，他们或为其提供技术支持，或在现有基础上出谋划策，更有甚者，索性跳槽，直接到海斌公司任职。人才是成就企业的基础，随着公司技术人员的不断增多，老王等老员工，难免出现这样那样的想法。海斌哪儿是能解决人事的人，又是李静红及时出面，用股权协议宽了大家的心。现在，可以说是万事俱备只欠东风。下个月，海斌就要亲赴东北，跟当地政府接触，用过硬的技术和大胆创新的规模化设想说服相关部门，在政策上给予支持和倾斜，以解目前最大的原料存放和设备缺口问题。如果这两个问题得到解决，他的"点草成金"的梦想就已经成功了一半。到那时，年度百分之五十的企业回报率也绝不是天方夜谭。海斌累并快乐着，根本没时间想远在美国的妻女，更别说什么家里的新成员了。

与之相反，海奶奶经过一段时间的观察，更加坚信自己的眼光，一门心思要把吴芳收到海家。她将海斌的脾气秉性、口味嗜好悉数告知，还把自己的独门绝技——海氏混合面山东煎饼烹制法传授给吴芳。吴芳也是乖巧，一学就会不说，更根据自己的观察，结合海斌的口味和上班等特点，改良了相关配方，既保持了煎饼清香地道的口味，又能让上班族保持口气清新，连"师父"海奶奶吃着都赞不绝口。谁知，海斌却摆出一副对着干的态度。人家吴芳起了个大早做出煎饼，专等着海斌品尝。他一起床就宣布从今以后自己早上改吃西餐，看都没看一眼吴芳手里的煎饼，掉头就走。海奶奶心下气愤，嘴上又不便明说，只将一切怪罪在米佳"阴魂不散"的那套餐具上。这天，海斌又是好几天没回家，海奶奶不知道儿子在忙大事，只认为他在想方设法躲避自己的关心。一大早，老太太思索半日，自是无法排解胸中怨气，叫上吴芳，以整理厨房为由，誓要铲除米佳留在这个家里的气息。她本想一下砸了那堆华而不实的盘盘碗碗，可听吴芳说，这套餐具绝不便宜，一时心疼东西，将那些盘碗收在纸箱里，想留着下周收废品的拖车来小区，卖给姓李的老头，换几个安心钱。米佳的厨房一角就这样被彻底铲除了。海奶奶看着多出来三米的厨房，还有被吴芳擦拭得锃亮的属于自己的蒸锅、炒勺，自是心花怒放，半躺在明亮的客厅里，憧憬起未来一家三口或四口的美好生活。

汤小兵的到访，打断了海奶奶的美梦。一开始，她并不热情，警惕地以为人家是要赖着回来工作。可看到汤小兵奉上的食盒，海奶奶禁不住笑逐颜开，还趁着吴芳买菜不在的工夫，告诉汤小兵："这姑娘哪儿都好，就是不会做饭，炒菜看菜谱不说，味道更是没法跟汤大厨比。"汤小兵本来就是奉孙墨苹之命前来打探消息的，听老太太这么说，更觉蹊跷，不由得深问下去。谁承想，海奶奶嘴上吃着合口的盐水鸭，脑子一点没有放松警惕，三言两语就圆回了自己刚才的话，令汤小兵没有理由在同一个问题上下功夫，只能东拉西扯着引导老太太往具体问题上靠近。

"海奶奶，海斌最近是不是挺忙的，怎么也不见他给我发个微信？"

"忙啊，要不吴芳怎么老想着给他加一顿夜宵呢。这工作累，饮食上更得跟得上。我们吴芳可不像你，净想着自己省事，糊弄海斌大晚上闹节食，终是闹出了胃病。"

"这都哪儿跟哪儿，那是他自己喝酒喝的，哪儿就赖上我了？看来您老蛮中意这个新保姆的啊。哪个介绍所找的啊，赶明我也去挂个简历，让人家也给我找个好人家。"

"哪用得着什么介绍所，我自己找的。"

"啊？怎么找的？"

海奶奶忽觉自己说漏了嘴，并未理睬汤小兵的追问，话锋一转，开始评价他带来的几个小菜。汤小兵只能跟着转了话题。

"这几个菜都是海斌和您爱吃的，您要是真喜欢，就让吴芳跟我学，我保证三月出徒。"

"瞧你说的跟真的似的，就你那猴样，能干出教会徒弟，饿死师父的事？再说，我们吴芳也不用了，我已经把自己的独门煎饼绝技传授给她了，就这一招就能拿住海斌的胃。"

"快别提您老那煎饼了。难怪二姨说海斌最近没事儿就往餐吧跑，原来是宁愿吃素面，也不享受您老这独门煎饼啊。"

汤小兵笑着看到海奶奶的脸由晴转阴，最后整个阴沉下来，只剩下两道目光射出闪电一样的光芒："这么说，海斌天天有家不回，也是那个老妖婆教唆的了？"

"没，哪儿能啊。海斌忙吗不是？"汤小兵意识到自己说错话了，没探到敌情，还暴露了我方情况，只能投降认输，逃之夭夭。

2

海奶奶的平静就这样被打破了。她当然知道二姨就是海斌婚事的介绍人。可她从不对此表示感谢，反而一直执拗地认为，如果不是二姨多管闲事，自己的儿子肯定能找到更好的，大富大贵不说，起码不会到现在还住在岳父家拆迁的房子里，落得个准倒插门的名声。在她心里，米佳的孤傲和不逊，完全来自娘家这几套拆迁房。可自己能干的儿子创造的财富岂是这几套房子能抵的？十几年来，儿子忍气吞声，看米佳脸色过的悲惨日子都是拜二姨所赐。如今，二人终于有了分开的意思，二姨又跳出来作梗，简直是，是可忍孰不可忍。新仇旧恨让海奶奶心绪难平，一时冲动，带着刚刚买菜回来的吴芳，直闯二姨的"自在"餐吧。

餐吧早晨刚开始营业，二姨昨晚睡得不太好，起得有些晚了，此时正意兴阑珊地对着手机，整理自己盘得不太满意的发髻。

"欢迎光临。"服务生的迎宾语后，海奶奶和吴芳来者不善地坐到最好的位置"恋爱角"，也不打招呼，只闷头看着菜单。

二姨早从海奶奶阴沉的脸上看出端倪，才不会去惹这个"无事忙"，撂下句话，就退到后边休息去了。海奶奶没了挑衅对象，只能在服务上找碴，可看看菜单上价格不菲的食物，又觉得为打架花上好几十块着实不值，正想着如何下手，机会自己找上门来……

跟着海斌忙碌数日的老王，竟然忙里偷闲地找二姨叙旧。其实，因着海斌的关系，老王和二姨接触的机会越来越多。可老人总有自己的小心思，他可不愿当着自己徒弟的面，被心里的女人奚落。海斌猜得没错，表面毫无瓜葛的二姨和老王，早在几十年前就有过恋情。怎奈，造化弄人，两人因出身悬殊，终被拆散。老王娶了老家的表妹，二姨自是终生未嫁。老王觉得是自己的背叛造成了二姨的孤独终老，一直心怀愧疚，却不敢表露。去年，老伴仙逝，二姨又因海斌购厂的事，重新回到他的社交圈，并不迷信的老王经不住缘分的牵扯，渐渐相信一切都是命运的安排。最近，海斌大展宏图的远大志向更让他觉得自己老骥伏枥、志在千里，何不珍惜这重来的缘分，让一切重新来过？于是，他特意选了海斌不会出现的时段，带着二姨喜欢的花束，来到餐吧。

老王进门没见到要找的人，不免有些失望，只能将花放在桌上，叫了杯咖啡，等待二姨出现。海奶奶早听儿子八卦过师父和二姨的关系，想他大上午不在工厂帮儿子忙活，跑到这儿来喝咖啡，肯定跟二姨有什么不想让人知道的事情，索性躲在角落里等待出击的时机。

听说老王来喝咖啡，二姨果然立即出现了。

"哟，您老怎么有空来了？"二姨走到老王桌前，大大方方问，"这花是给我的吗？"

"当然，当然。"见到二姨，老王立即局促起来。

"真好，我喜欢。谢谢。"二姨摆弄着花束，正想让服务生把花插到花瓶里，海奶奶忽然出现在二人面前。

"哎哟，你俩在这儿约会呢？还送花啊。他师父真是，那个词儿怎么说来着，对，浪漫。"

老王的脸腾就红到了耳朵根，低着头不知如何是好。二姨最看不惯他这样，只能独自应战。

"是啊，这么大岁数了，还有人给咱送花，那也说明我魅力不减当年啊。是不是啊，小伙子们？"

"是——二姨最美。"服务生们异口同声的回答，莫名激怒了另一个同龄老太太。

"真不要脸，几十岁的老太太了，专门往小伙子圈里混，难怪一辈子没人要。"

"你早上吃拧了吧，没事儿跑我这儿来找碴？"终生未嫁本是二姨的痛，从不愿人提起。如今被这个小县城来的寡妇揭了老底，哪里受得了？

"我才懒得理你。今天老娘就是来警告你，少管我们家闲事，离我儿子远远的，否则让你吃不了兜着走。"海奶奶终于说到了正题。

"真没见过你这样当妈的，看着自己儿子媳妇过得好难受，非要整个保姆上位才算完。"二姨看出海奶奶此行来意，渐渐恢复理智，不想再跟她一般见识，"老王，回去告诉海斌，接着按我说的，埋头给老婆孩子挣钱，旁的事别管。"

"果然是你这个老妖婆在背后捣鬼。我，我让你多管闲事，我让你带坏我儿子……"海奶奶不知哪儿来的爆发力，忽然豹子一样蹿过来，揪住二姨的头发就打。老王哪容自己心仪的女人挨打，又不好对自己徒弟的母亲动手，只能一边抓住海奶奶揪二姨头发的手腕，迫使其松手，一边铁塔一样，站在二人中间，任海奶奶发泄的巴掌打在自己脸上、身上。整个打斗过程仅持续了几十秒，海奶奶就被几个服务生连拉带拽地架到一边。失去掌控动作能力的老太太，只能用语言威力继续攻击对手，名目繁多的污秽之言，脏水一样泼下来，令二姨根本无力招架。她听不懂一样看着海奶奶撒泼打滚，满嘴胡言，想到的是那日米佳被海斌当众打了一耳光之前，海奶奶也是这样耍了半日。一时间，她对自己人生中唯一的"保媒拉纤"进行了最彻底的否定。她恨不得米佳现在就从美国跑回来，跟海斌离婚，以永远摆脱这个可怕的婆婆。海奶奶骂了半天，没有得到回应，自觉无趣，只能改变策略，坐在地上假哭干号扮可怜。众人哪儿见过这阵仗，只能指望老王打电话通知海斌收拾残局。

等海斌出现的时候，完全被众人遗忘的吴芳忽然没事儿人一样站到仍在坚持表演的海奶奶身边，轻声细语道："海姨，到点儿了，咱们该回去做饭吃饭了。"吴芳话音未落，墙上的钟就响了起来。二姨惊诧地跟老王对视一眼，想到海斌曾开玩笑告诉她，他妈给他找了个机器人做后备。难道此话一点不假？吴芳有意认证她的猜测似的，不由分说拽起海奶奶，搀扶着就往外走。海奶奶早就演累了，正想找个台阶结束这场闹剧，赶紧顺着吴芳的力气，假装虚脱地往外走。这时，正在城里办事的海斌闻讯赶到了。他来不及问清情况，只看到母亲憔悴、衰老的样子，就心疼得说不出话来，忙走到另一边，小心搀扶起母亲的另一条胳膊，随着吴芳的脚步往家走。

这一幕被汤小兵看到，并用手机记录下来，发到了孙墨莘的微信上。

在哥们儿和前妻面前，汤小兵毫不犹豫地选择了前妻。昨晚连夜受命之后，他就想到送美食、探虚实的好办法。谁承想被老太太识破，铩羽而归不说，还引出这么大一个乱子。为明哲保身，也为留存证据，他果断地拍下照片，并立场鲜明地发微信告诉孙墨苹自己最看不上的就是海斌在母亲面前的毫无原则性。为讨前妻高兴，他还为"海老茂"配上了"妈宝男"的定语。圆满完成任务，汤小兵捧着手机等待孙墨苹的表扬或是最起码的感谢。谁知，屏幕上很快出现两个不带任何感情色彩的文字："收到。"她收到什么？是海斌家事的最新动态，还是自己处心积虑的现场报道？是海斌立意模糊、半推半就的顺遂，还是自己义正词严的声讨和谴责？自认为对女人心了如指掌的汤小兵再次陷入迷茫。在孙墨苹面前，他真的越来越不自信了。而几个小时之后，孙墨苹的行为更令他难以捉摸。

海斌、吴芳一路扶着母亲，行为艺术一样，在众人的注目下回到家。海奶奶自知这回玩儿得有点儿大，躲进房里，不再出来。吴芳按照程序，洗菜做饭，一丝不苟。海斌一个人站在窗前发呆。海斌没想到自己的躲避，发生了这场闹剧。不仅自己的脸被丢尽，更伤及无辜，干扰了二姨的清静。他不知怎样才能停止母亲疯魔般的折腾，更不知道吴芳究竟用了什么法术，令老太太如此中意。记得有篇鸡汤文里说，女主人是整个家庭的灵魂。当时，海斌的态度是不置可否。可此时，看着厨房里，那个陌生的身影兀自忙碌，他忽然有种此处不再是家的幻觉。他开始想念美国那个他和米佳亲手布置的简陋小家，想念在那个设施老旧的厨房里忙碌的米佳的身影。在那里她是放松的、快乐的，偌大的备餐台完全属于她，五个眼的灶台和烤箱也能让她尽情享受研究西餐的乐趣。再没有什么"一屋两制"，也没有悄悄出现在她身后的老太太的身影。海斌没有意识到自己已经从米佳的角度思考问题，他只知道，事实证明，鸡汤文里那句话是有道理的，没有女主人的家就是没有灵魂的空壳。环顾四周，他发现家里居然没有一张妻子的照片，或者全家的合影，连相框里的海小米都是婴儿期的。他们得有多久没有照相了？结婚十周年，米佳念叨着要照纪念照，他说什么来着？他说这么大岁数照纪念照，弄得跟二婚似的，坚决不照。小米十周岁，米佳带孩子去照艺术照，套餐里明明送一张全家福，他非说人家是为了挣相框的钱，再次拒绝，弄得米佳生了一肚子气。再后来，没人再提照相的事，这个家里也就真的没有一点女主人的影子了。难怪吴芳心存误会，一门心思等着海奶奶帮自己上位。想到这儿，海斌混沌的心豁然开朗。可他用什么证明米佳的存在和自己对她的在意呢？——那个"一屋两制"的厨房一角，那个米佳常常挂在嘴边的、这个家里唯一属于她的地方。海斌快步走进厨房，可宽敞洁净的备餐台上，哪里还有什么米佳一角？

"东西呢？哪儿去了？"海斌对着吴芳吼起来。

"您指什么？"吴芳仍是一脸木讷。

"放在这儿的那些盘盘碗碗，还有那个小烤炉。哪儿去了？"海斌尽量让自己平静。

吴芳并不惊慌，推开储物间的门，拉出海奶奶准备卖给垃圾车司机的纸箱子。

"海姨说过两天拿出去卖掉。"

"卖什么卖？米佳还用呢！还有啊，什么海姨，差着辈分呢！以后叫海奶奶。"

"哦。那你呢？"

"叫叔，海叔，懂吗？"

"是，海叔。"吴芳大方地点点头，脸上没有一点羞怯。

海斌心里不由得泛起疑问——她真是保姆吗？海斌觉得等两天海奶奶气消了，一定要弄明白吴芳的底细。当务之急是给这些东西找一个安全的地方，他怕自己不在家，海奶奶会私自将其处理。他各屋找了一遍也没能找到放箱子的地方。万般无奈，他只好搬上车，将它们存到目前最安全的地方——公司办公室。

3

孙墨苹并没有把那些照片传给米佳是经过深思熟虑的。本来她就不相信主动请缨的汤小兵能从海奶奶那里打听到什么信息，更不指望海斌能在铁了心整事的母亲面前有什么作为。她只是为闺密抱着一丝幻想，或者说心存一丝侥幸。所以，当照片传来，一切不言自明的时候，她再无话可说，只能回复一个"收到"，表示自己了解了事情的结局。至于自己怎么回复米佳的嘱托，她还没有想好，实话实说自然是不明智的，可用欺骗来完善米佳的自欺欺人也实在有违她做人的原则。那就先不说好了，希望时间能给她两全的办法，也能给米佳一个满意的答案。时间有时候真是最好的解药，就像她和汤小兵，分开几个月了，二人都在离婚状态中重新审视了各自的生活。经过最开始的胡闹，后来的冷静，到现在，孩子身体不好，又动了出国的心思，二人重新站到一起，绞尽脑汁想给孩子提供最好的条件。她有点儿后悔当初自己那些决绝的话，更庆幸汤小兵是一个越挫越勇、知难而上的人。估计换了海斌，他们早就彻彻底底离过八回婚了。把这两个人放在一起对比，孙墨苹不由得笑了，在她心里，宁愿要汤小兵这样不着调的老公，也不要海斌那样的"妈宝男"。其实，汤小兵回归以来，孙墨苹的生活已经回到正轨。她每天只需要操心学校的事和汤圆的学习，别的都有汤小兵负责。重新回到饭来张口、衣来伸手的舒服生活，她的内心是满足的。她已在默默更正自己关于汤小兵恶习的评语，学着接受他的琐碎和细到。毕竟，哪个平淡生活的家里都少不了柴米油盐的调剂。家里没有这么个操心的人管理那些生活琐事，日子也过不了那么顺畅。数月分离，她已经渐渐接受了汤小兵的平庸。而那天在海斌表演一样的讲述里，她更听出了汤小兵对自己、对家庭的情义和责任，尤其他绝不再沾酒的决心和行动，更令她感动。她甚至已经偷偷承认——自己和儿子的生活中，少不了汤小兵。

　　学校的业务学习因故取消，孙墨苹难得提前结束工作。想到汤小兵为了增加收入，不仅操劳家事，还在二姨餐馆兼职，最近又在忙着开网络私厨，忙得脚不沾地，孙墨苹就拒绝了同事逛街喝咖啡的邀请，提前回家帮忙。每天早出晚归，她很少在白天出现在小区院里。看到那些带着孩子在游乐场玩耍的全职妈妈，她既羡慕又惋惜。羡慕的是，她们不会为工作烦恼，能全身心陪伴孩子成长；惋惜的是，读了那么多年书，一点没用不说，自己存在的价值都成了问题。看到她们，她又想起了米佳。那曾经是一个多么有理想、有抱负的女人，如今一猛子将自己扔到美国，天天为生活忙碌，她就真的心甘情愿？孙墨苹不能理解，也难以想象。说实在的，她有时觉得米佳糊里糊涂，搞不清楚自己要什么，还容易被人蒙蔽，让人忽悠。她完全有理由相信，米佳这次的冲动是受了赵梅的怂恿，她也早就预料她俩不可能长期和平共处。唉，人是真不能闲着，孙墨苹感叹自己机器一样连轴转的生活，难得空转了，脑子却由于惯性停不下来，看见什么都能产生联想。何不观观景、看看人，让大脑彻底放松一下呢？她把目光转向篮球场，想在运动的旋律中寻找一下青春的感觉。孙墨苹年轻的时候就喜欢运动型男生，她和汤小兵的第一次见面也是在篮球场上。那时候的汤大厨比现在还瘦，可是占了身高的便宜，一个三步上篮，能高出别人半个身子。偏偏他的皮肤还是男人中少有的白皙，穿着色彩鲜艳的球服站在人堆里，更显得鹤立鸡群。孙墨苹对他一见钟情，那种怦然心动的感觉，很多年后依然存在。孙墨苹回忆着，把目光投向球场上的年轻人。一时间，她以为自己穿越了：一个高高大大、皮肤白皙的年轻人正在三步上篮。随着一阵喝彩，球进入篮筐。孙墨苹赶紧揉揉眼睛，确认那个人不是年轻的汤小兵。

　　那当然不是汤小兵，汤小兵正在家里忙着用刚申请的账户接单挣钱。不过，那个也不是别人，就是汤小兵翻版的汤圆。汤圆看到老妈站到自己面前时，吓得汗水都倒吸了回去。装病一个月，他实在技痒，趁着老妈学校有事，偷偷回来玩球。谁想，计划赶不上变化，被抓了现行不说，还没带手机，无法跟老爸订立攻守同盟。面对老妈的凛然正气，汤圆只能悉数招认，并一个劲儿将责任揽到自己身上。

"妈妈，真是我自己的主意。我错了，再也不敢了。"

孙墨苹并不理会儿子的央求。用不着解释，她心里比谁都清楚，这种馊主意，除了汤小兵，一般人想不出来。没有他的教唆，儿子也不敢这么大胆。孙墨苹的气愤是深入骨髓的，表面一点看不出来。她平静地领着儿子回家，把他关到屋里写作业，自己翻出汤小兵给儿子准备的药盒，轻轻放到忙碌的汤大厨面前。

"行，一会儿我就提醒他吃了，你放这儿吧。"汤小兵正跟人讨价还价，根本没看到汤圆进屋。

"你现在就让他吃，立刻马上。"孙墨苹的声音不高，汤小兵却听出了温度上的变化。他赶紧抬起头，扫视一眼自己忘了清理的药盒，脑子里飞快地想着应对的策略。

"哟，忘了提醒孩子吃药了。我的错，我的错，来，这就吃，这就吃。"

汤小兵镇定地站起身，洗杯子、倒水，程序上一丝不苟，表情上更是无比自然，弄得孙墨苹先绷不住了。

"演，继续演。汤小兵，中戏表演系没收你，真是天下最大的损失。你就是个天生的戏精啊。"

汤圆开门，闯出来，没好气地说："我说了，都是我的错，跟我爸没关系。"

汤小兵看到汤圆汗渍未干的样子，知道露馅了。当初他就知道，这一天终究会到来，只是早晚的事。应对措施他也不是没有，只是他没想到孙墨苹的反应这样平静。以他对前妻的了解，闹得越凶越没事，反而这样不哭不闹，要坏事。

果然，孙墨苹根本没理汤圆，默默回到卧室，关上门待了好一会儿。

父子俩心虚地站在原地，目不转睛地注视着紧闭的大门，大气不敢喘。门开了，孙墨苹拿着一张纸，推着汤小兵的行李箱，默默走出来。她把箱子递给汤小兵，然后走到大门口，认认真真将手里的白纸贴在上边。纸上赫然写几个大字："家有学子，宠物与汤小兵不得入内。"

4

汤小兵的幸福生活就这样结束了。再次无家可归的他，只能推着箱子来到"自在"找二姨。大老远他就看到海斌在餐吧门口徘徊着不敢进去，想必是在为白天的事犯难。二人相见，无须多言，便知对方处境。他们互相拍拍肩膀，算是鼓励，然后各自相让着，走进餐吧的大门。二姨还在老地方算账，身边竟少了那副特制的棋盘。海斌自觉与海奶奶的无理取闹不无关系，犹豫着不敢靠近。

"来都来了，傻站着干吗？过来。"二姨将祖传的算盘打得噼啪作响，却是头也不抬。

二人乖乖走过去，坐在近前的吧凳上，等着二姨训话。

其实，汤小兵前脚离开家，二姨后脚就接到了孙墨苹的通知："这辈子不会与汤小兵发生牵扯。"二姨算准了两人都会出现，没想到一块儿来了。

良久，二姨终于结束账目核对，抬起头来："你们俩啊，真是难兄难弟。都这样了，还找我干吗啊？"

"二姨，我妈她，今天……"海斌支支吾吾想道歉，被二姨打断了。

"今天的事儿我不想再提，没意思。不过，有一点我要声明。"二姨故意顿了顿，以示正式，"海斌，小兵，正好你们俩都在，也是给我做个见证——从今天开始，我改变立场了。俗话说，强扭的瓜不甜。海斌，你和米佳的婚姻，我老太太以后绝对不再干涉了。听你妈的，没准对你、对她都好。你懂的。"

二姨一席话说得海斌心都凉了。一下午他一直在抗拒、纠结。作为儿子，他不能违拗生他养他的母亲；作为男人，他也不能委屈疼他爱他的妻子。两害相权取其轻，在无从选择的时候，也许分开才是他们最好的选择。他再一次理解了米佳逃离的用意，只是没想到一向意志坚定的二姨，也得出这样的结论。可见这个无解的难题，交给谁，答案都是一样的。

"说什么呢？海斌，老太太被气糊涂了，你不能啊。"汤小兵见海斌不说话，首先跳出来反对，"你知道这个家拆起来容易，再建有多难吗？她……"

"行了，你们俩情况不一样。要不是你净干些不着调的事，人家墨苹能这么绝情？"二姨的重点显然不在自己外甥女婿这边。

"有什么不一样的？海斌，你可别忘了，当初咱俩可是歃血为盟，发誓共同追妻的啊！还有，在美国，那多危险，咱们不也……"

"兄弟，别说了，这回我是真没辙了。家里现在俩女人，一个比一个陌生，说出来不怕你们笑话，我都不敢回家。"

"有什么不敢的。走，我陪着你，我还不信了，她们能把你吃了？"

汤小兵的话让二姨和海斌同时看到希望。他们怎么没想到呢？第三者的出现必定让海奶奶有所忌惮，吴芳对海斌的进攻也不会有恃无恐。如此坚持到米佳回归，收复失地便是轻而易举的事了。主意打定，几个人迅速探讨细节，二姨免不了叮嘱二人，切勿轻敌。

"海斌，你母亲没什么文化，可对付人的门道，老太太门清。你就记住一点，不给她撒泼打滚的机会。她没了演戏的舞台，你就不用受孝子的煎熬。"

"明白了。我顺着她。"海斌使劲儿点点头。

"小兵，你的任务是配合海斌，他顺着，你拆台，目的就是一个，不让老太太得逞。不过，有一样你们可能都没注意。那个吴芳，绝对不是省油的灯。这次小兵回去，跟她就是赤裸裸的竞争关系，没有什么可手软的，但你也要把持好了，千万别授人以柄，让人扫地出门。"

"我懂，我懂。好男不跟女斗，我表面上让着她，实际上压着她。"汤小兵在对付女人上十分自信，根本没把那个柴火妞放在眼里。

"对，光让着可不行，那种人肯定蹬鼻子上脸，没事儿还能生出事儿来。你千万别轻敌。"二姨不无担心地说。

"那个吴芳肯定不是普通的保姆，我们回去第一件事就是弄清她的底细。"海斌沉吟着，说出自己的担忧。

"没错，以她的谈吐，应该是个有文化的。"二姨肯定地说。

三人又嘀嘀咕咕谋划了一个多小时，二姨才目送两个男人，战士一样离去。尽管心里已经不再看好未来，但她还是心存幻想，盼着米佳尽快明白，逃避永远是婚姻问题最错误的解题思路，距离产生的也不只是美，还有隔阂、误会和数不尽的变数。

- CHAPTER 20 -

有惊无险的祸不单行

1

对国内发生的事，米佳一概不知。这不光要感谢孙墨苹首先拦截了消息，更要感谢那些头脑灵活的教育机构。他们早就掌握了家长心理，在国内教育市场极度饱和的情况下，马不停蹄开拓了国际市场，不仅在教学内容上，适应多元化需求，开设了五花八门的托福、雅思、GRE等语言类课程，更在教学方式上，依托网络平台优势，实现了全球二十四小时无时差化教学。也就是说，只要你想学，随时随地有人帮你达成心愿。米佳经过比对，选择了一家号称拥有全球化教育理念，教师遍布五大洲的教育机构推出的托福网课。虽然课时费已达到国内教育机构顶级一对一水平，但是看到金发碧眼的老师慈眉善目地出现在视频里，米佳觉得高消费还是能获得高回报的。米佳清楚，这种网课最关键是家长要盯着孩子上，不能有一点放松。于是，海小米的快乐生活也结束了。每天放学后就被米佳盯着坐在电脑前，继续跟那个胖胖的、带着浓重墨西哥口音的女人学语法。别说跟高鹏有什么接触了，就连做作业的时间都被占据了。

她好像又回到在国内学习的状态，每天在困倦中挣扎。可语法这东西，母语都讲不清楚，更别提用英语讲的了。最后弄得胖老师满头大汗，学生也是一头雾水。对此，米佳的理解跟每个中国家长一样——人家都使出吃奶的劲儿来教学了，肯定是自己的孩子不好好听。于是，她无视海小米的抱怨，武断地为其选择了双课时的上课频率。这下，海小米不干了。一大早，娘俩就为这事儿发生了争执。

"您听都听不懂，怎么就知道那个胖子教得好？"

"你没看人家每次上课都被你急得满头大汗。小小年纪，不知道找自己原因，就会挑别人不好，什么毛病啊？"

"她要是天生爱出汗，喘气儿都出汗呢？那也是我造成的？"

"你这孩子跟谁学得这么矫情啊？我再说一遍，出了问题要从自身找原因，别拉不出屎来赖茅坑。"

"我也再说一遍，那老师口音太重，我听不懂。"

"听不懂那是你口语没过关，就得硬听，逼着自己听。"

"My God！简直了。"海小米跟米佳说不通，就要跟海斌视频。米佳坚决制止，为防止他们课间联系，还毫不留情地没收了海小米的手机。海小米含着泪花看着米佳，终是一句话没说，一摔车门跑向教室。

米佳咬紧牙关，没让自己妥协，还给海小米气哼哼的背影照了张照片，想等到以后，大家都平静了，拿出来教育孩子。

送完孩子，米佳照例到超市跟雅丽会合，准备扫货。自从第一批货物顺利到达，她就开始放心大胆接单。生意虽说没有雅丽那么红火，但也是订单不断。第二批货也早已发出，眼看着第三批货又堆成了小山，她想趁这两天多走几个地方，凑足了货品，一并发往国内。

车还没停稳，雅丽就在车外敲车窗。

"你怎么才来啊，出大事儿了，你不知道？"

雅丽是社区里有名的小喇叭，什么事儿到她嘴里都是大事。米佳早已习惯，仍旧不紧不慢地拿包，要下车。

"哎呀，还拿什么包啊，赶紧走，堵他们去。"

雅丽急不可耐的样子告诉米佳，真的出大事了。原来，雅丽一早就在群里看到代购最怕发生的事情——货物被扣。难怪系统显示货到中国海关已经十天有余，仍是清关状态。米佳做代购时间不长，一直都是顺风顺水，哪里经历过这样的事情？只能看着群里大家你一言我一语地分析局势。所有人都知道，快递公司所谓负责清关根本就是骗人的说辞，多少东西都是他们虚报瞒报，混进海关的。这种事查不出来是幸运，查出来就是倒霉。快递公司遇到这种情况，只会自己跑路，才不管货物寄件人死活，反正货又不是他的。更何况，在美国注册个公司跟吃顿饭一样容易，过上几个月，换个地方、换个名字公司重新开张，同样会有国人苍蝇一样扑过来照顾他们生意。因此，代购圈里有条不成文的规定，碰上这种倒霉事，大家都会齐心协力，第一时间扣住快递公司的人。

二人赶到快递公司时，小小的门脸儿已经被十几个华人围了起来。大家大都脸色铁青，一副准备打架的样子。米佳有些心虚，有意将车停得远离中心区域，以便逃跑。

"哎呀，瞧你那样，现在有理的是咱们啊。怎么弄得跟做贼似的？"

雅丽责备着，率先跳下车。米佳听了她的介绍，早已心明眼亮——这种偷税漏税的事，哪国法律都不会保护，真追究起来，他们难免要负法律责任。哪来的道理可讲？现在唯一的希望就是快递公司负责到底，大家一起补齐税款，缴足罚金，免遭失去货物的损失。

谈判显然不是按照这个思路进行的。被堵在屋里的一对年轻小夫妻，抱着襁褓中的孩子，一个劲儿给大家说软话，承诺总公司会出面解决这个事情，新联系的清关公司也已经前往海关，事情马上会有结果。

米佳早就听说这对山东夫妻的事。两人都是本地某大学的博士生，当年带着几千美金出来闯世界。如今学还没上完，孩子已经生了两个。为了维持生计，男的主动休学，加盟了这家华人快递，生意刚刚走上正轨。女的一边带孩子一边上学，总算临近毕业。本来咬牙坚持过了这个年关，他们的苦日子就会到头。谁想到，一夜之间，出了这么大的事。

"口说无凭，你们现在说得好，明天早上跑了，我们找谁去啊？"经验丰富的老代购才不会被他们两句话打发，继续不依不饶。

"那您让我们怎么办？我给你们发誓还不行吗？"女的嘶哑的嗓子已经带了哭音，"你们别再逼他了。他昨天一晚上都在群里边跟那个不靠谱的清关公司对骂，嗓子都说不出话来了。求你们了。"

男的把女的拉到一边，捏着喉咙，尽量让自己发出声音，怎奈急性喉炎发作下的嗓子只能发出微弱的声音："发生这种事，谁都不想。对不住大家，我现在只能用人格保证，用我们一家四口的命保证，大家的货物绝对安全。请大家容我时间解决。"说完，深深地弯下身子。女的见状，也抱着孩子弯下身躯。怀中的孩子感受到不舒服似的，终于哭了起来，给这悲惨的一幕配上了最煽情的音乐。

米佳看不了这个，拉着雅丽就往回走。雅丽也是嘴硬心软的人，早就红了眼圈。二人坐在车里，远远看着，人群正在缓缓散去。米佳没跟雅丽商量就发动汽车，往回走。二人一路无话，各自盘算着最坏的结果。

回到家，米佳的沮丧难以用语言来形容。这笔生意对那对小夫妻生死攸关，对她又何尝不是？这是她离开职场，独自闯荡的开始，更是第一笔优惠揽客后，头一回能小赚一笔的生意。现在看来，不仅钱赚不到，十来万本金没准都要打水漂。自己口口声声不靠男人养活，现在倒好，人家不仅要养活你，还要替你收拾生意失败的残局。米佳拿出账本，想算算总货款的数额，不管怎样，做生意信誉第一，她不能让交了钱的客户，没收到东西还赔钱，再怎样也要把钱给人家退回去。账本上是那个快递公司的男人亲自给她打的收条，记得当时他还信誓旦旦地说，他们用了新的清关公司，用不了半个月，这批货就能到达客户手中。节前，再走一批货，大家都能过个富足的圣诞节了。不知为什么，米佳对这对博士夫妻有着天然的好感和信任。知识分子出身的她一直认为，读书人身上有一种任何困难都压不倒的风骨。就像这两人，条件那么艰苦，仍不忘坚持读书。这种韧性必能支撑他们经历更多的磨砺，走向最后的成功。所以，即便现在的情形，她仍相信他们不会跑路，而是会跟这些可怜的代购一起，将事情解决到底。想到这儿，她收起账本，给男人发了微信，表示自己愿意补足税款，并分摊罚金，只希望他们尽量保证货物安全。男人很快回复了大大的"赞"。米佳希望别的代购也能清醒地认识到这一点，既然都是一条绳上的蚂蚱，最好合力尽快解决此事。在群里表明自己的观点后，米佳的心情恢复如初。看着镜子里平静的自己，她有点儿纳闷——这么大的事儿，自己居然没有一点儿找人倾诉和商量的愿望，而是头脑清醒、行为果断地把一切交给萍水相逢的陌生人，交给没有一点法律意义的口头承诺。不然呢？除了等待和接受，她还能怎样？这大概就是佛系的度化吧？抑或是他们信教的人经常说的，上帝将与我们同在。米佳承认自己信仰缺失，只知道在问题面前，她必须有个态度。此时，她选择相信，是给别人出路，也是给自己出路。

2

俗话说，福无双至祸不单行。这句话真是放之四海而皆准。接下来的打击，对米佳才是致命的——海小米不见了。

米佳在家里收拾好心情，又准备好晚餐的食材，就早早赶到学校，想主动缓和跟孩子的关系。谁知，学校里一辆车都没有，问了看门的"匹诺曹爷爷"才知道，今天的祷告因故取消，学校中午就全部放学了。那海小米去哪儿了？可惜"匹诺曹爷爷"根本分不出那些同样黑头发、黑眼睛的中国女孩，无法提供有力线索。米佳赶紧查看朋友位置，才想起自己一早没收了孩子的手机。看着手机里那张海小米最后的背影，她的脑子里冒出来近期出现的好几起留学生失踪案件中孩子们的最后照片，也是这样模模糊糊，也是这样的背影……米佳想都不敢想地把手机扔得远远的，似乎只有这样她的小米才会平安回到她的身边。瞬间慌乱过后，米佳逐渐清醒，她哆嗦着捡回手机，首先拨通赵梅的电话，询问高鹏，见没见到海小米。高鹏早已回到家中，自然不知海小米的去向。米佳只能开车沿途寻找，希望是孩子跟自己赌气，早已自己走回家。结果是令人失望的，家里家外，哪儿有海小米的踪影？米佳无助地敲开建平的门。建平二话没说就帮她打了911，之后安慰她说，美国有个安珀报警系统，凡有孩子走失都会在苹果手机上自动显示。果然，没过多久，米佳的手机上就出现了女儿失踪的信息。如果说之前，她还心存侥幸，认为是海小米跟自己赌气，故意让她着急，那么现在看到这条冷冰冰的信息，她才彻底陷入绝望，不得不相信，她的孩子，她的海小米真的失踪了。

"我怎么那么傻，没事儿闲的没收她的手机做什么啊？"米佳瞬间变成了祥林嫂，像每个闻讯来向她表示安慰的朋友，重复着相同的话。雅丽劝她把情况告诉孩子她爸，也好分担她的压力。可她觉得告诉海斌也是于事无补，他远在中国，除了跟着着急，就是数落她。这些，她都不需要，她只想她的乖女儿平安归来。

可能心有灵犀，米佳满心焦虑的下午，正是海斌提前醒来的早晨。不知怎么，他一阵心慌就坐了起来。墙上的钟还不到六点，他想继续睡，却再也睡不着，忽然想起好几天没跟宝贝女儿视频了，算计着时间，孩子也该放学回家了，就微信呼叫起海小米。谁知，手机响了半天，根本无人应答。他只好发了条语音，问海小米在忙什么。对方回复了一个忙碌的表情。海斌有些失望地重新躺下，只能呼叫多日没有联系的米佳，得到的答复竟是同一个忙碌的表情。海斌心下不爽，想到李静红昨天约自己去郊外骑马，自己还心怀负罪感。真是多虑了，人家娘儿俩玩儿得乐不思蜀的，自己没有理由苦着自己，遂给李静红发了微信，表示自己会准时赶到。

拿定主意，海斌迅速洗漱更衣，没等海奶奶和吴芳起床，只跟睡在客厅的汤小兵打了声招呼，就直奔郊外马场。休息日的早晨，一路畅通，加上难得的蓝天，海斌心情大好，一路哼着小曲，开进马场大门。海斌没有娱乐嗜好，对骑马更是一窍不通。裹紧羽绒服，戴好防风帽，他才从车里钻出来，到会员休息室寻找李静红。冬天的马场本就萧条，休息室里更是没什么人。远远地，海斌只看到一个身穿白色马裤、红色西服的窈窕淑女，正对着镜子，做着热身运动。刚要离开，那个淑女竟然向他跑来。跑近了，他才认出来，来人竟然就是李静红。

"怎么，不认识了？"李静红摘下头盔，露出盘得一丝不苟的发髻。

"我，我还以为是个小姑娘呢！这行头，不赖。"海斌并不掩饰自己的惊讶。

"不赖你也来一身。服务员，给这位先生找身衣服。"

"不是，我不会。再摔着，我……"

李静红才不理会他的托词，拉着他来到马房，向他介绍自己的爱驹——王子。

随着她的介绍，海斌才知道什么是有钱人的生活。那些养猫养狗都太小儿科了，有钱人不仅养马，还养赛马。一年花在马身上的钱，能供三个海小米读美国高中。接着，他半推半就地按照李静红的要求，脱掉厚厚的羽绒服，换上利落的骑士服，坐在了马背上。他的背不由自主挺直了，居高临下的感觉令他极度渴望着驾驭的快感。没用教练费什么话，围着训练场走了两圈，他就能在马背上行动自如地"起坐"，脚下稍一用力，马儿就随着他的指示，一路快跑了起来。他也并不害怕，只抓牢缰绳，随着马匹跃动的节奏，上下起伏着，动作既潇洒又自如。已有两年骑龄的李静红不由得勒住缰绳，向他竖起大拇指。海斌受到鼓舞，骑得更加大胆自如。一鞍时下来，海斌早就浑身通透，大汗淋漓。

"痛快。没想到这个运动这么痛快。"海斌意犹未尽地看着教练牵走了坐骑。

"没玩过的都发怵,真骑上了就上瘾了。你要喜欢,我们下周再来。"李静红也骑得脸色绯红,精神焕发。

"别,再等等,等我闺女回来了,我得带她来一回。小孩肯定喜欢。"

"海总真是好爸爸,什么好事都想着闺女。"

"那是啊,闺女是爸爸的小情人,我不想她想谁?"

"想孩子她妈啊!"

"老夫老妻的了,不用想。"

海斌嘴上说着,心里难免涌上一股思念之情。其实刚才在马背上,他就想等米佳和孩子回来了,好好带她们到这儿来玩儿一回。海小米肯定抱着马脖子走不动道。而米佳穿上那套骑士服,应该比李静红漂亮。

于是,没用人家忽悠,他就产生了给她们娘俩买行头的冲动。可尺码和颜色,他又说不好,只能再次呼叫二人。结果是二人都未回应。海斌的心里有些急,偏偏记不住她们的美国号码,只能由李静红陪着,坐在休息室等消息。

其实海小米根本不是离家出走,她只是心情不好,又遇到正在为美国孩子寻找观众的苏珊,才经不住诱惑,跟着几个高年级的孩子上了人家的车,跑到另一个街区的仓库里参加所谓乐队社团活动。不过,激昂的美国音乐,真是治愈烦恼的良方。随着动感十足的乐曲,海小米不由自主地跟着蹦跳起来。连日来的委屈也随着歇斯底里的狂叫,得到彻底宣泄。那种发自心底的快乐和放松,让她几乎忘了时间。直到警笛大作,一队警车包围了仓库,荷枪实弹的警察闯进来,将所有人都按在地上,她才想起自己可怜的妈妈此时不知道会急成什么样子。

与此同时,得到通知的米佳正坐在建平驾驶的汽车上赶往警局。高鹏坐在她的身边,解释着自己跟海小米为了让她和赵梅亲密接触,不惜假扮早恋的事情。

"阿姨，小米她真不是有意气你，是我，看到你们俩因为误会我们重新坐到一起，才突发奇想的。还有这回，我猜她也不是有意想让您着急，肯定是一时玩儿高兴，忘了时间。"

"行了，你别替她说话了。好的没学到，半个学期不到就把自己玩儿到警察局去了。一会儿咱们就看她怎么收场。"米佳气鼓鼓的，一副要将海小米生吞活剥的样子，吓得高鹏只得收了声。

"你先别着急，未必是孩子们干了什么违法的事，肯定是咱们报了警，警察找到小米，才把他们一锅端到警局的。"建平冷静分析着事情的缘由。

米佳不再言语，她相信海小米干不出什么出格的事，只是又想起那次她的离家出走。自己同样着急、心慌，可身边还有海斌，如今，她能依靠的只有建平。可她能像跟海斌那样不管不顾吗？显然不能，心里再着急，她也只能坐在副驾上，故作镇静。

美国的警察局可不像中国这么醒目，而是完全淹没在普通建筑里。建平停好了车，米佳才反应过来，目的地就在眼前。她慌乱地推开车门，跳下汽车，迈腿向不远处飘着美国国旗的大门跑去，谁知脚下一软，几乎栽倒在地，幸亏建平一把扶住："没事的。有我在，别慌。"

米佳感激地看着他，再没了独闯进警察局的勇气。建平挽着她，一同走进那个象征国家权威的大门。

洛杉矶的警局果然跟电影里演的一样，凌乱而忙碌。肤色各异的警察和事主不停交流着，大厅里热闹如市场。米佳按捺着心中的焦虑，四处寻找，只见窗边的长椅上，一个孤零零的身影，可怜地蜷缩着。

"小米。"

"妈妈。"

海小米从椅子上蹦起来，扑过来，抱着米佳的脖子再也不撒手。米佳紧紧抱住那个肉鼓鼓的小身子，哪里还说得出一句责备的话？

"怎么了，谁欺负你了，还是……"

海小米含着眼泪摇摇头，伸手指着远处的禁闭室："他们都给关起来了。"

"啊？谁，谁给关起来了？"

建平见孩子无恙，断定此事与自己的报警有关，简单了解情况后，找警察办理相关手续。

3

米佳的手机终于接通了。海斌在屏幕上看到的是海小米惊魂未定的脸。

"什么情况，你们怎么都不接电话？"

"爸爸，我们在警察局。"海小米看到老爸，哇的一声哭出来，惊得海斌几乎将手机掉在地上。

"怎么了？孩子，你妈呢？你妈怎么了？"

海小米抽泣着说不出话来，只能将摄像头对准米佳，让海斌自己去听发生了什么。屏幕里，米佳正对着美国警察说着什么，旁边的建平不时用英语解释着。海斌虽听不明白二人在说什么，但看到老婆、孩子全都安然无恙，心放下了大半。

米佳正试图让警察相信苏珊只是海小米的同学，不是什么绑匪。原来，因海小米未满十五岁，以苏珊为首的几个高年级孩子在未征得其监护人允许的情况下，将其带走，违反了相关法律，警方有理由怀疑他们涉嫌绑架，并将提起诉讼。闻讯赶来的雅丽瞬间崩溃，乞求米佳一定跟警察说明情况。米佳和建平这才据理力争，跟警察解释事情的来龙去脉。

海斌看着中英文混杂的现场直播，渐渐明白了事情的经过，看着娇小的米佳在高大威猛的美国警察面前不卑不亢的样子，不由得骄傲起来："看，我老婆还行啊，一点都不怂。"

"那男的是律师吧，说得头头是道的。要不然你老婆就危险了。"李静红英语不错，早从他们的对话中听出，警察同意放弃对苏珊等人的追责，但要以疏于监护为由，对米佳提起诉讼。建平一直在跟他们纠缠这个事情。

"啊？那……"

"行了，没事了。你没看警察又耸肩又摇头的。他服了那个中国律师了。"

"这都什么规矩啊，孩子丢了，还要治家长的罪，真是太不人道了。"

"人家法律就这样，目的是防止犯罪而不是惩罚犯罪。"

海斌见米佳麻烦缠身，肯定无暇理睬自己，安慰了海小米两句就结束了视频通话。回家的路上，他的心里不能释怀。怎么妻子需要他的时候，自己总不在她的身边，而每每麻烦来袭，护卫她左右的总是那个不阴不阳的建平。

这个问题得到了汤小兵的重视。经他分析，其严重性远远超出了海斌的想象。他们谁都没想到，大家一致"安内"的时候，外敌的铁骑早已不知不觉进入本族领土的核心区域。

"鞭长莫及，鞭长莫及啊！"即使汤小兵头脑灵活，一时半会儿也想不出解决的办法。海斌更是无比沮丧地躺在床上，没了精神。忽然，门外传来敲门声和吴芳不温不火的声音。

"汤师傅，到时间做晚饭了，再晚了，海姨要怪罪的。"

"知道了。"汤小兵粗声大气地回答后，禁不住跟海斌吐槽自己被吴芳压制的委屈。原来，吴芳倚仗海奶奶赏识，自视身份高于汤小兵，自作主张将二人工作分为厨房内外不说，还规定了汤小兵的活动范围。

"也就是说，您这个闺房，我是没资格进啊。"

"能有这事儿？又不是妃子，分那么细干什么？"

"人家没准真把自己当妃子了，也说不定。"

汤小兵看着海斌，忽然计上心来："要不咱就放大招，让她彻底死心？"

"你的意思是？"

没等海斌反应过来，汤小兵就扑闪着大眼睛，搔首弄姿地凑到他身边，用屁股拱了拱海斌的大肚皮："就是这样子嘛！"

"哎呀妈呀。"海斌吓得触电一样蹿下床，明白了汤小兵的意思。

"怎么着，我都豁出去了，干不干？"汤小兵一脸大义凛然，反衬出海斌的扭扭捏捏："能行？"

"一切尽在掌控。"汤小兵伸出修长的大手，海斌一把抓住，使劲摇着说："干！"

4

两个大男人策划终极大招的时候，米佳和海小米正相互依偎着，表达歉意。其实，重新抱住孩子的那一刻，米佳的气恼就无影无踪了。她感谢所有神灵，让这一切只是虚惊一场。她更责备自己，没有尽到母亲的责任。所以，当警察说要追究她的责任时，她的内心是坦然的，甚至是接受和求之不得的。每个母亲大概都是这样，只要自己的孩子安然无恙，宁愿所有的惩罚落在自己身上。更何况此事的起因，完全是自己的猜忌。是她平白无故将孩子之间最真挚的友情，加上了"早恋"的标签；也是她不理解孩子们希望大人珍惜友情缘分的做法，心存报复地将孩子推到网课的旋涡里；是她不分青红皂白没收了孩子的手机，让她想通知自己都做不到……米佳反思了一路，结论只有一个——空虚的自己将所有注意力都集中在孩子身上。那种爱难以承受，造成孩子逆反的情绪，才引发了之后的所有事。她必须正式向孩子道歉。

米佳搂着自己的宝贝，深情地说："宝宝，妈妈最近有些过分了，对不起。可你要相信，无论妈妈做什么，怎么做，都是为你好。永远是这样。永远。"

海小米并不善于表达，她只紧紧抱住妈妈，头一个劲儿往米佳怀里扎。

"干吗啊，要钻回妈妈肚子里吗？"米佳被孩子怪异的举动逗笑了。

"就要，就要。"海小米任性地继续着自己的动作，直到米佳被拱翻在床上，又小兽一样扑过去，跟妈妈搂在一起。

"妈妈再也不让宝宝离开妈妈了，再也不让，永远不让。"米佳搂着海小米喃喃念叨着。

"妈妈我怕，真的怕死了。"海小米终于用哭泣释放了自己的情绪。米佳像小时候一样，哄着、拍着，好一会儿才让她在抽泣中，沉沉睡去。

安顿好孩子，米佳心绪难平，无法入眠，想给海斌打电话，交流自己这艰难的十几个小时。可一想到，海斌接通电话，肯定是劈头盖脸的一顿埋怨，就打消了这个念头。最艰难的时候自己都扛过来了，还有什么必要向旁观的人寻求同情呢？自从习惯了独自解决问题，她好像就失去了向海斌倾诉的愿望。而自己对海斌最强烈的依赖，似乎也随着时间的流逝，从机场送行之后，一点点递减着。直到今天，出了这么大事，她居然没有给海斌打电话，即便在海斌电话追来的时候，她也能保持理智，先处理现场的麻烦。米佳不知道自己这样是好是坏，只隐隐有一种说不清、道不明的担心在心底时隐时现。

既然睡不着，她索性来到花园里看星星。好多年没有看过这么多星星了，小时候学的那些星座知识，也早就还给老师了。米佳知道自己看也是瞎看，却只愿这么仰着脖子，让星光落在自己的脸上、身上。

"这么晚了还不睡？"建平的问话打断了她的"星光浴"。

"我在看星星，这儿的星星真多。"

"国内真的看不到这么多星星了？"

"真的，所以有人说——美国的月亮就是比中国圆。"

"瞎扯。我还说只有中国的月亮里有嫦娥呢。时间长了你就知道，哪儿的月亮都没有家乡的月亮美，真的。"

"我现在就知道。"米佳一点儿不掩饰自己想家了。她告诉建平自己想北京冬天温和、亲切的太阳，想拥挤的地铁里的暖和，甚至想供暖之后，空气中特有的"霾"味……建平说自己完全能理解她的心情，因为他也是从这种思念中走过来的，更何况她刚经历了一场惊心动魄的磨炼。

"我刚才特软弱吧？"

"那倒没有，就是有些祥林嫂。"

"女人啊，遇到事就这样，一点儿都不理智。"

"你还行。至少没有哭天抹泪地让人心烦意乱。"

"我原来不是这样的。遇到事，就会哭和埋怨。现在好了，大概知道哭也没有观众，怨更没的怨，索性都省了。"

"难怪国内人把到这里生活叫作'洋插队'，原来真能生生把个小女人，逼成女汉子。"

"我是小女人吗？"

"嗯，起码不是女汉子。"

"唉，我一直想做小女人，可惜，做不来。这回好了，目标明确。哈哈。"

两人坐在各自花园的躺椅上，看着星星，有一搭没一搭地聊着。米佳紧张的情绪逐渐放松，疲惫和困倦渐渐包围了她。可她不愿意离开这个被建平的男中音营造的舒缓氛围，只想就这么说着、聊着一直到天亮。

"你累了吧？"建平的声音从遥远的地方传来。

米佳梦呓一样回答："没有。你的声音让我想起一个人。他也在美国独自打拼了好多年。他叫林木，是我的，只是我的啊——初恋。"

就这样，米佳喝醉了一样，给建平讲述了自己少年时期的故事，讲了林木，讲了他们书画社、板报组，讲了那幅画，还有自己梦寐以求的浪漫爱情……

"你说那幅画真的是林木画给我的吗？"米佳花痴一样的问题，并没有被建平嘲笑。

他认真地想了想，严肃地说："那要到林木在美国的画室看过才能确定。"

"真的？"米佳的困意全无，恨不得现在就去证实自己的疑问。

"可你先要搞清楚那个画室在哪儿吧？"

建平的话说到点子上。那天赵梅只说林木的画室在洛杉矶，具体在哪儿，谁也说不清楚。刚来美国的时候，米佳还逢人就打听，后来发现在洛杉矶画画的人太多了，大家又都入乡随俗地相互称呼英文名字。几十年没有联系，她哪里知道林木到美国之后，给自己起了个什么样的英文名字。随着一次次失望，她寻找林木画室的念头就淡了。也许，冥冥中，那只是一个念想，吸引着她漂洋过海走一遭。此时，看着天上的星星，米佳忽然有种预感，觉得总有一天自己定能走进林木的画室，找到那张画属于或不属于自己的证据。

- CHAPTER 21 -

无厘头喜剧与劫后余生

1

为了让戏显得更加真实，海斌和汤小兵把放大招的日子选在了一次宿醉之后。那天，李静红带海斌参加集团会议，会后自是一番狂饮。海斌带着一身酒气钻进出租车就给汤小兵打电话，让他做好准备。

汤小兵赶紧将醒酒汤的配料下锅，还趁吴芳不注意，溜进海斌卧室，插上了声控台灯，并调成暧昧的玫红色。一切就绪，海斌进门。吴芳果然率先挡在两人中间，换鞋、净手、拭面一整套程序进行完毕，又接过汤小兵手里的醒酒汤，服侍在装作迷迷糊糊的海斌身边。弄得海斌无奈，只能用饥渴无比的声音喊起汤小兵的名字。

"小兵，小兵。"

"唉，唉，人在呢，在呢。"汤小兵白了一眼吴芳，接过醒酒汤，就要往海斌嘴里灌。

"屋里喝，屋里喝。"海斌捂着脸，含糊不清地念叨着，被汤小兵顺势扶进卧室。

随着开门声，卧室里亮起暧昧的光束。海斌忍不住偷笑汤小兵果然是调情高手。汤小兵怕他的笑容被人看到，一手捂住他的脸，半拖半拽着将他弄进了房间。关上门，海斌就甩开汤小兵的手，连呼恶心。汤小兵也放下道具醒酒汤，扑倒在海斌的大床上打滚儿。闹了一番，二人开始关心戏剧效果，伸着脖子，趴在门上，听着外边的动静。

"你能不能把那个灯关了，或者换个颜色。"海斌受不了这种静默中的等待，还是到处挑毛病。

"再等会儿，十点十分，她肯定敲门送牛奶，过后再关也不迟。"汤小兵早已掌握了吴芳的规律，时间都算得分毫不差。

果然，时间一到，吴芳便来敲门。

"海叔，喝牛奶了。"话音未落，门把手就被吴芳拧得变换了方向。幸亏汤小兵机敏，一进门就反锁上门。海斌偷笑着向战友竖起大拇指。汤小兵向他妩媚一笑，柔声对外边的人说："斌子说了，不喝，你倒了吧！"

"不行啊，这是海奶奶睡前特意吩咐的，我可不敢违抗。"吴芳执拗地拧着门。

"看吧，机器人，真的。"海斌小声强调着自己的观点。

汤小兵让他赶紧躺到被子里，自己走到门口，一只脚挡在门边，把门打开一条恰到好处的缝，让她既能看到里边暧昧的光影，又能送进牛奶，却完全看不到里边人的状态。

"哎，你挡着我……"吴芳想推门进来，可门早被汤小兵的脚挡住，哪里推得开。趁她愣神的工夫，汤小兵一把抢过杯子："给我吧。我替他喝。"

重新关上门，汤小兵仰脖喝下牛奶压惊。急得海斌直叫嚷："嘿，你不怕里边有东西啊？"

"那不正合你意。"汤小兵一脸坏笑，往床上爬。

"滚，恶心死了。"海斌可没他的好耐性，急不可耐地问，"怎么样，信了吗？"

汤小兵咂摸着牛奶的味道，沉吟片刻，说："八九不离十吧。反正那双三角眼，没闲着，一脸蒙地紧着往里看。睡觉，明早就能见分晓。"

然后两人共同想起一个问题，床只有一个，被子也只有一床，他们两个大男人难道真的同床共寝？这个自然不行。于是，又经过猜拳程序，海斌获得了睡在床上的资格。公平起见，汤小兵获得了盖被子的资格。为防止感冒，海斌把卧室里能穿的衣服都穿在身上，汤小兵把一床被子折了四折才缩手缩脚地钻进去，可是此时两人都无困意，开始畅想未来。

"你说米佳要是知道，我为给她守身，连这招都用上了，肯定特感动吧？"

"未必。女人体会不到男人坐怀不乱的痛苦。"

"那要是孙老师知道，为了哥们儿，你不惜自毁形象，是该感动还是会生气？"

"应该是生气吧。我的所有做法在她眼里都是一文不值的臭狗屎。"

"别那么悲观啊，你不是一直挺有信心的吗？"

"真折腾不起了，你没看二姨对咱们都不抱希望了。那可是，唉，哀莫大于心死啊。"

"我都变成这样了，要还是不行，那就真是有缘无分了。"

汤小兵没再搭腔，心里想着相同的问题，开始装睡。他知道自己跟海斌不一样，他真挚的爱，在现实中轻得不如鸿毛。他已经对自己有了明确的认识。不知从什么时候开始，大概就是孙墨苹将他和宠物同框的时候吧，他就彻底对自己失望了。失望的结果就是放下纠缠，给自己留下最后的尊严。所以，这两天，他只忙着海斌的事，对汤圆的微信不理不睬。他觉得自己必须接受这种生活，才能真正重新开始。至于怎么重新开始，他还没有想好。或许在维持现状中，寻找新的出路；或者跟米佳似的，决绝地抛弃一切，到陌生的环境中，寻找属于自己的一片天地。所以，他才不惜自毁形象，只希望那个讨厌的吴芳赶紧消失，让海家恢复正常的模样。

海斌知道汤小兵没有睡着，只是没了往日的勇气和信心，话说得再多，也就是那两句，没有任何意义。他也不再说话，睁着眼睛，看着天花板。眼前闪现着米佳和海小米在家时的情景。那时候整天吵吵闹闹，好像也是烦不胜烦，尤其是米佳，屁大点儿事儿就打电话跟他说个没完没了，好像离了他，自己活不下去似的。现在倒好，没有吵闹了，连求助也越来越少了。那天海小米失踪那么大事儿，她竟然连电话都没打过一个。难道真因为外敌入侵了？海斌自嘲地笑笑。入侵也没办法，谁让妻女需要他的时候，他不能在她们身边呢？米佳当初选择独自闯荡，自然也会想到，力所不能及的时候，必须依靠外力。而依靠的结果是什么，她那么敏感的一个人，不会体会不到。要是真有了友谊的橄榄枝，她是装傻充愣呢，还是照单全收？海斌相信米佳不是放荡的女人，不会轻易放弃了对婚姻的忠诚。可要是对方无比优秀，又正合她意，还在她需要时从未缺席呢？海斌不由自主地又想起二姨的话——没准放手对大家都有好处。这针对婆媳矛盾的断言，日渐清晰地干扰着海斌的判断。他不可能不管母亲，也没有调和其间矛盾的能力，想要米佳不受委屈，大概……海斌不愿想下去。

第二天天没大亮，汤小兵的预言就实现了。海奶奶中气十足的声音伴着铿锵有力的砸门声，吵醒了各自做着美梦的两个大男人。二人同时回到现实，像地下党员假夫妻一样，动作一致地将唯一的被子铺在床上，然后迅速钻进被窝，躺在大床上。海奶奶果然没有耐心等他们，用钥匙顺利打开房门，看到四只睡眼惺忪的眼睛，惊恐而暧昧地看着她和一旁的吴芳。

"海斌，你个浑小子，想气死我是吧？"海奶奶果然被蒙住，气得浑身直哆嗦。海斌有些不忍，被汤小兵在被子里狠狠踹了一脚，才忍住没动。

"走，走，孩子，阿姨，不对，奶奶对不住你，咱们……"海奶奶以为吴芳也被眼前的情景吓呆了，拉着一直没有动静的吴芳就往外走。谁知，吴芳竟挣脱了她的手，饶有兴致地走到海斌面前。

"你干什么？"海斌将被子揩到下巴颏，一脸贞洁烈女的表情。

吴芳朝他笑笑，做了个假意离开的动作，趁着他放松的瞬间，一把掀了被子。

"哎，你干什么？"二人异口同声叫着，暴露在一老一小面前。海斌一晚上把自己包得像个粽子，自没什么可看的，可怜汤小兵白白净净的身躯，让两个女人一览无余。

海奶奶立刻明白了一切都是他们的诡计，更是气得哆嗦着，说不出一句完整话。

"好，海斌，你，你就，就，哎哟，气死我了。"

吴芳揭穿谜底，没事儿人似的回到厨房，准备早餐，把随时可能爆发犯病的海奶奶留给两个惹事精。

"我，我这是什么命啊？我可怜的老头子，你赶快收了我吧，省得我在这儿碍人家眼，让人家烦啊。"果然，没出两分钟，海奶奶的哭号就开始了。汤小兵赶紧抱着自己的衣服跑进厕所，剩下海斌一人，对阵自家太后老佛爷。海斌一开始还在忍耐着，可一宿都被厚衣服支撑着不得放松的身体，发出了强烈的反作用力——一声怒吼从后脑勺冒了出来。

"够了。"海斌一跃而起，三下两下除下身上的"铠甲"，看都不看被吓得瞬间收声的母亲，头也不回地摔门而去。

闹剧收场，生活还得继续，躲在厕所里的汤小兵终于从吴芳对海奶奶的劝说中，听到了有用的信息。

2

随着感恩节来临，海小米他们也进入最后的考试月。尽管按照美国的评分制度，期末成绩只占学期成绩的百分之十，海小米也不愿意浪费这最后的机会，一心想让自己的成绩提升一个百分点。所以，她没有接受米佳出去旅游的建议，而是留在家里，利用假期将一学期的知识进行最后的梳理。她们的感恩节大餐，是跟建平父子一起吃的。本来米佳不想打扰人家来之不易的父子团聚，可经不住建平的再三邀请，她还是带着自己试验阶段的烤火鸡腿，来到建平家。楠楠依然保持着第一次见面时的冷漠，不等大家坐下，就抓起刀叉，饿狼一样往嘴里塞着食物。建平在儿子面前，完全没了往日的超凡脱俗，故作轻松地寻找话题，却经常前言不搭后语。米佳这才知道建平执意请她来用餐的原因——长期的分离，已在这对父子之间形成了一道隔膜，他们早已不能像一般亲人那样相处和交流了。好在海小米没心没肺地缠着楠楠东问西问，气氛才略显轻松起来。席间，米佳想到小区那么多华人朋友，建平偏偏邀请自己，难免让孩子多心，便主动跟海斌微信视频。屏幕黑漆漆的，只有海斌睡眼惺忪的大脸，哑着嗓子大叫，是不是海小米又出了什么事情。

"没有，我们在建平这儿一块儿过感恩节呢。小米想问问你在做什么。"听到米佳难得温柔的问话，海斌瞬间明白了自己道具的作用，配合着揉揉眼睛，跟闯进镜头的海小米互动。

父女俩起腻的工夫，米佳现身说法，话里有话地告诉建平，当爹的在孩子面前永远没有什么面子，一家人放松自在才是最好的状态。建平当然听得懂米佳的话，也学着米佳给海小米添菜的样子，给楠楠夹了只在美国难得一见的鸡脚。谁知，楠楠二话没说就将还没吃完的整盘菜，倒在桌子上。

"你——"建平有点儿控制不住火。

米佳赶紧打圆场："楠楠吃不惯这种东西吧？没事，没事，阿姨给你拿新盘子。"

海斌从镜头里看到自己老婆，在人家餐桌上，女主人一样的做派，心里不是滋味，跟海小米胡乱对付了几句就收了线。米佳虽忙着调和建平父子的尴尬，眼睛可是一点儿没闲着。她甚至从黑暗的背景中判断出海斌睡觉的位置不是他们的卧室。这个疑问，令她在晚餐的后半程完全神不守舍，不在状态。建平看出她有心事，也不难为她，早早端上南瓜派，结束了这顿尴尬的晚餐。

米佳回家苦熬两个小时，好不容易等到孙墨苹起床的时间，一个电话打过去，追问海斌的近况。孙墨苹边刷牙，边把刚从二姨处听说的情况一五一十告诉米佳。原来，海斌和汤小兵在闹剧结束后，纷纷离开了海家。一个住到公司办公室，一个不知去向。现在，海奶奶守着个神秘的保姆，不知如何收场。对于吴芳的身份，小区里现在颇有传闻，有说她是逃犯的，也有说她是逃婚的，更有甚者传闻她是某公司的卧底，专门到海家打探海氏公司的商业机密，归根结底一句话——此人很神秘，绝不是保姆。

孙墨苹汇报完毕，匆匆上班，剩下米佳在暗夜里慢慢消化这大洋彼岸传来的消息。不管怎么说，米佳还是欣慰的，毕竟这是海斌第一次违抗母命、离家出走。可想到海斌居然在那个为了帮助哥们儿，不惜自毁形象的汤小兵的配合下，扮起了同性恋，米佳心里着实不是滋味。这哪里是她心中大男子主义爆棚、直男癌晚期的老公能做得出来的事儿啊？可想而知，两个大男人被逼成什么样了。随着脑补二人表演的细节，米佳又忍俊不禁、开怀大笑。就这样，带着种种复杂的心情，米佳终于进入梦乡。梦里，她又见到了年轻的林木，仍是背着画架，向她招手。她一走过去，一切又都陷入了黑暗。

假期后半段的安宁，被接连不断的山火破坏了。大家纷纷响应号召，跑到超市囤积食物。一时间，人心惶惶，昔日琳琅满目的货架，居然出现空仓的现象。米佳先把海斌留在各个角落的备战地震的食物收集整理了一番，又经过两次疯狂采购才将冰箱、壁橱一一塞满。尽管大家互相安慰着，火势离本市还很远，一时半会儿烧不过来，但是，电视里405高速路边，跟《活火熔城》里一样惨烈，怎能让人安心？接着传来的学校停课的消息，令大家陷入更大的恐慌。除了不记事时的唐山大地震，米佳没经历过破坏性的自然灾害。可影视作品里渲染的，特别是汶川大地震时真实鲜活报道的人在自然面前的脆弱和无能为力，无限扩大着她的想象力。她的内心是恐惧的，表面却镇定无比，因为海小米已经紧张得拒绝睡觉，表现出病态的焦虑。

"放心吧，宝宝，你没听见天上天天飞着直升机，那是美国最先进的灭火队在进行空中灭火。用不了多久，火就扑灭了。别担心，睡吧。"

"咱们给爸爸打个电话吧。"

"给他打电话，火就灭了？真是，别吓唬他了，省得他干着急，没办法。"

"那要是火真的着过来，咱们往哪边儿跑啊？"

"看情况，风往哪边吹，咱就往相反的方向跑。"

"要是跑不过火呢？"

"跑不过，就在空地上躲着。你没见电影里被山火包围的人，都会给自己砍出一块空地来。"

"可咱们没有斧子啊。"

"建平叔叔有啊。咱们到时候肯定要一起逃。"

"那高鹏他们呢？"

"当然一起啊。大灾难面前，一定要抱团求生。"

母女俩就这样相互宽着心，和衣挨过了一个不眠之夜。谁知，随着风向转变，他们居住的地方竟成了火势必经之地。警报终于在第二个深夜响起。大家衣衫不整，慌乱地逃出家门，却没看到半点火星和烟雾。半小时后，警报在人们的埋怨声中解除。如此，一夜两次经历了火险训练的人们渐渐习惯了这种"狼来了"的状态，终于在黎明到来之前沉沉睡去。谁承想，这一回狼真的来了，随着警报袭来的，还有滚滚浓烟。米佳冷静地背起必备物品，拉着有些发蒙的海小米，果断冲到屋外。隔壁建平早已催促着楠楠，跑出家门，只有对面赵梅家依然门窗紧闭、没一点灯光。米佳来不及细想，把海小米交给楠楠，就去砸赵梅家大门。门立刻开了，原来高鹏早就穿戴整齐，可赵梅听说火烧过来了，想到自己的房子，一时气迷，坐在地上，大喊大叫着，就是不肯离开。米佳和高鹏只好一左一右，架着她离开了房间。

此时，已烧到不远处的山火早将天空照得一片通明。浓烈的烟火呛得人喘不过气来。赵梅被米佳大喊大叫着唤回理智，坐进了自家的汽车。米佳也带着海小米，将车开到了小区出口。怎奈人们都想第一时间逃离火海，唯一的下山通道被互不相让的两路车队挤得死死的，谁也不能通过。鸣笛声、叫嚷声，伴着冲天火光，滚滚浓烟，营造出世界末日的惨状和慌乱。忽然，建平跑到最前边，挨车劝说司机，各自退让，为大家让出逃生道路。米佳明白了建平的意图，赶紧将车停在不碍事的空地，让海小米坐到赵梅的车上，自己从后边通知司机，一同退让，腾出出口。路口终于疏通，车辆在建平的指挥下，一左一右迅速通过着。米佳刚刚回到车上，忽然想起什么，又掉转车头，向自己房子开去。

小区早已无人，像极了僵尸遍布的死亡之城。米佳克制着强烈的心跳，冲进自己的房子，只为取出一个跟第一笔生意同款的男包。那是她最近专门为海斌淘来的，她不想自己的心意还没表示，东西就葬身火海。可她没想到，火势无情，仅仅几分钟后，她开车重回出口的时候，路已经被浓烟封锁。慌乱中，她凭着记忆，将车开上了一旁的小道。可路况复杂，没走几公里，车就陷在一个深坑里。米佳只能跳下车，徒步走进黎明前的黑暗里。她从来都是方位感极差，此时却坚定地认为，自己奔袭的方向就是可以活命的东方。火光不知何时消失了，只有浓烈的烟雾，包围着她的身体，冲击着她的眼睛，撕扯着她的喉咙。这些她都浑然不觉，她的眼前只有海小米在她离开时，趴在赵梅家车后玻璃上，含泪的小眼神儿。她答应孩子马上就回来，她不能食言。如此大灾面前，她更不能长时间把孩子放在别人的车上。她得过去找她的小米，她必须去跟她的小米会合。

......

3

洛杉矶大火的消息已通过网络和电视传到了国内。海斌联系米佳未果后，又让孙墨苹联系赵梅，同样没有消息。大家立即感到问题的严重，纷纷聚到"自在"餐吧，陪海斌等消息。出走一周的汤小兵最后出现在众人面前，把一段视频，传到海斌手机上。视频是随着一辆高速行驶的汽车拍摄的。摄像头始终对着高速上的指示牌。绿色的标牌在火光下显得异常醒目，海斌清楚地看到，米佳所在地区的指示牌出现在屏幕上，除了依然运转的高速，道路两边早已是一片火海。

"你这东西哪儿来的？"海斌绝望地看着汤小兵。

"网上，最新上传的视频。我记得，你跟我说过这个出口。"汤小兵怯怯地回答，希望自己记错了。

"你怎么记性这么好呢？"海斌无奈地关掉手机，躲到角落的沙发上。大家同情地看着他，谁也不知道如何安慰。这时，李静红气喘吁吁跑了进来。

"你怎么不接电话啊？我刚联系了洛杉矶的朋友。人家说，由于政府疏散及时，目前没有人员伤亡。你就放心吧，肯定是火势干扰了无线信号，等都安顿好了，她们会给你打电话的。"

李静红的消息虽有宽心之嫌，但这是目前海斌能相信的唯一好消息。他的心里踏实了很多，见天色已晚，谢过众人的好意，送大家回家休息后，只跟汤小兵对坐在吧凳上边闲聊边等消息。

"你走了，我就没回过家。"

"嗯，听说了。"

"怎么说得咱俩真跟有事儿似的。"

"走自己的路，让别人说去吧。"

"我妈可能气坏了。"

"应该没有。老人家的承受力比你想象的强很多。"

"那我也是不孝了。"

"孝不孝是相对的，遇到那太作的，就得跟管孩子似的。"

"我，做不到，也不可能。"

说着，海斌第一次向外人讲了母子俩艰难的生活，讲了他忍辱负重的童年生活，讲了那场大雪和雪中的女神。

"理解了。所以你这样的可能就不该结婚。你娶谁，结果都是一样的。"

海斌讪笑："所以，那天二姨说出那话后，我听进去了。"海斌仰脖喝了最后一口啤酒，封住了自己的话题。他没有犯酒后话密的毛病，不是他不想说，是想说的太多，塞车一样堵在心口，反倒是一句话都蹦不出来了，只能转换话题："你这些天跑哪儿去了，害我一个人收拾烂摊子。"

"本来想弄出点儿眉目再告诉你，这不怕你一个人着急吗？才临时赶回来帮你出主意。"

"看你能的，美国的大火，你能出什么主意啊？"

"出不了主意，人在呢，也是份心理支持。"

"别贫了，说半天你到底干吗去了？"

汤小兵神秘地四下看看，确定无人偷听，才压低声音说："我去调查吴芳。"

那天汤小兵从吴芳劝慰海奶奶的歇后语尾音儿里，听到一丝唐山话味道。联想到海奶奶一次说漏嘴，说她和吴芳是老乡见老乡的缘分，他就买了张车票，直奔海斌的老家唐山乐亭。

"我们老家那么多人，你怎么找？"

"我去找精神病院。"

原来，汤小兵在与吴芳的接触中对她进行了严密的分析——一方面，她逻辑严谨，思维缜密，时间观念极强，善于利用网络资源，这些都不是普通保姆具备的素质。另一方面，她举止怪异，表情僵化，对日常事务缺乏常人应有的反应，这也不是一般人有的。

"最关键的是，我听她劝你妈别再闹的原话是这么说的：'再闹医生姐姐就来电你了。'这是，这是一般人能说出来的吗？"

"那我妈岂不是很危险？"海斌立即紧张起来。

"可我跑遍了你们那儿的医院，也没找到证据啊。万一不是呢？"

"管她是不是呢，这就是隐患，必须消除。"

"看样子，咱们只能你不仁我不义了。"

"怎么讲？"

汤小兵趴在海斌耳边，又讲了一个"妙计"。海斌本不再相信他还能想出什么点子，只是死马当活马医，可乍一听，又觉得可行。两人就在等待的无聊中，麻利地落实这个计策。

天亮的时候，仍没有米佳她们的消息。海斌又试着打了好几个电话，还是无法连接。他强制自己相信——这个时候，没消息就是最好的消息。而在潜意识的支配下，他已冲入早高峰的洪流。他要到公司料理好手头上紧要的事情，准备亲赴美国寻找妻女。

拥堵的路上，他的精神一度恍惚，视频里灾难片一样的火势镜头不可控制地出现在他的前后左右。他握着方向盘，想到的却是米佳的车技。米佳协调能力差，车本考了好几次才拿下来。她平时最不爱开车。可到了美国，不开车就跟没有腿一样。她也适应这么多天了，只要车子有油，她就是赶鸭子上架也能被人撵着，开上几十英里吧。问题是，她的车有油吗？国内有人管的加油站她都没去过，美国都是自助的，她可是不到万不得已，不会主动加油的主儿。还有，米佳是有名的路痴，没有导航根本找不着家。大火造成通信中断，手机导航不能用，车里的导航又是全英文的。这个路痴，怕是早就找不着北了吧……海斌越想越乱，怎么也说服不了自己相信米佳能够独自面对这场灾难。可他从来不怀疑，她就是拼上自己的命，也会保护好他们的小米。问题是，他要的是她们两个平安，要的是他们三个能

在一起，永远在一起。想到这儿，海斌觉得自己不能再等下去了。他一转
方向盘，蹿到了应急车道上，一路鸣笛，冲向公司。

4

米佳真像海斌想的那样迷路了。她执拗地坚信的方向其实是她家的
方向。跑来跑去，她又跑了回去。迷雾里，遇到鬼打墙一样，她已不知自
己在这片密林里转了多少圈。浓烟遮住了太阳，她也早没了时间概念。她
只知道不能停下脚步，停下来就是放弃了希望，停下来她将会被山火吞没，
停下来她的小米就等不到妈妈了。此时，她已不惧怕死亡，只是清醒地知
道，她不能死，她没有资格死。她不能把孩子一个人扔在这异国他乡，她
就是爬也要爬到孩子身边。慌乱中，她不忘祈求各方神灵，如果她必须死，
也请在海斌出现之后，在她把孩子交到海斌手里之后。她不求什么死后
瞑目，只想死得踏实。

不知什么时候，天上开始下雨了。米佳早忘了现在是加州的旱季，
史上很少有这个季节下雨的记载。所谓的雨水，只是直升机灭火喷下的
清水。她已经跑迷糊了，竟以为自己的坚持感动了上苍，才天降神露，帮
助她实现心愿。随着雨水出现的还有光明。不远处终于有一丝亮光透过
迷雾带着七彩的光环，向她招手。米佳早已分不清那里的方向，只觉得有
光就有出路，向着炫光的方向一路狂奔。不知跑了多久，她终于踉踉跄跄
地重新回到阳光普照的公路上。站在路中央，她仔细分辨着，根本不知自
己身在何方。忽然传来一阵汽车的马达声，她本能地伸出双臂，向山下还
是影子的汽车求救。在她纠结使用中文还是英文呼喊救命的时候，汽车
已经在她不远处急停。两个人影飘忽着跑过来。米佳使劲睁大越来越模
糊的双眼，终于辨出瘦小的一个就是她的小米，高大的那个是谁呢？意识
消失之前，她看到了海斌的胖脸。来不及想他是怎么来的，米佳就倒在路边，
昏了过去。

米佳再次清醒的时候已是第二天傍晚。她酒后断片似的猛地坐起来，看着在一旁安静复习功课的海小米恍如隔世。之后，在海小米提示下，她断断续续记起自己倒在路边之后，被一个人抱起来，塞进车里。她以为那人是海斌，一直叫着他的名字。直到躺在医院急诊室里，看到赵梅、雅丽、建平的脸，她才完全清醒过来——这里哪里有海斌，刚才是建平带着海小米沿路寻找，才在路边找到了体力耗尽的她，也是建平把她抱进了车，送到医院里。看着建平脸上被自己疯狂叫喊时挠出的血道，米佳羞得无地自容，又委屈得无法控制，终于嘴一咧，哭喊着："我要回家。"

"然后呢，孩子？"米佳有点不敢继续回忆自己的糗态。

"然后，然后你就睡了。一直睡，一直睡，直到现在。"

"那我们是怎么回来的？"

"医生说你没大事儿，就是累坏了。建平叔叔就又把你抱进车里，送回了家。"

"那你……"

"放心吧，饿不着，叔叔阿姨们送来好多吃的。"

"那你爸……"

"我爸，国内待着呢。不过好像被咱俩失联吓得够呛。妈妈，你见过我爸哭吗？"海小米忽然想起她在建平的提醒下，跟爸爸视频时的情景，赶紧跟老妈分享，"我爸一看见我眼圈就红了，声儿都变了。第一时间问你是不是有事。听我说了你的壮举，又看到你睡得跟死猪似的，他居然哭了。不过我就看到一下，就这样，捂着脸，然后就挂了。"海小米学着海斌的样子，惹得米佳鼻子一阵发酸。

"行了，行了，难看死了。"米佳掩饰着，扭过身去叠被子。

"妈妈，雅丽阿姨说你是代购做上瘾了，为了抢货命都不要了。"

原来建平早就帮她找到并弄回了汽车，还跟雅丽一起将汽车刷得干干净净。

"那必须啊，要是那批货真出不来，要赔好多钱呢，必须能抢一个是一个啊。"米佳想让孩子明白生活的艰辛，并没有向她隐瞒货物被扣的事。不过，她不想孩子知道自己对海斌的心思，只能承认自己要钱不要命。

"妈妈，那要是赔那么多钱，假期咱们就别回家了，时间太短了，省点机票钱吧。"海小米懂事地说。

"谁说要回家了？"

"你啊，你睡着之前，大哭着说的，要回家啊。"

米佳一直以签证虽然受骗，但好歹能安心在美国停留三百六十五天而自我安慰。本来，回不回国，什么时候回去，回去以后怎么办，都是她留给自己下半年的课题。可在密林里的那几个小时，她深深感到自己对家的思念，对海斌的思念。她自以为强大的内心，最后还是不可抑止地呼唤着海斌的名字。生死关头，她最后的愿望，不就是把海小米送到海斌手上吗？她得回去，带孩子回去，回她们自己的家，回她们自己的国。

米佳的决定遭到众人的反对，连赵梅都善意提醒她，这种情况下再入关是十分困难的，不要因为一时冲动耽误了孩子的学业。提到孩子的学习，米佳又犹豫了，毕竟现阶段，没有比这个更重要的。她不能因为自己的想法，给孩子学习造成影响。这半年，虽然经历了难以想象的磨砺，可海小米进步很大。英语口语听力自不用说，就是对中国孩子而言十分困难的美国历史和科学，她都获得了 B+ 以上的好成绩。孩子已经适应这里的学习生活，一切正向着良性方向发展……米佳犹豫了。这时候，一直沉默的建平给她带来了权威的结论。据考证，这种签证，在有效期内多次往返是符合美国法律的，但有效期后，将是废纸一张。所以，他的观点是支持米佳回国。

"回去看看吧。一家人在一起永远是最重要的。"建平是在花园里跟米佳说这番话的。其实，早在米佳把他当成海斌大喊大叫，意乱情迷的时候，他就想劝她回国。毕竟这半年，她经历了太多太多，紧绷的神经需要家人和亲情的抚慰，否则即使内心再强大的人，也难以承受。只是这两天，大家都沉浸在劫后余生的喜悦中，他几乎没有机会跟米佳单独交流。后来大家又纷纷劝阻米佳，令他没有机会说话。他只好闷头研究法条，为米佳解决最根本的后顾之忧。

"就知道你会支持我。"米佳是一个心里有了想法，八头牛都拉不回来的人。只是付诸行动前，她往往希望有一个或两个赞同的意见，支撑她迈出行动的第一步。所以，提出观点后，她一直等着有人支持自己。而这个人，她一直希望，也认为只能是建平。

一周后，建平把米佳母女送到了洛杉矶国际机场。像第一次见面那样，建平面无表情，根本没有依依惜别的不舍。

"那我们走了。"

"走吧，一路平安。"

"保重啊。"

"走吧，看你的样子，又不是不回来了。"

米佳笑笑，搂着海小米，向登记楼走去，边走边向身后依然看着她们的建平挥挥手。看着娘儿俩的背影，建平自嘲地笑了。他怎么就那么自信，人家一定还会回来呢？

四个小时后，一架国航空客冲上云霄。

- CHAPTER 22 -

久别重逢

1

一大早，海斌就把海奶奶和吴芳送上了旅行社的大巴。这本是汤小兵馊主意的一部分。后来，随着米佳母女即将回国的消息，他临时调整了战略部署。简而言之，他将原来的行动计划分成了两步：第一步，以赔礼道歉为名，给海奶奶和吴芳报名为期两周的云南深度旅行老年团，让她们离开北京。在此阶段，热烈迎接米佳母女回京。第二步，送走米佳母女，接回海奶奶，跟吴芳摊牌，名正言顺地请她离开海家。当然这中间离不开汤小兵的密切配合。当务之急就是收拾屋子，准备食材，要让米佳她们一回家就感受到祖国亲人的无限温暖。

海奶奶从未受过儿子的气，本来还要端着架子。怎奈海斌真心悔过，最关键的是他先斩后奏报的这个天价旅行团不退钱的政策，让海奶奶最终原谅了儿子的不孝，勉为其难地带着吴芳，坐进旅行社的大巴，前往机场。

大巴开走，海斌的心才放下一半。二姨多年前说过的一句话是他行动的指南——没有金刚钻别揽瓷器活。这是海奶奶搬来之前，她老人家的断言。当年，二姨就认为，婆媳矛盾是千古难题，以海斌的情商根本玩不转。当时他还嘴硬，现在事实证明，二姨对他的判断和预测是分毫不差的。只是他们谁都没想到米佳的变化会有这么大。所以，二姨前两天又有提示——丑小鸭变成了白天鹅，那青蛙也得赶紧跟着变王子，跟不上节奏的结果就是美女与野兽，怪物史莱克。虽然海斌不明白老太太怎么平白无故又迷上了动画片和童话故事，但是他对二姨的佩服已到了五体投地的地步，再不敢把她的话当成耳旁风。坐在车里，他把所有细节又都想了一遍，认为现在最大的问题就是汤小兵了。他不能把自己的幸福建立在别人的痛苦之上，让汤小兵一通忙活之后无家可归。可米佳她们好不容易回来，他又想给她们一个完全的三人世界。想来想去，能解决这个矛盾的只有孙墨苹，而且要是弄好了，没准也能为汤小兵的回归大计，助上一臂之力。

想到这儿，海斌一脚油门就直奔孙墨苹的学校，开门见山地提出自己的想法。见孙墨苹沉吟半天，就是不表态，海斌只能坦陈心扉。

"孙老师，我就不瞒你了。其实我和米佳都知道我们的婚姻出了问题。可毕竟十几年感情，谁愿意说散就散呢？她离开，我追过去，其实都是在寻找解决问题的办法。只是，现在看来，效果不大。所以，她这回又回来，我觉得是在给自己机会，也是给我们俩，给我们家机会。你不知道，那天找不到她们，我这心里……别提了。人说夫妻时间长了，爱情早没了，剩下的都是亲情。可就这亲情才最要命。人这辈子，离不了亲情。所以啊，我不担心我们会分开，我只想我们能更好。所以啊……"海斌有点儿语无伦次，但孙墨苹能听出其中的真诚和深刻。人到中年，有几个还念着爱情的？不都是靠亲情、友情支持着艰难走过后半生吗？其实，那天贴上那张纸条她就后悔了。再怎么样，她也不该对汤小兵进行人身攻击。那是对一个男人最大的侮辱。她隐隐感到汤小兵不会再回来了。随着这种感觉越来越强烈，她的内心也在经受煎熬。再加上，汤圆整天唉声叹气，对自己的黑暗料理碰都不碰，她就更加难受。她想让汤小兵回来，可又放不下自己的尊严。只能这么忍着，受着，直到海斌从天而降。事实上，她早就接受了海斌的建议，只是在考虑怎么能达到目的又保持尊严。

"行了，你也说了这么多了。我也表示同意。可咱们都是成年人，既然有想法，也有行动，就一定要追求个结果。"孙墨苹老师的做派尽显，"我可以收留汤小兵，让他继续到我们家做家政，但我是有条件的。"

"什么条件？我看我能不能办到。"

"你得有效果，让米佳回心转意，继续跟你经营好这个家。"

"那是，那必须的，必须的。"

最大的问题解决了，海斌心花怒放，一身轻松赶往机场，他根本不知道，一个更大的麻烦在不远处等着他。

汤小兵刚刚收拾完海斌家就接到海斌让他重回孙墨苹家的电话。他先是习惯性地壮骨了一下，继而就恢复了平静。不知为什么，重回家的吸引力对他已经没有那么大了。他是疲了，累了，还是怎么了，自己也说不清楚，只是一想到孙墨苹看自己的眼神和永远皱着的眉头，他就感到一种压迫感，继而出现心跳加速、呼吸困难等严重不适的生理反应。可他知道海斌的难处，更知道他放下身段去找孙墨苹也是为自己好。再说，还有儿子呢，可怜那小子，已经对他妈的厨艺到了深恶痛绝的地步，定是腹中缺肉，亏嘴严重。所以，他还是麻利地结束了这边的劳作，收拾行囊赶往超市，采购儿子喜欢的食材。

飞机没起飞，米佳就被几个月来积攒的困倦压得睁不开眼，竟在嘈杂的众人登机声中沉沉睡去。等她再次睁开眼睛，桌上已放了两份快餐，飞机已近日本，眼看着就要到家了。米佳倍感轻松，顿觉腹中饥饿。她匆匆吞了两口飞机餐，看着依然沉睡的海小米，开始设想见到海斌后的第一句话，是走悲情牌，上来就把海小米推给他，告诉他，自己总算把孩子给他带回来了；还是走御姐范儿，表情平静，用意深刻地告诉他——我们回来了？米佳有些拿不定主意，这两种方式好像都不是自己的风格，更不是海斌熟悉的。海斌肯定是一见面就先傻笑一下，说："活着回来了啊。"米佳终于找到了那种熟悉的感觉，充满烟火气、绝不感人，反而有些不中听、不受用的那种属于她、属于海斌、属于他们的感觉。

几个小时后，米佳就知道自己想多了，无论哪种，她们都没享受到，因为气喘吁吁赶来的竟是闺密的前夫——汤小兵。原来，海斌在赶往机场的路上，接到李静红的电话，东北原料存储仓库落实出了问题。之前答应给他们政策和扶持的官员调任，新来的领导对上任的项目提出异议。他们必须立即赶过去，进行紧急公关。海斌以前一直觉得东北三省幅员辽阔，一望无际，他们将基地建在那里，原料和存储都是最容易解决的。谁知，原料存储地竟成了整个项目的第一个难题。幸亏当地政府的政策支持，将一个废弃农场的厂房低价转租给他们。如今，收购工程正在如火如荼地进行，人家要是将仓库收回，他们的整个投入都将打水漂。事关重大，海斌没有选择，只能将汤小兵调到机场，自己在国内出发部跟李静红会合，一起飞往齐齐哈尔。不过，他让汤小兵告诉米佳，事一完，不管多晚，他都会第一时间飞回家。

米佳看看天上起起落落的飞机，只能接受一家人已在空中会合的现实，随汤小兵回到家。大门一开，一阵轻音乐带着阵阵空气清新剂的味道扑面而来。米佳有点儿不适应地打了个喷嚏。海小米一脚迈进门，鞋都顾不上换就大叫着，追着地上忙碌着的扫地机器人，在五彩变幻的 LED 壁灯下欢快地跑起来。其实，家中摆设没有大变，只是汤小兵按照海斌的意思，先是安装了智能家具系统，实现了人到灯亮、物动、曲起的迎宾效果。后又将所有床品、窗帘换成米佳喜欢的淡雅风格。米佳四处看着，发现家里添了很多新摆设，厨房里更是进行了翻天覆地的大变革，全新的餐具、锅具锃光瓦亮、闪闪发光，让她好像不是回家，而是到了新楼盘的样板间。这时，她看到厨房里属于自己的一角依然存在，那些盘盘碗碗，还都完好无损、一尘不染地摆在那儿。摸着自己的那些小玩意儿，米佳终于有了家的感觉，疲累也随即袭来，她真想躺在自己的床上，尽情放松。怎奈汤小兵并没有走的意思，而是陷入了忙碌。米佳怎么好意思休息，只好强撑着来帮忙。汤小兵哪里肯接受她的帮忙，麻利地端上水果饮料和一杯现磨咖啡，让她们稍事休息，即刻就能开饭。米佳和海小米只好客人一样坐在餐桌前，看着汤小兵煎炒烹炸，一顿忙碌——不一会儿就给她们端上来色香味儿俱全的四菜一汤。别看都是家常菜，吃起来可别有一番滋味，尤其那个孜然羊肉，更让想死了老北京风味的母女俩胃口大开。至此，汤小兵圆满完成海斌交办的任务，摘下围裙，赶赴下一个战场。米佳送走汤小兵，又多吃了一碗米饭，才端着味道浓郁的酸辣汤，端详起整洁、陌生的家。她早就知道汤小兵是个持家能手，没想到他和海斌搭伙，竟能把日子过得这样精致，反思自己艰难狼狈的生活，自愧不如。本来随着现代科技的高度发展和各项服务设施的完备，居家女人的作用就在一点点减少，更何况她这种本来就笨手笨脚、不善持家的女人。

怅然若失中，她让海小米睡觉倒时差，自己打电话约孙墨苹见面。孙墨苹晚上要带汤圆去补课，哪有时间见面，只让她少安毋躁，先把自己洗得白白香香地等着老公，享受小别胜新婚的快感和刺激。米佳打断她的黄色畅想，坦言自己十分紧张，甚至不知道怎么跟海斌交流。孙墨苹能够理解她去而复返的心情，让她把自己跟海斌的谈话分成倾诉离愁、阐明现实、展望未来三个层次进行。这样既起到增进感情、弥合裂痕的作用，又为下一步沟通留下了话题。米佳认为如此清醒理性的话风根本不是自己风格。孙墨苹提醒她，学生留学半年还能有所长进，更何况她这是走南闯北走一圈回来，多少要有些变化才正常。挂了电话，米佳嘴上虽未认同她的说法，动作上却有所行动。她先是心魔作祟地认真擦拭、消毒了卧室卫生间的浴缸，又把被海斌不伦不类摆在客厅的一个小花瓶挪到浴室的梳妆台前。看到海斌仍在用半年前的毛巾，与之配套的自己的毛巾，早就变成了她美国厨房的抹布，索性找出一对全新的摆在毛巾架上。收拾完毕，点上一支檀香，躺在自家浴缸里，她仍不能相信，自己已经回到了阔别半年的家，心似乎还悬在空中，不能回落，好在檀香的味道，放松了她的精神，也清醒了她的心智。米佳终于知道自己没着没落的原因只是海斌还没有回来。以前刚结婚时，海斌出差未归，她也经常会有这种感觉。后来，孩子大了，这种感觉就淡了，直到最后的来去自由，相互无感。怎么跑了一圈回来，这种小夫妻才有的感觉倒回来了？米佳有点儿不好意思地甩甩头，趁着热水蒸气带来的困倦，迅速结束沐浴，爬到床上，不一会儿就沉沉睡去。

2

此时的海斌已经成功完成公关任务，只是早已喝得人事不知地被人架到了高铁的头等舱。这是他冲锋陷阵前跟李静红说好的，今天无论如何也要回北京。李静红没有食言，一早定了最后一班高铁，并婉拒了领导热情的挽留，陪着呼呼大睡的海斌连夜回京。车到半路，海斌口渴难耐，悠悠醒来，灌了一瓶矿泉水，彻底清醒，再无睡意。

"还早呢，再睡会儿吧。"李静红的眼睛离开电子书，看着有些躁动的海斌。

"不行，睡不了了。"海斌百无聊赖地站起来，又坐下，十分不安的样子。

"怎么了，忘东西了？"

"你，你不睡觉啊。不睡，就跟我聊两块钱的。"

"聊啥？我可提醒你啊，跟我聊天可贵了。"

"贵不怕，能聊就行。说吧，吃什么，我给你淘换去。要不，咱直接上餐车？"

"行了，快说吧，一会儿到了。"

"是啊，到了就晚了。"

海斌使劲搓了搓脸，才说出自己的问题。他想知道，夫妻久别重逢，男人第一句话怎么说女人才高兴。李静红被他单纯、笨拙的样子逗得笑了好一会儿，才勉强控制住自己，问他这个都不会，当初是怎么把老婆骗到手的。

"用不着骗，看见我好，死心塌地跟着我。"

"哎呀，全世界直男都是一个师父教出来的。"

"啥男？你说我啥男？米佳好像也这么叫过我。"

"你这么紧张，是不是你跟你老婆出什么问题了，或者你们俩本来就不是一类人？别告诉我你现在都不知道她心里怎么想的啊！"

"我的天，你是神仙吗？怎么我一句话没说，你就全猜对了？"

海斌只知道同性相斥的道理，却不知道同性相迪的原则。作为典型的直男，他更不知道，他的所谓问题，实际只是男女关系在一定阶段的一种表现，对这个问题无解的人，多半是情商低下、感情粗糙、常年忽略妻子感受的油腻中年男。所以，李静红根本不用猜，只是随口一说就命中了他所有问题。李静红年长海斌两岁，虽至今未婚，可男女之道早就是她玩剩下的游戏，见他是真的深陷困惑，不由得来了兴致，要给他指点迷津。

"你老婆喜欢什么花？"

"不知道啊。"

"知道也晚了，人都回去了。以后接机的时候，要手捧鲜花，最好是对方喜欢的鲜花。"

"哦，记下了。"

"咱们到家，你老婆多半都睡下了。这样，你先别急着上床，先在浴室里把自己洗干净了，最好喷一点淡淡的古龙香水，然后再轻轻爬上床，给她一个梦中轻吻……"

"哎呀，你色情小说看多了吧？我们是沟通问题，怎么说话，我不知道，别整别的。"

"哎，你这口气，跑了啊，一嘴大糙子味儿。"李静红又笑弯了腰。

"是，是，我有语言天赋，可塑性强着呢，赶紧给我支着，我指定掉不了链子。"

"夫妻之间，难道还需要语言吗？"李静红正色道。

海斌想了想，肯定地点点头："要。我们就是太吝啬语言了，才……唉！"

二人又东拉西扯了半天，海斌始终没得到满意的答案。其实，他的想法一开始就是错的，两个人的沟通，怎么能让别人出主意？同样的话，不一样的人说出来的味道都不一样，更何况每个人心底的东西，才不会那么轻易蹦出来给人看。

"海斌，其实你真不用紧张。再怎么说，那也是你老婆，手心手背的，一块儿生活了十几年的妻子，你怎么说，怎么做，她都不会挑你理的。除非，这日子她不想过了。"李静红见他着实心急，诚心诚意地说。

"不瞒你说，我不知道，真不知道。"海斌第一次把心底的恐慌拿了出来，"她们在的时候吧，没觉得怎么着，可她们一离开，这家啊，真空了，空得人心里没着没落的，就盼着她们能赶快回来。"

"这不已经回来了？"

"你不知道，当时米佳走得挺坚决，这回回来得也很突然。以前，她在我身边，举手投足我都知道她要做什么，现在，我没这把握了，尤其是现在，我不知道她要干吗。"

"放假了，带闺女回家，她能干吗啊？"

"这中间不还有我妈瞎搅和弄出来的那些事儿吗？这么些天了，她一句没问过，这不是她的性格啊。还有，前两天，着那么大火，她愣是一个人从深山老林里走出来了，这要以前，早趴我怀里哭死过去了。这回，没有，反倒是我……"

"我听懂了，人家长本事了，你啊，拿不住人家，心里没底了！"

"哎，你这话说的，真是，真是……"说来说去，海斌让人家挑明了心思，哪里好意思承认，赶紧收住话题，顾左右而言他。不过，有了李静红鞭辟入里的分析，他心里多少踏实了一点。这么短的假期，米佳都坚持回来，这难道不能说明些什么吗？

3

米佳蒙着被子正睡得昏天黑地，忽听到门响，接着，感到一个人影走到自己身边，在床头柜上放下了什么，就转身进了浴室。米佳的心莫名狂跳起来，一时间睡意全无，轻轻坐起来，借着夜灯的光，看到床头柜上放着一杯牛奶。这时，浴室里传来哗哗的水声。米佳断定是海斌回来了，冲动着要去推开浴室的门。叫想到那样做未免显得过于轻浮，只好躺在原地，静等。过了好一会儿，水声终于停了。米佳一动不动地躺在枕头上，随着被静夜放大的毛巾摩擦身体发出的窸窣声，想象着海斌仔细地擦拭了头发、前胸、后背、肚皮……米佳忽然觉得自己十分无聊，不好意思地用被子蒙上了头，想象着海斌粗暴地扑来，掀开自己身上的一切。

被窝里，米佳的心跳和被窝外墙上的挂钟发出同样分贝的声响。缺氧造成的窒息，令她就要忍不住的时候，一声女人的尖叫，结束了她艰难的等待。米佳随即从被子里蹿出来，随手按亮了房灯，赫然看见穿戴整齐的海斌和自己身边穿着浴袍的陌生女人正在惊恐对视。

"啊……"条件反射般，米佳发出惊叫。海斌豹子般冲过来，推开一脸木讷、穿着浴袍的吴芳，一把将米佳抱在怀里。

"这女人是谁？"吴芳理直气壮地问。

"这是我老婆。"

"这女人是谁？"米佳问得有些心虚。

"这，这是咱家保姆。"海斌忽然想起自己明明早就把她们送走了，怎么又回来了，"你们不是去云南了吗？我妈，我妈哪儿去了？"

"骗子，都是骗子，男人都是骗子。"吴芳眼神涣散地走到窗前，拉开了窗帘。

"她要干什么，你，你拉住她，别让她干傻事。"吴芳的眼神和动作，让米佳一下想到了贾晓曼，一边吩咐海斌，一边以最快的速度爬起来，到厕所换衣服。

海斌费了好大力气才把吴芳从窗户边拉回来。吴芳坐在地上，看看满头大汗的海斌，忽然肩头耸动，嘤嘤地哭了起来，边哭边念叨着："我输了，输了，彻底输了。"海斌虽不明就里，但看到吴芳再无寻死之意，也算放下心来，一时口渴难耐，随手拿起床头柜上的牛奶，一饮而尽。

4

米佳没想到策划良久的谈心是在马路牙子上进行的，突如其来的闯入者让她从孙墨苹处囤来的三段式根本无法展开，所有话题只集中成两句话："这个女人是谁？你们到底是什么关系？"海斌更是本能地开启了不解释模式，气鼓鼓地傻站着，想用沉默证明自己的清白。可他满脸横肉、理直气壮的样子，在米佳眼里就是无理搅三分，干了坏事儿还不敢承认的伪君子。米佳裹着毯子仍被冻得手脚冰凉、直流鼻涕。见海斌这个态度，她已无心再重复刚才的问话，哀莫大于心死地默认了自己的猜测，转身往回走。此时的海斌却是浑身燥热，满脸通红。一股莫名的躁动一波一波，从里到外，一阵强似一阵地冲击着他。见米佳转身要走，他哪里肯依，情急之下想起李静红所说——肢体动作胜过语言，一把抱住米佳，低头就啃。米佳哪儿见过如此粗暴的海斌，遇到流氓般，大喊大叫着让海斌滚蛋。米佳终于挣脱海斌的魔爪，擦着被他咬出血的嘴角，骂道："神经病吧你。"

海斌此时已意识到，自己误喝的牛奶，肯定被吴芳做了手脚，一边克制着燥热，一边道歉："对不住啊，老婆，我中招了，吃错药了。我，热，热死我了。"不知吴芳给他下的是何种猛药。药劲迅速上升，令海斌欲火焚烧，难受得顾不得形象，开始跑跳着，当街脱衣服，边脱边喊着："难受啊，难受死我了。热，热啊。"最终，他的身上只剩下一条遮羞的裤衩。米佳被他的样子吓坏了，又不知道他到底怎么了，只能跟在他的后边，一件件将衣服捡起来。等海斌终于贴在楼门口冰凉的大理石上，释放了欲火之后，米佳才反应过来，他中了什么招，吃错了什么药，禁不住悲从中来，一股脑将手中的衣服扔到海斌脸上。可看到海斌体力消耗殆尽，头冒热气地坐在地上，狼狈地伸着舌头喘粗气的样子，又禁不住笑弯了腰。

海斌以为她气消了，强打精神，走过来，用缩短的物理距离，表达自己的歉意。米佳怕他着凉，心疼地夺过衣服，一件件给他套在身上，末了，还将自己身上的毯子披在他的身上。海斌伸出手臂，顺势将其搂在怀里，两人披着毯子，重新坐到马路牙子上。

"看出来了吧，你老公就是这样跟美人计抗争的。你还有什么可怀疑的？"

"那女的长得不错，难怪你妈中意。"

"你别听孙墨苹瞎说。再说了，我妈能代表我吗？老太太不懂法，我可知道，那是重婚罪。"

"这才是你宁死不屈的原因？"

"不是这意思。嘿，你这人怎么这么矫情啊？"

"现在知道我矫情了，十几年前干什么去了？后悔了？晚了。"

"别没事儿找事儿啊。"

"什么叫我没事儿找事儿啊，明明你先说我矫情的。"

"你本来就是矫情啊，我说东，你非说西，摆明了抬杠啊。"

"我抬杠还是你小心眼儿啊。没见过大男人这么咬文嚼字的！"

……

简单几句热身之后，两人立即找回了多年来熟悉的模式，从斗嘴互掐开始，捡着个由头就能带出各种陈芝麻烂谷子，直说得口干舌燥，脸红脖子粗……不过，这回的生理反应有些变异，没一会儿工夫，本来冻得透心凉的米佳在吵架运动中，实现了浑身通透、鼻头冒汗的最佳运动效果，而原本燥热难耐的海斌，也恢复了正常的血流速度和体温，神态自若地强调着自己的理论。

"停，我回来不是跟你吵架的，我是来找家的感觉的。"米佳忽然清醒了，率先跳出曾经的怪圈。

海斌也立即清醒了，暗暗自责，忘了控制情绪。"走吧，回去吧，外边冷。"

"回哪儿啊，楼上那还是家吗？床上躺着个陌生女人还能叫家啊？"米佳的声音有些哽咽。她是真的委屈，万里迢迢赶回来，本想跟久别的老公好好温存一下，谁知道半路杀出个疯女人，还给自己的老公下了春药。这——米佳想想就来气，执意让海斌报警，以示清白。

"哎呀，行了，姑奶奶。大半夜的，你就让人民警察休息休息吧！再说，她一个小姑娘，也是，也是……"

"也是什么啊？"

"是啊，也是什么啊。"海斌一时语塞，忽想起汤小兵的怀疑，赶紧说，"对了，对了，小兵一直怀疑她精神不正常，还去她老家调查过。说不定，真是……"

"神经病啊，天啊，小米还在家里睡觉呢？"

"万一……"

二人不约而同跳起身，挤进电梯，冲进家门。之后的情景，是他们这种正常思维的人，这辈子也想不到的——客厅里，灯火通明。光源完全来自摆成心形的一圈白色的蜡烛。蜡烛圈内，吴芳一袭黑裙盘坐中央，正前方是一个架在三脚架上的手机。他们进门的时候，吴芳正对着镜头，摇头晃脑唱着什么，背景音乐是幽怨的古琴声。

"坏了，真犯病了。"米佳哆嗦着，小声说。

"没事儿，有我呢。"海斌让米佳守在门口，准备随时逃跑，自己溜边儿，走进厨房，先将所有刀具都藏到柜顶上，又拿出海奶奶珍藏多年的大擀面杖，抄在手里，才小心翼翼走出厨房。

这时，吴芳已经结束了吟唱，手捧一支蜡烛，用甜腻的嗓音说："好了，舫人最真挚的道歉就到这里了，再次向大家致歉。不过，舫人说过的话，永远不会反悔。这次身体写作虽然失败了，但是，舫人会把整个经历和心路历程集结成册，并于近期出版。三月之后，我们相约前门 pageone 书店。我们不见不散。"

吴芳又深深弯下身子，才蛇行着，伸手关掉手机。

米佳不等她反应，立即按亮了灯源。吴芳捂着眼睛，适应了好一会儿才站起身，问掌着擀面杖立在墙边，一直不敢近前的海斌笑笑。

"我不是神经病，真的。"

神经病从来不承认自己有病。海斌知道，只想问她一句那你是什么，可又怕刺激她，使劲儿握了握手中的擀面杖。

"我是一名网络作家，我的笔名叫舫人。不信，你们可以上网查。我的粉丝上千万。"米佳好像听说过这个人，一直从事非虚构文学的创作，近年来，又迷上了话题文学。可这跟当保姆又有何关联？她真的想不清楚。

"那你到我家来干吗？"

"嘿，说来话长，也算咱们的缘分吧。"

吴芳点开手机，打开一个名叫"我在海家当保姆"的公众号，告诉他们，这是她最近进行的一个话题研究，也是她跟某个新媒体公司正在研发的一个新的体验式文化项目。他们这期的主题就是"论保姆上位的可能性与必然性"。

"我们课题刚定，你家奶奶就在保姆介绍所门口找到了我。我大概了解了一下，马上看出你们家正是我们要找的目标家庭。所以……"

"所以，你就不惜一切代价来我们家胡作非为是吗？"

"我不是也没给你们造成什么损失吗？"

"还没损失——我老婆差点……"

"你走吧。要是真如你说的，你的目的也达到了，你赶紧消失好吗？"米佳制止了两人无端的争吵。

"我肯定要走的，不过，按照我们的活动规定，你们最好给我这一个月的工作有一个整体评价。然后……"

"滚……"米佳几乎忍无可忍。

"好吧，还有最后一点，我们的活动是有报酬的，你想把我们的善款打到哪个账户或者捐给什么机构……"

"你随便，请你走，赶紧走。"

吴芳悻悻地摆动着腰肢，以她自认为正常的身姿扭向门口。

"等等，我妈呢？"海斌沮丧到极点，仍不忘最根本的问题。

"我哪里知道？云南吧。反正我没上飞机，她肯定上了。"

"滚……"海斌的怒吼比米佳有威力多了。吴芳哪里还敢耽误，一溜小跑着，离开了海家。米佳狠狠地关上大门。

"这……"海斌扔下擀面杖，指着门外，无奈地笑了起来。

米佳忽想起海斌刚才的样子，早笑得弯下了腰。

"你笑什么，有那么好笑吗？"海斌当然知道她笑什么，故意凑过来，双手环住米佳的腰，趁机触动着她的"痒痒肉"。米佳受不住痒，更笑得直不起身。两人相拥着滚到沙发上。海斌占据上风，威胁着米佳求饶。

"说，想我没有？"

"没有。"

"好。"海斌的手又伸向米佳。

"想，想了。"米佳大叫着求饶。

"这还差不多。"

海斌看着身下米佳明显清瘦的脸颊，心中泛上一阵心疼："你啊，这是何苦？"

"我愿意。"

"可我不能没有你们。"

结婚十几年，米佳哪里听过这么直接的表白，有点儿不相信自己的耳朵，完全是下意识地问："你说啥？"

"没听见拉倒。"海斌坐起身，掩饰着自己的失态。

"你说啥？"米佳哪里肯依，扑上来纠缠。

"没说什么就是没说什么。"海斌执拗地躲避着。

米佳生气似的跳开远远的，不再理睬他。

"那什么，累了，睡吧。"海斌知道自己扫兴，却再没了说出那种话的勇气。说着，站起身，准备更衣就寝。

"我听见了。"米佳忽然说，"如果我没听错的话，我就回答你一句，如果我听错了，就当我没说。"米佳撇着嘴，眼里忽然冒出了泪花，一字一顿地说："我们更不能没有你。"

海斌哪儿受得了如此撩拨，一个猛虎下山，将米佳扑倒在沙发上，低头便吻。米佳也闭上眼睛，等待那久违的、粗暴的温柔。

"爸爸，妈妈，你们还不睡啊？"睡得迷迷糊糊的海小米出现在关键时刻。二人赶紧正襟危坐到沙发上。海斌向海小米招招手："闺女，过来。"

"爸爸，我好想你啊。"海小米乖巧地扑过去。

"爸爸也想你，想你们。"海斌伸出有力的双臂，一把将妻子、女儿搂在怀里。一股暖流，从心底涌出，这就是米佳在密林里一直想着的感觉，那股支撑她一直走下去的莫名的力量。

- CHAPTER 23 -

快乐总是短暂的

1

歌里说："幸福过后是短暂的美。"海斌没想到这短暂竟短得不到十个小时。第二天，他拥妻抱女的美梦还没醒，海奶奶就带着吴芳出现在三人面前。原来，吴芳自认失败的做法，被众多网友诟病，投资方也不满意这个挑战失败的结果，一定要吴芳实现保姆上位、幸福生活的结果。万般无奈，她只能到机场找回了被自己寄养在机场的海奶奶，半哄半威胁着，请老太太出山，一定要趁米佳回国，实现自己上位的心愿。

海奶奶自知麻烦是自己惹的，拿出那份米佳电脑里的离婚协议书打印件，理直气壮地质问米佳，既然打定主意离婚，为什么还要回到这个家？米佳纳闷老太太怎么会有这个东西，拿过来细读，发现真是自己的文笔。只是——万般无奈，她只能当着众人的面，打开那个旧电脑里的一个日记程序。密密麻麻的目录中，隔不了多久就会出现一份离婚协议书。

"没错，这些都是我写的，是我跟海斌结婚这么多年，每次吵架，忍无可忍的时候写的。可这能说明什么吗？我们的日子不还在继续着？我们的孩子不依然在我们的关爱中慢慢长大吗？老太太，夫妻两人的事，您能不再掺和了吗？"

"儿子，你看看，看看，这个恶毒的女人，她从一开始就没打算跟你长过啊。"

海斌没想到米佳有这么多怪异的想法，一时间有些反应不过来，仍盯着那些没有打开的文档看。

"这，这些都是你写的？"

"是，刚结婚的时候多点儿，后来就少了。"

"我也是看了老太太给我的这个东西，才把你们当作我们话题的对象的。"吴芳趁机凑过来，解释自己的行为动机。

"你闭嘴，小心我告你。"米佳厌恶地怒吼着。

"哟，是吗？那正好，我这里还有一些证据可以说明真相。"吴芳拿出一沓照片，扔在米佳面前。

"什么真相？"米佳看都没看那些照片。

"真相就是男性雇主，孤枕难眠，威逼利诱，霸占女佣。"

海斌捡起那些照片，发现竟是自己和吴芳的半裸照。

"你，你这是哪儿来的？我，我从来没让你进过房间，怎么可能？"

"你不让我进，你妈妈让我进啊！再说，现在科技那么发达……还有老太太在小区里渲染的那个氛围，我不相信法官能信你清白。"

"身正不怕影子斜，有本事你现在跟我去派出所。"

"好了，都别说了。"米佳看到海小米完全蒙圈的脸，强压住怒火，拉着孩子回自己房间。

"凭什么算了，到哪儿我都不怕。"

"儿子，闹成这样，你不嫌丢人啊？"

"丢人，丢人也是你惹的。我们好好的日子，你来了就没消停。"

"什么？你个小兔崽子，敢这么跟我说话。我，我不活啦……"

海奶奶的哭闹逼走了海斌。米佳和海小米也躲到房间不再出来。吴芳尽职尽责地继续着保姆的工作，居然宠辱不惊地伺候海奶奶用早餐。老太太没了观众，乖乖任人摆布，坐在餐桌前，居然配合地跟吴芳来了个自拍。吴芳哪里是被程序控制的机器人？她只是跟公司签约，要按时按点上传照片和文字，以实现自媒体栏目的真实性、生动性和实效性。所以，在白纸黑字，在为期两月的合同的控制下，吴芳想罢演都难，日子没到，她的身份只能是保姆，而且是被设定好戏份的保姆。

海斌的离开让米佳有了哀莫大于心死的绝望。她不是不相信海斌能坐怀不乱，而是对他怒而不争的态度，无法理解和接受。躲在孩子窄小的房间，米佳觉得窒息。而屋外两个活动的人时时发出的声响，更让她难以呼吸。这就是她心心念念、哭着喊着一定要回来的家吗？米佳想哭，可她的泪腺是干涸的。难以名状的痛苦，随着每一次呼吸，从干涩的眼眶进入，顺着泪腺，一直倒流到血管里、心脏里……

孙墨苹及时雨般的电话，结束了米佳的煎熬。两个母亲带着两个孩子，找个孩子大人都喜欢的所在，边吃边聊。孙墨苹体谅她们海外归来的胃口，一早定了烤鸭店的包间。喷香诱人的烤鸭，加上精致考究的小菜丰富了桌面，也热闹了气氛。两个孩子很久没在一起吃饭，禁不住重复起小时候的节目——抢着吃。海小米虽是女孩，但架不住半年没吃过地道的中式美食，几个回合就把汤圆吃得讨饶。满足了口腹之欲的海小米开始给难得清闲的汤圆讲述国外的学习生活。两相对比，两人有说不完的话。

"你们俩吃完了，那边聊去。"孙墨苹见米佳从进门到现在就没说几句话，卷好的鸭饼更是一口未动，便知又出了状况，赶紧支开孩子，准备深聊。

"又怎么了？海斌怎么休息日还上班，不说好好陪陪你们娘儿俩？"

"男人啊，就知道躲。"米佳本来已经没有心情重复自己家里的奇葩事，可她又十分珍惜这短暂的假期，被孙墨苹一问，就打开话匣子，把事情的来龙去脉讲了一遍。

"哈，这事儿也就海老太太干得出来。不过，现在的媒体也太不靠谱了吧？什么项目都敢做，想夺人眼球也不能这么无厘头吧？行了，你也别堵心了，不就是俩月合同吗？'海老茂'做得对，你当你的保姆，我不回家不就得了吗？她还能跑到公司闹去？真以为那几张破照片能顶什么用呢？反了她了。"

"不是怕，是恶心。怎么现在还有这样的事儿？可惜了我们的假期。这有家不能回的，海斌还一句话不说就跑了，你说，我怎么就那么倒霉啊？"米佳也没把吴芳的威胁当回事，她的不爽当然来自海斌。作为一家之主，他没有一个明确的解决问题的办法，一走了之算什么态度？

"我觉得，你也有问题。"孙墨苹尽量拿出中肯的态度分析问题，"你一生气就爱把事情做绝了。吵架就吵架吧，写什么离婚协议啊？"

"我不就是写着解气吗？而且从来没拿出来过啊。"

"就是啊，您写就写吧，永远别让人知道也成。这下倒好，和盘托出。正常人都会受不了，何况你家'海老茂'还有那么点儿不正常。"

"他怎么不正常了？"

"直男癌啊。晚期，我早给他下定论了。"

"所以我才坦诚相告啊。"

"姑奶奶，什么叫直男知道吗？可不是你以为的什么肝胆相照、兄弟情深。直男的潜台词就是小肚鸡肠、鼠目寸光，就是大男子主义，只许州官放火不许百姓点灯。就是……哎呀，一句两句说不清楚。你自己品去吧，反正'海老茂'特征明显，你一总结就知道。"

孙墨苹一席话提醒了米佳。海斌的人生关键词是"掌控"，如何受得了自己那些领跑婚姻走向的东西？尽管自己没有拿出来，但意淫的作用让她成为他们婚姻的实际掌控者。海斌肯定受不了这种挫败。可人们都说，夫妻之间没有谁对谁错，难道他海斌非要分出个子丑寅卯吗？自己没事儿就爱往那方面想，动不动就写离婚协议是不对，可哪一次起因不是海斌的大男子主义啊？"乌鸦站在猪身上"，光看到别人黑，不知道自己黑。气愤中，米佳的思路渐渐清晰——出走半年，原来一切都没有改变，大概永远也不会改变。

孙墨苹分析得不错，那十几份离婚协议的分量的确大于吴芳的威胁。吴芳的闹剧大不了打官司解决，他不相信无中生有的事会得到法律支持，更何况老太太和那女人之间签的所谓协议能有多严谨？海斌想都懒得想。他离开家还是怕老妈那千年不变的哭闹，而且情急之下说的气话，他也有些后悔，毕竟那是生他养他的妈。可大周末的，他能躲到哪儿去啊？在小区里转了一圈，海斌只能走进"自在"餐吧。

二姨早知米佳回来，一开门就看到海斌，心知有事儿，向来兼职的汤小兵努努嘴。汤小兵也正纳闷，昨天自己离开时米佳情绪平稳，不会一大早就把海斌赶出来吧？海斌从两人的目光下走过，点了份早午餐，闷头吃起来。汤小兵岂容他沉默，赶紧跟过去。

"啥情况？"

"没情况，饿了。"

"你回来晚了，米佳生气了？"

"哎呀，烦不烦啊。你呢？大周末还打工，让人家赶出来了？"

说到自己，汤小兵也是一肚子话。原来，他下定决心，保持尊严地回到孙墨苹家，谁知道人家更狠，上来就拍给他一张银行卡，说是要分三次支付房子折现后一半的资金给他。银行卡里是第一笔钱，不足部分的支付方式，由他选择，可以采取住房折抵房租的方式，也可以等她攒足了，按期支付。汤小兵认为孙墨苹是要跟他划清界限，从此老死不相往来。他赌气收了银行卡，还选择了房租折抵房钱的办法。二人签字画押，从此汤小兵不再是无家可归之人，重新拥有了他们三居室中的一间。孙墨苹家正式开启"一家两制"，离婚不离家模式。海斌听后，立即看穿了孙墨苹变相妥协的诡计，指点汤小兵一定咬紧牙关，保持强硬态度，坚持到底就能获得最后的胜利。

"真的，能行？"说到自己的事儿，汤小兵总是那么不自信。

"行了，自己都成丧家之犬了，还操心别人的事儿。"二姨实在听不下去，抱着棋盘走过来。

海斌哪儿有心思下棋，却在二姨的威逼利诱下讲了家里的奇葩人和事儿。二姨切中要害地点明问题的关键——男人的面子。海斌不想狡辩，他就是想不明白，自己辛苦挣钱养家，更无恶习嗜好，米佳凭什么动不动就想到离婚，而自己还傻子一样不知道。

"你啊，就是傻。惹人家生气了，让人家伤心了都不知道。"二姨一语道破天机。十几年前，海斌和米佳本是两个轨道上运行的生物，心灵密码互不相通就开始了循环运转。其间，卡壳、死机的状况肯定时有发生。程序细腻的米佳，自是被折腾得三荤四素，痛不欲生，甚至想结束运转。另一边，齿轮粗狂的海斌，根本感受不到那些小沟小坎，大刀阔斧，一路向前，一直以为对方也跟自己一样，忙碌在如火如荼的家庭物质建设中。所以，经常是米佳可能为海斌的一个词，哭得死的心都有了，海斌早就忘了自己说过什么和怎么说的。

"人家米佳那是自我疗伤。你还要怎样？"二姨心里也怪米佳吃饱了撑的不说，还缺心眼儿似的坦诚相见，可嘴里只能把她的举动说得无比高尚，"人家跟你说不明白，只能跟自己较劲。谁有火不得撒出来啊？人家受了气，写文章发泄发泄，不行啊？"

"可那是普通的文章吗？"

"那怎么着，你让她指名道姓把你们那些奇葩事都写成故事，放网上啊？"

"那倒也是。"

二姨就是二姨，三言两语就把海斌心里的别扭扭了过来。想到他们的处境，二姨又果断支着——一家三口来一场说走就走的旅行，反正家里老太太有人照顾。

这句话是海斌一天来听得最舒服的一句话了，他赶紧灌下早已凉透的牛奶，乐颠颠往家跑去。汤小兵没得着机会跟海斌交流，又不想跟二姨说自己的情况，只闷头干着手上的活计。

"小兵，能放下架子做这些帮厨的事了，不错啊！"二姨是真觉得汤小兵有了变化，才诚恳夸奖。

"我是谁啊，能做什么啊，唉。服了，让生活给我弄服了。"

"行了，少跟我这儿酸文假醋了。赶紧把你的一盅汤熬上，一会儿客人就到了。"

汤小兵并不多言，默默服从。二姨纳闷着，却分析不出所以然，只知道汤小兵不是原来的汤小兵了。

2

几个小时后，海斌一家三口便驾驶着SUV，开始了名副其实、说走就走的旅行。一开始，他们漫无目的，只想离开那个被外人盘踞的家。后来，在海小米的提议下，他们一路向北，奔向传说中的边关重镇——古北。这时，天上不合时宜地下雪了。不堪一击的高速，瞬间瘫痪了。停车场一样的车流中，海斌越来越暴躁，拼命摁喇叭，还利用一切机会往前钻。米佳和海小米被美国人的慵懒传染得早已习惯了拥堵，竟然歪在椅子上睡着了。可能是太想让老婆孩子一睁眼就看到壮观的夜长城了，海斌找了个机会就拐出了高速。天色渐暗，路上湿滑，海斌自信地东拐西拐，穿村过巷，想着只要大方向不错，总能到达。谁知，他闷头开了一个多小时，眼见着自己选的小路离大路越来越远。无奈中，他又围着村子转了两圈，居然稀里糊涂进了山。山间小路更是不知通向何方。正当他慌乱着准备掉头向后的时候，米佳醒了。海斌心头一惊，怕米佳看出他迷路，叨唠起来没完，心下一横，一脚油门就冲进了山路。

米佳一睁眼就看到黑乎乎的一片，以为就要到了，可随着身下颠簸，立即觉出不对，仔细辨识后发现，他们走的哪儿是路，分明是两山间的坡地。泥浆和石块与轮胎亲密接触后，发出刺耳的声响。小雪粒儿也变成了雪片，将车灯前面的道路变得一片雪白。米佳意识到他们迷路了，海斌完全在瞎开。她本能地运足力气想让海斌停车，可想起自己在密林里迷路时的恐慌，立即收回已经到了嗓子眼儿的声音，伸出一只手，放在海斌紧握离合的手上。

"这导航，估计把咱们导到庄稼地里了。"海斌故作轻松地笑笑，"没事儿，有老公我呢！"见他这么说米佳更不好说什么，倒是海小米醒来大惊小怪："My god! 老爸，车要翻啦。"

"哪儿那么夸张，就是路不平，坐好了。"米佳安慰着。

"就是，坐好了，看爸爸给你来个刺激的。"海斌一脚油门，冲向看着平坦的前方。谁知，车子一头扎进了地上被雪覆盖的深坑。任凭他将油门踩到底，车轮只是空转，再难前行一步。

海斌见自己玩儿大了，只能等着米佳的数落。谁知，米佳二话没说就跳下车，四处找来石块垫到车轮下，又叫下海小米，站在车后，一副要推车的架势。海斌哪儿能让女人推车，执意跟米佳交换。结果，三人合力将车弄出了深坑，油表却见了底。海斌主动自责，没有做好后勤保障。米佳建议大家原地不动，待天亮了找人问明情况再说。看着欢天喜地，真要露营的母女俩，海斌心里十分不是滋味。说好的带她们住五星级酒店、泡温泉的计划，全因自己的鲁莽泡汤了。他默默帮着米佳从箱子里拿出能穿的衣服，套在海小米身上，又将电热宝打开电源，塞到她怀里。最后用野餐毯将二人包得严严实实的才爬到前边，熄灭了汽车。

"别关了，反正没油了。天亮找到信号，叫救援吧。"

"傻啊你，这么着在车内开暖风，用不了一个小时咱们都得煤气中毒而死。"

"那就这么冻着？"

"没事儿，咱们抱团取暖。"

米佳说着，灵巧地钻到毯子中间。

"不是，这要是有狼怎么办？"海斌还在强调困境。

"这不有你呢吗？"米佳狡黠地笑着。

"没事儿老爸，车门都锁着，变态杀人狂来了都不怕。"海小米一副饱经风霜的样子，往海斌身边挤了挤，"还是老爸暖和啊。"

海斌无法再说什么，只能将妻女使劲搂在自己怀里。

车里的温度越来越低，三人睡不着，海小米就给爸爸讲美国的事儿。有的事儿海斌听过，有的没听过。可不管什么，他都听得饶有兴趣，还不时问着细节。米佳靠在海斌的一块腹肌上，听着海小米小鸟一样叫着，半年来的经历，过电影一样在眼前闪现着。她怎么就那么大胆呢，敢跟孩子睡在荒郊野外的停车场里？那个杀人狂真的来了怎么办？电影里的坏人，不是一根棍子就撬开了车门？不过，现在好了，有海斌在，自己再也不用怕了。

米佳想着想着，不知怎么就来到了车外，跟海斌抱着柴火，生起了篝火。火光中，海斌的表情里充满了歉意，用从未有过的温柔眼神看着她，好像在说什么。忽然，他的目光里露出了惊恐，一把将米佳拉到身后。顺着他的眼神，米佳看到一双绿色的眼睛。一只灰色的豺狼，正向他们龇着獠牙。奇怪的是米佳一点都不害怕，她镇定地躲在海斌身后，看着海斌随手拎起一根带火的木棒，向恶狼舞过去。恶狼受惊跳开，却不离去，仍远远徘徊着，发出瘆人的叫声。海斌趁机护着米佳回到车上。车门还没关上，就又跳下车，跑到篝火旁，想去取回米佳刚刚披在身上的毛毯。谁知，恶狼再次扑上来，海斌就势一躲，滚到一边。可由于远离了篝火，恶狼有恃无恐，蓄势再扑。海斌手无寸铁，胸脯一挺，眼看着要赤手打狼。米佳不知哪儿来的勇气，冲出车门，抄起篝火中的木棒，向已经扑向海斌的恶狼狠狠打过去。恶狼哀鸣一声，吃痛逃走。米佳拉起海斌，蹿回汽车。二人紧紧关上车门，还来不及喘息，就看到不远处，无数双绿色的眼睛，向他们围拢过来。米佳紧张地抱住海斌。海斌也将她搂在怀里，小声安慰着。狼群越聚越多，绿色的眼睛，海洋一样扑过来，海斌竟然推开她，扑向狼群。米佳终于吓得叫出声来。

猛地睁开眼睛，米佳才知自己在做梦。天边已经泛出灰白，海斌不知去向。她紧张地跳下车，四处观望。周围一片白茫茫，雪早就停了。除了一列向外延伸的脚印，哪里还有海斌的影子。米佳紧张地顺着那列脚印向远处跑去，终于在天路交界的地方发现一个晃动的黑点。黑点迅速移动着，不久米佳就辨出了海斌的模样。海斌满头大汗地跑回来，手里举着手机，隔着老远就大喊着："找到信号了，救援车已经出发啦。"

米佳飞奔着迎过去，见到海斌完好无损地站在面前，情不自禁地一跃而起，攀在海斌的身上，再也不肯离开。

"哎哟，腰，我的老腰。"海斌幸福地哀号着，倒在雪地里。

迷路插曲并没有阻断他们前进的步伐，实际上再绕过两个山包就是他们的目的地。酒店齐备、高端的设施，立即让他们忘了有家不能回的尴尬。泡在温泉里，看着远山的雪景，惬意又放松。海斌禁不住给米佳讲起自己的童年，讲起那个他永世不会忘记的飘雪的早晨。米佳终于理解了母亲在海斌心中的地位，带着少许自责，给海斌讲了自己写第一份离婚协议书的起因。那是他们结婚不足三月的时候，米佳煮面煮得有些欠火候。海斌吃了两口就推开饭碗，躺到床上。米佳以为他为这点儿事儿就闹脾气，用冷战来对付自己，气得将盆盆碗碗弄得叮当作响。海斌不但不劝，反而站起身，关上了房门。米佳更加生气，摔门而出，在小区里转悠了大半个晚上也没见海斌来找她。然后她灰溜溜回到家里，看到的是睡得直冒鼻涕泡的海斌。米佳羞怒难当，边哭边写下了这份离婚协议书，只想着第二天一早就摔到海斌脸上。谁想，她早晨贪睡，醒来时，海斌已经吃完早点，赶去上班了。吃着海斌买来的早点，米佳想，这可能是他一夜愧疚，起了个大早对自己表达的歉意，愤怒才随之一点点消退。再后来，她自己都记不起来二人怎么就和好如初了，毕竟，那不久，他们就有了可爱的海小米。

听着米佳声情并茂的回忆，海斌一脸蒙，好像那个因为夹生面条就对老婆实施冷暴力的男人根本不是自己。在米佳一再提示下，他才想起来是有这么一回或两回，可自己不再吃下去，是因为饱了；而躺在床上，也肯定是累了，根本不是米佳理解的所谓"冷暴力"。他甚至到现在都不能相信，米佳会因此气得寻死觅活，想到离婚。米佳见状，更为自己的敏感不值，非让海斌赔偿损失。海斌一边一本正经地辩解，一边让米佳一定要好好谢谢二姨，要不是她看出端倪，他做了窦娥还不知道怎么死的。

"你们俩啊，谁也离不开谁，就是闹腾。"海小米路人甲一样忽然从水里钻出来，给仍在找后账的父母下了定论。

"说什么呢，有你才闹腾。"米佳扑过去追打已经泡得红彤彤的孩子。海斌看着欢快地在水里追逐的母女俩，忽然冒出一句感慨："一家三口在一起就是最简单的幸福。"

3

从古北回来，假期就已经过半。别离在即，却谁也不愿提起。米佳终是在二姨和孙墨苹的劝慰下，回到了那个属于自己的家。这天，吴芳见海斌不露面，一早收拾行李，离开海家，不知跑到哪里去对付她那些粉丝了。海小米也一早约了同学出去放风。家里只有海奶奶悄无声息地躲在房里不肯出来。米佳收复失地般将海斌的衣服全都搬了出来，按照春夏秋冬依次分好，放在不同颜色的整理盒中，再将盒内衣物特征逐件抄录在便签条上，放到盒子的透明处，以便海斌用时查找。看到衣帽间里，胡乱挂着的衬衫裤子，米佳又忙着架起熨斗，边熨边想着那个所谓的合格保姆，到底对海斌尽到了何种义务。忽然，透过落地窗，她看到不知何时溜出房门，奔向垃圾桶的海奶奶的背影。要在过去，她肯定抄起手机，拍了照片就给海斌发过去。此时，她竟无动于衷，继续忙着手里的活儿。过了一会儿，手机响了，竟是海斌发来的微信视频。视频里，完整记录了海奶奶离开家门扑向垃圾桶的轨迹，当她扑向垃圾桶的一瞬间，小区保安出现了，礼貌而果断地阻止了她的行为。海奶奶纠缠未果后，只能向不远处的老年秧歌队走去。

米佳正纳闷，海斌的声音忽然从角落里传出。原来，这一切都是海斌为了防止吴芳捣鬼，依靠智能科技实现的全方位监控的功劳。他不仅能实时监控家里到小区的情况，而且可以随时查看录像，截图发送。刚才他就是看到老太太又去干米佳不喜欢的事，果断通知保安，及时加以制止。米佳没想到海斌这几天闷声不响，居然动了这么多小心思。她一边责备他连自己一起监视了，一边告诉他自己早就不那么在意老太太的环保事业了。毕竟，在美国最艰难的时候，她也动过这个脑筋，虽然终是没放下面子，但是有了依靠自己养活自己的体验后，她真的觉得废物回收也未必是件坏事。只是，搞好个人卫生是前提。说着，她还从箱子里拿出一套专用的工作服，举得高高的让海斌看。

"看到了，这就是我给你妈准备的工作服，全方位呵护，麻烦你在我走了以后让她穿上再工作。对了，我在美国有一套同款的。没准哪天揭不开锅了，我还会向你妈讨教经验。"

"天哪，家里有一个环保志愿者还不够，这又来一个跨国的。受不了，受不了。挂了，挂了。"海斌不忍再听，迅速收线。其实，他只是关了扬声器，眼睛仍在看着米佳一个人蜜蜂一样忙碌着。他看着，看着，还禁不住用手指，点点屏幕上花生米大小的米佳的头。看了一会儿，他不得不关了手机，因为他有更重要的事情要做。

4

李静红在奥特莱斯停车场跟海斌会合。她有点儿搞不懂海斌，先是莫名其妙送了自己一个包，现在又在工作期间，约自己逛商场，买奢侈品。正纳闷间，海斌拿出一张出货单，一脸讨好地请她给自己帮忙，迅速找到这些货物的所在。李静红扫了一眼就知道，这是一张代购清单，很多东西国内是很难见到的。海斌一听就犯了难，只得实话实说。原来，他从米佳和雅丽的通话中听出米佳的第二批代购货物被海关查扣，客户长期未收到货物，纷纷要求退款。米佳昨夜长吁短叹半宿，一直对着这张出货单发呆，天快亮了才迷迷糊糊睡去。海斌就偷拍了出货单，想悄悄为她解除后顾之忧。李静红被海斌的无知逗笑，告诉他，奢侈品款型繁多，很多都是专款专销，在国内根本找不到同款。

"是这样啊。我 out 了。"

见海斌一筹莫展的样子实在可怜，李静红又拿过出货单看了看："这样吧，我给你介绍一个做代购的朋友，让她帮着想想办法。"

"真的？就知道你有办法。"海斌对李静红更是佩服有加。

微信发过去没多久，人家就有了回话。对方不愧是经营代购公司数年的业内精英，不仅货品齐全，价格还便宜了不少。海斌为米佳解决了困难，反倒央告李静红不要告诉任何人。李静红叹他用心良苦。海斌却说，米佳出师未捷，他不能看着她被困境一棒子打死。谁也不是天生做生意的料。米佳不聪明，可做事有股韧性，他相信她总有成功的一天。李静红摇头不语，只是更加觉得这是一对奇葩夫妇。

回到公司，吴亮急召她参加视频会议。会议的议题只有一项——吴亮十分看好海斌的项目，同意他以技术入股，成为公司的大股东。吴亮说得天花乱坠，信誓旦旦。李静红听得疑窦重重，心有不解。她很清楚，目前公司最大持股人就是吴亮。他这么做的直接目的只有稀释自己手中的公司股份，实现资金自由。如果海斌接盘，看着是风光增持，一旦公司有个风吹草动，极有可能陷入资金链断裂的泥潭。吴亮此举到底是何意图，她不好妄下结论，只答应他带海斌参加公司年会时，再细议此事。

结束了与吴亮的会谈，她给海斌打了个电话，简单说明情况。海斌听后极为兴奋，再次向李静红讲解了自己的宏图壮志。李静红觉得陷入"点草成金"伟大梦想的海斌越来越不像个商人，对名誉、地位等虚无的东西越来越热衷。他每天跟小张等博士混在一起，满嘴都是科技创新、能源开发、废物还田等专业词汇，还动不动就去参加人家的科研会议，听说最近又掺和某个国际环保组织，信誓旦旦要造福子孙后代……刚才听到吴亮的意图，他更是被这个从天而降的大馅饼砸得晕头转向，瞬间开始以董事的思路思考问题。李静红很想提醒他，股权转让充满各种不确定性，必须有专业人士审核把关后才能做决定。可海斌正处于思维奔逸、想象力爆棚阶段，哪里容李静红泼凉水。万般无奈，她只能让老王旁敲侧击着提醒他，去年的利润核算已经出来，虽然保持了一定数量的增长，但是绝到不了能让一个在商场打拼半辈子的老油条宁愿稀释自己股权也要扩大投资的地步。

对海斌完全痴迷科研的态度，老王又何尝不着急？看着海斌抱着不知从哪儿淘换来的专利项目一再追加投入，老王看在眼里，急在心上，可也没有办法。接受了李静红的任务，他只能去求助二姨。二姨没有责备海斌，却将老王从头到尾骂了个痛快，说他是冥顽不化、几十年如一日的老八板。老王知道二姨是借题发挥，为上次被海奶奶搅局的表白科目找碴。的确，那以后，老王再没敢登二姨的门。个中理由只有自己知道。老王正犹豫着怎么让二姨的话题从自己身上转移到海斌头上，米佳来了。他见到救星一样，将正位让给米佳。米佳觉得海斌闲云野鹤一样飘荡了半年，定是没少麻烦二姨，特来表示感谢。二姨素喜米佳直爽，虽无深交，但早有神往。二人坐在一起，无须多言，早就有了心灵默契。

"瘦了，也精神了。"

"海斌跟您说了？"

"用不着他说，一个女人带着个孩子，能不操心吗？等着，我给你弄碗例汤，女人就要对自己好一点。"

"我没委屈自己。"

"谁说你委屈了？滋补养颜，趁热喝。"

"我的呢？"老王故意打趣。

"臭男人，喝什么汤啊？喝这个。"二姨终于想起来给老王拿了瓶矿泉水。

两个女人天南地北地唠着，老王一瓶水喝完了，也没见她们聊什么正事儿，正想打道回府，忽听二姨话锋一转，提到了海斌。

"海斌忙着干大事儿，钱都顾不上赚了。"

"不会吧？不过，他生意上的事儿，我真不懂。"

"你啊，就是心太大。"

"师父，工作上的事儿，您多帮忙吧，我这也是有心无力啊。"米佳以为二姨提醒她跟老王客套，赶紧向老王表示感谢。老王自是满心应承，不免说了海斌的不易和压力。

米佳忽觉老头嘴里的词和海斌的事业，自己无比陌生，一种跟时代脱节的危机感，让她又有了莫名的惆怅。走在回家的路上，米佳回想着二姨看似松散的话题，不由得明白了老太太的用意。她在提醒自己最关键的事情——即使离开职场，也不能跟社会脱节，更要跟上丈夫前进的脚步。如今，海斌已经通过自己的努力，走上了资本运作和统一操盘的地位，她的认知水平如果跟不上，势必成为第二个赵梅。而这些，实际上就是二姨一直强调的门当户对的现实延伸，是夫妻俩精神层面的比翼双飞。米佳不知道她和海斌的婚姻是不是一开始就忽略了这个，只知道自己退回温饱的追求后，对海斌反倒没那么多要求。而海斌，自从当了什么副总，似乎也不像以前那么"海老茂"了。想到海斌最近那么多不言不语的小举动，米佳心里不由得一荡，一种久违的甜蜜缓缓冒了出来。这就是距离产生的美吗？看着周围的人流，想到美国那个松鼠和兔子比人多的小区，一种落寞袭来，她竟有些不忍离去了。

- CHAPTER 24 -

你的欲望就是别人的机会

1

没用海斌嘱咐，米佳从二姨处回来之后就自觉、主动地用公司大股东夫人的标准来要求自己，为即将到来的公司年会做准备。说实话，她在美国休闲惯了，早忘了穿衣打扮的事儿。好在现在各种服务俱全，只要花钱就好。网上找的形象顾问，详细了解了她的需求，连着出了两个形象设计方案。米佳看了半天，说不上好，更说不上坏，只觉得不是自己的风格，可时间紧迫，小姑娘能说会道地忽悠，只好胡乱选了本来就没有太大区别的两个方案中的一个。小姑娘一边夸着米佳的皮肤和身材，一边麻利地给米佳洁面、修眉、上粉、画眼线……一切如流水线般流畅。没一会儿工夫，镜子里的米佳就变了模样。米佳有点儿不敢看自己，克制着干涉化妆师的冲动，让自己模糊在一片梳妆更衣的忙乱中。之后，在小姑娘自信的称赞声中，她看都没看一眼自己就打车直奔酒店。

电梯里，米佳终于抬头直视了自己的新形象——有点儿艳俗的妆容，加上老气横秋的盘头，让她的头像是 PS 上去的，而她娇小的身躯，又实在 hold 不住那身雍容华贵的欧版大牌套装。她被吓了一跳，不相信镜子里那个陌生的大姐就是自己，更不明白自己怎么就这样出了门。她懊恼着按照指示牌走进酒会现场，扑面而来的气息，只能用香风艳雨来形容。米佳被刺激得打了个喷嚏，环顾四周，发现自己竟不是最不堪的。很多浓妆艳抹的贵妇穿着不属于自己的衣服，在人群中穿梭。短暂的代购经历，丰富了米佳对名牌的认知能力，也让她立即找到自己在这种场合的位置。她市场调研般，统计着会场上出现的世界名牌，盘算起自己下一步的工作重点。

"哎呀，黑山老妖下凡啊。"海斌惊呼着迎过来。

"给你丢人了？"米佳自己可以不满意，可不想听到海斌的挖苦。

"没有，我老婆走到哪儿都是这个。"海斌伸出大拇指。

"那你说我老妖，明明嫌我老。"米佳不依不饶。

"就是，有点儿，有点儿显老，不适合你。"海斌还是控制不住说出真实感受。

米佳沮丧到极点，再不说话，端了杯饮料，随着海斌假笑着游走了一圈，就推说累了，躲到角落里。忽然，一个打扮得像赫本一样复古的姑娘，尖叫着来跟她拥抱。米佳定睛一看，竟是那个轻生的贾晓曼。贾晓曼早没了曾经的戾气，亲热地称呼米佳为佳佳姐，还将自己的先生介绍给米佳。原来世上的事，就是这样变幻莫测。当初米佳的折腾不仅成就了贾晓曼的事业，更成就了她的姻缘。富二代的妈，在给孩子进行了亲子鉴定之后，风风光光地把她娶进了门。如今，人家夫唱妇随，已经准备孕育第二胎。看着这个曾给自己带来无限麻烦的女孩，米佳早就没了原来的愤恨，只由衷祝愿他们生活幸福美满，看着他们和谐的背影独自感慨。海斌以为她羡慕人家，偷偷告诉她自己刚刚跟吴亮签了股权转让协议，以百分之五的持股额，成为公司名副其实的股东。生意上的事，米佳不懂，可不知为什么，一阵担心莫名袭来。

"什么协议啊，你弄明白了吗就签？"米佳脱口而出的问题，像一盆冷水浇在海斌头上，令他立即启动了自带的防御程序："跟你说你也不懂，就知道跟着瞎操心。"

"我……"米佳正想辩驳，发现那个熟悉的陌生人——李静红站在海斌身边，立即住了口等着海斌介绍。海斌较劲似的就是不理她。反倒是李静红落落大方地接过话题："海总，法律规定，夫妻共同承担债权债务。夫人这可不是瞎操心。"海斌这才第一次为米佳介绍了李静红的公开身份——集团CEO，全面负责公司各板块业务。

李静红没有浓妆艳抹，精致的淡妆没有刻意掩饰她的年纪，却令其平添了几分御姐范儿。看不出牌子的简洁职业装勾勒出的身材，更令她在一众贵妇中显得超凡脱俗。米佳本来就不自信，现在更是被其气场压得有了窒息感，不得不使劲儿清了清嗓子才发出声音。

"早听海斌提起您，真是幸会。"

"我也是啊。总听海总念叨家有娇妻。今天终于见了真身，果然娇艳呢。对了，真要特意感谢您给我带了那么漂亮的包。"

"哪里，哪里，喜欢就好。"米佳皮笑肉不笑地回答着，心里明白这就是与自己悲惨的曾经形成鲜明对比的幸福女人，一个大胆的想法瞬间冒了出来，她报复一样看了海斌一眼，故意大声说，"反正我也是代购，方便得很。有机会李总还要多照顾我生意啊。"

海斌闻听此言，果然不爽，脸上红一阵白一阵。

反倒是李静红不以为意，热情地说："没问题，我的朋友中有好几个都是资深代购，我还可以介绍你们认识，大家互相交流，生意保证红火。"

"多谢多谢。"米佳见人家如此大度，除了感激，别无他法。

海斌插不上话，有些尴尬，只暗暗揣摩着米佳忽然冒出来的话题，隐隐感到其中的不爽。果然，酒会后半场和回家的路上，米佳一句话没说，沉默地坐在黑暗里，轻轻叹气。

其实，米佳早忘了与李静红见面的插曲，她是在生自己的气。她自责没有找到适合自己的装扮，失去了在酒会上一展风采的机会，也没满足海斌男人的虚荣和面子；她更自嘲远离职场后跟社会脱节，只会家庭妇女似的瞎操心，不能在事业上给海斌以支持和帮助。由此引申到自己的前途和发展，她不得不承认，美国的打拼只停留在活着的层面，想找到真正属于自己的生活和快乐，要走的路还太长太长。米佳不知道为什么丈夫事业的发展，反让自己陷入了更深的迷茫。她就不能做个小鸟依人的、夫唱妇随的家庭主妇吗？心底的声音毫不犹豫地回答着："不，决不！"

2

新年就要来了，米佳她们的行期也近了。旧年的最后一天，大家约好晚上到"自在"聚齐，等待跨年，也为米佳她们送行。不知是不是坚持了一年的"水逆"一定要顽抗到底，反正在夜晚到来之前，不愉快再次降临到这个小区。

先是孙墨苹家一大早就上演了母子大战。汤圆借题发挥，终于实现了"一家三制"的理想。事情的起因还是孙墨苹让汤小兵以房客的身份回归家庭。本来，"一家两制"，相安无事。可孙墨苹一边忙工作、一边照顾孩子，实在分身乏术，只能靠叫外卖解决母子二人的吃饭问题。而汤小兵每天除了到二姨餐吧兼职，没有其他事，把心思全花在了自己的私厨事业上。他手艺不错又会包装，生意从一天几份，不断上涨到几十份。为了保证品牌质量，他还无师自通地采用饥饿营销策略，瞬间提升了"汤小厨"的品牌效应，一跃成为本地区最佳私厨。孙墨苹心疼儿子每天在香气袭人的家里学习，却吃不到可口的饭菜，又不愿放下自尊，求汤小兵为儿子改善生活，只能抱着手机搜索附近美食，按照排行榜给儿子订餐。这一订就订到了近期最火私厨"汤小厨"的精品两人餐。孙墨苹一边等着送餐，一边跟儿子炫耀，根本没发现汤小兵忙活什么。汤小兵只顾接单，也没顾上细看客户信息。快递小哥取了餐，闷头就走，到楼下才发现自己接了有史以来最近的订单。小哥欢天喜地又上了楼，见到开门的汤小兵，笑着就把餐盒往他怀里塞，还大嗓门地问他这是玩儿的什么游戏，给自己做饭还找快递。汤小兵一看客户电话，立即明白怎么回事，绷着脸关上门不说，还让快递小哥再敲一次门。门再次打开的时候，快递小哥看到了孙墨苹，再次多嘴地问情况。孙墨苹这才知道自己订了前夫的饭，情绪莫名就不好了。她看着手里色香味俱全的套餐，随手就在评论上点了个差评。汤小兵忙碌结束，查看系统，发现孙墨苹的评论，自是一番理论。孙墨苹也顾不上吃饭，积极回应。最终，隔空对骂已经不能满足二人的情绪。他们同时打开门，质问对方用意。汤小兵不明白孙墨苹给自己差评的初衷，只揪住她诬陷自己饭菜质量、诋毁自己名誉不放。孙墨苹自知理亏，只在对方隐瞒身份上做文章。

"你以为公安局查户口呢，祖宗八代都要写上。我严格按照网站要求注册并提供了健康信息，没有任何不符合规定的。再说了，请问您何方神圣，对我的底细这么感兴趣？"

"我是对广大客户负责，也是对自己儿子负责的好市民。怎么了？多问两句不行啊？"

汤小兵早知孙墨苹这样无理取闹实际是她特殊的缓和关系的方法。要照从前，他肯定屁颠屁颠，随着人家的口气，查什么提供什么，说哪儿不行，坚决改正。可现在，他不想了，也做不到了。他要为维护自己的权益而战，不仅将自己的操作空间详细拍照，还将汤圆吃得半粒米都不剩的餐盒收入自己的个人空间。事实胜于雄辩，网友纷纷对汤小兵给予支持，对孙墨苹鸡蛋里挑骨头的举动予以唾弃。

强烈的挫败感令孙墨苹只能在公用空间上找碴，汤小兵从容应对。二人从未有过的吵闹版战争令汤圆极不适应，他终于借题爆发称自己受不了父母这样斤斤计较、陌路一样的生活。如果他们执意坚持"一家两制"，他宁愿更彻底地实现"一家三制"的生活方式。孙墨苹见汤圆并不偏袒自己，赌气同意。汤小兵早想让汤圆自理，自是举双手赞成。就这样，在旧年的最后一天，一种创新型生活方式诞生在这个原本平静的家。不大的三居室里将上演一段全新的故事。

与此同时，本来和谐的海斌一家，也因建平的视频通话闹起了不愉快。接到建平视频微信邀请的时候，米佳正在一床的衣服中挑选参加晚上聚会的服装。穿着随意家居服的她，一点不避讳建平不说，还拿出一套套衣服，让他帮助自己做决定。在一边装作看手机的海斌，忍了又忍，终于忍无可忍地出现在屏幕里。结果是，没有对比就没有伤害。两个男人的面孔在高清屏幕上同框，用不着米佳评论，立即优劣自显。建平小麦色的肤色，紧实坚韧地反着健康的光泽。岁月的痕迹在他的脸上也不再是皱纹，而是与满沧桑相衬男性魅力的阅历。相比之卜，海斌的脸清白地肿胀着，并因不堪地球引力而下坠得跟脖子连为一体。肥胖虽然撑起了他脸上的褶皱，可那本不该存在的平坦，只能让人产生无限未知的遐想。海斌自知自己从小就不是英俊型男人，但也不算丑。虽有点胖，但因为身材高大，一点不显得笨拙，反而可以用魁梧来形容。怎么一到屏幕上就变成这个模样？为了不让建平多看自己的丑态，他不顾米佳诧异的眼神，三句两句就结束了通话。

"嘿，我这儿还没说完呢，你怎么就挂了？"

"有什么可说的啊？又不熟。"

"拜托，人家是给我打电话的，不是你。"

"你们就更没的说了，这刚分开几天啊，就……"

"你什么意思啊，阴阳怪气的？"

"没意思，就觉得不正常。"

"怎么不正常了？快新年了，人家跟我道声新年好不行吗？"

"行啊。可他算错时间了吧？美国、中国可都没到点儿呢，这么积极干什么啊？"

"尤理取闹 。"

米佳忙着换衣服，懒得跟他理论。海斌也觉得无趣，准备结束斗嘴。谁知，看到米佳选了那身建平推荐的搭配，心里还是恨意难平。

"换一件，换了。"

"凭什么啊？"

"不好看。"

"我不觉得啊，挺好的啊。"

"我说不好就不好，换，赶紧。"

"我为什么要听你的啊。海斌，原来你不这样啊,怎么最近添毛病了？"

"你原来还不当着男人面换衣服呢，怎么去了趟美国，变开放了？"

斗嘴模式由此开启。二人从穿衣服、换衣服引申到海斌私自安装的监控摄像头，进而深化到人身自由和个人隐私。于是，海斌那昨天还充满爱意、无限浪漫的小动作，立即变成了大男子主义欺压劳苦家庭妇女的铁证。米佳刻意装扮不想给丈夫丢脸的好心，也变成资产阶级腐朽思想的集中体现。二人强烈的个人攻击，也终于让海小米从极度不适应中找到了家的感觉。她欣慰地戴上耳机，提示自己，这才是真的回国回家了。

3

不知是感念二姨的良苦用心，还是有了曾经沧海的潇洒，斗嘴吵架一点没影响米佳的情绪。她照样乐呵呵跟着老公、孩子去参加聚餐。毕竟再过两天，她想找海斌吵架也没这么方便了。那种隔空对决自然没有这种面对面的针锋相对真实、痛快。想到又要回到那个空荡荡的大房子里，米佳竟有些不舍，甚至原来自己不堪忍受的一切，似乎也没有那么糟糕。回想在美国的日子，她每天都是充实忙碌，从来都是倒头便睡，累得顾不上失眠。不过，每天早上醒来的时候，她的内心都是空虚和不安的。那是又浪费了一天生命之后的罪恶感。曾经，她以为，在那片陌生的土地、认识那么多新朋友，她的生活该是每天都有惊喜的。为了记录这些，她甚至新开了微博账号。可后来她发现一个问题——大家都在报喜不报忧地回避着很多现实问题。弄得她几乎失去了判断力，反而对自己的真实感受充满了怀疑。难道她放弃一切、漂洋过海去寻找的是另一个迷失的自己？随着再次离开日期的临近，这种感觉竟越发强烈起来。她很想把这种感受跟海斌分享，可又担心他粗陋的内心无法理解自己的细腻。建平的出现，让她很有倾诉的欲望。所以，她一开始就放松地让人家帮自己挑衣服。后来被海斌一搅和，她也没了谈话的兴趣，开始纠结海斌没事儿找事儿的态度。她不知道海斌是更年期提前还是怎么了，以前从不管自己跟谁交往的他，竟在意起自己的微信联络。还有他对人家建平的态度，也是横眉冷对，没有一点感激和友好，像足了专爱找碴的怨妇。难道这一切都是因为嫉妒？想到直男海斌能为此产生醋意，米佳兴奋而得意地望向海斌。

"干吗？看我丑不丑？"

"挺丑的。"

"那也晚了。"

海斌能体会到米佳眼神里的爱意，可当着那么多人，他才不会像年轻人那样秀恩爱。他只能嘴上强硬，内心感慨——美国真是片神奇的土地，竟能把自己倔强的小米佳变得这样可爱。以前她可不是这样。每次吵闹，不经过两天自我消化不算完。今天这是怎么了，越斗嘴越甜蜜似的，用这种暧昧的眼神看自己。难不成是审美标准变了，刚才亮相对比的结果是自己险胜？还是，离别在即，她故土难离的悲伤，引申到了故人的身上？对于即将到来的别离，海斌当然也是不舍。不过，他的想法总是积极向上的、高瞻远瞩的。他更加清晰地认为，现在的离别，是为了将来更好的相聚。他甚至有点儿希望她们赶紧离开，那样自己就可以放下包袱，全心全意投入伟大的事业。待三年五载，孩子学成归来，他也最终完成人生的财富积累，就可以提前退休。到那时，他人生的意义就是带着米佳环游世界、享受生活了。想到这儿，他向故意没有挨着他坐的米佳晃了晃手中的酒杯："给我管好孩子。"米佳听出他话里的潜台词，白了他一眼，继续跟二姨聊天。

对二人隐晦的打情骂俏，二姨故作不见，心里早就欣慰地感念距离产生的美，盘算着，要不要把汤小兵也弄美国去，好挽回孙墨苹的婚姻。自从孙墨苹那对自私的教授爹妈开始享受云游世界的退休生活后，这个外甥女的一切几乎都是她在操心。尽管没有结过婚，更没有自己的孩子，但她像每个母亲一样，接受不了"儿孙自有儿孙福"的理念，永远为这些叫着她二姨的，沾亲的或是不沾亲的孩子操着心。看着孩子们吃着、喝着、聊着，二姨别提多满足了。这大概就是一个老人最大的快乐了吧。

可就在大家开始数秒，准备迎接新年的时候，李静红出现了。她脸色凝重，显然不是来参加狂欢聚会的。海斌想不出什么原因能让她在这个时候亲自跑来，只能起身迎接。李静红竟顾不上客套，众目睽睽之下拉走了海斌。

二姨本就不喜欢这个女人，见她如此，更为米佳打抱不平。

"米佳，去，招呼客人来一起坐，干吗一来就鬼鬼祟祟的。"

米佳本不想去，可看到海斌忽然变色的脸，实在担心出了什么大事，犹豫片刻，还是走了过去。

"你好好想想吧。我走了。"米佳只听到这最后一句话，也只来得及跟李静红点了点头，就不得不目送她离开。

"怎么了，出什么事儿了？"

"没事儿，公司业务出了点儿岔子。"

"什么岔子啊？"

"说了你也不懂。"

海斌粗暴地打断米佳的关心，没事儿人似的回到座位。

这时候，新年已经来了。米佳不好扫兴，只能默默祈祷，所有不顺和不快都留在过去，让他们的新年一切顺遂快乐。

米佳没想到自己很快又能见到李静红，而且是她主动约的自己。尽管新年的晚上，米佳已从海斌无尽的缠绵中听出了阵阵叹息，但她仍不愿意把二姨的提醒当成真事儿来想。十几年夫妻，她对海斌有信任，对自己更有自信。她承认人到中年容易有第三者插足的危机，但苍蝇不叮无缝的蛋。那些出了问题的都是自身有问题的。去美国前，她不敢说，但去美国这半年，尤其是回来的这两周，她看到海斌的变化，更能体会到他对她们母女的牵挂和在意。这一点不仅体现在他对海奶奶无厘头闹剧的最终处理上，更体现在他一点点克制、改变说话和思维方式上。对此，米佳是满足的、欣慰的。她几乎忘记了自己对爱情的幻想，只感慨着亲情可以战胜一切的力量。

再次告诫自己李静红只是找自己聊聊天，不会有什么大事儿，米佳故作轻松地走进咖啡厅。李静红早就到了，坐在明显的位置，向米佳报以礼节性的微笑。米佳也没有大喊大叫地打招呼，只点点头，轻轻走过去。

还没等她坐稳，李静红就开门见山了："我知道这件事儿，不应该我来对你讲，可我担心海斌下不了决心，耽误了时间。所以，请你谅解。"

"什么事儿啊，这么严肃？"米佳忽然有了不好的预感。

"你必须跟海斌离婚，而且越快越好。"

李静红的话，惊得米佳差点儿站起来。这都哪儿跟哪儿啊，凭什么她一个陌生人，上来就要求他们这对刚刚找到恩爱感觉的夫妻离婚啊？米佳压着自己的火气，尽量平静地说："如果我没听错的话，您刚才的话的意思是，要干涉我们私人生活。"

"怎么回事儿？这么大事儿，他没跟你说吗？"李静红见米佳的神情，立即明白了，海斌隐瞒了自己陷入重大危机的消息。

事情还得从吴亮送给海斌的"大馅饼"说起。李静红的担心果然在年末的最后一刻印证了。海斌以技术入股的股权在生效后的第二天，也就是新年假期的最后一个交易日的最后一刻，吴亮因持股量少于总份额的百分之五，不再受变现限制，在未通知任何合伙人的情况下，将自己手中的所有公司股票变现后，辞去公司副总职务，带着家人出境度假，从此失联。李静红预感此事不妙，迅速了解情况才知道，公司几笔重大投资纷纷因各种原因无限期展期，新年开市，股票将面临大幅下跌。也就是说，看着风光红火的公司可能在一夜之间，因为资金链断裂而破产。公司最大股东财大气粗，瘦死的骆驼比马大，苦就苦了他们这样持股量不大的小股东。如果情况属实，即使是割肉也要跟公司迅速撇清关系。这也是吴亮突发"善心"的原因。他早就听说了公司经营不善的消息，但因政策所限，他不能随便减持自己的股份。因此，他才想到了雄心勃勃，要干一番大事业的海斌。吴亮用自己的股权吸引海斌逐步入套，海斌最终糊里糊涂成了他的替罪羊。海斌现在的持股量已达百分之五，如不及时变现脱身，很可能血本无归，还会因手续不规范，招惹上牢狱之灾。所以，现在能救他的只有米佳。那天，李静红紧急找他就是给他出了这样一个主意——跟米佳假离婚，转让一半股权给米佳后，两人再同时变现，然后逃脱。谁知海斌并不领情，也不相信偌大的公司说倒就倒，执意要等长假结束后，问明情况再说。李静红深知其中厉害和时间紧迫，只能从米佳这边下功夫。她哪里知道海斌连说都没跟米佳说。

"情况就这样，我也是觉得闹成这样，我负有不可推卸的责任，才给他出此下策的。希望你理解，并赶快劝他采取行动，再晚就真来不及了。"

米佳听不懂李静红的好多专业名词，但是她知道海斌陷入了前所未有的危机，自己是他唯一的解药。她二话没说，接过李静红准备好的离婚协议书和股权转让书，就签了字，干脆得连李静红都惊呆了："你——不再看看？"

"没事儿，这种东西我写过好多份了，从没当真过。这回也不是真的，我知道。"

"难怪海斌对你那么好，真是明事理的好女人。你放心，我肯定不会让他受损失。"

见面快速结束。米佳带着解救丈夫的悲壮回家等海斌，谁知等来的竟是海斌的一顿臭骂："你脑子被门夹了吧？人家让你离婚你就离婚，你倒是问问我的感受啊！

"你以为股权转让那么容易呢？你这样做涉嫌欺诈你知道吗？弄不好咱们俩都要吃官司。"

"蠢啊，你怎么不蠢死呢？就你这智商到美国，让人卖了还得帮人家数钱。"

米佳被海斌又骂又吓地说哭了。她不懂什么股权、期权，她就知道老公遇到危险了，老婆就要挺身相助。这样难道有什么错吗？

"行了，行了，收起你没用的眼泪吧。没我的签字，你再蠢也没用。一切都在我的把控中。等我回去再收拾行李。你们俩那么笨，别箱子没到美国就散了。"海斌见她哭得伤心，不好再责备妻子，慢慢缓和了语气。

"那，真破产了怎么办呢？"米佳收住泪，怯怯地问。

"哪儿那么容易破产？瘦死的骆驼比马大，不懂啊？"海斌当然知道李静红不是耸人听闻，可他怎能让从小没为钱着过急的米佳操心这些俗事呢？更何况，增加持股，是他自愿的，也是他进一步扩大生产经营范围必须经历的。别人看出了他的欲求，自己又贪心，一个愿打一个愿挨，本就不存在谁骗谁的问题。他也知道李静红的确为自己好才这么着急。可要真按她的法子，自己就是挣了钱，也是欺骗股民、欺骗合作伙伴的大骗子。这种有悖他做人原则的事儿，他是不会做的。他能做的只是广泛搜集信息，静观事态变化。谁承想，李静红见他毫无动作，竟然打了米佳的主意。海斌顾不上想李静红多管闲事的原因，只是看到米佳的反应，更加坚定了向她封锁一切消息的决心。好在，明天中午，她们就要回美国了，就让她们像躲避雾霾一样，躲开这些麻烦吧。只可惜，他没法跟她们一起吃最后一顿晚餐了，他想去超市给小米挑点零食，也没时间去买了。他必须做好应对一切的准备，要做的事太多，他已经分身乏术了。海斌想着，果断放下对妻女的牵挂，让老王召集相关人员，紧急开会。

4

对海斌的话，米佳只相信一半，就是她相信海斌有能力度过危机。至于什么瘦死的骆驼比马大的谎言，她才不信。海斌几斤几两、家里什么状况，她不全知道，但也知道个大概。要是真的无所谓，李静红一个外人也不会伸手管别人的家事。因此，米佳清楚事情肯定很大，大到以她的金融知识不能理解和想象的地步。既然无法想象，她就应该做好自己分内的事，就是给海斌带好孩子，守好后花园。她没听海斌的，而是跟海小米一起熟练地将远行的行李打好包，又在防止丢失的挂牌上，写上了海斌的名字和联系电话。收拾停当，她开始准备晚饭。这些天一直忙乱，都没有静下心来给他认真做过一顿饭。海斌最爱吃她做的辣鸡翅。她要多做出来一些，放到冰箱里。还有馄饨，也可以提前包出来，冻上，那样即使海奶奶懒得做饭，也不至于饿着他们。米佳一边想着，一边麻利地操作着。

不一会儿，饭菜上桌，她也没再打电话催海斌回家，只是怯怯地喊海奶奶吃饭。自从"一家两制"，海斌不在，海奶奶是从不会跟她们一桌吃饭的。吴芳走了之后，老太太更是将所有罪责都怪在米佳身上，明确表示，不会再吃米佳做的一顿饭，也让米佳别指望自己能帮她什么忙，一副老死不相往来的阵势。米佳当时气得说不出话来，现在早已释然。老人就是老小孩，自己没必要跟她一般见识。所以，她盛好了饭，主动低头示好。海奶奶果然有志气，根本不理睬她的招呼。米佳无奈，只能将饭菜拨出，自己跟海小米默默地吃起在家里的最后一顿饭。

"妈妈，爸爸明天会送我们吗？"海小米见老爸又不见了，担心地问。

"会的，又要分开那么久，他肯定舍不得你走。"米佳解释着，又想起什么，不忘给孩子打预防针，"他公司最近有事情，也可能，管不了咱们。没事儿，就两个箱子，我们打车去机场也能拿得了。"

海小米乖巧地不再纠缠，默默吃了饭，还帮妈妈收拾了碗筷，才回自己房间，跟汤圆告别。汤圆这两天尝到"一家三制"的好处，自信心爆棚，信誓旦旦要到美国找海小米，再做同学。海小米笑他吹牛，心里却真舍不得这个最佳男闺密。毕竟，她又要回到那个孤单的环境，一个人很难建立新的朋友圈。其实，高鹏温柔善良，本是她在美国开展社交和创建社团最得力的伙伴和助手。可他一天到晚顶着张振兴家业的苦大仇深的脸，让人不忍直视，无形中疏远了很多表示友好的各国友人，弄得海小米也被孤立，除了他，几乎没有可以说话的人。而他又是闷得只知道学习的那种男生，一点爱好和趣味都没有。海小米被逼无奈，也只能闷头读书。要是美国的教育理念、学习环境能跟中国的生活相结合就好了。海小米幻想着各种不可能，陷入沉思。

米佳没有注意女儿的沉默，只一心等着海斌回来。她还想好好跟他聊聊，希望能帮他解决一些难题。她甚至精心布置了卧室，希望用最后的温存，缓解他的压力……

不知不觉，米佳睡着了，梦里，她又来到与海斌第一次见面的公园。古香古色的亭子底下，米佳问海斌，相信爱情和一见钟情吗？海斌说相信，而且说对她就是一见钟情。从二十年前第一次见到她，海斌就认定了让她做老婆。米佳奇怪，海斌怎能说出这样的话。果然，海斌一会儿就变成了林木，笑而不语地看着她，唰唰几笔还画了张人像送给她。拿着只是侧影的肖像画，米佳大声问林木，他画的是不是自己。林木依旧没有回答，背着画夹，头也不回地走了。米佳又回去找海斌，却哪里还有人影？亭子里升起团团迷雾，米佳使劲辨别着方向，最后竟连自己都找不到自己……

米佳一着急，睁开眼睛——天已大亮，海斌一夜未归。她的心里更加不安，刚要电联海斌，屋外传来敲门声。汤小兵被海斌派来送早点，还接受了送机的任务。米佳这才发现，海斌半夜发来的微信。此时，他已在赶往上海总部的飞机上，准备勇敢面对即将到来的一切。他还保证，无论如何都不会让米佳母女的生活有一丝改变。汤小兵怕米佳有想法，还在极力替海斌解释。米佳见他不知内情，也不多言，只听候海斌的安排，默默前往机场。临行前，她把给海奶奶的工作服放在门口的凳子上，想说什么，终是没张开口。

母女俩恋恋不舍地离开家门的样子，引来汤小兵叨叨唠唠的感慨。米佳都没听见似的，只在心里重复着他的一句话："怎么觉得你们跟回不来了似的。"一阵强烈的不好的预感袭来，米佳的担心已到极点。她真想掉头回去，从此不再离开。可看着孩子天真的脸，她提醒自己现在能做的就是帮海斌守好他们的娃。此时，海斌更需要的应该是李静红这样能在事业上帮助他的人。于是，米佳给李静红发了一句话："只要海斌好，我接受一切安排。"

飞机再次冲入云霄的时候，米佳没有低头回望。她知道，跟上次离开一样，除了继续向前，她们别无选择。

- CHAPTER 25 -

男人的尊严

1

　　米佳没想到十几个小时的航程就能改变一个男人的想法。飞机一落地,她慌忙打开手机,收到的竟是李静红发来的两条微信。第一条是张照片,拍的就是那份李静红给他们准备的简略版离婚协议书,在她熟悉的笔体旁边,她看到了海斌的签名。第二条是段语音,大意是说海斌接受了她的建议,希望米佳好好配合律师后续的工作,还说为了避嫌,最近不要频繁联系。也就是说,昨天还骂她头脑简单,只认钱不认人的海斌,不仅接受了李静红的策略,而且付诸了行动。米佳的第一感觉是愤怒,极度的愤怒。李静红再为海斌好,也无权阻断他们夫妻的联系,凭什么是她发来了海斌签字的文件? 海斌也是,改变主意可以,怎么就不能亲自发段语音,告诉她前因后果,让她心有所安呢? 难道真是说不出口? 她要找海斌问个清楚,她要听到他亲口说出自己的决定。可手机打过去,居然关机。看来,海斌是真没掌控住事态的发展,此时没脸跟米佳解释,只能选择逃避。男人啊,有时候活着的全部意义仿佛就是自己的那点面子。

　　无比失望中，米佳带着海小米顺利入关，发现来接她们的不是建平，而是赵梅。原来，建平忙着处理楠楠换寄宿家庭的事，来不了，刚来送机的赵梅顺路带她们回去。多日不见，赵梅从装扮到举止都发生了翻天覆地的变化。米佳穿越般看着恢复学生时代聪明、干练的赵梅，不明所以。赵梅说这没什么可奇怪的。她想开了，放下了，上周正式跟老高办了手续，拿着自己应得的一份财产，带着重获自由身的冲动，准备开始全新的人生。这不，为了正视没有男人可以依靠的生活，她不仅承接了朋友圈接送机业务，而且要将自己的大房子分租出去，办一个名副其实的 homestay。名字已经起好，就叫"社会主义大食堂"。目前，"食堂"里已经有了第一位房客——留美二十多年的老移民茱莉亚肖。当然，这次接米佳的机也不是免费的。

　　赵梅的现实和直白影响了米佳，让她混乱的思维又回到美国的频道。她无法想象海斌陷入了怎样的危机，就应该面对现实，做好准备，应对可能发生的一切。一路上，她思前想后，仔细梳理了现状和未来，果断做出几项决定。首先，为了节约开支，她要退掉海斌给她们租的房子，照顾赵梅生意，入住她的"社会主义大食堂"。当然，为免再生事端，入住前，她们要签署一份协议，详细规定双方的权利义务。其次，在华人二手群里，将自己的家当悉数变卖，以减少损失，适应未来可能出现的其他变数。最后，卖掉海斌穷嘚瑟买的那辆宝马车，换一款美国人喜欢的既安全又省油的小型代步车。米佳不懂车，这一条需要建平的协助才能完成。

　　米佳主意打定，目的地也到了。赵梅毫不惜力地帮米佳拿箱子，搬东西，完全没了过去阔太太的作风。米佳极不适应，却又拗不过她的坚持。幸好建平及时出现，米佳赶紧支付了车费，并告诉他们自己的想法。赵梅欢呼雀跃，准备迎接自己的第二位房客。建平并不多说，平静地接受了她的决定和求助，只在第二条上进行了调整——让米佳把用不着的家具和物品先放到他家车库，省得以后需要，还得重新添置。

没有过多解释，米佳就在建平的帮助下，开始了一系列行动。退租、搬家、买卖车辆……一切进展顺利。三天后，米佳和海小米正式成为"社会主义大食堂"的一员。

学校开学了。平顺的日子，又开始不紧不慢地过着。米佳想，距离真是逃避的最好方法。天高皇帝远，她可以当什么也没发生过，安稳地过自己的日子，也许这就是海斌想要的。十几天了，他没有出现在视频里，更没对后续的事有明确的说法，只偶尔发个问候的表情，以示自己的存在。这种冷漠一度令米佳怀疑一切都是圈套，动了让孙墨苹打听一切的念头。可后来一想，知道了真相，她又能怎样呢？像以前一样，直截了当追着他质问、指责？最后在互相指责后，两败俱伤？不会了，米佳瞬间否决了曾经的自己。她要尽量保持平静，等待并接受时间给出的答案。

说起来容易，做起来难。帮助米佳保持平静的还是丢掉了富太太外壳的赵梅。彻底改变的她榜样似的时时刻刻提醒米佳，不用依靠男人，女人照样能够活得精彩。她每天穿梭在华人朋友中，推销自己的"社会主义大食堂"和主妇创业的理念，利用老高给她的最实惠的东西——美国身份，实现她在美国创业、重新开启人生的梦想。由此，米佳想到自己，想到当初那个混沌的、支持她走出生活惯性的初衷，重新告诫自己，不管海斌怎样，她也应该活出自己的人生。可做生意创业的道路，因第二批货物的事被彻底堵死了。一回洛杉矶，雅丽就紧急通报了事件的最新进展：博士小夫妻果然信守承诺，花大力气，把那批货又弄回来了，不日到港后，会跟大家清算。货商们可以选择货物或等价补偿。米佳想都没想就选择了等价补偿。她要将货款清退，结束这种根本不属于自己的营生。实践证明，她能做的可能只有两件事：一是不费脑子的力气活，二是只需要脑子的想象。正视自己是米佳到美国后最大的收获。以前海斌总说她好高骛远、思维奔逸，她从不承认。两人没少为这个发生争执。现在，米佳同意了，只是前边还要加上一句。也就是，米佳是一个可以脚踏实地，也能仰望星空的人。只是，她的视角仅限于这上下两级，缺乏平视的能力，活好当下才是她最应该学习的。好在生活给了她现成的模板——赵梅。以前的她几乎集中了中国人所有的劣根性——虚伪、好面子、说话拐弯抹角，最令米佳不能忍受的是她经常无端地猜忌。可自从宣布自己要按美国人的方式生活后，她真的彻底改变了。真实、坚韧、实事求是、当仁不让……米佳想了很多词来形容她，只因为现在的赵梅与素喜直来直去的她十分投缘，两人重新恢复的同学情谊中，又多了份患难与共的情愫。因此，米佳果断放弃了不适合自己的小商贩身份，开始思考新的出路，她相信在赵梅的影响下，定能找到真正属于自己的事业。

赵梅的"大食堂"果如建平所料，异常红火。毕竟身处异国，同宗同族的人们总会自动选择抱团取暖。大家有事儿没事儿都会往"大食堂"跑，喝茶、聊天，时间晚了，就一起动手丰衣足食。平时，谁做了新鲜美味的食物也会拿到这里分享展示。渐渐地，这里就成了各种信息和新闻的集散地，也是大家倾诉苦闷、释放乡愁的聚点。遗憾的是，女人扎堆的地方，建平都是敬而远之。他的生活又回到了从前的状态——健身养花、品茶酿酒，看着是文人雅士的风雅，其中孤独寂寞，大概只有自己知道。米佳几次想拉他来聊天喝茶，又怕扰了他的清静，只能旁观着，等待深入交流的机会。

这天，接孩子的米佳在校园里看到了楠楠的新住家妈妈——一个中年黑人。不知道是不是文化差异，米佳明显感觉到那个女人对楠楠不友好，可倔强的楠楠居然不反抗，默默接受。一时间，米佳理解了建平最大的烦恼——儿子宁愿频繁更换住家，也不愿回到亲生父亲身边。这种决绝放谁身上都不会好受。她觉得自己应该想办法帮帮建平。还没等她找到合适的机会，建平自己先来求助了。

事情的经过是这样的。一大早，楠楠用洗衣机洗了一件着急穿的校服。

住家妈妈艾米丽看到后，认为他故意浪费水资源，增加她的开支。二人激烈争吵后，一直隐忍的楠楠瞬间爆发，用新学的俚语咒骂了对方。艾米丽直接致电建平，让他承担名誉受损的责任。建平不好单独跟艾米丽纠缠，才跑来求米佳同往。

米佳二话没说跟着建平赶到艾米丽家。像所有中国家长一样，建平见面先责备自己孩子不懂事，使用了不恰当的语言，请艾米丽看在文化差异上，原谅孩子没有理解那句俚语的真正含义。楠楠气得眼泪在眼圈里打转，咬着牙一句话不说。艾米丽又唠叨了一大堆米佳听不懂的话，建平一一点头，冲突才得以平息。回去的路上，米佳犹豫着说出自己的担心——从艾米丽家条件看，楠楠并没有得到很好的照顾。建平却说，在美国接受寄宿的人家，条件好的不多，千万不要用国内的生活标准来要求人家。条件艰苦点儿正好磨炼孩子的意志。米佳可不同意他的歪理，楠楠正在长身体，营养跟不上是一辈子的事儿，让建平赶紧考虑更换仕家。建平无奈摇头，其实一切都是楠楠自己选的，他左右不了，只能宽慰自己。

米佳直觉这不是解决问题的办法，派出海小米详细了解情况。海小米果然带来了新的问题——艾米丽为跟男友约会，经常不按时接楠楠回家。饮食上，楠楠也备受委屈，有天中午，竟然吃了海小米准备偷偷倒掉的爱心便当。米佳担心楠楠的身体，终于忍不住把楠楠接回"社会主义大食堂"改善生活。看着楠楠狼吞虎咽的样子，米佳十分心疼，禁不住跟赵梅吐槽中介和寄宿家庭只知挣钱，劝赵梅做寄宿家庭，起码保证孩子吃饱穿暖。赵梅当然知道这是陪读妈妈最好的挣钱方式，可她深知自己的生活能力有待提高，一个孩子和家务已经够她忙的，实在没有帮人家管孩子的精力和体力。

米佳心有所动，送楠楠回艾米丽家的路上，特意向楠楠了解了寄宿家庭的条件和手续。楠楠已经换了四个寄宿家庭，用老江湖的口气告诉米佳他知道的全部内容。一切都很简单，因为都是中介说了算。他们用几张照片、天花乱坠的叙述、万里挑一的事例，忽悠得望子成龙的中国家长哭着喊着把钱和孩子交到美国人手里之后，就完全变了嘴脸，用拖延、推诿、欺骗等各种手段逃避问题。可怜那些远离祖国和亲人的孩子，只能听天由命地被中介和住家任意摆布。等大家都明白怎么回事儿了，孩子也快毕业了。他就是这么过来的，所以早就见怪不怪了。米佳气得怒骂留学中介没有道德底线。楠楠却老气横秋地告诉她美国华人间的顺口溜——防火防盗防华人。米佳早就知道这句话，她不想在还未成年的孩子面前解释这句话的意思，估计也解释不清楚。她只能用苍白无力的话让楠楠相信，真正的中国人不是中介那样，让他在今后的生活中，仔细接触、品味后再下结论。

"那就都是我爸那样的。"楠楠耸耸肩，不再说话。

送回孩子，米佳没有得到应有的感谢，反而被艾米丽一段激烈的英语说晕了。楠楠翻译说，没有中介和家长签署的同意书，她这样私自接走楠楠是违法的。她在抗议。米佳没想到事态能上升到法律的层面，只好低头认怂。好在艾米丽的白人男友出面劝解，她才没有像上次那样不依不饶。楠楠看到米佳偷看艾米丽的男朋友，告诉她这不是艾米丽的第一个男友，用不着那么大惊小怪。米佳不是猎奇八卦的人，只因那个男人猥琐的眼神一直在楠楠身上飘忽不定，她怕孩子与这种人在一起出问题，才不安地多看了几眼。

果然，没过几个小时就出了大事儿。大半夜，建平不得不再次求助米佳，因为艾米丽以米佳私自接走楠楠违反寄宿条例为由，要连夜将楠楠赶出家门。米佳直觉事情不会这么简单，跟着建平再次来到艾米丽家。艾米丽衣衫不整、怒容满面地等在客厅里，见米佳也来了，瞬间增加了楠楠侵犯自己个人隐私的罪状。建平怪楠楠不懂事，又不好明说，黑着一张脸，任由艾米丽数落。米佳发现楠楠瞪着艾米丽的眼神里充满怨恨，将楠楠偷偷拉到一边。

"孩子，跟阿姨说，到底怎么回事儿？"

"那老妖精她浑蛋。"

"浑蛋也有浑蛋的表现。别怕，跟阿姨说，她干什么了？"

楠楠眼睛里忽然起了一层水雾，咬着牙说："没事儿。"

"是不是那男的干什么了？"

"他们都是浑蛋……"

楠楠终于忍不住委屈，哽咽着说出详情。原来艾米丽的男朋友见到健硕英俊的楠楠就没安好心，趁着艾米丽睡熟，跑到楠楠房间想欺辱他，遭到楠楠的拼死抵抗。艾米丽被惊醒后，反而倒打一耙，认定是楠楠勾引男友，要抢走自己的幸福，才要连夜赶走他。米佳拦住仍在道歉的建平，简单告诉他实情。之后的事情虽然有些不真实，但确实发生了——一向理智、儒雅的建平，忽然豹了一样蹿到那个一直蜷缩在角落的白种男人面前，挥起了自己愤怒的拳头。两个女人反应过来，尖叫着扑过去制止的时候，一切都晚了。一黄一白两只雄性动物已经厮打成一团。再后来，警察来了，不由分说带走了两个肇事者。米佳吓傻了，呆呆地看着恢复理智的建平，地下党员就义一样，大义凛然地走到楠楠面前，一把蹭掉儿子脸上的泪珠，用中文说："孩子，记住，事关尊严，该挥拳的时候，不能犹豫。"然后，他又把目光投向米佳，眼神很复杂。米佳瞬间理解他托孤般的心情，赶紧让他放心，孩子她会全力照顾好。建平没再说话，向米佳抱抱拳，潇洒地转身上了警车。米佳只觉得一股液体往眼睛里顶，她拼命忍住，搂过楠楠，对他也是对自己说："会没事儿的，一切都会过去的。"

2

在建平为了儿子痛揍美国佬的时候，海斌也用常人难以理解的决绝，维护了自己的尊严。米佳不知道，这么多天他收到的微信都不是海斌发的。海斌早在飞机降落上海机场时就因涉嫌经济诈骗被控制了。原来，吴亮的所谓转移股权等举动都是骗局。他利用海斌急于融资，扩大生产规模的心态，用技术入股的说法，劝说他接受了自己的股权。成功变现后，他又制造舆论，令公司股价狂跌。他趁机回购的同时，到总公司装好人，状告海斌用虚假技术骗取股权。经专业人士评估，海斌的新能源技术专利尚在评审阶段，的确存在经济欺诈的嫌疑。所以，总公司一纸诉状将海斌送进了看守所。幸有李静红及时请来律师帮着周旋，他才瞒住了米佳，也弄清楚吴亮的真正目的——吴亮对海斌渐成规模的实体产业觊觎已久，想逼迫海斌接受他全资接手海斌新能源公司的建议，让海斌拿着总公司的空头股份，离开自己辛辛苦苦打拼的事业。如今，经过几轮较量，吴亮以为海斌吃到苦头，一定会做出让步，主动撤销了报案，还让李静红去看守所接海斌，参加特意为他准备的接风宴。

坐在李静红的车上，海斌沉默不语。数日牢狱之灾让他想明白了一个道理——世上没有免费的午餐，该交的学费省不得。所以，在弄明白吴亮的意图之后，他就想好了，即使拼得倾家荡产，也要维护男子汉的尊严。他知道即将到来的"鸿门宴"是自己最后的机会，现在后悔还来得及。

"识时务者为俊杰，留得青山在不怕没柴烧。"李静红终于忍不住再次劝他，接受吴亮的条件。

"你真觉得，放弃了能源公司他就能放过我？太天真了。"

"可你现在还有别的选择吗？"

"我可以追加认缴，补上他说的所谓欺诈的窟窿。"

"钱呢？先生，别忘了，您的厂房设备，还有东北那一大堆窟窿，没有上亿的追加，天王老子也救不了你。他是算准了才这么严丝合缝地坑你的。你没有别的选择。"

"我可以选择破产，然后净身出户。"

"你疯了，那是你前半生辛苦打拼的所有身家。再说，还有米佳和孩子呢，你……"

"你不是都帮我解决好了后顾之忧吗？"

"所以你才签了那份离婚协议书？"

"是啊。我家财务历来分放在两个人的账户里。那几套房产也是在米佳名下。离婚协议里我也是净身出户，所以，短时间，影响不到她们的生活。"

"那以后呢？"

"以后，我就不能东山再起啊，怎么对我一点信心都没有？"

"哎哟，你这人……"

李静红没想到海斌到现在还能开玩笑，但也理解他北方男人那种认栽，但不服输的心理。海斌最吸引她的，就是这种纯雄性的蛮横。好几次，她下意识地出手相助，都是因为她不忍看到内心那么强大的男人遭受打击。不过，这次，她能帮他的，只有利用自己在公司的威力和微弱的股权，要求吴亮放弃对海斌的刑事追究。经济上，她就真的爱莫能助了。她不知道海斌能不能重新站起来，但她相信，自由和才干，永远是变现财富的根基。这两点，现在海斌都有了，她就没什么可担心的了。

尽管如此，几天后，海斌抱着自己的东西离开那个梦开始的地方时，他还是有些迷茫，站在十字路口不知去往何方。忽然，老王无声无息冒出来，使劲儿拍拍他的肩膀，告诉他公司没了，可他的小作坊还在，一帮老工友还在。大家都在等着他东山再起。

"这老头，真是……"海斌喉头发紧，说不下去了。

"行了，没工夫感慨了，赶紧走，晚了二姨又要骂人。"

海斌被老王拖到一边的车里，发现司机竟是李静红。

"不是，这，怎么回事儿？不是去郊区的厂子吗？怎么……跟二姨有什么关系啊？"

二人笑而不语，直接把他拉到了"自在"餐吧。海斌发现餐吧的招牌往外挪了挪，整体布局也发生了变化，最明显的是，通往后边餐厅情侣角的门被一幅写意油画挡住了。以前二姨的固定岗位——收银台，变成了缩小版情侣角。

"二姨呢？不收账了？"海斌四处看着，终是没有发现二姨的踪影。

"不知道都微信支付了，真是'海老茂'。"油画上忽然开了一扇门，二姨笑呵呵地出现在门口。

"走吧，进去。"老王簇拥着蒙圈的海斌，走进那个神秘的小门。里边早没了原来的餐桌餐椅，取而代之的是几张现代化办公桌。一块金闪闪的牌子摆在正中的墙上，上边几个大字异常醒目——海斌新能源发展有限公司。除了二姨，小张等几个年轻人也笑嘻嘻地站了出来。

"谁批准的？"海斌指着牌子环视众人。

"我，他，还有……大家。"二姨一副公事公办的样子，"不过，这房子是借给你们的啊，半年啊，免租期就半年。过期我要收房租的，海总。"

"没问题，我们这么多臭皮匠呢，肯定能整出事儿来。"又有了用武之地，海斌瞬间找回自信。

"海总，当务之急，第28届国际新能源展示会两个月后在洛杉矶举行，您老有本事参加吗？"李静红递过来一沓资料。海斌看看小张又看看老王，终于低下了头。他现在身无分文，负债累累，什么也做不了。

李静红见他不说话，换了另一套文件，递到他手中。海斌只扫了一眼就兴奋地抬起头。

"看好了再说，别又上套。"

那是一套李静红个人投资海斌公司的协议，条件是，半年内海斌利用新专利，上缴投资额百分之三十的利润。

"你信我就成，我宁愿给你打工。"

"那行，签了字，第一笔款就会打过来。后边的事……我就看结果了。"

就这样，海斌人生的第一次大危机在李静红的帮助下，基本化解了。

可他自知压力大，等待自己的没准是更多的债务和艰难。所以，他找了专业律师，继续跟米佳的约定，还将现在住的房子租了出去，以维持自己和海奶奶的生计。海奶奶还应景地穿上米佳留下的工作服，要用实际行动为儿子分忧。对此，李静红十分不解，表示退一万步，自己也不会将海斌送上法庭。可海斌执意坚持，他不想让米佳看到自己狼狈的样子，也在用这种方式逼迫自己迅速翻身，结束自己善意的谎言。

3

米佳接到律师越洋电话的时候，正在为建平的事情奔忙。那天打架的结果是，建平毫发无损，而对方被打折了鼻梁。作为肇事者，建平将面临法庭审判。为了给建平脱罪，米佳和赵梅连着见了好几个华人律师，可不是收费太高就是让人心里不踏实。后来他们想起了雅丽的美国老公弗兰克，就一起来求他帮忙推荐一个美国律师。雅丽认为美国人不会为与自己无关的事情出头，一口回绝了她们。米佳心有不甘，将弗兰克拦在小区停车场，磕磕绊绊地讲出自己的请求。弗兰克听说是建平的事，立即答应帮忙。米佳的兴奋劲儿还没过去，律师的电话就到了。律师争分夺秒地说了半个小时，其实对米佳而言只有一个意思——海斌公司破产不知所终。按照之前的离婚协议，米佳享有所有家庭财产，并不必承担连带责任，希望她迅速回国落实相关手续。

米佳想不到自己苦等两个月，等来的是这样的结果。她恍惚地跟大家一起吃了晚饭，又见了弗兰克找来的家族里最有学问的人——正在攻读法律硕士的堂兄。热情的墨西哥堂兄弟虽然没有给出什么建设性的意见，但是他们乐观向上的生活状态，感染了"大食堂"的人，不仅让米佳暂时忘了烦恼，也让一直寄居在此的楠楠露出了多日未见的笑容。三个小家伙居然产生了自己为建平辩护的想法。他们激烈争论着，完全陷入大人的烦恼中。米佳果断制止了他们的参与，告诉他们，大人有能力解决的事情，用不着小孩操心。他们搞好自己的学习就是对家长最大的支持。海小米不服的眼神让米佳同时坚定了封锁海斌破产失踪的消息。

入夜，米佳翻来覆去睡不着。相比被离婚，海斌的离开更让她不能接受。她想不明白，海斌为什么会躲起来，让一个陌生人来告诉她发生的一切。烦闷中，她只能偷偷起身，拿了瓶啤酒坐到公用客厅里发呆。

"女人一个人喝酒都是为了男人。想家了吧？"米佳被茱莉亚肖的声音吓了一跳，这才发现，老太太早就坐在黑暗里。

"对不起，我，没看见您在。这么晚了，您……"

因为老人的生活习惯跟大家不同，米佳跟茱莉亚肖接触不多，可以说几乎没怎么打过照面。听赵梅说，茱莉亚肖过的是中国时间，总是昼伏夜出。所以，这个时间她坐在客厅里喝咖啡，就一点都不奇怪了。

"现在是中国的早上，他们都该上班了。我在想象那种车水马龙、人声鼎沸的声音，真热闹啊。"

"一看您就有日子没回国了，清静怕了。"

"是啊，快十年了，也不知道北京变成什么样了。"

听说茱莉亚肖是北京人，米佳顿时觉得亲切了很多，简要介绍了北京这两年的变化，还邀请茱莉亚肖放假一起回国。谁知，说到回国，茱莉亚肖转变了话题。

"是建平的事情不顺利吗？说说看，也许我能帮忙。"

米佳赶紧将事情的进展告诉她。茱莉亚肖这才说出自己退休前是私人心理咨询师，自认对美国人的心理多少有些了解，答应亲自出马，去会会艾米丽的人渣男友。

"那太好了，我们这几天真的愁死了。"米佳嘴上说着感谢的话，下意识地又喝了一大口啤酒。

"你自己呢，家里是不是出了什么事儿？"茱莉亚肖的眼睛亮亮的，让人没法拒绝她的真诚。米佳居然毫无保留地跟她说了自己跟海斌的事儿。

"这样处理事情的男人是不会被打倒的，你应该按他的心意，带着孩子，过好自己的日子。"

"可他……"

"女人永远不要试着为男人考虑问题。你做多了、想多了，都是对他尊严的威胁。"

"那不等于承认咱们女人永远是男人的附庸？关键时候，我们女人也要……"

"问题是现在你能帮他做什么？"

"我，我可以在精神上……"

"对你先生这样的男人来说，行动永远比精神上的东西来得实际。你啊，带好孩子，过好日子，就是对他最大的支持。"

"你怎么这么肯定？"

"别忘了我是研究心理的，对男人，尤其是中国男人，还是有点儿研究的。"

茱莉亚肖又风趣地吐槽了中国男人的通病，才满怀信心地告诉米佳："听我的没错，赶紧去睡觉，明天精精神神地带我去见人渣。"

米佳拥堵的心似乎好受了一点儿。她必须也只能暂时忘掉海斌。因为两天后法庭就要审判了。她为建平争取证据和权利的时间不多了。

第二天，茱莉亚肖纯正的美音和风趣的谈话风格令艾米丽和她的男友都暗暗怀疑起她的身份，气焰也不像从前那般嚣张了。几个人话里藏刀地说了半个上午后，茱莉亚肖带着十足的把握确定，对方案底不清，应该不愿过多涉及诉讼。米佳赶紧将消息告诉仍被羁押的建平。建平受到启发，决定拿出金牌律师的风范，给自己辩护。

夜晚，米佳带着楠楠跟茱莉亚肖一起梳理证据。楠楠听说茱莉亚肖是心理咨询师，主动讲了自己不能原谅建平的原因。原来，建平的妻子不是死于疾病，而是自杀。当年，建平一直忙着在国外打拼，楠楠妈妈一人边带孩子边工作，十分辛苦，多次要求建平回国发展。可建平一直执着于一家人的绿卡，一再让她坚持。楠楠妈妈心中苦楚，又无处倾诉，患了严重的抑郁症。对此，建平一概不知。一次建平难得回国，二人又因为绿卡的事发生争执。建平赌气摔门离开。楠楠妈妈气急犯病，竟然当着孩子的面，从窗户跳了下去……

"我恨死美国了。可谁让这里有最先进的教学理念和最好的大学呢？为了我妈，我也得好好学，将来学成回国，也做一个心理咨询师，开一个心理诊所，挣不挣钱先不说，起码让我妈那样的人，有个说话的地方。"楠楠说完，认认真真给米佳和茱莉亚肖鞠了个躬，请她们帮忙搭救父亲，因为建平是他实现理想的唯一经济支柱。

米佳奇怪楠楠心中的父子亲情怎能这样简单地跟利益连在一起。她想说点儿什么，可看到茱莉亚肖沉默不语，只好放弃了自己的想法，让楠楠回去休息。

"唉，可怜的孩子。"楠楠离开，茱莉亚肖才做出评价，"东西方文化已经让孩子的价值观紊乱了，又受了那样的刺激，不知道还能不能扭过来。"

"要是这次他爸再被判有罪，那他就更不知道如何评判是非了。"

"法律和感情本来就是矛盾的，道义和原则也放不到一块儿。但愿这个事儿能让这孩子体会到他父亲的不容易吧。"

茱莉亚肖又叮嘱米佳一些细节，才终于撑不住，按照正常作息倒在床上。米佳很想问她为何这样难为自己，但想到老人的表情，她还是忍住了。建平早就提醒过她，每个人都有自己做事的方式和理由，别人不说的时候，最好不要问。过去，米佳觉得他怪癖，现在想来，他是对的。不说不是因为不想说。可能那些过往，太痛苦，说起来太疼。自己都不愿意提起，外人更无权掀开那不属于自己的伤疤。

　　不知是不是受茱莉亚肖心理分析的启发，第二天米佳做了一件自己都不相信的事儿。她居然拿着半瓶洋酒去找了整个事件的关键证人艾米丽。她要用女人和为人父母的心态跟她沟通，告诉她建平冲动鲁莽的理由。艾米丽一开始并不领情，但架不住米佳酒肉相逢的真诚。几杯洋酒下肚，一黄一黑两个女人就不需要相同的语言体系了。她们各自沉浸在自己的感情旋涡和表情里，互相说起做女人的心酸和不易，根本用不着说什么就能从性别层面达成精神上的共识。后来，不知艾米丽听懂了米佳的哪句话。她忽然抱着米佳又哭又说，情绪十分激动。米佳支棱着耳朵，调集了全身的英语细胞，也没听懂她的意思。只恍惚看到艾米丽豪爽地拿起酒瓶，咕噜咕噜喝光了里边的液体，大声告诉她："我会去的，会去的，你放心。"后边的事儿，她记不太清。只知道自己喝多了，冒着酒后驾驶的危险，本能地躲回家，爬上楼，躲到被子里。她怕极了，怕闻到酒精味道的洛杉矶骑警一路跟踪，将她抓走；更怕自己的突发奇想，影响了建平的审判。后来的事就是一片模糊，残存的意识提醒她，没准她做了件蠢事，一件足以毁掉建平的大蠢事。

- CHAPTER 26 -

时间给出的答案

1

事实证明，米佳做对了。艾米丽被她说服，真的去法庭做证，的确看到建平的儿子遭受侵犯。这一有利证词为建平的鲁莽行为找到最真实、客观的理由，最终帮助他免除了牢狱之灾，获得当庭释放和适当罚金的判决。但为了以儆效尤，他必须接受累计一百小时的劳动惩罚。

为了让自己尽快解脱，建平当庭选择即刻投入到每天十小时，连续十天的集中惩罚中。于是，闲云野鹤般生活了好几年的他，不得不天不亮就爬起来，赶往集合地点，按照政府规定，穿上统一的黄色马甲，参加相关劳动。第一天，他被派去海边捡垃圾。暴晒中，毫无准备的他，十个小时水米没打牙，差点儿晕倒在海滩上。赵梅听说后，立即张罗着要给他准备便当。米佳开玩笑说她做的东西影响食欲，会给情绪低落的"劳改分子"带来负面影响，主张还是由自己完成做饭和送饭的任务。谁知，赵梅忽然翻脸了。她不仅恢复了尖酸刻薄，口无遮拦地污蔑米佳对建平图谋不轨，还旧事重提地扯出当年所有女生心中的男神——林木。

　　"那幅画也就代表一份情愫，对自己青春岁月的回忆罢了。你千万别自作多情，以为林木至死想的都是你。这么些年了，我就告诉你吧。其实，当年大家都喜欢林木，可都不好意思说出来。就你一个人没心没肺，成天说自己倾慕林木。你这样等于宣布林木是你的，人家林木就是喜欢别人也不好意思说啊，只能画幅画纪念一下自己的初恋。"

　　"不是我的画，你当初干吗把那幅画塞给我啊？现在又说不是我的了，你不觉得你这样好没意思吗？我承认那幅画不一定就是给我画的，可我爱喜欢谁就喜欢谁，我想表达就表达，这是我的自由，以前这样，现在……"

　　米佳一怒之下告诉她，已经收到了海斌的离婚律师函，她跟赵梅同样有资格争取自己的幸福。话冲出口，两人都呆住了。

　　她们在干什么？像两只争宠的母鸡似的，为一个男人吵得不可开交。难道她们不约而同对那个的确很有魅力的男人产生了非分之想？米佳率先冷静下来。

　　"嘿，干什么呢，咱这是？对不起啊。我，我有点儿冲动。林木，林木跟这事儿有什么关系啊？"

　　"就是，都是些陈芝麻烂谷子了，真是没事闲得胡扯了。我，我也不是那个意思啊。我是说……"

　　"你不会真对建平有意思吧？"米佳愣头青的毛病又犯了。

　　"你胡说什么啊，我是觉得他平日里闲散惯了，这冷不丁让人管着、押着干活，心里别再憋出毛病来。你要想去，你去吧。反正谁去都一样，主要让他知道，朋友们都支持他，想着他呢，让他一定咬牙坚持住。"

　　"我也没有别的意思，你想那么累的活儿，不吃好点儿，身体怕吃不消……"

　　"就是，就是，咱们想到一块儿去了。可怎么就……"见赵梅率先自嘲，米佳也没对自己客气：

"咱们这是典型的同性相斥，异性相吸。"

二人恢复理智，从心理学角度分析了自己怪异行为的根源——远离雄性动物产生的心理畸变。不代表什么，更不说明什么。她们都想为好朋友做点什么，仅此而已。二人商量后，达成共识，取长补短，各司其职。米佳负责做饭，赵梅负责送饭，共同帮着建平度过人生的低谷。

计划有序实施了两天，变故出现。赵梅送饭后不愿返回，陪着做了两天劳工，不幸中暑，上吐下泻起不来床。偏偏第二天学校半天课，米佳不得不一早做好了饭，带到学校去，接了孩子后，再一起赶到几十英里之外的劳动地点。

这天已经是建平参加劳动的第四天了。身体上的疲累早不像第一天那么明显，精神上的折磨就逐渐显现出来。一大早，建平就被警察驱赶着，跟一群不知干了什么的、神情猥琐的墨西哥人、黑人、嬉皮士一起，到高速公路中间清理护栏。一开始，时间还早，路上车辆不多，大都飞驰而过。后来，车多了，高速上开始堵车，好事的美国人，纷纷摇下车窗观看。有的还把提示他们身份的马甲上的单词念给车里的孩子听，意思是干了坏事就要受到惩罚。建平哪里受过这样的侮辱，只能用要求喝水休息的方法躲避众人的目光。这当然引起看守的不满。在建平第 N 次提出要求的时候，人家坚决拒绝了他，还用十分不友好的单词照顾了他的祖先。他气得想骂人，可又怕引来更多的麻烦，只好回到工作岗位上继续坚持。中午，骄阳似火，建平在望不到尽头的围栏和川流不息的车队中悲愤难耐。他恨那个找事的美国人，侵犯他的孩子；恨刻板的法官，明知对方有错仍不免除自己的罪责；更恨自己冲动中选择了最不理智的解决问题的方法，自作自受不说，还丢了中国人的脸。压抑的怒火产生强大的力量，他想喊、想叫，想用最简单的方式发泄心中的邪火。情急中，一首古诗冲口而出："噫吁嚱，危乎高哉！蜀道之难，难于上青天！"几句诗令建平顿感舒畅，看看四周没人理会他奇怪的发声，索性大胆继续自己的举动。他大声吟诵着这首上学时最喜欢的诗，思绪也回到了祖国的名山大川。一时间，巍峨的群山、林间的清凉、飞流的瀑布、跃动的灵猴似乎都来到他的身边。天气不再酷热难忍，身体也不再疲乏沉重，连污垢也变得轻灵起来。他舞动着手中的工具，大声喊着、跳着，实现了精神的最高享受。一旁的看守以为他精神失常，赶紧跑过来，要求他休息。这回，轮到他拒绝了。古韵通灵般让他想通了一件事——做错了事，就要受到惩罚。接受惩罚的过程也是灵魂的一种升华。不过，他好像升华过分了。长时间蹲着低头，加上烈日暴晒，他的身体吃不消了，一阵眩晕袭来，他只觉得头重脚轻，眼前一黑，栽倒在地。

　　不知过了多久，建平重新恢复意识。恍惚间，他看到夕阳的余晖里，米佳带着楠楠飞快地跑过来。他清楚，那不是梦，却怎么也睁不开眼睛，直到一股清凉从上到下传遍全身，他才彻底清醒过来。真的是米佳来了。她正蹲在地上，用湿毛巾帮自己降温。太阳斜照着，在她的脸颊周围勾勒出一圈神圣的金边。建平冲动地伸出手，想去抚摸那少女一样洁净的脸庞。忽然，楠楠关切的目光，扑进他的眼帘，他只能立即改变主意，将手指落在孩子的头上。

　　"怎么出了这么多汗？"他摸着楠楠的额头，掩饰着坐起身。

　　"醒了？吓死人了你。干什么啊，赢天赢地啊，那么卖命！"米佳理了理被风吹乱的头发，索性坐在地上，松了一口气。

　　建平这才发现自己躺在一棵大树底下。地上铺着一层松木，松软清香。

　　"你们怎么把我弄到这儿的？"建平满意地四处看着。

　　"还是楠楠有经验，说你问题不大，只是中暑了，找个凉快的地方，降降温，歇会儿就好了。"

　　"给你们添麻烦了。"建平不好意思地说。

　　"说什么呢，你不一直说抱团取暖嘛，客气啥？"米佳见他没有大碍，大声招呼远处玩耍的海小米和高鹏，准备上路回家，"可你，真的没事吗？还难受不？"想到建平的身体，米佳还是有些担心。

"没问题，刚才挺晕的，现在清醒得很。"建平脸色苍白，强打精神，让米佳放心。

"要不，我开你的车吧！"楠楠突然提出要求，"不过，我是学生驾照，你得在一边看着。"

建平、米佳兴奋地对视一眼，异口同声："那可太好啦！"

为了庆祝建平结束受罚，摆脱麻烦，大家在建平家聚餐。语言不通的弗兰克和晨昏颠倒的茱莉亚肖，也被米佳请到现场。大家按照惯例，吃饭、喝酒、聊天。弗兰克有些不习惯，他四处转悠，好像在找什么。米佳用简单的英语问了他好几遍，也没听懂他说什么，只好求助雅丽。雅丽笑着让米佳别理他，他们墨西哥人喝了酒就喜欢唱歌跳舞。中国人聚会不兴这个，他不习惯。赵梅佩服雅丽英语精进，连那么难听懂的墨西哥口音都能搞定。雅丽自嘲地说，自己的口语水平是睡出来了。语气里不无伤感。米佳看出她内心的孤寂和不甘心，劝她放下目的，真诚地接受这段婚姻。雅丽说中国男人都不理解中国女人，何况外国男人，自己对婚姻、爱情根本不抱奢望，只想咬牙坚持到解决了她们母女的美国身份，就彻底摆脱这个臭老头。弗兰克听不懂中文，明明雅丽在说绝情的话，他还一脸笑容，频频向她们举杯。赵梅实在看不过去，要去教弗兰克说中文。雅丽骂她吃里爬外是汉奸，两人追打着跑进另一个聊天群。米佳看着肆意放松的众人，忽然有种不在此山中的清醒。这些人来自全国各地，其中不乏国内精英、富豪，怎么就甘心跑到美国这个穷乡僻壤的小山村里来享受寂寞呢？难道真的只为了躲避雾霾，给孩子提供良好的教育？米佳说不清楚，就像她已经越来越说不清楚自己一样，她无法为这个越来越清晰的问题给出一个明确的答案。这时，建平拿着酒杯走过来。

"尝尝，刚出窖的。"米佳浅酌了一口，点点头："不错。味道越来越醇厚了。"

见建平得意地扬了扬眉毛，忽然问："你就甘心自己的后半生，这么度过？"

"有什么不好吗？你不觉得这才是真正的生活吗？"

二人的争论由此展开。米佳不能接受这种只消耗生活成本，不创造生存价值的生活。建平认为，享受内心的安宁和快乐才是人生最大的收获。他们谁也说服不了谁，只能将这个问题扩大到整个人群。大家各抒己见，却终是逃不脱这两大阵营。看着大家被自己的问题问得陷入围城，米佳自我反思，弄不明白自己抛出的问题结果怎么是把所有人都带入了迷城。再或者，这本就是个多解的问题。每个人都不会有一样的答案，又何必强求意志统一。人的意志总是随着心态在不断调整，与其执拗坚守，不如接受心态的变化，调整出最佳的状态，才能享受个不一样的人生。她重新端起建平的酒，深深抿了一口。这回，她喝出来的果然不再是醇厚，而是清香，沁人心脾。

此后，米佳思考的状态就一直持续着。思考多了，灵感就来了。她终于在文字中重新找到了自信，开始热衷于向建平推荐的一个叫"北美华人生活"的公众号投稿。不久，她清新的文风和真切的情感就受到国内外读者的追捧。公众号大东家——一家国内知名自媒体平台，特意为她设了一个"游学杂记"专栏，并许诺了不菲的稿酬。米佳终于找到了重获新生的感觉。

2

平淡的日子过得很快，转眼两个月过去了。米佳仍没有主动搜寻海斌的消息，海斌也没有出现过。二人只在信用卡消费和还款时，彼此证明着自己的一切安好。其间，米佳终于知道了海斌偷偷为她给第二批客户寄货的事情，感动中，几乎放弃坚持，想以感激为名，主动联系海斌，当面质问他，这两个月的沉默究竟什么意思。正要行动时，她接到律师的提醒短信，告知海斌原来参股的公司正式进入破产清算程序，让她尽快回国办理离婚手续，否则不保证其个人利益会受到清算的影响。米佳想不明白问题的轻重缓急，就去找建平拿主意。建平早知米佳回国后定有变故，才有后来的举动。不过，他仍未多言，只从法律角度分析了事情的利弊，得出与律师相似的意见——既然海斌为了保全她们，不如遂他的愿，先守住家庭财产再说。米佳嘴上表示明白了事情的逻辑，心里却本能地抗拒着被离婚的选择。最后，她只接受律师建议，没有联系海斌，但以孩子无人照看为由，将回国日程，推到了一个月后的春假。与米佳相比，孙墨苹就没这么淡定了。因为汤小兵紧步海斌后尘，玩起了失踪。事情的起因很简单，还是老三样中的一样——汤小兵违反规定，手把手教闹着要自立的汤圆烧菜，被孙墨苹看到后，遭到一如既往的嘲笑和指责。不同以往的是，这次汤小兵没有忍气吞声，而是义正词严地质问孙墨苹自己让孩子尽早独立，掌握一技之长有什么错？他们老汤家几辈子靠给人做饭，养活一家老小有什么丢人？汤圆更是站在老爸一边，厉声声讨老妈不尊重男性。孙墨苹理屈词穷，一气之下给汤圆报了住宿晚自习，结束了短暂而和谐的"一家三制"式生活。汤圆住校的第二天，汤小兵就不见了。孙墨苹暗中查找数日未果。想到海斌跟汤小兵历来狼狈为奸，只好求助米佳，帮助联系海斌。谁知，听到的竟是米佳跟海斌早已失联数月，自身难保的消息。二人互诉苦闷之后，发现一个问题——他们好像约好了一样，谁也没去追问肯定知道内情的二姨，只是默默观察着老太太每日更新的老年团动态。更不可思议的是，她们看到了二姨和海奶奶同跳广场舞的身影。面对诡异的一切，米佳也不能淡定了，让孙墨苹从二姨处小心打探，再从长计议。没等孙墨苹打探出一二，赵梅先提供了情报。这天，米佳正在准备周末中文学校活动的食物，赵梅火急火燎跑回来，通报了一个惊人的消息——她在机场看到了海斌，而且他身边还有一个女人。

　　赵梅说得没错，海斌真的来了美国。他是和李静红一起来参加国际新能源技术展览与交易会的。这两个月，他跟小张等人没日没夜混在一起，终于完成了新能源专利技术的研发，实现了降低成本百分之七十的壮举。这次，他们就是带着这个专利来招商引资的，如果能得到国外财团的支持与合作，海斌将为李静红创造更大的奇迹。

　　就这样，海斌底气十足地上了飞机。可下飞机出海关的时候，他仍然有些心有余悸，下意识讲起上次与汤小兵出关的糗事。李静红感叹汤小兵头脑灵活、能随机应变，是个公关的好手，建议海斌将其收入公司。海斌告知，人各有志，汤小兵的理想就是做大厨。他相信不久的将来，汤小兵就能走出事业的低谷，脱颖而出。李静红笑称二人是名副其实的难兄难弟。说笑着，他们顺利通过关口。重新踏上美国的土地，海斌像上次一样，仍是不可抑止地想去看望自己的妻子和女儿。可他又知道，时机未到，没有完全摆脱危机，他没脸见她们。海斌无比惆怅地看着身边幸福拥抱的人群，落寞地随着李静红上了出租车。赵梅就是这时候看到了他和李静红的身影。

　　展会只有两天，他们顾不上倒时差，直接来到会场。他们看到别的公司财大气粗，几乎都准备了多媒体展示，为了增强效果，有的公司还用了最先进的 VR 技术。看着自己落后的数据展板，李静红有点儿着急。海斌整个转了一圈之后，告诉李静红，既然拼不过人家的洋玩意儿，他们就把中国特色做到极致。他居然随手打了中午吃饭时才认识的华人餐馆老板的电话，向人家租借了整套青花系列的装饰物，并连夜布置到组委会已经给他们弄好的简约风展台上。看着自己不伦不类的展台，跟着熬了一晚上的李静红心情绝望。海斌却自我感觉良好地摆弄着一盒子餐馆老板送来的"幸运角"，信心满满。

后来，一切有如梦幻。先是一个美国老太太被他们独特的布置吸引，走到展台前，东看西看。海斌一句英文不说，只用中文滔滔不绝地简述自己的产品。老太太听得一头雾水，正要离去，收到海斌递上的一个"幸运角"。海斌让李静红用英文告诉她，好运就在这个神秘的元宝形状的饼干里。老太太半信半疑掰开"幸运角"，果然看到一张按西方人习惯表述的祝福的话。老太太觉得很有意思，就耐心跟李静红交流起来。有了第一个关注者就不愁第二个。不一会儿海斌的展台前就排起了长队。尽管好多人是冲着那个神秘的饼干来的，但是海斌宣传自己的目的达到了。一个西方记者详细地记录了他们的产品，准备发到自己供职的媒体上。首战告捷，海斌、李静红正忙着接待一批真正的客户，一个华人少年忽然出现，用流利的英语质疑海斌的公司为什么落后得连一个电脑都买不起。海斌想了半天没找到理由，只能顺着少年的说法，承认自己的公司刚刚起步，戏称所有的资金和设备都留给家里做科研的科学家们了，他们老板就成了最低级的推销员。少年听懂了他的话，微笑着翻译给在场的美国人。大家都被海斌的诚实和幽默感化了，纷纷讨要产品宣传材料，询问技术参数。少年没有急于离开，大大方方地当起了他们的现场翻译。一时间，海斌的展台成了会场的热点。海斌忙得抬不起头来，等他想起向少年表示感谢的时候，少年早就没了踪迹。

那个少年就是楠楠。米佳听了赵梅的话后，一晚上没有睡好，终是抵不住心中的疑惑，一大早就带着楠楠，按照赵梅打探的目的地，找上门来。她本是让楠楠给海斌捣乱的，谁承想她自以为刁钻的问题，被海斌机智、坦诚地化解了。看着海斌站在被他弄得土得掉渣的展台前不卑不亢、舌战美国人的样子，米佳感叹——这才是她心里的大男人"海老茂"。一时间，所有委屈和怨怼都化成了上前相认的冲动。就在这时，米佳看到不该看的一幕——李静红体贴地递上矿泉水，还从自己的手包里拿出纸巾，亲手为海斌擦拭额头上的汗珠。海斌大大咧咧接受着，没有一点难为情或诚惶诚恐。关键是两人和谐的样子，连米佳都不能不产生联想。相认的热情瞬间熄灭，米佳拉着楠楠，失落而归。

米佳让楠楠不要告诉别人，特别要瞒着海小米。按照她刚才看到的情形和内心的预感，她真的不敢断定，海斌会来找她们。连着两天，米佳都用忙碌来麻痹自己。她甚至无师自通地成功做出一锅牛肉胡萝卜包子，受到"大食堂"成员的一致称赞。然后，她就人来疯似的，一直奋战在灶台边，理由是，她要在第二天的中文学校交流日上，用中国美食，吸引更多的人关注她的专栏。

3

第二天一早，米佳就从被窝里拎起眼睛还没睁开的海小米，第一时间赶到中文学校。时间尚早，学校里还没有人。米佳在一棵不知名的大树卜铺开了自己的摊位。母女俩坐在树下，有一搭没一搭聊着天。海小米问妈妈为什么选了棵没有花的树。米佳让她自己观察这棵树的特别之处。海小米看了半天，终于说出树上成串成串的、红色的似花非花的东西很像刷杯子用的刷子。米佳笑着说她说对了一半。这么小的刷子，怎么刷杯子。这种刷子是用来刷奶瓶的。海小米小时候，市场上还没有这么小的奶瓶刷，海斌一直抱怨没有合适的工具给他的宝贝女儿刷饭碗。有一天，他突发奇想，居然用剪子一点一点把大刷子剪成大小合适的小刷子，兴高采烈地刷起奶瓶来。米佳说，海斌自制的奶瓶刷就是这样大小。她一早就想像现在这样坐在这棵树下，给海小米讲她小时候的故事。

"妈妈，老爸是不是破产了？"海小米终于问出困扰自己数日的问题。

"应该是，否则他不会这么多天不主动联系咱们。"既然瞒不住，米佳选择直言相告。

海小米的眼睛里冒出一层水雾，嘴巴也不由自主地撇了起来。

"哭什么，信不过你老爸能东山再起吗？"

"没，不是。"

"那就过好咱自己的日子，少给他找点儿麻烦。"

"可，可我想爸爸。真的想爸爸。"海小米终于哭出了声。

"那就写篇文章，中英文的，我帮你投到公众号上。他看见了，肯定会来看你。"

"真的？"海小米半信半疑。米佳肯定地点点头。

停车场上，已经陆陆续续有车驶入。母女俩迅速收拾好情绪，准备迎接客人。中文学校的这个活动是住在这个城市的华人自动发起的。起初只是为给送孩子来这里学中文的家长提供个交流的场所。后来，来的人多了，这里就成了一个信息和物品的集散、交流地。大家有什么闲置的二手物品都会拿到这里来售卖。怀念中华美食的华人也会在这里交流美食心得。许多有一技之长的人，更是利用这个机会展示才华。

米佳让海小米负责用包子换关注，自己则铺开宣纸，煞有介事地画起了国画。米佳从小就跟父亲学习书法国画，在这方面还是有些功底的。前些天被赵梅忽悠着，她重新拿起毛笔。当然，她的本意并非炫技，只是想借此机会认识更多志同道合的朋友。让她没想到的是，她的画首先引来了一个美国老先生。老先生会两句中文，简单介绍说，自己叫杰克，很喜欢中国文化，还收养了一个中国孩子，希望跟米佳成为好朋友。米佳喜出望外，热情地回答了杰克的很多问题，还不忘把自己的包子送给杰克做午餐。杰克夸她的画和她的人都像她的包子一样美丽。米佳由衷感到了本土美国人的友善，很快就放下顾虑，痛快接受了杰克请她到家里辅导孩子中文并教他国画的请求。

意外收获让米佳心情大好，几乎忘了海斌的存在。活动结束后，她又带着海小米上了建平的汽车，跟他们一起参加华人家长联盟组织的志愿者活动。疲惫的米佳一上车就放松地睡着了，自然不会发现他们的后边一直不紧不慢地跟着一辆出租车。

海斌就坐在那辆车上。一大早，他就放任了自己无法抑制的思念，打了辆出租车，偷偷到小区看望妻女。谁知，还没下车就看到自家花园里躺着一个肥胖的墨西哥男人。屋里除了一条狗，哪儿还有海小米的影子？正纳闷间，他看到建平开车经过，副驾上慵懒的女人，不是米佳还能是谁？海斌心脏一阵狂跳，让司机跟上建平的车，一路跟踪着来到海边。

美国学校很重视孩子的责任感培养，每个年级都有时数不一的义工要求。每到学期末，家长联盟就会统一组织社会关系不广泛的华人家长，带孩子参加这种被学校认可的志愿者活动，以完成学期义工要求。当然，孩子忙活着，家长们仍是多了一个交流聊天的机会。海斌交停车费的工夫，海小米和楠楠已经各自领了任务干起活，建平和米佳双双进了附近的咖啡馆，坐在卡座里点了杯咖啡，随意聊起来。海斌见状，压低帽檐，跟着溜进咖啡馆，躲在角落里听着二人聊天。

"美国其实也挺好坑儿的，只要你想，各种各样华人的活动随你参加。一年五十二个星期，都能排得满满。"建平的话里不无炫耀。

"我怎么觉得都差不多啊，各种名目大家聚在一起，无外吃饭聊天，好像就中文学校的活动有点儿实际意义。"米佳一副见怪不怪的口气。

"本来就没什么新鲜的。平时见多了金发碧眼，周末找点黑头发、黑眼睛看看，听听乡音，放松放松。你们在国内不也一样吃饭喝酒，聊天打牌？我们只不过换了个地方，继续华人的生活。"

"不一样就是不一样，说不出来。唉，你那什么咖啡啊，怎么跟我这个不一样啊？"

"我这个，中文怎么说来着……我也不知道，你尝尝，好喝我再给你要一杯。"

海斌真听到米佳端起杯子喝咖啡的声音。

"哎呀，太甜了，不好喝，你自己留着喝吧。"

接着就是建平喝咖啡的声音。

"我觉得挺好，甜多好啊，我就喜欢吃甜的。"

"小心甜的吃多了老年痴呆啊。"

"痴呆就痴呆，我给美国政府缴了那么多年税，老了让他们养着还不是应该的？"

"你真打算一辈子不回去了？"

"家里没什么人了。儿子又……我大概只能独在异乡为异客了。你呢？想没想过永久留在这儿？"

这个问题太敏感了，海斌不由得直起了身。

"想过，但也是为了孩子上学。我自己可不喜欢这里。就是国内一个亲人都没有了，那也是我的家啊。"

"你，能问问你跟海斌到底怎么了吗？"

"我都不知道怎么了。互相成全着就成了现在的样子。唉，对了，要是他真不要我了，你帮我找一个弗兰克那样的墨西哥大叔得了，好歹能解决孩子的身份问题。"

"开什么玩笑？海斌不会那么绝情的，再说了，不是还有那么多我一样的有志青年守候在你身边吗？"

米佳被平时不苟言笑的建平逗得一口咖啡喷出来，两人慌乱地说笑着，互相擦拭。海斌听得越来越坐不住。这时，米佳的声调忽然低沉起来。

"对了，建平，你帮我个忙吧。"

"什么事？你说说看。"

"哎呀，就当随便打听打听，不用那么认真。我就是……"

"你还不死心？还想找林木？"

"那是我的初恋啊。怎么能说放弃就放弃？"

海斌第一次听到林木这个名字，更不知道除了自己米佳还有一个"初恋"，并且这么刻骨铭心。正想继续往下听，两人却成心一样，不再说话了。这时候，海小米和楠楠满头大汗跑回来。

"妈妈，快看楠楠捡到了什么！"

"不就是寄居蟹吗？有什么大惊小怪的。"

"累了吧，孩子们，想吃什么？这附近有个韩式自助，还不错。"

"上次不是去过吗？累了一天了，还是回家吃面条吧。"

"我想吃阿姨做的意大利肉酱面。"

"没问题，保证正宗。"

"那我就点叔叔的香煎牛排。"

"小意思，包你满意。"

几个人有说有笑地离开了餐馆，根本没注意坐在角落的海斌。海斌曾有一秒钟冲动，想冲出去拉住米佳和海小米。可他的意识和行动稍微脱节了一下。就在这个时候，他看到建平拉开门的手，自然地扶了一下米佳的肩。米佳很自然地接受着，没有一点反抗。一时间，他冷静了，远远看着四个人和谐得好像一家人一样，慢慢离开自己的视线。

海斌没有继续自己盯梢的把戏，满腔抱怨地给李静红打电话咒骂洛杉矶落后的交通设施，目的只有一个，让她想办法把自己弄回酒店。人地生疏、语言不通，他连自己在哪里都搞不清楚。李静红理解不了他怎么变得这样暴躁，让他把手机交给餐馆服务员，弄清他的位置后，帮他联系好回来的出租车。放下手机，李静红才反应过来，米佳呢？海斌不是去找米佳的吗？

回到家，米佳又风风火火地给"大食堂"的食客们做了意大利肉酱面，等大家都吃完、收拾完，已经晚上九点了。她看看表，颓然地倒在沙发上。赵梅悄悄走过来，眼神既关切又八卦。

"没来，你肯定看错了。"

"不可能，就是他。那女的应该比他大，不过挺有气质的。"

"你能考虑一下累了两天的人的感受吗？求你让我睡个安稳觉吧，

行不？”

“你啊，跟孙墨苹一样，死要面子活受罪。干吗偏等着人家啊，你们是夫妻啊，不是谈恋爱的小学生。明明互相想着，却都在这儿抻着，互相试探浪费多少好时光啊。真是，理解不了。”

米佳也理解不了自己现在的想法和做法。这绝对不是她的做事风格。她是在等着海斌主动出现。可她又清楚地知道，海斌不会主动出现。展会上他的窘迫可见一斑。他应该是在为那个女人打工。看他殷勤的样子，每说一句话都要看看那女人的反应。米佳心底浮上来一阵厌恶。这还是那个就爱在自己面前耀武扬威、吹牛炫耀的海斌吗？胡思乱想着，米佳给孙墨苹发了个微信，告诉她自己看到海斌了。他跟那个她俩认为的“狼”在一起，想让她帮着出出主意，更想让她鼓励自己带着孩子去见海斌。谁知孙墨苹立即气喘吁吁地回复了一段语音，说她正在小跑着跟踪汤小兵，顾不上别的，有事儿晚上再说。

米佳惊呼，这世界怎么了？孙墨苹跟踪汤小兵这种世界末日来了都不会发生的事儿，居然真的发生了。不过这也坚定了她的想法。她米佳就任性一回，不理不睬到底，等着海斌出现怎么了？打定主意，米佳的心情好起来，她来到院子里看星星。建平又在花园里煮茶。

“要不要一杯？”

“算了，影响睡眠。”

“我刚跟书画界的一个老朋友问了问，他好像真听说过你说的林木，等两天吧，没准就会有消息。”

“真的？太好啦。”米佳脸上露出小女孩般纯情的微笑。她仰着头，看着天上的星星，嘴里不知道念叨着什么，月光在她的脸上镀了一层金光。建平心中一荡，不禁想起那天在大树下醒来时看到的米佳的脸，也是这么圣洁、明亮，给人一种说不出的宁静和温暖。建平忽然想起一首古诗，轻轻吟诵了出来：“还君明珠双泪垂，恨不相逢未嫁时。”

"你胡说什么啊？你真不明白我为什么要找林木啊？"

建平嘴上急急地应着明白，可心里暗叫，女人的心思这么多，男人哪里能全明白？米佳见他自斟自饮喝得舒爽，终于忍不住爬过栏杆，夺了他的茶杯，大口喝起来，边喝边坏笑着说打扰了。建平故作无奈地耸耸肩。也许，他早已不自觉地接受并盼望着这种打扰，只是他自己不承认罢了。

- CHAPTER 27 -

金牌投资人

1

自从周日被丢弃在海边，海斌就不敢四处乱走了。他乖乖跟在李静红身后，一副随时听候差遣的样子。展会彻底结束，李静红客观分析了利弊得失后，对公司的专利技术有了更多的自信，决定实施此行的第二个计划——寻求国际投资人。

李静红租了一辆日产汽车，带着海斌四处见客。她的理念是有钱出钱、有力出力，能拉到真金白银是她的造化，拉不到钱获得机械、技术等方面的支持也是她的幸运。可是几天跑下来，中国人、外国人见了不少，李静红的脸色渐渐失去了刚开始的光泽。海斌并不多问，只暗自感叹李静红心急吃不了热豆腐。国际经济形势本就不容乐观，有钱人哪个不把自己的荷包捂得紧紧的，有谁会脑子发热跟他们这种名不见经传的小公司合作呢？所以，早在李静红拉他到处见世面的时候，他就想好了后手，电令老王兵分两路，深入东北、华北等天然气匮乏地区：一路广泛、低价收购农业废弃物，并就地消化存储；另一路大力推销他们低于市场价百分之三十的新型燃料，以解该地区来年供气紧张问题。这是海斌的行事风格，办事抓两头，有了源头和出口，一切就都好办了。

这天一大早，李静红就拉着海斌上路了。一路上，她不停地告诉海斌这是他们此行的最后一个目标，也是目前见过的人物中最重要的。此人曾是华尔街金牌投资人，退隐之后，仍与很多国际投资公司有联系，业界盛传，被他衰老的小拇指点拨过的，没有不飞黄腾达的。而这位老先生，一生只有一个爱好——集邮。他对各国邮品都有收藏，听说近期，他迷上了中国文化和集邮。这简直就是天赐良机，正是他们寻求合作的大好时机。

"所以，你才让我靦着脸向二姨要'猴票'？"海斌想起临行前李静红的无理要求就生气，空手套白狼般跟二姨要东西，还信誓旦旦，承诺给老太太两倍的收益。人家二姨是看重钱的人吗？要真是为钱，她没准早就把珍藏了快四十年的这版"猴票"卖了，还用等到今天？关键是，这究竟是何方神圣？这礼一送就是价值好几百万的藏品，也太……

"你忘了今年是猴年吗？我们猴年送猴票，正好应景。"李静红仍为自己的创意兴奋着，"老头集邮几十年，肯定知道这版80版'猴票'的价值。见咱们这么有诚意，肯定一高兴……"

"有钱难买愿意，我觉得这东西就是炒的，没有实际价值。还不如弄个新版的猴，花里胡哨的多喜兴。"

"没文化真可怕。"

"我外号'海老茂'，你刚知道？"

李静红无奈摇头，脚下将油门踩到底。

"嘿，你慢点儿，疯了。"

"这才是美国速度。"

海斌紧张地抓住扶手，看着高速上争先恐后的车流，忽然想起米佳娇小的身影，坐在他给买的大吉普里，无人驾驶般诡异的样子，憨憨地笑了。

"傻笑什么，就快到了。导航说，出了这个口就是了。这片应该是富人区吧，眼看着就进山了似的。"

看到不远处醒目的大 M，海斌发现，这是米佳他们居住的城市。没错，他和米佳买东西走过好几次这条路，她都用这个大 M 做标志记路。情不自禁，海斌总想起米佳，想控制都难。他一个大男人尚且被这里的路标、高速弄得晕头转向，米佳这个资深路痴是怎么在这蜘蛛网一样的路上驰骋的呢？一辆车影子一样从窗外飘过，海斌下意识一躲，对米佳的担心又多了一条——还有这么快的车速……海斌有点儿不敢想下去。

李静红的车围着矮山盘旋了许久，才曲径通幽般，在一片宽敞的开阔地上停下来。二人钻出汽车，发现不远处就是山顶。一条精致的小路，直通山上城堡一样的别墅。

"这家伙，跟山大王似的。不过，看着也不大啊。让你说的，我以为怎么也得有个上千英亩庄园呢，这么看，顶多一个小土匪。"

"庸俗。这才是我想象中的富豪。享尽世间繁华，独拥一隅静谧。"

"快走吧，我恐高好吧！"

二人说笑着，走到别墅门口。李静红有点紧张地掏出小镜子，补了补妆，才郑重地按响门铃。不一会儿，一个穿着圆领衫、短裤的老头，用沾满泥土的手开了门。海斌听二人叽里咕噜说了一通，老头向他们一摆头，请二人进了屋。屋内陈设并不豪华，给海斌的感觉是老旧得能进垃圾场了。李静红却小心地看着，眼睛里放着敬仰的光芒。

"你不觉得中国比他们现代太多了吗？你看那个冰箱，太老了吧？估计中国五线城市的劳苦大众都不用这样的了。"老头把他们扔在这儿，自己不知道去了哪里。海斌正好吐槽。

"你知道世界上第一台冰箱什么样吗？"李静红看都没看海斌，语气里充满嫌弃。

"不会就是这个样子吧？"

"那我不知道，我只知道，也是木头的，样子估计跟这个差不多。"

　　海斌不敢再随便吐槽了，只偷偷观察着这个乍一看倒退几百年的屋子。接着，他看到了装饰成英国十八世纪邮箱形式的垃圾桶，饮马槽一样的水池，古旧的壁炉……

　　"对不起，久等了。"老头操着生硬的中文，回来了，手里拎着两瓶矿泉水，递给二人。

　　海斌向后看看，发现没有其他人，断定这个被自己当成花匠的老头就是他们要找的金牌投资人老杰克。果然，李静红先送上那版经过重新包装的'猴票'，开始与对方毕恭毕敬地交流。老杰克打开包装，用美国人惯有的夸张语气，盛赞了他们带来的礼物，还风趣地学着邮票上猴子的样子。不知为什么，相比前两天见的那些正襟危坐的所谓金主，海斌觉得这个老头更合自己的口味，不由得放松心情，跟他多讲了几句这套邮票的由来。经李静红翻译后，老杰克更加珍视，拿出放大镜仔细观看。

　　"有什么我可以帮忙的？"老杰克终于从邮票上抬起头。

　　李静红赶紧递上自己企业和专利的资料，言简意赅地说明来意。说完，她静静看着老杰克，不再说话。老杰克沉吟片刻，答应先看看资料再说。

　　拜访到此结束，李静红回到车上，心情十分低落，责备自己选错了礼物，以老杰克的收藏品位，这样的东西未必能入他的法眼。海斌的感觉与之相反，看着那栋山顶的房子，想着里边鹤发童颜的老杰克，他第一次有了争取海外投资的冲动。

　　晚间时分，他们就收到了老杰克退回的邮票藏品和一张便笺。上书，感谢他们给他欣赏藏品的机会，也对他们的环保理念和技术研发表示支持和敬佩，期待他们走出自己的广阔天地。面对拒绝，李静红没有太多的情绪，默默收拾东西，准备打道回府。海斌却来了兴致，自告奋勇，要再访老杰克。

2

米佳最怕晚上开车，可杰克收养的孩子小吉米只有周五晚上才从寄宿学校回来，她又不愿意耽误太多跟海小米在一起的时间，就只能选择了这个时间段。米佳小心翼翼，蜗牛一样爬上山顶平台，心下抱怨，老头为什么选了这么个地方居住。可等她从车内走出，看到头顶繁星和脚下灯火遥相呼应的恢宏和奇妙，她便不由得赞叹起杰克的选择。踏上那条被玲珑、古朴的太阳能街灯照亮的精致石子路，米佳更找到了儿时灰姑娘走入王子林中城堡的感觉。那是每个女人都做过的公主梦，米佳在国内从未有过身临其境之感，没想到，这种感觉在美国找到了。

杰克家内的陈设仍在继续着米佳的公主梦——十八世纪英国贵族乡村别墅的摆设，加上杰克亲手端来的精致茶具里清香的英式红茶和各色精致的小点心，她觉得自己受到了公主一样的接待。即使这样，杰克仍在不停用中文说着"见谅，见谅"。米佳赶紧表示感谢，让他千万不要客气。杰克的中文实在不能表达他的意思，只能放慢语速，用英语告诉米佳在他的心中，中国女性是最精致、内敛的，理应受到最细致、周到的关心和照顾。而美国人随意、粗犷的性格，实在达不到这样的标准，所以他才请米佳原谅。米佳被这个风趣幽默又坦诚直爽的美国老头感动，随手送上自己刚刚画的水墨画。杰克惊叹画作的美妙，连声感叹自己也要画出这样的作品。教学就在这样愉快和谐的气氛中展开了。米佳教吉米中文的时候，杰克也戴着老花镜，拿着本子在旁边仔细记录，认真得像个小学生。为了让自己的教学更有特色，米佳剪辑了一段动画片《大鱼海棠》的片段，想用里边丰富的色彩将中文、英文完美结合，让流淌着中国血脉的吉米，迅速产生学习中文的兴趣，找到自己的基因密码，实现两门语言的融会贯通。她的意图很快被杰克发现，不仅称赞她的教学理念，更对动画片水墨写意的精美画风大加赞赏。米佳坦陈，自己不是老师，更不懂教育，自己的这套方法，完全是孩子到美国后，传递给她的美国课堂上的做法加上自己小时候在中国课堂上的记忆的综合产物。杰克十分喜欢米佳的创新，还拿出笔墨纸砚，让米佳现场教学，教他和吉米画中国鱼。几人正热闹着，准备开工，门铃忽然响了。出于礼貌，米佳带着吉米退到房间里，继续完成今天的功课。

重新摆好书本，米佳正要开讲，一个熟悉的声音传来："老先生去过中国吗？北京。我就是从那里来的。"

米佳惊诧了，屋外的访客竟是海斌。杰克显然很不高兴，冷漠而不失礼貌地告诉海斌，自己的意思已经在便笺里表达得很清楚了，希望他不要再打扰他的生活。海斌的英语本就不好，见对方语速飞快，手舞足蹈，自然误会了杰克的意思，憨笑着坐进了沙发。这下，杰克更不高兴了，又重复了一遍自己的意思，就差直接下逐客令了。米佳不忍海斌被赶出去，又不想自己此时出现，灵机一动，以锻炼口语为名，让能听懂中文，但不会说、更不会写的吉米出去帮忙翻译。

海斌见到突然出现的中国小孩，见了大救星一样，赶紧让他告诉杰克，自己是来请他去中国的，希望他能赏光。吉米瞪着大眼睛消化了好一会儿，才词不达意地告诉杰克，这个人要把他带到中国去。杰克理解为海斌要强人所难，不惜绑架他到中国也要达到目的。他立即警觉地站起身，拉着吉米与海斌保持了安全距离。海斌以为老头听进了自己的话，站起身，追过去。

"Stop！"杰克紧张地大叫着，眼睛里充满了怒火。

"你跟他说，吃喝用度我们全包了，只请他去给我们指导。"海斌急切地看着小吉米。吉米眼珠子转了转，告诉杰克，海斌会把他包起来，除了他们自己，没有别人知道。

杰克迅速拉着吉米退到旁边的开放式厨房，迅速从橱柜里拿出一把手枪，恶狠狠对着海斌，威胁他再不离开就开枪报警。

海斌知道美国人人有枪，可怎么也想不到刚才还慈眉善目的老头会拿枪口对着自己，吓得脸都白了："嘿，您老这什么意思？我，我没说什么啊。"

米佳实在听不下去了，赶紧现身，用有限但清晰的英语告诉杰克，他误会了这位先生的来意，海斌是来邀请他到中国去旅游、做生意的。杰克信任米佳，听到解释才迟疑着收起了手枪。可如此情况，哪儿还有心情再谈合作，只请米佳告诉对方自己现在不方便见客，请他离开。事已至此，海斌不好多言，只能心有不甘地离开。

米佳见杰克对海斌心有余悸，不好暴露自己跟他的关系，只就事论事，告诉杰克，在中国有很多海斌这样的中小民营企业家，他们抱着赚钱的目的，靠着自己的智慧，积攒了财富。这时候，他们就会把眼光投向更大的市场，希望在更广阔的平台上实现自己的梦想。这就是中国政府一直宣传的"中国梦"。杰克听后似有所动，追问米佳"中国梦"。米佳说自己从小就想做一个有价值的人，可是现在长大了，不会做梦了。

"不，多老都会做梦，而且有梦才有希望。"杰克看出米佳的落寞，用英文鼓励她。

"您的梦想是什么？"米佳大胆地问。

"帮所有有钱人花好钱。"杰克开玩笑说。

"是不是真的成了有钱人，钱就不再那么重要了？"

"当然不是，孩子。所有人的钱都是来之不易的，所以，他们花钱的时候就需要我这样的人来指点。中国有句话怎么说的来着？"

"好钢用在刀刃上。"

"对对，就是这个，我得记下来。"

海斌突然出现的扫兴，并没有影响中文外教工作的愉快。米佳离开的时候，几乎忘了刚才的插曲。只是走过那条小路的时候，她短暂幻想了一下，海斌会不会在半山腰平台上等自己。正所谓希望越大，失望越深。当米佳独自站在夜风里看着山下万家灯火的时候，心情变得无比落寞。

小时候，她就喜欢看灯光。她觉得每个柔和的灯光背后都有一个温暖的家，一个甜蜜的故事。每次出差，她都会用万家灯火的温馨填补自己的思乡之情。可如今，看着异国的灯火，米佳能感到的只有何处是我家的凄凉。她早该想到，那个曾经给过她温暖的家、信誓旦旦要养活她的男人，那个曾经顺风顺水、如今深陷事业谷底的男人，绝对不会留下来祈求她帮助自己跟那个外国老头求情的。刚才的一幕，已是他超强的自尊心和执拗的性格所不允许的了，怎么可能再有第二次。想到海斌落荒而逃的样子，米佳失落地发动汽车，盘算着是不是应该让海小米见一下爸爸，自己也好问清许多该问的事情，让一切有个明朗的结果。毕竟，逃避不是解决问题的好办法。回到家，她发现自己不用纠结了。海小米已经兴高采烈地跟海斌视频过了。海斌还答应明天到中文学校去看她。看来，今晚的偶遇，对海斌也是一个不小的刺激。他终于放下自尊，面对现实了。这是要来承认一切、解释一切的节奏吗？还是发现了米佳跟杰克的特殊关系，奉命行事？米佳胡思乱想着，结束了一天的劳累，进入梦乡。

3

第二天的父女相见完全没有想象中的热烈。习惯了分别的海小米只跟老爸拥抱了一下，就开始带他四处参观，介绍这种活动的内容和意义。米佳则忙着帮赵梅发放她的处女秀馄饨，继续推广自己的公众号。忙碌一上午，夫妻俩都没有机会碰面。快结束的时候，杰克突然满脸怒容地出现在米佳的摊位前，抱怨自己又碰上了昨晚那个可怕的男人。原来，海斌不知道杰克是中文学校的常客，见到他简直是喜出望外，不由得再次表达了自己的意图。可他哪里知道昨晚他走后，一个他熟悉的不速之客——吴亮，跑去骚扰了老杰克。吴亮争取投资的目的虽没有达到，但是诋毁同行的功夫却没少做。听说海斌也来争取合作，他毫不留情地告诉老杰克一定要小心这个油嘴滑舌的中国男人，还将海斌为了给妻女留下生活保障的行为说成是，为了攀附有钱女人，不惜抛弃妻女、毁掉家庭的负心汉作为。所以，再见海斌，老杰克的感觉有如见到魔鬼，自然不会给他好脸色。海斌终于忍不住怒气，跟他理论起来。两人中英文对骂一阵之后，谁也没听懂对方的意思，满脸怒容，不欢而散。

米佳听杰克说了事情经过，知道他误会了，赶紧去找海斌，谁知海小米刚刚把老爸送上李静红的汽车。望着空空的路口，米佳犹豫再三，还是用微信通知了海斌："吴亮出现，杰克误会你是'中山狼'。"

海斌是被李静红接去参加华人商会举办的酒会的。收到米佳短信的时候，他已经冤家路窄地与吴亮站在一起。可笑的是，大家没有狭路相逢的戾气，全都满脸含笑，表演着他乡遇故知的喜悦。吴亮甚至主动举杯，要跟海斌相视一笑泯恩仇，还夸赞李静红风韵不减当年，跟海斌是最完美、最契合的商业伙伴，同时表达了将在竞争中决战到底的壮志和勇气。海斌已知他背后搞鬼，不怀好意，表面上虚与委蛇，情绪并未被其控制。可李静红是第一次听到别人诋毁自己与海斌的关系，有些失控，几乎将自己杯中的酒泼到吴亮脸上，幸被海斌手疾眼快制止住。看着吴亮无赖的表情，李静红羞愧难当，只能用酒精麻痹自己。海斌看不下去，将她拽到没人的平台。

"你要干吗啊？这么大了还不知道不要用别人的错误惩罚自己的道理？"海斌夺下李静红的酒杯。

"你知道吗？那就是个人渣。"

"我知道啊，所以我净身出户，也不再招惹他。"

"可我不行啊。我，我这里，这里，这里都是，都是……"李静红显然喝多了，她情绪激动地指着自己身上的各个部位，疯狂地说，"我整个人都被他玷污了。我想不招惹他也不行啊。我跟他扯不清，永远扯不清……"

李静红终于伏在海斌的胸前哭诉自己的秘密。三十年前，李静红孤身一人来到美国求学，完全靠奖学金和打工所得支撑学业，日子过得十分艰苦。一次华人聚会上，她认识了在美国打拼的吴亮。当时，吴亮只是个名不见经传的小商人，靠小打小闹的进出口贸易，积累着自己的财富。一开始，两人交往不多。是一次餐馆偶遇改变了两人的关系。那天，吴亮刚跟国内的妻子吵了架，心情十分不好，到餐馆买醉，不多时就喝多了。正在餐馆打工的李静红主动送他回到住处，小心服侍了一夜，便再没有离开。之后，像每个通俗的故事一样，李静红成了吴亮的情人，在他的支持下，完成了学业，并一直为他打理美国的生意。后来，吴亮加盟总公司，李静红的才干得到大老板赏识，她才回国履职，一路打拼到现在。

"我应该感激他的，毕竟没有他，就没有我的今天。"李静红恢复平静，喃喃自语。

"可他没给你，你最想要的。"海斌旁观者清。

"'海老茂'，你进步了，懂得女人了。"李静红笑着说，"没错，跟每个女人一样，我也渴望有个家，有个属于自己的家，有份属于自己的爱，有自己的老公，有自己的孩子。可他不给我，从一开始就跟我说得很明白，我要的那些他都不会给我。"

"那你还……"

"所以说，都是我自找的，我活该，我下贱，我……"

"你，你是说你，爱他？"

"我，爱过，也恨过。"

"那就行了，都这么大岁数了，别跟这些没影的词沾边了，该干吗干吗吧。"

"'海老茂'，你是真不懂女人啊。你知道，一个女人要是爱过了，不管以后怎样，那种感觉她忘不了，忘不掉啊。"

"那你，你……"

"我什么？能做的我都做了。我仁至义尽。我没有破坏他的家庭，主动结束了这段感情，希望大家彼此再无瓜葛。这还不行吗？"

"挺好的啊，这不是挺好的吗？他怎么还，还有点儿那样似的？"

"男人啊，永远想掌控一切，吃着碗里瞧着锅里，实在无趣。"

"我不是啊，我只想着米佳。所以，你就应该找一个好男人，把自己嫁了，看他还能怎样。"

"你啊，这世上有几个你啊。算了，说了你也不懂。只是，对不起啊，牵连到你了。"

"你是说，他对我，这一切真的……"

"没错，一开始我就是用你来刺激他的。事实证明，我成功了。他被激怒了，只是没想到他那么狭隘，居然把报复的枪口指向了无辜的你。"

"你浑蛋。"海斌暴怒着，"所以，你才这么帮我，原来，从头到尾，我都是个傻子，笨蛋，我……"

李静红忽然抱住狂躁的海斌，脸紧紧贴着他的胸膛，轻声说："你不是，你是最棒的，最好的。你把我的心偷走了。你知道吗？自从那日，你挡在我的身前，就征服我了。你知道，这么多年了，遇到什么都是我一个人扛。就那天，那个，黑乎乎的降落伞飞过来，你把我拽到身后，我第一次觉得，有人给担着，感觉真好啊。"

海斌被彻底吓傻了。除了米佳，这辈子他还没有这么近地接触过别的女人，更没有人跟他说过这样动情的话。他不知道怎么回答，更不知道该怎么做，只颤抖着，推开满面娇羞的李静红，哑着嗓子说："你是不是有点儿高了？那什么，我先走了。"

然后，毛头小子一样跌跌撞撞离开了酒会。

4

米佳刚送完孩子就接到杰克的电话，说有重要事情，让她马上赶到他家。米佳以为吉米出了什么状况，赶紧飞奔过去。谁知，一进门杰克就拿出一个破旧的集邮册，给她讲了昨天晚上的奇事。原来，昨晚海斌又来了。杰克十分厌烦，门都没开就请他离开。可他死缠烂打着非要给他一件东西，还说要跟他解释什么事情。杰克气得不行，威胁着要报警，海斌才沮丧地离开。可今早一开门，杰克就看到了这本中国邮册和一张写着中文的纸条。

米佳接过杰克递过来的纸条，看到海斌特有的"海体"字，上书："我不是陈世美。"米佳笑了。这才是海斌的做派。

"什么，他写了什么？"

"他——他应该是想跟您解释什么。这纸条上的字的意思说，他是一个好男人，他爱自己的老婆孩子，爱自己的家。他会用自己的努力证明给你看。希望你别听别人说他坏话，相信他。嗯，大概就这些意思。啊，还有他真诚希望得到您的支持和帮助。"

"My god. 中文真是太精妙了，六个字能有这么多意思啊。"

米佳发现自己不自觉加入了很多意思，有些难堪，赶紧解释，意思多是因为提到了一个中国故事，里边有很多典故。杰克半信半疑，又问到那个邮册是什么。米佳忽然觉得这个东西很眼熟，打开一看，只觉得一股暖流从心底缓缓升起。

邮册里是四个平整的旧信封，信封同一套系的邮票的面值暗示着时间的久远。

米佳用手轻轻摩挲着信封上字体娟秀的收件人的名字，仿佛在抚摸价值连城的珍宝。

"这个东西很值钱吗？"

"这个不值钱，就是很普通的一套信销票。不过，这套邮票的故事在中国很有名，是个浪漫的爱情故事。而且这个邮票的作者，是位很传奇的中国画家，这几张邮票，本身就是很精美的中国画。"

杰克一下听到这么多中国元素，立即来了兴趣，拿来老花镜让米佳详细讲解。米佳从邮票上的故事——《西厢记》讲起，说到画家选取"惊艳""听琴""佳期""长亭"等几个故事片段的意义，又以邮票上的画作为基础，讲解了中国工笔人物画的特色和曼妙。最后，讲到画家王叔晖先生，一生未嫁，却寄情水墨，用画笔描绘了人间最动人的爱情，也随着笔下的人物享受到爱情的甜美。

杰克被深深吸引了，惊呼这才是值得收藏的邮品。米佳未等他接着发表感慨，就自说自话地讲起那个讨厌的男人——海斌，留给他这个邮册的意义。

"这个邮册应该是那个男人自己的收藏。他从小喜欢集邮，可是家里穷，买不起新邮票，他就学着别人积攒旧邮票。那时候，中国的通信业不发达，通信是大家交流感情、传递信息的主要途径，偏偏他家里人口简单，没有人给他寄信，他就用给人家写作业、帮着做家务等方法跟人家换邮票。久而久之，也攒了好几百张信销票。后来工作了，他给自己买了一本邮册，认认真真将自己积攒的邮品放在里边。可由于年代久远，保存不善，很多都品相不好，失去了收藏价值。可他说收藏玩儿的是一份心境，留的是一段情分，存的是一段岁月，不是为钱。后来，他谈恋爱了。女朋友听说他喜欢集邮，认真研究了当时比较珍贵的几套邮票，特意选了一套《西厢记》，专门用在给他的信封上。每次寄信，她都毫无保留地陈述近期他们情感交流的感受，写上年轻人恋爱时都爱写、爱问的话。她老是想着，信寄过去了总会有回音，可谁知道，一整套《西厢记》邮票都寄完了，这个家伙一个字都没有回。女朋友打电话过去质问，你猜他说什么。他说自己的字太难看，见不得人。就这样，女朋友再不给他写信了，也真的从来没有收到过他的信。这套邮票成了他们通信往来的'孤品'。她以为自己给他写的那些信早就被他忘了，谁知道，他还这么好地保存着那些信封。"

"Jia，你怎么知道得这样清楚？"杰克显然听懂了米佳的自说自话，一脸疑问。

"对不起，杰克，我就是那个女朋友。"米佳忽然觉得很委屈，不知道为从前的，还是现在的自己。泪水不可抑制地喷涌而出。她竟在一个美国老头面前哭得不能自已。杰克什么也没说，只轻轻拍着她的肩膀，等待她恢复平静。

良久，米佳终于收住眼泪，给杰克讲了后来的故事和他们现在的困惑和危机。她说，海斌没有抛弃妻女，更不会巧取豪夺，而是为了保全她们的生活根基，维护做人的善意和良知，选择了净身出户。他现在正为东山再起做着不懈的努力，她相信不久的将来，就是他们团聚的时刻。最后，米佳真诚地告诉杰克，自己不知道海斌需要什么样的帮助，也不知道杰克能给他什么样的投资理由，只是以一个深爱丈夫的妻子的身份，请求他能在可能的情况下，认真翻看一下海斌留下的资料。那真是他的"中国梦"，也是他们团队的"中国梦"。

临走的时候，米佳求杰克千万不要告诉海斌自己跟他讲的这些。

"为什么？"老杰克十分不解。

"这就是美国男人和中国男人的区别。海斌是一个传统的、把面子和尊严看得比生命还重要的中国男人。能拿出这本对他无比珍贵的邮册，说明他已经陷入了非常大的危机，他十分恳切地需要得到您的帮助。"米佳笑着说，"而且，作为中国男人，他们最受不了的就是靠女人得到一切。这些美国男人是想不通的。"

"Oh,my god. 太复杂，太复杂了。"老杰克挥挥手里的邮册，"我会好好研究研究的。希望能够更多了解中国的男人，还有女人。"

米佳向他抱抱拳，杰克张开宽广的怀抱，像抱女儿一样抱住她，轻声说："没有解不开的结，真爱面前没有对错。孩子，别轻易放弃自己的幸福，也别忘了有梦想才有希望。"

米佳的泪水再次四溢。父母离世后，她太久没有听到这样真切的劝慰和鼓励了。她几乎又听到妈妈的唠叨，看到爸爸疼爱的眼神，温暖中，她再一次紧紧抱着老杰克，连声道谢。她不知道杰克会如何决定，但她相信这个善良的美国老人会认真研读海斌的材料，并给他一个圆满的答复。

下山路上，米佳已看不到山路的蜿蜒、道路的崎岖，只想象着十几年前，海斌把那套信销票放进邮册的欣喜；想象着昨夜，海斌眼望万家灯火，无奈留下邮册的决绝；想象着此时，海斌周旋于异地他乡，不知路在何方的迷茫困惑……杰克的话也不停冒出来——真爱没有对错，别轻易放弃幸福。有梦想才有希望……米佳的内心疯狂躁动着。她想去问问海斌，为什么到现在还留着那几个旧信封，为什么这一切他都没让自己知道。还有，当年，他收那些信的时候，真的只因为自己的字太难看就不回信吗？他看了那些信又是什么感觉，真的不愿跟自己分享些什么吗？由此，米佳反思到过去的自己的确过于在意自身的想法，忽略了海斌的感受。而随着对海斌空白感受的追忆，往事翻江倒海般袭来——原来，十几年的婚姻，竟有那么多美好的事情可以回忆。记忆里的海斌也完全不是现在这副又臭又硬的模样。他也有可爱的时候，更有深情的时候。他也会浪漫，也能多情。他还那么活泼、幽默、不拘小节……自己原来有过这么完美的一个男人，只是，那时的自己完全沉浸在自我的藩篱中，仗着小女生的性子，纠结着各种不必要的细节，没有注意或者没有感受到罢了。自责中，米佳对一切都释然了。她也承认，海斌说得没错，他们不能用欺骗和放任，规避自己的风险，更不能靠玷污婚姻的神圣，求得一己之安。他们要接受命运的安排。可危难时刻，他也无权把所有的艰难都扛在自己身上，拒绝她作为妻子的协助和分担。想到这儿，米佳果断掉转车头，向海斌入住的酒店驶去。

- CHAPTER 28 -

承诺与等待

1

此时的海斌并没有在酒店，而是来到了"社会主义大食堂"。在老杰克家的最终碰壁，引发了他一夜的思考。他不得不承认高估了自己的能力，半年翻身只是个不切实际的梦想，而逃避更不是解决问题的办法。他想跟米佳当面讲明所有的危机，告诉她，自己不想把她们带进这个看不见的旋涡，希望她珍惜现如今的平静生活。如果可能，或许更好地利用一下现有的资源和人脉，开始新的更有利于孩子的生活。

"大食堂"的门大敞着，赵梅正忙着给即将提前放学的孩子们准备饭菜。海斌的到来没有引起她的惊讶。她一直坚信，海斌不可能不出现。所以，她一点没把他当外人，兀自忙着，让他自便。海斌四处看着，发现这里完全变了模样。墙上的仿制品油画被高鹏、海小米的"杰作"替代，家具摆设也不再是奢华的欧式古典风格，取而代之的是宜家简洁方便、高利用率的板材家具。曾经的高档住宅，真的变成了亲民旅社。一位气质高雅的老妇人正捧着半杯红酒，坐在餐厅看报纸。

"那老太太谁啊？"海斌偷问赵梅。

"那是茉莉亚肖，我的第一位房客。"赵梅自豪地说。

"你——房客？"海斌一时不能把赵梅的名字和旅馆、房客这类词汇放在一起。

"别这么看着我，我可跟以前不一样了，我是要自食其力的家庭主妇了。"赵梅见海斌一脸不解，忙解释道，"托你家米佳的福，我以后还会扩大经营范围，把另几个房间也收拾出来，搞个良心住宿家庭，正式接收中国留学生，跟黑心中介公开竞争。"

"那你一个人忙得过来？"

"我可不是一个人啊。我都想好了，对外宣传有米佳，联系客户有雅丽，法律支持有建平……大家齐心协力，总能干成事，只要你想。兄弟，别忘了这里是美国，全世界人民实现梦想的地方。"

"真是，几天不见，怎么都变成大忽悠了。"

"我可不是忽悠啊。你看这两个月，你露面了吗？米佳找你了吗？没有吧？这说明了什么？好好想想吧。"

"我，我不是公司出了些状况吗？对了，米佳最近忙什么呢？这大白天的，她不在家，孩子也不管，瞎跑什么啊？"

"她可忙呢，到处采访，会朋友，回家就码字。你不知道她开了个专栏吗？每天写不完的故事。"

"那她岂不是乐坏了，又做回老本行。"

"岂止——以前她写字那叫'老板叫你写'，现在是她自己愿意写，能一样吗？哎，你会扒葱吧，搭把手。"

海斌接过赵梅塞过来的葱，有些不知从何下手，又怕赵梅说自己，索性从葱管处一掰两半。

"哎哟，天啊，有你这么浪费的吗？你知道在这里能找到血统这么纯正的山东大葱多不容易吗？米佳开了四十多分钟车才弄来的。这么好的葱叶子……真是，还是我来吧。"

海斌看着赵梅小心地处理着被自己糟蹋的大葱，不禁想笑，美国生活竟把一个用惯了保姆的富婆变成勤俭持家的模范，也是功勋卓著了。

"你呀，就是让米佳这样的好女人惯的，十指不沾阳春水。现在知道老婆不在身边的艰难了吧？告诉你啊，赶紧把你那什么破离婚协议书撤了，以为自己多香饽饽呢？以米佳的个人魅力和能力，不愁扎根美国，顺便解决了孩子的学习问题。"赵梅自顾自念叨着，根本没看海斌的脸色，末了还追了一句，"你别不信啊。"

"信，信。"海斌除了点头，已经无法继续后边的话题。幸好，海小米带着高鹏等几个中国孩子雄赳赳、气昂昂地回来了。看着他们的装扮，海斌有点蒙。先说海小米，一袭改良版大红镶金汉服，让海斌想到的不是赵飞燕而是电视剧《大明宫词》里的周迅。再看高鹏，一袭深色长衫，戴一个圆框眼镜，就是徐志摩的翻版。另外几个也是打扮各异，但一看就不是现代的装扮。

"别瞪那么大眼睛看我们，今天'haliday'，我们中国社团的统一服装。"

"什么 day？"

"哎哟，老爸，顾不上你了，我们还得写宣言呢！"

"宣言，你们，要造反？"

"不，我们是争取自己的权益。"

"谁侵犯你们权益了？"

"宗教老师。"孩子们高声回答。

"她居然说咱们中国落后，说咱们还有饥饿的难民和读不上书的孩子，还把这个服装说成是中国的流行服装。"海小米指着一个穿长袍马褂的孩子，气愤地说，"她直接说我们长大了必须裹脚得了。"

"要搁过去，你这么大再裹脚，黄瓜菜都凉了，少掺和没用的。人家是没去过中国，不了解。"赵梅麻利地端上饭菜。

"所以我们才要写宣言，抗议啊。"

"你们要做的是学好语言，读好书，靠自己的本事让外国人了解中国，看到中国的变化，而不是在这儿耍笔杆子。你们那个英文水平，能让人家看懂什么啊？不误会了才怪呢！"海斌一针见血的结论让孩子们瞬间冷静下来。

"那我们就这样忍了？"

"我们可不能跟苏珊似的，就会跟在美国人后边，长别人志气灭自己威风。"

"就是，我们就吃中餐，就吃臭豆腐、吃辣条、吃大蒜，我们气死他们。"

孩子们你一言我一语地争论着，充满了幼稚的爱国热情。

"行了，行了，我说爱国小志士们。叔叔送你们一句话，欲强人者必先自强，欲信人者必先自信。人家说得没错，我们国家十几亿人口，能解决温饱问题在世界上已经很了不起。你们也没必要宣言不宣言的，有机会就告诉他们——现阶段，咱们的主要矛盾是人民日益增长的美好生活需要和不平衡不充分的发展之间的矛盾，不用替中国老百姓担忧了。"

"叔叔，啥，啥矛盾？"

"哎呀，就是，你就跟他们说，中国会越来越好，让他们自己去中国看。"

"我们说了，他们说要攒攒钱才能去啊。"

"那就，你们暑假请他们去，给他们买机票。"

大家都被海斌逗笑了。孩子们也终于明白写宣言无用。海斌闲来无事，考问他们的功课，发现没有自己看得懂的。小米更是自信心爆棚地告诉他——爸爸，再也不用担心我的学习了。自己现在是数学学霸，所有大家答不上来的问题，老师都会第一个用眼神征询她的意见，班里的同学想偷懒，也会拿自己当挡箭牌——Mi 都不会的问题，就别再难为我们了。

看着孩子脸上绽放的灿烂笑容，海斌由衷地欣慰，更暗自感谢米佳帮孩子培养了如此乐观、向上的心态。

午饭时分，"大食堂"里的人开始多起来。大家互不客套，基本是坐下就吃，吃完了聊两句，又各自忙碌。没事儿的就留下来，帮助收拾碗筷，备好晚上的食材。赵梅稍事休息，就又开车去机场，准备迎接从中国飞到美国参观学校的学生家长。那忙碌、干练的样子，与国内养尊处优、整日想着唤回爱人心的怨妇形象早是天壤之别。海斌实在无聊，坐到餐桌前与一直强打精神的茱莉亚肖搭讪。

"大姐要是困了就去休息吧。这里有我呢。"

"不行，我得强迫自己倒时差。"

"您是刚从中国来？"

"我是刚从'中国梦'里醒来。"茱莉亚肖简单介绍了自己怪异的生活习惯，思索了片刻，坦言问道，"你就是让米佳天天喝闷酒的男人？"

"啊？我，不是。我是她老公。"

"那就对了，能让老婆喝闷酒的人只有老公了。"

"不是，您……米佳她，居然喝酒？"

"唉，你们这些年轻人就是不知道珍惜，放着好好的日子不过，穷较劲。"

茱莉亚肖的一番话让海斌瞬间穿越，以为二姨坐着时空穿梭机跑到美国来教训他。

"你肯定有自己的难处，可你也不能小看你老婆强大的内心啊。俗话说，千好万好，不如自己的狗窝好；千亲万爱，不如自己的爱人亲。"

"米佳她跟您说了什么吗？"

"她没说太多，只是希望有什么事跟你共同分担，而不是这样像外人一样被放在异国他乡。"

"她才不是外人。哪儿能呢？她早就是亲人了。亲人，您懂吧。"

"嗯，这就好。我等着你们俩的好消息啦。"茱莉亚肖好像就为跟海斌说这几句话。现在，目的达到了，终于抵不住困倦，回房休息。

海斌一个人看着逐渐安静下来的"大食堂"，对米佳和小米的生活更加放心，相信即使自己长期不在她们身边，她们也能生活得一点儿不差。

海斌即将离开的时候，建平搬着不知从哪儿弄来的木板露面了。他累得满头大汗，顾不上跟海斌打招呼，就带着两个男孩子，又走了。海小米说建平的朋友今天搬家，正在甩卖家具，他是去为"大食堂"抢家具的。

"你们这半年，比上半年充实多了啊。"海斌搂着女儿走出房门。

"是啊。每天都有做不完的事儿似的。对了，老爸，你回去给我留意一下有什么实习的机会，我们暑假三个多月呢，我可不能让自己闲着。"面对分别，海小米完全没了上次的依恋，设计着未来的生活。对此，海斌既欣慰又有点儿心酸。虽说孩子长大了，终要离开父母，但这成长来得也太快了。

"行了，爸爸走了。记得多帮你妈干点儿活儿。"

"知道了。你就放心吧。Good day."

海小米拥抱了父亲，忙不迭地跑回去帮忙抬家具。海斌坐在出租车里，有点儿后悔没跟建平聊一聊。没准两人说开了，他的心里会更踏实。

2

米佳没有找到海斌，却在酒店大堂偶遇李静红。没用米佳开口，李静红就承认那两条微信是按照海斌的意思发的，而且当时海斌在看守所里。米佳没想到事情这么严重。听李静红详细讲了来龙去脉，不由得为自己这段时间的听之任之后悔不已。早知如此，即使身无分义，她也不会让海斌一个人承担债务。

"都是成年人，做事不能冲动。你可以吃糠咽菜，住到大桥下面，可孩子不行。你忍心让孩子的生活受到丝毫影响吗？不能。所以，按他说的，给他时间。这是你最好的选择。"

"我不想他一个人面对那么多。"

"可你能给他什么呢？别说精神支持。他需要的是金钱和实力的支持。"

"那你能给他什么？"

"我能给我所有能给的，剩下的就看他的造化了。"

李静红的回答终止了两个女人密集的语言交锋。米佳沉吟半晌才又说出一句话："海斌，他走到今天这一步，不容易。"

"我知道，所以我帮他，尽我所能。希望你也一样，放下你那些不切实际的想法，做好自己。"

李静红不友好的话让米佳很不舒服，却又无力反驳。因为她看出了李静红和海斌相似的地方。他们都是目标至上的人，不会被感情左右和束缚。米佳的冲动慢慢消失了，感觉到自己已经成了海斌的羁绊，甚至多心地想到海斌送出那份珍藏的邮册早有另一种意思。

"回房间等吧，不怕你笑话，为省钱，我们租了个套间。"

"不了，我该回去接孩子了。你们，一路平安吧。"

李静红没有挽留，大方地送米佳出门。米佳迅速钻进驾驶室，余光看见李静红仍在大门口目送自己。她故作镇静地微笑着，向她挥挥手，心下真心希望这个女人能帮海斌走出低谷。别的，她想不明白，也不想想那么多。可她真的能不想吗？女人的敏感已经将一个信号明确地传达到她的大脑——"狼来了",真的来了。那个气质高雅的女人,早已觊觎着她的"海老茂",并把温柔的魔爪伸向了他们破漏的茅屋……海斌会是什么态度米佳不太关心,只理智地认为,面对能帮助他走出低谷的橄榄枝,海斌没有理由拒绝。既如此,米佳又释然了。她心无杂念地发动汽车,要和上次一样,重新回到命运安排的生活。

时近下午,高速又开始堵车。米佳平静地排在车流里,听着手机放出的老歌《漂洋过海来看你》——

为了你的承诺

我在最绝望的时候都忍着不哭泣

陌生的城市啊

熟悉的角落里

也曾彼此安慰

也曾相拥叹息

不管将要面对什么样的结局

在漫天风沙里

望着你远去

我竟悲伤得不能自已

多盼能送君千里直到山穷水尽

一生和你相依

……

高速的另一端,海斌也堵在高速上。他的心情就没有米佳平静了,焦虑地指挥司机左冲右撞,恨不能把他赶下驾驶室,自己来。台湾籍司机大爷终于被他说急了,老老实实待在"car pool"里,不再听他的。海斌无可奈何,只能摇下车窗,四下张望。随着车流缓慢移动,他的心绪也在慢慢平复。看到"大食堂"欣欣向荣、世外桃源的景象,他本应不再担心,听到米佳重拾旧爱，继续撰文，他更该欣喜。他的焦躁，大概只因自己即将再次远离妻女。而对未来，他也有了从未有过的担心，他怕再过三个月，见到的仍是现在这样的停滞不前。新型专利得不到国际的认可，在国内也很难打开市场，直接影响着大规模生产。没有钱，翻身就是空谈。翻不了身，他就不能把妻女陷于经济危机的困境。他们分离的家就没有团圆的可能。

思路再次清晰，海斌拨通米佳的电话。他觉得有必要亲口跟她说清楚一切，省得她的小脑袋又去胡乱猜测。电话响了一下，居然断了，再打过去，就是无法接通。肯定是这个马大哈又忘了充电，想起米佳平时呆萌的眼神，海斌发现自己好久没有数落米佳了。米佳也太久没跟自己抱怨过任何人和事了。失联的两个月里，他们都在试着和彼此分离。结果是——他首先承认，自己做不到。

赴美前，听说美国大佬喜欢集邮，早就放弃这个爱好的他，竟鬼使神差地带上了那本邮册。昨晚，离开那个无聊酒会后，他本想拿着那本邮册去找米佳，让她转交给老杰克。可还是放不下男人的面子，就自己跑去求人家，结果吃了闭门羹。思来想去，他留下邮册，只想证明自己不是抛弃妻女的渣男，别无他求。他不担心邮册遗失。相信，老杰克一定会去找米佳问明实情，到那时，东西定能完璧归赵。米佳也会明白自己的良苦用心。为了给一切有个铺垫，一大早，他就来到"社会主义大食堂"，谁知，还是晚了一步。他猜想，米佳肯定被老杰克找去了。自己的目的也就达到了。至此，能做的他都做了。剩下的也只能尽人事听天命，一切都是缘分。

忽然，一阵中文歌声传来，海斌循声望去。对面滚滚车流，慢速相向而来。不远处，米佳坐在驾驶室里，呆呆地盯着前方，似乎在等着他的训斥。海斌兴奋地双手捂脸，笑容不可抑制地从指缝里跑了出来——说缘分缘分到的幸福，莫过于此。

米佳百无聊赖，余光中看到对面一辆车里，有个男人莫名其妙地捂着脸，不由得多看了几眼。这一看不要紧，惊得整个人都坐直了。她下意识地将车推到 P 挡，大声喊出了声："海斌，海斌。"

嘀——嘀——偏偏这时，拥堵缓解，后边的车哪儿由她停车，开始鸣笛。米佳只能缓缓启动了汽车，可眼睛仍看着对面的人。

此时，海斌终于放下手，坏笑着看看米佳，大声喊："等我，再给我三个月。"

车流缓缓蠕动，米佳与海斌的车，相向而过。

"我后悔了，我想回家，回咱们的家。"米佳听清了海斌的话，大声喊出自己的心声。

"什么？我听不清，好好开车，以后再说。"

"我说我后悔啦！"

海斌在米佳身后，拼命做手势，让米佳看前边，好好开车。米佳的车被无数嘀嘀声驱赶着，不得不继续前行，后视镜里，她看到海斌伸出双手，比出一个心的形状。米佳笑着流出了眼泪。原来，他真的不是不懂浪漫，他是不屑跟自己浪漫。他不是不懂爱情，他是羞于跟自己谈爱情。分离，给他们冷静，更给他们激情。冷静中，他们得以反思。反思后，方能成长。成长后，才懂珍惜。珍惜属于自己和对方的所有幸福和感动。

谁也没想到随心而动的结果是大家一同创造的奇迹。杰克感念米佳的真诚，在海斌登机的最后一刻，赶到机场，给了他一张某海外投资公司驻北京办事处总裁的名片，并把后边的事交给上帝，断言他们一定能在上帝的帮助下，获得想要的成功。随后，他感谢海斌将自己最珍贵的礼物送给他。但这份藏品，意义重大，弥足珍贵，他不能接受，希望海斌能够在不久的将来，亲手把它转交到它的主人手上。海斌郑重地接过邮册，诚恳表示，一定不会让老杰克失望。

登上飞机，海斌信心满满，相信三月之后，必是另一番天地。

3

生活好像重新步入正轨。大家在属于自己的轨道上运转着。赵梅以果断的执行力，收购了当地一家小型学校，登记注册了自己的华人留学生服务中心。米佳合伙人的身份和手续如果可以通过，将以新的工签身份，获得长期逗留的资格。海斌则承继了在美国的浪漫，从来不直接告诉米佳自己的现状，只在朋友圈里频传捷报。回国后，他们即得到海外投资公司的持股支持。外方资本的参与，加上低廉的价格，急速吸引着各方客户，呈几何倍增长的订单迫使他们必须开发新的原料基地。日前，他已经带领先遣团奔赴东北，准备建立东北分公司。相比之下，孙墨苹的生活却是死水微澜。汤小兵神秘现身某职业学校后再度失联。孙墨苹几度寻找未果，只能保持沉默。其间，汤圆偷偷参加国际高中选拔，顺利入围。面对高昂的学费，孙墨苹放下架子，向儿子坦言自己的现状，希望儿子考虑到她单身妈妈的苦衷，主动放弃。汤圆不忍妈妈为难，终于摊牌——汤小兵愿意承担所有费用。至此，汤小兵失联之谜得以解开。

原来，汤小兵不堪忍受孙墨苹的武断专权，再次萌生独立创业的念头。痛定思痛后，他决定从头做起，一头扎进某厨师培训学校，想边提升自己的段位，边寻找发财的机会。谁想，机缘巧合，因为自己一盅汤的功夫受到校长赏识，直接被推荐到一家七星级酒楼做主厨，年薪百万。翻身的喜悦重新唤回他追回老婆的斗志。因为没想好如何现身，他只偷偷联系了儿子汤圆，没对任何人透露自己的情况。如今，事情暴露，汤小兵只能衣锦还乡，想用不争的事实告诉孙墨苹——厨子一样能干出自己的天地。结果可想而知，他被再次赶出家门。这次，今非昔比的汤小兵不急不恼，高价租了隔壁的单元，一心一意与前妻做起了邻居。

这日，孙墨苹终于被汤圆"嫌贫爱富"的恶行激怒，同意送汤圆参加国际高中为期一年的"雏鹰"计划。可递交了报名材料，她又心下打鼓，怕没有父母陪伴的孩子，没人管教走上邪路，遂紧急视频米佳、赵梅。

"你自己想好了。美国大多数地方大麻合法化，没家长盯着，男孩子指不定干出什么事儿。"赵梅的观点——没有家长陪读，不要来美国读书。

"我倒觉得应该相信孩子有这方面的辨别力、自控力。男孩子提早离开父母羽翼，经受风雨，应该不成问题。"米佳的观点——支持汤圆独自来美国求学。

"你们俩说的我都想了，不是决断不了才找你们商量吗？"孙墨苹更没了主意。

"这种事儿我们怎么好替你拿主意啊，你自己想好了才行啊。"

"就是啊，孩子和孩子不一样，出不出国，都要因人而异。"

三人正谁也说服不了谁，雅丽慌张地跑来哭诉——苏珊考试作弊，被学校开除，离家出走了。几人赶紧结束聊天，四处寻找孩子。雅丽几近崩溃，早就哭得没了人形，只能由米佳出面，联系同学，打听苏珊可能的去处。可一圈电话打下来，她们才知道苏珊平时似乎跟美国孩子走得很近，实际上根本没有融入人家的社交圈。而中国孩子一边，大家都嫌她崇洋媚外，大多对她敬而远之。谁也不知道她的去向。雅丽急火攻心，心脏病发作，被送到医院。关键时刻，弗兰克出现，吻着雅丽的额头，安慰她自己一定会找到他们的女儿。

弗兰克深知美国孩子的习惯，认为一切都在模仿他们的苏珊必会效仿。米佳让赵梅留下照顾雅丽，自己跟着弗兰克来到一个地下酒吧。

原本以为美国乡村娱乐设施少，天黑以后，大家都会各回各家，殊不知某个偏僻的街区一样存在着灰色地带。弗兰克的车在一个街区兜兜转转了一阵，刚在一片涂鸦墙边停好，几个黑影不知从哪里冒了出来，围着车窗,对弗兰克说着什么。弗兰克语调不高地回复了一句,几人迅速散去。米佳十分紧张,大气也不敢出。

"别担心,那些是买毒品的。我们不招惹他们就好。"弗兰克尽量让自己吐字清晰。米佳胡乱点着头,跟着他下了车。

酒吧里,光线灰暗,空气里弥漫着一股特殊的味道。弗兰克说这就是大麻的味道。米佳谈虎色变地抓住了弗兰克的手臂。弗兰克索性拉着她,快速向里边走。无数怪异的眼神迎面射过来,米佳只觉得自己几乎被他们灼烧、熔化。弗兰克忽然停住脚步,推开几个挡住他们视线的身影,发出雄性的怒吼。

"苏珊,你这样太让人失望了。"

米佳定睛望去,只见苏珊正在几个白人男孩的簇拥下,摆弄着一支烟卷。她的眼神已经迷离,表情怪异地看着他们。弗兰克一把打掉烟卷,拽着苏珊就往外走。两个白人小子跟过来,挡住前路。

"让开,小子。"

"你是谁,你无权带走她。"

"我是她爸爸。"

"骗鬼,她要有长成你这样的爸爸就不来这儿了。"

"这是她妈妈总没错吧?我们结婚了,我就是她爸爸。"弗兰克指着米佳机智地说,"再不让开我就报警,别怪我没提醒你们,这个女孩现在还是中国身份,而且未满十六周岁。这会惹上多大麻烦,你们自己掂量。"

"啊,中国人……"

一个男孩退缩了,接着所有人都后退了一步。弗兰克搂着两个中国女人迅速离开酒吧,一脚油门,扬长而去。

"哈哈,没想到中国身份这么好使,刚才我都快被吓呆了。"弗兰克边开车边兴奋地大声说着,好像只有这样才能发泄刚才的紧张和恐惧。

"弗兰克,没想到你这么棒。你真男人。"米佳搂着趴在她肩头的苏珊称赞着,"可,这孩子,不会有事儿吧?"

"估计那些坏小子给她抽了大麻,她晕烟了。过一会儿就好。没事儿,好悬啊,再晚一点儿,估计,他们……"

弗兰克没好意思说下去,米佳明白他的意思,怜惜地捋了捋已经睡去的苏珊的头发。

"回去别告诉雅丽,免得她担心。过后我会教育这个丫头。"弗兰克细心地嘱咐着。

米佳忽然想明白雅丽在弗兰克心中的位置,故意问:"这个孩子不是你的,你刚才怎么那么勇敢?"

"谁说她不是我的孩子,她是雅丽的孩子,就是我的孩子,我要像保护雅丽一样去保护她。"

"可雅丽她……"

"佳,你能不能告诉雅丽,请她把我当作她的亲人、她的爱人来对待。我们已经结婚了,什么你的、我的,哪里分得了那么清楚?"

听着弗兰克的抱怨,米佳羞得脸都红了,原来人家一点都不傻,一早知道她们这些中国女人怎么议论他,只是懒得跟她们一般见识罢了。他还说在他们的宗教里,婚姻是神圣不可侵犯的,既然在上帝面前发了誓,他就会一辈子对雅丽及雅丽的孩子好。

"你信我吗?"弗兰克有些激动。

"我信,雅丽也信。"米佳替雅丽做出了回答。

"那就好。"弗兰克的脸上居然露出了羞涩,"佳,你能教我中文'我爱你'怎么说吗?我想明天一早说给她听。"

"我——爱——你。"还没等米佳回答,苏珊忽然大声说。她说完就不好意思地扎进米佳怀里。

弗兰克认真而别扭地重复着——我爱你。

4

风雨过后总有彩虹。第二天一早，雅丽就体会到弗兰克的浪漫。他真的手捧花束，来到她的病床边，用中文说："我爱你。"弗兰克大义救女的壮举，也在华人圈传为佳话。苏珊的作弊事件虽然使她远离了中国孩子就读的好学校，但也让她懂得犯了错就要受到惩罚。而接受惩罚的最好方法是对错误的反思和远离。她也第一次承认美国的东西不都是最好的，并在弗兰克的建议下，第一次为母亲做了一顿中餐。吃着女儿送来的家乡饭，雅丽喜极而泣。

看着跨国婚姻造就的一家人，最终相亲相爱走到一起，米佳十分感慨。有时候，文化的差异，能让两个十分相爱的人因隔膜而分手；可有时候，这种差异也会是一种促进剂，让两个本来没那么相爱的人，在磨合中产生感情。尽管不能完全理解弗兰克的心态，但米佳相信他说的都是自己的真情实感。她甚至从弗兰克被大胡子包裹的脸庞中看到了憨厚的中国大爷的味道。至于雅丽，别看她嘴上说美国人一点都不实在，送花不如送个大肘子，心里可是比谁都满足。所以，米佳一点儿都不担心她一拿到身份就会不仗义地甩掉人家可怜的老头，反而开始操心，他们的孩子，应该管弗兰克叫爸爸还是爷爷。

雅丽出院了。弗兰克邀请大家参加他们大家庭的聚会。米佳有幸感受了一次墨西哥人的欢乐。他们的性格果然像他们祖国的气候一样热烈。家族中不管老人还是孩子都十分热情地与尊贵的中国客人拥抱亲吻，然后，拿出最美味的食物与他们分享。他们真诚随意的表情早已代替了语言，而狂放投入的歌曲也能让人瞬间理解他们的快乐和幸福。没过多久，米佳他们就融入了这个善良的墨西哥大家庭，与他们一起在草地上烧烤、跳舞、歌唱。纵情狂欢中，米佳明白了一个道理，情绪融合到一定程度，未必再需要听懂彼此的语言。此时此刻，曾经如念咒的墨西哥式英语也变得抑扬顿挫，旋律悠扬，令人不由得陶醉其中。忽然，天空云层翻滚，没过多久竟下起雨来。大家谁也没有避雨的意思，继续在雨中跳着、唱着，放松到了极致。这时，建平撑着一把红伞从远处走来，还没明白怎么回事，就被弗兰克家的几个妇女一把夺了伞，拉进她们的舞蹈圈。米佳和赵梅见状，故意尖叫起哄，弄得建平更加不好意思。强被拉着转了几圈，建平终得逃脱。

"还是回到祖国女人的怀抱比较安全吧？"米佳打趣着说。

"太热情了。"建平理着已经透湿的衣服，自愧不如。

"看，彩虹。"赵梅忽然指着东方，尖叫着。

果然，雨过天晴，一道漂亮的彩虹从两座郁郁葱葱的山包上升腾而出，将四周都染上了灿灿金色。

好久没有见过这么壮丽的彩虹了，米佳情不自禁地站起来，跟着墨西哥朋友欢呼。等她气喘吁吁重新回到烤炉前，建平忽然幽幽地说："你好像变了。"

"是吗？我就是，从来没这么放松过。"

"还记得你刚来时，看谁都跟阶级敌人似的脸吗？"

"我有吗？"

"有，当然有，不信你问赵梅。"建平合起双手，故意大声问远处照相的赵梅："是不是啊？"

"你别，真是，幸亏她没听见。"

"变了，怎么了？她也变了，你们都变了。"

"就你没变，一如既往的虚伪。"

"我，虚伪？你真是这么认为的？"

"那当然。最……"米佳看建平低下了头，赶紧改口，"开玩笑啊，别当真。"

"对不起，我不是怪你，我是想起了，想起了楠楠妈妈。"建平尽量保持平静，可是嗓子还是沙哑了，"记得我们吵得最凶的两年，她给我最多的评价就是这两个字。好久没听了，猛一听起来，既亲切又……对不起……"建平迅速转过身，向没人的地方跑去。米佳望着那个动情的男人的背影，心里一阵心疼。男人其实比女人更不容易，无论何时都要表现得坚强。就像海斌，明明承受那么大压力，却终是一个字都没跟自己提过。米佳不自觉地想到海斌的时候越来越多。这在孩子十岁以后就不太出现的情景，最近越发频繁了。她对他的担心也更加强烈了。可她严格遵守着与他的约定，给他时间，等他解决了所有难题，重新跟她说———切尽在掌控。昨天，律师的电话又来了，还是催她回国落实相关手续。海斌还没有撤回那份诉讼吗？他还在担心自己的财务状况吗？或者，一切并没有得到缓解？他朋友圈里的一切都是虚假繁荣？米佳的心头浮上一层阴霾。继而，高速路上那段浪漫的相会也在眼前重演。可与担心比起来，短暂相会的快乐，真的不值一提。随着彩虹退去，一朵乌云在山包上留下浓重的云影。黑漆漆的一团，随着风迅速飘移着。米佳的心猛地一沉，几乎被那团黑影牵着落向山下。

- CHAPTER 29 -

面朝大海，春暖花开

1

不知是不是命运的安排，当建平告诉米佳林木小屋找到的消息时，赵梅也把海斌给米佳写的第一封也是唯一一封信递到她的手上。平复了两份浪漫带来的惊喜，米佳选择先去跟青春的浪漫见面，再回来与现实的浪漫相拥。

车子一路向南，穿过盘山道，直奔海滩。小屋是建平的画家朋友找到的，他还大概知道些林木这些年的经历。当年林木在纽约学画八年，一直梦想着在时代广场举办自己的个人画展。可是，由于风格所限，他的画一直没有得到业界认可。多年来，林木以卖画为生，却一直挣扎在温饱线上。最惨的时候，他不得不在时代广场摆摊画像，以换取充饥的面包。就这样又坚持了几年，终于有个犹太籍富翁看上了他的画，高薪聘他到洛杉矶为他的家族画像。此时，林木已被生活折磨得锋刃全无，毫不犹豫地接受了这个能维持他生计的大单。从此，他便以人像出名，成了当地富豪的御用画师，生活得以改善，并在海边买了栋小房子，直到心脏病突发，倒在一个海潮升起的早上。朋友们收拾他的遗物时，发现他一直在坚持自己的梦想，已经储备了几十幅题名"青春"的画作。为了纪念他，大家将他的房子改成了画室，用于展出那些从未面世的作品。

"据说，最近已经有人出资收购了这些画作，不日将全部运送回国。所以，一得到消息我就赶紧带你来了，怕万一来晚了，再难实现你的念想。"

"谢谢你一直想着这件事。其实，有时候我想没准一直念着才有味道，真的见了，反倒没了意思。"

"以你的性格，不会允许未知的存在。"

"你直接说我不撞南墙不回头不就完了。"

"不是，那是固执。你是澄澈。你不允许任何混沌的事情出现在你的感觉里。"

米佳看着把自己分析得头头是道的建平，笑而不语。

"其实我也想看看这个林木，也许他的归宿就是我的未来。"

"怎么说得那么悲观？楠楠不是已经跟你住到一起了，怎么又有什么不愉快了？"

"别提了，臭小子不知道想起什么，忽然提出要回国参加高考。这不是天方夜谭吗？"

"不会啊。以他那么强的独立意识和学习能力，复习个一年半载参加高考不在话下啊。"

"可如果他这样，我这么些年，还有他妈，唉……"

"他是不是受什么刺激了？"

"估计是苏珊的事。他那天忽然跟我说，苏珊坚持三年不吃中餐，出家门不说中文，完全不想承认自己的中国身份，到头来还是不被美国人接受，最后为了所谓的好成绩作弊，给人最大的笑柄。他说，他不要留在这里遭人歧视，任人耻笑。"

"这孩子的想法有时候是很偏激。不过，有个问题，我也一直在考虑。在美国，咱们的孩子能有怎样的发展？在美国这个阶级固化已经十分定型的社会，华人的后代能有怎样的平台？我想不清楚。"

"美国是个公平的世界，有努力就会有回报。"

"你说的是经济上的回报，并不代表精神层面和心理层面的。就像林木，他到死都只是个画师，而不是画家。我想自己的艺术得不到大多数人的认可，这才是他最不甘的地方。"

"可能我的专业没有这么敏感，考虑不到这么深的层次。"

"我也是昨天更新公众号的时候想到的。孩子们这么早出来，这么早远离了本土文化是不是一种缺失？而他们最终难以融入异国文化，也将是一种必然？何去何从，我有点儿想不明白。我很怕，未来的他们会责备我们现在的决定，让他们成了两边不靠的人。"

"那才需要我们积极引导啊。"

"我们往哪里引导？总要有个侧重吧？想到这些问题我就有种被撕裂的感觉。更何况，还有家庭分离之痛。如此抛家舍业，我真不知道，究竟值不值得？"

"你，真跟刚来的时候不一样了。"

"这已是你第二次这么说了。"

二人不再说话，默默注视着前方已经出现的海岸线。

"住在这儿真美啊！"

"现在不用看我也知道，那里肯定是林木的画室，错不了。"

"为什么？"

"记得咱们上学时流行的海子的诗吗？"

建平看看米佳，按下车窗，高声吟诵："愿你有一个灿烂的前程，愿你有情人终成眷属，愿你在尘世获得幸福，我也愿面朝大海，春暖花开。"

"没错。就是这个，林木最喜欢最后一句。他住到这里，就是要面朝大海，春暖花开。"

远远地，林木浅蓝色的小屋，被白色的栅栏掩映着。米佳更加相信，这里就是林木精神和灵魂的归宿。可是，越到近前，她越迷惑，她看看建平，却不敢告诉他，自己已经不能清晰记起林木的模样。他迷迷糊糊的笑靥一直在迷雾中，散发着松木的清香。那是她十八岁的记忆，也是整个青春的记忆。

建平为米佳推开了那扇小小的木门。屋内，为观画方便，所有的窗户均已封闭，厚重的纱幔隔绝了大部分光亮，只有射灯照着的画作，喷薄着，扑向观画者的眼帘。米佳故意没有抬头，冥冥中，她觉得一双眼睛审视着自己，令她不敢直视。

"这个，是……"建平的轻呼，使米佳抬起了头。

迎面一双自己的眼睛，大胆地注视着自己。画框里，十八岁的自己，穿着肥大的校服，正向她微扬着下巴。记忆瞬间回到那个夏日的午后。林木背着画夹子，站在操场中间，大声吆喝，为书画社所有适龄女生免费作画。女生们扭捏着，相互推搡着，谁也不愿往前凑。

"林木，你这是找免费模特啊，谁上你的当。"赵梅挑衅地说。

"就是，美院的模特都按小时收费。你得先给钱。""眼镜"结巴着说。

"关键得看画得好坏吧。要再出个王昭君惨案，咱这些美女可是得不偿失啊。"

大家你一言我一语说个没完，就是没人支持林木。

"米佳，你不是一直挺欣赏林木的画吗？你还不去试试？"孙墨苹低声提示米佳。

"去就去，万一把我画得跟天仙似的呢？"米佳大大方方走到篮球架底下，下巴微扬，"来，画。画好了我就裱起来，当我的相亲照。"

众人哄笑中，林木提笔勾勒，没多久就完成了一幅惟妙惟肖的速写。

"哇，不错啊。"

"就是啊，太像啦。"

在米佳的带动下，大家一下把林木包围了，纷纷让他给自己画像。

时光荏苒，记忆仍如此清晰……

米佳激动地快步走进画室，果然，在第一篇章里，她见到了所有书画社的同学。他们都那么年轻，脸上的绒毛无不洋溢着青春的光芒。

"怪不得谁也没得到那些肖像画。原来林木早就知道自己要走，提前留住青春的记忆，想着日后让大家到他美国的画展上，自己认领。"

"这么看，他的梦想实现了。"建平不无羡慕。

二人继续往里走。在第二篇章里，米佳看到了那幅属于自己的落花纷飞。不知怎么，放大的画作里，大块的留白显得飞落的花瓣稀疏、零落，孤孤单单浮在地面上反显得深邃、寂静。画面景物相同，但整个画风给人的感觉完全不能统一。米佳禁不住掏出那幅小画，仔细对比。真的没有分别，大概只是自己心境不同，观画的感觉才发生了变化。此时，手中的小画也变得陌生起来。不过，相比其他第二篇章的画作，这幅画还能让米佳感觉到那个熟悉的林木。再往后，林木画风突变，时而写意，时而印象，更有诸多模仿大师的痕迹，更让米佳不敢相认。

"我怎么越来越觉得不是林木的画了呢？"

"人总是在成长的，经历多了，人生体验多了，作画的感悟肯定就不一样了。"

"你是说，对后来的他，我一无所知？"

"事实如此吧。"

米佳不得不承认，离开十八岁那个夏天，她的人生中已再无林木这个人的影子。只是，跟孙墨苹调侃女人心事时偶有提及，但那也是女孩情窦初开时永远戴着面纱的倾慕。于她而言，林木早已无异于一个陌生人。如今，为了这幅画，她竟不远万里找来了。难道只为给自己曾经朦胧的爱情，找一份对应的肯定吗？米佳忽然觉得自己十分荒唐，相比林木恢宏的人生理想，她无欲无求的人生简直有如蝼蚁。

"走啊，还有最后一个屋子。第三篇章，主题是——爱。"

不知是不是已在潜意识里认知了林木陌生人的概念，面对更加狂放难懂的画作，米佳没有再纠结它们的意思。爱情本是复杂的，更何况曾经沧海二十年，早已是陌生人的林木？带着淡淡的失望，米佳走向最后一个画框。这个画框略大于其他，独自孤单地被放在画室最后的角落。墙上，特意别着一个马蹄莲。画面有些朦胧，似蒙着一层白纱，迷幻中，一个少女的背影层层显现，模糊中带着似曾相识的气息，扑面而来。随着一阵莫名的心跳，米佳认出那高高竖起的马尾辫上一条紫色的丝带，系着一个反向的蝴蝶结。刹那间，米佳明白了一切。泪水伴着笑容，无声地流了下来。可脸上分明挂着释然的微笑。

画室的最后，是一张陌生的、中年男人的照片。岁月在他脸上留下条条沟壑，他的笑容却坦荡从容。这才是熟悉的林木。米佳最后在留言簿上写了一句话——我愿面朝大海，春暖花开……

"还有很多意犹未尽啊。"建平发现米佳落泪，不敢多言。

"你说，林木住在这儿的时候，想的还是这句话吗？"

"应该会有些许改变吧。"

"肯定的，这里离海这么近，难免要抵御风沙。"

米佳的话建平没有全懂，但也似乎理解。他为米佳在最后那幅画前，照了张照片。米佳转手就发给了孙墨苹。

回去的路上，米佳小睡了一会儿，醒来恍如隔世般看着建平，问他如此生活是不是像林木一样倍感孤单。

建平点头承认："随着年龄的增长，一种毫无归属感的孤单常常让我在梦中惊醒。每次醒来，都不知道身在何方。"

米佳："我也是。每回醒来我都不记得自己在哪儿，不是北京，更不是美国。"

建平："或许，你应该考虑长期留在这儿。"

米佳："我怎么觉得正好相反。我已与青春诀别，是该回去的时候了。"

是夜，米佳坐在黑暗里等待中国的傍晚。直到算好了孙墨苹下班到家的时间，才邀请她视频。

"大半夜你发什么神经啊。我这儿刚进门。"

"我发你的照片你看了？"

"我忙了一天招生会，哪儿有时间看照片？"

"那就现在看，我给你十秒钟。"

米佳果断挂断，在黑暗中默数了十下，又拨过去。屏幕里，孙墨苹早已泪流满面。米佳见状，怎能控制，也跟着无声垂泪。两人对着哭了好一会儿，才不好意思地同时笑了起来。

"你为什么不告诉我，亏我把你当了几十年好闺密。"米佳质问。

"我不是不想，我是不敢确定。"孙墨苹抽泣着。

"那你就看着我傻了吧唧把人家当初恋，还当了这么多年。"

"初恋时我们不懂爱情，再说，单恋也是恋，暗恋更是恋。有过的就是财富，何必纠缠谁对谁付出？"

"你早知道那幅画是林木给你的？从赵梅一拿出来就知道，那两个字母不是 MJ 而是 MP，对不对？"米佳打断孙墨苹的说教，忽然问。

"对不起。我，我不相信这么浪漫的爱情是林木留给我的。我受不起，接不住，我宁愿……"

"宁愿看着我傻了吧唧，巴巴地跑到美国来寻找初恋的感觉？"

"至少，你找到了吧？"

"我只找到了自作多情的自己，一个不想长大的中年少女。"

"这可是'海老茂'给你的新词？"

"不是，我给自己起的。不过从今以后没有了，因为那个老少女长大了。"

米佳悲壮地宣布过后，心中全部释然。其实，一个故人的终生之恋又岂是她这样敏感的人所能承受的。知道自己误会的一瞬间，她的感觉是复杂的。一开始是羞多于怨，后来怨又多于悔，再后来便什么都未曾存在似的，归于平静。所以，看着中年林木照片的时候，她已毫无感觉，只怀着对画家英年早逝的遗憾，对这位终于实现自己少年梦想的、执着的人充满敬意。

"林木走得没有遗憾。我们都该高兴才对。"孙墨苹仍难免伤情。

"他当然不遗憾了，虽然经线短点儿，但纬线比咱们这些人可宽多了。"米佳故意放轻松。

"你们俩哭够了，也怨够了吧？"赵梅忽然从黑暗里走出来，宣布了一个大秘密，"人家林木不偏不向，给咱们每个人都画了个肖像。所以呢？我让他叶落归根，暑假我就带着它们回家。"

"你就是那个神秘的买家？"米佳立刻反应过来。

"赵梅，你不会也……"

"谁也别说谁啦，我的少女们。"

三个女人笑着又冒出了泪花。米佳不明白，怎么最近这么容易流泪了呢？原本以为到了美国，自己就已经坚强得不再有泪水。自从海斌再次出现，自己的泪腺忽然变得发达起来。漂洋过海前跟自己说好的不再为他流泪，怎么不再作数了呢？这时，她终于想起了那封躺在枕头底下的海斌的信，那封她盼了半辈子的海斌给她的"情书"。

2

带着告别一个梦幻情书的轻松，米佳准备接受现实里的，只属于自己的情书。

这真的是一封情书，一封海斌写给她的情书。信中，海斌先是写财务报表一样，用编年体历数了他们在某年某月相识于哪里，吃了什么，餐费多少；又在某年某月的某个不要门票的公园里，第一次手拉手走到半夜；然后经过一次最大的开销，他们的初吻诞生在北展旁边的必胜客……接着，米佳看到了这辈子本来以为看不到的话：

"顺便透露个秘密吧。其实，第一次看见你，我就觉得这个小丫头憨头憨脑挺可爱的，是个不错的老婆，一定要收入囊中。于是，我就制订了欲擒故纵的方案，一直到你给我写了那几封情书，我都故意拿着劲儿……以你的性格，你肯定得追着问我，信收到没有啊？看了有什么感想吗？为什么不回信啊？……我就爱看你追着我十万个为什么似的问个没完。那才是一个男人最享受的时候。你还记得我是怎么说的吗？我说我字不好看，从来不给别人写信。你当时就不说话了。对了，你一生气就不说话了。后来，我觉得这招不错，一直用到现在。可当时，咱们刚刚确立恋爱关系，我有点心虚，正琢磨着要不要给你也回一封信，谁知道你越挫越勇的性格让你马上想出了新招。你不写信了，开始编短信，历数我的罪状，一发十几条……你倒是给我回的时间啊。用不了多久，没收到回复，你的电话就追过来了……现在知道了吧，傻丫头，是你的急性子让你完全掌控在我的手里。不过，结婚以后我还是挺想紧跟你的脚步的，可你的思维实在……我跟不上啊。过去，也试着去读些晦涩难懂的名著。可惜啊，都成了最好的催眠剂了。你老说我不看书，其实真不是不想看，是工作一天了，就想放松放松。放松的方法总不可能都是读书吧。后来，小米来了，咱们就乱了套。你的心思全扑在孩子身上，我也享受不到你的小浪漫和小挑剔了。你的任性赌气成了常态。我一下子好像养了两个闺女。这个哭、那个闹，烦都烦死了。只有你们都睡着的时候，一大一小猫似的蜷缩着，我才能感受点儿当爹的乐趣。唉，糊里糊涂十几年了……"

　　米佳有些看不下去海斌的叨唠。一是因为他的字真的很难看，让人不忍卒读。二是十几年了，谁容易啊。看他说的，自己白手起家，努力打拼多不容易云云，米佳心里就来气。这是情书吗？这摆明了在算账啊。算来算去有什么用呢？日子都过了，难道还让谁赔谁的不成？米佳硬着头皮又看了多半页纸，终于看到她和小米离开后他的生活；看到他跟汤小兵狼狈为奸、取长补短的过程；看到他的危机和这次孤注一掷……后边居然没有了，直接就是两行话："行了，不说了。成者为王败者为寇。我呢，辛辛苦苦二十年，一朝回到解放前，我认了。你呢，按律师说的办，别委屈了孩子，把自己的路走下去。"

　　后边，落款、时间什么都没有。米佳愤怒了。这跟她在高速公路上理解的感觉完全不同，跟前两天看到的朋友圈里志得意满的海斌更是不同。她不知道发生了什么，让他又180度大转弯，变回了两个月前的模样。想到那天看到乌云的预感，米佳想都没想就给他发了微信，质问他写这封信的初衷。海斌秒回了一句话："就是按律师的意思办。"

　　律师什么意思，律师让她回去办离婚手续，接收家里那点资产。他呢？他不是已经找到投资，不是开始大展宏图，不是还到外地开发新公司了？这期间到底发生了什么？米佳不愿细问，开始翻看朋友圈找细节，终于，在海斌晒出的东北公司简陋的宿舍里，她看到了帮着他整理床铺的李静红的背影。女人想象的列车瞬间发动——开始……后来……最后……于是——

米佳在心里肯定着自己的想象，可十秒钟之后又推翻了事情的全过程。不可能，海斌不是那样的人。那都是那个女人的所作所为。李静红一开始去找她，好心给他们出主意，就是一个阴谋。之后的一切也是她安排好的。这么想过之后，米佳整个人都冷静了。没有愤怒更没有怨怼，耳边只无数次重复着李静红那天在酒店大堂说的话："我会帮他，尽我所能。你能做的就是活好你自己。"

没错，她说得很对。她能给海斌什么帮助呢？她没有钱、没有人脉，不会权谋，不懂商战，甚至连账都算不清楚。她对海斌而言只能是一味索取。李静红就不一样了，她是女强人，是海斌事业上不可或缺的合作伙伴。他们在一起，应该有说不完的话题吧？他们在一起，海斌不会有翻看名著的困倦吧？他们在一起，海斌也不会觉得像带着个大闺女吧？没有比较就没有伤害，相形之下，米佳觉得自己对海斌简直一无价值，对任何人都一无价值。除了她仍在成长中的小米，她是所有人的无所谓。看着女儿熟睡中红扑扑的小脸蛋，米佳有少许欣慰。可想到用不了几年，她的小米也会变成大米，也会成家立业，离她远去，她又不能不考虑那个老问题——自己存在的价值。螺旋般往复的问题从来没有离去，更没有明确的答案。她能做的，大概只有写下这些困惑，让更多的人来思考和回答。

米佳再难入眠，悄悄起身，拿起电脑，走到公共客厅。客厅里，夜灯如豆，茉莉亚肖静静地坐在沙发里拿着手机发呆。

"茉莉亚肖，早。"

"早。你不会也开始过中国时间吧？"

"没有，我睡不着，索性起来赶稿子。您在等电话吗？"

"是国内号码的客服，他们居然要消了我的手机号。"

"您可以办保号停机，用不着消。"

"问题是我也不想停机，我就想这么放着，可以吧？"

"当，当然。"

"他们就是不依啊，没完没了推销什么网络，我不要，我就想我的号码，安安静静放那儿，怎么了？"

茱莉亚肖莫名其妙的火气让米佳赶紧收回了自己跟客服差不多的好意，默默低头码字。不一会儿，茱莉亚肖的长吁短叹就被米佳敲击键盘的声音掩盖了。绵密细腻的文字，随着夜晚的静谧，细碎舒缓地汩汩而出。米佳的心绪，也在与电脑的隔空倾诉中起伏、平静。

晚上没睡好，米佳一早就头大如鼓，勉强支撑着送孩子上学，回来一头栽在床上，还没睡着就被建平拽上汽车，赶往机场。原来，楠楠执意回国的事儿终于爆发。昨晚爷儿俩大吵一架之后，楠楠一早就奔了机场。建平发现纸条，赶紧拉上米佳去找。见米佳精神不振，建平有些不好意思。

"对不起啊，孩子的事儿总是麻烦你。"

"跟这个没关系，我头疼，昨晚没睡好。"

"是因为林木的事儿？你不是说都放下了？"

"哎哟，我缅怀一下青春不行啊。"

米佳原来挺喜欢跟建平这样轻声细语、润物无声的交流，今天不知道怎么了，忽然很烦躁。

"哦。我昨天发火估计也是被你们的青春回忆闹的。"

"少找理由，肯定是你又武断了，跟人家孩子话赶话。"

"这孩子也不知道怎么就这么固执，认准的事，八匹马都拉不回来。"

"孩子嘛，都是这样。"米佳说着楠楠想到的却是自己，"你说这固执是不是一种认知障碍啊。"

"对你这样的大人是，对孩子应该叫阅历不够。"建平总是这样能瞬间洞悉她的想法。

"那你老拉着我去跟你家孩子沟通，是不是觉得我的水平跟他比较相近啊？"

"嗯，跟他妈比较相近。"建平觉得自己说错了话，赶紧掩饰，"我不是那个意思。"

"什么意思不意思的，我看你怎么一点不着急啊。这要是真走了，你那边不找个亲戚朋友接一下啊？"

"他走不了。"建平从兜里掏出护照，"傻小子没带证件。"

"孙猴子果然逃不出如来佛的掌心。"

说是不着急，二人还是脚步匆匆地在机场转了个遍。正沮丧时，看到赵梅远远向他们招手。

"大老远就看你们跟盼着孩子回家的两口子似的，别瞎转悠了，孩子都回去了。"

"你怎么不早说，害我们着半天急。"

"我可真没看出来，看你们有说有笑的，特恩爱。"

不知从什么时候开始，赵梅阴阳怪气的毛病又有所抬头，米佳懒得跟她一般见识，只关心楠楠怎么被她劝回家的。

"不就是要回国吗？答应他，给他找复读学校，让他从早到晚被关在学校里，取消一切课外活动，手机游戏机没收……看他能坚持几天。"

"那你意思是真让他回国？"

"那多麻烦啊，回去，让他先跟汤圆视频，脑补，保证有效果。"

3

赵梅的法子果然有效。汤圆继承了汤小兵的表达能力，三言两语就给楠楠描绘了暗无天日的凄惨景象。加上，高鹏、海小米的添油加醋，楠楠似乎有所动摇。米佳中肯地分析了楠楠的想法，相信他不会害怕学习的辛苦，只是担心他的思维习惯和学习思路会与中国的应试教育体系形成冲突。米佳告诉他，人生苦短，他没必要用自己的时间和前途去验证两种教学方式的利弊，如果真感兴趣，可以作为大学的研究课题。楠楠终被劝服，还说他就喜欢她这种两边说理的观点，不像建平，要么一棒子打死，要么说成花，捧上天。米佳暗暗叫苦，心想自己哪是两边说理，明明是没了主意。前两天，海小米和高鹏的托福成绩下来了，居然都不足六十分，这让米佳陷入前所未有的迷惑。总说国外语言环境好，可浸泡了一年，连国内语言机构的最低水平都没达到。难怪那些"留学前辈"一放假就往国内跑，各种培训班成套地报，为的就是提高孩子的应试水平。如此这般，在国内读书就好了，还千辛万苦跑到国外来干什么？还有赵梅的学校，在她一再坚持下，还是设立了课后辅导班，谁想到一时间供不应求，连百十英里外的华人孩子都要报名参加。这不完全把国内的形式照搬到美国了吗？可怜这些孩子白天受着开放的美式教育，放学后，继续国内的填鸭式辅导。长此以往，会不会人格分裂？米佳不知道，但至少美式教育的精髓受到了现实挑战。所以，她没有让海小米参加任何辅导班，高鹏见状也坚决抵制。可结果是，一块儿参加的托福考试，人家报班的孩子成绩都达到八十分以上，可怜他们两个连及格线都没到，气得赵梅一个劲儿埋怨米佳耽误孩子前程。关于学习，米佳早就没了主意。此时被楠楠表扬，简直有苦说不出。好在另一方面——调和父子矛盾，她还比较在行。本想语气轻松调侃两句就送楠楠回家，谁知，楠楠坚决不回，还要以工代酬，到赵梅学校打工。米佳苦口婆心跟楠楠聊到大半夜，仍是没有效果。正要鸣金收兵，茱莉亚肖端着咖啡出来了。

"楠楠，你是不是还在怪你爸爸？"茱莉亚肖直截了当的提问令楠楠低下了头，"那你完全可以告诉他。你接受不了他之前对你们母子的所作所为，跟他彻底分开。美国十六岁以上就能享有驾驶、打工等各种大人的权利。家长也有权把这些已经成人的孩子赶出家门自谋生路。孩子，你快十八了，法律上早已独立。用不着这么别别扭扭地跟你不喜欢的人生活在一起，离开他，自己去闯荡吧。"

茱莉亚肖的一番话，惊得米佳差点儿站起来，这不是把自己辛辛苦苦一晚上的劳动成果都说回去了？

"我当然可以离开他啊。现在是他想不开，离不开我。"

"那你想过他为什么离不开你吗？"

"他——孤单。"

"孩子，你还小，体会不到孤单的滋味。等你到你爸爸的年纪，到我这个年纪，你就知道一个人无论在哪儿，没有亲人陪伴的那种滋味，都不好受。你知道我为什么住到这里来吗？"

"你也孤单。"

茱莉亚肖摇摇头，终于讲了自己的故事。正如大家了解的，茱莉亚肖二十几岁到美国打拼，靠自己的能力，逐渐站稳脚跟。这时，她最大的愿望就是和家人团聚。可此时，独立和坚强早已增大了她和先生的距离。她的先生不愿抛下国内的一切随她到美国发展，她也舍不得自己好容易打下的一片天地。两人就各自坚持着，过了几十年聚少离多的日子。几年前，茱莉亚肖终于到了退休的年龄，两人约好到马来西亚度假后，一起回中国的家。谁想竟赶上了那个神秘的客机失踪……

"这个房子，我跟老伴来看过。我当时就想买下来，给我们养老。后来——用不着了。可我觉得总有一天老伴能回来。我就把自己的房子卖了，租了这间朝阳的卧室。老伴以前就喜欢加州的太阳。他回来，肯定喜欢这里。啊，对不起，说了半天，跑题了。"茱莉亚肖浅浅笑了笑，"孩子，我就想告诉你，人这一辈子看着挺长，其实，一眨眼工夫，没准你都来不及后悔就过去了。多想想你爸爸，别做让自己后悔的事儿。"

"他要是当年不坚持在美国，妈妈，妈妈就不会死。"

"所以他知道错了，才会放弃一切，只为能跟你在一起啊。就像我，住在这个老伴喜欢的房间，等着他归来的消息。"

"他可以跟我回国啊。"

"那倒是。但是回国要有回国的条件。他出来多年，国内的人脉早就断了，学习上、工作上都没法帮你，完全靠你自己能搞定？别的不说，就是复读学校他都搞不定。你最好不要难为他，也不要难为自己。回国可以，应该像你上次跟我说的，学成而归。"

"这也是你不回国的原因吗？"米佳禁不住插话。

"我回不去了。没有老伴，我跟人交流都觉得自己像个傻子。毕竟，离开得太久了。"茱莉亚肖有些凄然，"这一点上，你爸爸可能跟我有同感。所以，最好不要勉强他。至于你，等你羽翼丰满，估计用不着你自己说，你爸爸就会赶你回去。孩子，珍惜吧，珍惜你们父子还能在一起的时间，真的不多了。"

茱莉亚肖的话是说给楠楠的，却句句触动米佳的心事。也许当初选择陪伴女儿的初衷就在于此。可自己放弃了与另一边的团聚，人为地造成了家庭的分离。这样真的值得吗？对此，海斌不是早就颇有微词？那她最后的决绝就不全因为自己的颓废，而是早有不甘。米佳的心更乱了，但仍是没有一点与别人分享的欲望。她同情茱莉亚肖的遭遇，可一点不赞同她在这里活死人一样的等待。米佳想告诉茱莉亚肖，她是出了一个圈，又进了另一个圈。可米佳自己又何尝不是呢？人啊，就是出了一个围城，又进入另一个围城，永远没有放过自己的时候。就像她和海斌，吵吵闹闹十几年，也许终是逃不掉命运的劫数。米佳又想起山顶的那团乌云——如果你跳不出那片阴影，即使四周一片光明，也走不进人生的彩虹。

- CHAPTER 30 -

最好的安排

1

自从跟茱莉亚肖有了一次沉重的谈话，楠楠懂事不少，没过两天就搬回家，还主动让建平帮忙出主意申请学校。海小米和高鹏被托福成绩挫败，也收起狂纵的心，开始背单词、看书、猛攻英语。米佳没有理会海斌的信，没有质问更没有回信。两人又恢复了在信用卡还款日无声的交流。其实，随着公众号影响扩大，米佳早就不用他给自己还款了，可她赌气似的，想看看他到底想怎么样。日子就这么不紧不慢地过着，米佳逐渐习惯了这里的好山好水好无聊。有时候，她甚至想就这么过下去也是个不错的选择。

波澜是从那天欢送楠楠申校成功，即将启程校访的聚会上开始的。那天大家都很高兴。建平父子俩还共同唱了一首《爱拼才会赢》将聚会推向高潮。米佳抓拍了两人和谐相拥的瞬间，修好图发到楠楠手机上。楠楠不一会儿就回复了另一张照片。画面里，米佳和建平深情对视，一看就是他们刚才合唱《在雨中》时抓拍的。米佳有点莫名慌乱，抬头看到的是楠楠毫不掩饰的眼神。几分钟后，两人来到没人的花园。

"阿姨，我就不拐弯抹角了。希望您也直率一点，做我爸女朋友吧。"

楠楠见米佳瞬间石化，张着嘴，笑嘻嘻好像断电的机器人，只好将自己的心路历程又讲了一遍。原来自从那日受到茱莉亚肖的教诲，他就试着从父亲的角度考虑问题。这一考虑不要紧，他觉得自己的父亲几乎是世界上最可怜的人。后来，眼看着自己被名校录取，即将远走他乡，他不忍父亲再跟着自己漂泊，就动了给他找灵魂伴侣的念头。

"你们这些阿姨我都考虑了，最后选中了你。"

"不是，孩子，你，误会了。我，我还……"米佳终于回魂，赶紧辩白。

"你不是跟海斌叔叔正在办理离婚手续吗？"

又是一个雷电，米佳再次石化。

"海小米早就跟我们说了。她说理解你们，也支持你们各自寻找幸福。"

"她怎么知道的？再说，她懂什么啊，不好好学习，心思全用到这没用的地方，难怪托福考那么点儿分。"

"不管怎么说，我觉得我爸爸都是您最好的选择。理由有三个：第一，海小米刚刚八年级，要读到研究生毕业至少还有十年。茱莉亚肖的故事您也听了，聚少离多的夫妻生活，那就是人生悲剧。你们比他们年轻，没必要重蹈覆辙，不如早做打算。估计这就是海斌叔叔要跟您离婚的初衷。第二，我爸爸有美国身份，如果你们结婚，你的出入境问题就解决了。而海小米就是我妹妹，他女儿，可以顺利转变身份，享受与我同等的考学待遇，没准一努力，进哈佛、耶鲁也不是问题。第三，我爸虽不是富翁，但养活我们绝对不成问题。没准有你们加入我们家庭，他能重燃斗志，再出江湖，对他、对大家、对社会都是挺不错的事儿。还有，您别考虑什么遗产的事儿。我靠自己，绝不跟妹妹抢遗产。"

"这都哪儿跟哪儿啊。楠楠，阿姨把你当小孩，不怪你，但这种话以后不许随便说。"米佳终于气急，让楠楠领教了她虎妈的威力。

晚上，米佳想到海小米早就偷看了海斌的信，还在自己面前装淡定，十分不爽，假借楠楠的话试探那个傻丫头。谁知，海小米忽然爆发，怒气冲冲告诉她，如果真的喜欢建平，大可以重新开始自己的生活，不用拿自己说事，自己承受不了那么大的牺牲。末了，学着海斌的样子，抱起被子睡到沙发上，用行动表达自己捍卫家庭的决心。要是以前，米佳肯定会纠缠着孩子，让她明白事情不是因她而起，而是海斌无力接受事业失败的现实，要当逃兵，是她爸爸要再结艳缘，不是她想重觅知音。可今天，她忽然对以前的自己万般鄙夷。大人处理不好事情影响到孩子，最后还让孩子表态支持哪方，真是浑蛋至极。说到底，漂洋过海出来折腾都是自己的主意，最后出现什么样的结果，自己都只能平静接受。还有继续陪读的艰难，她也只能自己承受，真逼急了，她不知道自己会做出什么选择。至于孩子，相信总有一天，她能明白自己的苦心。

渐渐淡忘的心事再次被提起，米佳心烦意乱，到院子里鼓捣赵梅刚栽下的韭菜。

"你能放过那些可怜的植物吗？"建平不知道什么时候出现在篱笆外。米佳这才发现自己野蛮松土的动作，已经让好几株嫩苗躺在土里。建平翻过围栏，接过工具，细心整修起来。

"这世界真是变了，女人都粗枝大叶的，逼得我们男人只能心灵手巧。"

米佳被逗乐了，索性坐在地上看着。建平手指细长，三下两下就清理了杂草，还把松动的泥土归成整齐的田垄，专业得好像小型种植基地。

"你真是干什么像什么。不像我，做什么都粗糙。"

"我是心静如水，所以能专心。你，最近有点不安生吧？"

"我就是发愁，签证眼看到期了。下学期，真让小米跟着赵梅吗？我是真不放心啊。"

"那就想别的办法。"

米佳想起楠楠的话，瞬间担心父子俩商量好了，一会儿建平再重复儿子的话，自己回答不好，朋友都做不来，赶紧站起来，要逃。

"你着什么急啊？反正睡不着，过去聊聊。新的米酒出来了，等着您品鉴呢。"

米佳心道不妙，可又不好推辞，只好跟着建平坐进了他的凉亭。新酒果然香甜，米佳真的禁不住那清甜滋味的诱惑。一口酒下肚，整个人都放松了不少。

"跟你说件事儿吧。"

米佳暗叫不好。可又一想，别人的想法自己没法控制，早死早托生，来吧。

"啥事儿？说。"

"楠楠就要去东边上大学了。你说我，要不要跟着……"

"你最好跟着啊，好不容易父子团聚，千万不能再分开了，跟着，跟着。那边房子便宜吧？要是能买就买一套吧。过两年，人家没准还要结婚，到时候……"

米佳快速说着，根本没看建平的反应。等她终于把建平说成爷爷，停止叨唠的时候，建平才接着上边的话头，执着地说："楠楠到东边上了大学，我要不要跟着……"他故意停了一下，看米佳没新词儿了，才继续说道："要不要跟着想想自己的未来。其实，你说得对，这么年轻就开始享受生活，有点儿浪费。"

人家原来是这个想法，看来自己又自作多情了。米佳一方面放轻松，一方面对建平接受自己的建议十分高兴，又滔滔不绝鼓励他，重出江湖、东山再起。

"其实，我已经递了一份简历，不知道能不能行。毕竟，离开好几年了。"

"当然行啊。我支持你。"米佳举起小小的旗子杯。

"那我，我就去试试。"

"去去，必须去。"

"嗯。我去。可是，不管结果如何，我希望有人跟我分担。你能陪我吗？"

姜还是老的辣，建平的真正用意原来在这里。

事后，米佳再三回想建平告诉她面试定在周三，请她到附近的某著名餐馆等着自己，一起庆祝自己重出江湖时真诚、平静的表情，怎么也无法断定他们父子俩是否串通一气，对建平的真实想法更是不得而知。她实在心绪难平，只好致电孙墨苹。

孙墨苹正被汤小兵变着法儿的追求攻势甜蜜骚扰，半认真半炫耀地谴责海斌带坏了汤小兵，使他恶习未改，又添新罪。原来，汤小兵将自己死缠烂打制造浪漫的本事发扬光大，成了霸道总裁和浪漫骑士的复合体。每天鲜花例汤不断，精神物质同驱，弄得孙墨苹内心早已招架不住，只等着一个合适的人或台阶，助她接住汤小兵的绣球。所以，接到米佳电话，她兴奋不已。

谁知，米佳近况堪忧，听到闺密的声音，终是悲从中来，哽咽起来。断断续续听完米佳的遭遇，孙墨苹同情不已，哪里还顾得上自己的事儿。二人仔细分析，得出结论，要想弄明白海斌的心思，只有求助二姨。于是，孙墨苹答应第二天就去找二姨，彻底弄清事情的来龙去脉。

有了闺密的友情助力，米佳心情渐好，开始琢磨建平的邀请。不加打扮，那是不重视朋友所托；过于修饰，又怕引来误会。权衡良久，米佳决定取中。换上裙装，以示心存重视，素面朝天，表示襟怀坦荡。

主意打定，已是周三上午。米佳翻出久违的裙子，细细熨平，套在身上，走到镜前细细端详。镜子里的自己有些陌生，皮肤的颜色深了，发出健康的光泽，眉宇间的闲愁也变成了散淡的平静。米佳不知道眼前的镜像是否失真，只知道面前的自己从未如此清晰。衣服就是那件为竞聘买的套装，此时穿在身上竟没了老气的感觉。米佳笑笑，并无感伤，只自信地认为，一年的历练，自己的气质已经 hold 住这件欺负人的衣服。为了让衣服的颜色有些变化，米佳想去找赵梅借条丝巾。跑上二楼，见房门虚掩着，她轻叫着，推门进屋。赵梅正呆立窗前，痴痴地向下看着，根本没有发现她的到来。米佳少女心乍起，轻手轻脚，走过去，想吓她一下。

嘿的一声怪叫，米佳诡计成功。赵梅捂着胸口，直呼受惊，脸上还多了一片红晕。米佳八卦地扑到窗口，要看看赵梅是不是在偷望情郎。目光之下，正是建平的车库。一辆熟悉的越野车，正缓缓驶向公路。

"我是看到建平一大早就打扮得那么正式要出门，不知是和谁约会，好奇罢了。"赵梅解释着。

米佳却发现窗前有一张沙发，独独对着建平车库门的方向，摆在屋子中央。她好像瞬间明白了什么，忽然有种想将建平订的餐位告诉赵梅的冲动。这时候，她久未响过的国内手机突兀响起。米佳滑开屏幕，看到律师的名字……

事实证明，有时候莫名的冲动就是命运对未来最鲜明的暗示。那些随心而动的人，其实早在冥冥中，接受着命运的安排。

2

三个月以后。

坐在堆满麦秆的拖拉机上，看着被夕阳染得金灿灿的麦场，米佳一点不责怪命运的安排和自己的选择。她只更加理解了茉莉亚肖的执拗，坚信可能从来都不存在的希望真的会创造奇迹。

那天律师的越洋电话像一个晴天霹雳，也让一切真相大白。原来，所谓的东北新战场、财力无边的国际投资公司、一片光明中默默支持的暧昧感情，都是李静红假借海斌之名营造的虚假繁荣。海斌在回国第二天就出事了。他和老王一起开车赶去参加县政府举行的农业改良投资招标大会，被一辆大货车撞进路边的沟里。老王重伤昏迷，海斌踪迹全无。由于事发地点地势险恶、情况复杂，所有人都对海斌的生还不抱希望。海斌被列为因事故失踪。李静红万般无奈，一边申请破产，一边完成海斌的心愿，敦促律师尽快完善手续，将破产给米佳和孩子的影响降到最低。二姨临危不乱，告诫李静红，以米佳的性格不会如此自私，必将杀回国来收拾残局。可她数都算不清楚，哪儿有经商的本事，只会陷入泥潭，让原本幸福的生活毁于一旦。于是，大家商议，由李静红接管操控海斌所有社交软件，在二姨的指点下，利用米佳的性格缺陷，制造误会，疏远二人关系，直到达成法律协议，让米佳远离麻烦，给海家老小留下可以生存的产业。至于那封起到关键作用的信，也是那日海斌求老杰克未果后，情之所至，随手写的未发出的信。只是，李静红删除了中间最重要的一张纸，改变了信的整体风格和最终味道。骗局布好，李静红忙于最后的努力，将所有事宜托付律师。律师重新梳理材料，征求法庭意见，无奈理智通知自己的当事人——鉴于目前的情况，法律不支持米佳、海斌离婚，建议采取其他方式解决经济危机。

那天，听着律师带来的天方夜谭一样的故事，米佳有过一时恍惚。

几分钟以后，她就接受了这个事实。因为那天在高速公路上，她明明感到了海斌对她的不舍、对孩子的不舍和对家庭的不舍。所以，对后来发生的一切，她一直觉得不对劲。那频繁在朋友圈里晒幸福、晒功劳的不是她的海斌。海斌那么保守，怎会让其他女人到他的房间。米佳瞬间释然，一字一句告诉律师——他给她带来了这些天以来最清晰的好消息。她将即刻回国，以海斌代理人的身份，解决相关事宜。放下电话，她就把建平订好的餐馆位置发给赵梅，并告诉她,今天是建平的重要时刻,希望她把握机会。随即，她就开始订机票，收拾行装。一切都在短时间搞定，唯一出问题的是海小米。米佳别无选择地告诉她发生的一切，希望她能勇敢面对变故，成为赵梅寄宿家庭的第一个孩子，坚持完成学业。谁知，海小米疯狂反对。理由不是离不开妈妈，而是自己已经长大，应该跟母亲一起面对生活的磨砺。最重要的是，她从来都觉得最幸福的生活永远是一家人在一起。她没理由造成三地分居。米佳没有坚持，她相信两个人的呼唤，总能强过一个人。她和小米的爱，总能让海斌化险为夷，重新回到她们身边。

离开的时候，她们坐的还是建平的车。米佳想起一年前，跟着建平来到这个小区，不由得感慨万千。建平告诉她，自己被录取了，还答应赵梅做他们学校的法律顾问。米佳由衷祝福他们，还送给他一幅画，那是她和杰克联手画的。图像抽象，画风随意。米佳不知道建平能不能看懂，那个变异的圆里，包含着男人、女人、孩子……米佳和小米就这样离开了华人社区，一如她们悄然地来。

之后的事，米佳有些模糊。自从回了祖国，她就像开了外挂，不仅头脑清晰、杀伐果断，而且在杰克的帮助下，借助国外资本，令公司起死回生。最重要的是，造成海斌出事的招标项目被人举报，存在严重问题。继而，警察查明，海斌出事不是普通的交通事故，而是竞争公司为了获取海斌公司的标书和专利核心技术，故意制造的车祸。目前，该公司负责人已被捕，供出了幕后指使竟是吴亮。吴亮被抓后供认，自己误会海斌抢了自己的女人，新仇旧恨之下才起了歹意，雇用杀手制造车祸，既消灭了竞争对手，又发泄了心中之恨。鉴于直接责任人逃逸，海斌失踪之谜，又现希望。

如今，与农业基地的框架合作协议已经顺利签署，米佳正押运着第一批原料回公司——那个海斌一直希望成立的东北分公司。忙碌令米佳没有时间悲伤，更没有精力像以前那样想出无数种可能，在脑袋里演电影。几个月来，她好像第一次有了欣赏良田美景的兴致。望着一望无际的金黄，半躺在麦秆垛上，米佳想象着海斌知道这一切时的情景。他会叉着腰说——一切尽在掌控。还会斜着眼睛看着她，露出一副嫌弃的表情——没什么大不了啊，别骄傲。

《漂洋过海来看你》的歌声想起，孙墨苹的电话打断米佳的思绪。

"回来吧，出大事儿了。"自从孙墨苹和汤小兵的感情游戏上演，二人状况不断，孙老师一改从前女强人的形象，动不动就小女生一样让米佳给出主意。

"不会是他也失踪了吧？"

"他，他差点儿把自己喝死。"

随着孙墨苹抽抽搭搭的讲述，米佳断定这对真命鸳鸯的试爱游戏即将进入尾声。原来，孙墨苹连续几年没评上职称，整天唉声叹气。汤小兵每日挑衅，当然知道原因，就自作主张给领导送礼。谁知，领导什么都没说，就安排孙墨苹周末去山区支教。孙墨苹一肚子委屈，认为领导不好对汤小兵怎样，只能将责罚落在自己身上。无奈，一早就上了支教的班车。殊不知，汤小兵接到领导电话，邀他亲自做饭表示诚意。汤小兵上了领导的车，被带到一个小院，甩开膀子一通忙活，发现领导请的竟是孙墨苹等基层老师。席间，领导要求他敬酒。汤小兵坦言，自己跟孙墨苹因酒离婚，发誓戒酒，已经一年多滴酒未沾。领导故意为难他，说只要他喝了酒，就给孙墨苹评职称。汤小兵见众人都在，领导君无戏言，便自己开了瓶酒，对嘴喝了一半，大声宣布——只要我老婆好，我就是打一辈子光棍也值了。之后，直接倒地。

"你说他多傻，多傻啊。"孙墨苹的声音里充满娇羞。

"肉麻死了。别跟我这儿秀恩爱了，后来呢？职称评上没？"

"当然啦。那桌饭和酒就是领导特意为我们几个评上职称和先进工作者的老师准备的。"

"你家汤大厨呢？没喝死吧？"

"呸呸呸，乌鸦嘴。他那么死皮赖脸，怎么能轻易死？医生给洗了洗胃，又活过来了，就是赖在我家不走。"

"行了，亲，差不多见好就收吧。我这恩爱故事也听够了，赶紧结尾，给我讲一个二孩的后传得了。"

"人家，人家这不就是，通知你赶紧回来，参加我们的复婚仪式吗？"

听到这几个月来最大的喜事，米佳痛快地答应，第二天一早就乘坐早班机赶回来，打扮得美美的，准备给孙墨苹当伴娘。

3

复婚仪式定在"自在"餐厅。二姨一早就带着人张罗着各色菜品。她要给外甥女弄一个西式冷餐会，装潢和布置上既区别于第一次的热闹，又能突出失而复得的浓情。老王拄着拐杖四处帮忙，显得有些碍事。

"你腿脚不方便，就别在这儿捣乱了！"二姨终于忍不住抱怨。

"哎呀，我这刚站起来你就嫌我，还是躺着让你伺候得了。"老王被二姨伺候了三个月，早有了翻身农奴把歌唱的豪气。

"我是怕这里人多，碰到你的伤腿，到时不还是我的事儿吗？"二姨无奈扶着老王找地儿坐下。

"我是想先实习实习，赶明儿咱们办事儿的时候，你都不用管，都我来。"

"谁跟你咱们，自己做梦去吧。"二姨听老王这么说，娇羞地推了他一把，兀自忙碌去了。

"唉。我这就要修成正果了。海斌，臭小子……"想起生死未卜的爱徒，老王一阵伤心。他至今记得那个生死瞬间，海斌抱着个文件袋，在跟自己说美国之行的收获。谁知，话音未落，一辆大车就冲了过来。接着，车子旋转着，冲下了山崖……他被安全气囊挡了一下，捡回一条命。坐在副驾上的海斌，就凶多吉少了。尽管如此，他仍宁愿相信那些不负责任的传闻——说海斌为了躲债，假死后逃往美国。至少，那样海斌总有回来的一天。

米佳来了，风尘仆仆，带着麦穗的香气。老王缓缓站起，几乎看到海斌朝气蓬勃地走过来。当时，他不相信这个娇弱的女人，能有那么强大的内心，带着大家扛起所有的危机。可事实是，人家不仅做到了，还比海斌做得更好。

"老爷子，都能下地啦，不简单啊。"

"二姨，您别这么费心，他们又不是新结婚。"

米佳跟每一个迎上来的人打招呼，看到海奶奶穿着工作服，还在辛勤劳作，走过去，一把夺过她手里的纸盒子。

"人家今天大喜，您能不能歇一天啊？"

"这好好的盒子，一会儿就让人捡去了。赶紧给我，别捣乱。"

米佳无奈，只能听之任之。见大家都忙着，独不见新郎官汤小兵，她赶紧偷问："汤小兵不会临时变卦了吧？"

"他敢。一早就收拾头发去了，估计……哎，回来了吧。"

不远处，果然是汤小兵气喘吁吁跑来。他好像很急，顾不得别人，拉着米佳就往后厨跑。米佳不明就里，刚要责怪，看到他手里的图片，惊得说不出话来。

"你果然认识，看来是真的了。"汤小兵举着手里的图片，急匆匆说明原因。早上，他正做头发的工夫，忽然收到一个陌生号码发来的邮票图片和短信，让他拿着图片向米佳要五十万收购金。汤小兵早年倒腾过邮票，大概知道价格，以这套信销票的品相看，能值个千八百元就不错了，哪儿来的五十万的价钱？再说，米佳平白无故为什么会收购这个东西？稍加联想，他就想到海斌的身上。这才头都没洗，就跑来报信。

米佳仔细看着那四张《西厢记》主题的信销票，还拿二姨的放大镜放大邮戳上的文字，断定这就是杰克还给海斌的那四张信封上的邮票截图。如果按老王的说法，海斌是抱着装有这个邮册的文件袋失踪的，那就是有人知道海斌最后的下落。米佳的心狂跳着，故作镇静地问汤小兵，对方要求何时在哪里交易。

"你不会真要给他钱吧？"

"如果给钱他就告诉我海斌的下落，我为什么不给？"

"这就是敲诈勒索。咱们应该报案。"

"报案，他跑了怎么办？他跑了，海斌就真的找不到了。"

"你别急，先跟大家商量一下再做决定。"

"没有什么可商量的。钱在我手上，我能把控一切。"

米佳一个人坐在角落里，目光呆滞地看着汤小兵登记大家贡献的现金。不多时，汤小兵就将装有五十万现款的背包，放在米佳面前。米佳站起身，深鞠一躬："谢谢大家支持我的想法。不为别的，五十万能买一个消息，即使是不好的，也值了。"说着，背起书包，义无反顾地走了。汤小兵被孙墨苹催促着，跟在后边。

二人驾车一路向西。米佳想好了，到达对方提供的位置，她前去交易，让汤小兵在外边断后，稍有异常就直接报警。汤小兵并不争辩，只双手紧握方向盘，一言不发。米佳想，他大概是有些害怕。毕竟，他们不知道对方的底细，就这样带着钱，盲目闯来，实在危险。可她等不及，她想知道海斌的消息。她要自己弄明白这一切。奇怪的是，她一点都不害怕，甚至不紧张，只盼着早点到达那个能给她希望的神秘地方。下了高速，又不知走了多远，车子开始在山间小路上行驶。不一会儿，米佳就完全迷失了方向。夕阳也被树林和山崖挡住了光芒。终于手机里传来女生发嗲的提示音："到达目的地，本次导航结束。"

米佳跳下车，向四周看看。车子停在自古华山一条路的山口，不远处一条崎岖的小道，通向山上，几栋破旧的房子，在山间时隐时现。没等汤小兵说话，米佳就让他掉好车头，不要熄火，等在车上，一有情况，迅速往山下跑，自己则壮着胆子向山上走去。

"他说了，是灰色大门。在村子中间，别走错了。"汤小兵不放心地提醒着。米佳向他挥挥手，头也没回。

这显然是个荒废的村子，里边根本没有人。几栋小房子鬼屋一样在山风中阴沉地挺立着，没有一丝光亮。米佳心虚地回过头，发现汤小兵的车子好像又往前开了开，已经变成了一个火柴盒。

"这么胆小，也算个男人，真是的。"米佳抱怨着，开始发愁哪个是自己要去的房子。眼前，窄小的村口忽然变大，柳暗花明中，又一个村落出现在狭长的山谷中。不下三十栋房子，乱七八糟地排列着，方向感极差的米佳根本分不清哪个是中间。路上根本没有人，她只能凭自己的感觉向里走。可走着走着就又转了回来，哪里能走得到中间去？米佳有点害怕了，不担心别的，只怕这是那种她和海斌玩过的迷宫游戏的放大版。那次要不是海斌带着，她完全相信自己一辈子走不出那个迷宫。天色更暗了，米佳急得满头冒汗，忽想起海斌经常嫌弃她说："记住标志物，怎么就找不着呢？"她开始识别各家门口的植物，又找了块石头在走过的路口画上记号，才终于走出缠绕自己的迷宫。经过似曾相识的小巷，三三两两的村民也出现了。米佳高度怀疑自己刚才遇到了鬼打墙。终于来到村中间，一扇灰色的大门迎面映入眼帘，她欣喜地扑过去，敲门。门没锁，一个信封落在地上。米佳捡起来，看到一行机打的字："把钱放到东厢房保险柜里即可。你要的东西在西厢房保险柜里。"米佳将信将疑，推门而入。院子里十分整洁，房子也比别的院落显得干净，一看就经过修整。东、西厢房的门都没关，两个大号保险柜，孤零零扔在屋子中间。米佳越发觉得事情不对，一边偷偷拍照片给汤小兵发微信，一边语音提示他，再收到自己任何信息别问别的，马上报警。

两个保险柜一模一样，都被密码锁牢牢锁着，根本无法打开。米佳站在西厢房的保险柜跟前，暗自抱怨，真是愚蠢的变态。想挣钱，倒是告诉我密码啊。索性大声叫起来："有人吗？有人吗？"

四周静悄悄的，声控灯倒是亮了，吓了她一跳。这时，她看到保险柜后边贴着一张白纸，上边也是一行机打的字："保险柜使用方法：本人身份证后六位乘以圆周率取十六位的积再除以圆周率取十六位的商，取整数即可。"米佳大叫着变态，拿出手机先查出圆周率后十六位，小心拷贝了，放到计算器上，认真算了半天，得出的仍是自己身份证后六位的数字。这才发现自己忘了小学时就学过的乘法定律，简直蠢到家了。她羞红了脸，赶紧四处看看，输入密码。保险柜打开，里边什么都没有。米佳大呼上当，跑出房门，给汤小兵发微信，让他赶紧报警。可跑到门口，她又停下来。四周依然静悄悄的，没有任何动静。米佳好奇心起，跑到东厢房，迅速输入密码，却打不开柜门。原来，这个保险柜的密码也贴在后边，同样是一道以米佳身份证为常数的代数题。不过，这道题有点儿难，米佳着实费了些心思才得出答案，打开柜门。柜子里果然又有一张纸条——不守信用是拿不到东西的，一定要先放钱。米佳盘算，反正自己知道密码，如果没有东西，再跑回来取了钱不迟。她狠狠心，把钱放在保险柜里，仔细锁好，迅速跑到西厢房，打开里边的保险柜。里边自然是一无所有。米佳瞬间头大如鼓，立即跑回东厢房。保险柜还在，可大门打开，钱早就不知去向。米佳彻底绝望，对着手机大叫，让汤小兵报警，整个人瘫软在地上。

忽然，院子里传来咚咚的砸墙声，米佳警觉地站起来，循声走去，发现声音是从西厢房保险柜下的地板下发出来的。她不顾一切，推开保险柜，终于看到一扇暗门。还没等她伸手，暗门自己掀开了，一个人球一样地滚到不远处，坐在地上喘粗气。屋内阴暗，米佳吓得大气儿都不敢喘，紧张地看着对方。忽然一个熟悉的声音传来："你怎么就那么笨呢，再多待会儿，我老命就没了。"

"啊！"米佳尖叫着，拔腿就往外跑。那个人一把拽住她，瓮声瓮气地说："见到老公，怎么跟见了鬼似的？"

米佳不敢相信自己的眼睛，可是眼前略显憔悴的人，不是海斌还是谁？她先摸摸海斌的脸，又摸摸自己的头，接着伸出手指，使劲儿咬了两下，又抓住海斌的手臂咬起来。

"哎，真咬啊。疼，疼。"海斌吃痛大叫。

"疼就对了，让你折腾我，让你折腾我。"米佳彻底还魂，挥手便打。海斌受了几下，见对方是真动了气，拳头巴掌又实又狠，赶紧求饶。米佳悲愤难当，哪里肯依，直到被海斌完全控制了双手，仍喘着气不依不饶。

"海斌，你个大浑蛋，你没事儿不说赶紧找我们，吃饱了撑的在这儿跟我玩儿数字游戏。你知道我方向感差，数学不好，还出那么难的题。你自己不想好好待着，你难为我干吗啊？"

"哎哟，好啦好啦，你不是都做到了吗？满分还不行吗？就是时间长了点儿，差点儿憋死我。"

"海斌，你多大了？这么玩儿有意思吗？"

"那，那不是你喜欢的吗？汤小兵听孙墨苹说的，你对我最大的意见就是嫌我不会浪漫，不能给你惊喜。我这才……这才，制造惊喜……"

"My god，又是汤小兵。海斌你能不能长点儿脑子啊。你……你知道，我这些日子是怎么过的吗？你，躲起来这么久，到底为什么啊？你不说清楚，我，我跟你离婚。"

"老婆，离不了，二姨早给咱算了。你就是跑到天涯海角，咱也离不了。你离不开我，我更舍不得你们。"

米佳的眼里终于漫上一层水雾。回国三个月了，再苦再累她也没掉过眼泪，再绝望再无助她也没当众哭过。此时，看到海斌真的完好无损地站在眼前，她哪里还控制得住委屈的泪水，哭着扑进海斌的怀里。海斌抱着渐渐失控的米佳，任由她从抽泣变成号啕，心下狠狠骂着汤小兵成事不足、败事有余，只会出馊主意。

原来，发生车祸后，海斌并没有失去意识，只是头部受了撞击。他迷迷糊糊看到一个黑衣人打开车门抢他的文件夹，下意识伸出手。那人见状要对他下狠手。两人厮打过程中，失足滚下山崖。海斌被当地村民所救，一直昏迷不醒。对方伤重不治，被当作无名氏存在太平间。两个月后，海斌清醒，但说不清情况，又牵扯命案，被当地警察调查数日，未能洗清冤情。近日，北京警方根据吴亮供述，发出协查通报，全国通缉吴亮雇用的黑衣人。当地警方才最终查清死者身份，还海斌清白。海斌自由后，立即联系汤小兵，并知道米佳能力无尽，居然力挽狂澜，一时间大男子主义作祟，担心米佳不再需要自己。汤小兵思来想去，觉得海斌应该投其所好，给对方一个想不到的惊喜。于是，二人一番密谋，想到利用这个未开发的密室体验古镇，制造一场浪漫重逢的场景……

- CHAPTER -

尾声

京城九月，米佳和海小米又来到机场。不过，她们不是即将远行，而是为考取"雏鹰计划"赴美留学一年的汤圆送行。海斌事业大发展，离不开米佳这个贤内助。一家人权衡利弊，决定让海小米留在国内学习。汤圆刚刚收获了温暖的家庭，舍不得离开，围着孙墨苹和汤小兵碎碎念，嘱咐二老要相亲相爱、互相尊重。汤小兵早就教会汤圆生存技巧，一点不担心。只有孙墨苹反复叨唠着，生怕孩子受了委屈。米佳让她放心，赵梅他们创办的集各项留学生家长需要的爱心国际双修学校整修完毕，即将开张迎客。汤圆作为第一个寄宿孩子，一定会受到最好的照顾。孙墨苹才忐忑不安地看着汤圆独自走进安检口。

"孩子总有独飞的一天。别伤感了，你还有我呢。"汤小兵善解人意地将孙墨苹揽入怀中。孙墨苹禁不住掩面哭泣。

米佳看看海小米，不无担心："小米，你，会不会觉得遗憾？"

"没有啊，我现在英语是班里的 No.1，老师对我都刮目相看。我有啥遗憾的？死汤圆，看我一年以后照样干掉他。"

"嗯。我家小米是得到'渔'了，还怕没有鱼？"海斌自豪地看着闺女，眼里充满怜爱。

两周后，爱心学校举行视频开学仪式。美国校区负责人赵梅、中国校区负责人米佳分别介绍了本校区情况和工作计划。两边助理，雅丽和茉莉亚肖精神饱满地做了补充。茉莉亚肖已经放弃在美国的等待，决定叶落归根，回到祖国继续自己等待奇迹。雅丽也结束了代购生涯，一边在学校兼职，一边考取执照，继续自己的老本行——护理。大家为即将展开的首次大型双向交流游学活动各抒己见，争论不休。米佳忽然收到建平的微信——她留给他的那幅画，已经被他送到纽约参加画展。米佳没指望谁能理解自己那幅画的意思，没想到，建平问都没问就找到了画中的精髓，还给画起了个名字——《在一起》。一时间，她无法表达自己复杂的心情，只能寻了一个大大的笑脸表情，回复过去。她知道建平肯定能明白这个普通笑脸里的深意。

国庆节前，米佳经营的公众号粉丝破亿，杂志社主编主动打来电话，邀请她到社内谈合作。米佳毫不犹豫地答应了。只是再次走在去杂志社的路上，走进那个熟悉的大门，米佳感慨万千，不禁驻足感怀。这时，海斌不合时宜的来电破坏了她刚刚培养好的情绪……

"老婆，对着杂志社牌子伤心呢吧？"

"你怎么知道？"

"我是你肚子里的蛔虫啊，一拱一拱，没有不知道的。"

"恶心死了。"

"笑了吧。送你一句话——别伤心、别难过，梦在前方，路在脚下。"

"好的，我的榔头和尚。有你陪着我，走到哪儿都不怕。"

这句话米佳一直想说，苦于没有机会，又怕海斌说自己肉麻。此时，脱口而出，海斌还是扫兴："我不是和尚，我是你的老公。"

米佳无语，嗔怪着挂了电话。海斌就是海斌，可他毕竟进步了，跟她一样告别了不想长大的青春，完成了人生的一点点进步，成长为现在的模样。也许，以后的他们还会为各种问题抬杠斗嘴、生气吵架，可不管怎样，她都不会再逃避。她要像现在这样，一辈子赖着她的榔头和尚，一路勇敢地走下去……